SANS NOM

PARIS. — IMPRIMERIE DE J. CLAYE
Rue Saint-Renoît, 7.

TRADUCTION E. D. FORGUES

SANS NOM

PAR

W. WILKIE COLLINS

AUTEUR DE LA FEMME EN BLANC

SECONDE PARTIE

PARIS

COLLECTION HETZEL

J. HETZEL, LIBRAIRE-ÉDITEUR

18, RUE JACOB

1863

SANS NOM

SCENE QUATRIÈME.

(suite.)

V.

Lorsque Madeleine parut dans le salon, quelque peu avant sept heures, son attitude ne trahissait plus aucune inquiétude. Sa physionomie, son langage, étaient aussi calmes, aussi nonchalants qu'à l'ordinaire.

A sa vue, la mélancolie méfiante du capitaine Wragge s'éclaircit tout de suite. Il y avait eu, durant cette après-midi, des moments où il s'était sérieusement demandé si le plaisir de satisfaire sa rancune contre Noël Vanstone, — et la perspective de gagner deux cents livres, — ne seraient pas trop chèrement achetés au prix de la découverte périlleuse qu'il pouvait encourir à chaque instant du jour, grâce à l'inconstante humeur de Madeleine. La preuve manifeste qu'elle lui donnait actuellement de son empire sur elle-même le débarrassait d'une grave inquiétude. Ce qu'elle pouvait souffrir, une fois retirée dans sa chambre, inquiétait fort médiocrement le capitaine, pourvu qu'elle en sortît avec un visage qui défiât l'examen, et une voix où nulle émotion ne se trahît.

Sur le chemin de Sea-View-Cottage, le capitaine Wragge manifesta l'intention d'adresser à la femme de charge quelques questions sympathiques au sujet de ce frère malade qu'elle avait en Suisse. Il pensait que la mauvaise santé de ce *gentleman* était en passe d'exercer une influence essentielle sur la marche future du complot. Tout ce qui pouvait amener une séparation entre la femme de charge et son maître constituait, selon lui, dans la situation actuelle des choses, une chance heureuse, méritant les investigations les plus strictes : « Si nous réussissons, au moment opportun, à nous débarrasser de mistress Lecount, chuchottait le capitaine tout en poussant la porte du jardin de son hôte, je vous garantis bien que l'homme est à nous! »

Une minute après, Madeleine se retrouvait sous le toit de Noël Vanstone, — cette fois dans le rôle d'une personne régulièrement invitée par lui.

Ce qui se passa pendant la soirée fut, à beaucoup d'égards, la répétition de ce qui s'était passé pendant la promenade du matin. M. Noël Vanstone alternait entre son admiration pour la beauté de Madeleine et la glorification fanfaronne de tout ce qu'il possédait au monde. Les inépuisables leçons du capitaine Wragge, — émaillées, çà et là, par quelques questions fort indirectes au sujet du frère de mistress Lecount, — vinrent continuellement distraire la jalouse vigilance de la femme de charge, et l'empêcher de guetter au passage les regards et les madrigaux de son maître. La soirée s'écoula ainsi jusqu'à dix heures. A ce moment, le savoir d'emprunt dont le capitaine faisait montre se trouvait épuisé à peu près, et la mauvaise humeur de la femme de charge perçait par degrés sous ses dehors doucereux. Comme naguère, le capitaine Wragge avertit Madeleine par un regard, et malgré les hospitalières protestations de M. Noël Vanstone, les visiteurs se levèrent sagement pour prendre congé.

« Je me suis procuré les renseignements que je voulais, remarqua le capitaine tandis qu'ils s'en retournaient. Le frère de mistress Lecount habite Zurich. Il est célibataire, possède quelques capitaux, et n'a pas de plus proche parent que sa sœur. Si à l'heure qu'il est il avait l'obligeance de tomber malade, il nous épargnerait une multitude d'embarras que cette brave dame est bien capable de nous susciter. »

Il faisait un beau clair de lune. Le capitaine, en parlant ainsi, s'était tourné vers Madeleine, pour voir si son intraitable abattement s'était derechef emparé d'elle.

Non! son humeur inconstante avait subi une nouvelle métamorphose. Elle promenait de tous côtés des regards empreints d'une gaieté fiévreuse et légèrement affectée. La seule idée de trouver chez mistress Lecount un obstacle réel excitait ses railleries; elle contrefaisait la voix aigrelette de Noël Vanstone, et répétait ses compliments emphatiques, prenant un amer plaisir à le tourner en ridicule. Au lieu de se réfugier dans la maison, comme naguère, elle flânait avec insouciance à côté de son étrange compagnon, fredonnant quelques lambeaux de couplets, et chassant du pied, à droite ou à gauche, les cailloux qu'elle rencontrait sur l'allée du jardin. Le capitaine saluait, comme autant d'heureux présages, ces changements inattendus. Il croyait y voir le signe certain que le génie de famille allait de nouveau reprendre son empire.

« Fort bien! disait-il en allumant le flambeau qu'elle allait emporter dans sa chambre... Demain, quand nous nous retrouverons tous sur le Champ de parade, nous verrons bien, comme disent nos amis les navigateurs, sur quel point de la côte il faut mettre le cap. Tout ce que je puis vous dire, chère enfant, c'est que, si mes yeux ne m'ont pas servi trop mal, il doit se brasser à l'heure qu'il est, dans l'atmosphère domestique de M. Noël Vanstone, une tempête bien caractérisée. »

La pénétration habituelle du capitaine n'était pas en défaut. Aussitôt que la porte de Sea-View-Cottage se fut refermée sur les hôtes qu'il avait abrités ce soir-là, mistress Lecount s'efforça d'affermir sur ses bases l'autorité que l'influence de Madeleine semblait menacer déjà.

Elle employa toutes sortes d'artifices pour savoir au juste ce que Noël Vanstone pensait de la nouvelle venue; elle tâ-

cha, par toutes les ruses imaginables, de l'amener à trahir
sans qu'il s'en doutât le plaisir qu'il prenait déjà dans la
société de la belle miss Bygrave; elle se glissa successivement
par tous les interstices, par toutes les lacunes de ce caractère sournois, comme les grenouilles et les salamandres
aquatiques se glissaient parmi les rocailles de son *aquarium*.
Mais elle commît cette grave erreur à laquelle échappent
rarement les gens d'esprit quand ils traitent avec leurs inférieurs intellectuels; elle fit fond sur l'imbécillité d'un imbécile. Elle oubliait qu'une des plus infimes qualités humaines,
— c'est-à dire la ruse, — est précisément celle qu'on trouve
le plus largement développée dans les plus infimes intelli-
gences. Si elle eût été tout de bon irritée contre son maître,
elle lui aurait fait peur, très-probablement. Si elle l'eût ouvertement initié à toutes ses pensées, elle l'aurait étonné en
présentant à ses perceptions bornées tout un enchaînement
de calculs qu'elles n'auraient pas eu la force d'embrasser :
la curiosité qu'il eût éprouvée lui aurait fait demander quelques explications, et, en tirant parti de cette curiosité, peut-
être l'aurait-elle eu à sa discrétion. Au contraire, elle pré-
tendit lutter de ruse avec lui, et l'imbécile se trouva de force
à lui tenir tête. M. Noël Vanstone, pour qui tous les mobiles
d'un ordre élevé demeuraient absolument lettre close, discernait fort bien les calculs mesquins en vertu desquels agissait sa femme de charge, et les pénétrait aussi promptement
que le diplomate le plus habile aurait pu le faire. Mistress
Lecount le quitta, ce soir-là, parfaitement battue et n'igno-
rant point qu'elle l'était; — elle le quitta, ses instincts de
tigresse ayant repris le dessus, avec un désir secret de
promener ses ongles bien taillés sur le visage ironique de son
vénéré maître.

Mais ce n'était pas une femme qu'une défaite ou même
cent défaites pussent réduire à s'avouer vaincue. Elle était
bien positivement déterminée à réfléchir, à réfléchir encore,
à réfléchir toujours, jusqu'à ce qu'elle eût trouvé quelque
moyen d'en finir une bonne fois, et pour jamais, avec cette
intimité si rapidement établie entre les Bygrave et son maître.

Dans la solitude où elle rentrait, elle retrouva la tranquillité nécessaire pour passer méthodiquement en revue les événements du jour, et en tirer les conclusions qu'ils devaient naturellement lui suggérer.

Il y avait pour elle, dans la voix de cette miss Bygrave, quelque chose de vaguement connu, et en même temps, par une contradiction inexplicable, quelque chose d'absolument nouveau. Le visage et la taille de la jeune personne lui étaient tout à fait étrangers. C'était un visage frappant, une taille remarquable; et si à quelque époque antérieure elle avait vu l'une ou l'autre, elle s'en serait certainement souvenue. Miss Bygrave était donc, sans le moindre doute, une connaissance nouvelle; et cependant...

Elle n'avait pu, durant le jour, pénétrer plus avant; maintenant encore, elle ne le pouvait pas : l'enchaînement des pensées se brisait ici. Son intelligence en rajusta les fragments et forma ainsi une autre chaîne se rattachant à cette dame qu'on maintenait dans un isolement si absolu, — à cette tante qui avait bonne mine et pourtant souffrait des nerfs; qui souffrait des nerfs, et pouvait cependant manier l'aiguille avec une si remarquable assiduité. Ainsi, d'un côté, chez la nièce, une incompréhensible ressemblance d'organe réveillant un souvenir confus; chez la tante, une maladie énigmatique qui la retenait à l'abri des regards; chez l'oncle, un degré tout à fait extraordinaire de culture scientifique, accompagnant une vulgarité, une effronterie de manières, qui ne donnaient en aucune façon l'idée d'un homme voué à des habitudes studieuses : — que fallait-il penser de cette petite famille? et les trois membres qui la composaient, fallait-il les accepter, comme on dit, sur l'étiquette du sac?

Ce fut en s'adressant cette question que mistress Lecount se mit au lit.

Dès que sa bougie fut éteinte, l'obscurité sembla communiquer à ses idées une sorte d'indocilité inexplicable. Quoi qu'elle en eût, elles revinrent des choses présentes aux choses passées. Elles ressuscitèrent son défunt maître; elles ravivèrent des propos tenus, des incidents arrivés dans la coterie

anglaise de Zurich; elles sautèrent de là au chevet du lit où
le vieillard qui habitait alors Brighton avait rendu le dernier
soupir; de Brighton, elles revinrent à Londres; elles entrèrent dans cette chambre incommode et nue qu'elle habitait
à Vauxhall-Walk; elles replacèrent l'*aquarium* sur la table
de cuisine, et la prétendue miss Garth dans le fauteuil à côté
de cette table, dérobant aux rayons du jour ses yeux enflammés; elles lui remirent en main la lettre anonyme, cette
lettre remplie d'allusions obscures à une trame secrète, et la
ramenèrent, avec cette lettre, en présence de M. Vanstone;
elles lui rappelèrent la discussion relative à ce « blanc » qu'il
fallait remplir dans la rédaction de l'annonce, et la querelle
qui avait suivi, quand elle s'était permis de dire à son maître
que la somme offerte par lui était d'une modicité tout à fait
déraisonnable; elles réveillèrent en son esprit une anxiété de
vieille date et qui, depuis plusieurs semaines déjà, l'avait
laissée parfaitement tranquille; — une anxiété qui lui faisait
se demander si le complot dénoncé jadis s'était évaporé en
simples paroles, ou s'il fallait s'attendre à le voir revenir sur
l'eau..... Ses pensées, ici, se rompirent une fois de plus; il y
eut dans leur série une lacune momentanée. Mais, l'instant
d'après, mistress Lecount se redressa sur son séant; le cœur
lui battait avec violence; elle avait dans la tête un tourbillon
pareil à celui qui précède un évanouissement. Avec la rapidité du courant électrique, son intelligence venait de réunir,
de classer toutes ses idées éparses, et de les placer devant
elle sous une forme qui les lui rendait intelligibles. Dans
cette agitation du moment qui la dominait tout entière, elle
se mit à battre des mains, et dans l'obscurité cria tout à
coup :

« Miss Vanstone... c'est encore miss Vanstone! »

Elle sauta hors du lit et ralluma sa bougie. Si solide que
fût son système nerveux, ce brusque soupçon l'avait fortement ébranlée; sa main tremblait quand elle ouvrit sa table
de toilette pour y prendre un petit flacon de sels. En dépit
de ses joues si parfaitement lisses et de sa chevelure si parfaitement conservée, elle ne perdait plus un mois de son âge

au moment où, mêlant l'eau et les sels, elle les but à longs traits, et où, ramassant autour d'elle les plis de son peignoir, elle se rassit au bord du lit pour tâcher de reprendre son sang-froid habituel.

Elle était absolument incapable de définir le procédé mental en vertu duquel cette découverte avait eu lieu. Elle ne pouvait assez se détacher d'elle-même pour voir que ses conclusions encore en germe, au sujet des Bygrave, avaient fini par lui rendre suspecte cette famille d'inconnus; que l'association des idées avait reporté son esprit vers cet autre ordre de soupçons se rattachant au complot formé contre son maître; enfin, que ces deux méfiances, provenant de deux sources parfaitement distinctes, mais tout à coup juxtaposées et s'entre-choquant l'une l'autre, avaient fait jaillir l'étincelle lumineuse... Incapable de remonter ainsi, par le raisonnement, de l'effet produit à la cause qui l'avait engendré, elle sentait seulement que ce soupçon n'était déjà plus un simple soupçon : la conviction la plus absolue n'aurait pu jeter dans son esprit de plus profondes racines.

Madeleine, maintenant éclairée de ce nouveau jour, suggérait à mistress Lecount des doutes qu'elle n'osait accueillir encore qu'avec une certaine réserve; elle eût bien voulu se persuader qu'elle retrouvait chez cette belle et gracieuse enfant, assise une heure auparavant à la table de son maître, quelques traces du visage et de la taille de la prétendue miss Garth; elle eût bien voulu se figurer qu'elle constatait entre la voix irritée qu'elle avait entendue dans Vauxhall-Walk et les accents adoucis, harmonieux, discrets, qui vibraient encore à ses oreilles, une ressemblance dont jusqu'alors elle n'avait jamais conçu l'idée. Elle aurait enfin voulu se persuader qu'elle était arrivée à tous ces résultats sans trop forcer la dose de vérité qui réellement lui était acquise; mais ses efforts pour en arriver là demeurèrent inutiles.

Mistress Lecount n'était pas de ces femmes qui perdent leur temps et leur peine à tâcher de se faire illusion. Elle voulut bien croire qu'une conjecture instantanée l'avait mise sur le chemin des plus importantes découvertes. Mais, en même temps, elle s'avoua, quoique à regret, que la conviction maintenant établie chez elle ne pouvait se justifier encore, aux yeux des autres, par aucun fragment de preuve qui se dût raisonnablement invoquer.

Dans de telles circonstances, quelle marche fallait-il adopter vis-à-vis de son maître?

Si elle lui disait, avec candeur, quand ils se retrouveraient ensemble le lendemain matin, le résultat de ses réflexions pendant cette nuit, elle pressentait, connaissant bien M. Noël Vanstone, que l'un de ces deux résultats viendrait infailliblement se produire : ou bien il se fâcherait et s'engagerait dans des chicanes infinies; il demanderait des preuves et, n'en voyant produire aucune, accuserait sa femme de charge de l'alarmer sans cause pour satisfaire le penchant jaloux qui l'animait contre Madeleine, — ou bien, sérieusement inquiet, il invoquerait à grands cris la protection des lois et, dès le début, mettrait ainsi les Bygrave sur leurs gardes. Si Madeleine seule eût été impliquée dans le complot, cette dernière conséquence n'aurait pas semblé fort importante à la femme de charge. Mais elle avait trop d'esprit pour ne pas apprécier à leur juste valeur les inépuisables ressources du capitaine. « Si je n'ai pas l'évidence même de mon côté pour faire échec à cet impudent coquin, pensait mistress Lecount, j'aurai beau, demain matin, ouvrir les yeux de mon maître, M. Bygrave les aura refermés avant qu'il soit nuit. Le drôle joue cartes sous table, et il gagnera certainement la partie, si j'abats mon jeu dès le début. »

Cette politique expectante était d'une sagesse si manifeste, — il était si sûr que M. Bygrave se serait pourvu, à tout événement, des témoignages nécessaires pour établir à son usage et à celui de sa nièce l'identité dont ils se paraient, — que mistress Lecount se détermina immédiatement à ne rien dire le lendemain matin et à n'attaquer le complot que lorsqu'elle pourrait produire des faits complètement irréfutables. Les relations de son maître avec les Bygrave n'avaient encore, après tout, qu'une journée de date. On n'avait pas à craindre de les voir dégénérer en une intimité dangereuse, si on se bornait à les tolérer pendant quelques jours, pourvu que, dans une semaine au plus tard, on se fût mis à même de les rompre à jamais.

Dans ce laps de temps qu'elle s'accordait ainsi, quelles mesures étaient à la disposition de mistress Lecount pour écarter les obstacles semés sur sa route et pour se procurer les armes dont elle pourrait avoir besoin?

La réflexion lui indiqua trois chances différentes, qui lui étaient favorables, — trois différents moyens d'arriver à la découverte indispensable.

La première chance était de cultiver l'amitié de Madeleine, — et ensuite, la prenant au dépourvu, de l'amener à se trahir en présence de Noël Vanstone lui-même. La seconde chance était d'écrire à miss Vanstone l'aînée, et (sous quelque prétexte alarmant qui légitimât des questions aussi peu usitées) de lui demander, au sujet de sa sœur cadette, telles indications de lieux, tels renseignements personnels qui permissent à un étranger de constater l'identité de cette dernière. La troisième chance était de percer à jour le mystérieux isolement de mistress Bygrave, de pénétrer audacieusement jusqu'à elle, et de savoir au juste si la maladie réelle de cette dame ne serait point, par hasard, de ne savoir pas garder les secrets de son mari. Résolue à courir ces trois chances, dans l'ordre même où nous venons de les énumérer, et à tendre ses piéges pour Madeleine dès le jour qui s'apprêtait à paraître, mistress Lecount finit par ôter son peignoir et accorda quelque repos aux sollicitations de son corps épuisé.

L'aurore se levait sur les flots gris de la mer lorsqu'elle se replaça ainsi dans son lit. La dernière idée qui préoccupa son esprit avant que le sommeil se fût emparé d'elle caractérisait parfaitement cette femme; — c'était une menace à l'adresse du capitaine. « Il s'est joué du souvenir sacré de mon époux, pensait la veuve du Professeur..... Sur mon honneur et sur ma vie, je lui ferai payer cher cette audace!... »

Le lendemain matin, de bonne heure, Madeleine commença la journée, — conformément à ce qui était convenu avec le capitaine, — en faisant sortir mistress Wragge pour qu'elle

1.

prit un peu d'exercice à une heure où il n'était pas à craindre qu'elle attirât l'attention du public. La géante insista longtemps pour qu'on la laissât au logis; la robe de cachemire oriental préoccupait encore sa pensée, et, pour la centième fois au moins, elle éprouvait le besoin de relire les instructions de la couturière avant de pouvoir (ainsi qu'elle le disait) « monter son courage au premier coup de ciseau. » Mais Madeleine n'accepta aucun refus, et mistress Wragge fut forcée de sortir. Le seul but innocent que Madeleine donnât désormais à sa vie était le parti bien pris d'empêcher que la pauvre femme du capitaine fût, à cause d'elle, retenue en captivité; et à cette résolution elle se cramponnait machinalement, comme au seul gage qui lui restât maintenant d'un passé où ses meilleurs instincts étaient seuls en jeu.

Les deux dames revinrent plus tard qu'à l'ordinaire pour le déjeuner. Tandis que mistress Wragge était en haut, s'arrangeant de la tête aux pieds pour passer l'inspection du matin à laquelle l'allait soumettre l'œil rigide du capitaine, et tandis que Madeleine et M. Wragge l'attendaient dans le salon, la domestique y apporta un billet venant de Sea-View-Cottage. Le commissionnaire attendait la réponse, et l'adresse portait le faux nom du capitaine Wragge.

Il rompit l'enveloppe et lut les lignes suivantes :

« Cher monsieur,

« Monsieur Noël Vanstone veut que je vous écrive pour vous annoncer qu'il se propose de consacrer cette belle journée à une excursion en voiture vers un des villages de la côte, appelé Dunwich. Il voudrait savoir s'il vous conviendrait de prendre avec lui la voiture de compte à demi, et de lui procurer ainsi, pour cette course un peu longue, le plaisir de voyager avec vous et avec miss Bygrave. On a la bonté de m'admettre à cette partie; et si je pouvais, sans trop de présomption, manifester à cet égard mes sentiments, j'ajouterais volontiers mes prières à celles de mon maître pour vous déterminer, vous et votre jeune nièce, à vous réunir à nous. Nous proposons le départ pour onze heures très-précises.

« Croyez-moi, cher monsieur, votre très-humble servante,

« VIRGINIE LECOUNT. »

« De qui est la lettre? demanda Madeleine qui, tandis qu'il lisait, remarqua une certaine altération sur les traits du capitaine Wragge..... Que nous veut-on à Sea-View-Cottage?

— Veuillez m'excuser, dit gravement le capitaine; ceci demande considération... Accordez-moi une minute ou deux pour réfléchir. »

Il fit, là-dessus, un ou deux tours de chambre; — puis, tout à coup, s'alla placer à une table écartée, sur laquelle étaient rangées ses affaires de bureau : « Vous me croyez donc né d'hier, madame? » disait le capitaine se parlant facétieusement à lui-même. Il cligna de son œil brun, saisit une plume et traça rapidement la réponse.

« Parlerez-vous, maintenant? demanda Madeleine quand la domestique fut sortie..... Que renfermait la lettre, et comment y avez-vous répondu? »

Le capitaine lui passa l'épître de mistress Lecount. « J'ai accepté l'invitation, » répondit-il ensuite avec calme.

Madeleine parcourait le billet. « Hier, disait-elle, une hostilité cachée; aujourd'hui, une amitié qui s'avoue... Qu'est-ce que cela signifie?

— Cela signifie, dit le capitaine Wragge, que mistress Lecount, en fait de finesse, passe encore mes prévisions... Elle sait déjà qui vous êtes.

— Impossible! s'écria Madeleine. En si peu de temps, cela ne saurait être.

— Je ne me charge pas de dire comment elle vous a découverte, continua le capitaine avec un parfait sang-froid. Peut-être votre voix l'a-t-elle mieux renseignée que nous ne l'avions cru possible. Il se peut encore qu'en y réfléchissant elle ait trouvé à notre famille une physionomie suspecte, et tout incident suspect auquel était mêlée une femme a pu lui rappeler cette visite du matin que vous lui avez faite dans Vauxhall-Walk. De façon ou d'autre, le sens de ce changement soudain me paraît suffisamment clair. Elle sait qui vous êtes et veut vérifier sa découverte au moyen d'une ou deux questions à double détente, qu'elle vous glissera sous le couvert d'une causerie amicale. J'ai pratiqué l'humanité sous bien des formes, et mistress Lecount n'est pas le premier diplomate en jupons avec qui la destinée m'ait mis en lutte. Le monde entier n'est qu'un vaste théâtre, ma chère enfant, — et l'une des scènes que nous voulions y jouer, dans notre petit coin, est terminée à partir de ce moment. »

Là-dessus, il tira de sa poche son exemplaire des *Dialogues scientifiques*. « C'en est déjà fait de vous, ami Joyce! dit le capitaine, donnant au volume d'enseignement élémentaire une chiquenaude d'adieu, et l'enfermant ensuite dans le secrétaire..... Telle est la popularité humaine! continua l'indomptable vagabond, empochant gaîment la clef du meuble. Maître Joyce, hier, était tout pour moi. Aujourd'hui, je n'en donnerais pas cela! » Il fit claquer ses doigts et se mit à table.

« Je ne vous comprends point, dit Madeleine qui le regardait d'un air mécontent. Est-ce à dire que, pour l'avenir, vous m'abandonnez à mes seules ressources?

— Eh! ma chère enfant, s'écria le capitaine Wragge, ne vous ferez-vous jamais à mes saillies humoristiques? J'en ai fini avec ma science d'emprunt, tout simplement parce que mistress Lecount, j'en suis bien certain, a cessé d'y croire. N'ai-je point accepté cette promenade à Dunwich? Tranquillisez-vous donc!... L'assistance que je vous ai déjà donnée ne doit compter pour rien en regard de celle que vous me devrez désormais. Mon honneur est intéressé à *rouler* mistress Lecount. Cette dernière manœuvre fait de la question une affaire personnelle entre nous. Ne s'imagine-t-elle pas qu'elle peut me mystifier!... s'écria le capitaine frappant la table du manche de son couteau, dans un transport de vertueuse indignation... Par le ciel! jamais de ma vie je ne reçus insulte pareille! Rapprochez-vous de la table, ma chère petite, et accordez une minute d'attention à ce que je vais maintenant vous dire ! »

Madeleine lui obéit. Le capitaine Wragge, avant de continuer, prit soin de baisser la voix.

« Je vous ai déjà répété bien des fois, reprit-il, que le point important est de ne jamais laisser mistress Lecount vous surprendre dans un de vos accès de distraction mélancolique. Après ce qui est arrivé ce matin, je dois vous le redire plus que jamais. Qu'elle vous soupçonne tout à son aise !... Je la défie d'asseoir ses soupçons sur une base quelconque, à moins que nous ne la lui fournissions nous-mêmes. Nous allons voir aujourd'hui si elle a eu la témérité de se découvrir du côté de son maître, avant d'avoir quelques faits pour étayer ses insinuations malveillantes. Ceci, je me permettrai d'en douter ; mais s'il en est ainsi, et si elle a parlé, nous allons faire pleuvoir, jusqu'à ce qu'elle en éclate, sur la pauvre petite cervelle de M. Vanstone, les preuves de notre identité avec les Bygrave. Vous avez dans cette excursion deux objets à poursuivre : — le premier, de savoir démêler un piége à chaque parole que mistress Lecount vous adressera ; le second, de déployer toutes vos fascinations pour vous emparer, à dater de ce jour, de M. Noël Vanstone. Je vous en fournirai l'occasion lorsque nous quitterons la voiture pour parcourir les environs de Dunwich..... Arborez votre chapeau, arborez votre sourire ; faites valoir, en serrant un peu votre corset, tous les avantages de votre taille ! Mettez vos bottines les plus élégantes et vos gants les plus frais ; accrochez à vos jupons, et solidement, ce misérable petit avorton ! Ceci fait, laissez-moi tout diriger, et vous verrez... Attention !... Voici mistress Wragge : nous devons maintenant nous montrer doublement assidus à la surveiller... Exhibez votre bonnet, mistress Wragge ! et voyons vos souliers !... Qu'aperçois-je sur ce tablier ? Une tache ? Je ne supporte pas les taches !... Vous ôterez ce tablier après déjeuner ; vous en mettrez un autre. Poussez votre chaise au milieu de la table ! — un peu plus à gauche ! — encore !... — encore !... Servez le déjeuner ! »

A onze heures moins un quart, mistress Wragge (de son plein et joyeux aveu) fut renvoyée dans la chambre du fond, où elle devait passer le reste du jour à s'empêtrer dans les difficultés d'une façon de robe. Au coup de l'horloge qui sonnait l'heure prescrite, mistress Lecount et son maître arrivèrent ponctuellement, en voiture, devant la porte de North-Shingles, où ils trouvèrent Madeleine et le capitaine Wragge qui les attendaient dans le jardin.

Sur la route de Dunwich, rien ne vint troubler le plaisir de la promenade. M. Noël Vanstone se portait fort bien et se montrait d'excellente humeur. Lecount s'était exécutée vis-à-vis de lui pour son petit malentendu de la veille au soir. Lecount avait sollicité, comme une faveur personnelle, cette excursion avec les Bygrave. Son maître songeait à ces concessions si flatteuses pour son autorité, tout en regardant Madeleine avec des sourires et des grâces interminables. Mistress Lecount jouait admirablement son rôle. Maternelle avec Madeleine, prodigue de tendres attentions à l'égard de Noël Vanstone, elle s'intéressait vivement à la conversation du capitaine Wragge et semblait humblement désappointée de la voir rouler sur des généralités à l'exclusion de toute science. Pas un mot, pas un regard ne lui échappa qui pût révéler, même de bien loin, ses véritables intentions. Élégante et convenable comme toujours, sa mise attestait les plus grands soins; enfin, par cette étouffante journée d'été, elle fut la seule des quatre voyageurs qui parût complétement soustraite aux influences de la chaleur.

Comme ils descendaient de voiture en arrivant à Dunwich, le capitaine saisit un moment où les yeux de mistress Lecount s'étaient détournés de lui pour fortifier Madeleine par un dernier avertissement.

« Gare à la chatte! murmura-t-il. C'est au retour qu'elle montrera ses griffes... »

Ils quittèrent le village pour se rendre à pied jusqu'aux ruines d'un couvent voisin, derniers débris d'une ville autrefois populeuse, et détruite depuis déjà quelques siècles par l'action dévorante des marées. Après avoir examiné ces ruines, ils se réfugièrent à l'ombre d'un petit bois situé entre le village et les basses dunes qui bordent et dominent l'Océan Germanique. Là, le capitaine Wragge manœuvra de manière à ce que Madeleine et Noël Vanstone prissent quelque avance sur mistress Lecount et lui, — puis il se trompa de route — et s'égara aussitôt avec la dextérité la plus consommée. Après quelques minutes de marche (dans la fausse direction), il gagna un espace découvert entre les dunes et la grève, et après avoir ouvert poliment son tabouret portatif pour le mettre au service de la femme de charge, il lui proposa d'attendre là où ils se trouvaient que leurs compagnons égarés les y vinssent découvrir.

Mistress Lecount accepta la proposition. Elle se rendait parfaitement compte que son guide l'avait perdue à dessein; mais cette découverte n'avait altéré en rien la douceur affable de ses manières. Le temps de régler ses comptes avec le capitaine n'était pas encore venu pour elle : — aussi se borna-t-elle à inscrire sur sa liste cette nouvelle créance, et à profiter du siége qu'il lui offrait. Le capitaine Wragge s'étendit à ses pieds dans une attitude romanesque; et ces deux ennemis acharnés (groupés comme un couple d'amoureux le serait en un tableau) entamèrent une conversation aussi facile, aussi agréable que s'ils eussent vécu, depuis vingt ans, dans la plus parfaite intimité.

« Je vous connais, madame! pensait le capitaine pendant que mistress Lecount lui adressait de belles paroles..... Vous aimeriez à prendre en défaut mon savoir de fraîche date, et ne trouveriez aucun inconvénient à me noyer dans l'*aquarium* du Professeur!

— Avec votre œil brun et votre œil vert, mauvais drôle que vous êtes, pensait mistress Lecount dès que le capitaine reprenait le dé de la conversation, vous avez beau être cuirassé : je trouverai bien à vous percer de part en part! »

Ce fut dans cette réciproque disposition d'esprit qu'ils traitèrent à loisir mainte et mainte généralité, affaires publiques, paysages environnants, société anglaise et société suisse, santé, climat, livres, mariage, fortune, — et sans s'arrêter un moment, sans cesser d'être parfaitement d'accord, pendant près d'une heure, avant que Madeleine et Noël Vanstone, revenus par hasard de ce côté, eussent de nouveau reformé le quatuor primitif.

Quand ils regagnèrent l'auberge où la voiture les attendait, le capitaine Wragge laissa mistress Lecount en paisible possession de son maître, et fit signe à Madeleine de se tenir un moment en arrière, afin de pouvoir échanger quelques mots avec elle.

« Eh bien ? demanda tout bas le capitaine..... Est-il solidement accroché à vos jupons ? » Elle frémit, en lui répondant, de la tête aux pieds :

« Il m'a baisé la main, dit-elle. Faut-il vous en apprendre davantage ?... Mais ne le laissez plus prendre place auprès de moi ! Je suis à bout de patience... Ménagez-moi pendant le reste du jour !...

—Je vous mettrai à côté de moi, sur le devant de la voiture, » répondit le complaisant capitaine.

Pendant qu'ils s'en revenaient, mistress Lecount réalisa la prédiction du capitaine Wragge. La chatte montra ses griffes.

Le moment ne pouvait être mieux choisi ; les circonstances n'auraient pu la favoriser davantage. Madeleine était abattue, lasse de corps et d'esprit ; elle se trouvait, de plus, exactement en face de la femme de charge, qui, en vertu du nouvel arrangement, s'était vue forcée de prendre à côté de son maître la place d'honneur. Ayant ainsi toute facilité d'observer les moindres changements qui se manifestaient sur le visage de Madeleine, mistress Lecount essaya d'abord d'amener la conversation sur le séjour de Londres et les avantages relatifs que peuvent offrir, aux personnes qui viennent s'y fixer, les différents quartiers de la capitale, sur les deux rives du fleuve. Wragge, toujours sous les armes, pénétra plus tôt son intention qu'elle ne s'y était attendue, et vint immédiatement s'interposer. « Vous prenez, madame, le chemin de Vauxhall-Walk, pensa le capitaine ; j'y serai avant vous, soyez-en sûre ! »

Il se lança immédiatement dans une description pure-

ment imaginaire des différents quartiers de Londres où lui-
même avait résidé; puis, mentionnant adroitement Vauxhall-
Walk sur cette liste chimérique, il para d'avance le coup que
mistress Lecount voulait porter à Madeleine en la questionnant
à bout portant sur cette même localité. Après avoir parlé
de ses diverses résidences, le capitaine en vint, par une
transition bien ménagée, à se mettre lui-même sur le tapis ;
et (toujours dans le rôle de M. Bygrave) il régala les oreilles
de la femme de charge de ses annales domestiques au grand
complet, — sans oublier le tombeau de son frère dans le
Honduras, et le monument élevé par le sculpteur nègre, fils
de ses œuvres, non plus que la veuve de son frère, la corpu-
lence extraordinaire de cette dame, et la nécessité où elle
était d'habiter, à Cheltenham, le rez-de-chaussée de sa maison garnie. Ces épanchements autobiographiques servirent
bien à gagner du temps, ce qui permit à Madeleine de se
remettre, mais ils ne pouvaient avoir d'autre effet. Mistress
Lecount écoutait, sans ajouter pourtant la moindre créance à
rien de ce que pouvait dire le capitaine. Il l'affermissait seulement de plus en plus dans cette pensée, qu'il ne fallait pas
songer à mettre Noël Vanstone de moitié dans ses méfiances,
avant de pouvoir invoquer des faits concluants contre la
fausse identité qui enveloppait le capitaine Wragge d'un
rempart provisoirement inexpugnable. Elle attendit tranquillement le terme de ses divagations bavardes, et revint ensuite à la charge, comme si de rien n'était.

« C'est par une coïncidence singulière que votre oncle se
trouve avoir résidé dans Vauxhall-Walk, dit-elle, s'adressant
à Madeleine..... Mon maître y possède une maison, et nous y
étions établis avant notre départ pour Aldborough... Puis-je
vous demander, miss Bygrave, si vous connaîtriez, de près
où de loin, une personne appelée miss Garth ?...»

Cette fois, elle décocha sa question avant que le capitaine
pût intervenir. Madeleine aurait dû s'y trouver préparée
par ce qui venait de se passer devant elle ; — mais les incidents de la journée avaient fortement ébranlé ses nerfs, et
tout ce qu'elle put faire fut de répondre négativement à

la question, après une pause de quelques instants employée à se remettre. Son hésitation, trop éphémère pour être remarquée d'un auditeur désintéressé, avait duré assez longtemps pour confirmer mistress Lecount dans ses convictions secrètes et pour l'encourager à persister quelque peu sur cette voie.

« Je vous demandais ceci, — continua-t-elle arrêtant obstinément ses yeux sur Madeleine, et négligeant, avec tout autant d'obstination, les efforts du capitaine Wragge pour se mettre en tiers dans la causerie; — je vous demandais ceci, parce que miss Garth m'est tout à fait inconnue, et que je m'attache à réunir de tous côtés des renseignements qui la concernent..... La veille de notre départ, miss Bygrave, une personne, s'attribuant le nom que je viens de prononcer, nous honora d'une visite fort extraordinaire. »

Avec des façons toujours doucereuses et conciliantes, — avec un raffinement de mépris presque diabolique par la manière ingénieuse dont il se dissimulait sous le langage de la pitié, — la femme de charge se mit alors à dépeindre hardiment, en présence de Madeleine, le déguisement sous lequel, naguère, Madeleine était venue la trouver. Elle eut soin de parler avec dédain des derniers possesseurs de Combe-Raven, comme de personnes qui avaient toujours tracassé, déconsidéré la branche aînée de la famille, bien autrement digne de respect; elle s'affligea de ce que les enfants de M. et mistress André Vanstone, marchant sur les traces paternelles, eussent essayé d'exploiter M. Noël Vanstone, au point de vue pécuniaire, en s'abritant sous les dehors d'une personne respectable et en usurpant audacieusement son nom. Englobant adroitement son maître dans la conversation, pour que le capitaine fût hors d'état d'opérer par là une diversion favorable, n'épargnant aucun détail injurieux, frappant tour à tour sur tous les endroits sensibles où la langue d'une femme irritée pouvait porter son venin, elle aurait, sans aucun doute, remporté la victoire et forcé Madeleine à se trahir sous l'aiguillon des tortures qu'elle lui infligeait, si le capitaine Wragge ne l'eût arrêtée court, en pleine carrière, par une espèce de cri d'alarme et en saisissant brusquement le poignet de sa prétendue nièce.

« Dix mille pardons, chère madame! s'écria le capitaine. Je vois sur le visage de cette enfant, je sens à l'agitation de son pouls qu'elle va être en proie à quelqu'une de ces violentes crises nerveuses dont elle souffre de temps en temps... Pourquoi n'osez-vous, chère petite, avouer à des amis que vous êtes horriblement souffrante?... Quelle politesse hors de propos!... On lit, — n'est-il pas vrai, mistress Lecount, — la souffrance sur son visage? Ce sont des élancements poignants, monsieur Vanstone, des élancements poignants au côté gauche de la tête. Baissez votre voile, chère enfant, et appuyez-vous sur mon épaule? Nos amis vous excuseront; nos excellents amis, pour tout le reste du jour, voudront bien nous excuser. »

Avant que mistress Lecount pût le moins du monde révoquer en doute la sincérité de cet accès névralgique, la sympathie tracassière de son maître s'était déjà manifestée, comme le capitaine l'avait pressenti, par les démonstrations les plus actives. Il fit arrêter la voiture, réclamant avec instance un changement immédiat dans la distribution des places. Celles du fond, larges et commodes, devaient échoir à miss Bygrave et à son oncle; Lecount et lui se contenteraient du siége de devant. Lecount avait-elle apporté son flacon de sels? Bonne créature! elle allait immédiatement le donner à miss Bygrave, et le cocher aurait désormais à les conduire avec précaution... Si le cocher avait le malheur de secouer miss Bygrave, il pouvait bien renoncer d'avance à toute espèce de pourboire..... On employait fréquemment le magnétisme pour ce genre d'indispositions. Le père de M. Noël Vanstone avait été l'un des plus puissants magnétiseurs qui fussent en Europe, et M. Noël Vanstone était le fils de son père. L'autoriserait-on à magnétiser? Ordonnerait-il à ce cocher d'enfer de les conduire en quelque endroit ombragé, favorable à ce genre d'opérations? Préférerait-on les secours de la médecine? trouverait-on à se les procurer avant d'avoir regagné Aldborough?.... Cet animal de cocher n'en savait rien... « Arrêtez tout homme de bonne mine que vous verrez passer en tilbury, et sachez de lui s'il est médecin !... » C'est ainsi que M. Noël Vanstone continua de pérorer, — sauf quelques pauses indispensables pour reprendre haleine, — de plus en plus sympathique, et de plus en plus important, aussi longtemps que dura le trajet de retour.

Mistress Lecount avait accepté sa défaite sans articuler un mot. A partir du moment où le capitaine Wragge l'interrompit, elle ferma ses lèvres minces, qui ne se rouvrirent plus pendant le reste du voyage. Les expressions les plus chaleureuses de l'inquiétude que les souffrances de la jeune personne inspiraient à son maître ne provoquèrent, chez elle, aucuns signes extérieurs d'irritation ou de dépit. Elle s'occupait de lui le moins possible. Elle n'accordait non plus aucune attention au capitaine qui, plus poli que jamais, prodiguait à son ennemie vaincue des égards bien faits pour l'exaspérer. Plus ils se rapprochaient d'Aldborough, plus les yeux noirs et durs de mistress Lecount demeurèrent assidument fixés sur la jeune fille à demi couchée devant elle, les yeux clos et le voile baissé.

Ce fut seulement lorsque la voiture s'arrêta devant North-Shingles, et au moment où le capitaine Wragge donnait la main à Madeleine pour l'aider à descendre, que la femme de charge consentit enfin à s'occuper de lui. Comme il lui souriait en la saluant à la portière, la pénible contrainte qu'elle s'était imposée vint à céder tout à coup; elle lui jeta un regard, un seul, qui dessécha et flétrit sur place toute la politesse fleurie du capitaine. Il se détourna immédiatement, remerciant à la hâte Noël Vanstone de ses derniers témoignages de sympathie, et ramena Madeleine dans la maison.

« Je vous avais annoncé qu'elle montrerait ses griffes, lui dit-il. Ce n'est pas ma faute, si elle vous a égratignée avant que je pusse l'empêcher... Elle ne vous a pas blessée, je l'espère ?

— Elle m'a blessée et servie en même temps, répondit Madeleine; elle m'a donné le courage de continuer... Dites-moi ce qu'il faudra faire, demain, et fiez-vous à moi pour exécuter vos instructions de point en point. » Elle accompagna ces paroles d'un profond soupir, et remonta dans sa chambre.

Le capitaine Wragge regagna le salon d'un air pensif, et s'assit pour réfléchir. Il n'était pas, à beaucoup près, aussi certain qu'il l'eût voulu de la marche qu'allait adopter l'ennemi après l'échec de cette première journée. Le regard d'adieu que lui avait lancé la femme de charge lui donnait clairement à comprendre qu'elle n'était pas encore à bout de ressources, et l'ex-milicien sentait toute l'importance des préparatifs à faire, en temps utile, pour se trouver en état de résister à la prochaine attaque. Il alluma un cigare et tendit contre les dangers de l'avenir tous les ressorts de son intelligence féconde en stratagèmes.

Tandis que le capitaine Wragge réfléchissait dans le salon de North-Shingles, mistress Lecount méditait dans sa chambre à coucher de Sea-View. Son exaspération, en voyant échouer la première épreuve tentée pour déjouer le complot, ne lui avait pas fait méconnaître l'urgente nécessité de tenter un second effort avant que le croissant engouement de Noël Vanstone eût pris des proportions qui la mettraient dans l'impossibilité de le combattre. Le piége tendu à Madeleine l'ayant été vainement, la première chance à courir était de faire tomber sa sœur dans quelque chausse-trappe du même genre. Mistress Lecount demanda une tasse de thé, ouvrit son écritoire, et commença le brouillon d'une lettre qu'elle comptait dépêcher à miss Vanstone l'aînée par le courrier du lendemain.

Ainsi se termina l'escarmouche préliminaire. — Le fort de la bataille était encore à venir.

VI.

Toute pénétration humaine a ses limites. Avec quelque exactitude que le capitaine Wragge se fût dirigé jusqu'alors, sa subtile perspicacité se trouvait elle-même en défaut pour

le moment. Il acheva son cigare avec cette mortifiante conviction qu'il n'était nullement en mesure de deviner, et par
conséquent de paralyser la prochaine manœuvre de mistress
Lecount.

Dans une pareille difficulté, son expérience lui conseillait un moyen de salut, un moyen à peu près unique. Il
résolut d'essayer sur la femme de charge l'effet embarrassant
d'un complet changement de tactique, avant qu'elle eût le
temps de mettre à profit ses avantages en l'attaquant dans
les ténèbres où il était. Cette idée en tête, il envoya la domestique prier miss Bygrave de vouloir bien venir lui parler.

« J'espère ne vous avoir pas dérangée, dit le capitaine
lorsque Madeleine entra dans le salon..... Acceptez mes excuses pour cette odeur de tabac, et souffrez quelques mots
d'explication au sujet de la marche que nous allons adopter...
Pour garder avec vous ma franchise habituelle, je vous avouerai
que mistress Lecount m'intrigue, et je voudrais bien l'intriguer
à mon tour. Dans ce but, je propose un moyen des plus simples. J'ai déjà eu l'honneur de vous donner un accès nerveux
des plus graves, et je vous demande la permission (lorsque
M. Noël Vanstone enverra demain aux nouvelles) d'ajouter
à cette liberté que j'ai prise celle de vous aliter complètement. Question venue de Sea-View-Cottage : — Comment va,
ce matin, miss Bygrave?... Réponse de North-Shingles : —
Beaucoup plus mal; miss Bygrave est retenue dans sa
chambre... Chaque jour la question se renouvelle, peut-être
pendant une quinzaine : — Comment se porte miss Bygrave?
Pendant tout ce temps-là, s'il le faut, même réponse : —
Elle ne va pas mieux. Pourrez-vous supporter la réclusion?
Je ne vois pas pourquoi, le matin en vous levant, ou le soir
en vous couchant, vous ne respireriez pas quelque peu l'air
du Nord. Mais, tout le reste de la journée, je ne puis vous
le dissimuler, vous devrez vous ranger dans la même caté-
gorie que mistress Wragge; — vous devrez strictement
garder la chambre.

— A quelle intention m'assignez-vous cette ligne de conduite? demanda Madeleine.

— Mon intention est double, répondit le capitaine. Je rougis de me trouver si stupide; mais le fait est que je ne sais pas trop bien ce que va être la prochaine démarche de mistress Lecount. Une seule chose m'est démontrée : c'est qu'elle compte faire une autre tentative pour ouvrir à la vérité les yeux de son maître. Quel que soit le moyen qu'elle puisse employer pour constater votre identité, il lui sera indispensable, afin d'en arriver là, de conserver avec vous des rapports personnels... Fort bien !... Si j'empêche ces rapports, j'embarrasse sa marche dès le début. — Je lui force la main, comme on dit aux cartes... Comprenez-vous ? »

Madeleine comprenait fort bien. Le capitaine continua :

« Ma seconde raison pour vous enfermer ainsi, reprit-il, est uniquement relative au maître de mistress Lecount. L'amour croît, à certains égards, ma chère enfant, dans des conditions tout à fait exceptionnelles; — les obstacles le développent et le font s'épanouir. Nous commençons par faire goûter à M. Noël Vanstone tous les charmes de votre société. Puis nous le désolons en la lui retirant tout à coup. Sans notre situation actuelle vis-à-vis de mistress Lecount, et les périls que cette situation peut recéler, j'aurais proposé quelques entrevues de plus, afin de rendre plus certain l'effet que nous voulons produire. Comme vont les choses, il faut nous contenter de la fascination que M. Vanstone a subie dans la journée d'hier, et tenter l'épreuve d'une brusque séparation un peu plus tôt que je ne l'aurais souhaité en d'autres circonstances. Vous ne verrez plus ce monsieur, mais je le verrai, moi; — et s'il y a, du côté de son cœur, quelque petit endroit mis à vif, fiez-vous à moi pour y frapper d'une main experte !... Vous êtes maintenant tout à fait au courant de mes vues... Prenez le temps de réfléchir, puis donnez-moi votre réponse par *oui* ou par *non*.

— J'accepterai comme favorable, dit Madeleine, tout changement appelé à m'isoler de mistress Lecount et de son maître !... Soit fait ainsi que vous le désirez ! »

Elle avait répondu jusqu'alors en personne lasse et qui

se sent faible; mais ces derniers mots furent dits à voix plus haute et avec un teint plus animé, — symptômes qui avertirent le capitaine Wragge de ne pas insister davantage.

« Voilà qui va bien, dit-il. Nous nous comprenons, comme d'ordinaire. Je vois que vous êtes fatiguée et je ne veux pas vous retenir plus longtemps. »

Il se leva pour aller ouvrir la porte, mais à mi-chemin s'arrêta, et revenant sur ses pas : « Laissez-moi, continua-t-il, tout régler avec la domestique !... Vous ne pouvez non plus garder le lit d'une manière absolue; il faudra s'assurer de la discrétion de cette fille, chargée de répondre à la porte, — sans toutefois, comme de juste, la mettre dans la confidence. Je me charge de lui faire comprendre qu'elle doit vous dire malade, absolument comme elle dirait que vous n'êtes pas chez vous, afin de ne pas admettre des visiteurs mal venus... Et maintenant, permettez-moi de vous ouvrir la porte. — Ah, pardon !... Vous allez dans l'atelier de mistress Wragge au lieu de rentrer chez vous.

— Je le sais, dit Madeleine. Je veux retirer mistress Wragge de cette pièce, la moins habitable de la maison, et l'emmener là-haut avec moi.

— Pour la soirée?

— Pour toute la quinzaine. »

Le capitaine Wragge la suivit dans la salle à manger, et ferma prudemment la porte avant de reprendre la parole.

« Prétendriez-vous sérieusement vous infliger la société de ma femme, pendant des semaines entières? demanda-il, tout étonné.

— Votre femme est la seule créature innocente qu'abrite ce toit coupable, s'écria-t-elle avec véhémence... Je dois et je veux la garder auprès de moi !

— Ne vous agitez pas, je vous prie, dit le capitaine. Prenez mistress Wragge tant qu'il vous plaira !... Je saurai fort bien me passer d'elle. » Quand il eut ainsi abdiqué l'autre moitié de lui-même, il rentra discrètement au salon: « Sexe faible! pensait le capitaine, frappant à petits coups sa tête bien avisée..... Exigez de l'intelligence féminine un certain effort, et le caractère féminin se détend tout aussitôt. »

Cet effort auquel le capitaine faisait allusion n'était pas seulement imposé le même soir à l'intelligence féminine de North-Shingles : l'intelligence féminine de Sea-View y participait. Pendant près de deux heures, mistress Lecount, assise à son bureau, écrivit, corrigea, recopia obstinément, avant d'avoir pu rédiger pour miss Vanstone l'aînée une lettre qui répondit exactement à l'objet qu'elle avait en vue. Le brouillon finit cependant par la satisfaire, et la lettre, recopiée aussitôt de sa plus belle main, fut préparée pour la poste du jour suivant.

Cette épître était tout simplement un chef-d'œuvre d'adresse. Après les premières phrases d'introduction, la femme de charge informait directement Norah de cette visite qu'une personne déguisée avait faite à Vauxhall-Walk, de la conversation qui avait alors eu lieu, et du soupçon conçu par mistress Lecount que la prétendue miss Garth devait être, selon toute probabilité, miss Vanstone la cadette en propre personne. Jusque-là fidèle à la vérité, mistress Lecount ajoutait ensuite que son maître était armé de témoignages en vertu desquels il pouvait invoquer le secours des lois ; qu'il savait à l'œuvre, dans Aldborough même, les artisans du complot tramé contre lui. S'il hésitait à prendre les mesures nécessaires pour sa protection, c'était par déférence pour les devoirs de famille, et dans l'espoir que miss Vanstone l'aînée, usant de son influence sur sa sœur, rendrait inutile d'en venir à de telles extrémités.

« Dans de telles circonstances (continuait la lettre), il fallait de prime abord arriver à bien constater l'identité de la visiteuse de Vauxhall-Walk ; car, si la conjecture de mistress Lecount se trouvait fausse, et si l'on en venait à découvrir que la personne en question était une étrangère, M. Noël Vanstone était bien positivement résolu à commencer les poursuites nécessaires pour sa sûreté. Certains incidents dont Aldborough avait été le théâtre, et sur lesquels il était inutile d'insister, permettraient à mistress Lecount, avant

peu de jours, de voir la personne suspecte, et cette fois,
avec ses véritables dehors. Mais comme la femme de charge
ne connaissait en aucune façon miss Vanstone la cadette, il
était à désirer, bien évidemment, que l'affaire fût prise en
main par quelque personne mieux renseignée à cet égard. Si
miss Norah Vanstone se trouvait, par hasard, libre de venir
en personne passer quelques heures dans Aldborough, aurait-elle la bonté d'écrire pour s'annoncer? Mistress Lecount,
dans ce cas, lui répondrait pour fixer un jour. Si, d'autre
part, miss Norah Vanstone ne pouvait faire le voyage, mistress Lecount lui suggérait une réponse qui contiendrait la
description la plus complète et, pour ainsi dire, le signalement personnel de sa sœur; — qui mentionnerait les moindres signes particuliers existant sur son visage ou sur ses
mains, — et qui (dans le cas où elle aurait écrit récemment)
indiquerait l'adresse portée sur sa dernière lettre; à défaut,
le timbre de poste placé sur l'enveloppe. Aidée par de tels
renseignements, mistress Lecount accepterait, dans l'intérêt
même de la jeune égarée, la responsabilité des moyens à
prendre pour constater secrètement son identité : elle ne
manquerait pas de communiquer immédiatement à miss
Vanstone l'aînée le résultat de cette enquête qui les intéressait toutes deux..... »

La difficulté de faire passer cette lettre à sa véritable
adresse n'embarrassa guère mistress Lecount. Se rappelant le
nom de l'avocat qui, du temps de Michel Vanstone, avait défendu les intérêts des deux sœurs, elle adressa sa lettre « A
Miss Vanstone, aux soins de M. Pendril, à Londres. » Une seconde enveloppe, renfermant cette précieuse épître, portait
le nom de l'avocat de M. Noël Vanstone, et, à l'intérieur,
une simple ligne, par laquelle ce *gentleman* était requis d'expédier l'incluse au cabinet de M. Pendril.

« Maintenant, pensait mistress Lecount qui enfermait la
lettre dans son bureau en se promettant de la mettre elle-
même à la poste dès le lendemain.... maintenant, je la tiens,
cette poupée! »

Le lendemain matin arriva la domestique de Sea-View,

chargée des compliments de son maître, et demandant
« comment se trouvait miss Bygrave? » Le bulletin du capitaine Wragge fut transmis exactement : — « Miss Bygrave
était si souffrante qu'on l'avait condamnée à garder la
chambre. »

M. Noël Vanstone, en recevant cette nouvelle, ressentit
une anxiété qui lui fit prendre le parti de venir lui-même à
North-Shingles, pendant sa promenade de l'après-midi. L'état
de miss Bygrave était toujours le même. Il demanda s'il
pourrait être admis auprès de M. Bygrave. Le rusé capitaine
était préparé à cette requête. Il pensait qu'un peu d'inquiétude, portant sur les nerfs de M. Noël Vanstone, n'aurait pas
une mauvaise influence; et en conséquence, il avait chargé
la domestique de répondre, en cas de besoin, que « M. Bygrave, hors d'état de voir personne, priait d'agréer ses
excuses. »

Le second jour, mêmes démarches pour avoir des nouvelles; message le matin et, dans l'après-midi, visite de
M. Noël Vanstone. La réponse du matin, relative à Madeleine, fut « qu'elle éprouvait un léger mieux. » La réponse
de l'après-midi (relative au capitaine Wragge) fut : « M. Bygrave vient de sortir. » Ce soir-là, l'humeur de M. Noël
Vanstone fut particulièrement variable, et la patience, le
tact de mistress Lecount, eurent fort à faire pour éviter toute
occasion de conflit.

Le troisième jour, le bulletin de la jeune malade fut
moins consolant : — « Miss Bygrave allait encore bien mal,
et n'était pas en état de quitter son lit. » La domestique, en
rapportant ce message à Sea-View, rencontra le facteur sur
sa route, et entra dans la salle à manger avec deux lettres
adressées à mistress Lecount.

La femme de charge reconnut immédiatement l'écriture
de la première. C'était celle du médecin de Zurich qui soignait la maladie de son frère. Il annonçait que l'état du patient s'était amélioré dans les derniers jours, à ce point qu'on
ne devait plus craindre pour sa vie.

L'adresse de la seconde lettre était d'une écriture incon-

nue. Mistress Lecount, en concluant que ce devait être la réponse de miss Vanstone, attendit pour en prendre connaissance que la fin du déjeuner lui permît de se retirer chez
elle.

Là, elle ouvrit la lettre, regarda tout d'abord à la signature, et en la lisant tressaillit quelque peu. Cette signature
n'était point celle de Norah Vanstone, mais bien celle d'Harriet Garth.

Miss Garth annonçait que miss Vanstone l'aînée avait accepté, huit jours auparavant, un emploi d'institutrice, —
sous la condition d'aller rejoindre la famille de son nouveau
patron, laquelle résidait depuis quelque temps dans le Midi
de la France, pour revenir ensuite en Angleterre, lorsque
cette famille y rentrerait elle-même, et probablement après
un délai de quelques semaines. Durant cette absence inévitable, miss Vanstone avait autorisé miss Garth à ouvrir toutes
ses lettres, cette combinaison ayant principalement pour but
de ne laisser sans prompte réponse aucune des communications qui pourraient lui être adressées par sa sœur. Miss Madeleine Vanstone n'avait pas écrit depuis la mi-juillet, —
époque où le timbre de sa lettre attestait qu'elle avait dû être
mise à la poste à Londres même, dans le district de Lam-
beth, — et sa sœur aînée était partie d'Angleterre, empor-
tant sur son compte les plus vives inquiétudes.

Cette explication donnée, miss Garth ajoutait que, des
circonstances de famille l'empêchant de partir en personne
pour Aldborough, elle ne pourrait concourir à la réalisation
du plan de mistress Lecount; — mais elle possédait heureusement, dans la personne de M. Pendril, un substitut bien
plus apte qu'elle-même à remplir cet objet. Ce *gentleman*
connaissait parfaitement miss Madeleine Vanstone; et son
expérience professionnelle, ainsi que sa discrétion éprouvée, rendraient son assistance doublement précieuse. Il
voulait bien entreprendre le voyage d'Aldborough, aussitôt que sa présence y serait jugée nécessaire. Mais, ses
instants étant comptés, miss Garth insistait spécialement
pour qu'on évitât de le mander jusqu'à ce que mistress Le-

count fût tout à fait sûre du jour où elle aurait à requérir ses services.

Tout en proposant cet arrangement, miss Garth regardait comme un devoir, ajoutait-elle, de n'en pas moins fournir à mistress Lecount le signalement écrit de miss Vanstone la cadette. Tel incident pourrait survenir qui ne laisserait pas à la femme de charge le temps de réclamer les services de M. Pendrill, et les intentions bienveillantes de M. Noël Vanstone envers la malheureuse enfant qu'il traitait avec tant d'indulgence pourraient se réaliser trop tard, si quelque difficulté imprévue ne permettait pas d'établir, en temps utile, l'identité de Madeleine. Suivait le signalement, rédigé comme il devait l'être en pareilles circonstances. Aucun détail n'y était omis qui pût servir à faire reconnaître Madeleine; et il y était question, naturellement, de ces « deux petits signes, tout près l'un de l'autre, sur le côté gauche du cou, » qui avaient déjà été mentionnés sur les affiches expédiées à York. En terminant, miss Garth exprimait la crainte que les soupçons de mistress Lecount ne se trouvassent, en définitive, que trop bien fondés. Mais, tant qu'il resterait la plus faible chance que la direction du complot pût être légitimement attribuée à un étranger, la reconnaissance de miss Garth pour les ménagements gardés par M. Noël Vanstone l'obligeait à lui prêter aide dans toutes les poursuites légales qu'il devait instituer, ce cas échéant. C'est pourquoi elle insérait dans sa lettre le démenti formel, — qu'au besoin elle répéterait en personne, — d'une identité quelconque entre elle et la personne travestie qui avait osé faire usage de son nom. C'était bien elle, miss Garth, qui avait occupé l'emploi d'institutrice chez feu M. André Vanstone; et jamais de sa vie elle n'avait même approché les environs de Vauxhall-Walk.

Ce désaveu, — et les ferventes assurances données par miss Garth qu'elle était disposée à faire pour Madeleine tout ce que la sœur de celle-ci ferait elle-même, si elle fût restée en Angleterre, — formaient la conclusion de la lettre. Elle était signée par nom et prénom, et datée avec le soin, l'exactitude qui, en pareilles matières, assimilaient miss Garth à l'homme d'affaires le plus expert.

Cette lettre mettait une arme formidable aux mains de la femme de charge.

Elle fournissait le moyen d'établir l'identité de miss Bygrave, grâce à l'intervention officielle d'un avocat. Elle contenait une description personnelle assez minutieuse pour qu'on pût en tirer parti, s'il le fallait, avant l'arrivée de M. Pendril. Elle apportait une dénonciation de la prétendue miss Garth, écrite et signée par la véritable miss Garth ; elle établissait, enfin, que la dernière lettre écrite par miss Vanstone la cadette à sa sœur aînée avait été mise à la poste (et par conséquent écrite, selon toute probabilité) dans le voisinage de Vauxhall-Walk. Si une autre lettre eût été reçue postérieurement, revêtue du timbre d'Aldborough, l'enchaînement des preuves, — en tant qu'il s'agissait d'établir la succession de résidences, — aurait pu sans doute être plus complet ; mais, tel qu'il était, il devait suffire (corroboré au besoin par ce morceau de la robe d'alpaga que mistress Lecount avait conservé en sa possession) pour soulever le voile derrière lequel la conspiration était ourdie, et pour placer M. Noël Vanstone en face d'une vérité bien claire et bien frappante.

L'unique obstacle qui désormais empêchât la femme de charge d'agir immédiatement provenait de ce que miss Bygrave demeurait enfermée dans une solitude inaccessible. Avant de s'adresser à M. Pendril, la question était de savoir si l'on ne pourrait pas pénétrer jusqu'à elle. Mistress Lecount n'hésita pas à mettre son chapeau pour se rendre immédiatement à North-Shingles, et s'assurer, avant l'heure du courrier, de tout ce qu'elle pourrait y découvrir par elle-même.

Cette fois, M. Bygrave était au logis ; elle fut admise auprès de lui, sans la moindre difficulté.

De mûres réflexions, faites le matin même, avaient décidé le capitaine Wragge à précipiter quelque peu la crise imminente. Les moyens qu'il comptait employer pour en arriver là lui faisaient une nécessité de voir séparément la femme de charge et son maître; il voulait, en effet, les mettre en complet désaccord l'un avec l'autre, en produisant sur leur esprit, par rapport à lui-même, deux impressions absolument contraires. La visite de mistress Lecount, par conséquent, au lieu de lui causer le moindre embarras, réalisait au contraire le plus cher de ses vœux. Il la reçut dans le salon, avec une réserve marquée qui devait la surprendre et la surprit en effet. Le gracieux sourire du capitaine et son engageante familiarité avaient fait place à une contenance solennelle, à un masque impénétrable.

« Je me permets de vous importuner, monsieur, dit mistress Lecount, pour vous exprimer le regret que nous cause, à mon maître et à moi, le fâcheux état de miss Bygrave... Est-ce qu'il ne s'améliore pas quelque peu?

— Non, madame, répondit le capitaine aussi laconiquement que possible... Ma nièce n'est pas mieux portante.

— Je suis, monsieur Bygrave, assez expérimentée dans le métier de garde-malade... Si je pouvais vous être utile...

— Mille grâces, mistress Lecount..... Nous n'avons pas, pour le moment, à profiter de votre bonté. »

Cette réponse, si nette, fut suivie d'un silence qui dura quelques instants. La femme de charge se sentait un peu perplexe. Qu'étaient devenues la courtoisie raffinée de M. Bygrave, et son interminable phraséologie?... Aurait-il formé le projet de la blesser?... S'il en était ainsi, mistress Lecount se promettait bien de ne pas permettre qu'il en vînt à bout.

« Pourrais-je savoir quelle est la nature de la maladie? continua-t-elle. J'espère bien que notre excursion à Dunwich n'y est absolument pour rien?

— Je vous le dis à regret, madame, répondit le capitaine, le mal a débuté par cet accès névralgique dont vous avez été témoin dans la voiture...

« Allons donc! pensa mistress Lecount. Il n'essaie même pas de me faire croire à la réalité de la maladie : dès le début, il jette le masque!... — S'agit-il donc, monsieur, d'une maladie nerveuse? » ajouta-t-elle à voix haute.

Le capitaine répondit par un geste de tête affirmatif et solennel.

« Vous avez donc alors, dans la maison, monsieur Bygrave, *deux* personnes atteintes de névralgie?

— Oui, madame... Deux... Ma femme et ma nièce.

— C'est, en fait de malheurs, une coïncidence assez bizarre.

— Vous l'avez dit, madame... Tout à fait bizarre ! »

Bien que mistress Lecount fût déterminée à ne se point formaliser, l'exaspérante insensibilité du capitaine Wragge à tous les coups qu'elle lui portait finit par la troubler un peu. Elle eut quelque peine à retrouver toute son égalité d'âme, avant de reprendre le cours de la conversation.

« N'y a-t-il donc, recommença-t-elle, aucun espoir immédiat que miss Bygrave puisse quitter son appartement?

— Pas le moindre espoir, madame.

— Vous êtes content, je suppose, du médecin qui la traite?

— Je n'ai pas appelé de médecin, dit le capitaine avec sang-froid. Je surveille moi-même le traitement. »

Le venin qui s'accumulait chez mistress Lecount s'enfla tout à coup à cette réponse, et déborda de ses lèvres.

« La teinture générale de science que vous possédez, monsieur, dit-elle avec un mauvais sourire, implique, je présume, une teinture d'art médical?

— Comme vous dites, madame, répondit le capitaine, sans que son visage ou ses gestes trahissent la moindre émotion. ....Je suis médecin au même titre que je suis savant. »

Le ton sur lequel ces paroles furent prononcées ne laissait qu'une issue à la dignité de mistress Lecount. Elle se leva pour terminer l'entretien. Mais la tentation du moment se trouva trop forte pour elle; il lui fut impossible de quitter le capitaine Wragge sans le laisser sous le coup de quelque vague menace.

« Je remets, monsieur, lui dit-elle, les remercîments que je vous dois pour votre accueil au jour où je pourrai payer effectivement la dette qu'il m'a fait contracter... D'ici là, je suis heureuse de penser, vu l'absence de tout médecin, que la maladie de miss Bygrave n'a pas, à beaucoup près, la gravité que je lui supposais en venant ici.

— Jamais je ne contredis une dame, répliqua l'incorrigible capitaine..... Si c'est votre bon plaisir, à notre prochaine rencontre, de croire que ma nièce est parfaitement rétablie, je m'inclinerai avec résignation devant cet arrêt infaillible. » Il suivit, à ces mots, la femme de charge dans le corridor, et lui ouvrit poliment la porte de la rue. « Je marque la levée, madame, se disait-il à lui-même en refermant cette porte. L'atout que vous avez en main est une entrevue avec ma nièce. J'aurai bien soin que vous ne puissiez le jouer! » Il rentra au salon pour y attendre avec calme l'incident qui, selon toute probabilité, allait maintenant se produire, — à savoir une visite du maître de mistress Lecount. En moins d'une heure, les pressentiments du capitaine Wragge se trouvèrent justifiés; M. Noël Vanstone fut introduit.

« Ah ! mon cher voisin, s'écria le capitaine s'emparant amicalement d'une main que son hôte lui abandonnait à regret,..... je sais ce qui vous amène... Mistress Lecount vous a raconté la visite qu'elle vient de nous faire, et vous aura sans doute dénoncé la maladie de ma nièce comme un subterfuge pur et simple. Vous êtes surpris, vous êtes blessé, — vous me soupçonnez de jouer avec vos meilleures sympathies, — bref, vous demandez une explication... Vous y avez droit; elle vous sera donnée... Prenez un siége, monsieur Vanstone ! — Je vais m'en remettre absolument à votre bon sens, à votre jugement d'homme du monde. Je reconnais, monsieur, que nous sommes dans une position fausse et, je vous le dis sans préambule, je vous le dis sans marchander; — c'est votre femme de charge qui en est la cause. »

Pour la première fois de sa vie, M. Noël Vanstone ouvrit de grands yeux : « Lecount? » s'écria-t-il, au comble de la surprise.

« Elle-même, monsieur, répondit le capitaine Wragge. Je crains d'avoir offensé mistress Lecount, lorsqu'elle est venue ce matin, faute d'avoir mis assez de cordialité dans mon ac-

cueil. Je suis un homme tout uni, moi, et ne sais point me
parer de dehors contraires à mes sentiments. Loin de moi
l'idée de porter la moindre atteinte à la réputation de votre
femme de charge. C'est, je n'en doute nullement, une femme
excellente et très-digne de confiance; elle a pourtant un sérieux défaut, qui lui est commun avec les personnes de son
âge et placées dans une situation comme la sienne... — elle
est jalouse de son influence sur son maître, bien que peut-
être vous ne vous en soyez pas aperçu.

— Je vous demande bien pardon, interrompit M. Noël
Vanstone; je suis un observateur remarquablement subtil...
Rien ne m'échappe.

— En ce cas, monsieur, reprit le capitaine, vous n'aurez
pas manqué de remarquer que, dans sa conduite à l'égard de
ma nièce, mistress Lecount s'est laissé diriger par la jalousie dont je parlais? »

M. Noël Vanstone se rappela le duel domestique survenu
entre mistress Lecount et lui, après le départ des hôtes qui
étaient venus passer la soirée à Sea-View, et ne vit pas trop
bien, tout d'abord, ce qu'il avait à répondre. Il exprima la
plus grande surprise, le plus grand regret; — il estimait que
Lecount, pendant la course à Dunwich, avait fait son possible pour se rendre agréable; — il espérait, il était certain
qu'il y avait, dans tout ceci, quelque fâcheux malentendu.

« Prétendriez-vous dire, monsieur, poursuivit le capitaine avec une certaine sévérité, que vous n'avez pas vous-
même remarqué cette circonstance?... En tant qu'homme
honorable et subtil observateur, vous ne sauriez hasarder
une pareille assertion!... La politesse superficielle de votre
femme de charge n'a pas suffisamment dissimulé ses sentiments réels. Ma nièce les a démêlés; vous les avez démêlés;
et moi tout de même. Ma nièce, M. Vanstone, est une jeune
fille très-délicate et très-susceptible; elle refuse positivement
de cultiver à l'avenir la société de mistress Lecount... N'allez
pas vous méprendre sur ce que je vous dis là!... Pour ma
nièce, comme pour moi, monsieur Vanstone, l'attrait de
votre société demeure le même..... Miss Bygrave se refuse sim-

plement à devenir une pomme de discorde (cette allusion classique ne vous effarouche pas?), une pomme de discorde jetée dans votre intérieur. En ceci, je crois qu'elle a raison ; et je vous avouerai franchement que j'ai transformé en maladie sérieuse une affection de nerfs dont elle souffre bien réellement, — sans autre motif que d'empêcher provisoirement ces deux dames de se rencontrer tous les jours sur le Champ de parade et d'en rapporter, soit chez vous, soit chez moi, des impressions désagréables.

— Chez moi, remarqua M. Noël Vanstone, je ne souffre rien de désagréable. Je suis le maître, — vous avez déjà dû le remarquer, monsieur Bygrave ? — Je suis le maître chez moi.

— Pas le moindre doute là-dessus, mon cher monsieur. Mais vivre, du matin au soir, dans l'exercice continuel de l'autorité qu'on a, c'est mener plutôt l'existence d'un gouverneur de prison que celle d'un chef de famille... On s'use, monsieur, — pensez bien à ceci ! — on s'use à cet ingrat métier.

— Ah! c'est ainsi que vous envisagez la chose? dit M. Noël Vanstone adouci par le prompt assentiment du capitaine Wragge à sa profession de foi despotique ;.... peut-être bien n'avez-vous point tort. Mais il faut que j'avise immédiatement. Je ne veux pas qu'on me déconsidère ; — je renverrai Lecount, sans la moindre hésitation, plutôt que de me voir déconsidéré. » Son teint s'animait, et, d'un air farouche, il croisa ses petits bras. Les explications habilement irritantes du capitaine Wragge avaient éveillé en lui ce soupçon latent de l'influence exercée sur lui par sa femme de charge, qui de temps à autre lui causait quelque inquiétude, et à qui cette fois l'absence de mistress Lecount enlevait son calmant ordinaire. « Que va penser de moi miss Bygrave? s'écria-t-il avec un soudain élan de dépit... Je vais renvoyer Lecount. Dieu me damne! je vais la faire partir immédiatement !...

— Non, non, non ! dit le capitaine, dont l'intérêt n'était point de pousser mistress Lecount dans ses derniers retranchements... Pourquoi des mesures de violence quand la douceur peut suffire? Mistress Lecount est à votre service depuis

longtemps; mistress Lecount vous est attachée, vous est utile.
Elle a ce petit défaut de jalousie qui tient à sa position domestique auprès d'un maître célibataire. Elle vous voit
témoignant une attention courtoise à une jeune et jolie
femme; elle voit cette belle personne flattée, comme elle
doit l'être, des égards que vous lui témoignez, — et, pauvre
femme, elle en perd patience. A ceci, quel remède? Il faut
l'humaniser, — il faut faire une concession virile à la faiblesse du sexe... Si mistress Lecount est avec vous la première fois que nous nous rencontrerons sur le Champ de
parade, prenez de l'autre côté. Si mistress Lecount n'est pas
avec vous, accordez-nous le plaisir de votre compagnie...
Bref, mon cher monsieur, essayez du *suaviter in modo* (comme
nous disons, nous autres classiques) avant de vous risquer
dans le *fortiter in re!* »

Il y avait une excellente raison pour que M. Noël Vanstone
acceptât les conciliantes invitations du capitaine Wragge.
Une rupture ouverte avec mistress Lecount, alors même
qu'il aurait pu trouver le courage de l'aborder en face, impliquait la nécessité de reconnaître les droits qu'elle avait, — en
vertu de ses longs services, soit chez son père, soit chez
lui, — à ce qu'on lui assurât un avenir. Or la sordide nature
de M. Noël Vanstone faiblissait devant la simple idée de traduire en argent comptant ses sentiments de reconnaissance:
aussi, après un étalage d'hésitations qui avaient pour but de
sauver les apparences, il adopta les suggestions du capitaine,
et consentit à « humaniser » mistress Lecount.

« Après tout, continua M. Noël Vanstone, il faut, en cette
matière, avoir égard à ma position... Je ne veux pas qu'on se
méprenne sur le véritable sens des concessions que je puis
faire à Lecount... Miss Bygrave ne doit pas conserver l'idée
que j'ai peur de ma femme de charge. »

Le capitaine déclara qu'aucune pensée de ce genre n'était
jamais entrée et ne pouvait jamais entrer dans la tête de
miss Bygrave. M. Noël Vanstone n'en revint pas moins sur ce
sujet, à plusieurs reprises, avec son obstination accoutumée.
— Serait-il indiscret de solliciter un entretien où il pût

éclairer là-dessus miss Bygrave? pouvait-il espérer qu'on aurait le bonheur de la voir ce jour-même? Sinon ce jour-là, le jour suivant? Sinon le lendemain, le surlendemain? — Le capitaine Wragge répondit en prenant ses précautions : il sentait l'importance de ne pas exciter les méfiances de Noël Vanstone par un trop grand empressement à combler ses vœux.

« Il ne faut pas songer, mon cher monsieur, dit-il, à la voir aujourd'hui. Elle n'est pas assez bien remise; elle a besoin de repos. Je me propose de la faire sortir, demain, avant la chaleur, — non-seulement pour éviter l'embarras provenant de sa situation à l'égard de mistress Lecount, — mais parce que l'air du matin, le calme du matin, sont excellents pour ces maladies nerveuses. Nous nous mettrons en route à sept heures. Si vous êtes comme nous, et s'il vous plaisait de venir nous rejoindre, je n'ai pas besoin de vous dire que nous n'avons aucune objection à vous voir en tiers dans notre promenade du matin. L'heure, je le sais, est exceptionnelle; — mais, plus tard, ma nièce peut avoir besoin de se reposer sur sa chaise longue, et se trouver hors d'état de recevoir des visites.

Après avoir fait cette proposition, simplement pour permettre à M. Noël Vanstone de venir furtivement à North-Shingles de bon matin, et alors que sa femme de charge serait très-probablement encore au lit, le capitaine Wragge le laissa libre d'accepter, aussi indirectement qu'il avait été donné, cette espèce de rendez-vous. Le petit homme fut assez fin (il le devenait toutes les fois que son égoïsme était en jeu) pour comprendre à demi-mot, et rendre l'engagement réciproque en acceptant sans retard la proposition. Ensuite il se leva pour prendre congé.

« Un mot avant de nous quitter, dit le capitaine Wragge: cette conversation est tout à fait entre nous. Mistress Lecount ne doit rien savoir de l'impression qu'elle a produite sur ma nièce. Je ne vous en ai parlé que pour vous expliquer la brutalité apparente de ma conduite, et satisfaire là-dessus vos légitimes susceptibilités... Tout ceci, monsieur Vanstone·

sous le sceau du secret... très-strictement sous le sceau du secret... Et bien le bonjour! »

Ce fut avec ces paroles d'adieu, accompagnées de maintes révérences, que le capitaine reconduisit son visiteur. Sauf quelque désastre inattendu, il voyait maintenant par quel moyen son entreprise devait infailliblement réussir. Dans le cours de cette matinée, il avait obtenu deux résultats essentiels : d'abord en semant entre la femme de charge et son maître un germe de mécontentement réciproque; puis en associant M. Noël Vanstone, avec Madeleine et lui, à un secret dont mistress Lecount serait exclue. « Nous tenons maintenant le petit homme, pensait le capitaine Wragge en se frottant joyeusement les mains... Je crois bien qu'il est à nous, désormais! »

En quittant North-Shingles, M. Noël Vanstone rentra immédiatement chez lui, pleinement rendu au sentiment de sa propre valeur, et fermement décidé à mener les choses haut la main, s'il se trouvait en désaccord avec mistress Lecount.

La femme de charge vint recevoir son maître à la porte, avec ses plus douces façons et son sourire le plus insinuant. Elle lui parlait les yeux baissés, opposant aux proclamations d'indépendance qu'il avait projetées une barrière d'impénétrable respect.

« Puis-je me permettre de vous demander, monsieur, commença-t-elle, si votre visite à North-Shingles vous a fait envisager la maladie de miss Bygrave comme il m'a semblé qu'elle devait être envisagée ?

— Pas le moins du monde, Lecount. J'estime que vos conclusions ont été tout à la fois précipitées et faussées par un préjugé malveillant.

— Désolée, monsieur, que vous pensiez ainsi. J'ai été froissée, j'en conviens, par le grossier accueil de M. Bygrave. Mais je ne me doutais pas que mon jugement en eût été perverti à ce point..... Peut-être, monsieur, vous a-t-il reçu, *vous*, avec un empressement plus chaleureux.

— Il m'a reçu en vrai *gentleman*, — c'est tout ce qu'il me

semble convenable de dire là-dessus, Lecount; — il m'a reçu en vrai *gentleman*. »

Cette réponse éclaira mistress Lecount sur l'unique point qui lui laissât quelques doutes. Tel sens qu'il fallût attribuer au soudain refroidissement de M. Bygrave. vis-à-vis d'elle, l'accueil poli qu'il avait fait à son maître indiquait assez que le risque d'être découvert ne l'avait pas fait renoncer à ses projets, et que la marche du complot n'en était pas ralentie. Les yeux de la femme de charge brillèrent plus vifs que jamais, quand elle vit ses pressentiments ainsi justifiés. Après un moment de réflexion, elle soumit son maître à un nouvel interrogatoire.

« Vous comptez sans doute, monsieur, revoir notre voisin le capitaine ?

— Je le reverrai, naturellement, — si cela me convient.

— Peut-être aussi rendrez-vous visite à miss Bygrave, si elle vient à se rétablir ?

— Pourquoi non ?... Je voudrais bien savoir ce qui m'en empêcherait... Me faudrait-il par hasard, Lecount, votre autorisation préalable ?

— En aucune façon, monsieur. Comme vous le dites souvent (et je n'ai jamais manqué d'en tomber d'accord), il n'y a ici d'autre maître que vous. Cependant, monsieur Noël, — et si surprenante que la chose vous puisse paraître, — j'aurais quelques raisons particulières pour souhaiter que vous revissiez miss Bygrave. »

M. Noël tressaillit légèrement, et regarda sa femme de charge avec une certaine curiosité.

« J'ai une singulière fantaisie, à propos de cette jeune personne, continua mistress Lecount. Si vous voulez bien me la pardonner et vous prêter à la satisfaire, vous me rendriez un service dont je vous serais fort reconnaissante.

— Une fantaisie? répéta son maître dont la surprise allait croissant... Quelle fantaisie ce peut-il être ?

— Rien que ceci, monsieur, » dit mistress Lecount.

Elle tira d'une des petites poches de son élégant tablier un fragment de papier, soigneusement plié, de manière à occuper le moins d'espace possible, et le déposa respectueusement dans la main de Noël Vanstone.

« Si vous voulez obliger à jamais une ancienne et fidèle domestique, dit-elle ensuite d'un ton très-calme, — mais de manière à produire une vive impression, — vous serez assez bon, monsieur Noël, pour placer ce bout de papier dans la poche de votre gilet; vous ne l'ouvrirez pour le lire *que lorsque vous vous retrouverez, à la plus prochaine occasion, en face de miss Bygrave;* et, d'ici là, vous ne direz à âme qui vive ce qui vient de se passer entre nous... Je m'engage, monsieur, à vous expliquer cette singulière requête quand vous aurez fait ce que je vous demande, et à l'issue de votre prochaine conférence avec miss Bygrave. »

Elle lui fit là-dessus sa plus gracieuse révérence, et quitta paisiblement la pièce où ils étaient.

M. Noël Vanstone portait successivement ses regards du papier plié vers la porte, et de la porte sur le petit pli, avec une surprise impossible à décrire. Un mystère dans sa propre maison, — et, pour ainsi dire, à son nez et à sa barbe? Qu'est-ce que cela pouvait bien signifier ?

Cela signifiait que mistress Lecount, dans cette matinée, n'avait pas perdu son temps. Tandis que le capitaine, à North-Shingles, enveloppait de ses filets le crédule visiteur, la femme de charge minait assidûment le sol sous les pieds de son antagoniste. Le petit pli ne renfermait rien moins qu'un extrait, bien lisiblement écrit, du signalement de Madeleine, tel qu'il était donné dans la lettre de miss Garth. Avec une subtilité audacieuse que le capitaine Wragge lui-même aurait pu lui envier, mistress Lecount allait employer, pour dévoiler le complot, — et sans que celui-ci s'en doutât, — l'individu même qui devait en être victime.

VII.

Un peu avant dans la soirée, lorsque Madeleine et mistress Wragge revinrent de la promenade qu'elles avaient faite à nuit close, le capitaine arrêta la jeune fille qui remontait chez elle, pour la mettre au courant de ce qui s'était passé ce jour-là. Il ajouta que, selon lui, l'heure était venue d'amener M. Noël Vanstone à faire le plus tôt possible les propositions matrimoniales qu'on devait attendre de lui. Madeleine répondit simplement qu'elle comprenait la portée de ce conseil et ferait ce qui lui était demandé. Le capitaine Wragge la pria, puisqu'il en était ainsi, de se joindre à une promenade qu'il ferait le lendemain, à sept heures, avec M. Noël Vanstone. « Je serai prête, répondit-elle..... Avez-vous autre chose à me dire? — Non, c'était tout. » — Madeleine lui souhaita le bonsoir et rentra chez elle.

Pendant les trois jours de sa réclusion au logis, elle avait manifesté la même répugnance à frayer avec le capitaine plus longtemps qu'il n'était strictement nécessaire.

Durant tout ce temps, au lieu de paraître excédée de se trouver sans cesse avec mistress Wragge, elle s'était associée patiemment, presque avec zèle, aux occupations qui absorbaient sa compagne. Elle qui jadis, dans toute la liberté de Combe-Raven, se révoltait et protestait contre ce qu'elle appelait la monotonie de sa vie, elle acceptait maintenant, sans un murmure, la monotonie de sa vie autour de la table à ouvrage de mistress Wragge. Elle qui autrefois avait en horreur la simple vue d'une aiguille ou d'un dé, — qui jamais n'avait porté un vêtement façonné de ses propres mains, — travaillait maintenant à faire la robe de mistress Wragge, et supportait les bévues de mistress Wragge, d'un côté avec autant d'ardeur, de l'autre avec autant de patience que si elle eût donné pour but à sa vie tout entière la confection de cet unique vêtement. Tout lui était bon, — jusqu'aux vul-

gaires difficultés d'une façon de robe, jusqu'à l'incessant
bavardage de la pauvre créature, à moitié idiote, qui s'enor-
gueillissait de son concours et se trouvait si heureuse de la
garder auprès d'elle, — tout lui était bon de ce qui lui mas-
quait l'avenir et l'empêchait de songer à l'accomplissement
de la destinée qu'elle-même s'était faite. Ce caractère, profondément atteint, trouvait un incompréhensible soulagement dans l'étreinte amicale de la rude main que sa compagne lui tendait parfois; — ce cœur désolé puisait quelque
allégement et quelque joie le soir, au moment des adieux,
dans le baiser affectueux de mistress Wragge.

L'isolement ainsi fait au capitaine dans sa propre maison
ne semblait en rien peser sur son caractère toujours égal et
serein. Au lieu d'en vouloir à Madeleine du soin qu'elle mettait à l'éviter, il calculait les résultats probables de cette conduite, et lui accordait une approbation sans réserve. Plus elle
le négligeait pour rester auprès de sa femme, plus elle se rendait utile comme gardienne volontaire de cette prisonnière
qu'il fallait ne pas perdre un instant de vue. Le capitaine avait
plus d'une fois songé à révoquer la concession qu'on lui avait
extorquée, et à prendre sur lui de faire partir sa femme afin
d'obvier au danger de sa présence : son seul motif pour renoncer à cette idée avait été la certitude que Madeleine, bien sérieusement et pour tout de bon, avait formé le projet de tenir
compagnie à mistress Wragge. Aussi longtemps qu'elles étaient
réunies, son inquiétude la plus sérieuse n'avait plus de fonde-
ment. Aussi longtemps qu'il restait dehors, elles demeuraient
enfermées sous clef, suivant le désir qu'il en avait manifesté:
or il savait que, s'il ne pouvait compter beaucoup sur la
docilité suspecte de mistress Wragge, Madeleine, du moins,
maintiendrait la porte bien close jusqu'à son retour. Ce soir-
là, le capitaine Wragge fuma son cigare en pleine sécurité;
il savoura son grog tout à son aise, ne se doutant pas du
piége que mistress Lecount lui avait tendu pour le lendemain
matin.

A sept heures très-précises, M. Noël Vanstone fit son entrée. Il avait à peine franchi le seuil de la chambre, que le

capitaine découvrit, dans la physionomie et l'attitude du petit homme, un changement qui lui parut suspect.

« Anguille sous roche, pensa-t-il ; nous n'en avons pas encore fini avec mistress Lecount.

— Et miss Bygrave, comment va-t-elle ce matin ? demanda M. Noël Vanstone..... Assez bien, je l'espère, pour notre promenade matinale ? » — Ses yeux à demi fermés, que la clarté du matin semblait éblouir et que l'air frais du matin faisait pleurer, promenaient par toute la chambre des regards furtifs ; lui-même, tandis qu'il faisait poliment toutes ces questions, passait d'un fauteuil à l'autre, sans trouver une place qui parût lui convenir.

« Ma nièce va mieux ; — elle s'habille [pour sortir avec nous, répondit le capitaine qui, tout en parlant, ne cessait d'observer son mobile petit ami..... Monsieur Vanstone ! ajouta-t-il tout à coup, je suis un Anglais pur-sang ; pardonnez-moi de vous dire, sans autre forme, ce qui me passe dans l'esprit... Vous ne venez pas à moi, ce matin, aussi cordialement que vous le fîtes hier... Il y a quelque chose d'incertain dans l'expression de votre physionomie... Je me défie, monsieur, de cette femme de charge dont nous avons parlé..... A-t-elle abusé de votre indulgence ?... Aurait-elle essayé d'envenimer votre esprit, ou contre moi, ou contre ma nièce ? »

Si M. Noël Vanstone eût obéi aux injonctions de mistress Lecount et, sans y regarder, conservé dans sa poche le petit bout de papier qu'elle lui avait remis, jusqu'au moment même où elle lui avait prescrit de l'ouvrir, la brusque et habile sortie du capitaine Wragge ne l'eût point embarrassé. Mais, trop faible pour résister à un mouvement de curiosité, il avait ouvert dès le soir même la note en question ; il l'avait encore relue le matin ; — elle l'avait sérieusement troublé, rendu perplexe ; — et, dans l'agitation d'esprit où elle l'avait plongé, il ne gardait pas même l'usage de ses ressources ordinaires. Aussi hésita-t-il, et sa réponse, quand il réussit à la pouvoir formuler, commença par une équivoque manifeste.

Le capitaine Wragge ne lui laissa pas même achever sa première phrase.

« Excusez-moi, monsieur, interrompit-il en prenant ses plus grands airs..... Si vous avez des secrets à garder, il suffit de le dire, et je n'insisterai pas. Je ne prétends empiéter sur les secrets de personne. D'un autre côté, monsieur Van-stone, il faudra bien me permettre de vous rappeler que, dans notre causerie d'hier, je n'ai gardé moi-même aucune réserve. Je vous ai admis, monsieur, à mes confidences les plus sincères et les plus complètes, et, — si haut que je prise le bénéfice de mes relations avec vous, — je ne m'abaisserai jamais à cultiver votre amitié sur un autre pied que celui de l'égalité la plus parfaite. » Il ouvrit, là-dessus, son vénérable paletot, dont il écarta les revers avec une indicible majesté; puis il laissa tomber sur son hôte le regard d'un censeur austère et vertueux.

« Mes intentions sont bonnes! s'écria M. Vanstone, d'un ton plaintif... Pourquoi m'interrompre, monsieur Bygrave? Pourquoi ne pas me laisser m'expliquer? Mes intentions sont bonnes... Je n'entends blesser qui que ce soit.

— Et personne ici n'est blessé, dit le capitaine. Vous avez parfaitement le droit de garder par devers vous tout ce qu'il vous plaît de taire. Je n'ai pas celui de m'en offenser. Je me bornerai donc à réclamer pour moi les priviléges que je vous reconnais. » Il se leva d'un air très-digne, et tira le cordon de la sonnette. « Avertissez miss Bygrave, dit-il à la domestique, que notre promenade de ce matin est ajournée jusqu'à une autre occasion, et que je n'entends pas lui donner la peine de descendre. »

Ce procédé un peu violent produisit l'effet voulu. M. Noël Vanstone insista pour obtenir, avant l'envoi du message, un instant de conversation particulière. La rigueur du capitaine Wragge se détendit quelque peu. Il renvoya la domestique dans les régions inférieures et, reprenant son fauteuil, il attendit avec confiance les résultats de son habile manœuvre. En calculant les moyens d'exploiter la faiblesse intellectuelle de son hôte, il avait une grande supériorité sur mistress

Lecount. Son jugement n'était point faussé par de latentes
jalousies féminines ; il n'était pas tombé dans cette erreur où
la femme de charge s'était laissée entraîner par son amour-
propre, — celle d'évaluer trop bas l'impression produite par
Madeleine sur Noël Vanstone. Une des forces de ce bas
monde, que méconnaîtra toujours la femme d'un âge mur
quand cette force opère contre elle, c'est l'empire de la
beauté chez une femme plus jeune qu'elle ne l'est elle-
même.

« Vous êtes impétueux, monsieur Bygrave, — vous ne
donnez pas aux gens le temps de se reconnaître ; vous ne
voulez pas écouter ce que j'ai à vous dire ! s'écria M. Noël
Vanstone, toujours lamentable, quand la domestique eut refermé la porte du salon.

— C'est, monsieur, un défaut de famille... l'ardeur de
sang qu'on reproche aux Bygrave... Recevez toutes mes
excuses !... Nous voilà seuls, comme vous le désiriez... Continuez, je vous en supplie. »

Placé entre l'alternative de renoncer à son entrevue avec
Madeleine ou celle de trahir mistress Lecount, — n'ayant,
pour l'éclairer, aucun soupçon de l'objet que se proposait la
femme de charge, — intimidé par le regard scrutateur que le
capitaine Wragge tenait arrêté sur lui, — M. Noël Vanstone ne
fut pas longtemps à faire son choix. Il raconta, non sans confusion, son étrange entrevue de la veille au soir avec mistress
Lecount, et tirant de sa poche le pli qu'elle lui avait remis,
il le plaça dans la main du capitaine.

Celui-ci, du moment où il vit la note mystérieuse, se douta
vaguement de la vérité. Pour en prendre connaissance, il se
rapprocha de la fenêtre. Les premières lignes qui fixèrent
son attention furent celles-ci : « Faites-moi le plaisir, monsieur Noël, de comparer la jeune personne qui est maintenant devant vous avec le signalement placé à la suite de ces
lignes et qui m'a été communiqué par un ami. Vous saurez
le nom de la personne d'après laquelle il est fait, — nom que
j'ai laissé en blanc, — dès que le témoignage de vos propres
yeux vous aura réduit à croire ce que vous n'auriez jamais

voulu reconnaître pour vrai sur le témoignage isolé de Virginie Lecount. »

C'en fut assez pour le capitaine. Avant d'avoir lu un seul
mot du signalement lui-même, il devina ce qu'avait fait mistress Lecount, et comprit avec un profond sentiment d'humi-
liation que son ennemie le prenait au dépourvu.

Il n'y avait pas à réfléchir longuement; le complot tout
entier était menacé d'une ruine irréparable. L'unique ressource du capitaine Wragge était d'agir à l'instant même,
en s'abandonnant aux impulsions de sa témérité naturelle. Il
lisait le signalement ligne après ligne, — et pourtant cette
prompte faculté de mensonge qui jamais encore ne l'avait
laissé dans l'embarras résistait, en ce moment, à ses appels
réitérés. Il en vint à la phrase finale, — à ces derniers mots
qui mentionnaient les deux petits signes placés sur le cou de
Madeleine. Devant ce passage qui complétait la description,
une idée subite lui traversa l'esprit; — ses yeux mi-partis
étincelèrent; ses lèvres souples, se relevant par leurs coins,
dessinèrent un arc plus prononcé; — Wragge venait de
renaître.

Il se détourna brusquement de la croisée et fixa son
regard sur le visage de Noël Vanstone avec un calme forcé,
prélude inévitable de quelque grave communication.

« Auriez-vous par hasard, monsieur, quelques renseignements positifs sur la famille de mistress Lecount, demanda-
t-il à son interlocuteur?

— C'est une famille respectable, dit M. Noël Vanstone,....
mais je n'en sais pas autre chose... Pourquoi cette question,
s'il vous plaît?

— Je ne suis point un homme à gageures, poursuivit le
capitaine Wragge; mais, en cette occasion, je tiendrai la
somme qu'il vous plaira, si vous voulez parier avec moi qu'il
y a, dans la famille de votre femme de charge, une veine de
folie.

— De folie? répéta M. Noël Vanstone, véritablement stu-
péfait.

— De folie, réitéra le capitaine, frappant la note du bout

de ses doigts par un geste tout à fait doctoral... Je vois dans chaque ligne de ce déplorable document la ruse particulière aux fous, leur humeur soupçonneuse, leurs trahisons, leurs perfidies félines. Il y a, monsieur, pour expliquer la conduite de mistress Lecount envers ma nièce, une raison plus alarmante que je ne l'avais d'abord soupçonné. Il est évident pour moi que miss Bygrave ressemble à quelque autre jeune personne qui aura sérieusement offensé votre femme de charge, — qui peut-être s'est trouvée jadis mêlée au début de son infirmité mentale, — et que, dans le désordre de son esprit, elle confond présentement avec ma nièce. Telle est, monsieur Vanstone, ma conviction bien arrêtée. Je puis avoir raison, je puis avoir tort. Tout ce que j'en dirai, c'est que, ni à vous ni à personne, il ne sera possible d'assigner un motif sensé pour expliquer la production de cet incompréhensible document, ou l'usage que l'on vous demande d'en faire.

— Je ne crois pas que Lecount soit folle, dit M. Noël Vanstone avec un regard extrêmement vague et une attitude fort peu rassise... Avec mes habitudes d'observation, jamais, non, jamais Lecount n'aurait pu devenir folle à mon insu.

— Oh! à merveille, mon cher monsieur..... Je la crois le jouet d'une illusion insensée ; selon vous, elle a toute sa raison, et doit agir en vertu de quelque mystérieux mobile que ni vous ni moi ne pouvons approfondir..... Dans un cas comme dans l'autre, il n'y a aucun mal à vérifier la description de mistress Lecount, non-seulement à titre de curiosité, mais pour notre propre satisfaction particulière, tant la vôtre que la mienne... Il est impossible, cela va sans le dire, de prévenir ma nièce qu'on va la soumettre à un examen aussi singulier que celui dont votre note suggère l'idée. Mais, monsieur Vanstone, vous pouvez vous servir de vos yeux, prendre ensuite votre parti, et, — que vous la jugiez folle ou raisonnable, — dire à votre femme de charge, sur le témoignage même de vos sens, qu'elle est tout à fait dans l'erreur... Revoyons un peu cette description!... La plus grande partie ne vaut pas un fétu de paille comme moyen de constater une identité quelconque : des centaines de jeunes personnes ont la taille mince, le teint des blondes, les cheveux brun-clair, les yeux gris-clair. Vous me direz, en revanche, qu'on ne trouverait pas des centaines de jeunes personnes ayant deux petits signes tout près l'un de l'autre, sur le côté gauche du cou..... Ceci est parfaitement exact. Ces signes nous fournissent donc ce que nous autres savants nous appelons une *épreuve cruciale.* Quand ma nièce descendra, monsieur, je vous autorise à prendre la liberté de regarder son cou. »

M. Noël Vanstone témoigna qu'il goûtait fort « l'épreuve cruciale » par une bouche en cœur et des sourires qu'il n'avait pas encore eus ce matin-là.

« De regarder son cou, répéta le capitaine qui, après avoir rendu à son hôte le perfide petit billet, se dirigea lentement vers la porte..... Je vais moi-même là-haut, monsieur Vanstone, inspecter le costume de promenade choisi par miss Bygrave. Si elle a, sans le savoir, opposé quelques obstacles à votre examen, — si ses cheveux descendent un peu trop bas, si sa chemisette remonte un peu trop haut, — j'emploierai mon influence, sous le premier prétexte dont je pourrai innocemment m'aviser, pour que ces obstacles soient écartés. Tout ce que je demande, c'est que vous mettiez discrètement à profit l'occasion que je vous offre, et que ma nièce ne puisse pas se douter de l'examen dont elle va être l'objet. »

A peine fut-il hors du salon, le capitaine Wragge, grimpant l'escalier quatre à quatre, courut frapper à la porte de Madeleine. Elle lui ouvrit, toute habillée pour la promenade, — obéissant au signal qui devait, conformément à leur convention, la faire descendre au rez-de-chaussée.

« Qu'avez-vous fait de vos fards et de vos poudres? demanda le capitaine sans perdre un mot en explications préliminaires... Ils n'étaient pas dans la caisse des travestissements que j'ai vendus à Birmingham pour votre compte... Où sont-ils?

— Je les ai ici, répondit Madeleine... Dans quel but pouvez-vous les réclamer maintenant?

— Apportez-les à l'instant même dans mon cabinet de

toilette, — tout l'assortiment, pinceaux, palette et le reste?
Ne perdez pas votre temps à m'interroger; je vous dirai, une
fois à l'œuvre, ce qui nous arrive... Les instants sont comptés, chaque minute a son prix... Suivez-moi sans plus
tarder! »

Sa physionomie attestait qu'il avait de sérieux motifs
pour lui adresser, à brûle pourpoint, cette brusque proposition. Madeleine prit avec elle sa collection de cosmétiques,
et le suivit dans le cabinet de toilette. Il ferma la porte,
installa sa nièce sur un fauteuil près de la croisée, et lui
expliqua rapidement ce qui était arrivé.

« Nous sommes sur le point d'être découverts, continua
le capitaine, qui mêlait soigneusement ses couleurs avec une
colle liquide, et y ajoutait un siccateur puissant, extrait
d'un flacon qu'il avait apporté lui-même... Il ne nous reste
qu'une chance. (Soulevez un peu votre chignon, du côté
gauche!).....J'ai dit à M. Noël Vanstone de vous inspecter à la
dérobée; et je vais donner un démenti direct à ce démon de
Lecount, en cachant vos signes sous une couche de peinture.

— Vous n'en viendrez jamais à bout, dit Madeleine... Aucune couleur ne tiendra sur eux.

— Aucune... excepté la mienne, répéta le capitaine
Wragge. J'ai, dans mon temps, exercé une foule de profes-
sions, —.et entre autres, celle des peintres. Entendîtes-vous
jamais parler de ce que nous appelons un *œil poché?* J'ai
vécu, plusieurs mois durant, dans le voisinage de Drury-
Lane, avec les *yeux pochés* pour toute ressource. Ma couleur de chair tenait sur les meurtrissures de toute espèce,
de toute nuance, de toutes dimensions; elle tiendra, je vous
le garantis, sur vos signes. »

Cette assurance donnée, le capitaine trempa son pinceau
dans un petit pain de couleur opaque qu'il avait délayée au fond
d'une soucoupe, en la graduant, autant que l'avait permis la
nature des matériaux qu'il employait, d'après la couleur de
la peau de Madeleine. Quand il eut passé, sur le côté du cou
soumis à son opération, un mouchoir de batiste saupoudré
d'une espèce de farine, il posa, du bout de la brosse, sur

chaque signe successivement, une double couche de couleur.
A ce travail quelques instants suffirent, — et les signes dis-
parurent comme par magie. Pour découvrir l'artifice qui
les avait si bien dissimulés, il eût fallu y regarder de fort
près : à deux ou trois pieds de distance, cet artifice était
complétement invisible.

« Attendez ici, cinq minutes, que tout cela soit bien sec!
dit le capitaine Wragge, — et venez ensuite nous rejoindre
au salon!... Mistress Lecount elle-même, si elle vous regardait à présent, serait singulièrement embarrassée.

— Un instant! dit Madeleine; il est une chose que vous
ne m'avez pas dite encore. Comment mistress Lecount s'est-
elle procuré la description que vous avez lue en bas? Si
bien qu'elle m'ait examinée, elle n'a pu voir les signes de
mon cou; — ils sont trop en arrière et placés trop haut; —
ma chevelure les cache.

— Qui les connaît? » demanda le capitaine Wragge.

Madeleine pâlit, tout à coup assaillie par le souvenir de
Frank.

« Ma sœur les connaît, dit-elle d'une voix faible.

— Mistress Lecount a peut-être écrit à votre sœur, suggéra le capitaine.

— Pensez-vous donc que ma sœur dirait à une personne
étrangère ce que cette personne n'a point le droit de savoir?
Ah! jamais!... jamais, croyez-le bien!

— Personne autre n'a-t-il donc pu le dire à mistress Lecount?.... Les signes étaient mentionnés dans les affiches
d'York... Par qui l'avaient-ils été?...

— Pas par Norah!... Peut-être par M. Pendril. Peut-être
par miss Garth.

— Mistress Lecount, alors, aura écrit à l'un ou à l'autre,
.... plus probablement à miss Garth... L'institutrice devait lui
sembler plus maniable que l'avocat.

— Que peut-elle avoir dit à miss Garth?»

Le capitaine Wragge réfléchit un moment.

« Je ne saurais deviner ce que mistress Lecount peut
lui avoir dit, répondit-il; je sais seulement ce que j'aurais

écrit, à la place de mistress Lecount. J'aurais commencé par
effrayer miss Garth sur votre compte, à l'aide de quelque
mensonge, et j'aurais ensuite demandé un signalement dé-
taillé, mettant un étranger, animé des meilleures intentions,
à même de vous rendre à vos amis. »

Un éclair de colère brilla aussitôt dans les yeux de Madeleine.

« Ce que vous auriez fait, — dit-elle indignée, — est,
sans nul doute, ce qu'a fait mistress Lecount... Mais ni avocat, ni institutrice, ne m'enlèveront le droit de me conduire
à ma guise et d'après ma volonté. Si miss Garth s'imagine
pouvoir gêner ma liberté en se mettant d'accord avec mistress Lecount, — je prouverai à miss Garth que c'est là une
erreur grossière! Il est grand temps, capitaine Wragge, d'en
finir avec ces misérables dangers d'une découverte toujours
imminente. Nous prendrons le plus court chemin pour atteindre le but que nous avons en vue; et cela dans un
moindre délai que mistress Lecount ou miss Garth ne peuvent l'imaginer..... Combien de temps me laissez-vous pour
enlever l'offre de sa main à ce misérable personnage qui
nous attend là-bas?...

— Je n'oserais pas vous laisser longtemps, répondit le
capitaine Wragge..... Maintenant que vos amis savent où vous
êtes, ils peuvent d'un jour à l'autre nous tomber sur le dos.
Une semaine vous suffirait-elle?

— La moitié me suffira, dit-elle avec un rire forcé qui
impliquait une sorte de défi..... Ménagez-nous, ce matin, un
tête à tête comme celui de Dunwich, et, pour vous servir
d'excuse, emmenez avec vous mistress Wragge... La peinture
est-elle déjà sèche?... Descendez alors, et dites-lui que j'arrive à l'instant! »

Ce fut ainsi que, pour la seconde fois, les efforts bien
intentionnés de miss Garth allèrent à l'encontre du résultat
qu'elle voulait atteindre. Ce fut ainsi que la fatalité des circonstances fit, de la main qui voulait retenir Madeleine, la
main qui la poussait en avant.

Le capitaine revint trouver son hôte au salon, — après

s'être arrêté sur la route pour donner à mistress Wragge les instructions relatives à sa promenade.

« Je suis bien fâché de vous avoir fait attendre, dit-il venant se rasseoir amicalement auprès de M. Noël Vanstone. Je n'ai qu'une excuse, c'est que ma nièce s'était coiffée, par hasard, de manière à faire échouer notre combinaison. J'ai dû lui persuader de changer l'ordonnance de ses cheveux ;— et, sur toutes les questions relatives à leur toilette, les jeunes dames, vous le savez, s'obstinent volontiers. Offrez-lui, quand elle viendra, ce fauteuil à votre droite ; et avant de nous mettre en route, inspectez son cou tout à votre aise! »

Madeleine entra comme il achevait ces paroles et, immédiatement après l'échange des politesses préliminaires, s'assit de la meilleure grâce du monde sur le fauteuil qui lui était offert. M. Noël Vanstone se hâta de procéder à l'*épreuve cruciale,* — non sans une admiration bien sentie pour le cou superbe qui en était l'objet. Pas le moindre vestige d'un signe quelconque ne lui apparut sur cette surface, blanche et polie comme le marbre. Les yeux clignotants de M. Noël Vanstone trouvèrent là une réponse muette, mais écrasante, aux assertions téméraires de mistress Lecount. Dans tout ce qui était arrivé jusqu'alors, aucun incident n'avait eu l'importance de celui-ci et ne devait entraîner de résultats aussi essentiels. Aucun ne pouvait porter une atteinte aussi rude à l'influence de la femme de charge sur l'esprit de son maître.

Quelques minutes après, mistress Wragge apparut aux yeux étonnés de M. Noël Vanstone, et produisit sur lui toute l'impression compatible avec l'espèce d'extase où le plongeait la présence de Madeleine. Les promeneurs quittèrent aussitôt la maison et prirent la direction du Nord, de manière à ne point passer sous les fenêtres de Sea-View-Cottage. A l'inexprimable surprise de mistress Wragge, son mari, pour la première fois depuis qu'ils étaient unis, offrit poliment de lui donner le bras, et lui fit prendre les devants comme s'il attachait tout à coup un grand prix à se promener avec elle dans un tendre isolement. « Hâtez le pas! murmurait cependant le capitaine, plus impérieux que jamais... Votre nièce et M. Vanstone veulent être laissés à eux-mêmes. Si je vous prends à regarder de leur côté, je mettrai au feu de la cuisine votre robe de cachemire oriental!... Les pieds en dehors, s'il vous plaît, et marchez à mon pas!... » Mistress Wragge, au mieux de ses talents si bornés, tâchait de régler sa marche sur celle de son redoutable époux. Mais ses genoux roidis tremblaient sous elle. On ne lui aurait pas ôté de la tête que le capitaine avait bu un coup de trop.

La promenade dura un peu plus d'une heure. Neuf heures n'étaient pas sonnées quand les deux couples rentrèrent à North-Shingles. Les dames remontèrent immédiatement chez elles. M. Noël Vanstone demeura dans le jardin avec le capitaine Wragge.

« Eh bien! dit ce dernier, que pensez-vous à présent de mistress Lecount?

— Au diable soit-elle! répondit M. Noël Vanstone fort agité... Me voilà presque d'accord avec vous... Je suis à peu près tenté de penser que mon infernale ménagère a perdu la tête. »

Il parlait par saccades, et à regret, comme si la plus simple allusion à mistress Lecount lui causait une impression désagréable. Il changeait à chaque instant de couleur; son attitude était distraite, indécise; il allait et venait, sans s'arrêter un instant, d'un côté à l'autre des allées. Un observateur beaucoup moins subtil que le capitaine Wragge aurait deviné sans hésiter que Madeleine avait accueilli les avances du petit homme avec une grâce, un bon vouloir, tout à fait encourageants, et que l'imprévu de la situation le mettait hors de lui.

« Jamais une promenade ne m'a aussi bien réussi, s'écriat-il tout à coup, saisi d'une espèce d'enthousiasme... J'espère que la santé de miss Bygrave s'en trouvera mieux... Sortirezvous, demain, à la même heure?... Pourrai-je vous accompagner?

— Rien ne s'y oppose, monsieur Vanstone, répondit le capitaine en toute cordialité... Mais, permettez-moi d'y revenir, que comptez-vous dire à mistress Lecount?

— Je n'en sais rien..... Lecount est un embarras fâcheux !...
A ma place, monsieur Bygrave, que feriez-vous ?

— Avant de vous répondre, mon cher monsieur, laissez-
moi vous interroger..... A quelle heure déjeunez-vous ?

— A neuf heures et demie.

— Mistress Lecount se lève-t-elle de bonne heure ?

— Non... Lecount paresse volontiers le matin... Je déteste
les femmes paresseuses !... A ma place, voyons, que lui diriez-
vous ?

— Absolûment rien, répondit le capitaine Wragge. Je ren-
trerais immédiatement par les derrières; je m'arrangerais
pour que mistress Lecount me vît dans le jardin et supposât
que je fais un tour avant le déjeuner; elle me croirait à peine
sorti de ma chambre... En supposant qu'elle vous demande si
vous comptez nous venir voir aujourd'hui, répondez que non...
Ménagez-vous une existence tranquille jusqu'à ce que vous
soyez forcé de répondre à ses questions..... Vous lui direz
alors la vérité toute simple..... Vous lui direz que la nièce de
M. Bygrave et le portrait de cette nièce par mistress Lecount
diffèrent absolûment dans le détail le plus essentiel; vous la
prierez de ne plus revenir sur ce sujet... Tel est mon avis...
Qu'en pensez-vous ? »

Si M. Noël Vanstone avait pu lire dans l'esprit de son nouveau conseiller, il aurait trouvé sans doute que les avis et les
intérêts du capitaine étaient merveilleusement d'accord. Tant
qu'on pourrait laisser ignorer à mistress Lecount les visites
de son maître aux habitants de North-Shingles, elle attendrait
patiemment l'occasion de vérifier ses conjectures par une
épreuve décisive; et tant qu'il en serait ainsi, on devait espérer qu'aucune nouvelle tentative de sa part ne viendrait
entraver la marche du complot. Nécessairement incapable
d'envisager sous cet aspect les conseils du capitaine Wragge,
M. Noël Vanstone n'y voyait tout simplement qu'une ressource
provisoire contre la nécessité de s'expliquer avec sa femme
de charge. Il s'empressa de déclarer que cette marche serait
fidèlement suivie par lui de point en point, et, sans autre
délai, repartit pour Sea-View.

En cette occasion, la conduite de mistress Lecount réalisa fort exactement les prévisions du capitaine Wragge. Elle ne s'était pas doutée que son maître fût allé à North-Shingles, — elle avait pris son parti d'attendre patiemment jusqu'à la fin de la semaine, s'il le fallait, le résultat de l'entrevue qu'il devait avoir avec miss Bygrave; — elle ne l'embarrassa donc par aucune question imprévue, quand il manifesta l'intention de n'avoir, ce jour-là, aucuns rapports personnels avec les Bygrave. « Serait-ce que vous ne vous trouveriez pas assez bien, monsieur Noël? lui demanda-t-elle seulement, — ou que cette démarche vous inspire quelque répugnance? » Il répondit, en fort peu de mots, « qu'il ne se trouvait pas assez bien, » — et la conversation en resta là.

Le lendemain matin, tout se passa fort exactement comme la veille. Seulement, cette fois, M. Noël Vanstone rapporta chez lui, dans la poche de son gilet, un bien cher souvenir; — il s'était emparé, le tendre berger, d'un des gants de miss Bygrave. Pendant toute la journée, chaque fois que de temps en temps il se trouvait seul, il prenait ce gant et le baisait avec une ferveur presque passionnée... C'étaient là, pour le malheureux petit avorton, des moments de bonheur volé, dont les muettes et furtives délices lui procuraient une sensation toute nouvelle. Les jeunes filles, en bien petit nombre, qu'il avait pu rencontrer, à Zurich, dans le cercle très-borné des relations de son père, éprouvaient un malin plaisir à le traiter comme une sorte de jouet bizarre; l'impression qu'il avait paru produire sur ces jeunes cœurs était de nature à lui donner pour rival le premier bichon venu. L'intérêt le plus vif qu'il eût réussi à leur inspirer égalait à peine celui qu'elles eussent pris à quelque colifichet, à quelque chiffon nouveau. Les seules femmes qui jusqu'alors eussent paru solliciter son admiration et vouloir prendre ses compliments au sérieux étaient de celles qui sentent leurs charmes se flétrir et diminuer rapidement leurs chances d'hyménée. Pour la première fois de sa vie, il venait maintenant de goûter quelques heures de félicité auprès d'une belle jeune fille; et il l'avait quittée sans emporter avec lui un de ces souvenirs humiliants qui froissent l'amour-propre d'un homme et le rabaissent dans sa propre estime.

Quelque soin qu'il prît pour le cacher, le changement produit dans sa physionomie et dans toute sa manière d'être par le sentiment nouveau qui venait de s'éveiller en lui ne pouvait complétement échapper à mistress Lecount. Elle lui demanda, le second jour, soulignant ses mots, s'il n'avait pris aucun arrangement pour sa visite aux Bygrave. Sa réponse fut encore négative... « Peut-être irez-vous demain, monsieur Noël? » reprit la femme de charge avec une certaine insistance. Il était à bout de ressources; il lui tardait d'échapper à cette inquisition perpétuelle; il comptait sur l'assistance de son ami de North-Shingles; — et, cette fois, il répondit affirmativement : « Si vous voyez la jeune personne, continua mistress Lecount, veuillez, monsieur, ne pas oublier cette petite note que j'ai placée moi-même dans la poche de votre gilet! »

Ni de part ni d'autre il n'en fut dit davantage; mais, par le courrier même de ce jour, la femme de charge écrivit à miss Garth. Sa lettre était un simple accusé de réception, accompagné de remerciments pour la communication déjà reçue; et miss Garth était prévenue de plus « que mistress Lecount espérait se trouver à même, sous très-peu de jours, de lui écrire encore pour convoquer M. Pendril à venir explorer Aldborough. »

Assez avant dans la soirée, au moment où le salon de North-Shingles commençait à s'obscurcir, et où le capitaine allait sonner comme de coutume pour demander de la lumière, il fut étonné d'entendre dans le couloir la voix de Madeleine enjoignant à la domestique de remporter les bougies. Elle frappa aussitôt à la porte, et glissa dans l'obscurité comme une espèce de fantôme.

« J'ai à vous poser une question sur vos projets pour demain, lui dit-elle : mes yeux, ce soir, sont très-affaiblis, et j'espère que vous me permettrez de vous priver de lumière pendant quelques minutes? »

Elle parlait ainsi d'une voix sourde, cherchant à tâtons,

dans la partie la plus ténébreuse de la pièce, un fauteuil éloigné de celui du capitaine. Assis près de la croisée, c'est tout au plus s'il discernait le vague contour de ses vêtements, tout au plus s'il entendait les accents de sa voix affaiblie. Il ne l'avait vue, depuis deux jours, qu'aux heures de leur promenade matinale. Dans l'après-midi, ce jour-là, il avait trouvé sa femme en pleurs, au fond de l'arrière-cabinet du rez-de-chaussée. Tout ce qu'elle avait pu lui dire, c'est que Madeleine l'effrayait; — que Madeleine en revenait au point où elle l'avait vue après l'arrivée de la lettre de Chine, lors de ce terrible séjour à Vauxhall-Walk...

« J'ai appris avec regret, de mistress Wragge, que vous étiez un peu souffrante aujourd'hui, dit le capitaine qui, presque sans le savoir, baissait la voix au diapason des confidences les plus intimes.

— Qu'importe? répondit-elle avec calme, du sein des ténèbres où elle était plongée..... Je suis assez forte pour souffrir beaucoup et survivre encore... D'autres jeunes filles, à ma place, auraient été plus heureuses; — elles seraient mortes à la peine. Encore une fois, cela importe fort peu... D'ici à cent ans, il n'en sera ni plus ni moins... [Doit-*il* revenir demain matin, à sept heures?

— Sans doute, si vous n'y voyez pas d'objections.

— Je n'ai plus d'objections à quoi que ce soit. Je voudrais seulement que l'heure fût changée. Je ne suis pas à mon avantage de si bon matin. Mes nuits sont mauvaises; je me lève pâle et défaite... Ecrivez-lui, ce soir, et donnez-lui rendez-vous pour midi.

— Midi, vu les circonstances, est une heure quelque peu tardive. Nous serons en vue pendant la promenade.

— Je n'ai point le projet de me promener... Vous le ferez entrer au salon... »

Sa voix s'éteignit ici avant que la phrase fût achevée.

« Et puis? reprit le capitaine Wragge.

— Et puis... vous me laisserez au salon, seule avec lui.

— Fort bien.. fort bien!... je comprends, dit le capitaine. Je me tiendrai à l'écart, dans la salle à manger, tout le temps de sa visite ; et quand il sera parti, vous viendrez me rendre compte. »

Il y eut un autre moment de silence.

« Sera-t-il absolument nécessaire de vous parler ? demanda-t-elle tout à coup. Je puis me contenir pendant que je l'ai là, près de moi ;…. mais je ne sais ensuite ni ce que je fais ni ce que je dis… N'est-il donc pas quelque autre moyen de communiquer ensemble ?

— J'en sais une foule, dit le capitaine, et je prends au hasard le premier qui me vient à l'esprit. Baissez, avant qu'il n'arrive, la persienne de votre chambre… J'irai me promener sur la côte, et j'attendrai là, en vue de la maison… Lorsque je le verrai sortir, j'aurai l'œil sur votre fenêtre. S'il n'a rien dit de décisif, la persienne restera baissée. Levez-la, au contraire, s'il vous a régulièrement offert sa main !… Ce signal est d'une simplicité primitive ; il ne peut donner lieu à aucun malentendu… Soyez, demain, aussi belle que vous le pourrez !… Assurez-vous de lui, chère enfant ; — assurez-vous de lui, pour peu que cela ne soit pas impossible ! »

Il avait parlé assez haut pour être certain qu'elle l'avait entendu, — mais pas un mot de réponse n'émana d'elle. Le profond silence qui régnait autour d'eux ne fut troublé que par le bruissement de sa robe de soie, lequel apprit au capitaine que Madeleine venait de quitter son siége. Il entrevit de nouveau, traversant le salon, sa forme vague aux allures de spectre ; la porte se referma doucement ; — elle était partie.

Il se hâta de sonner à tour de bras pour avoir de la lumière. La domestique le trouva debout, près de la fenêtre, l'air beaucoup moins posé qu'à l'ordinaire. Il lui dit qu'il se sentait un peu souffrant, et l'envoya au buffet chercher le porte-liqueurs.

Quelques minutes avant midi, le lendemain, le capitaine Wragge alla occuper son poste d'observation, — prenant soin de s'abriter derrière une barque de pêcheurs échouée sur la plage. Au coup de l'horloge, il vit M. Noël Vanstone s'acheminer ponctuellement vers North-Shingles et ouvrir la porte du jardin. Lorsque celle de la maison se fut refermée sur cet empressé visiteur, le capitaine Wragge, s'adossant comfortablement aux flancs de la barque, alluma un cigare de bonne grosseur.

Il fuma une demi-heure, — et même dix minutes de plus, au témoignage de sa montre. Le cigare ne quitta ses lèvres, presque entièrement consumé, qu'au moment où elles ne purent plus le retenir. Et comme il venait d'en jeter le bout, la porte du jardin se rouvrit : — Noël Vanstone se retirait.

Le capitaine leva aussitôt les yeux vers la fenêtre de Madeleine. Absorbé tout entier par l'agitation de ce moment décisif, il comptait à demi-voix les secondes. Du salon à sa chambre, la jeune fille pouvait arriver en une minute. Il compta jusqu'à trente, et rien ne changea. Jusqu'à cinquante, — il en fut de même. Alors il cessa de compter et, dans son impatience, quitta la barque pour s'en revenir au logis.

A son premier pas dans cette direction, il vit le signal.

On relevait la persienne.

Remontant avec précaution la pente des grèves, le capitaine Wragge eut soin de regarder vers Sea-View-Cottage avant de se produire sur le Champ de parade. M. Noël Vanstone était de retour chez lui, et franchissait justement le seuil de sa maison.

« Si, pour chausser vos souliers, on me proposait tout l'argent que vous avez, disait le capitaine en le suivant de l'œil,..., quelque riche que vous puissiez être, — je refuserais. »

VIII.

De retour chez lui, le capitaine Wragge reçut, par l'entremise de la domestique, un message significatif : « M. Noël Vanstone reviendrait dans l'après-midi, à deux heures, et comptait bien avoir le plaisir de trouver M. Bygrave. »

La première question du capitaine, après la réception du

message, fut pour s'enquérir de Madeleine. « Où était miss Bygrave ? — Dans sa chambre. — Où était mistress Bygrave ? — Dans l'arrière-salon. » Le capitaine Wragge prit immédiatement cette dernière direction et, pour la seconde fois, trouva sa femme noyée dans les larmes. Elle avait été, tout le jour, bannie de la chambre de Madeleine, et se creusait en vain l'esprit pour deviner comment elle avait mérité un traitement aussi rigoureux. Coupant court à ses lamentations sans beaucoup de cérémonie, son époux lui enjoignit de monter sur-le-champ, et de savoir de Madeleine, à travers la porte, si elle pouvait accorder cinq minutes d'attention à une question de première importance, qu'il fallait régler avant deux heures.

La réponse fut négative. Madeleine demandait que l'affaire pour laquelle on sollicitait sa décision lui fût soumise par écrit. Elle s'engageait à répondre de même, — étant bien convenu que mistress Wragge, et non la domestique, serait employée pour cet échange de dépêches.

Le capitaine Wragge ouvrit à l'instant même une écritoire et traça ces lignes : « Agréez mes plus chaleureuses félicitations sur le résultat de votre entrevue avec M. N. Vanstone. Il revient à deux heures et, sans nul doute, pour donner à ses propositions une forme officielle. La question à décider est de savoir si je dois ou non le presser au sujet des conventions pécuniaires. Les considérations que vous devez peser sont au nombre de deux. La première est de savoir si la susdite pression (sans que je veuille le moins du monde estimer trop bas votre influence sur lui) n'agira pas longtemps sur M. Noël Vanstone avant d'en extraire un argent quelconque. La seconde, si nous sommes le moins du monde autorisés, — vu notre position actuelle à l'égard de certaine praticienne en jupons, dont la finesse nous est connue, — à courir les risques d'un délai plus ou moins long... Réfléchissez à tout ceci et, le plus tôt possible, faites-moi connaître votre décision. »

La réponse à cette note était écrite en caractères irréguliers et couverts d'éclaboussures, qui différaient singulièrement de ceux que la main de Madeleine, ferme et posée, alignait d'habitude. Elle ne renfermait que ces mots : « Ne vous inquiétez pas du douaire; laissez-moi le soin de régler l'emploi futur de ses capitaux!

— L'avez-vous vue? demanda le capitaine, quand sa femme lui remit cette réponse.

— J'ai tâché, dit mistress Wragge avec un nouvel éclat de larmes... Mais elle a seulement entr'ouvert la porte, de manière à y passer la main... J'ai pris cette main, et je l'ai serrée légèrement... Pauvre enfant! c'était un morceau de glace! »

Lorsque le maître de mistress Lecount reparut, à deux heures, son état vraiment inquiétant réclamait l'anodine application de l'éventail vert que la femme de charge promenait si volontiers autour de ses tempes. L'agitation qu'il avait éprouvée en se déclarant à Madeleine, la terreur de voir sa trame découverte par mistress Lecount, le pressentiment inquiet des pénibles concessions pécuniaires que le parent et tuteur de Madeleine allait peut-être exiger de lui, — toutes ces émotions, éminemment contradictoires, avaient imposé à son cœur une tâche que ce débile organe remplissait à grand effort. En reprenant place sur un fauteuil du salon de North-Shingles, M. Vanstone respirait à peine, la bouche ouverte et haletant comme un poisson hors de l'eau; en outre, cette pâleur bleuâtre qui, dans les moments de trouble, s'épandait invariablement sur son visage, s'y montrait maintenant aussi menaçante que jamais. Le capitaine Wragge, sincèrement alarmé, saisit le flacon d'eau-de-vie et, avant que la moindre parole eût été échangée de part ou d'autre, contraignit son hôte à ingurgiter tout un verre de cette ardente liqueur.

Restauré par un stimulant aussi énergique, et encouragé par la promptitude complaisante que mettait le capitaine à le devancer dans tout ce qu'il voulait dire, M. Noël Vanstone parvint à exposer, d'une manière suffisamment nette, l'objet sérieux de sa démarche. Tous les préliminaires d'usage pour ces sortes d'occasions furent réglés sans trop de peine. La famille du prétendu était respectable; sa position dans le monde ne pouvait que convenir. Son affection, bien que née un peu vite, se montrait désintéressée et sincère. Le capitaine Wragge n'avait donc qu'à énumérer ces diverses considérations avec un heureux choix de mots et une émotion qui faisait trembler sa voix mâle et sonore; — il s'en tira dans la perfection. Pendant la première demi-heure de cette conférence délicate, aucune allusion ne fut faite au sujet qui pouvait en compromettre l'heureuse issue. Avant de l'aborder, le capitaine attendit que son hôte fût complétement remis, et seulement alors ménagea la transition en des termes savamment calculés :

« Il y a, monsieur Vanstone, une petite difficulté, dont vous ni moi n'avons peut-être assez tenu compte. La conduite récente de votre femme de charge me donne à penser qu'elle envisagera de tout autre façon que d'un œil amical le changement de votre existence. Vous n'avez probablement pas jugé nécessaire, jusqu'à présent, de lui faire connaître le nouveau lien que vous prétendez former? »

M. Noël Vanstone pâlit à la seule idée d'une explication entre lui et mistress Lecount.

« Je ne sais pas au juste ce que j'ai à faire, dit-il, — jetant un regard inquiet du côté de la fenêtre, comme s'il s'attendait à y voir paraître l'espionne assidue de ses moindres démarches. — J'ai en horreur les positions équivoques, et celle-ci est la plus gauche où je me sois jamais trouvé. Vous ne savez pas quelle terrible femme est Lecount..... Ce n'est pas que j'aie peur d'elle... Vous ne supposez pas, j'imagine, qu'elle m'inspire la moindre crainte?... »

Son gosier, se serrant à ces mots, donna le démenti le plus complet à ces vaines bravades, et lui coupa littéralement la parole.

« Veuillez, je vous prie, ne point vous fatiguer en explications, dit le capitaine Wragge qui vint immédiatement à son aide..... C'est là, monsieur Vanstone, une histoire de tous les jours. De qui s'agit-il, en effet? d'une femme qui a vieilli à votre service, et précédemment au service de votre père; d'une femme qui, par toutes sortes de petites menées souterraines, a su, depuis des années, empiéter systématiquement sur les limites de sa position servile; d'une femme, enfin, que vos bontés irréfléchies, mais tout à fait concevables, ont en quelque façon autorisée à revendiquer sur vous, un droit de propriété...

— De propriété! s'écria M. Vanstone, qui se méprit aux paroles du capitaine, et, désormais, incapable de dissimuler ses craintes, laissa échapper malgré lui la vérité... J'ignore en effet ce qu'elle ne va pas revendiquer, en fait de propriété. Elle me fera payer, non-seulement pour moi, mais pour mon père... Ce sera par milliers, monsieur Bygrave, — oui, par milliers, que les livres sterling sortiront de ma poche!.... » Devant ce tableau de torture pécuniaire que son imagination venait d'évoquer, il joignait les mains par un geste de désespoir, comme si le sang doré de ses veines jaillissait à grands flots sous la lancette avide de mistress Lecount.

« Doucement, M. Vanstone!.... Doucement!... Jusqu'à présent, cette femme ne sait rien, et l'argent n'est pas encore parti.

— Non, certes; l'argent, comme vous dites, n'est pas encore parti. Je suis seulement agacé au sujet de cet argent, et je ne saurais m'empêcher de l'être... Vous alliez, tout à l'heure, me dire quelque chose... Vous alliez me donner un conseil... Je fais le plus grand cas de vos avis, monsieur Bygrave : ils me sont plus précieux que vous ne sauriez le croire. » Ces derniers mots furent prononcés avec le sourire presque suppliant d'un homme qui s'abandonne lui-même, et s'asservit, littéralement, à quelque ami doué d'une intelligence supérieure.

« Je me bornais, mon cher monsieur, à vous assurer que le comprenais les embarras de votre situation, répondit le capitaine. Je les vois aussi nettement que vous-même les pouvez voir. Dire à une femme comme mistress Lecount qu'il lui faut descendre de son trône domestique pour céder la place à une autre reine, plus jeune et plus belle, investie en

outre des droits d'une épouse, c'est provoquer inévitablement
un éclat désagréable..... Je dis un éclat désagréable, monsieur Vanstone, en supposant fondée votre opinion sur le bon
état mental de votre femme de charge. La chose serait bien
autrement sérieuse, s'il arrivait, par hasard, que j'eusse
raison en supposant ses facultés un peu dérangées.

— Je ne dis pas que ce ne soit aussi ma manière de voir,
répliqua M. Vanstone... Et surtout après ce qui est arrivé
aujourd'hui. »

Le capitaine Wragge demanda aussitôt qu'on le mît au
courant de l'incident auquel il venait d'être fait allusion.

Là-dessus, M. Noël Vanstone, — avec un nombre incalcu-
lable de parenthèses, toutes se référant à lui-même, — expliqua que mistress Lecount, tout au plus une heure auparavant,
avait posé à son maître la question qu'il redoutait, sur le petit
billet dont elle l'avait muni en guise de préservatif. A cette
question, il avait répondu dans les termes indiqués par
M. Bygrave. Instruite que l'exactitude du signalement avait
été mise à l'épreuve, et qu'elle péchait par le détail fort essentiel des signes indiqués comme devant se trouver sur le
côté gauche du cou, mistress Lecount avait réfléchi quelque
peu, et demandé ensuite à son maître si, avant que l'épreuve
ne fût tentée, il n'aurait pas montré à M. Bygrave la note
rédigée par elle. Il lui avait répondu que non, ne voyant
guère moyen de faire autrement, — et la femme de charge
lui avait alors adressé cette adjuration solennelle et menaçante : « Vous me cachez la vérité, monsieur Noël !... Vous
accordez votre confiance à des étrangers; vous la retirez à
une ancienne domestique, à une fidèle amie... Chaque fois
que vous allez chez M. Bygrave, chaque fois que vous voyez
miss Bygrave, vous faites un pas de plus vers l'abîme... Ils
ont, malgré moi, étendu un bandeau sur vos yeux... Mais je
vous annonce, et leur annonce en même temps, que je saurai l'en écarter avant peu de jours ! » A cette bizarre impré-
cation, — rendue encore plus extraordinaire par une expression qu'il n'avait jamais remarquée sur le visage de mistress
Lecount, — M. Noël Vanstone ne s'était permis aucune réponse.

La conviction de M. Bygrave que la femme de charge portait en elle le germe d'une insanité latente lui était alors revenue à la pensée, et il avait saisi la première occasion de quitter la pièce où il se trouvait avec elle.

Le capitaine Wragge prêta la plus grande attention au récit qu'on lui détaillait ainsi. Une seule conclusion s'en pouvait déduire, — c'est qu'il lui fallait, sans le moindre retard, précipiter le dénoûment.

« Je ne suis pas surpris, dit-il avec gravité, d'apprendre que vous inclinez à partager mon opinion... Après ce que vous venez de me dire, monsieur Vanstone, pas un homme de sens qui ne s'y rangeât... Tout ceci devient sérieux... Je ne sais vraiment pas jusqu'où peuvent aller les conséquences de la notification que vous devriez faire à mistress Lecount relativement à vos nouveaux plans d'existence... Ma nièce pourrait s'y trouver impliquée..... Or ses nerfs sont en mauvais état; elle est d'une sensibilité peut-être excessive. Je la vois devenue l'objet innocent de la haine et de la méfiance de cette femme insensée... Vous me faites peur, monsieur!... Ce n'est pas légèrement que je puis perdre mon sang froid, — mais je vous avouerai que vous venez de m'inspirer, pour l'avenir, de véritables alarmes. » Il fronça le sourcil, secoua la tête, et jeta sur son hôte un regard abattu.

M. Noël Vanstone commençait à se sentir inquiet. Le changement survenu chez M. Bygrave sembla lui faire présager un nouvel examen de ses propositions matrimoniales, envisagées, cette fois, à un point de vue beaucoup moins favorable que le premier. Il prit alors conseil de la couardise et de la ruse qui dominaient en lui, qualités innées, et mit en avant une solution du problème, due à sa propre imaginative.

« Pourquoi donc en parler à Lecount? demanda-t-il... Où est le droit de Lecount à être renseignée là-dessus?... Le mariage ne saurait-il avoir lieu sans qu'elle soit mise dans le secret? et ne se pourrait-il pas faire que quelqu'un fût chargé de lui en communiquer la nouvelle, après que nous nous serions mis tous les deux hors de portée? »

Le capitaine Wragge accueillit cette proposition avec une
expression de surprise qui faisait le plus grand honneur à
ses talents mimiques. En effet, durant tout cet entretien, il
s'était donné pour objet principal de l'amener où il en était
— c'est-à-dire, en d'autres termes, de faire suggérer par
Noël Vanstone, au lieu de la suggérer lui-même, l'idée d'un
mariage pratiqué à l'insu de mistress Lecount. Personne,
mieux que le capitaine, ne savait que les seules responsabilités dont veuille se charger un homme faible sont celles
qu'on peut sans cesse lui signaler comme pesant exclusivement sur ses épaules.

« Les procédés clandestins de toute sorte me sont habituellement antipathiques, dit le capitaine Wragge; mais les
règles les plus strictes sont sujettes à quelques exceptions,
et je suis obligé de convenir, monsieur Vanstone, que votre
position dans tout ceci est une position exceptionnelle s'il
en fut jamais. La marche que vous venez d'indiquer, — encore qu'elle me convienne assez peu, et si déplaisante qu'elle
puisse me paraître, — non-seulement vous épargnerait un
embarras sérieux (pour ne rien dire de plus), mais vous mettrait aussi à l'abri de ces réclamations pécuniaires auxquelles
vous avez déjà fait allusion, comme devant être exercées
personnellement par votre femme de charge... Nous attein-
drions par là deux résultats éminemment désirables, — sans
parler, en ce qui me concerne, du plaisir que j'éprouverais à
ne plus redouter pour ma nièce aucunes tracasseries... D'un
autre côté, cependant, un mariage célébré aussi secrètement
que vous paraissez le désirer doit être nécessairement un
mariage à courte date, — car, dans la situation où nous sommes, plus long sera le délai, plus nous courrons le risque de
voir notre secret dévoilé... Je ne suis point hostile aux mariages promptement conclus, lorsque des flammes mutuelles
sont alimentées par un revenu suffisant... Moi-même, j'ai fait
un mariage d'amour, et sans y mettre beaucoup de temps.
Il y a force exemples, et chacun pourrait en citer, de « cours »
sommairement faites, et de mariages très-expéditifs qui
n'en ont pas moins retourné l'atout... — Mille pardons! —

qui ont fort bien tourné, somme toute. Mais s'il est dit que ma nièce et vous, monsieur Vanstone, devez fournir un nouvel exemple de cette sorte d'événements, il nous faut, je crois, trouver les moyens de brusquer les préliminaires d'usage pour les mariages aristocratiques... Vous devez comprendre que je fais ici allusion aux conventions matrimoniales et à la rédaction du contrat?

— Encore une cuillerée d'eau-de-vie ! dit M. Noël Vanstone, qui tendit son verre d'une main tremblante au moment où ce mot : « conventions matrimoniales », sortit des lèvres du capitaine Wragge.

— Je vous tiendrai compagnie, » dit le capitaine, descendant avec agilité du piédestal imposant où il juchait et, à petites gorgées, savourant son breuvage favori. M. Noël Vanstone, après avoir suivi avec une certaine agitation l'exemple de son hôte, se calma peu à peu, résigné à l'opération qui allait suivre, rejetant sa tête en arrière, serrant convulsivement ses mains, et dans cette attitude spéciale que les souvenirs de tout être civilisé associent à l'idée d'un fauteuil de dentiste.

Le capitaine posa le verre qu'il venait de vider, et remonta immédiatement sur son piédestal :

' « Nous parlions du contrat, reprit-il. Je vous ai déjà fait savoir, monsieur Vanstone, dès le commencement de cet entretien, que ma nièce apporte pour tout douaire, à l'homme de son choix, ce qu'elle peut offrir de plus précieux, c'est-à-dire sa personne elle-même... Ceci, néanmoins (vous le savez sans doute), ne m'enlève pas le droit de régler avec son futur mari, selon nos us et coutumes, les conditions pécuniaires relatives à son établissement. Ainsi que cela se passe ordinairement, mon avocat aurait à s'entendre avec le vôtre, — il y aurait lieu à consultation, — de nombreux délais s'ensuivraient, des étrangers seraient mis au courant de vos intentions, — et mistress Lecount, tôt ou tard, connaîtrait cette vérité que nous tenons à lui cacher... Ne sommes-nous pas, jusqu'ici, tout à fait d'accord? »

Une appréhension inexprimable tenait closes les lèvres de

M. Noël Vanstone. Il ne put répondre que par une muette adhésion.

« Fort bien, reprit le capitaine. Maintenant, monsieur, peut-être avez-vous remarqué que mon tour d'esprit est passablement original. Si, jusqu'ici, cette particularité ne vous a pas frappé, je serai obligé de vous dire que, sur certains sujets, je tiens à mes opinions, qui ne sont celles de personne. Les contrats de mariage figurent au nombre de ces sujets réservés... Que fait en général, — permettez-moi de vous le demander, — un parent, un tuteur placé comme je le suis?... Après avoir confié à l'homme choisi par lui le dépôt sacré du bonheur d'une femme, il prend tout à coup, — vis-à-vis de cet homme, — une attitude hostile, et refuse de lui conférer une responsabilité bien inférieure, celle de pourvoir à l'avenir pécuniaire de sa future compagne. Le père de la fiancée cherche à lier son gendre par les clauses les plus étroites que la loi puisse lui fournir. Il prend, avec le mari de sa fille, les mêmes précautions que s'il avait affaire à un étranger, je dis plus, à un voleur. Je qualifie cette conduite d'inconvenante et d'illogique au premier chef. Aussi ne me la verrez-vous pas adopter, monsieur Vanstone; — vous ne verrez pas différer mes maximes et ma pratique. Si je vous confie ma nièce, j'accepterai pour elle et pour moi, comme amplement suffisante, votre responsabilité en ce qui touche les questions secondaires..... Votre main, monsieur! — donnez-moi votre parole d'honneur que vous garantirez l'avenir de votre femme, ainsi qu'il convient à sa position et à votre fortune, — et désormais la question du douaire sera réglée entre nous, réglée une bonne fois, réglée pour toujours! » Les instructions de Madeleine se trouvant ainsi suivies de la manière la plus digne, le capitaine écarta les revers de son respectable paletot et, la tête en arrière, la main en avant, il offrait sur son siège le modèle de la tendresse paternelle, le portrait achevé de l'homme intègre.

Pendant un moment, M. Noël Vanstone demeura littéralement pétrifié de surprise. L'instant d'après, il bondit de son fauteuil et, dans un véritable transport d'admiration, vint presser les mains de son magnanime et généreux ami. Jamais encore dans sa longue carrière, émaillée de tant de vicissitudes, le capitaine Wragge n'avait eu autant de mal qu'en ce moment à conserver ses graves dehors. Le mépris que lui inspirait cet élan d'avaricieuse reconnaissance, le sentiment de triomphe que lui causait le succès du complot tramé contre un homme capable d'évaluer à cinq livres sterling la protection qu'il voulait lui vendre, le regret qu'il éprouvait de laisser échapper une si belle occasion d' « agriculture morale, » occasion qu'il n'aurait certainement pas négligée sans la crainte des complications où elle pouvait l'engager, — toutes ces émotions diverses agitaient l'esprit du capitaine; toutes luttaient à l'envi, cherchant à se manifester ou par des paroles, ou par des changements de physionomie. Aussi laissa-t-il M. Noël Vanstone, en possession de ses mains, entasser d'une voix aiguë protestations sur protestations et promesses sur promesses, jusqu'au moment où il se sentit tout à fait maître de lui-même. Quand il en fut là, il réinstalla le petit homme dans son fauteuil, et en revint aussitôt à mistress Lecount :

« Nous pouvons, je suppose, étudier à nouveau l'obstacle que nous avons encore devant nous, dit le capitaine..... Admettons que je fais violence à mes habitudes et à mes sentiments les plus chers; que je me laisse dominer par les considérations déjà indiquées; que je sanctionne votre désir d'être uni à ma nièce sans que mistress Lecount en soit instruite... Permettez-moi de vous demander, en ce cas, quel moyen vous auriez à suggérer pour en arriver à la réalisation de votre projet?

— Je n'ai rien à suggérer du tout, répondit M. Noël Vanstone, à bout d'inventions... Verriez-vous quelque inconvénient à suggérer vous-même et pour mon compte?

— Votre requête est plus téméraire que vous ne le croyez, monsieur Vanstone. Mais jamais je ne fais les choses à moitié. Lorsque j'agis avec la candeur dont je suis coutumier, je pousse la franchise (vous le savez déjà) jusqu'aux dernières

limites de l'imprudence. Que si des circonstances exceptionnelles me contraignent de suivre une marche opposée, je de-
viens alors un renard comme il y en a peu. Supposons que, sur
votre requête expresse, je dépose ici mon honnête vêtement
anglais pour endosser une soutanelle de jésuite, — supposons que, par pure sympathie pour l'embarras ou vous êtes,
je me charge de soustraire votre secret à la curiosité de
mistress Lecount, — je ne veux, dans un cas pareil, avoir à
lutter, chez vous, contre aucun scrupule hors de saison. Si
je dois, monsieur, jouer le tout pour le tout, — c'est le tout
pour le tout que vous devrez jouer également !

—Le tout pour le tout?.... Cela me va, dit M. Vanstone
avec une certaine vivacité... pourvu que vous preniez les
devants. Je n'éprouve aucun scrupule à laisser Lecount dans
les ténèbres... Mais elle est diantrement rusée, monsieur
Bygrave. Comment en viendrons-nous à bout?

— Vous allez le savoir à l'instant, répondit le capitaine.
J'aimerais néanmoins, avant de développer mes vues, à connaître votre opinion sur un point de moralité abstraite...
Que pensez-vous, mon cher monsieur, de ce qu'on désigne,
en général, sous le nom de fraudes pieuses?... »

M. Noël Vanstone parut légèrement embarrassé par cette
question.

« Faut-il m'expliquer plus clairement? continua le capitaine Wragge. Que dites-vous de cette maxime universelle-
ment adoptée : Tous les stratagèmes sont permis en amour
comme à la guerre?... La regardez-vous comme vraie, oui ou
on?

— Oui ! répondit M. Noël Vanstone avec tout l'empressement du monde.

— Encore une question pour en finir, dit le capitaine.
Verriez-vous quelque inconvénient particulier à tromper
mistress Lecount par le moyen d'une de ces fraudes pieuses? »

Ici, la résolution de M. Noël Vanstone sembla vaciller quelque peu.

« Est-il probable que Lecount en vienne à la découvrir?
demanda-t-il, volontiers méticuleux.

— La découverte n'aura lieu, dans tous les cas, qu'après le mariage conclu, et lorsque vous seriez hors de sa portée.

— Vous êtes bien sûr de ceci ?

— Parfaitement sûr.

— Jouez alors à Lecount tous les tours qu'il vous plaira, dit M. Noël Vanstone, qui semblait éprouver un soulagement inexprimable. Elle m'a donné à penser, dernièrement, qu'elle prétendait me soumettre à une espèce de domination... Je commence à comprendre que j'ai toléré Lecount bien assez longtemps. Je souhaiterais en être débarrassé.

— Votre souhait s'accomplira, dit le capitaine Wragge... Dans huit ou dix jours, vous serez débarrassé d'elle. »

M. Noël Vanstone se leva précipitamment et se rapprocha du fauteuil où trônait le capitaine.

« En vérité ? s'écriait-il... Et comment prétendez-vous la faire partir ?

— Je prétends la faire partir pour un voyage, répondit le capitaine Wragge.

— Un voyage ?... Dans quel pays ?

— Un voyage de votre maison d'Aldborough au chevet de son frère, malade à Zurich. »

M. Noël Vanstone accueillit cette réponse par un haut-le-corps, et tout à coup regagna son fauteuil.

« Comment cela vous serait-il possible ? demanda-t-il, dans une extrême perplexité... Son frère (que Dieu confonde !) se porte infiniment mieux. Une nouvelle lettre de Zurich, arrivée ce matin, lui en apportait la nouvelle.

— Avez-vous vu cette lettre ?

— Oui, sans doute... Elle me fatigue sans cesse des histoires de son frère ;.... elle a voulu absolument me la montrer.

— De qui était-elle, et que disait-elle ?

— Elle était du médecin ;.... c'est toujours lui qui écrit. Son frère ne me pèse pas une once ; et la lettre ne m'a pas laissé grand souvenir, si ce n'est qu'elle était assez courte. Le malade allait beaucoup mieux, et si le médecin venait à ne plus écrire, elle devait regarder son silence comme un indice de guérison complète... Telle était la substance de cette communication.

— Avez-vous remarqué où elle a mis la lettre, après que vous la lui eûtes rendue?

— Certainement. Elle l'a mise dans le tiroir où elle garde ses livres de comptes.

— Et ce tiroir, pouvez-vous l'ouvrir?

— Il va sans le dire que je le puis!... J'en ai une double clef ;.... j'ai toujours insisté pour avoir une double clef de l'endroit où elle garde ses livres de comptes... Je ne permets jamais que ces livres soient soustraits à mon contrôle... C'est une des règles de la maison.

— Veuillez donc, monsieur Vanstone, vous procurer aujourd'hui même cette lettre, à l'insu de votre femme de charge; et ajoutez à cette faveur celle de me la communiquer ici secrètement, pendant une heure ou deux.

— Quel usage en comptez-vous faire?

— Avant de vous le dire, j'ai encore quelques questions à vous adresser. Avez-vous, à Zurich, quelque ami intime sur l'assistance duquel vous pourriez compter s'il s'agissait de faire pièce à mistress Lecount?

— De quel genre d'assistance voulez-vous parler? demanda M. Noël Vanstone.

— Supposons, dit le capitaine, que, dans une lettre adressée à un de vos amis du Continent, vous fissiez partir une autre lettre adressée à mistress Lecount à Aldborough? Et supposons que cet ami reçût pour instruction de faciliter une innocente plaisanterie en jetant dans la boîte aux lettres de Zurich l'épître à mistress Lecount?... Connaissez-vous quelqu'un sur qui l'on pourrait compter pour cela?

— Je connais deux personnes sur qui l'on pourrait compter, s'écria M. Noël Vanstone... Ce sont deux femmes; — toutes deux sans mari, — toutes deux implacables ennemies de Lecount. Mais où prétendez-vous en venir, monsieur Bygrave?... Bien que je passe pour ne pas manquer habituellement de pénétration, je ne vois pas le moins du monde où vous en voulez venir.

— Vous le verrez bientôt, monsieur Vanstone. »

Le capitaine, se levant à ces mots, et allant s'asseoir devant son pupitre, écrivit quelques lignes sur une feuille de papier à lettre. Il commença par se les lire lui-même avec le plus grand soin, et ensuite fit signe à M. Vanstone de venir en prendre connaissance.

« Il y a quelques minutes, disait le capitaine étendant avec complaisance, vers sa propre composition, l'extrémité empennée de sa plume, j'avais l'honneur de vous suggérer une pieuse fraude à l'adresse de mistress Lecount... Voici en quoi elle consiste. »

Il céda, ce disant, à son hôte, le fauteuil placé devant le bureau. M. Noël Vanstone s'assit, et lut les lignes suivantes :

« Ma chère dame, — depuis ma dernière lettre, votre frère, j'ai le regret de vous l'annoncer, a subi une nouvelle rechute. Les symptômes en sont assez graves pour qu'il soit de mon devoir de vous appeler immédiatement à son chevet. Je fais tous mes efforts pour résister à ce nouvel envahissement du mal, et je n'ai pas tout à fait perdu l'espérance d'y réussir. Mais je ne saurais, en bonne conscience, vous laisser ignorer une aggravation dans l'état de mon malade, telle qu'on en peut attendre de funestes résultats. Je suis, avec toute la sympathie possible, etc. »

Le capitaine Wragge attendit, avec une certaine anxiété, l'effet que cette lettre pourrait produire. Si peu généreux, si égoïste et si lâche qu'il pût être, Noël Vanstone lui-même éprouverait sans doute quelque remords à pratiquer une déception comme celle qui lui était suggérée, envers une femme placée à son égard dans la position de mistress Lecount. Bien que par des motifs intéressés peut-être, elle ne l'en avait pas moins servi fidèlement ; — il l'avait vue, encore tout enfant, posséder la confiance absolue de son père ; — encore aujourd'hui, elle vivait à l'abri du toit qu'il habitait lui-même. Pouvait-il oublier tout ceci ? et, s'il ne l'oubliait pas, pouvait-il, sans quelque hésitation, prêter son aide au plan qui venait de lui être proposé ? Le capitaine Wragge,

sans le savoir, gardait assez de foi dans la nature humaine
pour n'être pas tout à fait certain de ce qui allait arriver.
A son grand étonnement, — et aussi, nous devons l'ajouter,
à son grand soulagement, — il vit que ses craintes n'étaient
nullement motivées. La seule émotion qui se produisit
chez M. Noël Vanstone, tandis qu'il parcourait la lettre
en question, fut une admiration cordiale de l'idée qu'avait
eue son nouvel ami. Il s'y joignait le désir, suggéré par
l'amour-propre, de s'attribuer, si la chose eût été faisable,
le mérite d'une si belle invention. On peut, chaque jour,
rencontrer un imbécile qui n'est pas un lâche : çà et là se
produit l'exemple d'un imbécile qui n'est pas rusé; mais on
peut raisonnablement révoquer en doute l'existence d'un imbécile qui n'est pas cruel.

« Parfait, s'écria M. Noël Vanstone en applaudissant,
monsieur Bygrave, vous en pourriez revendre au Figaro de
la comédie française... et, à propos de Français, il y a dans
votre jolie lettre une invraisemblance grave; — elle n'est pas
écrite dans la langue qu'il eût fallu employer. C'est en français que le médecin rédige sa correspondance avec Lecount.
Après cela, peut-être avez-vous compté sur moi pour la traduire?... Vous ne sauriez vous passer de mon aide, n'est-il
pas vrai?... J'écris le français aussi couramment que l'anglais. Et vous allez voir! Je traduirai la chose, sans lever le
siége, en deux traits de plume. »

Il acheva sa traduction presque aussi vite que le capitaine
Wragge avait rédigé l'original.

« Attendez un peu! s'écria-t-il, critique triomphant, — car
il venait de découvrir une autre lacune dans l'ingénieuse
composition de son ami..... Le médecin date toujours ses
lettres, et vous n'avez pas daté la vôtre...

— C'est un soin que je vous laisse, dit le capitaine avec
un sourire sardonique..... Vous avez découvert le défaut, mon
cher monsieur, veuillez donc y remédier! »

M. Noël Vanstone évalua, par la pensée, la largeur de
l'abîme qui sépare la faculté de découvrir un défaut et celle
de le corriger comme il convient; — puis, à l'exemple de

bien des gens mieux avisés que lui, ne voulut pas se hasarder
à le franchir.

« Ce serait prendre beaucoup trop de liberté, répondit-
il poliment... Peut-être avez-vous eu vos motifs pour omettre
la date.

— C'est bien possible, en effet, reprit le capitaine
Wragge avec sa bonne humeur la plus familière... La date
doit dépendre du temps que prend une lettre pour arriver à
Zurich. Je n'ai là-dessus aucune expérience; — vous, en
revanche, du vivant de monsieur votre père, avez dû mainte
et mainte fois calculer ce délai... Faites-moi profiter de vos
renseignements, et nous ajouterons la date avant que vous
quittiez cette table. »

L'expérience de M. Noël Vanstone, ainsi que le capitaine
Wragge l'avait prévu, le mettait parfaitement à même de
régler cette question de temps. Les chemins de fer du Continent n'offraient pas encore de grandes ressources; il fallait
dix jours entiers, dans ce temps-là, pour que la poste rapportât
une lettre d'Angleterre à Zurich, et de Zurich rapportât la
réponse en Angleterre.

« Datez la lettre en français, du cinquième jour après
celui de demain, dit le capitaine, une fois bien informé... A
merveille!... Ce qu'il me faut, maintenant, c'est me procurer, autant que possible, le billet du médecin. Peut-être
aurai-je besoin de m'exercer quelques heures pour copier
votre traduction de manière à ce qu'elle semble écrite par
lui... N'auriez-vous pas du papier à lettre fabriqué à l'étranger?... Envoyez-m'en quelques feuilles, et faites-moi passer
en même temps une enveloppe adressée à l'une de vos amies
de Zurich, en y joignant la requête par laquelle vous la
prierez de jeter l'incluse à la poste. Je ne vous donnerai pas
d'autres soucis, monsieur Vanstone... Et maintenant, n'accusez pas mon hospitalité;... mais plus tôt vous pourrez me
fournir ces accessoires indispensables, et plus je vous serai
obligé... Nous nous comprenons bien, je suppose ?... Après
vous avoir accordé la main de ma nièce, j'autorise un mariage
secret, par égard pour les circonstances où vous vous trou-

vez placé... Un petit stratagème bien innocent est indispensable pour remplir vos vues... J'invente ce stratagème, à votre requête expresse, et vous vous en servez sans la moindre hésitation... Il s'ensuit que dans dix jours, à compter de demain, mistress Lecount sera partie pour la Suisse ; — que dans quinze jours, à compter de demain, mistress Lecount, arrivant à Zurich, découvrira la mauvaise plaisanterie dont elle aura été l'objet ; — que dans vingt jours, à compter de demain, mistress Lecount, de retour ici, trouvera sur la table les « cartes de noces [1] » de son maître, et son maître lui-même parti pour ce voyage charmant auquel on consacre la lune de miel... Je laisse à tous ces détails leur forme arithmétique, afin de les exposer plus clairement... Dieu vous accompagne à présent, et bien le bonjour !

— Je serai sans doute assez heureux pour que miss Bygrave veuille bien me recevoir demain matin, dit M. Noël Vanstone se retournant au seuil de la porte.

— Prenons garde ! répondit le capitaine Wragge. Je ne m'oppose pas à l'entrevue de demain, — mais je ne m'engage à rien de plus. Permettez-moi de vous rappeler que, pendant les dix jours qui vont suivre, nous aurons à tenir en échec mistress Lecount.

— Je voudrais la voir au fond de l'Océan Germanique ! s'écria M. Noël Vanstone avec toute la ferveur d'un désappointement sincère..... Il vous est commode, à vous, de la tenir en échec ; — vous n'habitez pas la même maison qu'elle... Mais moi, comment faire ?

— On vous le dira demain, répliqua le capitaine. Faites seul votre promenade quotidienne, et glissez-vous ici comme vous l'avez fait aujourd'hui, vers deux heures... D'ici là, n'oubliez pas l'envoi que je vous ai demandé !... Scellez ensemble, dans une grande enveloppe, les objets dont il se compose. Ceci fait, demandez à mistress Lecount de sortir avec vous comme à l'ordinaire et, tandis qu'elle sera

1. Ces cartes, qui portent le nom des deux époux, remplacent les « lettres de faire part » usitées en France.

remontée pour mettre son chapeau, dépêchez-moi votre domestique !... Vous comprenez ?... Bien le bonjour ! »

Une heure après, l'enveloppe cachetée, avec tout ce qu'elle renfermait, parvint saine et sauve aux mains du capitaine Wragge. Le double travail de contrefaire exactement une écriture inconnue, et de copier correctement des mots écrits dans une langue qu'il connaissait à peine, offrit au capitaine plus de difficultés qu'il n'en avait prévu. Il était onze heures du soir avant que son entreprise fût heureusement menée à bien, et que la lettre à destination de Zurich fût en état d'être jetée à la poste.

Avant de s'aller coucher, l'honnête homme alla respirer l'air frais de la nuit sur le Champ de parade alors désert. Toute lumière était éteinte à Sea-View-Cottage quand il regarda de ce côté, — si ce n'est celle qui brûlait derrière la croisée de la femme de charge. Le capitaine Vragge secoua la tête d'un air méfiant. Il avait maintenant assez d'expérience acquise pour que les veillées de mistress Lecount lui fussent particulièrement suspectes.

IX.

Si le capitaine Wragge avait pu projeter son regard dans la chambre de mistress Lecount, — tandis qu'il était sur le Champ de parade à guetter sa fenêtre éclairée, — il aurait vu la femme de charge, assise, comme perdue dans une profonde méditation, et contemplant un petit morceau d'étoffe brune déposé sur sa table de toilette.

Si exaspérante que cette conclusion pût être pour elle, mistress Lecount n'en était pas moins obligée de s'avouer que jusqu'alors, elle avait été déjouée et contre-carrée sur tous les points... Qu'allait-elle essayer maintenant ?... Si elle mandait M. Pendril, et s'il venait la trouver à Aldborough (pour le petit nombre d'heures qu'il pourrait distraire de ses travaux habituels), — quelle marche bien définie et précise y trouverait-il à suivre? Si elle montrait à M. Noël Vanstone la lettre originale d'après laquelle avaient été copiées les indications de la note rédigée par elle, il s'adresserait aussitôt, pour qu'elle lui fût expliquée, à l'auteur de cette lettre ; il mettrait ainsi au jour le mensonge par lequel mistress Lecount était parvenue à tromper miss Garth ; et en somme, quoi qu'il arrivât, il déclarerait toujours, d'après le témoignage de ses propres yeux, que l'épreuve tentée au moyen des signes placés sur le cou n'avait aucunement abouti. Miss Vanstone l'aînée, dont la présence imprévue aurait pu faire merveille, — dont la voix seule, vibrant sous le vestibule de Nort-Shingles, alors même qu'on ne l'eût pas laissée pénétrer plus avant, eût pu arriver jusqu'aux oreilles de sa sœur et amener ainsi des résultats immédiats, — miss Vanstone l'aînée avait quitté le pays et, selon toute apparence, n'y devait pas rentrer avant un mois. Mistress Lecount avait beau reprendre en sous-œuvre toutes ses démarches passées, elle n'en voyait pas davantage comment elle pourrait se frayer un chemin à travers les nombreux obstacles amoncelés devant elle.

D'autres femmes, en pareil cas, auraient attendu quelque changement de circonstances, capable de leur venir en aide. Mistress Lecount, elle, revint hardiment sur ses pas, et résolut de chercher, dans une direction toute nouvelle, un chemin qui la menât à son but. Renonçant pour le moment à toute tentative qui tendrait à prouver que la prétendue miss Bygrave était la vraie Madeleine Vanstone, elle se proposa de circonscrire la portée des efforts qu'elle allait faire, — de laisser provisoirement intactes les questions relatives à l'identité de Madeleine, — et de se borner à convaincre son maître de ce simple fait, que la jeune dame qui le charmait à North-Shingles, et la femme travestie qui l'avait épouvanté à Vauxhall-Walk, étaient une seule et même personne.

Selon toute apparence, elle devait trouver beaucoup moins de facilité à obtenir ce résultat qu'elle n'en avait eu pour atteindre celui auquel les circonstances l'obligeaient à renoncer. Il n'y avait pas, ici, à compter sur l'appui des autres. On ne pouvait pas mettre en avant des motifs de

bienfaisance; — on ne pouvait invoquer l'aide ni de M. Pendril ni de miss Garth. Désormais, donc, la femme de charge
ne devait plus compter pour réussir que sur deux chances
distinctes : la première, qu'elle parviendrait à pénétrer secrètement dans la maison ennemie ; la seconde, qu'elle arriverait à découvrir si cette fameuse robe d'alpaga, d'où elle
avait détaché en secret le fragment d'étoffe, n'appartenait
point, par hasard, à la garde-robe de miss Bygrave.

Prenant un à un, dans leur ordre naturel, les problèmes
qu'elle allait avoir à résoudre, mistress Lecount se promit de
consacrer d'abord quelques journées à guetter les habitudes
des résidents de North-Shingles, et cela depuis le matin de
bonne heure, jusqu'au terme des soirées les plus longues ;
elle se promit aussi de vérifier jusqu'à quel point l'unique
domestique de la maison était à l'épreuve d'une tentative
corruptrice. En admettant que ceci tournât bien, et que, par
stratagème ou à prix d'argent, elle se ménageât l'accès de
North-Shingles (à l'insu de M. Bygrave et de sa nièce), restait à étudier la seconde des deux difficultés, — celle qui
consistait à s'introduire dans la garde-robe de miss Bygrave.

Si la domestique se pouvait acheter, tous les obstacles, à
cet égard, se trouvaient annulés de prime abord. Mais, si l'on
avait affaire à une honnête personne, la nouvelle solution
devenait très-difficile.

La question, envisagée longtemps et avec soin, conduisit
finalement la femme de charge à la détermination hasardeuse
de se procurer une entrevue, — si la domestique lui faisait
défaut, — avec mistress Bygrave elle-même. Quelle était la
véritable cause de l'isolement mystérieux où vivait cette
dame? Était-ce une personne de l'intégrité la plus absolue et
la plus fâcheuse? ou bien de celles à qui l'on ne peut confier
sûrement la garde d'aucun secret? ou bien encore une personne aussi rusée que M. Bygrave lui-même, et tenue en réserve pour servir, plus tard, à quelque déception préparée
de longue main? Dans les deux premières hypothèses, mistress Lecount pouvait se fier à ses propres talents pour la
feinte, et aux résultats qu'elle devait en attendre. Dans la

dernière (si on n'y gagnait pas autre chose), il pouvait être fort important pour elle de découvrir un ennemi jusque-là caché dans les ténèbres. A tout événement, elle décida qu'il fallait courir ce risque. Des trois chances favorables sur lesquelles elle avait compté au début de la lutte : — la chance d'arracher à Madeleine une parole irréfléchie, la chance de la faire succomber par l'aide même de ses protecteurs naturels, enfin la chance de la démasquer au moyen de mistress Bygrave, — on en avait essayé deux, qui, toutes deux, avaient manqué. Restait à tenter la troisième, et la troisième pouvait réussir.

Ainsi complotait l'ennemie du capitaine, dans le secret de la chambre habitée par elle, tandis que le capitaine lui-même, debout sur la grève, au dehors, guettait ces vitres où brillait une lumière suspecte.

Avant le déjeuner du lendemain, le capitaine Wragge mit lui-même à la poste la lettre fabriquée pour Zurich. Il revint à North-Shingles sans avoir tout à fait arrêté la marche à suivre vis-à-vis de mistress Lecount durant les dix jours qui allaient s'écouler et dont l'emploi importait si essentiellement au succès de ses ruses.

A sa grande surprise, les doutes qui l'assiégeaient à ce sujet furent tranchés par Madeleine elle-même, dès qu'il fut rentré au logis.

Il la trouva qui l'attendait dans la pièce où le déjeuner était servi. Elle marchait incessamment de çà de là, la tête penchée sur sa poitrine, et ses longs cheveux flottant en désordre sur ses épaules. A l'instant où, le voyant entrer, elle leva les yeux, le capitaine éprouva la même crainte que mistress Wragge avait ressentie avant lui, — la crainte de voir l'intelligence de Madeleine plier encore une fois sous un fardeau trop lourd, ainsi que cela était arrivé déjà lorsqu'elle avait reçu, à Vauxhall-Walk, la lettre de Frank.

« Revient-*il* aujourd'hui ? demanda-t-elle rejetant loin d'elle le fauteuil que lui présentait le capitaine Wragge, et si violemment que ce meuble tomba renversé sur le parquet.

— Oui, dit le capitaine, assez sage pour lui répondre

aussi brièvement que possible... Il doit venir à deux heures.

— Emmenez-moi donc ! s'écria-t-elle, repoussant brusquement les cheveux qui obstruaient son visage... Avant qu'il arrive, emmenez-moi ! Je ne pourrais dominer l'horreur que m'inspire l'idée de l'épouser, si je reste encore dans cet odieux séjour. — Conduisez-moi quelque part où je puisse oublier, sans quoi je deviendrai folle !... Accordez-moi deux jours de trêve, — deux jours pendant lesquels me sera épargné l'aspect de cette horrible mer, — deux jours pendant lesquels je cesserai d'être prisonnière dans cette abominable maison, — deux jours, n'importe où, pourvu que je n'habite plus Aldborough !.... Je reviendrai avec vous ! J'irai, je vous le promets, jusqu'au bout de cette œuvre ténébreuse ! Pour deux jours, seulement, délivrez-moi de cet homme, et de tout ce qui a trait à cet homme !... M'entendez-vous, misérable ? s'écria-t-elle, lui prenant le bras et le secouant par un geste de colère frénétique..... J'ai assez de cette torture ; — je ne puis l'endurer plus longtemps ! »

Il n'y avait qu'une manière de l'apaiser, et le capitaine prit sur-le-champ son parti :

« Si vous voulez tâcher de vous calmer, lui dit-il, vous quitterez Aldborough d'ici à une heure. »

Elle lâcha son bras, et s'appuya de tout son poids à la muraille qui se trouvait derrière elle.

« Je tâcherai, répondit-elle, respirant encore avec effort, et lui jetant des regards moins farouches... Si j'y puis quelque chose, vous n'aurez point à vous plaindre de moi. » Elle voulut, dans son trouble, tirer son mouchoir de la poche de son tablier, mais sans réussir à le trouver. Le capitaine vint charitablement à son aide. Quand il lui remit le mouchoir, les yeux de Madeleine prirent une expression plus douce, et sa respiration devint moins pénible. « Vous êtes meilleur que je ne vous supposais, dit-elle. Je regrette de vous avoir parlé, tout à l'heure, avec tant d'irritation...J'en suis fâchée, vraiment fâchée ! » Et des larmes lui vinrent aux yeux, tandis qu'elle lui tendait la main avec sa grâce native et sa douceur d'autrefois. « Redevenons amis ! disait-elle avec l'accent de

5.

la prière... Je ne suis qu'une enfant, capitaine Wragge... Je ne suis qu'une enfant !.., »

Il prit sa main en silence — caressa un moment cette main — et ensuite ouvrit la porte à Madeleine, qui remonta dans sa chambre. Sur le visage du capitaine, tandis qu'il lui rendait ce léger service, un regret sincère était peint. Ce n'était qu'un vagabond et un escroc; il avait toujours mené une existence avilie, tissue de fourberies et d'humiliations; mais, en somme, il avait des sentiments humains, et Madeleine venait d'éveiller en lui ces sympathies intimes que ne peut déraciner entièrement la profanation de soi-même à laquelle se condamne un chevalier d'industrie. « Au diable le déje ner ! dit-il quand la domestique vint prendre ses ordre ..... Allez immédiatement dire à l'hôtel qu'il me faut, dans une heure, à la porte, une voiture attelée de deux chevaux ! » Il sortit dans le corridor, se débattant encore contre l'influence d'une sorte de trouble tout nouveau pour lui, et, sur un ton plus impérieux que jamais, il apostropha sa femme en ces termes : « Faites nos paquets pour huit jours ! — et que tout soit prêt d'ici à une demi-heure ! » Ces instructions ainsi données, il rentra dans la salle à manger, regardant le couvert à moitié mis, et s'étonnant, s'irritant presque de se sentir peu en train de faire honneur à son repas. « Elle a émoussé mon appétit, se disait-il avec un rire forcé..... Essayons d'un cigare et d'une promenade en plein air ! »

S'il avait eu vingt ans de moins, ces remèdes ne lui eussent peut-être pas suffi. Mais où trouver l'homme dont la politique intérieure subisse une révolution complète, après que cet homme a franchi la cinquantaine?... L'exercice et le changement de lieux rendirent au capitaine la pleine possession de lui-même. Son cigare reprit la saveur qu'il avait un instant perdue; et son attention, un moment distraite, se reporta sur son prochain départ d'Aldborough. Or il ne lui fallut pas de bien longues réflexions pour se convaincre que la brusque sortie de Madeleine venait de lui faire adopter, comme contraint et forcé, la meilleure voie qu'il pût prendre, toutes choses bien considérées.

Les informations obtenues par le capitaine Wragge, durant cette soirée où Madeleine et lui avaient pris le thé à Sea-View, lui avaient appris bien positivement que le frère de la femme de charge possédait une modeste aisance, qu'il n'avait pas d'autres parents plus proches que sa sœur, et qu'il existait dans son voisinage des cousins peu scrupuleux, tout disposés à usurper, dans son testament, la place que mistress Lecount y devait régulièrement occuper. De là des motifs puissants qui devaient faire partir la femme de charge pour Zurich, aussitôt que le faux bruit de la rechute de son frère serait parvenu jusqu'à elle. Mais si, dans l'intervalle, mistress Lecount venait à soupçonner le moins du monde la véritable position de Noël Vanstone, — comment s'assurer qu'elle ne préférerait pas, à la dernière heure, la défense des intérêts considérables qu'elle avait chez son maître à celle des intérêts médiocres qu'elle pouvait juger en péril au chevet de son frère mourant? Tant que cette question demeurerait douteuse, la nécessité d'arrêter dans ses progrès l'intimité de Noël Vanstone et de la famille de North-Shingles ne pouvait faire l'objet d'un doute ; et, de tous les moyens d'en arriver là, celui qui devait le moins ouvrir carrière aux soupçons était bien certainement la translation momentanée de leurs pénates dans une autre résidence que celle d'Aldborough. Parfaitement convaincu que cette conclusion était bonne, le capitaine Wragge alla immédiatement à Sea-View-Cottage pour y faire agréer ses explications et ses excuses, avant l'arrivée du carrosse et le départ qui devait suivre.

M. Noël Vanstone était facilement accessible aux personnes qui venaient le visiter; et pour le moment, il se promenait dans le jardin en attendant le déjeuner. Son désappointement, sa contrariété, s'exprimèrent librement dès qu'il eut prêté l'oreille aux communications de son nouvel ami. Mais l'éloquence abondante du capitaine lui eut bientôt fait comprendre qu'il fallait se résigner aux circonstances actuelles. Une simple insinuation que « la pieuse fraude » pourrait après tout échouer si, durant les dix jours d'intervalle, le moindre incident venait éclairer mistress Lecount, eut pour effet immédiat de rendre M. Noël Vanstone aussi patient et aussi docile qu'on pouvait le désirer.

« Je ne vous dirai point où nous allons, et cela pour deux raisons excellentes, continua le capitaine Wragge quand il eut complété ses explications préliminaires. En premier lieu, je n'ai rien décidé encore; puis, j'estime que, si vous saviez où nous allons, mistress Lecount pourrait fort bien vous tirer les vers du nez. Je suis parfaitement sûr qu'elle nous guette en ce moment, abritée derrière son rideau. Quand elle vous demandera pourquoi je suis venu ce matin, répondez-lui que ma visite avait pour but de vous faire mes adieux, et que je me suis décidé à m'absenter quelques jours, afin de procurer à ma nièce, dont l'état a légèrement empiré, les bénéfices d'un changement d'air, en l'emmenant chez quelques amis qui sollicitaient notre visite. Si vous pouviez (sans trop d'exagération) laisser entendre et persuader à mistress Lecount que je vous ai désappointé en quelque chose, et que vous vous sentez disposé à révoquer en doute mon désir sincère de consolider les relations formées entre nous, vous auriez concouru, d'une manière notable, à la réalisation de notre projet actuel. Vous devez compter que, dans quatre ou cinq jours au plus, nous serons de retour à North-Shingles. Si quelque idée me venait d'ici là, ou si quelque nouvel incident l'exigeait, nous aurons toujours la poste à notre service, et je ne manquerais pas de vous écrire.

— Et miss Bygrave, elle, ne m'écrira-t-elle point? demanda M. Vanstone d'un ton plaintif.... Savait-elle que vous veniez ici? Ne vous a-t-elle chargé d'aucun message?

— Impardonnable à moi de n'y avoir pas songé plus tôt! s'écria le capitaine... Elle m'a chargé, pour vous, de toutes ses tendresses. »

M. Noël Vanstone ferma les yeux, plongé qu'il était dans une extase muette.

Quand il les rouvrit, le capitaine Wragge avait déjà franchi le seuil du jardin, s'acheminant à grands pas vers North-Shingles. A peine la porte de sa maison s'était-elle refermée sur lui, que mistress Lecount, quittant le poste d'observation où le capitaine avait eu raison de la supposer, vint adresser à son maître la question que le capitaine avait prédite, comme devant suivre de fort près son départ. La réponse qu'elle reçut ne produisit sur elle qu'une impression. Immédiatement convaincue que c'était un mensonge, elle revint se placer à sa fenêtre pour y guetter, avec plus de vigilance que jamais, les faits et gestes des habitants de North-Shingles.

Son étonnement fut considérable lorsqu'elle vit, moins d'une demi-heure après, une voiture vide s'arrêter à la porte de M. Bygrave. On apporta le bagage, qui fut chargé sur l'impériale. Apparut ensuite miss Bygrave, qui prit place dans l'intérieur. Elle y fut suivie par une dame de haute taille et de dimensions notables, qui, selon les conjectures de la femme de charge, devait être mistress Bygrave. La domestique vint après, et se tint arrêtée sur le chemin. M. Bygrave parut le dernier. Il ferma la porte de la maison, et alla en déposer la clef dans un cottage voisin, connu pour être la résidence du propriétaire de North-Shingles. A son retour, il envoya un petit signe de tête du côté de la domestique, — qui partit alors toute seule, se dirigeant vers les plus humbles quartiers de la ville, — et ensuite il monta auprès des dames, déjà installées. Le cocher, à son tour, grimpa sur son siége, et l'équipage ne fut pas longtemps à disparaître.

Mistress Lecount déposa la lorgnette de spectacle qui lui avait servi à surveiller de près toutes ces démarches, avec un sentiment de perplexité découragée qu'elle était presque honteuse de trouver chez elle. Le but que se proposait M. Bygrave en expulsant ainsi toutes créatures vivantes de sa maison d'Aldborough demeurait pour elle un mystère impénétrable.

Se soumettant aux circonstances avec une résignation que le capitaine Wragge, à pareille fête, n'aurait certainement pas montrée, mistress Lecount ne perdit ni son temps ni sa patience en conjectures inutiles. Elle laissa le mystère s'obscurcir ou se dévoiler, selon que l'avenir en déciderait, et ne voulut envisager que le parti à tirer, dans son intérêt, de l'incident survenu ce matin-là. Quoi qu'il en fût de la famille établie à North-Shingles, la domestique, du moins, était restée, et c'était là justement la personne dont le secours pouvait être le plus essentiel aux projets de la femme de charge. Mistress Lecount mit son chapeau, vérifia la quantité de menue monnaie que renfermait sa bourse, et partit immédiatement pour s'aller mettre en rapports avec cette fille.

Elle commença par se rendre au cottage où M. Bygrave avait laissé la clef de North-Shingles, afin d'obtenir du propriétaire l'adresse actuelle de la domestique. En tant qu'il ne s'agissait pas d'autre chose, sa démarche fut couronnée d'un plein succès. Le propriétaire savait que cette fille avait reçu congé d'aller passer quelques jours auprès de ses parents, et il connaissait le quartier d'Aldborough où ils étaient domiciliés. Mais là s'arrêtaient ses informations, qui tout à coup firent défaut à l'avide curiosité de mistress Lecount. Il ne savait rien de l'endroit où M. Bygrave s'était transporté avec sa famille; il ignorait de même la durée probable de leur absence. Tout ce qu'il pouvait dire, c'est qu'il n'avait reçu de son locataire aucun avis de départ définitif, et qu'il était requis de garder la clef du cottage jusqu'à ce que M. Bygrave vînt la réclamer en personne.

Déçue, mais non découragée, mistress Lecount se mit aussitôt en quête de la ruelle qui lui avait été indiquée, et surprit fort les parents de la domestique en les honorant de sa visite matinale.

Cette fille, facilement trompée par mistress Lecount, — qui venait, disait-elle, engager ses services, dans l'idée qu'elle avait quitté M. Bygrave, — répondit de son mieux aux questions qui lui étaient posées. Mais, sur les projets de son maître, elle n'en savait guère plus que le propriétaire de la maison. Elle n'en pouvait rien dire, si ce n'est qu'elle n'avait pas été congédiée, et devait attendre un billet qui la rappellerait à North-Shingles lorsque sa présence y serait requise. Mistress Lecount, qui ne s'était pas attendue à la trouver mieux informée sur ce point, changea de sujet par une suite de transitions bien ménagées, et sut amener cette fille à s'expliquer, en général, sur les avantages et les inconvénients de sa situation chez M. Bygrave.

Mettant à profit la connaissance des petits secrets du ménage qu'elle obtenait ainsi par une voie indirecte, l'habile femme de charge fit deux découvertes. La première, c'est que la domestique (suffisamment occupée par les travaux matériels du ménage) n'était pas à même de trahir les secrets de la garde-robe de miss Bygrave, — secrets connus seulement de la jeune personne elle-même et de sa tante. La seconde, c'est que le vrai motif de l'isolement rigoureux imposé à mistress Bygrave devait être attribué à ce simple fait que, cette dame étant à peu près idiote, son mari, fort probablement, avait honte de la montrer en public. Ces découvertes, si triviales en apparence, éclairaient mistress Lecount sur un point fort essentiel, et jusque-là resté douteux. Elle était désormais convaincue que, pour en venir à de secrètes investigations dans la garde-robe de Madeleine, il fallait abuser la dame idiote, et non corrompre une domestique ignorante.

La femme de charge, arrivée à cette conclusion, — laquelle présageait maint assaut à la discrétion si mal fortifiée de la pauvre mistress Wragge, — s'abstint avec soin de se montrer plus longtemps sous les dehors d'un inquisiteur femelle. La conversation fut par elle amenée sur des sujets d'intérêt local, et savamment prolongée jusqu'à ce que mistress Lecount fût bien sûre de laisser derrière elle une impression des plus favorables; — alors seulement elle prit congé.

Trois jours passèrent; mistress Lecount et son maître, — chacun d'eux avec des vues bien différentes, — attendaient, aussi inquiets l'un que l'autre, les premiers signes de vie qui se manifesteraient du côté de North-Shingles. Dans l'intervalle, aucune lettre n'arriva pour M. Noël Vanstone, pas plus de l'oncle que de la nièce. L'irritation réelle que cette négligence lui causa l'aidait singulièrement à feindre, sur le compte de ses amis absents, les doutes que le capitaine lui avait recommandé d'exprimer en présence de la femme de charge. Il avoua qu'il craignait de s'être mépris, non-seulement sur le compte de M. Bygrave, mais encore sur celui de sa nièce, et cela d'un air si sincèrement contrarié, qu'il ajouta aux perplexités déjà existantes de mistress Lecount un élément nouveau de trouble et d'incertitudes.

Le matin du quatrième jour, M. Noël Vanstone rencontra, dans son jardin, le facteur de la poste, et fut grandement soulagé quand il trouva, parmi les lettres à lui délivrées, un billet de M. Bygrave.

Ce billet était daté de « Woodbridge » et ne renfermait que quelques lignes. M. Bygrave indiquait dans l'état de sa nièce un changement favorable, et se disait, comme auparavant, chargé d'un tendre message. Il comptait revenir, le lendemain, en son domicile d'Aldborough, et aurait alors l'occasion de soumettre à M. Noël Vanstone certaines considérations nouvelles, d'une nature toute particulière. En attendant, il priait M. Vanstone de ne point se présenter à North-Shingles avant d'y avoir été spécialement convié; — il le serait certainement le jour même où la famille y rentrerait. Le motif de cette requête, qui devait au premier abord lui sembler si étrange, serait expliqué à M. Vanstone de la manière la plus satisfaisante, quand il se retrouverait avec ses amis. Jusqu'à ce moment, on lui prescrivait les plus strictes précautions dans tous ses rapports avec mistress Lecount, — et on lui imposait, comme condition *sine quâ non* (si cette locution classique nous peut être pardonnée), l'anéantissement complet de la lettre de M. Bygrave, dès qu'elle aurait été parcourue et suffisamment méditée.

Le cinquième jour arriva. M. Noël Vanstone (qui s'était soumis au *sine quâ non* et avait détruit la lettre) attendait avec anxiété les résultats promis, tandis que, de son côté, mistress Lecount était patiemment à l'affût de ce qui allait se passer. Vers trois heures de l'après-midi, la voiture se montra de nouveau à la porte de North-Shingles. M. Bygrave en sortit et, de son pas alerte, alla chercher la clef dans le cottage du propriétaire. Il revint, ayant la domestique sur ses talons. Miss Bygrave, à son tour, descendit de voiture ; son énorme parente l'imita aussitôt ; la porte de la maison s'ouvrit ; les malles furent enlevées ; la voiture disparut, — et les Bygrave se trouvèrent de retour.

Quatre heures, cinq heures, six heures sonnèrent, et rien n'arriva. Mais, une demi-heure après, M. Bygrave, — élégant, immaculé, respectable comme à l'ordinaire, — se montra sur le Champ de parade, et s'en vint flâner, d'un air très-calme, dans la direction de Sea-View.

Au lieu d'y entrer immédiatement, il passa devant la porte, — s'arrêta comme frappé d'une soudaine réminiscence, — et, revenu sur ses pas, il s'informa si M. Vanstone était au logis. M. Vanstone sortit dans le couloir avec un empressement hospitalier. Élevant alors la voix, de manière à être entendu aisément de toute personne aux écoutes derrière une des portes ouvertes du premier étage, M. Bygrave, tout en s'essuyant les pieds, manifesta, aussi laconiquement que possible, l'objet de la visite qu'il venait faire. Il arrivait de chez un parent éloigné. Ce parent éloigné possédait deux tableaux, — véritables perles d'anciens Maîtres, — dont il était disposé à se défaire et que, dans ce but, il avait confiés à M. Bygrave. Si M. Noël Vanstone, grand amateur des arts, désirait voir ces perles, elles seraient accessibles, d'ici à une demi-heure, aussitôt que M. Bygrave allait être rentré à North-Shingles.

Une fois débarrassé de cette incompréhensible déclaration, l'artisan de complots posa un doigt significatif le long de son petit nez romain, — et ajoutant simplement : « Le temps est beau, n'est-ce pas ?.... Bien le bonsoir ! » — il continua sur le Champ de parade sa mystérieuse flânerie.

A l'expiration de la demi-heure, M. Noël Vanstone se présentait à North-Shingles, — avec toute l'ardeur d'un amant, toute la curiosité d'un homme qui ne sait où il en est, curieux exemple de flamme inextinguible brûlant au sein d'un épais brouillard intellectuel. Nous n'essayerons pas de peindre son bonheur quand il trouva Madeleine seule dans le salon. Jamais, à ses yeux, elle n'avait semblé si belle. Le repos, le soulagement qu'elle avait trouvés dans ces quatre jours d'absence, lui avaient rendu mieux que du sang-froid. Sans cesse passant d'un extrême à l'autre, le désespoir où elle s'abandonnait, cinq jours auparavant, s'était changé en une exaltation fiévreuse, qui défiait tous remords et affrontait toutes conséquences. Ses yeux étincelaient, ses joues étaient animées; elle bavardait incessamment, parodiant avec amertume cette gaieté de jeune fille qu'on lui avait vue autrefois; elle riait d'un rire lamentablement obstiné; elle contrefaisait la douce voix, les manières insinuantes de mistress Lecount, avec une exagération de fidélité où se reflétait grossièrement la finesse mimique qu'avait eue autrefois son jeu. M. Noël Vanstone, à qui jamais elle n'était apparue sous cet aspect, demeurait littéralement sous le charme; sa faible cervelle fléchissait sous l'ivresse du plaisir; le sang affluait à ses joues blêmes, comme si celles de Madeleine leur eussent communiqué la fièvre. La demi-heure qu'il passa seul avec elle ne lui sembla pas avoir duré cinq minutes. Ce temps écoulé, quand elle le quitta tout à coup, — pour obéir à l'invitation convenue d'avance qui devait la rappeler auprès de sa tante, — il aurait donné, si ladre qu'il fût, cinq belles pièces d'or, à tirer immédiatement de sa poche, pour passer cinq minutes de plus auprès de l'enchanteresse.

La porte s'était à peine refermée sur Madeleine, qu'elle se rouvrit pour livrer passage au capitaine. Il aborda les explications sur lesquelles son hôte avait le droit de compter, avec le brusque sans-gêne d'un homme que le temps presse, et pour qui le bon emploi de chaque minute passe avant toute autre considération.

« Depuis que nous ne nous sommes vus, commença-t-il, j'ai balancé le compte de nos chances favorables et contraires, telles que je les envisage présentement. Voici à quel résultat mon esprit s'arrête : Si vous habitez encore Aldborough quand cette lettre de Zurich sera remise à mistress Lecount, toutes les peines que nous avons prises seront autant de peines perdues. Votre femme de charge eût-elle cinquante frères, moribonds tous à la fois, elle les planterait là plutôt que de vous laisser seul à Sea-View, tant que vous aurez, à North-Shingles, des voisins comme nous. »

Les joues animées de M. Noël Vanstone redevinrent pâles d'effroi. Il connaissait assez mistress Lecount pour comprendre toute la justesse des prévisions du capitaine.

« Si nous nous éloignons encore, continua ce dernier, nous n'y gagnerons absolument rien, — car votre femme de charge ne voudra jamais croire, en pareille occurrence, que nous ne vous avons pas laissé le moyen de nous suivre. C'est donc *vous*, cette fois, qui devez quitter Aldborough ; et vous en devez partir, qui plus est, sans laisser derrière vous la moindre trace visible qui nous mette à même de retrouver vos traces. Si, d'ici à cinq jours, nous avons obtenu ce résultat, mistress Lecount fera son voyage à Zurich. Sinon, nous sommes certains de la voir s'immobiliser à Sea-View... Ne m'adressez aucune question !... J'ai déjà préparé les instructions à votre usage, et vous prie d'y prêter l'attention la plus soutenue... Votre mariage avec ma nièce n'aura lieu que si vous n'oubliez pas un mot de ce que je vais vous dire maintenant... Une question, tout d'abord. Avez-vous suivi mon conseil ? Avez-vous dit à mistress Lecount que vous commenciez à vous croire abusé sur mon compte ?

— J'ai fait bien pis, répondit M. Noël Vanstone avec l'accent du remords..... J'ai outragé mes sentiments les plus chers... Je me suis déshonoré en disant que je soupçonnais miss Bygrave !

— Continuez à nous déshonorer, mon cher monsieur ! Soupçonnez-nous de toutes vos forces, — et je vous y aiderai, s'il le faut... Encore une question. Ai-je parlé assez haut, cette après-midi ? Mistress Lecount m'a-t-elle entendu ?

— Oui, Lecount a ouvert sa porte ; Lecount vous a écouté. Quel était le but de ce prétendu message ? Je ne vois pas, ici, le moindre tableau... Est-ce encore, monsieur Bygrave, une de vos pieuses fraudes ?

— Parfaitement deviné, monsieur Vanstone ! Dans ce que je vais immédiatement ajouter, vous verrez pourquoi je me suis mis à la tête d'un prétendu commerce de vieilles peintures. De retour à Sea-View, voici les propos que vous tiendrez à mistress Lecount. Dites-lui que les œuvres de mon parent sont deux mauvaises croûtes, — deux copies d'anciens maîtres que j'ai voulu vous vendre, comme originaux, à un prix exorbitant... Dites-lui que vous me soupçonnez de faire un métier d'imposteur, et témoignez une grande pitié pour ma pauvre nièce, associée aux destinées d'un coquin tel que moi... Voilà le thème sur lequel vous aurez à broder. Développez, en beaucoup de mots, ce texte que je viens d'abréger... Vous le pouvez, j'imagine?

— Je le puis, sans doute, dit M. Noël Vanstone; mais, je dois vous en prévenir,... Lecount ne me croira pas.

— Une minute, monsieur Vanstone!... je ne vous ai pas encore donné toutes mes instructions. Vous comprenez ce que je viens de vous dire?... A merveille... Passons de la journée d'aujourd'hui à celle de demain. Demain, à votre heure accoutumée, vous sortirez avec mistress Lecount. Je vous rencontrerai sur le Champ de parade, et je vous enverrai un salut. Au lieu de me le rendre, regardez de l'autre côté; — *coupez*-moi! comme nous disons en bon anglais[1]. Voilà, n'est-il pas vrai, qui n'est pas trop difficile?

— Elle ne me croira pas, monsieur Bygrave!.... elle ne me croira pas.

—Encore une minute, monsieur Vanstone!...Mes instructions ne sont pas achevées. Vous en avez pour aujourd'hui, vous en avez pour demain. Pourvoyons au jour d'après! Après-demain est le septième jour depuis le départ de la lettre envoyée à Zurich. Le septième jour, vous refuserez d'aller à la promenade comme à l'ordinaire, — et cela, crainte de m'y rencontrer, ce qui vous gêne. Vous vous plaignez d'habiter un endroit où l'on est les uns sur les autres; vous vous lamentez sur l'état de votre santé; vous déplorez l'idée que vous avez eue de venir prendre les bains d'Aldborough; vous

---

1. Le sens du verbe *to cut*, employé pour : méconnaître avec affectation, est à peu près passé dans notre langue. Aussi nous sommes-nous permis une interprétation littérale. (*Note du traducteur.*)

regrettez d'avoir jamais connu les Bygrave : et lorsque vous aurez bien harcelé mistress Lecount de vos mécontentements, de vos ennuis, vous lui demanderez tout à coup si elle ne saurait vous suggérer aucun changement qui vous en délivre... Admettant que cette question lui soit posée simplement et du ton le plus naturel, peut-on se flatter qu'elle y réponde ?

— Pour cela, aucune question n'est nécessaire, répondit M. Noël Vanstone avec une espèce d'irritation..... Je n'ai qu'à me plaindre du séjour d'Aldborough, et si elle me croit sincère, — ce dont elle se gardera bien, car elle ne me croira pas, monsieur Bygrave, c'est moi qui vous en réponds, — ses suggestions n'attendront pas, de ma part, une interpellation plus directe.

— Ah bah !... dit le capitaine avec empressement.... Il y a donc un endroit où mistress Lecount voudrait aller cet automne ?

— Elle voudrait y aller (le diable l'emporte !) tous les automnes que Dieu fait.

— Aller où ?

— Chez l'amiral Bartram ; — vous ne le connaissez sans doute pas ? — à Saint-Crux-*in-the-Marsh*.

— Ne vous impatientez pas, monsieur Vanstone ! Ce que vous me dites maintenant est de la plus haute importance pour l'objet que nous avons en vue... Qui est l'amiral Bartram ?

— Un ancien ami de mon père. Mon père en avait fait son obligé. Dans leur jeunesse à tous deux, mon père lui avait prêté de l'argent. Je suis traité, à Saint-Crux, comme un membre de la famille : ma chambre y est toujours préparée. L'amiral n'a d'ailleurs auprès de lui aucun de ses parents, si ce n'est son neveu George Bartram. George est mon cousin ; je suis aussi intime avec George que mon père l'était avec l'amiral ; — et j'ai été plus fin que mon père, car je n'ai pas prêté d'argent à mon ami... Lecount affecte toujours d'aimer George, — je présume que c'est pour me contrarier... Elle aime aussi l'amiral : il flatte sa vanité. Il l'invite toujours à m'accompagner dans mes visites à Saint-Crux. Il

lui donne une de ses plus belles chambres et la traite en
femme comme il faut. Or elle est orgueilleuse comme tous
les diables ; — elle aime qu'on la traite en femme comme il
faut, et me tourmente, tous les automnes, pour que j'aille à
Saint-Crux... Qu'y a-t-il? Pourquoi prenez-vous votre agenda?

— Il me faut l'adresse de l'amiral, monsieur Vanstone,
dans un but que je vous expliquerai immédiatement. »

A ces mots, le capitaine Wragge ouvrit son agenda, et,
sous la dictée de M. Noël Vanstone, écrivit l'adresse comme
suit : — L'amiral Bartram, Saint-Crux-*in-the-Marsh*, près
d'Ossory, Essex.

« Très-bien! s'écria le capitaine, refermant son livre de
notes. La seule difficulté qui nous barrât encore le chemin
se trouve maintenant écartée... Patience, monsieur Vanstone,
patience!... Reprenons mes instructions au point où nous
les avons laissées. Veuillez m'accorder encore cinq minutes
d'attention, et vous verrez aussi clairement que moi-même
par quelle voie nous en viendrons à vous marier..... Après-
demain, vous vous déclarez ennuyé d'Aldborough, et mistress
Lecount propose Saint-Crux. Vous ne dites, sur le moment,
ni oui ni non. Vous vous donnez, pour y réfléchir, toute la
journée suivante, et le soir même, au dernier moment, vous
vous décidez à partir pour Saint-Crux dès le lendemain matin, sans aucun retard. Êtes-vous habitué à surveiller la
confection de vos malles? ou bien laissez-vous d'ordinaire
tout l'ennui de cette besogne à mistress Lecount?

— Lecount en a tout l'ennui, cela va sans le dire; Lecount est payée pour cela!... Mais, voyons, ceci n'est qu'un
départ simulé... Je ne m'en vais réellement pas, n'est-il pas
vrai ?

— Vous vous en allez, au contraire, et du plus grand
train que les chevaux puissent prendre pour vous conduire
au chemin de fer; vous vous en allez sans avoir établi la
moindre communication préalable avec la maison où nous
sommes, soit personnellement, soit même par simple lettre.
Vous laissez derrière vous mistress Lecount, chargée d'emballer vos curiosités, de solder vos fournisseurs, et de vous

suivre le lendemain matin à Saint-Crux. Or, le lendemain matin commence la dixième journée. Ce jour-là, précisément,
elle reçoit la lettre timbrée de Zurich, et alors, — si vous
avez suivi de point en point mes instructions, cher monsieur
Vanstone, — aussi sûr que vous êtes assis là, nous la verrons
partir pour Zurich! »

A mesure que le stratagème du capitaine lui apparaissait
peu à peu sous son vrai jour, M. Vanstone sentait de nouveau le sang lui monter aux joues.

« Et à Saint-Crux, moi, qu'aurai-je à faire? demanda-
t-il.

— Vous attendrez jusqu'à ce que j'aille vous y prendre,
répondit le capitaine. A peine mistress Lecount aura-t-elle
le dos tourné, j'irai faire, à l'église d'Aldborough, la déclaration de mariage qui est un des préliminaires indispensables. Le jour même, ou le lendemain au plus tard, je me
rends à l'adresse que je viens d'écrire sur mon agenda, —
je vous enlève de chez l'amiral, — et je vous emmène à
Londres, où nous allons ensemble nous procurer la Licence.
Ce document une fois en notre possession, nous reprenons
le chemin d'Aldborough, tandis que mistress Lecount prend
celui de Zurich, — et avant qu'elle reparte de Suisse pour
revenir en Angleterre, vous et ma nièce êtes devenus mari
et femme!... Voilà les perspectives d'avenir ouvertes devant
vous... Vous conviennent-elles?

— Quelle tête vous avez! s'écria M. Noël Vanstone dans un
soudain élan d'enthousiasme..... Vous êtes l'homme le plus
extraordinaire que j'aie jamais rencontré;.. On croirait que
vous avez passé votre vie à mystifier les gens. »

Le capitaine Wragge reçut cet hommage, rendu sans le
savoir à son génie naturel, avec la complaisance tranquille
d'un homme qui sentait l'avoir mérité.

« Je vous ai déjà dit, mon cher monsieur, reprit-il modestement, que je ne fais jamais les choses à moitié... Permettez-
moi maintenant de vous rappeler que nous n'avons pas de
temps à perdre en échange de courtoisies. Avez-vous bien
toutes vos instructions dans la tête? Je n'ose vous les donner

par écrit, de peur d'accident. Essayez d'une mnémonique artificielle; — énumérez après moi vos instructions sur les cinq doigts de votre main. Aujourd'hui, vous me dénoncez à mistress Lecount comme ayant essayé de vous attraper avec les œuvres d'art de mon parent. Demain, vous me rompez en visière sur le Champ de parade. Le jour d'après, vous refusez de sortir; Aldborough vous ennuie, et vous laissez se produire la suggestion de mistress Lecount. Le lendemain, vous acceptez cette suggestion. Et, le surlendemain, vous partez pour Saint-Crux... Répétons, mon cher monsieur!... Le pouce, — œuvres d'arts; l'index, — avanie sur le Champ de parade; le médius, — ennui d'Aldborough; l'annulaire, — acceptation du conseil de Lecount; le petit doigt, — départ pour Saint-Crux. Rien ne saurait être plus clair, — rien de plus facile à exécuter... Y a-t-il quelque chose que vous n'ayez pas tout à fait compris?... quelque chose que je puisse vous expliquer encore avant que vous sortiez d'ici?

— Une seule question, dit M. Noël Vanstone. Est-il bien arrêté que je ne dois pas revenir dans cette maison avant de partir pour Saint-Crux?

— Arrêté de la manière la plus positive, répondit le capitaine. La réussite de l'entreprise dépend tout entière du soin que vous mettrez à nous éviter. Mistress Lecount n'aura qu'une épreuve pour mesurer le degré de confiance due à vos paroles; et cette épreuve doit consister à savoir si vous êtes, oui ou non, demeuré en communication avec nous... Elle vous guettera, soyez-en sûr, nuit et jour. Ne venez point ici, n'envoyez pas de message, n'écrivez pas de lettre, — et même ne sortez jamais seul!... Qu'elle vous voie, sur sa recommandation expresse, vous en aller à Saint-Crux; donnons-lui l'absolue certitude que vous avez suivi son avis sans le faire savoir, d'une manière quelconque, soit à moi, soit à ma nièce. Venons-en là, et il faudra bien qu'elle vous croie, sur le meilleur des témoignages en notre faveur, qui deviendra le pire pour ses intérêts;—à savoir, le témoignage de ses propres sens... »

Avec ces dernières paroles, destinées à le mettre sur ses

gardes, il donna une chaleureuse poignée de mains à M. Noël Vanstone, et le renvoya chez lui sans le moindre délai.

Le capitaine Wragge s'alla coucher, ce soir-là, dans les meilleures dispositions du monde. Même, en levant l'éteignoir qu'il allait poser sur sa bougie, il se permit d'apostropher plaisamment ce petit meuble : « Que ne puis-je, disait le capitaine, vous laisser retomber de même sur mistress Lecount!... Ce serait dire adieu à la seule inquiétude qui me reste encore d'ici au jour de la noce. »

X.

De retour à Sea-View, M. Noël Vanstone suivit les instructions qui réglaient sa conduite, pendant la première des cinq journées, avec une irréprochable exactitude. Un faible sourire de mépris errait sur les lèvres de mistress Lecount, pendant qu'on lui racontait la tentative de M. Bygrave essayant de vendre comme originaux de misérables copies; mais, ce récit achevé, la femme de charge ne se donna pas la peine d'y ajouter la moindre remarque. « C'est bien ce que j'avais prévu, pensa M. Noël Vanstone, qui à la dérobée observait soigneusement sa physionomie... Elle n'en croit pas le premier mot! »

Le lendemain, la rencontre convenue eut lieu sur le Champ de parade. M. Bygrave ôta son chapeau, et M. Noël Vanstone détourna la tête. Un tressaillement de surprise, un regard indigné, furent mimés par le capitaine avec une rare perfection; — mais mistress Lecount, bien évidemment, n'en fut pas la dupe : « Je crains, monsieur, que vous n'ayez aujourd'hui blessé l'amour-propre de M. Bygrave, remarqua-t-elle, non sans ironie..... Heureusement pour vous, c'est un excellent chrétien, et j'ose prédire que, d'ici à vingt-quatre heures, il vous aura pardonné. »

M. Noël Vanstone s'abstint sagement de toute réponse qui le pût compromettre. Une fois encore, il applaudit en secret à sa propre pénétration ; une fois encore, il triompha, *in pello,* de son ingénieux ami.

Jusque-là, les instructions du capitaine étaient trop précises et trop simples pour que personne s'y pût méprendre. Mais, avec la marche du temps, leur complication s'aggravait ; et M. Noël Vanstone, dès le troisième jour, commit une erreur légère. Lorsqu'il eut exprimé à quel point il trouvait ennuyeux le séjour d'Aldborough et combien il désirait s'en éloigner, il lui fut répondu (comme il s'en était douté d'avance) par une suggestion immédiate de la femme de charge, qui lui conseillait une visite à Saint-Crux. Ce fut dans sa réponse à l'insinuation ainsi faite qu'il commit sa première erreur. Au lieu de différer sa décision jusqu'au lendemain, il accepta, le jour même où elle lui était offerte, la suggestion de mistress Lecount.

Les conséquences de cette erreur n'étaient pas fort essentielles. La femme de charge se mit simplement à guetter son maître un jour plus tôt qu'on ne l'avait calculé, — résultat auquel il avait déjà été pourvu par ces sages mesures de précaution qui interdisaient à M. Noël Vanstone toute communication avec North-Shingles. Soupçonnant, comme le capitaine Wragge l'avait prévu, la sincérité du désir qu'affichait son maître de rompre, en partant pour Saint-Crux, ses relations avec les Bygrave, mistress Lecount comptait vérifier si ce soupçon était ou non fondé, en veillant avec soin sur tous les indices de communication secrète qui se pourraient produire d'une ou d'autre part. L'attention stricte que jusqu'alors elle avait mise à surveiller les allées et venues autour de North-Shingles se concentra tout entière sur son maître. Pendant le reste de cette troisième journée, elle ne le perdit pas de vue un instant et, sous aucun prétexte que ce fût, ne souffrit qu'aucune personne entrée dans la maison eût chance de l'entretenir seul, même pendant une minute. Par intervalles, durant la nuit, elle vint à la dérobée, jusqu'à la porte de la chambre où il couchait, s'assurer, en écoutant, qu'il était bien dans son lit ; et, le matin suivant, avant que le soleil fût levé, le garde-côte, en faisant sa ronde, fut étonné de voir une dame levée aussitôt que lui, et travaillant déjà derrière une des fenêtres de l'étage supérieur, à Sea-View.

Le quatrième jour, M. Noël Vanstone descendit au déjeuner, sachant à quoi s'en tenir sur l'erreur qu'il avait commise la veille. Pour gagner du temps il fallait, ceci était clair, déclarer que son parti n'était pas encore tout à fait pris. C'est ce qu'il affirma hardiment, lorsque la femme de charge lui demanda s'il comptait se mettre en route ce jour-là même. Comme auparavant, mistress Lecount ne fit aucune remarque; comme auparavant, on put lire sur son visage les signes manifestes d'une incrédulité méprisante. Elle était, certes, habituée à voir vaciller les impuissantes velléités de son maître. Mais, dans cette circonstance, elle attribua sa conduite capricieuse au dessein de gagner du temps pour se ménager les moyens de communiquer avec North-Shingles. Elle se mit dès lors à le surveiller avec une vigilance deux ou trois fois plus assidue.

Aucune lettre n'arriva ce matin-là. Vers midi, le temps devint fort mauvais et on dut renoncer à l'idée de sortir comme d'habitude. Heure après heure, tandis que son maître était assis dans l'un des salons, mistress Lecount montait la garde dans l'autre, — tenant ouverte la porte du corridor et continuant à espionner North-Shingles par une croisée latérale, éminemment commode, où elle avait élu domicile. Pas un signe suspect ne se produisit, pas un bruit suspect n'éveilla son attention. Vers la fin de la soirée, l'hésitation de son maître sembla cesser. Le mauvais temps l'assommait; il était fatigué d'Aldborough; l'idée de se rencontrer encore avec M. Bygrave le contrariait par avance; — et il était décidé à partir pour Saint-Crux, dès qu'il serait levé, le lendemain matin. La femme de charge fut un peu ébranlée par l'accent et l'attitude de son maître, tandis qu'il donnait ces ordres précis. Elle était bien convaincue qu'il n'avait pu, d'aucune façon quelconque, se mettre en rapport avec North-Shingles, — et cependant, il paraissait résolu à quitter Aldborough aussitôt que l'occasion lui en serait offerte.

Elle hésita, pour la première fois, à persister dans ses
conclusions. Elle se rappela que son maître s'était déjà plaint
des Bygrave avant leur rentrée dans Aldborough, et elle était
forcée de convenir que sa propre incrédulité l'avait déjà
égarée une fois, lorsque l'apparition de la voiture de voyage
devant la porte de M. Bygrave lui avait prouvé, à sa grande
stupéfaction, que ce personnage lui-même pouvait, de temps
à autre, se montrer fidèle à ses engagements.

Néanmoins, mistress Lecount résolut d'agir jusqu'au bout
avec une inflexible prudence. Ce soir-là, quand la maison fut
fermée, elle enleva secrètement les clefs des deux portes
par où l'on pouvait y pénétrer. Elle ouvrit ensuite doucement
la fenêtre de sa chambre à coucher, et s'y installa paisiblement, son manteau sur ses épaules, son chapeau sur sa tête,
pour éviter de prendre froid. La chambre de M. Noël Vanstone ouvrait du même côté de la maison. Si donc quelqu'un
profitait des ténèbres pour venir lui parler par le jardin, la
femme de charge se trouverait en tiers dans la conversation.
Ainsi prémunie de tous côtés, et prête à intercepter toute
forme de communication clandestine que la ruse eût pu
inventer, mistress Lecount demeura au guet pendant toute
cette nuit paisible et sereine. A la pointe du jour, elle descendit furtivement, avant que la domestique fût levée, remit
les clefs en place, et reprit son poste dans le salon jusqu'à
ce que M. Noël Vanstone fût venu s'asseoir au déjeuner.
Aurait-il, par hasard, changé d'avis? Nullement. Il refusa,
par esprit d'économie, de se faire conduire en poste jusqu'au
chemin de fer; mais il se montra tout aussi résolu que
jamais à partir pour Saint-Crux. Il manifesta le désir qu'on
pût lui assurer une place d'intérieur dans la diligence du
matin. Méfiante jusqu'au bout, mistress Lecount chargea le
garçon du boulanger d'aller retenir cette place. Les services
de cet homme étaient acquis au public, et M. Bygrave ne
pourrait se douter de la mission particulière dont il se trouvait ainsi chargé par hasard.

La diligence vint à Sea-View. Mistress Lecount vit son
maître installé à la place qu'elle avait fait retenir pour lui,

et s'assura que les trois autres étaient déjà occupées par des personnes étrangères. Elle demanda au cocher si les banquettes d'impériale (lesquelles n'étaient pas encore entièrement garnies) avaient aussi leur plein contingent de voyageurs ? La réponse fut affirmative. Le cocher devait aller prendre deux messieurs en ville, et chargerait le reste à l'auberge. Mistress Lecount se dirigea immédiatement du côté de l'auberge et s'embusqua sur le Champ de parade, situé en face, de manière à voir la diligence lorsqu'elle s'ébranlerait, enfin, au grand complet. Dix minutes après, la bruyante machine s'éloignait, garnie à l'intérieur, garnie au dehors, et la femme de charge avait pu s'assurer de ses propres yeux que ni M. Bygrave lui-même, ni aucune personne appartenant à l'établissement de North-Shingles, ne figuraient au nombre des voyageurs.

Il ne restait plus qu'une seule précaution à prendre, et mistress Lecount se garda bien de la négliger. M. Bygrave avait, sans nul doute, vu la diligence s'arrêter devant Sea-View. Il pouvait, — à tout hasard, et par simple désir d'information, — louer un cabriolet et la suivre jusqu'au chemin de fer. Aussi mistress Lecount demeura-t-elle en vue de l'auberge (l'unique endroit où l'on pût se procurer un cabriolet) pendant près d'une heure encore, au guet des événements. Mais rien n'arriva; aucun cabriolet ne sortit de l'auberge; il était impossible désormais de suivre les traces de M. Noël Vanstone. La longue tension d'esprit de mistress Lecount finit par se relâcher. Elle quitta le banc qu'elle occupait sur le Champ de parade, et s'en revint, un peu plus gaie qu'elle ne l'était depuis quelques jours, achever à Sea-View les rites consacrés pour la fermeture d'une maison.

Elle s'assit toute seule dans le salon et poussa un long soupir de soulagement. Le capitaine Wragge avait calculé juste. L'incrédulité de la femme de charge avait enfin cédé devant le témoignage de ses propres sens et, domptée par ce témoignage, mistress Lecount allait, pour ainsi dire, se voir contrainte à un excès de confiance.

Appréciant selon sa propre expérience les incidents des

trois dernières journées, — sachant (et sachant à n'en pouvoir
douter) que la première idée d'aller à Saint-Crux avait été
mise en avant par elle-même, et que son maître n'avait,
depuis lors, ni trouvé l'occasion ni manifesté le désir de
faire savoir aux gens de North-Shingles qu'il avait accepté la
proposition faite par elle, — mistress Lecount en était bel
et bien réduite à reconnaître qu'elle n'avait pas le plus léger
motif de persister dans les soupçons qui lui avaient fait redouter une trahison des plus graves. Repassant une à une,
— et au jour dont les éclairaient leurs résultats, — les circonstances qui l'avaient inquiétée, elle n'y pouvait rien voir
d'inexplicable ou de contradictoire. La tentative de vendre
comme originales des peintures contrefaites était tout à fait en
harmonie avec le caractère d'un individu tel que M. Bygrave.
L'indignation de son maître quand il s'était aperçu qu'on le
voulait tromper; les soupçons qui lui avaient fait regarder
miss Bygrave comme complice de l'ignoble fraude; sa déception quant à la nièce; le mépris que, sur le Champ de
parade, il avait témoigné à l'oncle; le dégoût que lui avait
inspiré tout à coup un séjour où il avait si étourdiment noué
des relations avec des étrangers de mauvais aloi, et son empressement à le quitter dans cette matinée même, — tous
ces détails s'imposaient, comme de solides réalités, à l'esprit
de la femme de charge, et cela pour une seule raison, décisive selon elle. Elle avait vu, vu de ses yeux, M. Noël Vanstone quitter Aldborough sans laisser, sans même essayer de
laisser derrière lui une seule trace qui permît aux Bygrave
de le suivre.

Les conclusions de la femme de charge l'amenaient là,
mais non plus loin. C'était une femme trop habile pour confier l'avenir aux simples combinaisons du hasard. L'humeur
variable de son maître pouvait s'apaiser. Tel accident, à un
moment quelconque, pouvait fournir à M. Bygrave l'occasion.
de réparer l'erreur par lui commise, et de regagner habilement, dans l'estime de M. Noël Vanstone, la place dont il
était déchu. Tout en reconnaissant que les circonstances
avaient fini par se déclarer bien évidemment en sa faveur,

mistress Lecount n'en était pas moins bien convaincue que, pour garantir d'une manière permanente la sécurité future de son maître, il faudrait toujours arriver à dévoiler complétement la trame ourdie contre lui. Elle y avait travaillé dès le principe; elle était encore bien décidée à parachever cette tâche ingrate.

« Je me plais toujours à Saint-Crux, pensait mistress Lecount, ouvrant son livre de ménage et classant les factures des fournisseurs... L'amiral est un *gentleman*, la maison est un vrai château; la table est excellente : mais peu importe! Je resterai ici, toute seule, jusqu'à ce que j'aie pu visiter à mon aise la garde-robe de miss Bygrave. »

Elle restitua dans leurs diverses boîtes les curiosités appartenant à la collection de son maître, régla les comptes des divers fournisseurs, et surveilla, pendant le reste du jour, le mobilier qu'on enveloppait. A la tombée de la nuit, elle sortit pour commencer ses investigations et, protégée par l'obscurité, se risqua dans le jardin de North-Shingles. Elle vit éclairées, comme d'habitude, la fenêtre du salon et celles des chambres du haut. Après un instant d'hésitation, elle se glissa jusqu'à la porte de la maison et tourna sans bruit la poignée extérieure de cette porte. Ainsi que le lui avait fait pressentir l'expérience qu'elle avait des maisons d'Aldborough et de beaucoup d'autres établissements semblables, la porte s'ouvrait ainsi, au moyen d'une poignée, et pourtant la porte résista. On avait donc poussé le verrou intérieur. Cette découverte une fois faite, mistress Lecount tourna la maison par un de ses côtés et alla s'assurer qu'il en était de même pour la porte de derrière : « A votre aise, monsieur Bygrave! verrouillez vos portes tant qu'il vous plaira! disait la femme de charge, regagnant d'un pas furtif le Champ de parade... Vous ne verrouillerez pas la poche de votre domestique... Une clef d'or ouvrira vos meilleures serrures. »

Elle alla se mettre au lit. Le guet incessant, l'agitation sans relâche des deux dernières journées, avaient déterminé chez elle une sorte d'épuisement.

Elle se leva le lendemain matin, à sept heures. Une demi-

heure après, elle vit M. Bygrave, toujours ponctuel, —
ainsi qu'elle l'avait vu déjà bien des fois à pareille heure, —
sortir du jardin de North-Shingles, ses serviettes sous le bras,
et se diriger vers un bateau qui l'attendait au bord de la
grève. La natation était au nombre des talents que possédait
le capitaine, et qui rehaussaient son mérite personnel. Il se
faisait conduire au large, tous les matins, et se baignait loin
du vulgaire, dans l'azur des eaux profondes. Mistress Lecount
avait déjà plus d'une fois calculé, à sa montre, le temps
occupé par cette récréation; elle avait découvert qu'une
heure entière s'écoulait ordinairement entre le moment où
il s'embarquait sur la grève et celui où on l'y ramenait.

Dans cet espace de temps, jamais elle n'avait vu aucun
autre des habitants de North-Shingles quitter la maison. La
domestique était sans doute dans la cuisine, retenue par son
travail; mistress Bygrave était probablement encore au lit;
et miss Bygrave (en la supposant levée de si bonne heure)
avait peut-être reçu l'injonction de ne se point aventurer
dehors en l'absence de son oncle. La présence de Madeleine
dans la maison figurait, depuis quelques jours, parmi les calculs de mistress Lecount, comme la seule difficulté à laquelle
son adresse émérite ne vit aucun remède.

Assise près de la fenêtre pendant le quart d'heure qui
suivit le départ du capitaine, l'imagination à l'œuvre, et les
yeux machinalement fixés sur North-Shingles, mistress
Lecount réfléchissait aux excuses qu'elle pourrait dépêcher
par écrit à son maître, afin de rester quelques jours avant
de le rejoindre, — lorsque la porte de la maison qu'elle sur-
veillait s'ouvrit tout à coup; et Madeleine, en personne, parut dans le jardin. Sa taille et son costume ne prêtaient à
aucune erreur. Elle fit en hâte quelques pas vers la porte,
s'arrêta et baissa le voile de son chapeau de jardin, comme
si les brillantes clartés matinales semblaient trop vives à ses
yeux délicats; — puis elle descendit rapidement sur le
Champ de parade, et disparut dans la direction du nord,
tellement pressée et tellement préoccupée qu'elle avait oublié
de fermer derrière elle la petite porte du jardin.

Mistress Lecount s'élança de son fauteuil, doutant un instant du témoignage de ses propres yeux. L'occasion qu'elle avait si longtemps essayé de faire naître, et sans y parvenir jamais, s'offrait-elle maintenant, soudaine et spontanée? Après avoir si longtemps tourné contre elle, la chance se déclarerait-elle tout d'un coup en sa faveur? Il ne fallait pas en douter, selon la locution populaire : « les alouettes lui arrivaient du ciel toutes rôties. » Elle jeta son chapeau sur sa tête, sa mantille sur ses épaules, et partit pour North-Shingles sans une minute d'hésitation. M. Bygrave en pleine mer, miss Bygrave sortie pour aller se promener, mistress Bygrave et la domestique toutes deux seules au logis, toutes deux faciles à tromper ; — l'occasion était trop belle pour s'exposer à la perdre; — le risque valait qu'on l'affrontât.

Cette fois, la porte de la maison n'offrit pas de résistance. Personne, après le départ de Madeleine, n'avait poussé le verrou. Mistress Lecount referma doucement cette porte, écouta un moment les bruits du corridor, et entendit la domestique occupée dans la cuisine au milieu de ses pots et de ses casseroles sonores. « Si mon heureuse étoile me conduisait tout droit dans la chambre de miss Bygrave, pensait la femme de charge gravissant à petit bruit l'escalier, je n'aurais besoin de déranger personne pour me glisser dans sa garde-robe. »

Elle essaya d'ouvrir la porte la plus voisine du devant de la maison, à la droite du palier. Mais déjà le hasard capricieux semblait ne plus lui sourire. Cette porte était fermée à clef. Mistress Lecount ouvrit celle d'en face, placée à sa gauche. Les bottes symétriquement rangées et les rasoirs en évidence sur la table de toilette l'avertirent immédiatement qu'elle se trompait encore de chambre. Elle retraversa le palier, prit à main droite un petit corridor qui menait au fond de la maison, et tenta de pousser une troisième porte. Celle-ci s'ouvrit, — et les deux femmes les plus différentes que l'on pût trouver ici-bas, mistress Wragge et mistress Lecount, se trouvèrent l'instant d'après face à face :

« Je vous demande mille pardons! dit mistress Lecount, avec le sang-froid le plus consommé.

— Dieu nous bénisse et nous sauve! » s'écria mistress Wragge paralysée par l'étonnement.

Les deux exclamations furent poussées dans le même instant, et cet instant avait suffi à mistress Lecount pour prendre mesure de sa victime. Rien ne lui échappa qui fût de la plus minime importance. Elle remarqua sur la table cette robe de cachemire oriental, à moitié faite, à moitié décousue; elle remarqua le pied maladroit de mistress Wragge, cherchant à l'aveugle, tout autour d'elle, un soulier perdu; elle remarqua qu'il y avait dans la chambre une seconde porte, outre celle par où elle était entrée, et qu'il se trouvait à sa portée un second fauteuil, dans lequel il pouvait être à propos de se laisser tomber, avec tous les dehors de la cordialité la plus confiante. « Pardonnez-moi, je vous prie, mon importunité, dit mistress Lecount d'une voix suppliante, tout en s'emparant du fauteuil... Souffrez que je m'explique, je vous le demande en grâce! »

Parlant de sa voix la plus douce et ne cessant d'examiner mistress Wragge, un doux sourire sur ses lèvres insinuantes, une tendre sympathie au fond de ses beaux yeux noirs, la femme de charge débita son petit chapelet de mensonges préliminaires, avec une candeur naïve que le Père de Toute Fausseté, Satan lui-même, lui aurait enviée. « Elle savait par M. Bygrave que mistress Bygrave était fréquemment très-souffrante; elle s'était sans cesse reproché à Sea-View, dans les courts instants de loisir que lui laissaient ses travaux comme femme de charge de M. Noël Vanstone, de n'avoir pas offert à mistress Bygrave tous les bons offices de l'amitié; son maître (bien connu sans doute de mistress Bygrave, comme l'un des amis de son mari, et tout naturellement comme l'un des admirateurs de sa charmante nièce) lui avait enjoint de l'aller retrouver, ce jour-là même, dans la résidence qu'il avait choisie en quittant Aldborough; elle était contrainte de partir de bonne heure, mais n'avait pu prendre sur elle de s'en aller sans être venue, au préalable, s'excuser de cette apparente incivilité; elle n'avait rencontré personne dans la maison et, ne pouvant se faire entendre de la domestique, elle avait présumé (puisqu'elle ne trouvait pas cet appartement au rez-de-chaussée) que le boudoir de mistress Bygrave était peut-être à l'étage supérieur; elle avait commis, sans le vouloir, une indiscrétion qui la rendait très-honteuse, et n'avait plus à compter que sur l'indulgence de mistress Bygrave pour l'excuser et lui pardonner. »

Une apologie moins laborieuse aurait aussi bien convenu aux vues de mistress Lecount. Dès que les perceptions difficiles de mistress Wragge eurent embrassé ce fait, que la visiteuse inattendue était une voisine, une voisine dont elle avait entendu parler mainte et mainte fois, tout son être s'absorba dans l'admiration que lui inspiraient les belles manières et la robe si bien faite de mistress Lecount. Comme elle s'exprime bien! pensait la pauvre mistress Wragge au moment où la femme de charge roucoulait sa dernière période... et, sur la vie de mon âme, comme elle est bien mise!

—Je vois que je vous dérange, poursuivit mistress Lecount, qui employa la robe de cachemire oriental comme moyen d'arriver plus vite au but où elle tendait... Je vois que je vous dérange, madame, dans un travail qui, je le sais par expérience, exige l'attention la plus assidue... Miséricorde! je m'aperçois que vous en êtes à découdre pour recommencer l'ouvrage fait!... Encore un ennui que je connais bien, mistress Bygrave... Il y a des robes si obstinées!... Il y en a qui semblent vous dire, mot pour mot : — Non... Prenez-vous-y comme vous voudrez, je suis décidée à n'aller jamais. »

Mistress Wragge fut singulièrement frappée de cette heureuse remarque; elle éclata de rire, et applaudit de ses grandes mains, excitée au plus haut point.

« Voilà justement ce que cette robe me dit depuis le moment où j'y ai mis les ciseaux, s'écria-t-elle gaiement..... Je sais que j'ai le dos étonnamment large, mais ce n'est pas une raison pour qu'une robe soit en mains durant des semaines entières, et ne finisse pas, en somme, par joindre aux épaules...

Elle pend sur ma poitrine comme un véritable sac... Et puis, voyez, madame, voyez l'ourlet du bas!... Je ne puis le faire aller; il tire par devant et gode par derrière; il laisse voir mes talons, et Dieu sait que mes talons me jouent assez de tours, sans qu'il soit encore besoin de les montrer par dessus le marché!

--- Puis-je solliciter de vous une permission? demanda mistress Lecount sur le ton des confidences les plus intimes. Voulez-vous m'autoriser, mistress Bygrave, à vous faire profiter de mon expérience?... J'estime, madame, que le corsage de nos robes est ce qu'il y a de plus difficile à réussir; et maintenant, celui-ci... Oserai-je dire en toutes lettres ce que j'en pense?... Ce corsage est une erreur colossale!

— Oh! ne parlez pas ainsi! s'écria mistress Wragge sur le ton de la prière..... Pour l'amour de Dieu, soyez bonne, et ne parlez pas ainsi!... Je ne nie pas qu'il y ait un peu d'ampleur, mais il est, après tout, taillé fort exactement sur un corsage de Madeleine. »

La pauvre femme était beaucoup trop absorbée par le sujet qu'elle traitait pour s'apercevoir qu'elle venait de s'oublier, en mentionnant ainsi Madeleine sous son véritable nom. Les fines oreilles de mistress Lecount prirent note de la bévue, au moment même où elle venait d'être commise. « A la bonne heure! pensait-elle. Voilà déjà une découverte. Si jamais j'avais mis en doute la vérité de mes soupçons, l'honnête personne ici présente se chargerait de les confirmer..... Je vous demande pardon, continua-t-elle tout haut. Ne disiez-vous pas que ceci était taillé d'après une des robes de votre nièce?

— Oui, répondit mistress Wragge. Les corsages se ressemblent comme deux gouttes d'eau.

— En ce cas, reprit adroitement mistress Lecount, il doit y avoir quelque grave méprise dans la manière dont est faite la robe de votre nièce. Pourriez-vous me la montrer?

— Bénédiction du ciel, je crois bien! s'écria mistress Wragge. Venez de ce côté, madame, et, s'il vous plaît, apportez la robe avec vous!... Quand on la laisse sur la table, elle glisse à terre par pur esprit de contradiction. Nous trouverons par ici, sur le lit, de quoi l'étaler tout à son aise. »

Elle ouvrit, à ces mots, la porte de communication, et s'empressa d'entrer la première dans la chambre de Madeleine. Mistress Lecount, tout en la suivant, jeta un coup d'œil sur sa montre. Jamais le temps ne lui avait paru courir aussi vite que ce matin-là. Vingt minutes encore, et M. Bygrave serait rentré de son bain.

« Voilà ! dit mistress Wragge poussant la porte de la garde-robe et retirant une des robes qui s'y trouvaient accrochées..... Veuillez regarder. Il y a des plis sur le devant de son corsage, et des plis sur le devant du mien... Six à l'un, demi-douzaine à l'autre, et les miens sont un peu plus larges, voilà tout ! »

Mistress Lecount secoua gravement la tête et aborda sur-le-champ tout un ordre de considérations subtiles, — touchant l'art de fabriquer une robe, — lesquelles eurent pour effet, comme elle y avait compté, d'étourdir absolument, en moins de trois minutes, l'infortunée à qui elle avait affaire.

« Un moment ! s'écria mistress Wragge implorant miséricorde... N'allez pas si vite !... Je suis distancée de plusieurs milles, et ma tête commence à bourdonner... En toute simplicité, en toute charité, dites-moi ce qu'il faut faire... Vous parliez tout à l'heure du patron. Peut-être suis-je trop forte pour ce patron-là ?... Mais qu'y faire, si cela est ? J'ai pleuré bien des fois, pendant ma croissance, sur la taille que je prenais !... J'ai une bonne moitié de trop, madame; en long ou en large, il me faut bien l'avouer, — j'ai une bonne moitié de trop dans tous les sens.

— Vous vous faites tort, ma chère dame, protesta mistress Lecount; laissez-moi vous assurer que vous possédez un extérieur imposant, — l'extérieur d'une Minerve. La simplicité majestueuse qu'une femme a dans la taille exige impérieusement que la coupe de son vêtement soit empreinte de la même majestueuse simplicité... Les lois du costume

sont classiques ; les lois du costume veulent être respectées.
Des plis pour Vénus, — des bouffants pour Junon, — pour
Minerve, de larges fronces... Je me permettrai de conseiller
un tout autre modèle. Votre nièce a sans doute d'autres
robes dans sa collection?... Ne pourrions-nous trouver, parmi
elles, un patron qui convienne à Minerve? »

Et, tout en parlant ainsi, elle s'acheminait la première du
côté de la garde-robe.

Mistress Wragge la suivit et, prenant les robes l'une
après l'autre, secouait la tête d'un air accablé. Robes de
soie, robes de mousseline se montrèrent tour à tour. La
seule qui demeurât invisible fut précisément celle que cherchait mistress Lecount.

« Les voilà toutes! dit mistress Wragge..... Elles peuvent
aller à Vénus et aux deux autres (je les ai vues ensemble,
sur des tableaux où elles n'avaient pas, entre elles trois, le
moindre morceau de toile exigé par la décence), — mais
certainement elles ne m'iront pas, à moi.

— Il reste encore une robe, très-certainement, dit mistress Lecount montrant le fond du cabinet, mais sans y porter la main... Je vois, dans le coin, quelque chose de sus-
pendu... Tout au fond, là, derrière ce châle foncé! »

Mistress Wragge écarta le châle. Mistress Lecount poussa
tant soit peu la porte de la garde-robe. Là, — négligemment
pendue au dernier crochet, là, reconnaissable à ses étoiles
blanches et à son double volant, se retrouvait la robe d'alpaga brun.

La soudaineté de cette découverte et ce qu'elle avait de
décisif mirent complétement hors de garde, nonobstant ses
habitudes de dissimulation, la rusée femme de charge. Elle
tressaillit devant cette robe. L'instant d'après, ses yeux se
détournèrent avec inquiétude du côté de mistress Wragge.
Le tressaillement avait-il été remarqué? Non, il était passé
entièrement inaperçu. Toute l'attention de mistress Wragge
était fixée sur la robe d'alpaga qu'elle contemplait, les yeux
grands ouverts, avec un incompréhensible effarement.

« Vous paraissez alarmée, madame, dit mistress Lecount...

Que voyez-vous donc de si effrayant au fond de cette garde-robe?

— J'aurais donné un bel écu de ma poche, répondit mistress Wragge pour n'avoir pas jeté les yeux sur cette robe... Elle m'était sortie de la tête, et voici qu'elle y revient!... Recouvrez-la! s'écria mistress Wragge, replaçant le châle par dessus la robe, dans un accès de désespoir... Si je la regardais encore longtemps, je croirais me retrouver à Vauxhall-Walk! »

Vauxhall-Walk! Ces deux mots avertirent mistress Lecount qu'elle était sur la piste d'une autre découverte. Encore une fois, elle regarda sa montre à la dérobée. A peine dix minutes lui restaient avant le moment où devait probablement revenir M. Bygrave, et pas une de ces dix minutes qui ne pût ramener sa nièce au logis! La prudence conseillait à mistress Lecount de se retirer sans rien hasarder de plus; mais la curiosité la cloua sur place, et lui donna le courage de demeurer, à tous risques et périls, jusqu'à l'extrême limite du temps qui lui était accordé. Son aimable sourire devint quelque peu contraint, et sembla, pour ainsi dire, se figer, tandis qu'elle cherchait à s'insinuer affectueusement dans la faible intelligence de mistress Wragge.

« Vous avez gardé de Vauxhall-Walk quelques déplaisants souvenirs? dit-elle, donnant à sa voix l'accent de la curiosité la plus sympathique..... Ou peut-être est-ce de ce costume, appartenant à votre nièce, que votre mémoire est si désagréablement préoccupée?

— La dernière fois que je l'ai vue avec cette robe, dit mistress Wragge, qui, prise d'une espèce de tremblement, s'était laissée tomber dans un fauteuil... ce fut le jour où je revenais de courir les magasins, et où m'apparut le Fantôme.

— Le Fantôme? répéta mistress Lecount joignant les mains par un mouvement de gracieuse surprise... Ah! chère madame, que me dites-vous là?... Est-il donc au monde chose pareille?... Où l'avez-vous vu?... A Vauxhall-Walk?... Parlez! — Vous êtes la première personne, à ma connaissance,

qui jamais ait vu un fantôme; —'parlez donc; racontez, je
vous prie! »

Flattée par l'importance dont elle paraissait soudainement investie aux yeux de la femme de charge, mistress
Wragge entra tout au long dans le récit de sa surnaturelle
aventure. L'attention concentrée avec laquelle mistress
Lecount écoutait la description du costume sous lequel le
spectre était apparu, le rapide passage du spectre sur l'escalier, et la disparition du spectre dans la chambre à coucher;
— l'intérêt singulier que manifesta mistress Lecount en
apprenant que le vêtement trouvé dans la garde-robe
était justement celui que portait Madeleine en ce terrible
moment où le Fantôme s'était évanoui, — encouragèrent
mistress Wragge à se noyer de plus en plus dans les détails,
et à s'empêtrer dans une multitude confuse de circonstances
collatérales, d'où on ne prévoyait pas qu'elle pût sortir avant
un laps de deux ou trois heures. Les inexorables minutes
couraient cependant de plus en plus vite; de plus en plus
proche était le fatal moment où M. Bygrave allait rentrer.
Mistress Lecount regarda sa montre une troisième fois, sans
chercher pour le coup à dérober ce mouvement aux yeux
de son interlocutrice. Il lui restait littéralement deux minutes
pour s'échapper de North-Shingles; deux minutes suffiraient,
si aucun accident ne venait à la traverse. Elle avait découvert la robe d'alpaga; elle s'était fait raconter, dans le plus
menu détail, l'aventure de Vauxhall-Walk; et, mieux que
tout cela, elle s'était même informée du numéro de la maison, — numéro dont mistress Wragge se souvenait par hasard, attendu qu'il correspondait au nombre d'années dont
se composait son âge. Elle avait donc fait tout ce qu'il fallait
pour porter une lumière complète dans l'esprit de son maître.
Eût-elle même le loisir de rester plus longtemps, l'ajournement de son départ se trouvait désormais sans objet : « Je
vais, pensa la femme de charge, je vais, par un *coup d'État,*
couper la parole à cette respectable idiote; — et j'aurai disparu avant qu'elle soit remise.....

« Voilà qui est horrible! s'écria mistress Lecount, interrompant le fantasmatique récit par un petit cri en fausset, et se dirigeant vers la porte sans la moindre cérémonie, à l'inexprimable étonnement de mistress Wragge... Vous me glacez jusqu'à la moelle des os... Bonjour, madame, bien le bonjour ! » A ces mots, elle jeta la robe de cachemire oriental dans le vaste giron de mistress Wragge, et quitta la chambre tout aussitôt.

Comme elle descendait rapidement l'escalier, elle entendit se rouvrir une porte du premier étage.

« Qu'avez-vous fait de votre savoir-vivre ? s'écriait une voix d'en haut qui, par-dessus la rampe, l'interpellait faiblement... Que signifie cette façon de jeter une robe au nez des gens?... Vous devriez avoir honte de vous-même! poursuivait mistress Wragge, qui de brebis devenait lionne à mesure que lui entrait dans l'esprit, d'une manière plus nette, l'outrage subi par la robe de cachemire... — Oui, misérable étrangère, vous devriez avoir honte de vous-même! »

Poursuivie par cette apostrophe d'adieu, mistress Lecount gagna la porte de la maison et l'ouvrit sans rencontrer d'obstacle. Elle longea rapidement la grande allée du jardin, franchit la porte grillée, et, quand elle se sentit en sûreté sur le Champ de parade, s'arrêta pour regarder du côté de la mer.

Le premier objet que ses yeux rencontrèrent fut la figure de M. Bygrave, immobile sur la grève. — baigneur changé en pierre, et ses serviettes sous le bras! Il suffisait d'un regard jeté sur lui pour s'assurer qu'il avait dû voir la femme de charge au moment où elle franchissait la porte de son jardin.

Conjecturant, à bon droit, que la première impulsion de M. Bygrave le ramènerait dans sa maison pour s'enquérir de ce qui avait pu y survenir pendant son absence, mistress Lecount continua son chemin vers Sea-View, avec autant de calme que si rien ne fût arrivé. Lorsqu'elle entra dans le salon où l'attendait son déjeuner solitaire, elle fut quelque peu étonnée de trouver une lettre déposée sur la table, à côté de son couvert. Elle s'approcha pour la prendre, avec un mouvement d'impatience, pensant qu'il s'agissait de quelque facture qu'elle aurait oubliée...

C'était la fausse lettre arrivée de Zurich.

IX

Le timbre et l'écriture de l'adresse (écriture imitée en toute perfection) avertirent mistress Lecount de ce que la lettre pouvait renfermer, avant même qu'elle l'eût ouverte.

Elle consacra un moment à se préparer, et lut ensuite la nouvelle qui lui apprenait la rechute de son frère.

Rien dans l'écriture, pas un mot dans la rédaction de la lettre qui pût lui suggérer la plus faible idée d'une fraude quelconque. Elle ne douta pas un instant que l'invitation de se rendre au chevet de son frère n'émanât bien réellement du médecin. La main qui tenait la lettre retomba lourdement sur les genoux de la femme ainsi abusée : elle pâlit, vieillit, et changea de physionomie en un instant. Des pensées tout autres que celles de ses projets, de ses intérêts actuels, — des souvenirs qui la ramenaient en d'autres pays que l'Angleterre, en d'autres temps que ceux où elle avait mené une vie dépendante, — firent passer sur son front des ténèbres qu'ordinairement elle gardait en elle, et les traces de leur mystérieux passage s'inscrivirent profondément sur ce front tout à coup ridé. Les minutes se succédaient l'une à l'autre; et pourtant la domestique laissée à l'étage inférieur attendait vainement le coup de sonnette qui devait l'appeler au salon. Les minutes se succédaient l'une à l'autre ; et pourtant mistress Lecount demeurait assise, calme et les yeux secs, morte au présent, morte à l'avenir, ne vivant plus que dans le passé.

L'entrée de la domestique, qui montait sans être appelée, la réveilla comme en sursaut. Avec un profond soupir, elle replaça la lettre dans son enveloppe, et concentra ses réflexions sur les intérêts, les devoirs du temps qui lui échappait heure par heure.

Il ne lui fallut pas de longues considérations pour trancher la question de savoir si elle irait, oui ou non, à Zurich. Avant même d'avoir rapproché sa chaise de la table où le déjeuner était servi, mistress Lecount s'était décidée à partir.

Si merveilleux que fût le succès du stratagème conçu par le capitaine Wragge, il aurait pu échouer sans les incidents du matin qui étaient venus le corroborer. Oui, chose étrange! l'accident même contre lequel le capitaine avait voulu tout particulièrement se prémunir, — l'accident qui venait de se produire en dépit de toutes ses précautions, — se trouvait entre tous ceux que le hasard eût pu amener (et ceci contrairement à tout calcul), le plus favorable à la réalisation de ce qui était essentiellement le but du complot! Si mistress Lecount n'eût point obtenu, avant de recevoir la lettre datée de Zurich, les informations qu'elle voulait se procurer, cette lettre eût fait un vain appel à ses sentiments. Du moins eût-elle hésité avant de se décider à quitter l'Angleterre, et cette hésitation pouvait devenir fatale au plan de l'honorable capitaine.

En l'état des choses, maîtresse de preuves bien évidentes, — ayant découvert dans la garde-robe de Madeleine le vêtement accusateur, — gardant, en un repli de son portefeuille, le fragment qu'elle en avait détaché, — ayant soutiré à mistress Wragge l'indication précise de la maison où cette robe avait été revêtue, — mistress Lecount avait maintenant à ses ordres le moyen d'éveiller les défiances de son maître plus sûrement qu'elle n'avait pu le faire jusqu'alors; — en d'autres termes, le moyen de le mettre en garde contre les dangereuses tendances qui pourraient, tandis qu'elle serait à Zurich, amener une réconciliation entre lui et les Bygrave. Une seule difficulté la préoccupait maintenant : c'était de savoir si elle se mettrait personnellement ou par écrit en rapport avec son maître, avant de partir pour la Suisse.

Elle parcourut de nouveau la lettre du médecin. Le mot « immédiatement » dans la phrase qui l'appelait auprès de

son frère mourant avait été par deux fois souligné. Le château de l'amiral Bartram était à quelque distance du chemin
de fer. Le temps à perdre en voiture, sur la route de Saint-
Crux, soit pour l'aller, soit pour le retour, pourrait retarder,
d'une manière fatale, le voyage de Zurich. Aussi, bien qu'elle
eût infiniment préféré une entrevue avec M. Noël Vanstone,
il n'y avait d'autre alternative, dans une affaire de vie ou de
mort, que d'économiser, en lui écrivant, des heures précieuses.

Après avoir immédiatement envoyé retenir sa place dans
la première diligence qui dût partir, elle s'installa pour écrire
à son maître.

Sa première pensée fut de lui raconter tout ce qui s'était
passé à North-Shingles, ce matin-là même. Mais en y réfléchissant, elle rejeta cette combinaison. Une fois déjà (en co-
piant le signalement fourni par la lettre de miss Garth) elle
avait remis aux mains de son maître les armes dont elle
comptait se servir, et M. Bygrave était parvenu à les tourner contre elle. Aussi résolut-elle, cette fois, de s'en réserver
l'usage exclusif. Le secret du morceau découpé dans la robe
d'alpaga n'était connu, si ce n'était d'elle, d'aucune créature
vivante; et, jusqu'à son retour en Angleterre, elle n'entendait le communiquer à personne. Pour produire sur l'esprit de
M. Noël Vanstone l'impression nécessaire, il n'était pas indispensable d'entrer dans de périlleux détails. Elle savait, par
expérience, à quelles formes de style on pouvait s'en fier pour
l'émouvoir fortement, et ce fut en ces termes qu'elle jugea
bon de lui écrire :

« Cher monsieur Noël,

« De tristes nouvelles m'arrivent de Suisse. Mon frère chéri
se meurt, et le médecin qui le soigne m'appelle immédiatement à Zurich. L'impérieuse nécessité de mettre à profit les
plus prompts moyens de me transporter sur le Continent ne
me laisse pas deux alternatives. Je dois user de la permission
que vous me donnâtes, dès le début de la maladie de mon
frère, en m'autorisant à quitter l'Angleterre dans un cas de

nécessité absolue. Je dois aussi éviter tout retard, en me rendant droit à Londres au lieu de faire un détour, comme je l'aurais tant voulu, pour aller d'abord vous voir à Saint-Crux.

« Si péniblement que je sois affectée par le malheur domestique qui vient de m'atteindre, je ne saurais manquer cette occasion de traiter un autre sujet qui intéresse sérieusement votre bien-être, et auquel (par ce motif) votre vieille femme de charge attache la plus grande importance.

« Je vais, monsieur Noël, vous surprendre et vous troubler... Gardez-vous, je vous prie, de toute agitation; calmez-vous, je vous le demande en grâce!

« L'imprudent essai de tromperie qui a si heureusement ouvert vos yeux sur le vrai caractère de nos voisins de North-Shingles n'était point le seul objet que se proposât M. Bygrave en s'imposant à votre bon accueil. L'infâme complot dont on vous avait déjà menacé à Londres était en pleine activité contre vous, dans Aldborough, sous la direction de M. Bygrave. Un hasard, — je vous dirai lequel dès que nous nous reverrons, — m'a procuré des informations précieuses pour votre sécurité future. J'ai découvert, de manière à en être absolument certaine, que la personne qui prend le nom de miss Bygrave n'est autre que cette femme venue jadis chez nous, à Vauxhall-Walk, sous un travestissement.

« Je m'en étais doutée dès l'abord; mais, à l'appui de mes soupçons, je n'avais aucune preuve, aucun moyen par conséquent de combattre ce que vos impressions avaient d'erroné. Mes mains, j'en remercie le ciel, ne sont plus liées. Je possède la preuve absolue de l'assertion que vous venez de lire, une preuve que vos yeux pourront voir, une preuve qui satisferait votre conscience, fussiez-vous, magistrat, assis dans votre tribunal.

« Peut-être même à présent, monsieur Noël, vous refusez-vous à me croire? Eh bien, soit. Que vous me croyiez ou non, j'ai une dernière faveur à solliciter de vous, et vous êtes, comme Anglais, trop partisan des « armes égales », pour me refuser cette faveur.

« Ce triste voyage que je vais faire me retiendra sur le

7.

Continent pendant quinze jours ou trois semaines au plus;
vous m'obligerez, — et cela sans détriment pour vos convenances ou vos plaisirs, — en restant, tout ce temps-là, auprès de vos amis de Saint-Crux. Si, préalablement à mon
retour, quelques circonstances inattendues vous mettaient
de nouveau en face des Bygrave, et si votre naturelle bonté
de cœur vous portait à recevoir les excuses qu'ils tâcheront
naturellement, en pareil cas, de vous faire accueillir, — pour
vous, sinon pour moi, sachez vous imposer une retenue bien
légère. Suspendez vos coquetteries avec la jeune *lady* (et que
les autres jeunes *ladies* daignent me pardonner de l'appeler
ainsi) jusqu'à ce que je sois revenue. Si, à mon retour, je
ne réussissais pas à vous prouver que miss Bygrave est bien
cette femme de Vauxhall-Walk que vous avez vue masquée et
menaçante, je m'engage à quitter votre service dans les
vingt-quatre heures; et, pour expier la faute que j'aurais
commise en portant un faux témoignage contre mon prochain, j'abdiquerai tous les droits que je puis avoir à la reconnaissance de votre père ou à la vôtre. Je prends cet engagement sans réserve d'aucune sorte, et je promets de le
tenir, — mes preuves venant à être insuffisantes, — sur la
foi d'une bonne catholique et sur la parole d'une honnête
femme.

        « Votre fidèle servante,

                    « VIRGINIE LECOUNT. »

   Les dernières phrases de cette lettre, — ainsi que la femme
de charge le savait bien en les traçant, — renfermaient
l'unique adjuration qui, s'adressant à M. Noël Vanstone, dût
produire, à coup sûr, un effet profond et durable. Elle eût
pu engager sous serment ou sa vie ou sa bonne réputation,
comme garantie de ses assertions audacieuses, et ne pas
laisser sur l'esprit de cet homme une impression permanente. Mais, lorsqu'elle donnait pour gages de sa véracité,
outre la situation qu'elle occupait chez lui, les droits pécuniaires qu'il était bien forcé de lui reconnaître, elle intéressait au résultat de l'épreuve la passion même qui dominait

la vie de cet avare personnage. Il n'y avait pas à en douter, le plus puissant de tous les intérêts qu'il connût, — l'intérêt de ménager son argent, — le contraindrait à ne rien précipiter.

« Échec et mat à M. Bygrave! » pensait mistress Lecount cachetant la lettre et mettant l'adresse..... La bataille est finie; le coup de partie est joué.... »

Tandis qu'à Sea-View mistress Lecount s'efforçait de garantir ainsi la sécurité de son maître, les événements marchaient grand train à North-Shingles.

Aussitôt que le capitaine Wragge fut remis de l'étonnement que lui avait causé la vue de la femme de charge établie sur son terrain, il se hâta de rentrer chez lui et, guidé par le pressentiment qu'il avait eu naguère du désastre maintenant accompli, se rendit en droite ligne chez sa femme.

Jamais, à aucune époque de leurs rapports antérieurs, la pauvre mistress Wragge n'avait éprouvé, comme elle le fit alors, tout le poids de l'indignation du capitaine. Le peu d'intelligence que la nature lui avait départie disparut, comme une plume au vent, devant la rage tourbillonnante de son époux. Les seuls faits un peu précis qu'il put tirer d'elle étaient au nombre de deux. — D'abord, la témérité de Madeleine à déserter son poste n'avait pas de meilleure excuse que l'incorrigible impatience de Madeleine : la jeune fille n'avait pas dormi de la nuit; elle s'était levée, fiévreuse et tourmentée à l'extrême; puis, sans se soucier des conséquences, elle était sortie pour rafraîchir au grand air sa tête brûlante. — Mistress Wragge, en second lieu, avait, de son propre aveu, reçu mistress Lecount, causé avec mistress Lecount et, finalement, raconté à mistress Lecount l'histoire du Fantôme. Quand il eut fait ces découvertes, le capitaine Wragge ne perdit pas autrement son temps à calmer les terreurs et la confusion de son épouse. Il se retira aussitôt à une fenêtre qui dominait sans obstacles la maison de M. Noël Vanstone, et s'établit là, pour guetter ce qui se passerait à Sea-View, exactement comme mistress Lecount se postait naguère à une fenêtre opposée, pour guetter ce qui se passerait à North-Shingles.

Au retour de Madeleine, et lorsqu'elle le trouva ainsi occupé, il ne se permit pas un seul mot de commentaire sur les incidents de la matinée. On eût dit son flux de langage brusquement tari. « Je vous'disais bien ce que ferait mistress Wragge, — et mistress Wragge n'a pas manqué de le faire, remarqua-t-il simplement. » Puis, avec une patience que mistress Lecount elle-même n'aurait pu surpasser, il demeura, sans en bouger, assis à son observatoire. La seule démarche active où il jugea convenable de s'engager fut faite par l'entremise d'un agent secondaire. Il envoya la domestique à l'auberge, pour y retenir une chaise et un bon cheval, avec ordre d'ajouter que, ce jour-là même avant midi, l'hôtelier apprendrait, de sa bouche même, pour quelle heure l'équipage serait requis. Pas un signe d'impatience ne lui échappa jusqu'au moment où, d'ordinaire, la diligence du matin se mettait en route. Alors les lèvres arquées du capitaine se crispèrent d'inquiétude, et ses doigts mobiles commencèrent à battre sur les vitres de la croisée ce qu'une expression proverbiale appelle la « Retraite du Diable. »

Le bruit des roues se fit entendre à la fin ; la diligence vint s'arrêter devant Sea-View, et le capitaine Wragge s'assura par lui-même, qu'au nombre des voyageurs partant ce matin-là d'Aldborough figurait... mistress Lecount.

Cette incertitude principale une fois dissipée, restait encore à résoudre une question sérieuse, suggérée par les événements de la matinée. Quelle était la destination actuelle de mistress Lecount, — Zurich ou Saint-Crux ? Il ne fallait pas douter qu'elle n'informât son maître, et de l'histoire du Fantôme racontée par mistress Wragge, et de toute autre révélation relative soit aux noms, soit aux localités, qui aurait pu échapper, sans qu'elle s'en rendît compte, aux lèvres de mistress Wragge. Mais, des deux moyens que pouvait employer la femme de charge pour porter le trouble dans les combinaisons qu'elle avait à déjouer, — soit qu'elle agit en personne, soit qu'elle eût écrit, — le capitaine sentait parfaitement combien il lui importait de savoir sur lequel s'était arrêté le choix de sa terrible ennemie. Si elle était partie pour la résidence de l'amiral, il ne lui restait qu'à suivre la diligence, à prendre le train où mistress Lecount elle-même voyagerait, et à la devancer ensuite sur le trajet de la station du comté d'Essex au château de Saint-Crux. Si, au contraire, elle s'était contentée d'écrire à son maître, il suffirait de s'arranger pour intercepter l'épître dénonciatrice. Le capitaine résolut d'abord d'aller au bureau de poste. En admettant que la femme de charge eût écrit, elle n'aurait certainement pas laissé la lettre à la discrétion de la domestique, — et ne s'en serait remise qu'à elle-même pour la déposer dans la boîte avant de quitter Aldborough.

« Bonjour, dit le capitaine interpellant gaiement le buraliste..... Je suis M. Bygrave, de North-Shingles... Vous avez, je crois, dans votre boîte une lettre adressée à monsieur...? »

Le buraliste était un petit homme, et par conséquent un homme imbu, plus que raisonnablement, du sentiment de son importance. Il arrêta d'un air solennel le capitaine Wragge, qui se donnait déjà pleine carrière.

« Sachez, monsieur, lui dit-il, que lorsqu'une lettre est mise à la poste, personne, en dehors des employés, n'a plus à s'occuper d'elle, jusqu'au moment où elle parvient à son adresse. »

Le capitaine n'était pas homme à se laisser imposer, même par un directeur de poste. Une idée lumineuse lui vint en aide. Il tira de sa poche l'*agenda* sur lequel l'adresse de l'amiral Bartram était écrite, et revint aussitôt à la charge.

« Supposons, commença-t-il, qu'une adresse ait été mal mise... Et supposons que la personne qui l'a écrite désire corriger, après que la lettre est tombée dans la boîte, l'erreur commise par elle?...

— Quand une lettre est une fois à la poste, monsieur, répéta l'agent local, toujours impénétrable et majestueux... personne autre que les employés ne saurait y porter la main, sous aucun prétexte que ce soit.

— D'accord; j'y consens de tout mon cœur, dit le capi-

taine insistant toujours; mais je n'ai nul besoin d'y porter
la main. Je désire tout uniment m'expliquer. Une dame a
jeté ici une lettre, adressée à « Noël Vanstone, *esq.*, chez
l'amiral Bartram, Saint-Crux-in-the-Marsh, Essex. » Elle a
écrit fort en hâte, et n'est pas bien certaine d'avoir ajouté le
nom du bureau de poste : « Ossory. » Il est de la dernière
importance que la remise de cette lettre ne subisse aucun
retard... Quel règlement pourrait s'opposer à ce que vous
facilitiez le service de la poste, et défériez en même temps
aux vœux d'une dame, en ajoutant de votre propre main (si
réellement il a été omis) le nom du bureau en question?...
J'interroge là-dessus votre zèle : est-il une objection possible
à ce que ma requête soit admise? »

Le directeur fut obligé de reconnaître qu'une requête si
modeste ne prêtait à aucune objection, — pourvu que le
mot indispensable fût seul ajouté à l'adresse; — pourvu que
lui seul portât la main sur la lettre, — et pourvu que le
temps précieux des employés de la poste ne se trouvât pas
gaspillé. Comme il n'avait rien de très-pressé à faire pour le
moment, il ne demandait pas mieux que d'obliger une dame,
à la recommandation de M. Bygrave.

Tandis que les mains du buraliste séparaient et classaient
les lettres contenues dans la boîte, le capitaine Wragge suivait de l'œil cette opération avec une anxiété qui l'empêchait
de respirer... La lettre était-elle bien là? les mains de ce
zélé serviteur du public allaient-elles s'arrêter tout à coup?...
Oui! elles s'arrêtèrent, et dans la masse des lettres en sai-
sirent une, qu'elles mirent à part.

« *Noël Vanstone, Esquire*, avez-vous dit? demanda le buraliste, la main toujours posée sur la lettre.

— *Noël Vanstone, Esquire*, répondit le capitaine, *chez*
l'amiral Bartram, Saint-Crux-in-the-Marsh.

— *Ossory, Essex*, continua l'homme de la poste, qui,
ceci dit, rejeta la lettre parmi les autres... Cette dame,
monsieur, n'a fait aucune erreur, et l'adresse est tout à fait
correcte. »

Il fallut un sentiment bien arrêté de tout ce qu'il devait

aux convenances pour empêcher le capitaine Wragge de faire voler en l'air son grand chapeau blanc, dès qu'il eut mis le pied dans la rue. C'en était fait du dernier doute qui lui restât. Mistress Lecount avait écrit à son maître : — donc mistress Lecount était en route pour Zurich !

La tête plus haute que jamais, les pans de son respectable paletot flottant derrière lui sous l'action de la brise, — étalant sur sa poitrine allégée, comme sur un trône, l'impudence qui lui était naturelle, — le capitaine s'en alla, se pavanant, du côté de l'auberge, où il demanda le tableau sacramentel de la marche des trains. Après certains calculs (qu'il inscrivit sur son agenda), il commanda que sa chaise fût prête dans une heure, de manière à joindre le chemin de fer à temps pour prendre le premier train dirigé sur Londres, — train avec lequel ne correspondait, par hasard, aucune des diligences d'Aldborough.

La démarche qui suivit celle-ci était d'un ordre beaucoup plus sérieux ; cette démarche impliquait une singulière certitude de réussir. Le jour de la semaine était un jeudi. Au sortir de l'auberge, le capitaine se rendit à l'église, demanda le clerc de la paroisse, et donna les instructions nécessaires pour un mariage qui se ferait, sur licence, le lundi suivant.

Si hardi qu'il fût, ce dernier exploit avait quelque peu ébranlé ses nerfs, et sa main tremblait en soulevant le loquet de la porte du jardin. Il se restaura, au moyen d'un verre de grog, avant de mander Madeleine pour l'informer de tout ce qu'il venait de faire dans le cours de cette matinée si bien remplie. On pouvait raisonnablement s'attendre, de sa part, à quelque nouvelle explosion, quand elle apprendrait que le dernier pas, le pas irrévocable, avait été franchi, et que le jour du mariage était déjà inscrit sur les registres ecclésiastiques.

La montre du capitaine l'avertissait de ne pas consacrer trop de temps à vider son verre. Au bout de quelques minutes, il dépêcha le message voulu à l'étage supérieur. En attendant que Madeleine descendît, il se pourvut de certains accessoires que réclamait le prochain dénoûment du complot ourdi par ses soins. En premier lieu, il inscrivit son prétendu

nom (d'une main beaucoup moins assurée qu'à l'ordinaire)
sur une carte de visite restée en blanc, et ajouta au-dessous
ces mots : « Pas un moment à perdre. Je vous attends à la
porte ; — venez me trouver sans retard ! » Il prit ensuite
dans l'écritoire une demi-douzaine d'enveloppes, et plaça sur
toutes la même adresse, qui était celle-ci : « Thomas Bygrave,
esq., hôtel Mussared, Salisbury-Street, Strand, à Londres. »
Quand les enveloppes et la carte eurent été placées avec
soin dans sa poche de côté, il ferma le pupitre. Au moment
où il quittait le bureau, Madeleine entra dans le salon.

Le capitaine se donna quelques secondes pour réfléchir
sur la meilleure méthode d'aborder la question, et (servons-
nous d'une de ses expressions militaires) résolut de l'enlever
à la baïonnette. En deux mots, il informa Madeleine de ce qui
s'était passé, la prévenant que le lundi suivant serait le jour
de ses noces...

Il s'était préparé à la calmer, si elle éclatait en transports
passionnés ; à raisonner avec elle, si elle demandait un délai ;
à lui témoigner de la sympathie, si elle fondait en larmes.
Les résultats, à son extrême surprise, déjouèrent toutes ses
prévisions. Elle l'entendit sans prononcer une parole, sans
verser une larme. Quand il eut fini, elle se laissa tomber
dans un fauteuil. Ses grands yeux gris, dépourvus de toute
expression, demeuraient arrêtés sur lui. En un instant, de
par quelque loi mystérieuse, toute sa beauté disparut. Son
visage contracté prit cette roideur grave et solennelle qu'a
presque toujours celui d'un cadavre. Pour la première fois,
depuis que le capitaine la connaissait, il la voyait, corps et
âme, sous le coup d'une véritable terreur.

« Vous ne reculez pas ? dit-il, essayant de la ranimer...
Vous n'êtes certainement pas capable de reculer au dernier
moment ? »

Aucune lueur d'intelligence ne vint éclairer ses yeux ; aucun changement n'altéra l'immobilité de son visage... Elle
l'avait entendu, pourtant, — elle bougea dans son fauteuil, et
lentement inclina la tête.

« C'est de votre propre volonté, libre et sans contrainte, que

ce mariage a été combiné, poursuivit le capitaine avec le furtif regard et la voix hésitante d'un homme qui ne se sent pas
à l'aise... Ce fut votre idée, non la mienne. Je n'en accepte nullement la responsabilité, — non certes, et quand
même il s'agirait de deux fois deux cents livres... Si le courage vous manque, si, venant à réfléchir... »

Il s'arrêta. Elle changeait de visage ; elle remuait enfin les
lèvres. Lentement elle leva sa main gauche, dont les doigts
étaient écartés ; — elle la regarda, comme si c'était la main
d'une autre, — et sur ses doigts compta les jours, les jours
qui devaient précéder le mariage.

« Vendredi, un, murmurait-elle se parlant à elle-même ;
samedi, deux ; dimanche, trois ; lundi... » Ses mains retom-
bèrent sur ses genoux, son visage se contracta de nouveau.
Une crainte mortelle la paralysait encore sous son étreinte
glacée, et les mots qui allaient suivre expirèrent sur ses lèvres.

Le capitaine Wragge tira son mouchoir pour s'essuyer le
front.

« Au diable les deux cents livres! disait-il... Pour une
pareille besogne, ce ne serait pas assez de deux mille! »

Il retourna du côté du bureau, tira de sa poche les enveloppes sur lesquelles il avait écrit lui-même sa propre
adresse et, les tenant à la main, revint au fauteuil où elle
était assise :

« Reprenez vos sens! lui dit-il ; j'ai un dernier mot à vous
faire entendre... Me pouvez-vous écouter? »

Elle fit effort, et se ranima, — une faible nuance rosée
vint colorer ses joues pâles, — et un mouvement de tête annonça qu'elle écoutait.

« Regardez ces plis!... poursuivit le capitaine Wragge
lui montrant les enveloppes..... Si j'en fais l'usage auquel ils
ont été destinés, le maître de mistress Lecount ne recevra
jamais la lettre de mistress Lecount. Si je les déchire, il
saura, par le courrier de demain, que vous êtes la femme
déguisée dont il reçut la visite à Vauxhall-Walk. Vous n'avez
donc qu'à parler..... Déchirerai-je ces enveloppes, ou les re-
mettrai-je dans ma poche? »

Il y eut un moment de silence. Le murmure des vagues d'été sur le galet des grèves et la voix des oisifs qui se promenaient sur le Champ de parade, arrivant par la croisée ouverte, emplissaient le vide que laissait en cette chambre l'absence de tout bruit intérieur.

Madeleine releva la tête, montrant résolûment les enveloppes :

« Servez-vous-en ! dit-elle.

— C'est bien votre volonté? demanda-t-il.

— C'est ma volonté. »

Comme elle venait de répondre ainsi, un bruit de roues se fit entendre sur la route qui longeait le jardin.

« Vous entendez ces roues? dit le capitaine Wragge.

— Je les entends.

— Vous voyez ce cabriolet? continua le capitaine quand le léger équipage qu'il avait commandé à l'auberge se fut arrêté devant la grille.

— Je le vois.

— Et c'est bien votre volonté que je parte?... votre volonté libre et spontanée?

— Oui... Allez ! »

Sans un mot de plus, il la quitta. La domestique était sur la porte avec le sac de nuit du capitaine : « Miss Bygrave ne va pas très-bien, lui dit-il... Priez votre maîtresse d'aller la retrouver dans le salon ! »

Il monta dans le cabriolet, et commença ainsi la première étape de son voyage à Saint-Crux.

XII.

Vers les trois heures de cette même après-midi, le capitaine Wragge s'arrêtait, sur le chemin de fer qui traverse le comté d'Essex, à la station la plus voisine d'Ossory. Les informations prises sur place le convainquirent qu'il pourrait se rendre en voiture à Saint-Crux, y demeurer un quart d'heure, et revenir à la station assez tôt pour y prendre dans la soirée le train de Londres. Dix minutes après avoir reçu ces renseignements, le capitaine se remettait en route et se transportait rapidement dans la direction des côtes.

Après avoir couru quelques milles sur la grande route, le cocher s'engagea dans un réseau passablement embrouillé que formaient les chemins de traverse.

« Sommes-nous loin de Saint-Crux ? demanda le capitaine que l'impatience commençait à gagner, les milles succédant aux milles sans que rien semblât annoncer le terme du voyage.

— Vous verrez le château, monsieur, répondit cet homme, au premier tournant de la route. »

Le premier tournant de la route les mit en vue d'une plaine découverte. En face de la voiture, le capitaine Wragge aperçut une longue ligne noire se découpant sur le ciel, — ligne formée par ces dunes qui protégent contre l'inondation les côtes basses du comté d'Essex. Le plat pays qui l'en séparait était coupé en tous sens par un labyrinthe de cours d'eau qui, de la mer invisible, arrivaient en méandres fantastiques, — rivières à la marée montante, et canaux boueux au jusant. A main droite se trouvait un étrange petit village, formé en grande partie de huttes en planches qui s'éparpillaient au bord d'un de ces courants alimentés par la mer. Sur la gauche, et un peu plus loin, s'élevaient les ruines sombres d'une abbaye, ayant pour annexe un corps de bâtiment long, bas et triste, lequel datait de loin et couvrait beaucoup de terrain. Un des cours d'eau que nous avons signalés (dans le comté d'Essex on les appelle «eaux de retour» ou *back-waters*) venait presque entièrement contourner l'enceinte du château. Un autre, allant en sens opposé, traversait le domaine et séparait une portion des bâtiments amoncelés sans beaucoup de symétrie, — celle-ci à peu près en bon état d'entretien, — d'une autre portion ne valant guère mieux qu'une ruine. Des ponts de bois et des ponts de briques, jetés à chaque pas sur ces cours d'eau, donnaient de tous côtés libre accès vers l'habitation. Pas un être hu-

main ne se montrait aux alentours, et on n'entendait d'autre
bruit que les aboiements enroués d'un chien de garde au
fond de quelque cour invisible.

« A quelle porte arrêterai-je, monsieur? demanda le cocher; celle de la façade ou celle du fond?

— Celle du fond, » dit le capitaine Wragge, comprenant
bien que, moins il attirerait d'attention, moins sa délicate
entreprise lui ferait courir de risques.

La voiture traversa deux fois le canal avant que le cocher
parvînt jusqu'à un enclos de pierre, d'aspect assez misérable.
Devant une porte ouverte, dans la portion des bâtiments
qui semblait inhabitée, se tenait assis un vieux serviteur à
figure hâlée, fort occupé de terminer un petit modèle de
navire qu'il sculptait au couteau. Il se leva pour venir à la
portière de la voiture, relevant ses lunettes sur son front et
passablement déconcerté, semblait-il, par l'apparition
d'un étranger.

« M. Noël Vanstone est-il ici? demanda le capitaine Wragge.

— Oui, monsieur, répondit le vieillard. M. Noël est arrivé
hier.

— Remettez-lui, je vous prie, cette carte, reprit le capitaine, et ajoutez que je l'attends ici le plus tôt possible! »

Peu de minutes après arriva M. Noël Vanstone, hors d'haleine et fort empressé; il soupirait, depuis quelques heures,
après des nouvelles d'Aldborough. Le capitaine Wragge ouvrit
la portière, s'empara de la main que l'autre lui tendait, et
l'attira sans cérémonie auprès de lui, dans l'intérieur du
cabriolet:

« Votre femme de charge est partie, dit tout bas le capitaine, et le mariage se fait lundi... Ne vous agitez pas,
gardez pour vous tous vos sentiments!.... ce n'est pas l'heure
d'en faire montre. Appelez dans le château le premier domestique venu, et donnez-lui dix minutes pour faire lestement
votre sac de nuit,.... dites adieu à l'amiral,... et venez reprendre avec moi le train de Londres. »

M. Noël Vanstone essaya vaguement de formuler une
question. Le capitaine refusa d'y prêter l'oreille.

« Nous causerons sur la route, tant que vous voudrez, disait-il. Ici, le temps est trop précieux pour le perdre en bavardages..... Savons-nous si Lecount ne se ravisera point? savons-nous si elle ne reviendra point sur ses pas avant de s'embarquer pour Zurich? »

Cette considération imprévue et saisissante terrifia M. Noël Vanstone et le rendit souple comme un gant.

« Que dira l'amiral? demanda-t-il fort embarrassé.

— Expliquez-lui, naturellement, que vous allez vous marier!... Qu'importe, maintenant que Lecount n'est plus là?.... S'il s'étonne que vous ne lui en ayez pas parlé plus tôt, dites-lui que vous enlevez votre fiancée, et qu'en ce moment même elle vous attend!... Un moment!... Toutes les lettres qu'on vous adressera pendant votre absence arriveront ici, cela va sans le dire. Remettez ces enveloppes à l'amiral, et dites-lui de vous acheminer vos lettres sous mon couvert. Je suis un vieux client de l'hôtel où nous allons descendre, et, même en supposant que nous le trouvions plein, nous pouvons compter que le propriétaire prendra soin de toute correspondance sur le couvert de laquelle mon nom se trouvera... Or il est très-important que vos lettres vous parviennent exactement à Londres... Savons-nous si Lecount ne vous écrira pas, une fois en route pour Zurich?

— Quelle tête vous avez! s'écria M. Noël Vanstone, se hâtant de prendre les enveloppes... Vous pensez à tout, sans omettre le plus menu détail. »

Il descendit de voiture dans une extrême agitation, et rentra précipitamment au château. Dix minutes après, le capitaine Wragge s'était dûment emparé de sa proie, et les chevaux repartaient pour la station.

Nos voyageurs arrivèrent à Londres le soir même, d'assez bonne heure, et trouvèrent un logement à l'hôtel.

Connaissant la nature inquiète et méticuleuse du personnage auquel il avait affaire, le capitaine Wragge avait prévu quelques difficultés, quelques embarras provenant des questions que M. Noël Vanstone pourrait lui adresser pendant leur voyage à Londres. Par bonheur, une découverte domestique,

— faite tout à coup, et non sans grande émotion, — absorba dès le départ toute l'attention de son compagnon de route. Par une négligence extraordinaire, miss Bygrave se trouvait encore, à la veille de ses noces, dépourvue de femme de chambre! M. Noël Vanstone déclara qu'il assumait sur lui toute la responsabilité, non de l'erreur commise, mais des soins à prendre pour la réparer; il ne réclamerait en rien l'assistance de M. Bygrave; il conférerait, dès l'arrivée à Londres, avec la maîtresse de l'hôtel, et lui-même, en personne, examinerait les prétendantes à l'emploi vacant. Il revint à chaque instant sur le même sujet, pendant toute la traversée; pendant toute la soirée, à l'hôtel, il ne fit qu'aller et venir dans le salon de l'hôtesse, jusqu'au moment où il l'eut littéralement contrainte de s'enfermer pour mettre un terme à ses visites réitérées. Dans toutes les autres démarches relatives à son mariage, il avait été relégué à l'arrière-plan et forcé de suivre pas à pas les prescriptions de son ingénieux ami. Maintenant qu'il s'agissait de la femme de chambre, il réclamait enfin le rôle principal; — il ne suivait plus personne, il prenait la direction des affaires!

La matinée du lendemain fut employée à obtenir la licence, — M. Noël Vanstone acceptant avec ardeur l'éminente fonction de témoin assermenté, et jurant en toute sincérité (d'après les renseignements fournis par le capitaine) que la future était en âge de disposer d'elle-même. Quand on se fut assuré de ce document essentiel, le prétendu revint examiner les certificats et les talents des femmes de chambre sans place que son hôtesse lui avait promis de convoquer, — tandis que le capitaine Wragge, « pour affaires qui le concernaient seul, » dirigea ses pas vers la résidence d'un ami, lequel habitait un quartier des plus retirés, à l'autre bout de la capitale.

L'ami du capitaine n'était pas étranger à la jurisprudence, et l'affaire du capitaine comprenait deux chefs bien distincts. Il voulait d'abord s'informer des conséquences légales que le prochain mariage devait exercer sur l'avenir du mari et de la femme. Il voulait ensuite s'arranger, d'avance, pour dépister les gens qui chercheraient à savoir ce qu'il serait devenu après avoir quitté Aldborough le jour même du mariage. Étant arrivé à ses fins dans l'une et l'autre des deux missions qu'il s'était données, il revint à l'hôtel, où il trouva M. Noël Vanstone, dont la dignité offensée se prélassait dans le salon de la maîtresse du lieu. Trois femmes de chambre étaient venues subir leur examen, et toutes, la question des gages venant à se débattre, avaient impudemment refusé d'accepter la place. Une quatrième devait se présenter le lendemain et, jusqu'à ce qu'elle eût paru, M. Noël Vanstone refusait positivement de quitter Londres. Le capitaine Wragge ne dissimula pas la contrariété que lui faisait éprouver l'inutile retard qu'allait subir ainsi leur rentrée dans Aldborough. M. Noël Vanstone, secouant son petit chef têtu, déclara « qu'il n'entendait pas badiner avec sa responsabilité. »

Le premier incident qui marqua la matinée du samedi fut l'arrivée de la lettre écrite par mistress Lecount à son maître; elle était renvoyée à celui-ci dans une des enveloppes que le capitaine avait pris soin de s'adresser à lui-même. En vertu d'arrangements pris avec le garçon de l'hôtel, cette lettre fut apportée au capitaine, dans sa chambre à coucher, — lue par lui avec la plus rigoureuse attention, — et soigneusement dissimulée, après cela, dans un des compartiments de son portefeuille. Cette épître présageait de graves événements pour l'époque où la femme de charge reviendrait de Suisse; et c'était un devoir strict envers Madeleine de mettre sous ses yeux et à sa disposition le document qui la prévenait du danger.

Un peu plus avant dans la journée, survint la quatrième prétendante aux fonctions de femme de chambre, — jeune femme aux manières modestes, aux prétentions plus modestes encore, et qui (la maîtresse d'hôtel en fit la remarque) semblait « familière avec le malheur. » Les résultats de l'examen lui furent favorables et, sans murmurer, elle accepta les gages qui lui étaient offerts. L'engagement ratifié des deux parts, il y eut encore de nouveaux délais, dus comme

naguère à M. Noël Vanstone. Il n'avait pas encore décidé, à
part lui, s'il mettrait ou non plus d'une guinée à l'anneau
nuptial ; et il perdit si bien tout le reste de la journée à
courir d'un joaillier à l'autre, que ce fut à peine si le capitaine et lui, avec la femme de chambre qui les accompagnait,
arrivèrent à temps pour prendre le dernier train qui, ce
soir-là, quittât Londres.

Ce fut fort avant dans la nuit qu'ils abandonnèrent le
chemin de fer, à la station la plus rapprochée d'Aldborough.
Le capitaine Wragge avait gardé, durant tout ce voyage, un
silence contraire à ses habitudes. Son esprit n'était pas en
repos. Il avait quitté Madeleine dans des circonstances fort
critiques, sans personne qui pût veiller sur elle avec quelque
efficacité : aussi n'avait-il aucune idée de ce qui avait pu se
passer à North-Shingles depuis le moment où il en était sorti.

XIII.

Qu'était-il arrivé, pendant l'absence du capitaine Wragge,
dans la petite cité d'Aldborough ?

Voici le sommaire des incidents survenus entre l'heure
de son départ et celle de son retour.

Dès que la voiture eut quitté North-Shingles, mistress
Wragge reçut le message que son mari lui avait envoyé
par la domestique. Elle se hâta de courir au salon, encore
étourdie de son entrevue orageuse avec le capitaine, et avec
la conscience vague qu'elle avait quelque méfait à se reprocher, mais sans se douter de ce que ce pouvait être. Si l'esprit de Madeleine n'eût pas été préoccupé d'une pensée
unique où elle s'absorbait tout entière, — si elle avait été
assez calme pour écouter le récit que mistress Wragge lui
faisait, à bâtons rompus, de ce qui s'était passé pendant la
visite de la femme de charge, — l'inspection à laquelle mistress Lecount avait soumis la garde-robe aurait pris place,
tôt ou tard, dans cette série de révélations confuses ; et

Madeleine, encore qu'elle n'eût jamais pu deviner la vérité tout entière, aurait du moins été avertie qu'il existait quelque danger essentiel, tapi dans les plis de la robe d'alpaga. Comme allaient les choses, rien de semblable ne suivit l'apparition de mistress Wragge dans le salon. Pareille conséquence, à vrai dire, était maintenant impossible.

Les événements survenus au début de la matinée, ceux-là mêmes qui avaient rempli les derniers jours et les dernières semaines, étaient aussi complétement effacés de l'esprit de Madeleine que si jamais ils n'eussent eu lieu. L'horreur du lundi qui approchait, la cruelle certitude qu'impliquait la fixation du jour et de l'heure, semblaient pétrifier en elle toute sensibilité, annihiler toute faculté pensante. A trois reprises différentes, mistress Wragge essaya d'aborder, comme sujet de conversation, la visite de la femme de charge. La première fois, autant eût valu s'adresser au vent ou à la mer. La seconde tentative parut d'abord avoir été faite sous de meilleurs auspices; Madeleine soupira, écouta un instant, sans se montrer émue le moins du monde, et enfin coupa court à ces propos, qui la laissaient si indifférente : « Peu importe, disait-elle. Le dénoûment est le même... Je ne suis nullement fâchée contre vous. Ne parlons plus de ceci ! » Un peu plus tard, le même jour, ne sachant guère que dire de plus intéressant, mistress Wragge recommença. Madeleine, cette fois, eut un mouvement d'impatience. « Pour l'amour de Dieu ! dit-elle, ne me fatiguez pas de ces niaiseries !... Elles me sont insupportables. » Mistress Wragge eut bouche close à partir de ce moment, et se garda bien de revenir sur le sujet prohibé qui paraissait irriter Madeleine, Madeleine toujours si bonne et si indulgente. Le capitaine, dans son ignorance absolue des motifs pour lesquels mistress Lecount prenait un si vif intérêt aux secrets de la garde-robe, ne pouvait pas même, à cet égard, former les conjectures les plus lointaines. Tout ce qu'il était parvenu à extraire du trouble mental où sa femme était plongée, il l'avait obtenu par des questions directes, dérivant simplement des faits arrivés à sa connaissance. Il avait exigé des

réponses catégoriques, sans explication d'aucune espèce; il
avait trouvé, comme d'ordinaire, une obéissance complète;
et son départ presque immédiat ne lui avait laissé aucune
chance de revenir sur cette question, alors même que son
irritation contre sa femme le lui eût permis. La robe d'alpaga
restait donc pendue à son clou, dans les ténèbres, sans que
personne y prît garde, — source ignorée de dangers encore
à venir.

Dans le cours de l'après-midi, mistress Wragge rassembla son courage pour mettre en avant une idée conçue par
elle; — une petite promenade en plein air devint l'objet de
ses humbles supplications.

Madeleine mit complaisamment son chapeau, et complaisamment escorta sa compagne sur la promenade publique,
dont elles atteignirent bientôt l'extrémité septentrionale. Là,
les grèves étaient désertes, et là elles s'assirent, côte à côte,
sur le galet. C'était une journée rayonnante et gaie; les bateaux de plaisance naviguaient de tous côtés sur l'eau calme
et bleue. En mer comme à terre, Aldborough tout entier
s'adonnait à d'heureux loisirs. Mistress Wragge se ranima
bientôt devant ce tableau joyeux; — elle s'amusait, comme
un enfant, à jeter des cailloux dans la mer. De temps à autre,
elle jetait à la dérobée, sur Madeleine, un coup d'œil interrogateur, et ne trouvait ni encouragement dans son attitude,
ni retour de cordialité sur son pâle visage. La jeune fille
demeurait muette, assise au penchant de la grève, le coude
sur son genou, la tête appuyée sur sa main, contemplant la
mer avec une attention qui semblait profonde, et cependant
avec des yeux qu'on eût dit ne rien voir. Mistress Wragge
se fatigua de son jeu et cessa de s'intéresser aux bateaux de
plaisance. Son énorme tête, à plusieurs reprises, parut fléchir en avant, et bientôt elle s'endormit sous la tiède influence de la brise paresseuse. Quand elle s'éveilla, les bateaux de plaisance étaient bien loin; leurs voiles blanches
marquaient à peine de petits points blancs l'horizon marin.
Les oiseaux n'étaient plus en si grand nombre sur le rivage;
le soleil baissait dans le ciel; la mer, d'un azur plus foncé,

se moirait au souffle d'un vent rapide. Toute sorte de changements, survenus dans le ciel, sur la terre et sur l'océan,
racontaient la chute du jour; ces changements étaient partout, — sauf dans le voisinage immédiat de la géante qui
venait de s'éveiller. Là, Madeleine était assise, dans la même
position que naguère, et toujours contemplait la mer, de ces
yeux fatigués qui regardaient sans voir.

« Oh! je vous en prie, parlez-moi « dit mistress Wragge.
Madeleine tressaillit, et tourna la tête d'un air distrait.

« Il est tard, dit-elle frissonnant à la première impression produite sur elle par la brise qui s'élevait... Rentrons!
vous avez votre thé à prendre. »

Elles revinrent silencieusement chez elles.

« Ne vous fâchez pas de mes questions, dit mistress
Wragge au moment où elles s'assirent ensemble devant le
repas du soir... Auriez-vous, ma chère, quelque trouble
d'esprit ?

— Oui, répondit Madeleine ; mais veuillez ne pas prendre garde à moi! Ce trouble ne durera pas longtemps. » Elle
attendit patiemment que mistress Wragge eût achevé sa col-
lation, et alors seulement remonta dans sa chambre.

« Lundi! s'écria-t-elle en s'asseyant à sa table de toilette... Il peut arriver bien des choses d'ici à lundi ! »

Ses doigts erraient machinalement parmi les brosses et
les peignes, les menus flacons, les menues boîtes dont la
table était encombrée. Elle se mit à les ranger, tantôt dans
un ordre, tantôt dans l'autre, — puis tout à coup les écarta
d'elle, les entassant pêle-mêle à longueur de bras. Pendant une
minute ou deux, ses mains demeurèrent oisives. Cherchant
ensuite à s'occuper de nouveau, elle se mit à tirer et à pousser dans leurs rainures les deux petits tiroirs de la table. Aux
bagatelles qui remplissaient l'un d'eux se trouvait mêlé un
livre d'offices religieux qui lui avait jadis servi à Combe-Raven, et qu'elle avait emporté avec ses autres reliques du temps
passé, en quittant irrévocablement, en même temps que sa
sœur, ce séjour bien-aimé. Elle ouvrit le *Prayer-Book*, après
une longue hésitation, à l'Office du Mariage, — le referma

sans avoir achevé la première ligne, — et le remit en toute
hâte dans un des tiroirs. Quand elle en eut tourné la clef,
elle se leva et alla se placer à la croisée.

« Que la mer est horrible! dit-elle, se détournant avec
un frisson de dégoût... Quelle solitude, quel vide, quelle
affreuse mer! »

Elle revint au tiroir et, pour la seconde fois, feuilleta le
livre d'offices; elle l'ouvrit à demi, toujours aux Prières du
Mariage, et le rejeta impatiemment au fond du tiroir. Cette
fois, le verrou poussé, Madeleine retira la clef, — courut
presque, la tenant à la main, jusqu'à la fenêtre ouverte, —
et la jeta violemment dans le jardin. La clef tomba sur une
couche profusément semée de fleurs. Elle était désormais
invisible : elle était perdue. Le sentiment de cette perte
sembla soulager Madeleine.

« Il peut arriver quelque chose vendredi; quelque chose
peut arriver samedi; quelque chose peut arriver dimanche...
Trois grands jours encore !... »

Elle ferma les volets verts de la fenêtre et tira les rideaux,
pour rendre la chambre aussi obscure que possible. Elle se
sentait la tête lourde et les yeux brûlants. Une impulsion
soudaine, un absolu besoin de précipiter la marche du temps,
la firent se jeter sur son lit pour y chercher le sommeil.

Le calme de la maison lui venait en aide, l'obscurité de la
chambre lui venait en aide; l'état de stupeur où son intelligence était tombée exerçait aussi sur ses sens une influence
pacificatrice; elle s'assoupit bientôt, mais d'un sommeil
troublé. Ses mains agitées se mouvaient incessamment; sa
tête voyageait sur l'oreiller; elle dormait, cependant. Bientôt, de ses lèvres, tombèrent isolément et par groupes des
paroles à peine murmurées, mais qui de plus en plus s'articu-
laient, à mesure que se prolongeait le sommeil : ces paroles
semblèrent calmer son agitation, et peu à peu lui rendre
un repos plus complet. Elle souriait, elle était transportée
dans l'heureux pays des songes. Le nom de Frank lui échappa.
« M'aimez-vous, Frank? murmurait-elle... O mon bien-aimé !... dites, dites encore! »

Le temps s'écoulait; la chambre devenait de plus en plus obscure; Madeleine sommeillait et rêvait toujours. Vers le coucher du soleil, sans aucun bruit du dedans ou du dehors qui expliquât ceci, — elle se dressa sur son séant, réveillée en une seconde. Les épaisses ténèbres dont elle était entourée la frappèrent de terreur. Elle courut à la fenêtre, ouvrit les volets, et se pencha au dehors, comme pour se plonger dans l'air et les clartés de cette belle soirée. Ses yeux dévoraient les aspects familiers de la côte; ses oreilles buvaient le murmure bienvenu de la mer. Tout lui était bon pour la délivrer des impressions que ses songes avaient léguées à son réveil! Elle ne voulait plus d'obscurité, plus de repos... Le sommeil, clément pour les autres, n'avait pour elle que trahisons. Le sommeil n'avait fermé ses yeux à l'avenir que pour les ouvrir sur le passé.

Elle redescendit au salon, saisie du besoin de parler, — peu importe sur quel futile sujet, et si oiseux que ses propos dussent être. Le salon se trouvait désert. Mistress Wragge peut-être était allée travailler, peut-être se sentait-elle trop fatiguée pour causer. Madeleine prit sur la table le chapeau qu'elle y avait laissé, puis elle sortit de la maison. La mer qu'elle avait fuie, quelques heures auparavant, lui paraissait maintenant une amie. Qu'elle était belle dans le frais azur du soir! Quelle joie divine dans cette multitude de vagues folâtres, s'ébattant et bondissant à la clarté du ciel!

Elle resta dehors jusqu'à ce que la nuit fût tombée, jusqu'à ce que les étoiles eussent paru.

La nuit lui rendit quelques forces. Lentement et par degrés, son intelligence reprit un certain équilibre, et ce fut avec fermeté qu'elle envisagea désormais sa situation. La vaine espérance qu'un hasard quelconque pourrait annuler ce résultat même pour lequel, en vertu de son libre vouloir, elle avait, sans se lasser, formé tant de plans, accompli tant de travaux, s'évanouit et la quitta, trop faible pour ne pas se dissiper de lui-même. Elle savait en quoi consistait la véritable alternative, et se trouva le courage de s'en rendre compte. D'un côté, la révoltante épreuve du mariage; — de

l'autre, la renonciation absolue à son ferme dessein. Était-il
trop tard pour choisir entre le sacrifice de ce dessein et le
sacrifice d'elle-même ? Oui ! désormais il était trop tard...
Derrière elle s'était fermée la voie du retour. Le temps,
qu'aucun vœu ne saurait changer, le temps, dont aucune
prière ne peut modifier les effets irrévocables, l'avait pour
ainsi dire identifiée au but qu'elle poursuivait : elle avait
naguère dominé ce projet conçu par elle, maintenant il était
son maître. Plus il lui inspirait d'horreur, plus elle se débat-
tait sous ses obsessions, et plus impitoyablement il la poussait en avant. Aucun autre sentiment en elle n'était assez fort
pour dompter celui de cette nécessité fatale ; — non pas
même une horreur qui la rendait presque folle, — l'horreur
qu'elle éprouvait en songeant à l'union près de s'accomplir.

Vers neuf heures, elle revint à North-Shingles.

« Encore à la promenade ! dit mistress Wragge, sortie au-
devant d'elle... Venez vous asseoir, ma chère !... Que vous
devez être fatiguée ! »

Madeleine sourit, et, posant affectueusement sa main sur
l'épaule de mistress Wragge :

« Vous oubliez, lui dit-elle, combien j'ai de forces. Rien
ne me fait mal. »

Elle alluma son flambeau, et remonta dans sa chambre.
Quand elle se retrouva comme naguère devant sa table de
toilette, le vain espoir que lui avaient inspiré les trois jours
de retard, le vain espoir d'une délivrance fortuite, se réveilla
tout à coup en elle, — cette fois sous une forme plus précise
et plus palpable :

« Vendredi, samedi, dimanche... Il peut lui arriver quelque chose, à lui ou à moi. Quelque chose de grave, quelque
chose de fatal... L'un de nous deux peut mourir. »

Son visage s'altéra soudainement. Bien que l'air ne fût
point froid, elle frissonna de la tête aux pieds. Elle tressaillit, bien qu'aucun bruit ne fût venu l'alarmer.

« L'un de nous deux peut mourir... Peut-être sera-ce
moi... »

Elle s'absorba dans cette réflexion, — se ranima au bout

de quelque temps, — et, ouvrant la porte, appela mistress Wragge qu'elle pria de venir lui parler.

« Vous aviez raison de penser que je me fatiguerais, lui dit-elle..... Ma promenade a un peu dépassé mes forces. Je me sens lasse, et je vais me coucher. Bonne nuit!... » Elle embrassa mistress Wragge et doucement ferma la porte.

Après quelques allées et venues dans sa chambre, elle ouvrit brusquement son écritoire, et commença une lettre à sa sœur. Cette lettre s'allongeait sous ses mains; Madeleine couvrait rapidement feuille après feuille. C'est que son cœur débordait, c'est qu'elle adressait à Norah l'histoire complète de sa destinée. Elle ne versait point de larmes, une tristesse calme l'avait envahie. Sa plume courait sans trouver le moindre obstacle.

Après avoir écrit pendant plus de deux heures, elle cessa tout à coup, laissant la lettre inachevée. Cette lettre ne portait pas encore de signature. Un large blanc, au bas de la dernière feuille, restait à remplir. Quand elle eut rangé l'écritoire où l'épître commencée resta sous clef, Madeleine alla respirer à la croisée et demeura là, regardant au dehors.

La lune déclinait sur la mer. La brise des premières heures s'était épuisée. Sur la terre et sur l'océan planait l'Esprit de la Nuit, dans un calme auguste et profond. La tête de la jeune fille s'abaissa sur sa poitrine, et devant ses yeux le tableau s'effaça tout entier, comme la lune s'effaçait à l'horizon. Elle ne vit plus ni la mer ni le ciel. La Mort, cette grande tentatrice, assiégeait son cœur. La Mort, cette grande tentatrice, lui montrait, comme sa demeure, le tombeau du cimetière de Combe-Raven où ses chers parents dormaient du sommeil éternel.

« Dix-neuf ans à mon dernier anniversaire, pensait-elle... Rien que dix-neuf ans! » Elle se retira de la fenêtre, — hésita un moment, — et revint contempler cet imposant spectacle. « La belle nuit! disait-elle avec un élan de reconnaissance... O mon Dieu! la belle nuit! »

Elle quitta la fenêtre pour se laisser tomber sur son lit. Le sommeil, qui l'avait trahie naguère, revint plus clément autour d'elle; il revint profond et sans rêves, fidèle image de la dernière pensée qui l'eût occupée avant que ses yeux se fermassent; — image fidèle de la Mort.

Le lendemain matin, de bonne heure, mistress Wragge entra dans la chambre de Madeleine et la trouva déjà levée. Assise devant son miroir, elle passait et repassait lentement le peigne dans son abondante chevelure; — elle était pensive et tranquille.

« Comment vous sentez-vous ce matin, ma chère? demanda mistress Wragge... Tout à fait rétablie, n'est-il pas vrai?

— Oui ! »

Après avoir ainsi répondu, Madeleine s'arrêta tout à coup, réfléchit un instant, et sans se soucier du démenti qu'elle se donnait : « Non, dit-elle, je ne vais pas tout à fait bien. J'ai un peu mal aux dents. » Tandis qu'elle modifiait ainsi sa première réponse, elle donna un léger coup de peigne qui de sa chevelure écroulée en avant fit à son visage un voile épais.

Au déjeuner, elle fut très-silencieuse et ne prit qu'une tasse de thé.

« Laissez-moi, dit mistress Wragge, aller vous chercher un remède chez le pharmacien.

— Non, je vous remercie.

— Je vous le demande en grâce !

— Non ! »

Ce second refus avait été articulé sur un ton bref et presque irrité. Comme d'ordinaire, mistress Wragge se soumit, laissant Madeleine agir à sa guise. Celle-ci, dès que le déjeuner fut fini, se leva et sortit sans une parole d'explication. Mistress Wragge la guettait de la croisée, et la vit se diriger vers la pharmacie.

Sur le seuil, elle fit halte, — avant d'entrer dans le magasin, elle regardait à travers les vitres; — puis elle hésita, s'écartant de quelques pas, — une fois encore parut incertaine, — et prit enfin le coin d'une rue qui la ramenait du côté du rivage.

Sans regarder autour d'elle, sans se soucier de choisir

un endroit plus ou moins propice, elle s'assit sur les galets. Les seules personnes qui se trouvassent près d'elle, à ce moment, étaient une bonne d'enfants et les deux petits garçons confiés à ses soins. Le plus jeune des deux tenait à la main un petit vaisseau en miniature. Après avoir contemplé Madeleine, pendant quelque temps, avec une gravité, une attention singulières, l'enfant s'approcha soudainement d'elle, et entama leurs relations en posant tranquillement son joujou sur les genoux de la jeune fille.

« Voyez mon beau navire ! » disait l'enfant s'appuyant sans façon contre sa nouvelle connaissance.

Madeleine, d'ordinaire, n'était pas très-patiente avec les enfants. Au temps de sa prospérité, les avances du petit garçon n'eussent pas été accueillies par elle comme elles le furent alors. Le désespoir endurci qui se peignait dans ses yeux disparut tout à coup ; ses lèvres, fortement serrées l'une contre l'autre, se séparèrent, et on eût dit qu'elles vibraient. Elle replaça le joujou dans les mains de l'enfant et le prit, lui, sur ses genoux.

« Voulez-vous m'embrasser ? » lui dit-elle d'une voix faible.

L'enfant regarda son navire, auquel sans doute il eût plus volontiers accordé le baiser sollicité par Madeleine.

Elle répéta la question ; — elle la répéta presque humblement. L'enfant leva les mains vers son cou et finit par l'embrasser.

« Si j'étais votre sœur, vous m'aimeriez, n'est-il pas vrai ? »

Toutes les misères de son isolement, toute la tendresse perdue de son pauvre cœur, débordaient en ces paroles émues.

« N'est-ce pas que vous m'aimeriez ? répéta-t-elle, cachant son visage dans les plis que la blouse de l'enfant faisait sur sa poitrine.

— Oui, répondit-il..... Mais regardez donc mon navire ! »

Elle le regarda, cédant à ses instances, à travers les larmes amassées dans ses yeux. « — Comment l'appelez-vous ? demanda-t-elle, essayant de s'intéresser à quelque chose, fût-ce même à ce qui préoccupait un enfant.

« — Je l'appelle l'*Oncle-Kirke,* répondit le petit garçon...
L'oncle Kirke est parti. »

Ce nom ne rappelait rien à la mémoire de Madeleine. En
elle, maintenant, les anciens souvenirs survivaient seuls.
« Parti? répéta-t-elle d'un air distrait, songeant à ce qu'elle
pourrait bien dire ensuite au petit ami que le hasard lui
avait donné.

— Oui, dit l'enfant... Parti pour la Chine. »

Même sur les lèvres innocentes du petit bonhomme, ce
mot la frappa au cœur. Elle déposa sur le sable le neveu du
capitaine Kirke, et sur-le-champ quitta le rivage.

Comme elle revenait chez elle, la lutte de la nuit passée
se renouvelait dans son esprit. Mais le soulagement qu'elle
avait éprouvé à rencontrer cet enfant, l'attendrissement
qu'elle avait ressenti en le prenant sur ses genoux, exer-
çaient encore sur elle une influence bienfaisante. Elle eut
conscience d'un espoir nouveau, fraîche aurore qui se levait
sur ses pensées ténébreuses, comme les innocents regards
du petit garçon s'étaient levés sur son visage assombri, au
moment où de lui-même il venait à elle sur la grève. Était-il
donc trop tard pour rebrousser chemin? Une fois encore, elle
se posa cette question et, —pour la première fois, — la réponse lui parut douteuse.

Elle se hâta de rentrer dans sa chambre, se méfiant en
secret du changement qui venait de s'opérer en elle, et avertie par là même qu'il fallait agir sans trop se donner le
temps de la réflexion. Aussi, avant d'ôter son châle ou son
chapeau, se dépêcha-t-elle d'ouvrir son écritoire pour tracer,
aussi vite que sa plume put courir, les lignes suivantes,
adressées au capitaine Wragge :

« Vous trouverez ci-inclus l'argent que je vous ai promis.
Le courage m'a manqué. Je ne puis me faire à l'horreur que
m'inspire l'idée de l'épouser. Je viens de quitter Aldborough...
Ayez pitié de ma faiblesse et pardonnez-moi! Arrangeons-
nous, maintenant, pour ne plus nous rencontrer. »

Avec un grand battement de cœur, avec des doigts que
l'agitation faisait trembler, elle tira de sa poitrine le petit

sachet de soie blanche, pour en extraire les *bank-notes* qu'elle
voulait joindre à la lettre. Sa main, qui le fouillait avec im-
pétuosité, avait en quelque façon perdu le sentiment du toucher. Elle saisit à pleine poignée tous les papiers que renfermait le sac, déchirant les uns, dépliant les autres. Au
moment où elle les étalait devant elle, sur la table, le premier objet que rencontrèrent ses yeux fut un fragment de
sa propre écriture, déjà décolorée par le temps. Elle regarda
de plus près, et vit les mots qu'elle avait copiés dans la
lettre de son père défunt; — elle vit aussi le bref et terrible
commentaire de l'avocat, placé au bas de la même page, se
dresser devant elle comme un reproche muet :

*Les filles de M. Vanstone ne sont les Enfants de Personne,
et la loi les laisse, sans ressources, à la merci de leur
oncle.*

Son cœur qui battait s'arrêta; ses mains qui tremblaient
prirent une immobilité glacée. Tout le Passé se leva devant
elle, accusateur âpre et violent. Elle prit les lignes que sa
propre main venait de tracer la minute d'auparavant, et
avec une vague incrédulité regarda l'encre encore humide
sur les lettres.

La rougeur qui était montée à ses joues s'en effaça une
fois encore. Le désespoir endurci reparut, brillant et froid,
dans ses yeux séchés. Elle plia soigneusement les *bank-notes*
et les replaça dans son sachet. Elle pressa sur ses lèvres la
copie de la lettre paternelle, et la remit en place à côté des
bank-notes. Quand le sachet fut de nouveau caché dans sa
poitrine, elle attendit un instant, le visage dans ses mains,
— puis déchira résolûment les lignes adressées au capitaine
Wragge. Avant que l'encre fût sèche, les morceaux de la
lettre jonchaient le parquet.

« Non ! dit-elle, au moment où le dernier lambeau de papier tombait de sa main... Sur la route où je vais, le retour
est impossible. »

Elle se leva, du plus grand calme, et quitta sa chambre.
En descendant l'escalier, elle rencontra mistress Wragge qui

montait. « Sortez-vous encore, ma chère ? demanda celle-ci. Puis-je vous accompagner ? »

L'attention de Madeleine était ailleurs. Au lieu de répondre à la question qui lui était faite, ce fut à ses propres pensées qu'elle répondit.

« Des milliers de femmes font des mariages d'argent, disait-elle... Pourquoi ne serais-je pas de celles-là ? »

La perplexité décontenancée qui se peignit sur le visage de mistress Wragge, au moment où Madeleine prononçait ces paroles, rendit la malheureuse enfant au sentiment des choses présentes.

« Pauvre chère femme, dit-elle, je vous embarrasse, n'est-il pas vrai?.... Ne vous mettez pas en peine de ce que je dis;.... toutes les jeunes filles tiennent des propos plus ou moins bizarres, et je ne vaux pas mieux que le reste de mes pareilles... Allons, je vais vous donner une petite fête... En l'absence du capitaine, j'entends vous rendre tout à fait heureuse. Nous ferons, à nous deux, une belle promenade en voiture. Mettez votre plus joli chapeau, et venez à l'hôtel avec moi...; Je dirai à la maîtresse de nous mettre, dans un panier, tout ce qu'il faut pour un bon petit dîner froid. On choisira ce que vous préférez, — et c'est moi qui prétends vous servir. Quand vous serez vieille, mais, là, vieille, tout à fait, vous me garderez, n'est-il pas vrai, un bon souvenir?... Vous direz : Ce n'était pas une méchante fille ; on en voit vivre et prospérer, sans que personne les blâme, et par centaines, qui ne valent pas ce qu'elle valait... Allons, allons, dépêchez-vous de mettre votre chapeau !... Grand Dieu! de quel métal est donc fait mon cœur?... Comment survit-il, toujours et toujours, lorsque chez tant d'autres jeunes filles il serait mort, et depuis longtemps? »

Une demi-heure après, elle et mistress Wragge étaient assises, côte à côte, au fond d'une bonne calèche. L'un des chevaux, au départ, se montra rétif. « Fouettez-le !... criait Madeleine au cocher avec l'accent de la colère... Que craignez-vous donc?... Fouettez-le à tour de bras !... Supposons que la voiture verse, ajouta-t-elle brusquement en se tournant vers sa compagne, supposons que je sois lancée contre cette muraille, et tuée sur place ?... Allons donc! ne me regardez pas ainsi tout effarée... Je ressemble à votre mari; j'ai, moi aussi, mes joyeux caprices; et tout ceci n'est qu'une plaisanterie. »

Elles restèrent dehors toute la journée. Quand elles rentrèrent, il était nuit close. Une si longue série d'heures passées au grand air leur laissait à toutes deux le même sentiment de fatigue. Cette nuit encore, comme la précédente, Madeleine dormit d'un sommeil profond et sans rêves; — ce fut ainsi que le vendredi s'acheva.

La dernière pensée de Madeleine avait été, ce soir-là, celle qui, toute la journée, lui avait servi de soutien. En plaçant sa tête sur l'oreiller, elle se sentait, pour se soumettre à l'épreuve imminente, la même indomptable résolution qu'elle avait déjà témoignée par ses paroles lorsque le hasard lui avait fait rencontrer mistress Wragge sur l'escalier. Quand elle s'éveilla le samedi matin, cette résolution avait disparu. Les pensées, et même les événements du vendredi, étaient effacés de son esprit. Elle sentait encore une fois, mêlant de froides ondes à celles de son jeune sang, ce lent et mortel poison qui s'était glissé dans son cœur désespéré aux dernières clartés de la lune, et qui, dans le calme auguste des nuits, lui avait fait entendre tout bas de si funestes conseils.

« C'est jeudi soir, se disait-elle, que j'ai vu le dénoûment tel qu'il doit être : — depuis ce moment, je n'ai fait que m'égarer. »

Quand elle et sa compagne se retrouvèrent dans la matinée, Madeleine se plaignit encore de son mal de dents; elle repoussa l'offre de mistress Wragge, qui proposait de lui aller chercher un remède; enfin elle quitta la maison après le déjeuner, se dirigeant du côté de la pharmacie, exactement comme elle avait fait dans le cours de la matinée précédente.

Cette fois, elle franchit le seuil du magasin, sans hésiter un instant.

« Mes dents me font souffrir, dit-elle brusquement à un homme âgé qui se tenait derrière le comptoir.

— Permettez-vous, miss, que j'examine ?....

— Inutile, monsieur ; il s'agit d'une dent attaquée déjà... J'aurai pris, sans doute, quelque coup d'air. »

Le pharmacien proposa divers remèdes qui étaient en vogue, il y a de cela quinze ans. Mais elle refusa d'en acheter aucun.

« Le laudanum m'a toujours mieux soulagé qu'aucune autre composition, dit-elle, prenant tour à tour les flacons rangés sur le comptoir et les examinant tandis qu'elle parlait, au lieu de regarder le pharmacien... Donnez-moi du laudanum !

— Volontiers, miss. Permettez-moi cependant une question qui est simplement une formalité requise... Vous habitez, je crois, Aldborough ?

— Sans doute. Je suis miss Bygrave, de North-Shingles. »

Le pharmacien s'inclina et, se tournant du côté de ses rayons, remplit immédiatement de laudanum un flacon ordinaire, fait pour en contenir une demi-once. En s'assurant au préalable du nom et de l'adresse de sa cliente, cet homme avait pris une précaution bien naturelle pour un praticien soigneux, —mais qui n'était rien moins que générale, en pareille occurrence, vu l'état de la législation à l'époque où ces choses se passaient.

« Joindrai-je un peu d'ouate au laudanum ? demanda-t-il après avoir placé sur le flacon une étiquette où il venait d'écrire un seul mot en gros caractères.

— Si vous voulez bien... Mais qu'avez-vous écrit là ? »

Elle avait posé la question d'un ton vif, et comme si un peu de méfiance se mêlait à sa curiosité.

Le pharmacien y répondit en tournant l'étiquette de son côté. Madeleine y vit écrit en grosses lettres le mot : — POISON.

« J'aime à prendre mes précautions, miss, dit le vieillard qui souriait..... Des gens fort honorables à tous autres égards sont souvent d'une négligence effrayante quand il s'agit de substances vénéneuses. »

Madeleine se reprit à faire manœuvrer les flacons placés sur le comptoir, et posa une autre question, dont elle attendit la réponse avec une anxiété dissimulée.

« Y a-t-il donc quelque danger, demandait-elle, dans une si petite dose de laudanum?

— Il y a la mort, tout simplement, répondit le pharmacien avec calme.

— La mort pour un enfant, peut-être, ou pour une personne déjà mal portante?...

— La mort pour l'homme le plus robuste d'Angleterre, qu'on le prenne où l'on voudra. »

Répondant ainsi, le pharmacien cachetait le flacon dans une enveloppe de papier blanc, et le présentait à Madeleine. Elle se mit à rire en le prenant de ses mains et en lui en remettant le prix.

« Vous n'avez pas à craindre le moindre accident chez nous, lui dit-elle. Le flacon restera sous clef, dans ma table de toilette. S'il ne me soulage pas, je reviendrai vous trouver pour avoir de vous un autre remède... Bien le bonjour.

— Bonjour, miss! »

Elle s'en revint tout droit à North-Shingles, sans lever une fois les yeux, sans prendre garde à une seule des personnes qu'elle rencontra. Elle passa dans le corridor, tout à côté de mistress Wragge, l'effleurant de sa robe comme s'il se fût agi d'un meuble oublié là par hasard. A deux reprises différentes, en montant l'escalier, elle se prit les pieds dans sa jupe, faute de cette précaution vulgaire qui consiste à la relever par devant. Les menus détails de la vie quotidienne avaient déjà cessé de l'intéresser à un degré quelconque.

Seule dans sa chambre, elle ôta le flacon de son enveloppe, jetant le papier et le petit paquet d'ouate dans la cheminée. A ce moment-là même, elle entendit frapper à la porte. Madeleine cacha le petit flacon, et tourna la tête avec impatience. Mistress Wragge entrait dans la chambre.

« Avez-vous trouvé quelque chose pour votre mal de dents, ma chère ?

— Oui.

— Pourrais-je vous aider en quoi que ce soit ?

— Non. »

Mistress Wragge s'obstinait à rester près de la porte d'un air inquiet. Son attitude prouvait clairement qu'elle avait encore quelque chose à dire.

« Qu'y a-t-il, voyons ? demanda Madeleine avec une certaine vivacité.

— Ne vous fâchez pas, répondit mistress Wragge. Je ne suis pas tranquille au sujet du capitaine. Il écrit beaucoup, et nous n'avons aucune lettre de lui. Il est prompt comme l'éclair, et nous ne le voyons pas revenir... Nous voici à samedi sans qu'il ait donné signe de vie. Le croyez-vous capable de s'être sauvé ?... Lui serait-il arrivé quelque accident ?

— Je ne pense pas... Descendez au salon !... je vais aller vous y retrouver, et nous causerons de ceci. »

Dès qu'elle se retrouva seule, Madeleine se leva de son fauteuil, s'avança vers une armoire, fermant à clef, qui se trouvait dans sa chambre, et demeura un moment, la main sur la clef, ne sachant que faire. L'apparition de mistress Wragge avait complétement changé le cours de ses pensées. La dernière question de mistress Wragge, si frivole qu'elle fût, l'avait retenue au bord du précipice, en réveillant en elle, une fois encore, le vain espoir d'un accident fortuit qui viendrait la dégager.

« Pourquoi pas ? disait-elle. Pourquoi ne serait-il pas arrivé quelque chose à l'un d'eux ? »

Elle replaça le laudanum dans l'armoire, la referma, et mit la clef dans sa poche.

« D'ici à lundi, pensait-elle, nous aurons le temps... J'attendrai que le capitaine soit de retour. »

Après s'être consultées, au salon, les deux dames décidèrent que la domestique veillerait cette nuit-là pour attendre son maître. La journée se passa tranquillement, et sans incident d'aucune sorte. Madeleine, les yeux fixés sur un livre, usait les heures en rêves stériles. Elle ne ressentait plus maintenant que cette fatigue de l'attente qui est, à elle seule, un pesant fardeau ; les angoisses poignantes de la pensée étaient enfin émoussées, amorties chez elle. Elle resta dans le salon durant tout le jour et toute la soirée, se sentant une répugnance bizarre à rentrer dans sa chambre. A mesure que la nuit avançait, tout bruit cessant peu à peu soit à l'intérieur, soit au dehors, son agitation sembla vouloir recommencer. Elle tâcha de se calmer par la lecture. Les livres ne purent fixer son attention. Le journal était resté dans un coin de la chambre : elle eut alors recours au journal.

Elle regarda machinalement l'intitulé des articles ; elle les parcourut avec indifférence, colonne après colonne, jusqu'au moment où son attention vagabonde fut fixée par le récit d'une exécution qui avait eu lieu dans un district éloigné. Rien qui dût la frapper dans l'histoire de ce crime ; et cependant elle la lut. C'était un assassinat vulgaire, une horreur tout à fait triviale ; — le meurtre d'une servante de ferme par un homme remplissant des fonctions analogues, et dont la jalousie avait armé le bras. Il avait été convaincu sur un ensemble de preuves qui n'avait rien d'extraordinaire ; il avait été pendu dans des circonstances qui n'avaient rien d'exceptionnel. Comme tant d'autres criminels de son espèce, il avait fait des aveux, une fois que tout espoir avait semblé perdu pour lui ; et le journal avait inséré sa Confession à la fin de l'article ; — elle était conçue en ces termes :

« J'avais des relations avec la défunte, depuis environ un an. Je lui avais promis de l'épouser quand j'aurais assez d'argent. Elle disait que maintenant j'en avais assez. Nous eûmes une dispute. Elle refusa de jamais plus sortir avec moi ; elle ne voulait plus me tirer de la bière ; elle se lia peu à peu avec mon camarade David Crouch. J'allai la trouver samedi, pour lui dire que si elle voulait renoncer à Crouch, je me marierais avec elle dans le plus court délai possible. Elle se moqua de moi. Elle me renvoya de la buanderie, et toutes les autres la virent me chasser ainsi. Je n'avais pas l'esprit

fort tranquille. J'allai m'asseoir sur une barrière, — la barrière de la prairie qu'on appelle Pettit's Piece. Je pensai alors
à la tuer. J'allai prendre mon fusil et le chargeai. Je revins
dans Pettit's Piece. J'avais de la peine à me décider. Je
m'imaginai de *la* tirer au sort, — je veux dire de tirer au sort
si je la tuerais ou non, — en jetant en l'air le coûtre de la
charrue. Je me disais à moi-même : S'il retombe à plat, je la
laisserai vivre ; s'il s'enfonce dans la terre, je la tuerai... Je
lui fis faire plusieurs tours avant de le lancer ; il retomba la
pointe dans le sol. J'allai immédiatement lâcher mon coup de
fusil à la défunte... C'était une mauvaise besogne, mais je l'ai
faite ainsi qu'on l'a dit dans le procès. J'espère que le Seigneur aura pitié de moi. Je voudrais qu'on donnât à ma
mère les habits que je porte... Je ne vois pas que j'aie autre
chose à dire. »

Dans le beau temps de sa vie, Madeleine aurait passé,
sans y jeter un coup d'œil, sur le récit de l'exécution et sur
cette confession imprimée qui l'accompagnait. Rien de tout
cela ne lui aurait offert le moindre attrait. Ce jour-là, non-
seulement elle lut l'horrible histoire, — mais elle la lut avec
un intérêt dont elle ne pouvait se rendre compte. Son attention, que n'avaient pu fixer des pensées, des tableaux d'un
ordre bien plus élevé, bien plus sain, suivait d'un bout à
l'autre chaque phrase de ces aveux où l'assassin se révélait
avec je ne sais quelle candeur hideuse. Si le meurtrier et la
victime lui avaient été connus, — si le théâtre du crime eût
été familier à ses souvenirs, à peine aurait-elle pu suivre le
récit avec une attention plus concentrée, ou en recevoir une
impression plus précise et plus nette. Elle posa le journal,
surprise de ce qui se passait en elle ; puis elle le reprit, et
tâcha d'en lire quelques autres passages. Vain effort ; sa
pensée ne pouvait plus s'y fixer. Elle jeta de côté ce chiffon
de papier et descendit au jardin.

La nuit était sombre ; les étoiles peu nombreuses bril-
laient à peine. Tout au plus discernait-elle le sentier sablé
tout au plus pouvait-elle le suivre pour aller et venir de la
porte de la maison à la grille du jardin.

La Confession imprimée avait acquis une étrange prise sur son imagination. Comme elle longeait l'allée, cette nuit noire s'ouvrit, ainsi qu'un rideau, du côté de la mer, et lui laissa voir dans la prairie le malheureux assassin au moment où il jetait en l'air le coûtre de charrue. Elle courut toute frissonnante du côté de la maison. L'assassin la suivit et entra dans le salon avec elle. Madeleine saisit la bougie allumée et remonta dans sa chambre. La vision évoquée par son imagination malade marcha près d'elle jusqu'à l'endroit où le laudanum était caché, — puis, une fois là, s'évanouit.

Il était près de minuit, et rien n'avait encore annoncé le retour du capitaine.

Elle tira de son écritoire la longue lettre qu'elle avait écrite à Norah, et la lut lentement d'un bout à l'autre. Cette lecture l'apaisa. Parvenue à ce feuillet à moitié blanc qu'elle s'était réservé pour achever la lettre, elle revint en hâte au début, et reprit à nouveau sa lecture.

L'horloge de l'église sonna une heure du matin, et le capitaine n'avait pas encore paru.

Elle relut la lettre d'un bout à l'autre, puis, avec l'obstination du désespoir, elle la recommença pour la troisième fois. Arrivée à la dernière page, elle regarda sa montre. Il était deux heures un quart. A peine venait-elle de replacer la montre à sa ceinture, que, — traversant le silence de la matinée, — un bruit lointain arriva jusqu'à elle ;.... c'était un bruit de roues.

Elle laissa tomber la lettre et, serrant sur ses genoux ses mains glacées, elle écouta. Le bruit continuait, de plus en plus proche, de plus en plus rapide, bruit insignifiant pour toute autre oreille que les siennes, mais, pour celles-ci, aussi effrayant que la trompette du jugement dernier. Il passa le long de la maison, continua un peu au delà, et s'arrêta tout à coup. Elle entendit frapper avec force, — puis une fenêtre qui s'ouvrait, — puis des voix, — puis un long silence, — puis encore les roues qui revenaient bien évidemment, — puis la porte du rez-de-chaussée qui s'ouvrait et, dans le corridor, la voix sonore du capitaine.

La patience de Madeleine était à bout. Elle entr'ouvrit sa porte et l'appela.

Il monta l'escalier en courant, étonné de la trouver encore debout. Elle lui parla par l'étroit interstice de la porte entre-bâillée derrière laquelle elle s'abritait, redoutant de lui laisser voir son visage.

« Est-il survenu quelque obstacle? lui demanda-t-elle.

— Tranquillisez-vous, répondit-il. Tout marche à merveille.

— Vous ne voyez pas d'accidents à craindre, d'ici à lundi?

— Pas le moindre accident. Ce mariage est une affaire faite.

— Une affaire faite?

— Oui.

— Bonne nuit. »

Elle lui tendit la main à travers la porte. Il la prit, tant soit peu étonné : il ne l'avait pas vue fréquemment lui offrir une poignée de main si spontanée.

« Vous avez veillé trop tard, lui dit-il quand il sentit l'étreinte de ses doigts glacés. Je crains que vous ne passiez une mauvaise nuit; — je crains bien que vous ne dormiez guère. »

Elle referma doucement la porte.

« Je dormirai, disait-elle, plus profondément que vous ne pensez. »

Il était deux heures passées quand elle s'enferma ainsi dans sa chambre. Son fauteuil était près de la table de toilette, à la place accoutumée. Elle s'assit pensive, durant quelques minutes, — puis ouvrit sa lettre à Norah, et de prime abord alla chercher le dernier feuillet, où, nous l'avons dit, un blanc était réservé. Les dernières lignes, au-dessus de ce blanc, étaient ainsi conçues : « Je viens de vous dévoiler mon cœur tout entier; je n'ai rien voulu vous dissimuler. Voici où les choses en sont venues. Le but vers lequel j'ai tendu, et dont la poursuite m'a déjà coûté si cher, il faut

que je l'atteigne ou que je meure. C'est de la perversité, de
la folie, tout ce que vous voudrez, mais cela est. Je n'ai plus
maintenant à choisir qu'entre deux voyages. Si je puis me
résoudre à l'épouser, — le voyage de l'église. Si la profanation de moi-même est pour moi une honte inabordable, —
le voyage du tombeau! »

Au-dessous de cette dernière phrase, elle écrivit ceci :

« Mon choix est fait. Si une loi cruelle vous le permet,
faites-moi déposer auprès de mon père et de ma mère, dans
le sein de la terre natale. Adieu, ma sœur bien-aimée!...
Soyez toujours innocente, soyez heureuse toujours!... Si
jamais Frank s'informait de moi, dites-lui que je suis morte
en lui pardonnant. Ne m'accordez point, Norah, de trop
longs regrets; — je ne les mérite pas. »

Elle cacheta la lettre et sur l'adresse mit le nom de sa
sœur. Les larmes s'amoncelaient dans ses yeux au moment
où elle la déposa sur la table. Elle attendit que sa vue se fût
un peu éclaircie, et du petit sachet placé dans son sein retira
une fois encore les *bank-notes*. Quand elle les eut envelop-
pées dans une feuille de papier à lettre, elle inscrivit sur le
pli le nom du capitaine Wragge, et au-dessous ajouta ces
mots : « Tenez fermée la porte de ma chambre, et laissez-y
mon corps jusqu'à l'arrivée de ma sœur. Vous trouverez inclus
l'argent que je vous ai promis. Aucun blâme n'a été encouru
par vous : tout est de ma faute et de ma faute seule. Si vous
me conservez quelque souvenir amical, montrez-le en traitant votre femme avec bonté. »

Quand elle eut placé cette enveloppe à côté de la lettre
de Norah, elle se leva et du regard parcourut la chambre.
Certains menus objets n'étaient pas à leur place. Elle les mit
en ordre, et au chevet de son lit, de droite et de gauche, tira
les rideaux. Son vêtement fut ensuite l'objet d'un rigoureux
examen. Il était aussi correct, aussi chaste, aussi élégant que
jamais. Rien sur sa personne n'était en désordre, excepté sa
chevelure. Quelques tresses s'étaient détachées. Elle les remit soigneusement en place, s'aidant de son miroir. « Comme
je suis pâle! pensait-elle avec un faible sourire... Pourrai-je

9.

l'être davantage lorsqu'ils entreront ici, demain matin? »

Elle alla tout droit vers l'armoire où était caché le laudanum, et l'en retira. Le flacon était si petit qu'il tenait aisément dans la paume de sa main. Elle l'y laissa un peu de temps et, debout, le regardait.

« LA MORT! disait-elle... Dans cette goutte de liqueur brune, — LA MORT! »

Au moment où ces paroles franchirent ses lèvres, une inexprimable horreur vint en un instant s'emparer d'elle. Elle traversa la chambre en chancelant, la tête troublée et comme perdue, avec une angoisse de cœur qui paralysait sa respiration. Elle se prit à la table pour se maintenir debout. Le faible choc du flacon lorsque, s'échappant de ses doigts entr'ouverts, il alla, sans autre accident, se heurter à une des porcelaines qui couvraient la table, lui traversa le cerveau comme une lame d'acier. Le son de sa propre voix, devenu pourtant un simple murmure, — de sa voix articulant ce seul mot : « la Mort! » — pénétrait dans ses oreilles avec le tumulte impétueux du vent déchaîné. Elle se traîna jusqu'auprès de son lit, contre lequel, assise encore sur le parquet, elle appuyait sa tête brûlante : « Oh! ma vie, ma vie, pensait-elle. Que vaut donc ma vie pour m'y cramponner avec tant d'acharnement ?

Au bout de quelques instants, elle sentit la force lui revenir. Elle se souleva sur ses genoux et cacha son visage dans l'oreiller. Elle essayait de prier, — de prier pour invoquer le pardon du Ciel, sévère, à ce qu'on dit, pour quiconque se réfugie dans la mort. Des paroles frénétiques jaillissaient de ses lèvres, — paroles qui fussent devenues de véritables cris, si elle ne les avait étouffées sous les draps du lit. Elle se dressa sur ses pieds; le désespoir lui donnait contre elle-même les forces d'une furie aveugle. L'instant d'après, elle se retrouvait près de la table, et, dans la seconde qui suivit, elle avait ressaisi le poison.

Elle déboucha le flacon qui le renfermait et le porta brusquement à ses lèvres.

Au premier contact du froid cristal et de ses lèvres ardentes, la robuste vitalité de sa jeunesse bondit en ses veines où le sang se précipitait à flots, et lutta contre la Mort et ses terreurs imminentes avec toute l'énergie de la répugnance qu'elles lui inspiraient. Toutes les facultés actives de cette exubérante vitalité s'insurgèrent contre la volonté de destruction qui conseillait à Madeleine un attentat sacrilège contre elle-même. Elle s'arrêta : pour la seconde fois, en dépit d'elle-même, elle s'arrêta. Elle était là, resplendissante de jeunesse et de santé; — là, toute tremblante, au seuil de la Vie, le baiser de la Mort près de ses lèvres, tandis que la Nature, fidèle à sa sainte mission, combattait jusqu'au bout pour la sauver.

Pas un mot ne franchit ses lèvres. Le sang affluait à ses joues; sa respiration devint haletante et rapide. Tenant encore le poison dans sa main, et comprenant qu'elle pouvait s'évanouir d'un moment à l'autre, elle se dirigea vers la croisée, elle écarta le rideau qu'elle avait laissé retomber.

La nouvelle journée se levait. L'ample crépuscule épandit sur Madeleine ses lueurs voilées, se réflétant à l'Est sur la mer paisible.

Elle voyait les flots, vastes et silencieux, occuper l'horizon brumeux et calme; elle sentait la fraîche haleine du matin battre sur son visage, comme chassée par des ailes invisibles. Sa force revint; il fit un peu moins nuit dans sa pensée. La vue de la mer lui rendit le souvenir de cette promenade faite au jardin la veille au soir, et du tableau que, sur le vide ténébreux, son imagination malade avait peint de si vives couleurs. Elle revit ce tableau, — l'assassin jetant en l'air le coûtre de la charrue, et livrant au hasard de cette lame prête à retomber la vie ou la mort de la femme infidèle. Aussi promptement qu'avait éclaté à ses yeux la lumière du jour nouveau, elle se sentit envahie par la contagion de cette superstition redoutable. La promesse de salut que, du fond de son horrible hésitation, elle entrevoyait dans cet ajournement conditionnel, souleva chez elle tout ce que le désespoir y avait laissé d'énergie. Elle résolut de mettre un terme à la lutte en jouant sur une chance sa vie ou sa mort.

Et sur quelle chance?

La mer se chargea de lui en indiquer une. A peine visible à travers le brouillard, elle aperçut une petite escadrille de bâtiments caboteurs que la marée montante faisait lentement dériver du côté de la maison, et qui suivaient tous une direction identique. Dans une demi-heure, — peut-être moins, — l'escadrille aurait passé sous sa croisée. Les aiguilles de sa montre marquaient quatre heures. Elle s'assit à côté de la fenêtre, tournant le dos au point d'où les navires dérivaient vers elle, — le poison placé sur l'appui de la fenêtre, la montre posée sur ses genoux. Elle venait de résoudre que, pendant une demi-heure encore, elle attendrait ainsi pour compter les bâtiments à mesure qu'ils passeraient sous ses yeux. Si, dans ce laps de temps, ils étaient passés en nombre pair, — le signe providentiel serait interprété comme un ordre de vie; si le contraire arrivait, si le nombre impair avait prévalu, — l'arrêt prononcé serait un arrêt de mort.

Cette résolution définitivement prise, elle appuya sa tête à la croisée ouverte, et attendit le défilé des navires.

Le premier arriva, coque haute et sombre, glissant silencieusement sur la mer silencieuse, et qui semblait, derrière le brouillard, passer à quelques pas seulement. Il y eut un intervalle, — après quoi le second suivit, et le troisième ne se fit pas attendre. Autre intervalle, se prolongeant de plus en plus, — et rien n'arrivait. Elle regarda sa montre, douze minutes étaient écoulées; trois navires avaient paru. Rien que trois!

Le quatrième survint, plus lent que les autres, de dimensions plus considérables, et plus reculé dans l'épaisseur des brumes. Puis un intervalle, intervalle encore une fois prolongé. Ensuite arriva un autre bâtiment, le plus sombre de tous et le plus rapproché. Cinq!... Encore un nombre impair, — cinq!

Elle regarda de nouveau sa montre. Cinq navires en dix-neuf minutes. Vingt minutes, vingt et une, deux, trois, et le sixième bâtiment ne paraissait pas. Vingt-quatre, et le voilà qui suit les autres. Vingt-cinq, vingt-six, vingt-sept, vingt-huit, et le prochain nombre impair, — le fatal numéro sept,

se présente aux regards... Pour finir la demi-heure, il ne
faut plus que deux minutes... Et les navires sont au nombre
de sept !

Vingt-neuf; — et dans le sillage du septième bâtiment aucun autre n'a paru. L'aiguille de la montre est à mi-chemin
de la trentième minute... et la mer écumeuse n'offre aux regards que la blancheur de la brume et du flot. Sans détacher
sa tête de la fenêtre où elle s'appuie, Madeleine d'une main
a pris le poison, de l'autre a soulevé la montre. A mesure
que les secondes rapides se chassent l'une l'autre, ses yeux
aussi rapides qu'elles vont de la montre à la mer, de la mer
à la montre. — Ils se portèrent pour la dernière fois sur la
mer... et virent le HUITIÈME bâtiment.

La Vie!... au dernier moment, la Vie!

Elle ne bougea pas; elle ne prononça pas une parole.
Déjà semblaient mortes en elle toutes pensées, mortes aussi
toutes facultés sensibles. Elle posa machinalement le poison
sur le rebord de la croisée, et contempla, comme dans un
rêve, le navire qui glissait doucement sur sa voie muette, —
jusqu'au moment où il se noya peu à peu dans l'ombre, —
jusqu'au moment où il se perdit dans la brume.

Quand ce messager de vie eut disparu à ses yeux, sa pensée, tendue à l'excès, s'affaissa tout à coup.

« Est-ce la Providence? murmura-t-elle vaguement... Est-
ce le hasard? »

Ses yeux se fermèrent et sa tête retomba en arrière. Quand
le sentiment de la vie lui fut rendu, le soleil matinal lui ré-
chauffait le visage, — le ciel bleu semblait la contempler
avec un sourire, — et la mer roulait des flots d'or.

Elle s'agenouilla près de la fenêtre et fondit en larmes.

. . . .

Vers midi, le même jour, le capitaine qui attendait au
salon, et qui n'entendait aucun mouvement dans la chambre
de Madeleine, vint à s'inquiéter de ce long silence. Il pre-
scrivit à la nouvelle femme de chambre de le suivre à l'étage
supérieur et, lui montrant la porte, il lui dit d'entrer sans
bruit pour s'assurer si sa maîtresse dormait encore.

Cette fille entra, — elle resta dans la chambre une ou deux minutes, et en sortant referma la porte avec précaution.

« Elle est bien belle, monsieur, disait la soubrette, et son sommeil est aussi tranquille que celui d'un enfant nouveau-né. »

XIV.

La matinée où son mari revint à North-Shingles fut une matinée à jamais mémorable dans les annales domestiques de mistress Wragge. Ce fut en effet de là qu'elle put dater la première notification qui lui eût été faite du mariage de Madeleine.

C'était ici-bas la destinée assignée à mistress Wragge que de passer sa vie dans un perpétuel étonnement. Jusque-là, cependant, elle ne s'était jamais trouvée au sein d'un labyrinthe pareil à celui où elle s'égara lorsque le capitaine lui eut froidement révélé la vérité. La pénétration de la bonne dame lui avait suffi pour soupçonner M. Noël Vanstone d'être admis chez elle en qualité de prétendant; elle avait aussi, à part elle, interprété comme fort peu favorables aux prétentions du jeune homme certaines expressions d'impatience tombées çà et là des lèvres de Madeleine; — mais ses conjectures les plus hasardées n'étaient jamais allées jusqu'à lui faire regarder comme possible le mariage qui allait se conclure. Elle marchait de surprise en surprise devant chaque révélation de son mari. Une noce dans la famille, d'ici à vingt-quatre heures !.... Et cette noce était celle de Madeleine !.... Et personne, pas même la fiancée, n'aurait une toilette neuve !....Et dans cette occasion, la plus favorable de toutes pour la mettre en relief, la robe de cachemire oriental ne pourrait absolument servir !.... Aussi mistress Wragge était-elle tombée tout de travers sur le premier fauteuil venu; et là, oubliant complétement la présence du capitaine, ne prenant pas garde aux yeux terribles qu'il lui faisait, elle frappait, de ses mains désordonnées, ses genoux dispersés au hasard. On ne l'eût pas autrement étonnée en l'instruisant, après de si grands coups, que le monde allait finir, et qu'elle était le seul être mortel dont la destinée eût omis de régler le sort en arrêtant les comptes de notre planète.

Laissant sa femme se tranquilliser à elle seule, le capitaine Wragge s'était retiré dans les régions inférieures de la *villa*, pour y attendre le moment où Madeleine voudrait bien se montrer. Il était près d'une heure lorsqu'un bruit de pas, dans la chambre au-dessus, vint lui apprendre que la jeune fille était réveillée et qu'elle avait quitté son lit. Il appela immédiatement la suivante, nommée Louisa; puis, pour la seconde fois, il l'envoya près sa de maîtresse.

Madeleine était debout, auprès de sa toilette, quand un faible coup, frappé à sa porte, vint attirer son attention. A ce coup succéda le son d'une voix douce qui s'annonçait comme étant celle de « la femme de chambre de miss Bygrave, » et s'informait «si miss Bygrave n'avait besoin d'aucune assistance. »

—Pour le moment, non, dit Madeleine aussitôt qu'eut cessé son étonnement de se trouver, à l'improviste, pourvue d'une soubrette qu'elle ne connaissait point..... Quand j'aurai besoin de vous, je sonnerai. »

L'ayant ainsi congédiée, elle jeta les yeux, par hasard, de la porte à sa croisée. Toutes les réflexions que lui aurait sans cela suggérées l'arrivée de cette femme de chambre furent interrompues à l'instant même par la vue du flacon de laudanum, encore posé sur le rebord de la fenêtre où elle l'avait laissé depuis le lever du soleil. Elle le ressaisit dans sa main, avec une étrange confusion de sentiments, et ne sachant même alors si la vue de ce flacon lui rappelait une réalité terrible ou un rêve affreux. Sa première impulsion fut de s'en débarrasser à l'instant même. Elle l'avait déjà soulevé pour le vider par la fenêtre, lorsqu'elle s'arrêta soudain, prenant en défiance cette nouvelle détermination. « J'ai accepté l'existence qui m'a été rendue, pensait-elle. Mais sais-je bien ce que cette existence peut me garder? »

Elle se détourna de la fenêtre et revint vers la table. « Peut-être serai-je forcée de recourir à toi, » dit-elle, — et elle replaça le laudanum dans son nécessaire de toilette.

Ce n'est pas que, ceci fait, son esprit se trouvât plus tranquille ; il lui semblait voir dans un tel acte on ne sait quelle ingratitude difficile à définir. Et pourtant, elle n'essaya pas de retirer le flacon de la cachette où elle l'avait dérobé aux regards. Elle précipitait sa toilette ; elle hâtait le moment où, sonnant sa cameriste, elle pourrait, en face de nouvelles préoccupations, s'oublier elle-même ainsi que les pensées qui l'obsédaient depuis son réveil. Après avoir fait vibrer le timbre, elle prit sur la table sa lettre à Norah et sa lettre au capitaine, les mit toutes deux dans son nécessaire de toilette, à côté du laudanum, et les enferma bien en sûreté sous la clef qu'elle gardait toujours attachée à sa chaîne de montre.

La première impression produite sur Madeleine par sa nouvelle femme de chambre ne fut pas précisément agréable. Elle n'avait pas, pour examiner la jeune fille, ce coup d'œil expérimenté de la maîtresse d'hôtel, qui avait permis à celle-ci de discerner immédiatement, chez la pauvre étrangère amenée par le hasard, une « personne déjà familière avec le malheur ; » sans compter que la matrone de Londres avait manifesté clairement, par sa physionomie et son attitude, qu'elle devinait au juste la nature particulière de ce « malheur. » Sauf cela, Madeleine était parfaitement en état de découvrir les indices de maladie et de chagrin que sa suivante dissimulait sous les dehors d'une activité, d'une politesse à toute épreuve. Elle soupçonnait cette fille d'avoir un mauvais caractère ; elle lui eût souhaité un autre nom ; en somme, elle n'était guère disposée à bien accueillir une domestique quelconque, engagée par M. Noël Vanstone. Mais, au bout de quelques minutes, Louisa sut se faire mieux apprécier. Elle répondait très-posément, très-directement à toutes les questions qui lui étaient adressées ; elle semblait connaître à fond les devoirs de son état, et jamais ne prenait la parole avant d'être interpellée. Quand elle lui eut fait subir un interrogatoire sur tous les points qui lui vinrent à l'esprit, et après s'être décidée à lui accorder le bénéfice d'une épreuve complète, Madeleine se leva pour quitter la chambre. L'air même qu'elle y respirait, chargé des souvenirs de la nuit passée, semblait peser sur sa poitrine.

« Avez-vous encore quelque chose à me dire ? demanda-t-elle, s'adressant à la nouvelle venue, et la main sur la poignée de la porte.

— Je vous demande pardon, miss, répondit la soubrette avec beaucoup de respect et d'un ton très-posé; mon maître m'a dit, je crois, que le mariage devait avoir lieu demain ? »

Madeleine réprima l'espèce de frisson que lui causait la mention de son mariage, émanant ainsi d'une bouche étrangère; elle répondit ensuite affirmativement.

« Il reste, miss, bien peu de temps pour les préparatifs. Si, avant de descendre, vous aviez la bonté de me donner vos ordres relativement aux caisses, aux paquets ?...

— Il n'y a pas à faire autant de préparatifs que vous le supposez, interrompit Madeleine précipitamment. Le peu d'effets que j'ai ici peut être emballé tout de suite, si cela vous arrange. Je porterai demain la même toilette que j'ai aujourd'hui. Réservez le chapeau de paille et le châle de couleur claire, et commencez à mettre tout le reste dans mes caisses!... Je n'ai pas de toilette neuve à y loger; — je n'ai rien fait faire exprès pour cette occasion... » Elle essaya d'ajouter quelque lieu commun pour expliquer, avec autant de vraisemblance que faire se pourrait, l'absence de la toilette de noce exigée par l'usage. Mais elle ne put prendre sur elle d'ajouter une seule allusion à cet odieux mariage, et sans une parole de plus quitta brusquement la chambre.

La douce et mélancolique Louise demeura fort étonnée. « Tout ceci ne sonne pas bien, pensait-elle. Je crains déjà pour ma nouvelle place. » Elle poussa un soupir résigné, — secoua la tête, — et alla ouvrir la garde-robe. Elle examina d'abord les tiroirs inférieurs, prit les divers articles de lingerie qu'ils renfermaient et les répartit sur des chaises. Ouvrant ensuite les placards supérieurs, elle déposa sur le

lit, à côté l'un de l'autre, les vêtements qu'ils renfermaient.
Le dernier préliminaire fut de pousser les caisses vides au
milieu de la chambre, et de comparer l'espace dont elle dis-
posait avec les objets de toilette qu'il s'agissait d'emballer.
Elle acheva ce calcul préalable avec la rapidité confiante
d'une femme qui entendait bien son métier, et commença
immédiatement les paquets. Au moment même où elle venait
de placer dans la caisse la moins grande un premier objet
de lingerie, la porte s'ouvrit, et la servante du logis arriva,
toute disposée à commérer.

« Que désirez-vous ? demanda Louisa d'un ton calme.

— Entendîtes-vous jamais parler de chose pareille ? s'écria
la domestique abordant son sujet sans préambule.

— Pareille à quoi ?

— Pareille à ce mariage, donc !... Vous êtes de Londres,
à ce qu'on dit. Entendîtes-vous jamais parler d'une jeune
personne qui se marie sans avoir sur elle un seul habit neuf ?
Ni voile de noce, ni déjeuner de noce, ni rubans de noce
pour les domestiques !... C'est se moquer de la Providence,
je ne crains pas de le dire. Je ne suis, j'en conviens, qu'une
pauvre servante. Mais voilà qui est mal, tout à fait mal, — et
peu m'importe qui pourra m'entendre ! »

Louisa continuait de remplir les malles sans rien dire.

« Regardez-moi ces robes ! reprit la domestique, montrant
le lit par un geste indigné. Je ne suis qu'une humble ouvrière,
— mais je n'oserais épouser le meilleur garçon du monde sans
avoir sur le dos une robe neuve... Voyez-moi donc un peu ceci !
Regardez-moi ce mauvais chiffon de laine brune !... De l'alpaga !... Est-ce que vous allez aussi emballer ce méchant vêtement d'alpaga ?... Tout au plus est-il bon pour une domestique !... Je ne sais si j'en voudrais, en supposant qu'on me
l'offrît. Il m'irait cependant, en relevant un peu la jupe et en
donnant de l'aisance à la taille, — et après tout, avec une
petite bordure de couleur voyante, on pourrait encore en
tirer parti, n'est-il pas vrai ?

— Laissez là cette robe, je vous prie ! dit Louisa tout
aussi tranquillement que jamais.

— Vous dites ? demanda l'autre en croyant à peine ses oreilles.

— Je vous dis de laisser là cette robe... Elle appartient à ma maîtresse, et je suis chargée par ma maîtresse d'emballer tout ce qui se trouve ici..... Vous êtes loin de m'aider, savez-vous ?.... Vous me gênez, au contraire, considérablement.

— Ma foi ! dit la servante, il se peut que vous soyez de Londres, comme on le prétend. Mais si ce sont là les manières de la capitale... eh bien ! en ce cas, parlez-moi du Suffolk ! » Elle ouvrit la porte, à ces mots, avec une assez rude secousse, la ferma violemment, l'ouvrit de nouveau et, passant la tête dans la chambre : « Parlez-moi du Suffolk ! » répéta cette femme avec un dernier mouvement de tête destiné à souligner ce sarcasme et à lui donner toute l'amertume nécessaire.

Louisa, toujours impassible, continua ses opérations.

Quand elle eut adroitement disposé le linge dans la plus petite des deux caisses, elle porta toute son attention sur les robes qu'elle avait à ranger. Après les avoir passées en revue avec soin, pour vérifier quelle était la moins précieuse, et la placer au fond de la caisse, — elle ne resta pas longtemps indécise. La robe qu'elle choisit pour la placer sous toutes les autres fut, on le devine, — la robe d'alpaga brun.

Madeleine, cependant, avait rejoint le capitaine au salon. Bien qu'il ne pût s'empêcher de remarquer la langueur empreinte sur tous ses traits et l'insouciance absolue qui se révélait dans tous ses gestes, il éprouva un certain soulagement en la voyant l'aborder avec un parfait sang-froid. Elle se montra même assez maîtresse de sa volonté pour lui demander des nouvelles du voyage qu'il venait de faire, sans autre indice d'agitation qu'un éphémère changement de couleur et un léger frémissement de lèvres.

« Voilà pour le passé, dit le capitaine Wragge quand il eut achevé le récit de son expédition à Londres en passant par Saint-Crux... Occupons-nous maintenant de la situation présente. Le futur...

— Si cela vous est égal, interrompit-elle, veuillez l'appeler M. Noël Vanstone.

— De tout mon cœur. M. Noël Vanstone viendra aujourd'hui dîner ici, et il y passera toute la soirée.... Il nous ennuiera singulièrement.... Mais, comme il arrive des ennuyeux en général, nous ne pourrons nous en débarrasser à aucun prix. Avant qu'il arrive, j'ai encore un mot ou deux à vous dire en particulier pour votre gouverne. D'ici à vingt-quatre heures nous serons séparés, sans être bien certains, l'un ou l'autre, de nous rencontrer jamais. J'ai à cœur de vous servir fidèlement jusqu'au bout. J'ai à cœur de vous laisser cette impression, lorsque nous nous dirons adieu, que j'ai fait tout ce qui dépendait de moi pour assurer votre tranquillité future. »

Madeleine le regarda, étonnée. Elle ne lui avait jamais connu cette voix. Il était fortement ému ; il parlait avec un sérieux extraordinaire. Dans sa physionomie et dans son attitude, certains détails rappelèrent à Madeleine cette première soirée d'Aldborough où, dans un endroit désert que la nuit envahissait par degrés, elle lui avait livré tous les secrets de sa pensée, — alors qu'ils étaient assis tête à tête sur cette pente dominée par la vieille tour.

« Je n'ai aucune raison, dit-elle, de ne pas vous conserver un souvenir affectueux. »

Le capitaine Wragge quitta soudain son fauteuil pour faire un ou deux tours de salon. Les dernières paroles de Madeleine semblaient avoir produit chez lui un trouble tout à fait extraordinaire.

« Au diable ! s'écria-t-il ; je ne puis vous laisser parler ainsi. Vous auriez d'excellentes raisons pour mal penser de moi... Je vous ai dupée... Vous n'avez jamais eu, dans les bénéfices du Divertissement, et cela depuis le premier jour jusqu'au dernier, la part qui vous revenait... Bon ! voilà le grand mot lâché ! »

Madeleine sourit, et lui faisant signe de se rasseoir :

« Je savais que vous me trompiez, lui dit-elle tranquillement. Mais c'était votre métier, capitaine Wragge ; en m'alliant à vous, je m'y attendais. Je ne m'en plaignis pas à cette époque; aujourd'hui, je ne m'en plains pas davantage. Si l'argent que vous avez ainsi obtenu peut compenser à un degré quelconque la peine que je vous ai donnée, je vous en fais cadeau de grand cœur.

— Voudrez-vous sceller ce marché par une poignée de main? demanda le capitaine, montrant une gaucherie, une hésitation, qui contrastaient singulièrement avec l'aisance de ses manières habituelles.

Madeleine lui tendit la main. Il l'étreignit avec énergie :

« Vous êtes une étrange fille, disait-il. essayant de prendre un ton léger.... Vous avez sur moi un ascendant que je ne sais pas m'expliquer... Je suis presque gêné pour accepter de vous cet argent!.... et cependant vous n'en avez que faire, n'est-il pas vrai? » Il hésitait de plus belle. « Je voudrais presque, dit-il, ne vous avoir jamais rencontrée sur ces vieilles murailles d'York.

— Ce souhait-là vient trop tard, capitaine Wragge... N'en dites pas davantage ! Vous ne faites que m'affliger..... Pas un mot de plus à ce sujet !... Nous en avons d'autres à traiter. — Qu'aviez-vous à me dire en particulier pour ma gouverne? »

Le capitaine fit encore un tour de salon et, non sans quelque effort, reprit son rôle de tous les jours. Il tira de son portefeuille la lettre adressée par mistress Lecount au maître d'icelle, et la déposa dans les mains de Madeleine.

« Voici une épître, disait-il, qui aurait pu faire échouer tous nos plans, si jamais elle était arrivée à son adresse. Lisez-la très-attentivement. J'ai une question à vous adresser quand vous aurez fini. »

Madeleine prit connaissance de la lettre. « Quelle peut être, dit-elle, cette preuve sur laquelle paraît compter si fort mistress Lecount?

— Précisément la question que j'allais vous faire, répliqua le capitaine Wragge..... Tâchez de vous bien rappeler ce qui a pu advenir pendant cette périlleuse expérience que vous hasardâtes jadis, dans Vauxhall-Walk..... Mistress Lecount n'obtint-elle alors sur vous aucun autre avantage que ceux dont vous m'avez déjà parlé ?

— Elle découvrit que mon visage était déguisé; elle m'entendit parler avec ma voix naturelle.

— Et ce fut tout?

— Absolument tout.

— Fort bien! Évidemment, alors, l'interprétation que j'ai donnée à cette lettre n'était point inexacte. La preuve sur laquelle compte mistress Lecount est cette infernale histoire du Fantôme, telle que la raconte ma femme, — ce qui revient à dire, en bon anglais: l'histoire de miss Bygrave aperçue dans le même déguisement qui avait servi à miss Vanstone: l'histoire à l'appui de laquelle on reproduirait le témoignage de cette personne-là même qui fut ensuite présentée aux habitants d'Aldborough, comme tante de miss Bygrave... Chance excellente pour mistress Lecount, en admettant qu'au moment opportun elle puisse mettre la main sur mistress Wragge; — mais chance tout à fait nulle, si elle n'y peut parvenir. Or, là-dessus, dormez tranquille!... Mistress Lecount et ma femme ne se retrouveront jamais en face l'une de l'autre. Ne négligez pas, cependant, l'avis indirect que je vous donne en vous remettant cette lettre... Déchirez-la, de peur d'accident, mais ne l'oubliez jamais!

— Fiez-vous à moi pour en garder souvenir, répondit Madeleine qui, tout en parlant, anéantissait la lettre... Et maintenant, avez-vous encore quelque chose à me dire?

— J'ai à vous donner quelques renseignements, dit le capitaine Wragge, renseignements qui ont leur importance, car ils ont trait à votre sécurité future. Rappelez-vous bien que je ne veux rien savoir de ce que vous ferez à partir de demain soir; — ceci est affaire réglée depuis notre premier entretien à ce sujet. Je ne pose aucune question; je ne forme aucunes conjectures. Je me borne présentement à vous prévenir de ce que sera votre position légale, une fois le mariage conclu; vous ferez ensuite, de ce que je vous aurai appris à ce sujet, tel emploi que bon vous semblera. Pendant mon

séjour à Londres, j'ai pris sur ce point les conseils d'un avocat, m'imaginant que cela pourrait vous être utile.

— Nul doute que vous n'ayez bien fait... Cet avocat, que
vous a-t-il dit ?

— Pour être clair, je vais vous le résumer. Si M. Noël
Vanstone vient jamais à découvrir que vous l'avez, sciem-
ment, épousé sous un faux nom, il peut demander à la Cour
Ecclésiastique d'annuler purement et simplement votre mariage.....; Le succès de cette requête dépendrait de l'apprécia-
tion des magistrats..... Mais s'il pouvait établir qu'il a été
trompé de propos délibéré, l'opinion de notre jurisconsulte
est qu'il aurait beaucoup de chances en sa faveur.

— Et supposons que la demande en nullité vint de moi?
demanda Madeleine avec une avide curiosité... Qu'en arrive-
rait-il, je vous prie?

— Rien ne vous empêche d'introduire une pareille
instance, répondit le capitaine..... Mais n'oubliez pas ceci :
— vous auriez à venir faire, devant le tribunal, l'aveu de
votre propre fraude. Je vous laisse à penser l'effet qu'il pro-
duirait sur les magistrats.

— L'avocat vous a-t-il dit autre chose ?

— Ceci encore, continua le capitaine Wragge. Quoi que
puisse la loi sur un mariage durant la vie des deux conjoints,
après la mort de l'un ou de l'autre aucun recours n'est possible pour le survivant ; et, en ce qui concerne ce dernier, le
mariage ne saurait être invalidé..... Comprenez-vous bien?....
Si vous ou lui venez à mourir, et si aucune requête n'a été
présentée à la Cour, ni lui qui vous survit, dans le premier
cas, ni vous qui lui survivez, dans le second, vous n'auriez la
faculté de contester juridiquement la valeur du mariage.
Mais si, vivant tous deux, il en demandait la dissolution,
toutes les chances sont en faveur du droit qu'il invoquerait
ainsi. »

En prononçant ces derniers mots, il regarda du côté de
Madeleine avec une curiosité furtive. Elle détourna la tête,
nouant et dénouant d'un air distrait sa chaîne de montre,
et bien évidemment absorbée par ses réflexions sur ce qu'il

venait de lui dire en dernier lieu. Le capitaine Wragge alla,
d'un air inquiet, regarder à la fenêtre. Le premier objet qui
arrêta ses yeux fut M. Noël Vanstone, arrivant de Sea-View.
Il revint immédiatement sur ses pas et, une fois encore
interpellant Madeleine :

« Voici, lui dit-il, M. Noël Vanstone... Une dernière précaution avant qu'il arrive..... Soyez sur vos gardes vis-à-vis
de lui par rapport à votre âge! Il m'a déjà questionné là-
dessus avant de prendre la Licence. J'ai tourné la difficulté
en lui disant que vous aviez vingt et un ans, et il a fait en
conséquence la déclaration voulue. Ne vous inquiétez pas de
ceci pour ce qui me concerne; à partir d'après-demain, je
suis invisible. Mais, dans votre propre intérêt, n'oubliez pas,
si jamais il en était question, que vous êtes majeure!... C'est
bien tout... Vous êtes maintenant armée de tous les conseils
que j'avais à vous donner... Quoi qu'il arrive désormais, souvenez-vous que j'ai fait de mon mieux! »

Sans attendre une réponse, il se précipita vers la porte,
et courut dans le jardin au-devant de son hôte.

M. Noël Vanstone apparut à la grille, apportant solennellement sur ses deux mains le présent de noces qu'il des-
tinait à North-Shingles. L'objet en question était un ancien
écrin (un des bons marchés de son père). Dans cet écrin
reposait une antique broche d'escarboucles montée en argent
(encore une des emplettes de son père), — l'un et l'autre
présent ayant, à ses yeux, l'inestimable mérite de ne pas
l'exposer au moindre déboursé. Il secoua la tête d'un air
sinistre quand le capitaine s'informa de ses dispositions et
de sa santé. Il n'avait pas fermé l'œil de la nuit; à peine
s'était-il trouvé seul à Sea-View, qu'il s'était senti assiégé
d'appréhensions irrésistibles, touchant quelque réapparition
imprévue de mistress Lecount. A Sea-View, tout lui parlait
d'elle. Sea-View, en conséquence (quoique bâtie sur pilotis,
et la plus solide maison des Trois-Royaumes), lui était désormais odieuse. Toute la nuit, ce sentiment l'avait préoccupé;
il était également embarrassé de toutes les responsabilités
qu'il avait prises. Et, pour commencer, le choix de la femme

de chambre. Maintenant qu'il l'avait arrêtée, il commençait à croire qu'elle n'était pas ce qu'il fallait. Une maladie pouvait la lui laisser sur les bras. Peut-être l'avait-elle trompé au moyen de certificats apocryphes. Peut-être était-elle liguée en secret avec la maîtresse de l'hôtel... Tout cela était horrible, horrible à penser!... Puis, cette autre responsabilité, — la plus grave des deux, sans nul doute, — résultant pour lui du choix de la résidence où les nouveaux époux iraient s'installer, dès le lendemain, pour passer leur lune de miel... Il aurait préféré une des maisons de son père, vacante pour le moment. Mais, excepté Vauxhall-Walk (séjour contre lequel on pourrait élever certaines objections) et Aldborough (qui se trouvait naturellement hors de concours), les maisons, partout, étaient louées. Aussi se déciderait-il sur l'avis de M. Bygrave... Où donc M. Bygrave, jadis, avait-il passé sa lune de miel? Étant donné, en son entier, le territoire des Iles Britanniques pour y choisir une résidence, où donc M. Bygrave planterait-il sa tente, en pesant avec soin les circonstances où l'on se trouvait?...

Arrivées là, les questions du fiancé s'arrêtèrent tout à coup, et l'on vit poindre sur son visage l'expression d'un étonnement qu'il ne pouvait réprimer. Son judicieux ami, dont il avait pu jusqu'alors, en toute occasion, invoquer les sages conseils, l'abandonnait soudainement à lui-même et refusait tout net de l'aider dans la décision à prendre au sujet de la lune de miel.

« Non! dit le capitaine au moment où M. Noël Vanstone ouvrait la bouche pour renouveler sa requête,.... il faut pour tout de bon m'excuser... Ma façon de voir en cette matière est, comme d'habitude, en opposition avec les idées reçues. Depuis quelque temps, pour vous complaire, j'ai vécu dans une atmosphère de déceptions... Cette atmosphère, mon bon monsieur, commence à n'être plus respirable; — mon Être Moral a besoin d'un ventilateur... Réglez avec ma nièce le choix d'une résidence et, je vous le demande en grâce, veuillez me laisser à ce sujet dans l'ignorance la plus complète!... Mistress Lecount, à son retour de Zurich, tombera

certainement tout droit ici, et me demandera, non moins
certainement, où vous vous êtes retirés... Peut-être trouverez-vous ceci singulier, monsieur Vanstone; — mais, en répondant que je l'ignore, j'ambitionne le plaisir, devenu très-
rare pour moi depuis quelque temps, de dire une fois la
vérité ! »

A ces mots, il ouvrit la porte du salon, plaça M. Noël
Vanstone en face de Madeleine, sortit de nouveau après
s'être incliné poliment, et partit seul pour une promenade
qui devait l'aider à tuer le reste de l'après-midi. Son visage
portait les traces évidentes d'une anxiété sincère, et ses
yeux mi-partis jetaient çà et là des regards méfiants, tandis
qu'il flânait ainsi sur le rivage. « Tous ces délais sont bien
lourds à porter, pensait le capitaine... Je voudrais être à demain et, mieux encore, au jour suivant. »

La journée s'écoula pourtant sans rien amener. La soirée,
la nuit, se succédèrent, paisibles et sans aucun nouvel incident. Le lundi survint, rayonnant et sans nuages; — le lundi
vérifia cette assertion du capitaine, que « le mariage était
désormais un fait accompli. » Vers dix heures, le clerc de
paroisse, venant à gravir le perron de l'église, cita ce vieux
proverbe à l'homme chargé d'ouvrir les bancs, et qui était
venu sous le porche au-devant de lui : « Heureuse la fiancée
sur laquelle brille le soleil ! »

Au bout d'un quart d'heure, le petit groupe des gens de
la noce était dans la sacristie, et le ministre les précédait à
l'autel. Si soigneusement qu'eût été gardé le secret du mariage, ce simple fait que l'église était ouverte dès le matin
avait suffi pour le trahir. Un petit nombre de fidèles, presque
entièrement composé de femmes, étaient réparti çà et là sur
les bancs. La sœur de Kirke et les enfants de cette dame
étaient depuis quelques jours installés chez une de leurs
amies d'Aldborough, — et la sœur de Kirke faisait partie de
cette assistance presque fortuite.

Au moment où les gens de la noce entrèrent dans le temple, cette peur de mistress Lecount, qui hantait Noël Vanstone, gagna tout à coup le capitaine. Pendant les premières

minutes, tous deux fouillèrent du même regard scrutateur
les banquettes où ils voyaient des femmes, et tous deux semblèrent éprouver le même soulagement lorsque cet examen
fut terminé. Le ministre, pour qui cet indice n'avait pas été
perdu, soumit la Licence à des investigations plus sévères
que d'habitude. Le clerc, en son for intérieur, se prit à se
demander s'il fallait toujours compter sur ce vieux proverbe
relatif à la fiancée. Parmi les femmes de l'assistance circu-
laient de vagues murmures, touchant l'inconvenance du costume que portait, — au mépris du Qu'en dira-t-on, — la
jeune et belle mariée. A l'oreille de son amie, la sœur de Kirke
dit tout bas, avec une intention peu charitable : « Remer-
cions Dieu, aujourd'hui, pour le compte de mon pauvre Ro-
bert! » Mistress Wragge pleurait en silence, redoutant, —
sans savoir au juste laquelle, — une calamité imminente.
Bref, la seule personne dont l'extérieur demeurât impassible
fut Madeleine elle-même. Debout à sa place, devant l'autel,
résignée et les yeux secs, il semblait que toutes les sources
de l'émotion humaine eussent été soudainement taries en
elle. Ce qu'elle souffrit, ce matin-là, elle le souffrit à des
profondeurs où ne pénétra jamais un regard mortel.

Le ministre ouvrit le Livre.

· ·

C'en était fait. Les augustes paroles qui « partent de la
terre pour monter au ciel » avaient été prononcées. Les enfants des deux frères morts — héritiers de cette haine im-
placable qui avait divisé leurs parents — étaient désormais
Mari et Femme.

A partir de ce moment, et jusqu'aux adieux définitifs, les
divers incidents se succédèrent avec une étourdissante rapidité. Les paroles solennelles de l'Office matrimonial résonnaient
encore à leurs oreilles, qu'ils étaient déjà de retour au cottage. Et ils n'y étaient pas rentrés depuis plus de cinq minutes,
que la voiture vint s'arrêter à la grille du jardin. Quelques secondes après, l'occasion se présenta que Madeleine et le capitaine guettaient à l'envi, l'occasion d'échanger pour la dernière
fois quelques secrètes paroles. Elle gardait encore sa froide

résignation; elle semblait désormais inaccessible aux craintes
qui l'avaient dominée jadis, aux remords qui naguère tortu-
raient son âme. D'une main ferme, elle lui remit l'argent
qu'elle lui devait. D'un ferme visage, elle le contempla pour
la dernière fois. « Je n'ai encouru aucun blâme, murmurait-
il avec un empressement significatif... Je n'ai fait, très-
exactement, que suivre vos inspirations. » Elle inclina la tête
en signe d'assentiment; — elle se pencha vers lui avec bonté;
— elle souffrit que, de ses lèvres, il effleurât son front.
« Prenez garde! répétait-il. Je ne dis plus que ceci : pour
l'amour de Dieu, quand je ne serai plus là, prenez bien
garde! » Elle se détourna de lui avec un sourire pour dire
adieu à sa femme. Mistress Wragge prenait toutes les peines
du monde pour supporter avec courage la perte de cette
amitié que le ciel avait laissée tomber sur sa route obscure
comme une lueur consolatrice : « Vous avez été bien bonne
pour moi, ma chère; je vous en remercie de tout cœur et
en toute reconnaissance! » Elle ne put en dire davantage,
mais, avec un éclat de pleurs, elle étreignit Madeleine comme
sa mère même l'aurait étreinte, si sa mère eût vécu pour
voir cet horrible jour. — « Je tremble pour vous! s'écria la
pauvre créature d'une voix plaintive et désolée... Oui, ma
chère, je tremble pour vous! » Madeleine se dégagea d'elle
par un mouvement désespéré, lui donna un baiser encore, —
et se précipita vers la porte. L'expression de cette reconnaissance naïve, le cri de cette innocente affection, l'avaient
ébranlée plus qu'aucun autre incident de ce jour fatal. Elle
allait, dans la voiture, chercher un refuge, — oui, un refuge,
bien que cet homme, devenu son mari, l'attendît là, debout,
près de la portière.

Mistress Wragge voulut la suivre dans le jardin. Mais le
capitaine avait vu le visage de Madeleine au moment où elle
se précipitait dehors, et d'un bras ferme, il retint sa femme
dans le passage du rez-de-chaussée. Ce fut de là que les
adieux s'échangèrent à distance. Aussi longtemps que la voiture fut en vue, Madeleine, penchée à la portière, regarda de
leur côté; — elle agitait encore son mouchoir lorsque l'équi-

page disparut à l'angle d'une rangée de maisons. A ce moment même se brisa le dernier lien qui l'unit à eux. Cette douce familiarité de tant de mois n'était déjà plus qu'un souvenir!

Le capitaine Wragge referma la porte de la maison au nez des oisifs qui, groupés sur le Champ de parade, regardaient de ce côté. Il ramena sa femme dans le salon, et lui parlant avec une indulgence dont il était loin de lui avoir donné l'habitude :

« Elle suit sa route, lui dit-il; et, d'ici à une heure, nous aurons repris la nôtre... Dépêchez-vous de pleurer tout votre saoûl !... Je suis bien loin de dire qu'elle n'en vaut pas la peine.. »

Même alors, — en ce moment où les craintes que lui inspirait l'avenir de Madeleine projetaient dans son esprit les plus noires ombres, — la routine à laquelle se conformait la vie de cet homme se montra aussi tenace qu'à l'ordinaire. Par un mouvement machinal, il alla ouvrir son pupitre. Il ouvrit de même son Livre de Comptes, et sur la feuille consacrée à ses transactions avec Madeleine il enregistra la mention qui réglait définitivement la balance de leur compte courant. « *Par conventions, de miss Vanstone, deux cents livres,* » écrivait le capitaine, fronçant le sourcil.

« Vous ne vous fâcherez pas contre moi? dit mistress Wragge qui, à travers ses larmes, jeta du côté de son époux un regard timide..... Je voudrais, capitaine, un mot de consolation... Dites-moi donc, je vous en prie, quand il est probable que je la reverrai. »

Le capitaine ferma le livre, et ne répondit que par cette parole inexorable :

« Jamais ! »

Ce soir-là même, entre une heure et minuit, mistress Lecount arrivait en poste à Zurich.

La maison de son frère, quand la voiture y fit halte, était close du haut en bas. Ce ne fut pas sans peine qu'après d'assez longs délais on put faire lever une domestique. Cette

femme, quand elle vit de quelle visite il s'agissait, leva les
bras en l'air dans une muette surprise.

« Mon frère vit-il encore? demanda mistress Lecount qui
entrait dans la maison.

— S'il vit encore?... répéta la servante, stupéfaite d'une
telle question... Il est allé à la campagne pour prendre
quelques jours de repos et compléter ainsi son rétablissement. »

La femme de charge, qui se sentit chanceler, s'adossa au
mur du corridor. Le cocher et la domestique la portèrent
sur un fauteuil. Son visage avait blêmi ; ses dents claquaient
comme au début d'une fièvre.

« Envoyez, dit-elle aussitôt qu'elle put parler, — envoyez
chercher le médecin qui soignait mon frère ! »

Le médecin arriva sans retard. Avant de pouvoir articuler
un seul mot, elle lui tendit la lettre :

« Avez-vous écrit ceci? »

Il y jeta un rapide coup d'œil. Après quoi, sans la moindre hésitation :

« Certainement non, répondit-il.

— C'est votre écriture.

— C'est mon écriture habilement contrefaite. »

Elle se leva de son fauteuil, tout à coup investie d'une
force nouvelle :

« La malle de Paris, quand repart-elle?

— Dans une demi-heure.

— Qu'on aille sur-le-champ y retenir ma place ! »

La domestique hésitait. Le médecin protestait contre la
témérité de ce brusque parti pris. Elle n'écouta ni l'une ni
l'autre.

« Allez ! répéta-t-elle, ou j'irai moi-même. »

Il fallut bien se soumettre. La domestique alla retenir
la place; le médecin resta, et continua son entretien avec
mistress Lecount. Au bout de la demi-heure, il alla lui-
même installer l'imprudente voyageuse, et la recommanda
très-expressément aux soins du conducteur de la malle-
poste.

« Elle est venue d'Angleterre sans s'arrêter, disait le docteur, et la voilà qui veut absolument repartir sans une journée de halte...... Prenez soin d'elle, ou bien elle ne supportera pas les fatigues de ce double voyage. »

La malle s'élança. La première heure du nouveau jour n'était pas encore écoulée, et mistress Lecount était déjà repartie pour l'Angleterre.

FIN DE LA QUATRIÈME SCÈNE.

INTERMÈDE.

I.

GEORGE BARTRAM A NOEL VANSTONE.

Saint-Crux, 4 septembre 1817.

« Mon cher Noël,

« Deux simples questions, pour commencer. Par tout ce qu'il y a de mystérieux, pourquoi vous cachez-vous? et pourquoi tout ce qui se rapporte à votre mariage demeure-t-il enveloppé d'un impénétrable secret, même aux yeux de vos plus anciens amis?

« Je suis allé faire enquête dans Aldborough pour tâcher d'y retrouver vos traces, et j'en suis revenu tout aussi bien informé qu'avant mon voyage. Je me suis adressé à votre avocat de Londres, lequel m'a répondu « que vous lui aviez interdit de révéler à qui que ce fût le lieu de votre retraite, sans en avoir reçu, au préalable, la permission formelle. » Tout au plus ai-je obtenu de lui qu'il me promit d'acheminer les lettres confiées à son entremise; je vous écris en conséquence, — et, prenez-y garde, je compte sur une réponse!

« Vous demanderez peut-être, grognant comme à l'ordinaire, pourquoi je me permets d'intervenir dans des affaires qui sont vôtres, et qu'il vous plaît de tenir secrètes?.... Il y a, mon cher Noël, un sérieux motif pour que nous entrions en communication avec vous. Vous ne savez point quels événements se sont passés à Saint-Crux, depuis que vous vous êtes sauvé de chez nous pour vous aller marier; et bien qu'en général je ne sois pas un correspondant fort exact, je me vois forcé de sacrifier aujourd'hui une heure de chasse pour tâcher de vous mettre au courant.

« Le 23 du mois dernier, nous fûmes dérangés, l'amiral et moi, de notre causerie d'après dîner et des rasades qui l'alimentent par la nouvelle qu'une visite imprévue venait de débarquer à Saint-Crux. Et la personne ainsi annoncée, qui était-ce, à votre avis ?... Mistress Lecount!

« Mon oncle, avec cette galanterie de vieux garçon qui lui fait rendre à tout cotillon des hommages à peu près identiques, sortit immédiatement de table pour aller souhaiter la bienvenue à votre charmante duègne. Tandis que je débattais à part moi s'il fallait ou non l'accompagner, l'amiral, en m'appelant fort haut, coupa court à mes réflexions. Je courus dans le petit salon, — et là, sur le sopha, gisait votre infortunée femme de charge, plus morte que vive, entourée de toutes nos domestiques. Elle avait fait le voyage d'Angleterre à Zurich, et de Zurich en Angleterre, sans s'arrêter nulle part. Aussi semblait-elle (ceci sans la moindre hyperbole) sur le point de rendre l'âme. Je tombai immédiatement d'accord avec mon oncle que la première mesure à prendre était d'envoyer chercher un médecin. Nous expédiâmes un *groom* à l'heure même et, sur la requête de mistress Lecount en personne, nous fîmes sortir toutes les femmes qui nous entouraient.

« A peine étions-nous seuls, mistress Lecount nous étonna par une question singulière. Elle demandait si vous aviez reçu certaine lettre qu'elle vous avait adressée ici, avant de quitter l'Angleterre. Lorsque nous lui dîmes que, d'après vos instructions particulières, cette missive avait dû être expédiée, sous double enveloppe, à votre ami M. Bygrave, elle devint pâle comme une morte; et quand nous ajoutâmes que vous étiez parti de chez nous en compagnie de ce même M. Bygrave, elle joignit les mains et nous regarda d'un air aussi effaré que si la raison l'eût tout à coup abandonnée. « — Où est maintenant M. Noël? » nous demanda-t-elle ensuite. Il fallut bien lui dire pour toute réponse que M. Noël ne nous avait fourni là-dessus aucun renseignement positif. Ceci parut l'abasourdir complétement. « Il a couru à sa ruine, dit-elle. Il est parti avec le plus grand misérable de toute l'Angleterre... Il faut que je le découvre !... Il faut, vous dis-je, que je trouve M. Noël... Si je ne le trouve pas immédiatement, il sera trop tard... Le malheureux sera marié, s'écria-t-elle avec une véritable frénésie. — Sur mon honneur et ma parole, vous verrez qu'il sera marié ! »

« L'amiral, peut-être un peu légèrement, mais dans les meilleures intentions du monde, lui dit que c'était là chose faite, et que vous aviez pris femme....... A ces mots elle poussa un cri à faire trembler les vitres, et retomba évanouie sur le sopha. Le médecin, survenu fort à propos, la ressuscita. Mais elle tomba malade, le soir même ; — son état, depuis lors, ne fait qu'empirer ; — et le dernier rapport des médecins constate que la fièvre dont elle a subi les accès paraît devoir envahir son cerveau.

« Maintenant, mon cher Noël, vous devez savoir que, ni mon oncle ni moi, ne prétendons nullement nous imposer à votre confiance. Surpris, cela va sans le dire, du mystère bizarre qui nous dérobe et votre personne et votre mariage, nous ne pouvons vous dissimuler, d'un autre côté, que votre femme de charge semble avoir quelque puissante raison pour envisager mistress Noël Vanstone avec des préventions hostiles et une méfiance que cette dame n'a point méritées, nous le croirons volontiers. Quel que soit l'étrange malentendu qui a pu se glisser entre vous et les personnes de votre entourage, c'est là une affaire qui vous regarde seul, du moment où il vous plaît que nous y restions étrangers. Notre mission se borne à vous faire connaître l'opinion du médecin. Sa malade a eu le délire ; il déclare ne pouvoir répondre d'elle, si son état actuel se prolonge ; et il croit, — voyant qu'elle parle toujours de son maître, — à l'influence salutaire que votre présence pourrait avoir ici, en supposant qu'il vous fût loisible d'y venir tout de suite, c'est-à-dire avant qu'il soit trop tard.

« Qu'en dites-vous? Sortirez-vous, pour venir à Saint-Crux, des ténèbres qui vous environnent? S'il s'agissait d'une domestique ordinaire, je comprendrais que vous hésitassiez à quitter les délices de votre lune de miel pour faire la démarche qui vous est demandée. Mais rappelez-vous, mon bon camarade, que mistress Lecount n'est point une domestique ordinaire..... Du vivant de votre père, aussi bien que depuis sa mort, la fidélité, l'attachement de cette femme, vous ont fait contracter envers elle une dette sacrée; et si vous *pouvez* calmer les anxiétés qui paraissent mener cette malheureuse tout'droit aux abîmes de la folie, je crois, en bonne vérité, que vous lui devez un voyage ici. Comprenez bien que nous n'entendons nullement vous condamner à vous séparer de mistress Noël Vanstone. Une si dure extrémité serait parfaitement superflue. L'amiral me charge de vous rappeler que vous n'avez pas au monde un plus vieil ami, et que sa maison est à votre femme, comme elle a toujours été à vous. Dans cette ample et compliquée résidence, elle n'a point à redouter le voisinage trop immédiat de l'infirmerie; et, nonobstant les excentricités de mon oncle, elle ne méprisera pas, j'en suis bien certain, son amicale invitation.

« Vous ai-je déjà dit que je suis allé voir, dans Aldborough, si je pouvais m'y procurer quelques renseignements sur vos faits et gestes? Je ne me donnerai certainement pas la peine de me relire pour le savoir. Si donc je vous l'ai dit, je vous le répète. Par le fait, ce voyage d'Aldborough m'a procuré la connaissance d'une personne que vous connaissez aussi, du moins par ouï dire.

« Après avoir inutilement frappé à Sea-View, j'allai m'informer de vous à l'hôtel. La déesse du lieu ne put me fournir aucun renseignement; mais aussitôt que j'eus mentionné votre nom, elle me demanda s'il existait entre nous quelque rapport de famille, — et quand je lui dis que j'étais votre cousin, elle me raconta qu'il y avait en ce moment à l'hôtel une jeune personne portant aussi le nom de Vanstone, fort inquiète d'une de ses parentes qu'elle ne pouvait retrouver, — ajoutant que notre rencontre pouvait

aider au succès de ses démarches ou au succès des miennes,
si nous nous communiquions le sujet de notre double mission. Je n'avais pas la moindre idée de ce que pouvait être
votre homonyme inconnue, et je lui fis, à tout hasard, passer
ma carte ; cinq minutes plus tard, je me trouvais en présence
d'une des plus charmantes femmes que mes yeux aient eu la
chance de contempler ici-bas.

« Nos premières explications m'apprirent que mon nom de
famille ne lui était point inconnu. Et qui pensez-vous qu'elle
était ? La fille aînée de mon oncle et du vôtre, la fille d'André Vanstone. Bien souvent, j'avais entendu ma pauvre mère
parler jadis de son frère André ; je savais aussi la triste chronique de Combe-Raven. Mais nos familles, vous ne l'ignorez
pas, ont toujours vécu étrangères l'une à l'autre, et jamais
auparavant je n'avais vu ma charmante cousine. Elle a les
yeux et les cheveux noirs ; elle a ces façons réservées que
j'apprécie toujours chez une femme. Je ne veux pas réveiller
ici notre ancienne querelle sur la conduite qu'a tenue votre
père à l'égard de ces deux sœurs, ni contester que son frère
André se fût mal conduit vis-à-vis de lui ; — je reconnaîtrai
sans difficulté que les hauteurs morales où il se retrancha
dans cette affaire sont inexpugnables pour un pauvre pécheur
tel que moi, — et je ne nierai pas que mes habitudes prodigues m'enlèvent le droit d'exprimer une opinion quelconque sur l'emploi que les autres peuvent faire de leur
argent. Mais, avec toutes ces concessions et sous toutes ces
réserves, je vous dirai cependant une chose, mon cher Noël :
c'est que, si vous venez jamais à rencontrer miss Vanstone
l'aînée, je crois pouvoir vous prédire que, pour la première
fois de votre vie, l'exemple de votre père ne sera plus à vos
yeux une règle infaillible.

« Elle m'a raconté sa petite histoire, la pauvre chère âme,
avec toute la simplicité, tout le naturel imaginables. Elle est
maintenant placée, comme institutrice (et c'est là une seconde
tentative), dans une famille que je me trouve connaître, moi
qui connais tout le monde. Ce sont des amis de mon oncle
qu'il a un peu perdus de vue dans ces derniers temps, les

Tyrrel, de Portland-Place, — et ils traitent miss Vanstone avec autant d'égards, autant de bonté que si elle était de leurs parentes. Ils lui ont donné un de leurs vieux domestiques pour l'escorter à Aldborough ; et l'objet de ce voyage était bien réellement celui que m'avait indiqué la maîtresse d'hôtel. Il paraît que les désastres de famille ont très-fortement impressionné la sœur cadette de miss Vanstone, que cette jeune personne a quitté ses protecteurs naturels, et qu'on est à sa recherche depuis quelque temps. Elle avait été signalée, en dernier lieu, comme habitant Aldborough, et sa sœur aînée, de retour du Continent avec les Tyrrel, était venue immédiatement s'informer d'elle en cet endroit.

« Ce fut là tout ce que me dit miss Vanstone. Elle me demanda si vous ou mistress Lecount auriez, par hasard, quelque chose à lui apprendre de sa sœur, question qu'elle me fit, je suppose, parce qu'elle connaissait votre dernier séjour dans Aldborough. Je ne pus naturellement la satisfaire sur ce point. Elle n'entrait au reste dans aucun détail, et je ne me serais permis de lui en demander aucun. Tout se réduisit de ma part à travailler, avec tout le zèle imaginable, pour l'aider en ses recherches. La tentative échoua de tout point ; — personne ne put nous donner le moindre renseignement. Nous eûmes recours, vous devez bien le penser, au signalement personnel de la belle fugitive, et, — ce qui est assez curieux, — la seule jeune personne habitant Aldborough en ces derniers temps, à laquelle ce signalement pût s'adapter, était, tout précisément, celle que vous avez épousée. Sans l'oncle et la tante qu'elle avait (tous les deux sont partis d'Aldborough), je me serais pris à soupçonner que vous avez, sans vous en douter, épousé votre cousine germaine!... Serait-ce donc là le mot de l'énigme que vous nous posez ?... Allons, allons, ne vous fâchez point! Il faut me passer quelques petites plaisanteries, et je ne saurais m'empêcher d'écrire comme je parle, sans trop m'inquiéter de ce que je dis. La fin de tout ceci, c'est que, notre enquête ayant complétement échoué, je suis revenu avec miss Vanstone et son compagnon jusqu'à la station voisine de cette résidence. A mon prochain voyage à Londres je pense que j'irai voir les Tyrrel. Très-certainement, je me suis conduit, à l'égard de cette famille, avec la plus impardonnable négligence.

« Me voici au bout de ma troisième feuille de papier. Il ne m'arrive pas souvent de prendre la plume, et vous conviendrez avec moi que, lorsque je m'y décide, je ne suis pas pressé d'en finir. Du reste, faites de ma lettre le cas que vous voudrez; mais réfléchissez à ce que je vous ai dit au sujet de mistress Lecount, et n'oubliez pas que la question de temps est ici fort essentielle.

« A vous pour toujours,

« GEORGE BARTRAM. »

II.

NORAH VANSTONE A MISS GARTH.

Portland-Place.

« Ma chère miss Garth,

« Nouveaux chagrins, nouveaux désappointements! J'arrive en ce moment même d'Aldborough où je n'ai fait aucune des découvertes espérées. Madeleine est encore perdue pour nous.

« Je ne puis attribuer cette nouvelle déconvenue à aucun manque de persévérance et de pénétration dans la manière dont les informations nécessaires ont été prises. Mon inexpérience en pareille matière a été assistée, à l'improviste et avec beaucoup de bonté, par M. George Bartram, qu'une singulière coïncidence amenait à Aldborough où il cherchait à retrouver M. Noël Vanstone, au moment où je m'y trouvais moi-même, occupée à recueillir des renseignements sur Madeleine. Il m'a fait passer sa carte, et m'apercevant, à son nom, que j'avais affaire à un cousin (si tant est que je puisse l'appeler ainsi), j'ai pensé qu'il n'y aurait aucune inconvé-

nance à le voir et à lui demander ses conseils. Je me suis abs-
tenue, dans l'intérêt de Madeleine, d'entrer dans aucun détail; et je n'ai fait notamment aucune allusion à cette lettre
de mistress Lecount dont vous avez, en mon lieu et place,
tracé la réponse. Je dis seulement à M. Bartram que nous
ignorions où était Madeleine, et que nos derniers renseignements nous l'indiquaient comme ayant traversé Aldborough.
Je ne saurais dire avec quelle bonté il se mit à ma disposition.
Sans se prévaloir de ma triste situation, il m'a traitée avec
une délicatesse et un respect dont le souvenir reconnaissant
survivra longtemps chez moi au souvenir que lui-même gardera sans doute de notre rencontre. Il est très-jeune et n'a
pas, j'imagine, plus de trente ans. Son visage et sa taille
m'ont un peu rappelé le portrait de mon père que nous avions
à Combé-Raven, — je parle de ce portrait encastré dans les
lambris de la salle à manger et qui représente mon père
encore jeune homme.

« Si vaines qu'aient été nos recherches, un de leurs résultats a laissé sur mon esprit l'impression la plus bizarre et la
plus choquante.

« Il paraît que M. Noël Vanstone a récemment épousé,
dans des circonstances assez mystérieuses, une jeune personne, nommée miss Bygrave, qu'il avait rencontrée à Aldborough. Il est parti avec sa femme, sans instruire personne,
si ce n'est son agent légal, de l'endroit où il se retirait. J'ai
appris ceci de M. George Bartram, qui cherchait à retrouver
ses traces afin de lui faire savoir la maladie de sa femme de
charge, laquelle est cette même mistress Lecount à qui vous
répondîtes en mon nom. — Jusque-là, direz-vous peut-être,
il n'y a rien qui doive intéresser particulièrement aucune de
nous. — Mais vous serez, je pense, aussi surprise que je l'ai
été moi-même, quand je vous dirai que le signalement de
miss Bygrave, tel qu'il nous a été donné par les gens d'Aldborough, se rapporte de la manière la plus frappante et la
plus inexplicable à celui de Madeleine. Cette découverte,
rapprochée de toutes les circonstances que nous connaissons, a eu sur mon esprit une influence dont je ne saurais

vous rendre compte, car je n'ose pas m'en demander compte
à moi-même. Je vous en prie, venez me trouver ! Jamais mes
inquiétudes au sujet de Madeleine n'ont été si vives. L'incertitude et la crainte doivent m'avoir singulièrement énervée.
J'attache maintenant aux moindres minuties une importance
superstitieuse. Par cela seul que le nom de M. Noël Vanstone
s'y trouve mêlé, cette ressemblance fortuite d'une inconnue
à notre pauvre Madeleine me remplit par moments des plus
horribles appréhensions. Venez me trouver, je vous le demande encore une fois! J'ai tant et tant à vous dire que je
ne puis, que je n'ose confier au papier!

« Votre bien reconnaissante et bien affectionnée,

« NORAH. »

III.

M. JOHN LOSCOMBE, *avocat*,
A GEORGE BARTRAM, *esq.*

Lincoln's-Inn, Londres, 6 septembre 1817.

« Monsieur,

« Permettez-moi de vous accuser réception de votre billet,
contenant une lettre adressée à mon client, M. Noël Vanstone,
et me priant d'acheminer ladite lettre à l'adresse actuelle de
M. Vanstone.

« Depuis que j'ai eu le plaisir de communiquer avec vous,
pour la dernière fois, sur ce même sujet, ma position vis-à-
vis de mon client se trouve radicalement modifiée. Il y a
trois jours, j'ai reçu de lui une lettre, manifestant son intention de changer de résidence le lendemain même du jour
où il m'écrivait; mais cette lettre me laisse absolument
ignorer le nom de la localité où il entendait se transporter.
Depuis lors, je n'ai pas eu de ses nouvelles; et comme il
avait préalablement tiré sur moi pour une somme plus con-

sidérable qu'à l'ordinaire, je ne le vois pas obligé de m'écrire à nouveau, dans un délai très-prochain, — en supposant que son désir soit de taire à tout le monde (y compris votre serviteur) le nom de la résidence qu'il a choisie.

« Dans ces circonstances, je crois à propos de vous retourner votre lettre, en vous promettant, si je me trouve à même de la transmettre à son destinataire, que je vous le ferai savoir immédiatement.

« Votre très-obéissant,

« JOHN LOSCOMBE. »

IV.

NORAH VANSTONE A MISS GARTH.

Portland-Place.

« Ma chère miss Garth,

« Oubliez la lettre que je vous écrivis hier, et tous les sinistres présages dont elle vous entretenait. Le courrier de ce matin m'a rendu la vie. Je viens de recevoir une lettre qu'on m'avait adressée chez vous, et qui, en votre absence dans la journée d'hier, m'a été renvoyée par votre sœur. Devinez qui l'a écrite ? — c'est Madeleine !

« Cette lettre est fort courte ; elle semble avoir été tracée à la hâte. Madeleine me dit qu'elle a rêvé de moi plusieurs nuits de suite, et que ses rêves lui ont fait craindre de m'avoir causé, par son silence, plus de soucis que je n'en devrais concevoir à son sujet. Elle m'écrit, en conséquence, pour m'assurer « qu'elle est en bonne santé, — qu'elle compte me voir avant peu, — et qu'elle aura quelque chose à me dire, lors de cette rencontre, qui mettra ma tendresse de sœur à une épreuve comme elle n'en a pas encore subie. » La lettre n'est pas datée, mais le timbre de la poste est «Allonby, » et, en consultant l'Almanach de géographie, j'ai constaté qu'Allonby est un petit port de mer sur la côte du

Cumberland. Je n'ai aucun moyen de répondre, — car Madeleine m'annonce expressément qu'elle est sur le point de quitter sa résidence actuelle, et n'est libre ni de me dire où elle va, ni de laisser derrière elle des instructions qui permettent de lui faire passer mes lettres.

« Dans des temps plus heureux, j'aurais trouvé une lettre pareille bien peu faite pour me satisfaire ; — j'aurais surtout conçu de graves alarmes devant cette allusion à la confidence qu'elle doit me faire, et qui doit mettre, dit-elle, ma tendresse de sœur à une si rude épreuve. Mais, après toutes les anxiétés par lesquelles j'ai passé, le bonheur de revoir son écriture semble me remplir le cœur et en exclure tout autre sentiment. Je ne vous envoie pas sa lettre, sachant que vous viendrez bientôt me trouver, et voulant me procurer le plaisir de vous la voir lire sous mes yeux.

« Votre bien affectionnée à toujours,

« NORAH. »

« P. S. — M. George Bartram est venu aujourd'hui chez mistress Tyrrel. Il a demandé à voir les enfants. Après son départ, mistress Tyrrel, qui a l'humeur gaie, s'est amusée à me dire, en riant, « que ce désir de voir les enfants lui semblait un peu suspect, et qu'il s'agissait de *moi* plutôt que d'eux. » Vous vous ferez une idée de l'amélioration survenue dans mon état moral, en me voyant employer ma plume à vous écrire de pareilles absurdités ! »

V.

MISTRESS LECOUNT A M. DE BLÉRIOT,
agent général à Londres.

Saint-Crux, 23 octobre 1847.

« Mon cher monsieur,

« J'ai tardé longtemps à vous remercier de la bonne lettre par laquelle vous me promettiez assistance en raison du souvenir amical que vous ont laissé les relations commerciales établies jadis entre mon frère et vous. La vérité est qu'au sortir d'une longue et dangereuse maladie, j'ai abusé de mes forces renaissantes; et, pendant les dix jours qui viennent de s'écouler, je me suis vue sous le coup d'une rechûte. Mon rétablissement actuel est assez avancé pour me permettre de vous indiquer en quelle affaire vos bons offices pourraient m'être utiles.

« La personne dont il est fort essentiel pour moi que je parvienne à découvrir le séjour est M. Noël Vanstone. Depuis bien des années, j'ai été au service de ce *gentleman,* à titre de femme de charge; et n'ayant jamais reçu mon congé en bonne forme, je me considère comme faisant encore partie de sa maison. Pendant mon voyage sur le Continent, il s'est marié secrètement, — à Aldborough, dans le comté de Suffolk, — le 18 août dernier. Il a quitté Aldborough le même jour, emmenant sa femme avec lui dans une retraite dont personne n'avait le secret, si ce n'est son avocat, M. John Loscombe, de Lincoln's-Inn. Peu de temps après, le 4 septembre, il a de nouveau plié bagage et, cette fois, sans informer M. Loscombe du nouvel endroit où il allait se fixer. De cette dernière date au jour où je vous écris, l'avocat est resté (il le prétend du moins) dans la plus complète ignorance relativement à ce sujet. Formellement requis de faire au moins connaître la résidence antérieure de son client, M. Loscombe, qui ne saurait contester l'avoir connue, refuse néanmoins de répondre, n'ayant pas la permission formelle de son client pour rien révéler de ce qui concerne ce dernier à partir de son départ d'Aldborough. Je tiens tous ces derniers détails de la personne même qui est entrée en correspondance avec M. Loscombe; — c'est le neveu du propriétaire de ce château, le digne *gentleman* sous le toit duquel j'ai trouvé asile pendant la rude épreuve que la maladie vient de m'infliger.

« J'estime que les motifs pour lesquels M. Noël Vanstone se tient ainsi caché avec sa femme se rapportent exclusivement à moi. Il sait, en premier lieu, que les circonstances

dans lesquelles il a contracté mariage me donnent le droit
de le regarder avec une légitime indignation. Il sait aussi
que mes fidèles services, prodigués à son père et à lui pendant une vingtaine d'années, ne lui permettent pas, sans
manquer à la décence la plus vulgaire, de me livrer aux hasards de la vie sans avoir au préalable assuré mon avenir.
Or, c'est l'âme la plus basse que je connaisse, de même que
sa femme est la plus vile créature de l'univers. Aussi longtemps qu'il pourra se soustraire à l'accomplissement de ses
obligations envers moi, il le fera sans aucun doute; et les
encouragements de sa femme ne lui manqueront certainement pas pour le pousser dans cette voie d'ingratitude.

« Le but que je me propose en cherchant à le retrouver
est sommairement celui-ci. Son mariage l'expose à des
conséquences devant lesquelles reculerait un homme dix fois
plus brave que lui. De ces conséquences, il ne connaît pas le
premier mot. Sa femme, qui les connaît, le maintient dans
cette heureuse ignorance. Moi, qui les connais aussi, je prétends l'éclairer. Seule au monde, je puis le préserver du
danger qui le menace; mais il me paiera sa rançon en ac-
quittant jusqu'au dernier *farthing* la dette que son père et
lui ont contractée envers moi. Je veux cela, et ne veux rien
de plus.

« Ainsi que vous me l'aviez demandé, je vous ai mis complétement au courant de toutes mes pensées. Vous savez
pourquoi je désire trouver cet homme, et ce que je prétends
faire quand je l'aurai trouvé. Je laisse à la sympathie que
vous avez pour moi le soin de résoudre la grave question de
savoir comment on peut arriver à une pareille découverte.
Si l'on parvenait à trouver une première piste de ces gens-
là, postérieure à leur départ d'Aldborough, j'estime qu'une
enquête un peu soigneuse suffirait au reste de la besogne.
Les brillants dehors de la femme et le contraste frappant
qu'ils offrent avec ceux de son mari doivent nécessairement
les faire remarquer de toute personne qui les voit pour la
première fois, et lui laisser d'eux un souvenir durable.

« Quand vous me ferez l'honneur de me répondre, veuillez

adresser votre lettre « aux soins de l'amiral Bartram, Saint-Crux-*in-the-Marsh*, près d'Ossory, Essex. »

« Votre très-obligée,

« VIRGINIE LECOUNT, »

VI.

MONSIEUR DE BLÉRIOT A MISTRESS LECOUNT.

(*Secrète et confidentielle.*)

Dark's-Buildings, Kingsland, 25 octobre 1847.

« Ma chère dame,

« Je me hâte de répondre à votre honorée en date de samedi. Les circonstances m'ont permis de servir vos intérêts, en consultant un de mes amis, lequel possède beaucoup d'expérience dans la direction des recherches particulières en tout genre. J'ai placé sous ses yeux votre exposé de situation (sans faire mention des noms, cela va de soi), et je suis heureux de vous informer que mes vues concordent parfaitement avec les siennes, sur la marche qu'il convient d'adopter.

« Nous sommes d'avis, mon ami et moi, que rien ne peut nous mettre sur la trace des personnes en question, à moins qu'on n'ait préalablement découvert l'endroit où ils ont fait un séjour temporaire immédiatement après leur départ d'Aldborough. Si l'on peut en arriver là, le plus tôt sera le mieux. D'après votre lettre, il s'est déjà écoulé quelques semaines depuis que l'avocat a été informé qu'ils avaient quitté cette première résidence. Puisque l'extérieur de tous deux est remarquable, les étrangers qui ont pu être appelés à les assister en leur voyage ne les ont probablement pas encore oubliés. Malgré tout, il est désirable qu'on se hâte.

« La question que vous devez envisager est celle de savoir

s'il n'est pas possible qu'ils aient communiqué à quelque
autre personne que l'avocat l'adresse dont nous avons besoin.
Le mari peut avoir écrit à quelque membre de sa famille, la
femme est dans le même cas. Mon ami et moi sommes d'avis
que cette dernière chance est la plus probable des deux. Si
vous avez quelques moyens de pratiquer la famille de la
femme, nous vous recommandons énergiquement de les employer. Sinon, veuillez nous fournir les noms de toutes les
personnes que vous pouvez connaître parmi ses parents les
plus proches ou ses amies les plus intimes. Nous essaierons
de vous ménager les moyens d'arriver à elles.

« Dans tous les cas, veuillez nous fournir le signalement
le plus exact qu'on puisse tracer, par écrit, de ces deux personnages. Nous pouvons avoir à vous demander, d'un instant
à l'autre, ce document important. Soyez donc assez bonne
pour nous l'envoyer courrier par courrier. D'ici là, nous
tâcherons de nous assurer, de notre côté, s'il est absolument
impossible de se procurer quelques renseignements secrets
au bureau de M. Loscombe. L'avocat lui-même est fort probablement inaccessible à toute tentative de ce genre; mais si
quelqu'un de ses clercs donnait ouverture à une négociation
avantageuse, dont les conditions ne dépasseraient pas vos
facultés pécuniaires, soyez assurée, ma chère dame, qu'il
sera tiré parti de cette circonstance par

« Votre fidèle serviteur,

« ALFRED DE BLÉRIOT. »

VII.

M. PENDRIL A NORAH VANSTONE.

Searle-Street, 27 octobre 1847.

« Ma chère miss Vanstone,

« Une dame nommée Lecount (jadis attachée au service
de M. Noël Vanstone en qualité de femme de charge) est ve-

nue, ce matin, à mon bureau, et m'a sollicité de lui faire connaître votre adresse. Je l'ai priée de permettre que je ne fisse pas immédiatement droit à sa requête, et de m'honorer demain matin d'une visite nouvelle, où il me serait permis de lui donner une réponse définitive.

« Mon hésitation en cette matière ne provient d'aucune méfiance personnelle à l'égard de mistress Lecount, car je ne sais rien au monde qui doive me prévenir contre elle. Mais, en m'adressant sa requête, elle assignait comme motif à son désir de vous voir le besoin qu'elle avait de vous entretenir secrètement au sujet de votre sœur. Je dois vous avouer que, ceci entendu, je me suis décidé immédiatement à refuser provisoirement votre adresse. Vous le pardonnerez à un vieil ami qui vous a toujours souhaité les meilleures chances possibles. Vous ne m'en voudrez pas non plus, si j'exprime ici ma désapprobation formelle de toute démarche qui, sous quelque prétexte que ce fût, vous impliquerait à l'avenir dans les faits et gestes de votre sœur.

« Je n'entends nullement vous affliger en insistant sur ce point. Mais je m'intéresse trop profondément à votre bien-être, et la patience avec laquelle vous avez supporté tant d'épreuves m'inspire trop d'admiration pour que je n'aille pas jusque-là.

« Si je ne puis vous faire accepter mon avis, vous n'avez qu'à dire, et mistress Lecount saura votre adresse dès demain. Dans cette hypothèse (que je ne puis envisager sans une vive répugnance), laissez-moi vous recommander, tout au moins, de stipuler que miss Garth sera présente à l'entrevue. En toute affaire où votre sœur se trouve intéressée, vous pouvez avoir besoin que les avis et la protection d'une ancienne amie vous mettent en garde contre vos généreuses impulsions. S'il m'eût été permis de la remplacer en cette occasion, je m'y serais offert bien volontiers; mais mistress Lecount m'a fait comprendre indirectement que le sujet à traiter était d'une nature trop délicate pour qu'on me permît d'assister à la conférence. Quel que puisse être, en ce qui me concerne, le mérite de cette objection, elle ne saurait s'appliquer à miss Garth, qui vous a élevées toutes deux dès votre plus tendre enfance. Je le répète donc : si vous devez voir mistress Lecount, ménagez-vous la présence et l'appui de miss Garth !

« Toujours à vous, en toute sincérité,

« WILLIAM PENDRIL. »

VIII.

NORAH VANSTONE A M. PENDRIL.

Portland-Place, mercredi.

« Cher monsieur Pendril,

« Ne me supposez pas, je vous prie, insensible à toutes vos bontés. En vérité, en toute vérité, vous me feriez tort. Mais il faut que je voie mistress Lecount. Vous ignoriez, en m'écrivant, que j'avais reçu de Madeleine quelques lignes par lesquelles, sans m'apprendre où elle est, elle me fait espérer que nous nous verrons avant peu. Peut-être mistress Lecount aura-t-elle quelque chose à m'apprendre sur ce sujet-là même qui me tient si fort au cœur. En fût-il autrement, ma sœur, quoi qu'elle fasse, est toujours ma sœur. Je ne saurais l'abandonner ; je ne saurais tourner le dos à qui se présente chez moi de sa part. Vous le savez, cher monsieur Pendril, j'ai toujours été, sur ce chapitre, d'une obstination désespérante ; et, cette obstination, vous l'avez toujours supportée. Laissez-moi contracter envers vous une obligation qui me constituera votre débitrice à tout jamais ; — passez-moi cette nouvelle marque d'entêtement !

« Faut-il ajouter que j'accepte de grand cœur cette portion de vos conseils relative à l'intervention de miss Garth ? Je lui ai déjà écrit pour la prier de vouloir bien se trouver ici, demain, à quatre heures de l'après-midi. Quand vous verrez mistress Lecount, veuillez l'avertir que miss Garth

sera des nôtres, et qu'elle nous trouvera toutes deux disposées à la recevoir, ici même, demain, à partir de quatre heures.

« Votre bien reconnaissante,

« NORAH VANSTONE. »

IX.

M. DE BLÉRIOT A MISTRESS LECOUNT.

(Particulière.)

Dark's-Buildings, 28 octobre.

« Ma chère dame,

« Un des clercs de M. Loscombe, s'étant trouvé accessible
à une petite tentation pécuniaire, nous a fait part d'une circonstance dont la révélation pourrait vous être utile.

« Il y a environ un mois que le hasard fournit au clerc en
question l'occasion de parcourir très-sommairement l'un des
documents rangés sur le bureau de son patron, document
qui avait attiré son attention par je ne sais quelle particularité dans la forme et la couleur de l'enveloppe. Il eut à peine
le temps, — l'absence de M. Loscombe n'ayant duré qu'un
moment, — de satisfaire sa curiosité en jetant un coup d'œil
sur le commencement et la fin de cet acte. Au début, il trouva
le préambule usité pour les testaments. A la fin, il découvrit
la signature de M. Noël Vanstone, accompagnée de celles des
deux témoins que prescrit l'usage ; la date, dont il se croit à
peu près certain, est celle du *30 septembre dernier*.

« Avant que le clerc eût le temps de pousser plus loin ses
investigations, son patron revint, classa les papiers épars
sur le bureau, et mit soigneusement sous clef le testament,
dans le coffre spécialement destiné à renfermer les papiers
d'affaire de M. Noël Vanstone. On s'est assuré qu'à la fin de
septembre, M. Loscombe s'est absenté de son bureau. S'il

était alors occupé à surveiller la rédaction de l'acte testamentaire que son client paraît avoir fait, — rien au monde n'exclut cette supposition, — il s'ensuit clairement qu'après la translation du 4 septembre, la nouvelle adresse de M. Vanstone n'était plus un secret pour lui ; de telle sorte que, si de votre côté vous ne voyez jour à aucune démarche utile, nous pouvons nous proposer, nous, d'exercer sur l'avocat une surveillance assidue. Dans tous les cas, il est bien certain que M. Vanstone a fait son testament depuis qu'il est marié. Je vous laisse à tirer les conclusions qui découlent de ce fait ; et, dans l'espoir que nous aurons bientôt de vos nouvelles, je demeure, comme toujours,

« Votre fidèle serviteur,

« ALFRED DE BLÉRIOT. »

X.

MISS GARTH A M. PENDRIL.

Portland-Place, 28 octobre.

« Mon cher monsieur,

« Mistress Lecount vient de nous quitter. S'il n'était pas trop tard pour former des vœux, je souhaiterais, et du fond de mon cœur, que Norah, se rendant à vos conseils, eût refusé de la voir.

« Je vous écris dans une telle détresse d'esprit, que je ne puis espérer de vous donner un compte-rendu de cette conférence, tant soit peu clair et complet. Je me bornerai donc à vous dire brièvement ce qu'a fait mistress Lecount, et dans quelle situation nous nous trouvons présentement. Je remets le surplus au moment où je serai plus calme, et où je pourrai communiquer personnellement avec vous.

« Vous vous rappellerez sans doute ce que je vous ai appris, dans le temps, de la lettre datée d'Aldborough que mistress Lecount avait adressée à Norah, et à laquelle je dus répondre en l'absence de cette dernière. Dès que mistress Lecount s'est trouvée devant nous, aujourd'hui, ses premières paroles nous ont appris qu'elle venait pour traiter avec nous le même sujet. Autant que je puis me le rappeler, voici comment elle a débuté, s'adressant directement à ma chère élève:

« Je vous écrivis il y a quelque temps, miss Vanstone, au sujet de votre sœur, et miss Garth fut assez bonne pour répondre à ma lettre. Les craintes que je manifestais à cette époque se sont vérifiées. Votre sœur a déjoué tous mes efforts pour lui faire obstacle. Elle a disparu en compagnie de mon maître, M. Noël Vanstone, et se trouve à l'heure qu'il est aux prises avec une position périlleuse qui peut, d'un instant à l'autre, la plonger dans le déshonneur et la misère. Il est dans mon intérêt de retrouver mon maître; il est dans votre intérêt de sauver votre sœur. Dites-moi, — car les minutes sont précieuses, — si vous avez entendu parler d'elle. »

« Norah répondit aussi promptement que sa terreur et son inquiétude le lui permirent :

« — J'ai reçu une lettre, effectivement, mais elle ne portait aucune adresse.

« — N'y avait-il aucun timbre sur l'enveloppe? demanda miss Lecount.

« — Si, répondit Norah... Allonby.

« — Allonby vaut mieux que rien, dit mistress Lecount. Allonby peut nous servir à retrouver sa trace... Où est Allonby?

« Norah le lui dit. Tout cela n'avait pas pris plus d'une minute. Mon trouble, mon émotion, m'avaient empêchée d'intervenir plus tôt, mais je m'étais assez calmée pour que cela fût désormais possible.

« — Vous n'êtes entrée dans aucun détail, lui dis-je... Vous vous êtes bornée à nous effrayer sans nous rien dire de positif.

« — Vous allez, madame, connaître tous les détails, répliqua mistress Lecount ; et vous jugerez, ainsi que miss Vanstone, si je vous ai fait peur sans motif suffisant... »

« Là-dessus, elle entra immédiatement dans un long récit que je ne puis, — que je n'ose pas, devrais-je dire, — répéter ici. Vous comprendrez assez l'horreur où il nous plongea quand je vous en aurai fait connaître le dénoûment. S'il faut se fier aux assertions de mistress Lecount, Madeleine a poussé sa folle résolution de recouvrer la fortune de son père jusqu'aux dernières, aux plus aventureuses extrémités ; elle a épousé, sous un faux nom, le fils de Michel Vanstone. Son mari est encore persuadé, en ce moment, que son nom de fille était Bygrave, et qu'elle est réellement la nièce d'un misérable, devenu le complice de cette odieuse imposture : — d'après la description qu'on m'a faite de ce personnage, il m'est impossible de ne pas reconnaître en lui le capitaine Wragge.

« Je vous épargne l'aveu que nous fit tranquillement mistress Lecount, en se levant pour prendre congé, des motifs mercenaires qui la poussaient à chercher son maître pour dessiller ses yeux. Je vous épargne les insinuations qu'elle hasarda sur le but que poursuivait Madeleine en contractant ce mariage infâme. L'unique objet de ma lettre est de vous appeler à mon aide, pour calmer les angoisses d'esprit qui tourmentent Norah. Le choc qu'elle a subi en écoutant ce qu'on lui disait de sa sœur n'est pas le pire résultat de l'incident survenu. Elle s'est persuadé que ses réponses candides, arrachées à sa douleur par les questions de mistress Lecount au sujet de la lettre, — réponses imprudentes qu'elle n'a pu retenir dans un premier moment de trouble et d'effroi, — peuvent être tournées au préjudice de Madeleine par la femme qui est venue ainsi, de propos délibéré, l'agiter et la mettre hors de garde. Pour empêcher de sa part quelques mesures désespérées, — mesures qui l'auraient exposée à perdre l'amitié, la protection des gens excellents chez lesquels elle est maintenant, — il m'a fallu lui rappeler que, si mistress Lecount retrouve les traces de son maître au moyen du timbre placé sur la lettre, nous pouvons en même temps, et par les mêmes moyens, retrouver les traces de Madeleine. Quelques objections que vous puissiez voir personnellement

aux efforts que nous ferions de nouveau pour venir en aide à
cette malheureuse jeune fille (efforts qui ont si déplorable-
ment avorté dans la ville d'York), je vous supplie, pour
l'amour de Norah, d'adopter maintenant les mêmes mesures
que nous prîmes alors. Envoyez-moi la seule assurance qui
puisse la calmer, — l'assurance signée de vous que les recherches de notre côté sont commencées. Si vous consentez à
ceci, vous pouvez compter sur moi pour me placer, le moment venu, entre ces deux sœurs, ou pour défendre à tout
prix le repos, la bonne renommée, la prospérité future de
Norah.

« Très-sincèrement à vous,

« HARRIET GARTH. »

XI.

MISTRESS LECOUNT A M. DE BLÉRIOT.

28 octobre.

« Cher monsieur,

« J'ai trouvé la trace dont vous aviez besoin. Mistress Noël
Vanstone a écrit à sa sœur. La lettre n'indique aucune
adresse, mais le timbre de la poste est celui d'Allonby (Cumberland) : c'est par conséquent d'Allonby que les recherches
doivent partir. Vous avez déjà le signalement personnel, tant
du mari que de la femme. Je vous recommande instam-
ment de ne pas perdre une minute de plus qu'il ne sera
indispensable. S'il est possible d'expédier quelqu'un dans le
Cumberland aussitôt cette lettre reçue, je vous supplie de n'y
pas manquer.

« J'ai encore, avant de terminer ma note, à vous dire un
mot de plus sur la découverte faite dans le bureau de M. Loscombe.

« Je ne suis nullement étonnée d'apprendre que M. Noël
a fait son testament depuis qu'il est marié; je ne suis pas

embarrassée non plus de deviner en faveur de qui dispose cet acte mortuaire. Mais, si je réussis à retrouver mon maître, nous verrons comment cette personne s'y prendra pour avoir l'argent sur lequel elle compte! Une marche à suivre dans cette affaire s'est offerte à mon esprit depuis la réception de votre dernière lettre; mais mon ignorance des détails techniques et des complications de la loi me laisse encore dans le doute, et je ne sais si mon idée peut se réaliser d'une manière prompte et certaine. Je me rendrai à votre bureau, demain vers deux heures, afin de vous consulter à ce sujet. Il est fort important, lorsque je reverrai M. Noël Vanstone, qu'il me trouve préparée d'avance à discuter de tout point cette affaire de testament.

« Votre très-obligée servante,

« VIRGINIE LECOUNT. »

XII.

M. PENDRIL A MISS GARTH.

Searle-Street, 29 octobre.

« Chère miss Garth,

« Je n'ai qu'un moment pour vous témoigner le chagrin que m'a causé votre lettre. Les circonstances dans lesquelles vous m'adressez votre requête et les motifs que vous lui assignez suffisent pour détruire toutes les objections que j'aurais faites, sans cela, au plan que vous proposez. Une personne digne de confiance, et à qui j'ai moi-même donné ses instructions, partira aujourd'hui pour Allonby, et dès que j'aurai reçu quelques nouvelles de sa mission, je vous les communiquerai aussitôt par voie de message spécial. Dites ceci à miss Vanstone, et veuillez y ajouter l'expression sincère de ma sympathie et de mon respect.

« Tout à vous, bien cordialement,

« WILLIAM PENDRIL. »

XIII.

M. DE BLÉRIOT A MISTRESS LECOUNT.

Dark's-Buildings, 1er novembre.

« Ma chère dame,

« J'ai le plaisir de vous informer que notre découverte a été faite, et beaucoup plus facilement que je ne l'avais espéré.

« On a suivi les traces de M. et de mistress Noël Vanstone jusqu'au détroit de Solway, qu'ils ont traversé pour se rendre à Dumfries ; et de là, jusqu'à un cottage situé à quelques milles de cette ville, sur les bords de la Nith. L'adresse exacte est : Baliol-Cottage, près Dumfries.

« Ce renseignement, qui n'a point donné lieu à des recherches trop ardues, a été obtenu néanmoins dans des circonstances assez particulières.

« Avant de quitter Allonby, mes agents ont découvert, non sans étonnement, qu'un étranger s'y trouvait, s'occupant d'une enquête identique à la leur. En l'absence de toute instruction qui leur eût fait pressentir une telle occurrence, ils envisagèrent ce détail à leur point de vue particulier. Prenant l'homme en question pour un intrus, dont le succès pourrait leur enlever le mérite et la récompense de la découverte à faire, ils profitèrent de leur supériorité numérique, et aussi de leur présence antérieure sur le théâtre de la lutte, pour égarer l'étranger avant de suivre eux-mêmes le cours de leurs investigations. J'ai tout le détail des procédés qu'ils employèrent ; mais je me garderai bien de vous en fatiguer. Le dénoûment a été que la personne en question, — n'importe qui elle peut être, — fut adroitement dirigée, sur une fausse piste, vers le Midi d'où elle venait, avant que mes agents se décidassent à traverser le détroit.

« Je mentionne cette circonstance par la raison que vous pouvez être mieux à portée que moi d'en conjecturer l'ori-

gine, et aussi parce que vous y pouvez voir un motif de hâter
le voyage par vous projeté.

« Votre dévoué serviteur,

« ALFRED DE BLÉRIOT. »

XIV.

MISTRESS LECOUNT A M. DE BLÉRIOT.

1er novembre.

« Mon cher monsieur,

« Un mot pour vous dire que votre lettre m'est parvenue
en mon logement de Londres. Je crois savoir par qui a été
expédiée la personne qu'on a trouvée prenant des renseignements à Allonby. Mais peu importe. Avant que cet homme
ait découvert son erreur, je serai rendue à Dumfries. Mes
bagages sont prêts, et le premier train qui va partir m'em-
portera vers le Nord.

« Votre bien particulièrement obligée,

« VIRGINIE LECOUNT »

SCÈNE CINQUIÈME.

BALIOL-COTTAGE, DUMFRIES.

I.

Dans la matinée du 3 novembre, à peu près vers onze heures, la table du déjeuner, à Baliol-Cottage, offrait cet aspect essentiellement peu consolant d'un repas à « l'état de transition, » c'est-à-dire d'un repas préparé pour deux personnes, que l'une des deux a déjà pris, et auquel l'autre n'a pas encore touché. Il faut un appétit véritablement courageux pour affronter sans une défaillance momentanée le spectacle des coquilles d'œuf écrasées, du poisson à demi dépouillé de sa chair et qui étale la moitié de son hideux squelette, des débris de pain au fond du plat, de la lie sucrée au fond de la tasse. C'est sans doute par une sage concession à ces humaines faiblesses, — certainement dignes de pitié, mais non de blâme, — que les personnes chargées du service, dans les lieux où le public se nourrit, mettent une rapidité sympathique à dérober tous les vestiges du client qui vient de partir aux regards du client qui vient d'arriver. Encore que son prédécesseur à table ait pu être la femme de son cœur ou l'enfant de ses entrailles, nul homme ne peut se trouver en présence des indices qui lui rappellent un repas récemment accompli, sans se sentir plus ou moins lésé par ce souvenir pénible, et sans que la pensée du mangeur disparu ne se mêle désagréablement à l'idée de sa propre réfection.

Quelque impression de ce genre se fit jour dans l'esprit

de M. Noël Vanstone au moment où, peu après le coup d'onze heures, il entra dans la salle à manger déserte de Baliol-Cottage. Il fronça le sourcil en regardant la table, et sonna ses gens d'un air dégoûté.

« Emportez ces ordures, dit-il, quand la domestique parut... Votre maîtresse est partie ?

— Oui, monsieur ; depuis près d'une heure.

— Louisa est-elle en bas ?

— Oui, monsieur.

— Quand vous aurez nettoyé la table, vous ferez monter Louisa. »

Il alla se placer à la fenêtre. L'irritation passagère qui s'était peinte sur ses traits s'effaça peu à peu, mais non sans laisser derrière elle les traces permanentes des souffrances intérieures d'un mécontentement mal dissimulé. A l'extérieur, depuis son mariage, il était changé à beaucoup d'égards, mais toujours en mal. Ses petites joues blèmes commençaient à se creuser, sa frêle structure se voûtait légèrement. La délicatesse qu'avait eue son teint n'existait plus ; il ne lui restait que sa pâleur maladive. Ses moustaches, fines et claires, n'étaient plus, comme jadis, roidies par la cire et retroussées par le fer : leurs extrémités pendaient, comme un flasque duvet, aux coins de ses lèvres plaintives. A ne les compter que d'après son aspect, les dix ou douze semaines écoulées depuis son mariage semblaient équivaloir, pour lui, à dix ou douze ans. Il s'appuyait à la fenêtre, déchiquetant par un geste machinal le feuillage d'un pot de bruyères placé sur le rebord extérieur, et fredonnant, sans aucun entrain, quelques vagues fragments d'un air oublié.

La fenêtre dominait le courant de la Nith, sur un point où cette rivière s'infléchit, à quelques milles avant Dumfries. Çà et là, par les brèches que l'hiver avait ouvertes dans les ombrages qui la bordent, le regard pénétrait jusqu'aux vastes cultures d'une vallée peu profonde. Des barques passaient sur la rivière, et des charrettes, acheminées vers Dumfries, se traînaient pesamment sur la grand'route. Le ciel était lumineux, le soleil de novembre jetait autant de rayons que si l'année eût été plus jeune de deux bons mois; le paysage, enfin, renommé en Écosse pour son charme paisible, se présentait sous les meilleurs aspects que la saison d'hiver lui pût laisser. Mais, selon toute apparence, eût-il été perdu dans le brouillard ou noyé de pluie, M. Noël Vanstone ne l'aurait trouvé ni plus ni moins attrayant, en cette heure de tristesse. Il demeura près de la fenêtre jusqu'au moment où se fit entendre le coup léger qui annonçait l'arrivée de Louisa, — puis il se tourna d'un air boudeur, et lui dit d'entrer.

« Faites mon thé, continua-t-il ; je n'entends rien à cette besogne... On me néglige ici... Personne ne me sert. »

La discrète Louise exécuta silencieusement et d'un air soumis les ordres qui lui étaient donnés.

« Votre maîtresse, reprit M. Vanstone, n'a-t-elle pas laissé, avant de partir, quelque message pour moi ?

— Aucun message particulier, monsieur. Ma maîtresse a dit simplement que, si elle retardait son déjeuner, elle n'arriverait pas à temps.

— Elle n'a dit que cela ?

— En montant en voiture, monsieur, elle m'a dit encore qu'elle serait probablement de retour vers la fin de la semaine.

— En montant en voiture, paraissait-elle de bonne humeur ?

— Non, monsieur; il m'a semblé la voir très-inquiète et mal à son aise... Avez-vous encore besoin de quelque chose, monsieur ?

— Je ne sais... Restez là une minute ! »

Il se mit à déjeuner d'un air mécontent. Louisa, toujours résignée, attendait au seuil de la porte.

« Il me semble, reprit-il avec une vivacité soudaine, que, dans ces derniers temps, votre maîtresse a été fort abattue ?

— Ma maîtresse, en effet, monsieur, n'était pas très gaie.

— Que voulez-vous dire par ces mots : *N'était pas très-gaie ?* Prétendriez-vous équivoquer ? Est-ce que je ne compte plus dans la maison ? Faut-il qu'on me cache tout ? Votre maîtresse espère-t-elle s'en aller ainsi à ses affaires, et me

laisser au logis comme un enfant, sans que je puisse même
m'informer de ce qui la concerne ?... Une domestique équi-
voquera-t-elle en me répondant ?... Je ne veux pas qu'on
équivoque avec moi !... *Pas très-gaie ?* Que voulez-vous dire
avec votre : *Pas très-gaie ?*

— Je voulais seulement dire, monsieur, que ma maîtresse
n'était pas dans de très-bonnes dispositions d'esprit.

— Et pourquoi, dans ce cas, ne pas vous exprimer ainsi ?
La valeur des mots vous est-elle inconnue ?... L'ignorance de
la valeur des mots produit quelquefois les conséquences les
plus terribles... Votre maîtresse vous a-t-elle dit qu'elle
allait à Londres ?

— Oui, monsieur.

— Quand elle vous a dit cela, qu'avez-vous pensé ?.... N'a-
vez-vous pas trouvé singulier qu'elle allât à Londres sans moi ?

— Je ne me suis pas permis, monsieur, de trouver cela
singulier... Est-il encore quelque chose à quoi je puisse vous
être bonne ? Veuillez me le dire, je vous prie, monsieur.

— Quel temps fait-il dehors ?... Fait-il chaud ? Le soleil
donne-t-il dans le jardin ?

— Oui, monsieur.

— Avez-vous vu vous-même le soleil donner dans le
jardin ?

— Oui, monsieur.

— Allez chercher mon surtout ; je ferai un petit tour...
Le domestique l'a-t-il brossé ?.... Est-ce que vous avez vu
vous-même le domestique le brosser ?... Pourquoi dites-vous
qu'il l'a brossé, puisque vous ne l'avez pas vu ?... Laissez-
moi regarder les pans ; s'il y a sur les pans le moindre grain
de poussière, je mettrai cet homme à la porte !... Aidez-moi
donc à le passer ! »

Louisa lui passa les manches du vêtement, et lui donna
son chapeau. Il sortit d'un air fâché. Le surtout était ample
(il avait appartenu à son père) ; le chapeau était ample
(c'était un rebut que lui-même avait acheté d'occasion). Il
était comme submergé dans ce chapeau et ce paletot ; il semblait singulièrement réduit, débile et misérable, tandis qu'il

arpentait lentement, aux pâles clartés d'un soleil d'hiver, la grande allée du jardin. Elle allait en pente douce du chevet de la maison au bord de l'eau, dont le jardin était séparé par une palissade peu élevée. Après s'y être promené lentement pendant quelque temps, Noël Vanstone finit par s'arrêter au bas du jardin et, s'appuyant à la palissade, contempla vaguement le rapide courant de la rivière.

Il songeait encore à ce qui lui avait suggéré cette première question que, dans un mouvement d'impatience, il avait adressée à Louisa; il ruminait encore à part lui les circonstances dans lesquelles sa femme avait, ce matin-là, quitté le cottage, et le manque d'égards qu'impliquait envers lui ce départ précipité. Plus il songeait à ses griefs, plus vif était son ressentiment. Il était, en effet, capable d'une grande susceptibilité, lorsqu'on venait à blesser la haute opinion qu'il se faisait de lui-même. Sa tête, peu à peu, s'inclina sur ses bras appuyés, nous l'avons dit, à la palissade, et dans un accès de sincère mortification, il poussa un soupir rempli d'amertume.

A ce soupir répondit une voix qui s'élevait près de lui :

« Avec moi, monsieur, vous étiez plus heureux, » disait cette voix, dont les accents exprimaient un regret presque tendre.

Levant les yeux et poussant un cri, — un véritable cri, dans le sens littéral du mot, — le petit homme se vit en face de mistress Lecount.

Mais d'abord, était-ce le spectre de cette femme, — ou cette femme en personne ? Ses cheveux avaient blanchi; son visage s'était affaissé; ses yeux, au-dessus de ses joues creuses et ravagées, jetaient, agrandis et brillants, des regards farouches. Elle était flétrie et vieillie. Ses vêtements, désormais trop larges, pendaient en plis abandonnés autour de sa taille défaite; pas une trace ne subsistait de sa florissante beauté d'automne... Une détermination tranquillement impénétrable, une voix toujours insinuante et douce, — voilà tout ce que la maladie et la souffrance morale avaient laissé à mistress Lecount.

« Tranquillisez-vous, monsieur Noël ! continua-t-elle avec

douceur. Ma vue ne doit point vous alarmer. Votre domestique, lorsque je vous ai demandé, m'a dit que vous étiez dans le jardin, et je suis venue vous trouver ici. Si j'ai tâché de vous découvrir, monsieur, c'est sans la moindre rancune à votre égard, sans le moindre désir de vous affliger par l'ombre même d'un reproche. Je suis venue ici pour ce qui a toujours été, ce qui est encore la grande affaire de ma vie, — c'est-à-dire pour vous être utile. »

Il se remit un peu, mais sans pouvoir parler encore. Il se cramponnait à la palissade, et regardait, effaré, cette espèce d'apparition.

« Tâchez, monsieur, de bien saisir ce que je vous dis, continua mistress Lecount. Ce n'est pas une ennemie, c'est une amie qui vient à vous. La maladie, la douleur, m'ont fait subir de rudes épreuves. De moi rien n'a survécu, si ce n'est mon cœur. Mon cœur vous pardonne, et dans votre triste abandon, — plus triste et plus dénué d'appui que vous ne le sentez encore, — mon cœur fait de moi, comme par le passé, votre esclave fidèle. Prenez mon bras, monsieur Noël !... quelques pas au soleil vous aideront à vous remettre. »

Elle lui prit la main qu'elle passa elle-même sous son bras, et lui fit lentement remonter l'allée du jardin. Moins de cinq minutes après s'être ainsi replacée vis-à-vis de lui dans les conditions d'autrefois, elle l'avait complétement réconquis, et revendiquait ses anciens droits.

« Redescendons à présent, monsieur Noël, disait-elle, redescendons sans nous hâter sous ce beau soleil !... J'ai bien des choses à vous dire, monsieur, auxquelles vous ne vous attendez guère, de ma part. Mais d'abord, souffrez une petite question d'intérieur..... On m'a dit, à la porte, que mistress Noël Vanstone était partie pour un voyage..... Ce voyage doit-il durer longtemps ? »

La main de son maître trembla sur le bras de mistress Lecount, lorsqu'elle lui adressa cette question. Au lieu d'y répondre, il tenta une faible apologie. Les premières paroles qui lui échappèrent lui furent dictées par le premier sentiment dont il eût la conscience un peu nette, — le sentiment qu'il était désormais à la discrétion de sa femme de charge. Il essaya de faire sa paix avec mistress Lecount.

« J'ai toujours entendu faire quelque chose pour vous, lui disait-il d'un ton caressant..... Avant longtemps, vous auriez eu de mes nouvelles.,. Je vous en donne ma parole, Lecount, vous auriez entendu parler de moi, d'ici à peu !

— Je n'en doute nullement, monsieur, répondit mistress Lecount; mais, pour le moment; ce n'est pas de moi qu'il s'agit. Parlons de vous, d'abord, et de ce qui vous intéresse.

— Comment êtes-vous arrivée jusqu'ici? demanda-t-il, lui jetant un regard de surprise..... Comment êtes-vous parvenue à me découvrir ?

— C'est une bien longue histoire, monsieur ; je vous la raconterai une autre fois. Il nous suffit, pour le moment, de savoir que je vous ai découvert... Mistress Noël rentrera-t-elle aujourd'hui chez vous?... Un peu plus haut, monsieur; c'est tout au plus si je puis vous entendre... Là, là, doucement !... Elle ne revient pas avant la fin de la semaine?... Et où est-elle allée? A Londres, disiez-vous? Et dans quel objet? — Je n'interroge pas, monsieur Noël, pour le plaisir d'interroger... Je vous fais, sous le coup d'une impérieuse nécessité, des questions sérieusement indispensables... Pourquoi votre femme vous a-t-elle laissé ici? Pourquoi est-elle allée à Londres toute seule? »

Au moment où elle posa cette dernière question, ils étaient redescendus jusqu'à la palissade, et ils s'étaient arrêtés, s'appuyant contre elle, pendant que répondait Noël Vanstone. Les protestations réitérées de son ancienne femme de charge commençaient à le rassurer, et du moment où il pensa n'avoir plus à craindre son ressentiment, il reprit sans peine l'habitude qu'il avait toujours eue de lui adresser ses éternelles jérémiades. C'était chez lui un besoin inné de faire connaître ainsi ses griefs à tout le monde; et il y cédait, le matin même, en déjeunant, lorsque nous l'avons vu révéler à la suivante de sa femme les souffrances de son amour-propre froissé.

« Je ne puis répondre de ce que fait mistress Noël Van-

stone, dit-il avec une certaine amertume... Mistress Noël
Vanstone ne m'a point traité avec les égards qui me sont
dus. Regardant ma permission comme accordée d'avance,
elle m'a tout simplement prévenu qu'elle se rendait à Londres
pour y voir ses amis. Elle est partie, ce matin, sans me dire
adieu. Elle agit à sa guise, comme si je n'existais pas; elle me
traite comme un enfant... Ceci, Lecount, va peut-être vous
sembler incroyable, — mais je ne sais pas même qui sont ses
amis. On me laisse tout ignorer; — j'en suis réduit à conjecturer, à part moi, qu'elle va revoir à Londres son oncle
et sa tante. »

Mistress Lecount, — mieux éclairée par les renseignements qu'elle avait obtenus à Londres, — envisageait autrement la question, et arriva bien vite à la conclusion la plus
certaine. Après avoir d'abord écrit à sa sœur, Madeleine,
maintenant, selon toute probabilité, venait de prendre le
même chemin que sa lettre. On ne pouvait guère douter que
les amis de Londres auxquels sa visite était destinée ne
fussent sa sœur et miss Garth.

« Il ne s'agit ni d'oncle ni de tante, reprit mistress Lecount fort tranquillement. Laissez-moi vous l'apprendre à
votre usage particulier : son oncle et sa tante n'existent
pas... Encore un tour d'allée, avant que je m'explique plus
complétement; — encore un petit tour qui achève de vous
calmer. »

Elle le prit de nouveau sous son escorte, et le ramena du
côté de la maison.

« Monsieur Noël ! dit-elle, l'arrêtant tout à coup au milieu
de l'allée, savez-vous quel a été le tort le plus grave que
vous vous soyez fait à vous-même, depuis que vous êtes au
monde?... Je vais vous le dire... C'est de m'avoir fait partir
pour Zurich. »

La main du petit homme trembla de nouveau sur le bras
de mistress Lecount.

« Ce n'est pas moi ! s'écria-t-il d'un ton lamentable.....
M. Bygrave est l'auteur de tout ceci.

— Vous reconnaissez, monsieur, que M. Bygrave m'a

trompée ? continua la femme de charge. Je suis vraiment ravie de vous entendre parler ainsi... Vous n'en serez que mieux à même de faire une découverte qui doit suivre celle-ci; et cette découverte, c'est que M. Bygrave vous a trompé, vous aussi..... Il n'est pas là, maintenant, pour me glisser entre les doigts; et je ne suis pas ici, comme dans Aldborough, dénuée de toutes preuves... Oh! non, Dieu merci! »

Cette exclamation dévote passa, frémissante, entre ses dents serrées. Toute la haine que lui inspirait le capitaine Wragge sembla jaillir de ses lèvres avec le sifflement de la dernière syllabe.

« Ayez la bonté, monsieur, reprit-elle, de tenir un des côtés de mon sac de voyage, pendant que je l'ouvrirai pour en tirer quelque chose. »

L'intérieur du sac laissa voir une série de papiers pliés avec soin, rangés en bon ordre, et numérotés à l'extérieur. Mistress Lecount en prit un et, refermant le sac, fit claquer fortement le ressort qui lui servait de serrure.

« Pendant notre séjour d'Aldborough, monsieur Noël, je n'avais en ma faveur, lui fit-elle observer, que le poids de mon opinion personnelle. Mon opinion ne comptait guère contre la jeunesse et la beauté de miss Bygrave, contre l'esprit inventif de son soi-disant oncle. Pour combattre votre engouement, il fallait des preuves, — et dans ce temps-là, je n'en avais pas. Je m'en suis procuré, depuis lors; j'en suis armée, hérissée de pied en cap : aussi vais-je rompre le silence auquel j'étais réduite, et mes paroles auront toute la valeur des preuves que j'apporte... Connaissez-vous cette écriture, monsieur ? »

Il recula devant le papier qu'elle lui tendait.

« Je ne comprends pas bien tout ceci, disait-il assez mal à l'aise... Je ne sais où vous voulez en venir, ni ce que vous voulez dire. »

Mistress Lecount, lui forçant la main, l'obligea de prendre le papier. « Vous saurez ce que je veux dire, monsieur, reprit-elle, si vous consentez à me prêter un moment d'attention. Le lendemain de votre départ pour Saint-Crux, je parvins à pénétrer chez M. Bygrave et à me procurer un entretien particulier avec sa femme. Cet entretien me fournit des moyens de vous convaincre, que je cherchais vainement depuis mainte et mainte semaine. Je vous écrivis une lettre pour vous en avertir, — je vous écrivis que j'abdiquais ma place auprès de vous, et toutes les espérances que je fondais sur votre générosité, si je ne parvenais pas, une fois revenue de Suisse, à vous démontrer que mes soupçons, relativement à miss Bygrave, étaient la vérité même. Je vous adressai ma lettre à Saint-Crux et je la mis moi-même à la poste... Lisez maintenant, monsieur Noël, ce papier que je vous ai forcé de prendre !... C'est l'affirmation écrite de l'amiral Bartram que ma lettre est parvenue à Saint-Crux et que, sur votre demande expresse, il vous l'a renvoyée dans une enveloppe au nom de M. Bygrave... Et maintenant, M. Bygrave vous a-t-il jamais remis cette lettre ?... Ne vous agitez pas, monsieur! un mot suffit à la réponse que je vous demande; — oui ou non? »

Il lut ce que contenait le papier, et leva sur elle des yeux où l'ébahissement et la crainte semblaient grandir à chaque seconde. Elle attendit obstinément qu'il parlât : « Non, dit-il d'une voix faible, je n'ai jamais reçu cette lettre.

— Première preuve ! s'écria mistress Lecount reprenant le papier qu'elle replaça dans le sac... Passons à une seconde, si vous voulez bien le permettre, avant d'en venir à des choses encore plus graves... Je vous ai remis, monsieur, pendant que nous habitions encore Aldborough, le signalement écrit d'une personne dont je ne vous faisais pas connaître le nom; et je vous demandais de comparer ce signalement à l'extérieur de miss Bygrave, la première fois que vous vous trouveriez avec elle. Après avoir d'abord montré ce signalement à M. Bygrave, — inutile de le nier maintenant, monsieur Noël, votre ami de North-Shingles n'est plus ici pour vous prêter secours! — après avoir d'abord montré ma note à M. Bygrave, vous fîtes la comparaison requise, laquelle se trouva fautive par son détail le plus essentiel. Dans la description que je vous donnais de l'inconnue étaient mentionnés deux petits signes, placés l'un près de l'autre, sur le côté gauche du cou ; et quand vous regardâtes le cou de miss Bygrave, vous n'y vîtes pas trace de ces deux petits signes... Mon âge, monsieur Noël, me permettrait de vous avoir pour fils... Oserais-je vous demander, malgré l'inconvenance apparente de cette question, ce que vous savez actuellement par rapport au cou de votre femme ? »

Elle le dévisageait avec une impitoyable curiosité. Il recula de quelques pas, intimidé par ces yeux ardents. « — Je ne puis dire, bégayait-il ; je ne sais pas... Que signifient toutes ces questions?.... Je n'ai plus songé à ces signes... Jamais je n'y ai regardé... Elle porte ses cheveux fort bas...

— Et à bon escient, monsieur, remarqua mistress Lecount ; mais avant d'en finir là-dessus, nous trouverons moyen de soulever cette chevelure propice. Quand je suis venue vous trouver dans ce jardin, j'ai aperçu, par la fenêtre des cuisines, une jeune personne bien mise qui m'a paru être une femme de chambre... Serait-ce, par hasard, celle de votre femme ?... Pardon ! monsieur, est-ce *oui* que vous avez répondu?... En ce cas, permettez-moi une autre question... Est-ce vous ou votre femme qui l'avez arrêtée?

— C'est moi qui...

— Pendant que j'étais à l'étranger, n'est-il pas vrai, pendant que j'ignorais absolument, et que vous prissiez femme, et qu'il vous fallût une femme de chambre ?

— Oui.

— Dans ces circonstances, monsieur Noël, vous ne pouvez me soupçonner en aucune façon de vouloir vous tromper en me servant de cette jeune fille... Rentrez, monsieur, pendant que je reste ici !... Demandez à la femme qui deux fois par jour donne ses soins aux cheveux de mistress Vanstone si sa maîtresse a un signe quelconque sur le côté gauche de son cou, et (le cas échéant) quel est ce signe ? »

Il fit quelques pas vers la maison sans articuler un mot, — puis s'arrêta, et tourna la tête du côté de mistress Lecount. Ses yeux, d'ordinaire clignotants, semblaient raffermis, et son blême visage avait pris tout à coup une expression plus calme. Mistress Lecount s'avança vers lui. Elle avait constaté ce changement; mais, si bien qu'elle connût son maître, elle ne savait trop comment en interpréter le véritable sens.

« Est-ce un prétexte qu'il vous faut? demanda-t-elle... Seriez-vous embarrassé d'expliquer à la suivante de votre femme la question que je lui adresse par votre bouche? On trouve facilement des prétextes, quand il s'agit de personnes placées comme elle l'est. Dites, par exemple, que j'ai apporté ici la nouvelle d'un legs fait à mistress Vanstone, et qu'il faut faire constater son identité avant qu'elle puisse toucher son argent. »

Elle lui montra la maison. Il parut ne tenir aucun compte de ce signe impératif. Son visage pâlissait de plus en plus. Sans bouger ni parler, il restait debout et la regardait.

« Auriez-vous peur? » demanda mistress Lecount.

Cette interpellation le ranima; ces paroles allumèrent en lui, à la fin, une étincelle de virilité. Il se retourna vers elle, comme un mouton faisant face à un chien.

« Je ne veux ni questions ni ordres! s'écria-t-il saisi d'un tremblement violent, et comme effrayé de son propre courage... Je ne veux plus ni menaces ni mystifications!.... Comment m'avez-vous découvert ici?... Que signifient cette arrivée, ces insinuations mystérieuses?... Qu'avez-vous à dire contre ma femme? »

Mistress Lecount ouvrit tranquillement le sac de voyage et, prévoyant une crise, en retira son flacon d'odeurs.

« Vous m'avez parlé un langage clair et net, dit-elle; ma réponse, monsieur, sera claire et nette... Votre colère va-t-elle jusqu'à vous rendre sourd? »

Malgré qu'il en eût, la physionomie et la voix de cette femme lui faisaient peur. Le courage commençait de nouveau à lui manquer et, quelques efforts qu'il fît pour la raffermir, sa voix tremblait quand il reprit la parole :

« Répondez-moi, disait-il, et répondez-moi sur-le-champ!

— Vous serez obéi à la lettre, monsieur, reprit mistress Lecount. Je suis venue ici dans un double objet : pour vous ouvrir les yeux sur votre propre situation, et pour sauver votre fortune, votre vie peut-être. Quant à votre situation, voici ce qu'elle est. Miss Bygrave vous a épousé sous de faux dehors et sous un nom supposé... Pouvez-vous raviver vos souvenirs? Pouvez-vous vous rappeler la femme travestie qui vous menaçait, à Vauxhall-Walk?... Eh bien! cette femme, aussi vrai que me voici devant vous, — cette femme est à présent la vôtre. »

Il la regardait sans pouvoir ni parler ni respirer, les lèvres béantes, les yeux hagards. La soudaineté de cette révélation avait dépassé le but que se proposait la femme de charge. Elle l'avait plongé dans une stupeur insensée.

« Ma femme? répéta-t-il avec un éclat de rire idiot.

— Votre femme! » répéta mistress Lecount.

Devant ces deux mots, prononcés pour la seconde fois, le petit homme sentit se détendre ses facultés, soumises à une trop rude épreuve. Une pensée venait de poindre, toute nouvelle pour lui, dans les ténèbres de son intelligence. Ses yeux s'arrêtèrent sur mistress Lecount avec une alarme furtive, et il recula précipitamment: « Folle! » se disait-il, tout à coup rappelé au souvenir de ce que M. Bygrave lui disait naguère, dans Aldborough; et cette conviction était confirmée en lui par l'étrange altération qu'il ne pouvait s'empêcher de constater sur le visage de la femme de charge.

Il avait articulé à voix basse le mot qui traduisait sa pensée; — mais mistress Lecount l'entendit. L'instant d'après elle était à ses côtés, le touchant presque. Pour la première fois, elle n'était plus maîtresse d'elle-même et, par un geste violent, elle lui saisit le bras.

« Voulez-vous, monsieur, mettre ma folie à l'épreuve? »

Il se dégagea de son étreinte; il recommençait à puiser quelque courage dans le sentiment d'incrédulité sincère auquel il venait d'obéir; — et ce courage lui faisait affronter les assertions persistantes au moyen desquelles elle semblait vouloir le convaincre.

« Oui, répondit-il... Et que dois-je faire?

— Ce que je vous ai dit, répliqua mistress Leçount.

Adressez à cette femme de chambre, sur-le-champ, la question relative à sa maîtresse. Et, si elle vous dit que les signes existent, faites encore une chose... Emmenez-moi dans la chambre de votre femme, et une fois là, de vos propres mains, en ma présence, vous ouvrirez sa garde-robe.

— En quoi sa garde-robe peut-elle vous servir? demanda-t-il.

— Vous le saurez quand vous l'aurez ouverte.

— Voilà qui est bien étrange! se disait-il d'un air préoccupé... Ceci ressemble à une scène de roman, et nullement aux réalités de la vie. »

Il rentra lentement à la maison, et mistress Lecount l'attendit dans le jardin.

Après une absence de quelques minutes, il reparut au sommet du perron qui de la maison descendait dans le jardin. D'une main il s'accrochait à la rampe de fer, tandis que de l'autre il faisait signe à mistress Lecount de venir le rejoindre.

« Que dit cette fille? demanda-t-elle en arrivant près de lui... Le signe s'y trouve-t-il?

— Oui! » murmura-t-il à voix basse. Ce que lui avait dit la femme de chambre venait de produire en lui un changement notable. L'horreur de la découverte qu'il allait être appelé à constater paralysait déjà son intelligence. Ses mouvements étaient ceux d'une machine sans âme; sa physionomie, son langage, ceux d'un homme qui rêve.

« Voulez-vous prendre mon bras, monsieur? »

Il secoua la tête et, la précédant le long du corridor, la précédant encore sur l'escalier, il conduisit mistress Lecount dans la chambre de sa femme. Lorsque, entrée après lui, elle eut refermé la porte, il demeura dans une attitude passive, attendant pour ainsi dire ses ordres, sans faire la moindre remarque, sans manifester la moindre surprise. Il n'avait ôté ni son chapeau, ni son surtout. Mistress Lecount l'en débarrassa. « Merci! lui dit-il avec la docilité d'un enfant bien élevé... Ceci ressemble tout à fait à une scène de roman, nullement aux réalités de la vie. »

La chambre à coucher n'était pas très-grande ; le mobilier, aux formes lourdes, datait de bien des années. Mais,
dans les menus embellissements qui rendaient plus gracieux
et plus vivant l'aspect de cette pièce si vulgaire, on retrouvait partout la trace de ce goût naturel, de cette élégance
innée, qui caractérisaient Madeleine. Dans l'air rafraîchi planait un vague parfum de roses séchées. Mistress Lecount
huma ce parfum avec un froncement de sourcils tout à fait
hostile, et, ouvrant la fenêtre à deux battants : « Pouah ! dit-
elle avec un frisson de vertueux dégoût... C'est une atmosphère de fraude ! »

Elle s'assit alors auprès de la croisée. L'armoire à robes
était appliquée contre le mur en face, et le lit contre la
paroi latérale, à droite de mistress Lecount. « Ouvrez la
garde-robe, monsieur Noël ! lui dit-elle... Je n'en approche
pas, je n'y touche rien, comme vous voyez... Prenez vous-
même les robes et posez-les sur le lit !... Prenez-les, l'une
après l'autre, jusqu'à ce que je vous dise d'arrêter. »

Il lui obéit. « Je ferai de mon mieux, disait-il..... J'ai les
mains glacées, et la tête comme si j'allais m'endormir. »

Les robes qu'il fallait retirer n'étaient pas en grand
nombre, car Madeleine en avait emporté plusieurs avec elle.
Après en avoir déposé deux sur le lit, Noël Vanstone, pour
en découvrir une troisième, fut obligé de fouiller au fin fond
de la grande armoire. Quand il l'eut ramenée au grand jour,
mistress Lecount lui fit signe de s'arrêter. Le but venait
d'être atteint : — il avait trouvé lui-même la robe d'alpaga
brun.

« Posez-la sur le lit, monsieur ! dit mistress Lecount.....
Vous allez trouver au bas un double volant...... Soulevez celui
de dessus, et faites passer l'autre entre vos doigts, pouce
par pouce. Si vous arrivez à un endroit où manque un morceau de l'étoffe, arrêtez-vous, je vous prie, et regardez-moi ! »

Il soumit lentement à l'épreuve dite, pendant une minute
ou deux, le volant révélateur ; — puis il s'arrêta, levant les
yeux. Mistress Lecount exhiba son portefeuille et l'ouvrit.

« Chacune des paroles que je vais prononcer, monsieur,

disait-elle, est pour vous et pour moi de la plus haute importance. Suivez-les avec la plus grande attention!... Lorsque la femme qui prenait le nom de miss Garth vint nous
voir à Vauxhall-Walk, je me glissai à genoux derrière le
fauteuil où elle était assise et, dans le vêtement qu'elle portait, je découpai un fragment qui devait m'aider à reconnaître ce vêtement, si je le revoyais jamais... J'exécutai
ceci tandis que l'attention de cette femme était absorbée
tout entière par la conversation qu'elle avait avec vous.....
Depuis lors jusqu'à ce jour, le morceau d'étoffe est resté dans
mon portefeuille..... Voyez par vous-même, monsieur Noël,
si c'est celui qui manque à cette robe que vos propres mains
viennent d'aller prendre au fond de la garde-robe de votre
femme... »

Elle se leva et vint déposer sur le lit le morceau d'étoffe
en question. Aussi bien que le lui permit le tremblement de
ses doigts, il l'adapta au vide pratiqué dans le volant.

« Est-ce bien cela, monsieur? » demanda mistross Lecount.

La robe était tombée des mains de M. Noël Vanstone, et
cette pâleur bleuâtre de mortel augure, — contre laquelle
tout médecin chargé de le soigner avait mis en garde sa
femme de charge, — s'épandit lentement sur son visage.
Mistress Lecount n'avait pas calculé que ses questions dussent obtenir une réponse pareille à celle qui se lisait maintenant sur ses joues. Elle se rapprocha de lui en toute hâte,
son flacon de sels à la main. Quant à lui, se laissant tomber
sur ses genoux, il saisit sa robe avec l'énergique étreinte
d'un homme qui se noie. « Sauvez-moi! murmurait-il, haletant et d'une voix enrouée à laquelle manquait le souffle...
Oh! je vous en supplie, Lecount, sauvez-moi!

— Je vous le promets, dit mistress Lecount. Je suis ici
avec les moyens et le dessein bien arrêté de vous sauver...
Quittez la place où vous êtes; — rapprochez-vous du grand
air!... » Tout en parlant, elle le soulevait, et le menait, traversant la chambre, jusqu'à la croisée. « Sentez-vous, par
hasard, quelque retour de cette angoisse que vous éprouviez
de temps en temps au côté gauche? » lui demanda-t-elle

avec les premiers symptômes d'inquiétude qu'elle eût encore laissés paraître... Votre femme a-t-elle ici de l'eau de Cologne, des sels, quoi que ce soit enfin?... Ne vous fatiguez pas à parler! — Montrez-moi l'endroit! »

Il désigna une petite armoire triangulaire, en bois de noyer tout mangé des vers, fixée assez haut dans un coin de la chambre. Mistress Lecount voulut ouvrir ce meuble ; elle le trouva fermé à clef.

Au moment où elle venait de s'en apercevoir, elle vit la tête de son maître s'affaisser graduellement sur le dos du fauteuil où elle l'avait assis. La sentence prononcée autrefois par le médecin : — « Si jamais vous lui laissez perdre connaissance, tenez-le pour mort! » — lui revint à la mémoire comme si ces paroles n'eussent eu que vingt-quatre heures de date. Elle regarda une fois encore du côté de l'armoire. Au-dessous de ce meuble, dans une espèce de placard, on entrevoyait certains bouts de corde laissés là sans doute en vue de quelque emballage. Sans hésiter un instant, elle saisit un de ces morceaux de corde, noua solidement l'une de ses extrémités au bout de l'armoire et, saisissant l'autre bout à deux mains, lui imprima de toutes ses forces une secousse violente. Le bois, à moitié pourri, ne put résister ; l'armoire s'ouvrit à deux battants, et une multitude de petits objets se répandit à grand bruit sur le parquet. Sans prendre garde à la porcelaine, aux cristaux brisés à ses pieds, elle plongea son regard dans les obscures profondeurs de la petite armoire et y vit reluire deux flacons de verre. L'un était tout au fond de la tablette ; l'autre, plus en avant, cachait en partie le premier. Elle les saisit tous deux du même mouvement et les emporta vers la fenêtre, un dans chaque main, pour déchiffrer les étiquettes sous un jour plus vif. Le flacon qu'elle tenait dans sa main droite fut le premier qu'elle regarda. L'étiquette portait : — *Sel ammoniac.*

Elle déposa aussitôt l'autre flacon sur la table, sans même y jeter un regard. Cet autre flacon resta là, comme s'il attendait que son tour fût venu. Il renfermait une liqueur foncée, et l'étiquette portait ce seul mot : POISON.

II.

Mistress Lecount mêla le sel avec de l'eau et l'administra immédiatement. Le stimulant produisit l'effet voulu. Au bout de quelques minutes, Noël Vanstone fut en état de se soulever dans son fauteuil sans qu'on l'aidât ; son teint reprit un meilleur aspect, et il respira plus librement.

« Comment vous sentez-vous à présent ? demanda mistress Lecount ?... Votre côté gauche se réchauffe-t-il ? »

Il ne prit pas garde à cette question ; ses yeux, qui parcouraient la chambre au hasard, s'étaient dirigés vers la table. A la grande surprise de mistress Lecount, au lieu de lui répondre, il se pencha en avant dans son fauteuil, contemplant d'un œil hagard et désignant de la main le second flacon qu'elle avait retiré de l'armoire et mis ensuite de côté sans y faire attention.

Le voyant en proie à quelque alarme nouvelle, la femme de charge s'approcha de la table, dans la direction des regards qu'il y jetait. L'étiquette du flacon était en vue ; et là, lisiblement écrit par le pharmacien d'Aldborough, ce mot terrible s'étalait devant eux : « Poison. »

Le sang-froid de mistress Lecount elle-même fut ébranlé par cette découverte. Elle n'était pas préparée à voir, réalisés comme ils l'étaient maintenant, ses plus sombres pressentiments, — ceux que lui avait fait concevoir, sans qu'elle voulût se les avouer à elle-même, son aversion pour Madeleine. Le désespoir qui avait motivé l'achat du poison, la pensée de suicide en vue de laquelle, comme remède probable de l'odieux avenir, le poison avait été conservé, entraînaient avec eux leur légitime rétribution. Le flacon se trouvait là en l'absence de Madeleine, portant faux témoignage d'une trahison qui ne lui était jamais entrée dans l'esprit, — d'un attentat projeté contre la vie de son époux.

Montrant encore la table par un mouvement machinal,

Noël Vanstone releva la tête et jeta un regard interrogateur à mistress Lecount.

« Je l'ai retiré de l'armoire, dit-elle pour toute réponse... J'y ai pris les deux flacons à la fois, ne sachant encore lequel pourrait me servir... Je suis aussi émue, aussi effrayée que vous.

— Du poison ! se disait-il lentement; du poison mis sous clef par ma femme, dans l'armoire de la chambre qu'elle habite !... » Il se tut un moment, et regardant de nouveau mistress Lecount : « Pour moi ? » demanda-t-il d'un ton à la fois distrait et curieux.

— Nous attendrons, monsieur, pour parler de ceci, dit mistress Lecount, que votre esprit soit plus tranquille. D'ici là, le danger que peut recéler ce flacon va être anéanti sous vos yeux. » Elle ôta le bouchon et jeta par la fenêtre, d'abord le laudanum, puis le flacon vidé. « Tâchons d'oublier pour le moment cette terrible découverte, reprit-elle, et descendons sans plus de retard... Tout ce que j'ai à vous dire maintenant peut vous être expliqué ailleurs qu'ici. »

Elle l'aidait à se lever de son fauteuil, et lui donnait le bras pour le soutenir. « Je suis arrivée fort à propos pour lui, et fort à propos pour moi, » pensait-elle tandis qu'ils descendaient ensemble au rez-de-chaussée.

En traversant le corridor, elle alla jusqu'à la porte devant laquelle attendait la voiture qui l'avait amenée de Dumfries, et donna ordre au cocher d'aller faire rafraîchir ses chevaux à l'auberge la plus prochaine, pour revenir ensuite la chercher au bout de deux heures. Cette précaution prise, elle accompagna Noël Vanstone dans le salon et l'installa comfortablement devant la cheminée, dans un fauteuil de malade, après avoir ranimé le feu qui s'éteignait. Il y demeura quelques minutes, parfaitement muet, exposant ses mains à la chaleur par un geste de vieillard, et regardant fixement la flamme. Il reprit ensuite la parole :

« Lorsque cette femme vint me menacer à Vauxhall-Walk, commença-t-il sans détourner son regard des charbons enflammés, vous entrâtes dans le salon après son

départ, et vous me dites?... » — Il s'arrêta, pris d'un léger
frisson, et perdit ici le fil de ses vagues souvenirs.

— Je vous dis alors, monsieur, reprit mistress Lecount,
que, selon moi, cette femme était miss Vanstone elle-même...
Ne tressaillez pas ainsi, monsieur Noël!... Votre femme est
partie, et vous m'avez ici pour vous soigner! Dites-vous, si
vous éprouvez quelque crainte : Lecount est ici, Lecount aura
soin de moi... Si dure que puisse être la vérité, continua-t-
elle, encore faut-t-il qu'elle soit dite... Miss Madeleine Vanstone est bien cette femme qui vint chez vous sous un costume d'emprunt; et cette femme est bien celle que vous
avez épousée. Le complot dont elle vous menaçait, à Londres,
est bien le complot par suite duquel vous êtes devenu son
mari. Voilà l'irrécusable vérité... Vous avez vu là-haut cette
robe. En supposant qu'elle eût été détruite, j'aurais encore
eu les moyens de vous convaincre. Grâce à mon entrevue
avec mistress Bygrave, j'ai découvert la maison que votre
femme habitait à Londres, — une de celles qui, dans Vauxhall-Walk, faisaient face à la nôtre. J'ai mis la main sur une
des filles de la propriétaire qui, d'un cabinet reculé, s'amusait à espionner votre femme, et l'a vue revêtir son déguisement; cette fille peut attester son identité, tout comme
celle de mistress Bygrave, et m'a fourni, sur ma demande,
une déclaration écrite qu'elle est prête à confirmer par serment, si quelqu'un se hasardait à la contredire. Vous pourrez
lire cette déclaration, monsieur Noël, lorsque vous serez plus
en état de la bien comprendre. Vous lirez aussi une lettre,
écrite de la main de miss Garth, — et dont elle attestera le
contenu devant vous, si vous l'exigez, — lettre où elle nie
formellement qu'elle soit jamais venue à Vauxhall-Walk, et
affirme, non moins formellement, que ces signes, sur le cou
de votre femme, sont des marques particulières à miss Madeleine Vanstone, lesquelles lui sont connues depuis l'enfance
de celle-ci. Je le dis avec un légitime orgueil, vous ne trouverez pas un côté faible à la démonstration que je vous
apporte... Si M. Bygrave n'avait pas volé ma lettre, vous
eussiez été averti avant cette déception cruelle qui m'a fait

partir pour Zurich ; et les preuves que je vous fournis maintenant, après votre mariage, vous les auriez eues avant qu'il
fût consommé... Vous ne devez pas, monsieur, me regarder
comme responsable de ce qui est arrivé depuis que j'ai quitté
l'Angleterre. Prenez-vous en à la fille illégitime de votre
oncle ; prenez-vous-en à ce misérable dont les deux yeux ne
sont pas de la même couleur !... »

Elle articula ces derniers mots, saturés de venin, aussi
lentement, aussi distinctement qu'elle avait articulé le reste
de son discours. Noël Vanstone ne répondit rien. Il demeurait assis et penché vers le feu. Elle se baissa pour le regarder au visage. Il pleurait en silence : — « Moi qui l'aimais
tant! finit par dire le misérable avorton; moi qui me croyais
adoré d'elle ! »

Mistress Lecount lui tourna le dos dans un silence dédai-
gneux. « Il l'aimait tant ! » Tandis qu'elle se répétait ces
paroles, son visage dévasté redevint presque beau, par l'intensité du magnifique mépris qu'il exprima.

Elle s'approcha d'une bibliothèque placée au fond du salon et se mit à examiner les volumes que ce meuble renfermait. Mais bientôt elle fut arrachée à cet examen distrait par
un appel de son maître, soudainement pris d'effroi. Les pleurs
avaient séché sur son visage qui, lorsqu'il le tourna vers elle,
était redevenu pâle de terreur :

« Lecount, dit-il, se cramponnant à elle des deux mains...
un œuf peut-il être empoisonné?... Ce matin à déjeuner,
j'ai pris un œuf... avec une petite rôtie...

— Tranquillisez-vous, monsieur, dit mistress Lecount; le
seul poison que vous ayez encore pris est celui des fausses
paroles de votre femme. Si elle s'était déjà décidée à vous faire
expier par la mort votre crédulité insensée, elle n'aurait
pas quitté la maison où elle vous laissait vivant encore...
Chassez donc cette idée de votre esprit !... Nous voici à la
moitié du jour; vous avez besoin de vous rafraîchir. J'ai
encore bien des choses à vous dire, dans l'intérêt de votre
sécurité ; — j'ai aussi quelque chose à vous suggérer qui ne
souffre pas le moindre retard. Mais il faut pour cela reprendre

des forces. Si la nourriture préparée ici vous inspire quelque
méfiance, je mangerai la première, afin de vous rassurer.
Êtes-vous assez calme pour donner vos ordres à la domestique, une fois que je l'aurai sonnée? Il est indispensable au
dessein que j'ai formé pour vous que personne ne puisse
vous croire malade de corps ou malade d'esprit... Avant
l'arrivée de la domestique, essayez-vous devant moi!...
Voyons quel air et quel langage vous aurez en prononçant
ces paroles : — Apportez le lunch! »

Après deux répétitions, mistress Lecount jugea son maître
en état de donner cet ordre sans trahir son état de faiblesse.

Louisa répondit au coup de sonnette ; Louisa regarda
obstinément mistress Lecount. Le repas fut apporté par la
fille de service; cette fille regarda obstinément mistress
Lecount. La cuisinière vint desservir, une fois le *lunch* terminé; la cuisinière regarda obstinément mistress Lecount.
Les trois domestiques soupçonnaient évidemment qu'il se
passait dans la maison quelque chose d'extraordinaire. Il
n'était guère douteux qu'elles ne se fussent arrangées pour
se partager entre elles trois les occasions que le service de
la table pouvait leur fournir d'entrer tour à tour dans le
salon.

La curiosité dont elle était l'objet n'échappa point à la
pénétration de l'ex-femme de charge. « J'ai bien fait, pensait-elle, de me ménager par avance tous les moyens d'arriver à mes fins. Si je laissais l'herbe pousser sous mes pieds,
l'une ou l'autre de ces femmes pourrait me créer des obstacles. » Excitée par cette considération, elle alla, aussitôt
que la dernière des domestiques eut quitté la pièce, prendre
son sac de voyage déposé dans un coin, et, s'asseyant au
bout de la table, en face de Noël Vanstone, elle le contempla
un moment avec une attention investigatrice. Elle avait eu
soin de mesurer la quantité de vin qu'il avait prise pendant
son repas; elle l'avait laissé boire exactement assez pour lui
donner des forces sans déranger son équilibre mental; et maintenant elle examinait son visage au point de vue critique,
ainsi qu'un artiste, sa journée finie, examine sa toile et véri-

fle les progrès de son tableau. Le résultat parut la satisfaire, et sans plus tarder elle aborda le côté sérieux de l'entrevue.

« Voulez-vous, monsieur Noël, lui demanda-t-elle, jeter les yeux, avant que j'en dise davantage, sur les témoignages écrits dont je vous ai parlé?.... ou bien votre conviction est-elle déjà suffisante pour me permettre de passer immédiatement à la proposition que j'ai à vous faire?

— Voyons votre proposition,» dit-il, s'accoudant à la table d'un air boudeur et appuyant sur ses mains sa tête inclinée.

Mistress Lecount retira de son sac de voyage les témoignages écrits auxquels elle venait de faire allusion, et prit soin de placer ces documents à côté de lui, de manière à ce qu'il pût y recourir aisément, si la fantaisie lui en prenait. Les manières disgracieuses qu'il affectait vis-à-vis d'elle, bien loin de l'intimider, lui donnaient courage. Elle le connaissait assez pour savoir que ce symptôme était de bon augure. Dans ces rares occasions où la faible décision qui était en lui se trouvait disponible, on la voyait s'affirmer, comme chez presque tous les hommes naturellement faibles, d'une manière agressive. En pareil cas, plus il se montrait boudeur et discourtois à l'égard de ceux qui l'entouraient, plus s'affermissait sa résolution éphémère; et par contre, on pouvait en constater la défaillance en la mesurant aux égards, à la politesse qu'il manifestait. L'accent de sa dernière réponse et l'attitude sans gêne qu'il venait de prendre à table convainquirent mistress Lecount que le vin d'Espagne et le mouton d'Écosse, fidèles à leur mission, avaient relevé son courage abattu.

« Si vous le permettez, continua-t-elle, je vous poserai d'abord, pour la forme, une première question... Mais je n'ai pas besoin de votre réponse pour être certaine, d'ores et déjà, que vous avez fait votre testament?... »

Il remua la tête en signe d'affirmation, sans regarder l'ex-femme de charge.

« Vous l'avez fait en faveur de votre femme? »

Même mouvement.

« Vous lui avez laissé toute votre fortune ?

— Non. »

Mistress Lecount parut fort surprise.

« Est-ce de vous-même, monsieur Noël, demanda-t-elle, que vous avez ainsi modifié vos libéralités envers elle ; — ou se pourrait-il que votre femme eût spontanément limité la part que vous lui faisiez dans votre testament ? »

Il garda un silence contraint ; — il avait honte, bien évidemment, de répondre à une telle question. Mistress Lecount la répéta sous une forme moins directe.

« Combien laissez-vous à votre veuve, monsieur Noël, pour le cas où vous viendriez à décéder avant elle ?

— Quatre-vingt mille livres sterling ? »

Cette réponse disait tout. La somme de quatre-vingt mille livres représentait exactement la fortune dont Michel Vanstone, à la mort de son frère, avait dépouillé les enfants de son frère, devenus orphelins ; — exactement la fortune que le fils de Michel Vanstone avait conservée à son tour, aussi impitoyablement que son père. Le silence de Noël Vanstone remplaçait éloquemment la confession qu'il avait honte de faire tout haut : sa faiblesse insensée avait dû, sans nul doute, mettre aux pieds de sa femme tout ce qu'il possédait au monde. Mais cette jeune fille, dont l'audace vindicative avait brisé toute espèce de freins ; cette jeune fille qui, même à la porte du temple, n'avait pas reculé devant une résolution désespérée, — l'heure du triomphe venue pour elle, — n'avait voulu exiger de l'homme prêt à lui tout donner qu'une portion de ses biens ! Elle lui avait arraché rigoureusement jusqu'au dernier *farthing* de la fortune qu'André Vanstone avait léguée à ses filles ; mais ensuite elle avait repoussé la main tentatrice où elle pouvait puiser encore des sommes considérables ! Mistress Lecount, pour le moment, se vit contrainte au silence par la surprise que lui causait une pareille modération. Madeleine lui imposait, en dépit d'elle-même, cet étonnement voisin de l'admiration qu'on n'accorde pas volontiers à un ennemi. Aussi, à dater de ce moment, son aversion pour Madeleine devint-elle dix fois plus intense.

« Je ne doute pas, monsieur, reprit-elle après s'être tue un moment, que mistress Noël ne vous ait donné d'excellentes raisons pour fixer son douaire, après votre mort, à la somme de quatre-vingt mille livres, ni plus ni moins ; et d'autre part, je suis non moins certaine que, libre alors de tout soupçon, vous avez trouvé ses raisons parfaitement concluantes. Mais le temps des illusions est passé. Vos yeux sont dessillés, monsieur, et vous ne manquerez pas de remarquer (comme je le remarque moi-même) que la propriété de Combe-Raven se trouve représenter une somme exactement égale à celle que votre femme se faisait léguer par vous. Si vous pouviez douter encore du motif qui l'a portée à vous épouser, relisez·votre testament! Ce motif y est écrit en toutes lettres. »

Il écarta les mains qui masquaient son visage et, pour la première fois depuis qu'ils étaient ainsi face à face aux deux côtés de la table, il lui prêta l'attention la plus concentrée. Jamais il n'avait évalué, prise à part, la propriété de Combe-Raven. Elle lui était arrivée, après la mort de son père, confondue avec le reste de la succession. La découverte qu'on lui suggérait maintenant, ni ses calculs ordinaires, dans leur étroite limite, ni sa confiance absolue dans l'affection de sa femme, ne lui avaient jusqu'alors permis de la faire par lui-même. Il continuait à garder le silence, — mais il boudait moins mistress Lecount. Son attitude était plus conciliante ; — il y avait chez lui comme un reflux de courage. Son assurance baissait à vue d'œil.

« Il faut, monsieur, reprit mistress Lecount, que vous envisagiez votre situation aussi nettement que je l'envisage moi-même. Entre cette femme et le but qu'elle veut atteindre il n'existe plus qu'un obstacle. *Cet obstacle est votre existence.* Après la découverte que nous avons faite là-haut, je vous laisse à penser ce que vos jours valent maintenant. »

A ces terribles paroles, il perdit tout ce qui lui restait de sa résolution, déjà fort diminuée. « Ne cherchez pas à m'ef-

frayer, disait-il suppliant..... Je suis déjà bien assez effrayé
comme cela! » Il se leva et, tirant son fauteuil après lui,
vint s'asseoir auprès de mistress Lecount. Puis, d'un air caressant, il lui baisa la main. « Bonne créature! disait-il d'une
voix altérée..... Excellente et digne Lecount!... Dites-moi ce
qu'il faut faire!... Je me sens plein de courage... Il n'est rien
que je ne fasse pour sauver ma vie !

— Avez-vous ici de quoi écrire? demanda mistress
Lecount... Voudriez-vous, s'il vous plaît, l'apporter sur cette
table? »

Tandis que son maître rassemblait les objets demandés,
mistress Lecount mit de nouveau à contribution son sac de
voyage. Elle en retira deux papiers, tous deux endossés de la
même écriture régulière et correcte dont usent les commer-
çants. On lisait sur l'un : « Esquisse du testament à proposer. »
Sur l'autre : « Esquisse de la lettre à proposer. » Quand elle
les plaça devant elle sur la table, sa main trembla quelque peu,
et l'on aurait pu la voir appliquer sous ses narines le flacon
de sels qu'elle avait apporté dans l'intérêt de Noël Vanstone.

« En venant ici, monsieur Noël, continua-t-elle, j'espérais
pouvoir accorder à vos réflexions un délai plus long que le
péril actuel n'en laisse à notre disposition. Au premier abord,
quand vous m'avez parlé de ce voyage à Londres fait par
votre femme, j'ai regardé comme probable qu'elle était allée
y voir sa sœur et miss Garth. Depuis l'épouvantable découverte que nous avons faite là-haut, je me sens disposée à
penser autrement. Le parti pris par votre femme de ne pas
vous nommer les amis qu'elle est allée voir me remplit des
plus vives craintes. Peut-être a-t-elle des complices à
Londres; peut-être en a-t-elle (qui peut le savoir?) jusque
dans cette maison-ci. Vos domestiques, monsieur, se sont
ménagé, toutes les trois, l'occasion d'entrer l'une après
l'autre dans cette pièce et de m'examiner à loisir... S'il faut
vous le dire, je n'aime pas leurs physionomies..... Nous igno-
rons, vous et moi, ce qui peut arriver d'un jour à l'autre, —
ou même d'ici à quelques heures. Il importe, croyez-moi, de
prendre immédiatement les devants sur tous les accidents

possibles, et quand la voiture viendra me chercher, vous quitterez cette maison avec moi !

— C'est cela, c'est cela, dit-il empressé ; je quitterai la maison en même temps que vous. Je ne voudrais pas y demeurer seul pour tout l'or du monde... Mais cette encre et cette plume, pourquoi les avez-vous demandées ?... Qui doit écrire, vous ou moi ?

— C'est vous, monsieur, dit mistress Lecount. Vous seul, d'un bout à l'autre, prendrez l'initiative des mesures destinées à vous sauver... Je propose, monsieur Noël... et vous disposez... Constatez d'abord, monsieur, la position qui vous est faite. Quelle est la première, la plus impérieuse des nécessités actuelles ? C'est bien évidemment d'anéantir l'intérêt que votre femme peut prendre à votre décès ; et pour cela le moyen le plus direct est de faire un autre testament. »

M. Vanstone témoigna son approbation par un geste véhément ; ses joues s'animèrent et un malicieux triomphe brilla dans ses yeux clignotants : « Elle n'aura pas un *farthing*, se disait-il à demi-voix. Je réponds bien qu'elle n'aura pas un *farthing* !

— Votre testament une fois fait, monsieur, continua mistress Lecount, vous le déposerez aux mains d'une personne de confiance ; — non dans les miennes, monsieur Noël ; je ne suis que votre domestique !... Puis le testament mis en lieu sûr, et vous-même bien à l'abri, vous écrirez à votre femme en lui adressant ici votre lettre. Ce sera le moment de lui apprendre que vous avez changé vos dispositions testamentaires, et que les nouvelles la laissent, à votre mort, sans un sou vaillant. En vertu de votre légitime indignation, refusez-lui pour jamais l'entrée de votre domicile !... Placez-vous ainsi dans une forte position, et ce n'est plus vous qui êtes à la merci de votre femme, c'est votre femme qui est à votre discrétion. Revendiquez, monsieur, tous les pouvoirs que la loi vous donne ! — et vous réduirez cette femme à subir désormais toutes les conditions qu'il vous plaira de lui imposer. »

Il saisit la plume en toute hâte. « C'est cela, disait-il avec une importance vindicative; toutes les conditions qu'il me plaira de lui imposer... » Mais il s'arrêta tout à coup; l'abattement, la perplexité, se peignirent sur son visage. « Comment faire, maintenant? demanda-t-il, jetant la plume aussi vite qu'il l'avait prise.

— De quel embarras s'agit-il? demanda mistress Lecount.

— Comment faire mon testament en l'absence de M. Loscombe qu'il faudrait aller chercher à Londres, et sans pouvoir recourir ici à l'assistance d'aucun avocat? »

Mistress Lecount posa doucement son index sur les papiers étalés devant elle.

« Vous trouverez ici, monsieur, disait-elle, toute l'assistance dont vous pourrez avoir besoin. Avant de venir auprès de vous, j'avais mûrement pesé toute chose, et pour me guider à travers les difficultés d'où je ne serais pas sortie toute seule, j'avais eu recours à la secrète assistance d'un ami. Cet ami est un *gentleman*, Suisse d'origine, mais qui est né en Angleterre et y a fait son éducation. Sans être jurisconsulte de métier, il connaît suffisamment la loi et tout ce qui s'y rapporte. C'est à lui que je dois non-seulement un modèle du testament que vous pourriez faire, mais aussi l'esquisse écrite d'une lettre dont la rédaction nous importe autant que celle de la rédaction du testament lui-même. Car, monsieur Noël, il est encore une autre difficulté à laquelle vous devez pourvoir, et dont je n'ai point voulu vous parler encore, — mais qui n'en est pas moins aussi urgente, à sa manière, que celle de refaire votre testament.

— Quelle est-elle? demanda-t-il, sa curiosité s'éveillant.

— Nous nous en occuperons à son tour, monsieur, répondit mistress Lecount; mais son tour n'est pas encore venu. Commençons, s'il vous plaît, par le testament. Je vous le dicterai d'après le modèle que je me suis procuré; — vous n'aurez ainsi qu'à l'écrire. »

Noël Vanstone regarda le Projet de testament et le Projet de lettre avec une curiosité soupçonneuse.

« Il me semble qu'avant de dicter, vous devriez me soumettre ces pièces, dit-il ensuite..... Cela, Lecount, m'irait infiniment mieux.

— Très-volontiers, monsieur, » répliqua mistress Lecount, qui lui tendit immédiatement les documents demandés.

Il lut d'abord le Projet de testament, s'arrêtant et fronçant les sourcils d'un air méfiant, chaque fois qu'il rencontrait, dans le manuscrit, les blancs à remplir par le nom des légataires ou le chiffre des sommes léguées. Trois ou quatre minutes lui suffirent, cependant, pour achever cette première lecture. Il rendit le papier à mistress Lecount, sans élever la moindre objection contre aucune des clauses qui s'y trouvaient portées.

Le Projet de lettre était un document beaucoup plus long. Il le lut obstinément d'un bout à l'autre; son air perplexe et mécontent témoignait assez qu'il n'y comprenait absolument rien.

« Il faudra qu'on m'explique ceci, dit-il avec un retour de son ancienne importance, si l'on veut que je prenne aucunes mesures en ce sens.

— A mesure que nous irons, répondit mistress Lecount, chaque rédaction vous sera expliquée.

— Mot à mot, et d'un bout à l'autre?

— D'un bout à l'autre et mot à mot, monsieur Noël, quand son tour sera venu. Vous n'objectez rien au testament?... Consacrons-nous alors au testament; et, conformément à ce que je vous disais, occupons-nous sans retard de sa rédaction... Vous avez pu vous assurer par vous-même qu'il est assez court et assez simple pour être compris de tous, même d'un enfant. Si pourtant quelques doutes subsistaient encore dans votre esprit, faites-les disparaître, je vous prie, en soumettant cet acte à l'examen d'un jurisconsulte. Cependant, ne m'accusez pas d'indiscrétion si je me permets de vous rappeler que nous sommes tous mortels, et que l'occasion une fois perdue ne se retrouve jamais. Pendant que votre temps est encore à vous, monsieur, et pendant que vos ennemis n'ont encore aucun soupçon, hâtez-vous de faire votre testament! »

Elle ouvrit une double feuille de grand papier à lettre et, la lissant de la main, l'étala devant lui; elle trempa la plume dans l'encre et l'introduisit entre ses doigts. Il se laissait faire sans parler; — selon toute apparence il avait, depuis quelques minutes, l'esprit à la gêne.

Mais le point essentiel était gagné. Il était là, devant cette table, le papier sous les yeux, la plume dans la main, — sur le point, à la fin et pour tout de bon, de faire son testament.

« La première question que vous ayez à décider, monsieur, dit mistress Lecount quand elle eut jeté sur le Projet un coup d'œil préliminaire, est le choix d'un exécuteur. Je ne prétends influencer en rien votre décision; — mais je puis sans inconvénance vous rappeler que, pour choisir sagement en cette matière, il serait bon d'élire un vieil ami, souvent éprouvé, en qui vous puissiez mettre toute confiance.

— Je suppose qu'il s'agit de l'amiral, » dit Noël Vanstone.

Mistress Lecount s'inclina.

« Très-bien, continua-t-il... L'amiral, si vous voulez. »

Quelque chose évidemment lui tenait au cœur. Même dans les circonstances difficiles où il se trouvait maintenant placé, il lui était naturellement impossible d'accepter sans quelque chicane, comme il l'avait fait jusqu'alors, les conseils intelligents et désintéressés de mistress Lecount.

« Êtes-vous prêt, monsieur?

— Oui. »

Mistress Lecount dicta ainsi qu'il suit le premier paragraphe d'après la rédaction projetée :

« Ceci est ma dernière volonté, mon testament, à moi, Noël Vanstone, habitant pour le présent Baliol-Cottage, près Dumfries. Je révoque d'une manière absolue et dans chacune de ses clauses un premier testament signé par moi, le trente septembre mil huit cent quarante-sept; et en conséquence je désigne, comme unique exécuteur du présent, le contre-amiral Arthur-Everard Bartram, de Saint-Crux *in the Narsh*, comté d'Essex.

— Avez-vous écrit cette formule, monsieur?

— Oui. »

Mistress Lecount posa le Projet sur la table. Noël Vanstone, à son tour, y posa la plume; ils évitaient de se regarder l'un l'autre. Un long silence se fit.

« J'attends, monsieur Noël, dit enfin mistress Lecount, que vous me fassiez connaître vos intentions relativement à la distribution de votre fortune... de votre *grande* fortune, » ajouta-t-elle avec une emphase impitoyable.

Il reprit la plume dont il se mit, gardant un silence profond, à éplucher les brins un par un.

« Peut-être, poursuivit mistress Lecount, le testament que vous avez déjà rédigé vous aiderait-il à me donner les instructions que je réclame... Puis-je vous demander à qui vous laissiez le surplus de vos capitáux en dehors des quatrevingt mille livres sterling que votre femme s'était fait donner? »

Pour répondre simplement à cette question, M. Vanstone aurait dû dire : « Je léguais tout le surplus dont vous me parlez à mon cousin Georges Bartram. » Et il lui aurait fallu convenir, en présence de mistress Lecount, que le nom de mistress Lecount avait été complétement omis dans le testament. Un homme bien plus hardi, dans la situation où il se trouvait, n'eût pas manqué de ressentir la même contrainte, le même embarras, qui le paralysaient en ce moment... Il arracha le dernier brin qui tint encore après la plume déchiquetée, et franchissant l'espèce de trappe ouverte sous ses pieds, se hâta de reconnaître spontanément les prétentions indirectes de mistress Lecount.

« J'aimerais mieux, dit-il fort mal à son aise,... j'aimerais mieux, en fait de testament, ne parler que du testament actuel... Il faut d'abord, Lecount... — » Il hésita, — fourra dans sa bouche l'extrémité dénudée de la plume, — la mordit d'un air pensif, — et n'ajouta rien.

« Eh bien! monsieur? reprit en insistant mistress Lecount.

— Il faut d'abord...

— Eh bien, monsieur?

— Il faut d'abord... régler ce qui vous concerne? »

Il prononça ces derniers mots sur le ton d'une interrogation plaintive, — comme si toute espérance de se voir opposer un refus magnanime ne l'avait pas abandonné, même alors. Mistress Lecount, sans perdre une minute, se chargea de rectifier ce que cette idée avait d'erroné.

« Je vous remercie, monsieur Noël, » dit-elle avec l'accent et l'attitude d'une femme qui rend grâce, non d'une faveur, mais de l'accomplissement d'une obligation contractée envers elle.

Il mordit encore sa plume. On commençait à voir poindre sur son visage une espèce de transpiration.

« Le difficile, fit-il observer, est de fixer une somme.

— Votre regrettable père, monsieur, répliqua mistress Lecount, avait levé cette difficulté, si vous vous en souvenez, lors de sa dernière maladie.

— Je ne m'en souviens pas, dit Noël Vanstone d'un ton bourru.

— Vous étiez, monsieur, d'un côté de son lit, et moi qui vous parle, j'étais de l'autre. Nous nous efforcions en vain de l'amener à faire son testament. Après nous avoir dit qu'il aimait mieux remettre, et ne tester qu'après s'être rétabli, le digne homme se tourna de mon côté en prononçant quelques paroles affectueuses et bien senties, dont le souvenir me sera précieux jusqu'à mon dernier jour... Ces paroles, monsieur Noël, les auriez-vous oubliées?

— Oui, dit l'autre sans hésitation.

— Dans le rôle que j'ai accepté, monsieur, la délicatesse m'interdit de venir en aide à votre mémoire. »

Elle regarda sa montre et retomba dans le silence. Noël Vanstone, les mains crispées, se tordait d'un côté à l'autre de son fauteuil, dans une véritable torture d'indécision. Mistress Lecount, désormais passive, affectait de ne plus s'occuper de lui le moins du monde.

« Que penseriez-vous?... commença-t-il; — mais il s'arrêta tout à coup.

— Eh bien, monsieur?

— Que penseriez-vous de... mille livres? »

Mistress Lecount se leva de son fauteuil, et le regardant bien en face, avec la majestueuse indignation d'une femme outragée :

« Monsieur Noël, lui dit-elle, le service que je vous ai rendu aujourd'hui, s'il ne mérite aucune autre récompense, me donne au moins des droits à votre respect... J'ai bien l'honneur de vous saluer.

— Deux mille? » s'écria Noël Vanstone avec le courage du désespoir.

Mistress Lecount plia ses papiers et, gardant un silence méprisant, passa son bras dans la chaîne de son sac de voyage.

« Trois mille ! »

Mistress Lecount, impénétrable dans sa dignité, marcha de la table vers la porte.

« Quatre mille ! »

Mistress Lecount rassembla les plis de son châle autour de ses épaules frémissantes, et ouvrit la porte pour sortir.

« Cinq mille ! »

Il avait joint les mains et les tordait vers elle dans une colère et une anxiété frénétiques. « Cinq mille ! » était le cri suprême et comme le dernier soupir de son suicide pécuniaire.

Mistress Lecount referma doucement la porte et fit un pas vers la table.

« Franches de tout droit, monsieur? demanda-t-elle.

— Non ! »

Mistress Lecount tourna sur ses talons, et de plus belle ouvrit la porte.

« Allons... oui ! »

Mistress Lecount revint prendre sa place à côté de la table, comme si de rien n'était.

« Cinq mille livres, franches et quittes du droit testamentaire, telle était, monsieur, lui dit-elle d'un ton paisible, la somme pour laquelle votre père avait promis de m'inscrire sur son testament. Si vous voulez faire faire à votre mémoire un effort que vous ne lui avez pas demandé jusqu'à présent, votre mémoire confirmera la vérité de ce que j'avance. J'accepte de vous, monsieur Noël, l'accomplissement filial des promesses faites par votre père, — et je ne vais pas plus loin. Je regarde comme au-dessous de moi de tirer de ma position à votre égard un ignoble avantage ; je me mépriserais, arrachant à vos craintes le moindre profit. Vous êtes protégé par mon respect pour moi-même et pour l'illustre nom que je porte. Je ne regrette rien de ce que j'ai fait, rien de ce que j'ai souffert à votre service. La veuve du professeur Lecomte, monsieur, prend ce qui lui appartient légitimement, — et ne demande rien de plus ! »

Tandis qu'elle prononçait ces paroles, toute trace de maladie sembla, pour le moment, effacée de son visage ; une lumière intérieure vint se refléter dans ses yeux ; on voyait resplendir sur toute cette femme l'ardeur et le rayonnement d'une triple victoire : — elle était arrivée à son but ; elle avait mis son intégrité au-dessus de toute contestation ; et enfin, sur le terrain même de Madeleine, elle avait égalé l'incorruptible abnégation de sa jeune rivale.

« Quand vous serez rendu à vous-même, monsieur, nous continuerons notre besogne. Mais, tout d'abord, attendons un peu ! »

Elle lui donna le temps de se remettre ; puis, après un coup d'œil jeté sur le projet, elle dicta ainsi qu'il suit le second paragraphe du testament :

« Je donne et lègue à madame Virginie Lecomte (veuve du professeur Lecomte, quand il vivait habitant Zurich) la somme de cinq mille livres, quittes et franches de tout droit de succession. Quoi faisant, je veux mentionner ici que je n'entends pas seulement reconnaître l'attachement et la fidélité qui m'ont été témoignés par madame Lecomte en sa qualité de ma femme de charge, mais que je crois remplir aussi par là les intentions de feu mon père, lequel, s'il n'était mort *ab intestat,* devait laisser à madame Lecomte, pour ses services, le même gage de reconnaissance que je suis heureux de lui conférer aujourd'hui. »

« Avez-vous écrit ces derniers mots, monsieur?

— Oui. »

Mistress Lecount se pencha sur la table et tendit la main à Noël Vanstone.

« Je vous remercie, monsieur Noël, disait-elle. Les cinq mille livres constituent l'acquittement par votre père de ce que j'ai pu faire pour lui. Les paroles consignées dans le testament règlent votre compte particulier vis-à-vis de moi. »

Un faible sourire vint, pour la première fois, éclairer le visage du petit homme. Toute réflexion faite, il était consolant pour lui de penser que les choses auraient pu tourner encore plus mal. C'était un baume pour son esprit froissé, que cette dette de reconnaissance acquittée par une simple phrase non escomptable chez son banquier. Quelque étourderie que son père eût pu commettre,— *lui,* du moins, avait eu Lecount à bon marché !

« Quelques lignes de plus, monsieur, reprit mistress Lecount, et ce devoir pénible, mais indispensable, sera définitivement rempli : maintenant que nous avons réglé la bagatelle relative au legs, nous pouvons aborder la grave question qui reste en suspens. Votre volonté va fixer la destination future d'une fortune considérable... Sur quelle tête ordonnez-vous qu'elle passe? »

Noël Vanstone se tordit de plus belle dans son fauteuil. Alors même qu'il cédait à la fascination toute-puissante de sa femme, ce n'était pas sans angoisses qu'il avait pu, même sur le papier, se séparer de son argent. Ces angoisses, il les avait subies; à ce grand sacrifice il avait su se résigner. Et maintenant la terrible épreuve recommençait, lui imposant pour la seconde fois ses nécessités impitoyables!

« Peut-être aiderai-je à fixer votre décision, monsieur,

en renouvelant une question que je vous ai déjà faite... Dans le testament rédigé sous l'influence de votre femme, à qui laissiez-vous la portion des capitaux restée disponible? »

Maintenant cette question n'offrait plus aucun motif de crainte. Noël Vanstone reconnut qu'il avait laissé ce surplus à son cousin George.

« Vous ne pouviez mieux faire, monsieur Noël, — et encore aujourd'hui, c'est le meilleur parti à prendre, dit mistress Lecount... M. George et ses deux sœurs sont les seuls parents qui vous restent. L'une de ces dernières, frappée d'une maladie incurable, possède, et fort au delà, de quoi suffire aux besoins très-limités que lui crée cette situation exceptionnelle. L'autre est mariée à un homme encore plus riche que vous. Laisser votre argent à ces deux sœurs serait le gaspiller en pure perte. Le laisser à leur frère George, c'est assister votre cousin très-exactement comme il aura besoin d'être assisté lorsqu'il héritera un jour le château ruiné, les domaines appauvris de son oncle. Le testament le plus convenable dans votre situation est celui qui désignera l'amiral comme votre exécuteur et M. George comme votre héritier. De telles dispositions seront un hommage rendu aux droits de l'amitié, et feront justice aux droits du sang. »

Elle parlait avec chaleur, — car elle parlait sous l'influence du souvenir reconnaissant que lui avait laissé la généreuse hospitalité de Saint-Crux. Noël Vanstone prit une autre plume qu'il dépouillait, brin à brin, comme il avait fait de la première.

« Oui, disait-il incertain... je présume bien que cela revient à George; — George, sans doute, a sur moi plus de droits que tout autre... » Il hésitait : il regarda du côté de la porte, il regarda du côté de la fenêtre, comme s'il cherchait une issue par où il pût s'échapper. « Oh! Lecount, s'écriait-il enfin d'une voix lamentable, c'est une si grosse fortune!... Laissez-moi le temps, donnez-moi quelque répit, avant de m'obliger ainsi de la laisser à qui que ce soit! » Non sans étonner son maître, mistress Lecount admit immédiatement cette prière caractéristique.

« Je ne demande pas mieux, monsieur, lui répondit-elle, que de vous laisser un tel répit. J'ai moi-même quelque chose d'important à vous communiquer, avant que vous ajoutiez une ligne à votre testament. Je vous disais naguère que votre situation actuelle engendre pour vous une seconde nécessité à laquelle il n'a pas encore été pourvu, mais à laquelle il serait indispensable de pourvoir, le moment venu. Ce moment, le voici. Vous avez un sérieux obstacle à vaincre pour pouvoir laisser votre fortune à votre cousin George.

— Quel obstacle? » demanda-t-il.

Mistress Lecount, sans répondre, se leva de son siége, — se glissa vers la porte, sur la pointe des pieds, — et l'ouvrit tout à coup par un mouvement brusque. Personne au dehors n'écoutait. Le couloir, d'un bout à l'autre, était désert.

« Je me méfie en général des domestiques, dit-elle, revenant à sa place, — et des vôtres tout particulièrement..... Rapprochez-vous de moi, monsieur Noël. Ce dont j'ai à vous faire part maintenant ne doit être connu de qui que ce soit au monde, excepté de nous deux. »

III.

Il y eut un silence de quelques minutes, tandis que mistress Lecount, ouvrant le second des deux documents étalés devant elle sur la table, le parcourait rapidement d'un bout à l'autre pour le rendre plus présent à sa mémoire. Ceci fait, elle s'adressa de nouveau à Noël Vanstone, prenant soin de baisser la voix et de déjouer ainsi la curiosité qui pourrait venir aux écoutes dans le couloir extérieur.

« Avec votre permission, monsieur, commença-t-elle, je vais avoir à vous parler encore de votre femme. C'est à mon grand regret que je reviens sur un sujet si douloureux, et je tâcherai de condenser dans le moins de mots possible, aussi bien pour vous que pour moi, ce que j'ai à dire d'elle. Que savons-nous de cette femme, monsieur Noël, — à ne la juger

que d'après ses propres aveux lorsqu'elle se présenta chez
nous sous le nom de miss Garth, et d'après ses propres actes,
plus tard, quand nous habitions ensemble Aldborough?...
Nous savons que si la mort n'avait pas mis brusquement votre
père hors de sa portée, elle avait tout prêt un complot destiné à lui ravir l'argent qui provenait de Combe-Raven. Nous
savons que, lorsque vous eûtes hérité de cet argent, elle or-
ganisa immédiatement un complot pour vous l'enlever. Nous
savons comment elle a mené à bout cette intrigue, et nous
savons que votre mort suffirait en ce moment pour couron-
ner son œuvre de fraude et de rapacité... De tout ceci, nous
sommes bien certains... Nous sommes certains qu'elle est
jeune, spirituelle et hardie, — qu'elle est sans pitié, sans
scrupule, et qu'en outre elle possède des qualités personnelles dont les hommes en général (sans que, *moi*, j'y
puisse rien comprendre) font l'objet de leurs futiles admi-
rations... Ce ne sont pas là des chimères, monsieur Noël; ce
sont des faits connus de vous comme de moi. »

Il fit un signe d'affirmation, et mistress Lecount continua:

« Ne perdez point de vue, monsieur, ce que j'ai dit du
passé; puis jetons ensemble un coup d'œil sur l'avenir. Je
crois et j'espère que vous avez encore devant vous bien des
jours; mais supposons, supposons un moment que vous veniez à mourir, laissant après vous ce testament qui assigne
votre fortune à votre cousin George. On m'a dit qu'il existait, à Londres, un bureau où doit être déposée copie de
tous les testaments. Moyennant un shilling, le premier curieux venu peut entrer dans ce bureau et demander communication de n'importe quel acte de dernière volonté... Voyez-
vous, monsieur Noël, où j'en veux venir?... La veuve que
vous aurez déshéritée achète, au prix d'un shilling, le droit
de lire votre testament. La veuve que vous aurez déshéritée
y voit que la succession de Combe-Raven, après vous avoir
été transmise par votre père, a passé de votre tête sur celle
de M. George Bartram. Quel est le résultat infaillible d'une
pareille découverte?... C'est que vous aurez légué à votre
cousin, à votre ami, la vengeance et les ruses de cette

femme, — vengeance plus déterminée, ruses plus infernales que jamais, par suite de l'exaspération où l'aura jetée sa défaite... Et qu'est-ce que votre cousin George?.... un homme généreux, sans méfiance aucune, lui-même incapable de la moindre fourberie, ne craignant point celles des autres... Si vous le laissez à la merci des fascinations que votre femme emploie sans scrupule et des impénétrables tromperies qu'elle sait ourdir, — je vois d'ici le dénoûment, aussi clair que je vous vois assis devant moi... Elle saura l'aveugler comme elle vous aveuglait vous-même, et malgré *vous*, malgré *moi*, elle aura cette fortune ! »

Elle s'arrêta, laissant ses dernières paroles porter la conviction dans l'esprit de son maître. L'exposé de la situation était si net, la conclusion en était si bien déduite que, sans le moindre effort et tout d'un coup, il saisit la portée de ce discours.

« Je vois ! disait-il serrant les poings par un geste qui respirait la vengeance... Je comprends, Lecount... Mais elle n'aura pas un *farthing*... Dites-moi seulement ce que j'ai à faire... Dois-je tester en faveur de l'amiral?.... Il s'arrêta et, après un instant de réflexion : « Non, reprit-il. Le legs en faveur de l'amiral offre les mêmes périls que le legs en faveur de George.

— Vous écarterez ces périls, monsieur Noël, si vous voulez bien vous conformer à mes avis.

— Quels sont-ils?

— Suivez, monsieur, l'idée que vous avez eue... Reprenez la plume et laissez à l'amiral Bartram les capitaux dont il s'agit. »

Il trempa machinalement la plume dans l'encrier, — puis il hésita.

« Vous devez, monsieur, reprit mistress Lecount, être informé, avant de signer votre testament, du but où je prétends vous conduire. Mais, d'ici là, continuons à gagner pouce à pouce autant de terrain qu'il nous sera possible. Je voudrais que le testament fût écrit d'un bout à l'autre avant que nous fissions un pas de plus. Commencez, monsieur

Noël, votre troisième paragraphe au-dessous des lignes par lesquelles vous me léguez les cinq mille livres. »

Elle dicta comme suit (toujours d'après l'ébauche qu'elle avait apportée) la dernière et la plus essentielle des clauses testamentaires : •

« Tout ce qui restera de mes biens, après l'acquittement des frais de sépulture et de toutes mes dettes légalement reconnues, je le donne et lègue au contre-amiral Arthur-Everard Bartram, mon exécuteur sus-mentionné, pour être par lui employé à tels usages qu'il jugera convenable.

« Signé, scellé et déposé ce troisième jour de novembre 1847, par Noël Vanstone, le testateur y dénommé, comme étant sa dernière volonté testamentaire, et ce en la présence de nous, témoins soussignés... »

« Est-ce donc tout ? » demanda Noël Vanstone qui semblait fort étonné.

— Cela suffit, monsieur, pour léguer votre fortune à l'amiral, et dès lors il n'est besoin d'y rien ajouter... Revenons maintenant à l'hypothèse que nous examinions naguère... Votre veuve, moyennant un shilling, prend connaissance de ce testament. Elle y trouve, léguées à l'amiral Bartram, les quatre-vingt mille livres provenant de Combe-Raven, avec cette énonciation, claire et nette, que cet argent lui est donné pour en faire ce qu'il voudra. Voyant ceci, que fait-elle ? elle dresse un piège à l'amiral. Il est homme, il est célibataire, il est vieux. Qui donc le protégera contre les artifices de cette femme résolue à tout ?... Ce sera vous, monsieur, par quelques légers coups de cette plume féconde en résultats magiques... Vous lui avez fait, par votre testament, ce legs appelé à passer sous les yeux de votre femme. Retirez-le lui, maintenant, par une lettre dont l'existence sera un secret entre l'amiral et vous. Placez le testament et la lettre sous la même enveloppe, et mettez le tout entre les mains de l'amiral, en y joignant la recommandation écrite de ne rompre le cachet que le jour même où il apprendra votre mort. Le testament, ce jour-là, ne dira pas autre chose que ce qu'il dit maintenant; mais la lettre (dont personne n'aura connaissance, si ce n'est vous deux), la lettre lui dira la vérité... Or, il apprendra par cette lettre qu'en lui laissant votre fortune vous entendez qu'il prenne son legs d'une main pour le transférer de l'autre à son neveu George. Vous ajouterez que votre confiance en lui repose, à cet égard, sur l'estime profonde que vous inspire son caractère et la foi que vous mettez dans le souvenir affectueux qu'il garde à votre père ainsi qu'à vous. L'amiral vous est connu depuis votre première enfance. Il a ses petites fantaisies, ses innocentes excentricités,—mais, de la pointe des cheveux à la pointe des pieds, c'est le type du vrai *gentleman;* et il est absolument incapable de manquer à une mission de confiance, placée par un ami défunt sous la sauvegarde de son honneur..... Affrontez hardiment la difficulté que je vous signalais par le stratagème que je vous indique ici, et vous arrivez à soustraire aux piéges de votre femme, l'un par le moyen de l'autre, ces deux hommes incapables de se protéger eux-mêmes... Ici, d'un côté, votre testament qui assigne ostensiblement votre fortune à l'amiral, et d'après lequel votre femme organise ses intrigues. Et là, d'autre part, votre lettre qui, sans qu'on le sache, met dans les mains du neveu les capitaux en péril. »

La dextérité malicieuse de cette combinaison était précisément celle que Noël Vanstone devait apprécier le mieux. Il voulut exprimer tout haut l'approbation, disons mieux, l'admiration qu'elle lui inspirait. Mistress Lecount cependant leva la main, comme pour l'avertir de rester encore bouche close.

« Attendez, monsieur, continua-t-elle, avant d'exprimer votre opinion. Nous n'avons encore surmonté qu'à demi la difficulté qui nous préoccupe. Admettons que l'amiral a usé de votre legs selon que vos instructions le lui prescrivaient. Tôt ou tard, si bien que le secret soit gardé, votre femme découvrira la vérité... Quelles conséquences aura cette découverte? Elle vient mettre le siége devant M. George... Vous n'avez fait encore que laisser la fortune à ce dernier par une voie indirecte. A l'expiration d'un délai quelconque, le voilà aussi bien à la merci de votre femme que si vous l'aviez directement et ouvertement institué votre héritier... A ceci, quel remède?.... Le remède est de préparer à votre femme, si nous le pouvons, une nouvelle déception et, pour protéger votre cousin George, d'élever entre elle et les quatre-vingt mille livres qu'elle convoite un obstacle de plus... Devineriez-vous, monsieur Noël, le meilleur obstacle, le plus efficace à jeter sur sa route ? »

Il secoua la tête. Mistress Lecount se prit à sourire, et, posant familièrement sa main sur le bras de son maître, lui fit par là même dresser l'oreille.

« Jetez une femme sur la route de mistress Noël!... murmura-t-elle du ton le plus insidieux. Ce n'est pas *nous* qui nous laisserons fasciner par sa beauté, quelque influence qu'elle puisse avoir sur votre faiblesse. Nos lèvres, à nous, ne brûlent pas de se poser sur ces joues de satin. Nos bras ne frémissent pas à l'idée d'enlacer cette taille souple. A travers ses grâces, ses sourires, comme à travers son corset et ses robes garnies, nous voyons clair, nous autres femmes; — elle ne saurait nous fasciner!... Placez donc une femme sur son chemin, monsieur Noël !... Non pas une femme dépourvue, comme moi, de toutes ressources, une simple domestique hors d'état de lutter contre elle; — mais une femme investie de l'autorité, armée de la jalousie, qui sont l'apanage d'une légitime épouse... Mettez pour condition, dans votre lettre à l'amiral, que si M. George est encore célibataire au moment de votre mort, il devra se marier dans un délai donné, ou perdra ses droits au legs..... Supposons que, malgré la condition stipulée, il reste garçon, à qui, dans ce cas, la fortune reviendra-t-elle ?.... Encore une fois, monsieur, placez une femme sur le chemin de mistress Noël en laissant vos biens, dans cette dernière hypothèse, à celle des sœurs de votre cousin George qui est déjà en puissance de mari. »

Elle s'arrêta... Noël Vanstone voulut encore une fois exprimer son approbation ; et la main de mistress Lecount, une fois encore, le réduisit au silence.

« Si vous êtes satisfait, monsieur Noël, dit-elle, je tiens pour très-suffisant votre assentiment silencieux. Si au contraire vous aviez quelque chose à objecter, je vais répondre à vos doutes sans vous donner la peine de les formuler... Vous allez peut-être dire : — En supposant que cette condition suffise pour en arriver où nous voulons, quelle nécessité de la cacher dans une lettre secrète adressée à l'amiral? Pourquoi ne pas l'écrire en toutes lettres dans le testament, où le nom de mon cousin serait mentionné de même en toutes lettres ?... Pour une seule raison, monsieur; et uniquement parce qu'avec une femme comme la vôtre les seules voies un peu sûres sont celles où l'on reste invisible. Plus mystérieuses seront vos intentions, plus elle devra perdre de temps à les pénétrer. Ce temps que vous l'obligez de perdre est distrait de celui qu'elle pourrait employer à tromper l'amiral, — et ajouté à celui que M. George (s'il est encore garçon) pourra librement consacrer au choix d'une femme... Ajoutons que pour l'objet de son choix, sans cela exposé aux soupçons et à l'hostilité de votre femme, ce temps perdu par elle est profit net... Souvenez-vous de ce flacon que nous avons découvert là-haut, et maintenez le plus longtemps possible dans une ignorance qui lui ôte les moyens de nuire cette femme toujours prête aux partis les plus désespérés!... En aussi peu de mots que possible, monsieur Noël, voilà mon avis clair et net... Maintenant, qu'en pensez-vous?... Ne suis-je pas, à ma façon, presque aussi inventive que votre ami M. Bygrave? et ne sais-je pas, moi aussi, conspirer un peu, quand je donne pour objet à mes complots de réaliser vos désirs et de protéger vos amis? »

Libre enfin d'utiliser sa langue, Noël Vanstone exprima l'admiration que lui inspirait mistress Lecount, dans des termes absolument identiques à ceux dont il s'était servi précédemment pour rendre hommage au capitaine Wragge. « Quelle tête vous avez ! » disait-il naguère pour exprimer sa reconnaissance au plus âpre ennemi de mistress Lecount. « Quelle tête vous avez ! » répétait-il maintenant pour témoi-

gner sa reconnaissance à mistress Lecount elle-même.
C'est ainsi que les extrêmes se touchent; et telle est aussi
parfois la vaste capacité qui se manifeste dans l'approbation
d'un sot!

« Souffrez, monsieur, dit mistress Lecount, que ma tête
justifie les compliments dont vous l'avez honorée. La lettre
à l'amiral n'est pas encore écrite. Votre testament que voilà
est un corps sans âme, — un Adam sans Ève, — tant que la
lettre ne sera pas rédigée et placée à côté de lui. Je vais
dicter encore un peu, vous écrirez quelques lignes de plus,
et notre besogne sera terminée... Pardon!... La lettre sera
plus longue que le testament... Il faut prendre, cette fois, un
papier de plus grand format. »

L'écritoire, mise à contribution, fournit un cahier de papier à lettre de la dimension requise. Mistress Lecount
reprit sa dictée, et Noël Vanstone ressaisit sa plume.

Baliol-Cottage, Dumfries, 3 novembre 1847.
(*Particulière.*)

« Cher amiral Bartram,

« Quand vous ouvrirez mon testament (où vous êtes désigné comme l'unique exécuteur de mes volontés dernières),
vous verrez que, sauf un legs de cinq mille livres, je vous ai
laissé la totalité de mes biens meubles et immeubles. La présente lettre a pour but de vous faire connaître l'objet de
cette disposition, qui place en vos mains toute ma fortune.

« Veuillez considérer cette libéralité comme devant être
transmise par vous, sous certaines conditions, à votre neveu
George. Si votre neveu est marié à l'époque de ma mort, et
si sa femme est vivante, je vous requiers de le mettre immédiatement en possession de votre legs; vous y ajouterez l'expression de mon désir (désir qu'il envisagera certainement
comme le lien étroit d'une obligation sacrée) de le voir con-
stituer cette fortune sur la tête de sa femme et sur celle des
enfants que le ciel pourra leur envoyer. Si d'autre part, à
l'époque de ma mort, il était encore célibataire ou s'il était

reuf, — j'attache comme condition à son legs, pour l'un et l'autre cas, qu'il sera marié dans le délai de... »

Mistress Lecount posa sur la table le Projet de lettre d'après lequel, jusqu'alors, elle avait dicté; puis un signe d'elle informa Noël Vanstone qu'il pouvait laisser reposer sa plume.

« Nous en sommes à la question de temps, monsieur, lui fit-elle remarquer... Quel délai voulez-vous accorder à votre cousin pour se marier, s'il est encore garçon ou déjà veuf à l'époque de votre mort?

— Lui accorderai-je un an? demanda M. Noël Vanstone.

— Si nous n'avions à envisager que les convenances, dit mistress Lecount, je dirais « un an, » tout comme vous, monsieur, — surtout si M. George se trouvait à l'état de veuvage. Mais nous avons à envisager les manœuvres de votre femme, au moins tout autant que les convenances. Une année entière de délai, entre l'époque de votre mort et celle où votre cousin sera tenu de se marier, laisserait pendant bien longtemps en suspens la destination définitive de votre fortune et l'exposerait à bien des hasards. A une femme déterminée si vous accordez un an pour comploter, intriguer tout à son aise, Dieu seul peut savoir tout ce qu'elle est en état d'accomplir...

— Six mois, alors, suggéra Noël Vanstone.

— Je préfère six mois, monsieur, répliqua mistress Lecount. Un intervalle de six mois, à compter du jour de votre mort, doit amplement suffire à M. George... Vous paraissez troublé, monsieur... De quoi s'agit-il donc?

— Je vous prierai de ne pas tant parler de ma mort, s'écria-t-il avec une vivacité soudaine... Je n'aime pas cela!... Je déteste jusqu'au son de ce vilain mot! »

Mistress Lecount eut un sourire résigné; puis, jetant un coup d'œil sur son Projet: « Je vois écrit ici le mot *décès*, remarqua-t-elle... Peut-être, monsieur Noël, serait-il mieux à votre goût?

— Oui, dit-il; je préfère *décès*. Ce mot ne résonne pas aussi terriblement que celui de *mort*.

« — Continuons, monsieur, la lettre commencée. »

Elle reprit sa dictée ainsi qu'il suit :

« ... J'attache comme condition à son legs, pour l'un et l'autre cas, qu'il sera marié dans le délai de six mois à partir du jour de mon décès; que la femme qu'il épousera ne sera point veuve, et que son mariage, précédé de bans, sera publiquement célébré dans l'église paroissiale d'Ossory, où il est connu depuis son enfance, et où l'apparentage, les tenants et aboutissants de sa future femme, exciteront, sans doute la curiosité publique, et seront examinés de fort près.

« Ceci, dit mistress Lecount quittant des yeux le projet de rédaction... ceci, monsieur, doit servir à protéger M. George, dans le cas où on lui tendrait un piége pareil à celui où l'on vous a fait tomber. Mistress Vanstone ne trouvera pas, désormais, aussi facilement que la première fois, un faux nom et une fausse identité; non certes, pas même avec le secours de M. Bygrave!.... Encore une plumée d'encre, monsieur Noël : — écrivons la clause qui vient après... Vous y êtes?

« — J'y suis. »

Mistress Lecount continua :

« Si votre neveu manquait à ces conditions, — c'est-à-dire, si, étant encore garçon ou déjà veuf à l'époque de mon décès, il ne se mariait pas à tous égards ainsi que je viens de le lui prescrire ici, dans les six mois qui suivront, — mon désir est qu'il soit privé de ce legs, tant pour la totalité que pour une partie quelconque d'icelui. Je vous requiers, dans cette hypothèse, de l'omettre absolument et d'assigner la fortune qui vous est laissée par mon testament à sa sœur mariée, mistress Girdlestone.

« Maintenant que vous êtes au courant de mes intentions et de mes motifs, j'aborde la question qu'il faut examiner ensuite. Si, quand vous ouvrirez cette lettre, votre neveu n'a pas encore ou n'a plus de femme, il est évidemment indispensable de le mettre au courant des conditions à lui imposées par la présente; et cela, s'il est possible, aussitôt que vous les connaîtrez vous-même. Dans ces circonstances, devrez-vous lui communiquer sans réserve ce que je viens de vous écrire? ou devrez-vous le laisser sous cette impression, que je n'ai formulé à l'égard de son mariage aucun vœu particulier? et devrez-vous, en ce cas, lui faire envisager comme émanant absolument de vous-même toutes les conditions qu'il m'a convenu de fixer pour cet hymen?

« Si vous adoptez cette dernière marche, vous ajouterez une obligation de plus à toutes celles que votre amitié m'a déjà fait contracter.

« J'ai de graves motifs pour croire que la possession de ma fortune et la découverte de tous les arrangements particuliers que j'aurais pu prendre pour en disposer deviendront (après mon décès) le but que se proposera d'atteindre une personne sans scrupules, par toute sorte de complots et d'intrigues frauduleuses. Je désire donc vivement, — et pour vous en première ligne, — que la personne à laquelle je viens de faire allusion ne puisse pas même soupçonner l'existence de la présente lettre. Et je désire également — dans l'intérêt de mistress Girdlestone, intérêt essentiel, quoique secondaire — que cette même personne ignore absolument la transmission possible du legs sur la tête de mistress Girdlestone, pour le cas où votre neveu ne serait pas marié dans le temps donné.

« Je connais l'humeur facile de George et son ouverture de cœur; je redoute les tentatives dont il pourrait devenir l'objet; et je me tiens pour certain que la prudence nous défend de lui confier des secrets dont la révélation, faite à la légère, pourrait avoir des résultats graves, même des résultats périlleux.

« Posez donc ces conditions à votre neveu, comme si elles émanaient de vous. Laissez-lui croire qu'elles vous ont été suggérées par la responsabilité nouvelle qui dérive pour vous d'un accroissement d'opulence, par le rôle que vous assigne mon testament et le devoir qu'il vous impose de pourvoir, mieux que jamais, à la perpétuation du nom de famille. Si ces raisons ne lui paraissent pas suffisantes, il n'y aurait aucun inconvénient à lui promettre, pour le jour même de

ses noces, les explications supplémentaires qu'il pourrait
désirer.

« J'ai fini. L'exécution de mes dernières volontés vous est
attribuée en vertu de la confiance implicite que je mets dans
votre honneur et dans votre scrupuleux respect pour la mémoire d'un ami défunt. Je ne vous dis rien des circonstances
déplorables qui me contraignent à vous écrire ainsi que je
viens de le faire. Je vous les révélerai de vive voix, si
j'échappe sain et sauf au danger qui me menace, — car vous
serez certainement, de tous mes amis, le premier que je con-
sulterai dans les difficultés pénibles où je me trouve. Jusqu'à
ce que mes volontés soient réalisées, gardez strictement
secrète l'existence de cette lettre, et ne vous en dessaisissez
à aucun prix ! Personne que vous, sous aucun prétexte, ne
doit savoir où elle est déposée.

« Croyez-moi, cher amiral Bartram,

        « Votre bien affectionné,

                « Noël Vanstone. »

— Avez-vous signé, monsieur ? demanda mistress Lecount... Avant que nous la cachetions, laissez-moi, s'il vous
plaît, parcourir cette lettre ! »

Elle la relut effectivement avec soin. Moyennant l'écriture fine et serrée de Noël Vanstone, l'épître testamentaire
ne couvrait que deux pages du papier à lettre et finissait au
sommet de la troisième. Au lieu de se servir d'une enveloppe,
mistress Lecount la plia proprement à la vieille mode, qui
par parenthèse offrait plus de sécurité que toute autre. Elle
alluma la petite bougie de l'encrier et, rendant la lettre à
celui qui l'avait écrite :

« Scellez ceci, monsieur Noël, lui dit-elle, de votre
propre main et avec votre propre cachet ! » Après quoi elle
éteignit la bougie et de nouveau lui tendit la plume.
« Adressez la lettre, monsieur, continua-t-elle, à l'amiral
Bartram, Saint-Crux *in the Marsh*, Essex... Ajoutez maintenant, au-dessus de l'adresse, ces mots que vous signerez : —
A garder en votre possession, et à ouvrir en personne, seu-

lement le jour de ma mort, — ou décès, si vous l'aimez mieux ; — *Noël Vanstone*... Avez-vous fini ? Laissez-moi revoir un peu... C'est parfaitement bien, à tous égards... Recevez, monsieur, mes félicitations...,... Si votre femme n'est pas au bout de ses complots pour ravoir l'héritage de Combe-Raven, ce n'est pas votre faute, monsieur Noël, — et certainement ce n'est pas la mienne ! »

Jugeant que la lettre terminée ne réclamait plus son attention, Noël Vanstone reprit immédiatement le train de ses préoccupations strictement personnelles : « Maintenant, disait-il, il faut penser à faire mes malles... Je ne puis m'en aller sans vêtements chauds.

— Pardon ! monsieur, répliqua mistress Lecount ; il faut, au préalable, que le testament soit signé ; il faut aussi trouver deux personnes pour attester votre signature. » Elle regarda par la fenêtre donnant sur la rue, et vit la voiture qui attendait à la porte. « Le cocher, dit-elle, sera un de nos témoins. Il est, à Dumfries, dans une honnête condition, et si l'on venait à le réclamer, on le trouverait sans peine... Je présume qu'il faudra, pour l'autre témoin, choisir une de vos domestiques ; ce sont toutes des femmes à redouter ; mais la cuisinière est encore, des trois, celle qui a le moins mauvais air. Mandez la cuisinière, monsieur, tandis que j'irai appeler le cocher... Quand nous aurons ici nos témoins, il suffira que vous leur parliez en ces termes : — Voici un document que je dois signer, et je désire que vous y apposiez vos noms, comme m'ayant vu inscrire le mien... — Rien de plus, monsieur Noël !... Dites ce peu de paroles sur votre ton habituel, et quand les signatures seront données, j'irai en personne veiller à vos malles ; je choisirai en personne les vêtements chauds dont vous avez besoin. »

Elle alla elle-même à la porte extérieure chercher le cocher, qu'elle convoqua dans le salon. A son retour la cuisinière y était déjà installée. Cette femme semblait offensée, sans qu'on pût savoir à quelle occasion, et jetait sans relâche sur mistress Lecount des regards effarés. Un moment après, le cocher, homme déjà mûr, fit son entrée dans la même

pièce. Il y avait été précédé par une forte odeur de whisky,
— mais il avait la tête écossaise, autant vaut dire solide, et
cette odeur seule trahissait le secret de ses libations
répétées.

« Voici un document que je dois signer, dit Noël Vanstone
répétant sa leçon, et je désire que vous y apposiez vos noms,
comme m'ayant vu inscrire le mien. »

Le cocher regarda le testament. La cuisinière ne quitta
pas des yeux mistress Lecount.

« Vous ne verrez pas d'inconvénient, monsieur, dit le cocher, qui portait écrite dans toutes les rides de son visage la
prudence pour laquelle ses compatriotes sont renommés...
vous ne verrez pas d'inconvénient, monsieur, à me dire tout
d'abord ce que peut être ce document ? »

Mistress Lecount intervint avant que l'indignation de
Noël Vanstone eût pu se traduire en paroles :

« Il faut laisser savoir à cet homme, monsieur, lui dit-elle,
qu'il s'agit de votre testament. Aussi bien le verra-t-il en
attestant votre signature, s'il regarde, en haut de la page,
l'intitulé de cette pièce.

— Oui, dit le cocher, qui profita immédiatement de l'indication... C'est bien là son acte de dernière volonté. *Hech
sers* [1] *! Hech sers!* Il y a un triste défi à la mort dans un document comme celui-ci !... *Toute chair est de l'herbe,* continua le cocher, duquel émana une nouvelle bouffée de
whisky, et qui décochait au plafond un regard dévot... Con-
férez ces paroles avec cet autre passage de l'Écriture : *Il y
aura beaucoup d'appelés et peu d'élus.* Conférez-les encore avec le chapitre premier des Révélations, versets un
à quinze. *Ce moment-là venu, que devient votre richesse?
De l'écume,* chers messieurs *! Et votre corps* (c'est encore
l'Écriture qui le dit)? *de l'argile pour le potier ! Et votre*

---

1. *Eh messieurs!* exclamation populaire écossaise. Nous nous bor-
nons à cette indication du jargon national que parle l'honnête cocher.
Il nous paraît oiseux de chercher à reproduire, par équivalent, ses
scotticismes caractéristiques. — (*Note du traducteur.*)

rie (toujours d'après l'Écriture)? *le souffle de vos na-rines!* »

La cuisinière écoutait comme si elle se croyait à l'église, mais elle ne détournait pas ses regards de mistress Lecount.

« Vous feriez mieux de signer, monsieur. C'est sans doute l'usage, à Dumfries, de prêcher ainsi pendant que les affaires se font, dit la femme de charge d'un air résigné... Cet homme n'y entend pas malice, j'en suis convaincue. »

Elle ajouta ces derniers mots d'un ton conciliant, car elle voyait l'indignation de Noël Vanstone prendre peu à peu tous les caractères d'une véritable alarme. L'exhortation pathétique du cocher lui inspirait évidemment autant de crainte que de dégoût.

Il trempa sa plume dans l'encre et signa le testament sans articuler un mot. Le cocher (qui, des hauteurs de la théologie, descendit sans transition aux affaires de ce monde) surveilla la signature avec la plus scrupuleuse attention; puis la visa comme témoin et accompagna cette opération d'un soupir mélancolique dont une bouffée de whisky avait été la préface. La cuisinière eut quelque peine à quitter des yeux mistress Lecount, — puis elle signa son nom précipitamment et leva les yeux tout aussitôt avec une espèce de tressaillement, comme si elle s'attendait à voir, dans les mains de la femme de charge, un pistolet tout armé, sorti de ses poches dans ce laps de temps si court. « Je vous remercie! » dit mistress Lecount, plus amicale que jamais. La cuisinière garda un silence agressif et jeta les yeux sur son maître. « Vous pouvez vous en aller! » dit celui-ci. — La cuisinière toussa d'une façon méprisante et détala tout aussitôt.

« Nous ne vous ferons pas attendre longtemps, dit mistress Lecount en congédiant le cocher.... D'ici à une demi-heure, peut-être plus tôt, nous serons prêts à nous en revenir. »

L'austère physionomie du cocher se détendit pour la première fois. Avec un sourire mystérieux, et sur la pointe des pieds, il se rapprocha de mistress Lecoun

« Vous n'oublierez pas ceci, *Mileddy,* balbutiait-il avec
la courtoisie la plus engageante..... Vous n'oublierez pas de
compter le témoignage en sus de la course, quand vous régle-
rez ma journée ! » Il poussa là-dessus un éclat de rire gut-
tural, et laissant derrière lui une longue traînée de parfums
alcooliques, sortit fièrement du salon.

«Lecount, dit Noël Vanstone aussitôt que le cocher eut refermé la porte,.... ne vous ai-je pas entendu dire à cet homme
que nous serions prêts dans une demi-heure ?

— Oui, monsieur... Et après ?

— Avez-vous perdu la vue ? »

Il posait cette question en frappant du pied avec colère.
Mistress Lecount le regarda tout étonnée.

« Ne voyez-vous pas que cet animal est ivre ? continua-
t-il avec une irritation toujours croissante... Comptez-vous
ma vie pour rien ? Me livrerez-vous à la merci d'un cocher
ivrogne ? Pour tout l'or du monde, je ne me laisserais jamais
conduire par un homme dans cet état... Je suis étonné, Lecount, que vous ayez pu songer à une pareille imprudence.

— Cet homme a bu, dit mistress Lecount. Il n'est pas
difficile de le voir, ni surtout de le sentir. Mais la boisson est
pour lui une affaire d'habitude. S'il conserve assez de sang-
froid pour marcher droit devant lui, ce qu'il a certainement
fait, — et pour signer son nom très-posément, — ce dont
vous pouvez vous assurer en regardant son *visa,* je me permets de penser qu'il est en état de nous mener à Dumfries.

— Pas le moins du monde! Vous êtes étrangère, Lecount;
vous ne comprenez rien à ces gens-ci. La journée entière se
passe pour eux à boire du whisky. Le whisky est la plus
forte liqueur qui se puisse distiller ; le whisky est connu
pour son action sur les facultés cérébrales. Je ne veux pas,
c'est moi qui vous le dis, affronter un pareil danger. Jamais
je ne me suis laissé conduire, jamais je ne me laisserai conduire par personne autre que par un homme tout à fait de
sang-froid.

— Dois-je donc, monsieur, m'en retourner seule à Dumfries ?

— C'est cela, et me laisser ici?... Me laisser seul dans cette maison, après ce qui s'est passé?... Sais-je donc, moi, si ma femme ne va pas revenir ce soir? Sais-je si son voyage n'est pas un prétexte pour me mettre à mal?... Voyons, Lecount, n'avez-vous donc pas de cœur? Pouvez-vous bien m'abandonner dans la misérable situation où?... » Il se laissa tomber dans un fauteuil et fondit en larmes à cette idée, sans même avoir pu l'exprimer entièrement. « Oh! c'est mal, disait-il, cachant sa figure dans son mouchoir..... C'est mal! c'est bien mal, en vérité! »

Il était impossible de ne pas le prendre en pitié. Si jamais mortel eut droit à ce sentiment, c'était bien celui-ci. Sous le conflit des violentes émotions suscitées en lui depuis le matin, il avait fini par succomber. Les efforts qu'il lui avait fallu pour suivre mistress Lecount dans le labyrinthe de savantes combinaisons où elle l'entraînait d'une main vigoureuse l'avaient soutenu pendant la durée même de ces efforts. Du moment où ils cessaient, le malheureux devait s'affaisser. L'épisode du cocher n'avait fait que hâter un résultat dont le cocher, à coup sûr, était bien innocent.

« Vous m'étonnez, vous me faites de la peine, monsieur, dit mistress Lecount. Je vous supplie de vous calmer. Je resterai ici, pour peu que vous le désiriez, avec le plus grand plaisir; — j'y passerai la nuit, si cela peut vous être agréable. Après une si terrible journée, vous avez besoin de calme et de repos. Je vais à l'instant même, monsieur Noël, renvoyer le cocher. Je lui donnerai un mot pour le propriétaire de l'hôtel, — et la voiture reviendra nous prendre, demain matin, avec un autre homme pour mener les chevaux. »

La perspective que ces paroles déroulaient devant lui sembla le rasséréner. Essuyant ses yeux, il baisa la main de mistress Lecount.

« Oui! disait-il d'une voix affaiblie, renvoyez le cocher et demeurez ici!... Bonne créature!... Excellente Lecount!... Renvoyez cette bête brute, et revenez tout aussitôt vous installer près de moi!... Nous nous arrangerons comfortablement au coin du feu, Lecount; — nous aurons un bon petit dîner,

— et nous tâcherons qu'il ressemble à ceux d'autrefois. » Sa
faible voix lui manqua ici tout à fait ; il s'en retourna au
coin du feu et, sous l'influence pathétique de l'idée qu'il
venait d'émettre, il fondit en larmes de plus belle.

Mistress Lecount le quitta pendant une minute pour renvoyer le cocher. Quand elle rentra au salon, elle trouva son
maître prêt à sonner.

« Que désirez-vous, monsieur ? lui demanda-t-elle.

— Je désire enjoindre au domestique de préparer votre
chambre, répondit-il. Je voudrais, Lecount, que vous eussiez
à vous louer de mes attentions.

— Vous êtes bien bon, monsieur Noël... mais veuillez
attendre une minute. Il est peut-être opportun de mettre ces
papiers en lieu sûr avant que la domestique revienne. Si
vous voulez insérer sous la même enveloppe le testament et
la lettre cachetée, — et si vous voulez adresser l'enveloppe à
l'amiral, — je prendrai soin qu'elle lui parvienne sûrement...
Voulez-vous, monsieur Noël, vous rapprocher de la table,
seulement pour quelques secondes encore ? » Non !... il s'en-
têtait ; il ne voulait plus bouger d'auprès du feu ; il était
malade et las d'écrire ; il maudissait le jour de sa naissance ;
la vue de la plume et de l'encrier lui donnait mal au cœur.
La patience et tous les talents persuasifs de mistress Lecount
purent à peine le déterminer à écrire, pour la seconde fois,
l'adresse de l'amiral. Elle n'y parvint qu'en lui apportant sur
l'écritoire l'enveloppe blanche, et en la posant sur ses genoux
avec mille et mille chatteries. Il grommelait ; il alla même
jusqu'à jurer ; mais enfin il traça ces mots sur l'enveloppe :
« Pour l'amiral Bartram, à Saint-Crux *in-the-Marsh*. — Aux
bons soins de mistress Lecount. » Ce dernier acte de complaisance avait épuisé sa docilité. Il refusa, dans les termes
les plus formels, de cacheter l'enveloppe.

Le contraindre en ceci n'était point indispensable. Son
cachet, posé sur la table, y était à la disposition de la femme
de charge, et il devait être absolument indifférent qu'il s'en fût
servi lui-même ou en eût abandonné l'usage à une personne de
confiance. Mistress Lecount cacheta l'enveloppe où les deux

importants documents avaient été logés avec toutes sortes de soins.

Elle ouvrit pour la dernière fois son sac de voyage et, s'arrêtant un moment avant d'y placer le pli cacheté, contempla ce précieux dépôt avec une expression de triomphe qu'aucune parole humaine ne saurait rendre. Elle souriait en le laissant tomber dans le sac. Nul soupçon que le testament pût renfermer des phrases, des réflexions superflues dont un habile praticien ne se serait pas servi, — nulle crainte que la lettre fût un document auquel un habile praticien aurait pu ajouter quelque chose d'essentiel, ne troublaient en cet instant sa pensée. Sa haine contre Madeleine, sa soif de vengeance lui donnant une confiance aveugle dans ses propres talents et dans le savoir juridique de son ami, elle confiait l'avenir, sans aucune appréhension fâcheuse, aux résultats de cette matinée si pleine de promesses.

Noël Vanstone sonna au moment même où elle refermait son sac de voyage. Ce fut Louisa, cette fois, qui répondit au signal.

« Préparez la chambre d'ami! lui dit son maître. Cette dame couchera ici ce soir..... Et prenez soin de mettre à l'air mes vêtements les plus chauds..... Nous partirons demain matin, cette dame et moi. »

Louisa, si polie et si docile d'ordinaire, accueillit ces ordres par un silence boudeur, — darda un regard colère à la mystérieuse invitée de son maître, — et quitta aussitôt le salon. Les domestiques prenaient toutes, bien évidemment, l'intérêt de leur maîtresse, et toutes étaient du même avis au sujet de mistress Lecount.

« Voilà qui est fait! dit Noël Vanstone avec un soupir de soulagement infini... Venez vous asseoir, Lecount!... Mettons-nous à notre aise; — bavardons auprès du feu! »

Mistress Lecount accepta l'invitation et attira un fauteuil à côté de lui. Il prit sa main avec une tendresse confiante et, tandis que la causerie allait son train, ne lâcha plus cette main si blanche et si lisse. Un étranger, venant à regarder par la fenêtre, les aurait pris pour une mère et son fils.

« Quel heureux intérieur! » se serait-il écrié en lui-même.

Cet entretien familier dont Noël Vanstone avait pris la direction consistait, comme d'ordinaire, en une interminable série de questions, toutes relatives à Noël Vanstone lui-même et à ses projets futurs. — Où l'emmènerait Lecount quand ils s'en iraient ensemble, le lendemain matin?... A Londres?... Pourquoi?... Pourquoi le laisserait-on à Londres, tandis que Lecount irait à Saint-Crux remettre à l'amiral la lettre et le testament?... Parce que sa femme, s'il allait chez l'amiral, pourrait l'y suivre?... A la bonne heure, c'était un motif..... Et aussi parce qu'il lui fallait se dérober à elle, caché dans quelque appartement comfortable, à portée de M. Loscombe?... Pourquoi ce voisinage de M. Loscombe?... Ah! oui, sans doute, — pour se renseigner sur les secours qu'il pourrait attendre de la justice... Et la justice le débarrasserait-elle de la misérable qui l'avait trompé?... Lecount était bien ennuyeuse de n'en savoir pas plus long à ce sujet!.... La justice déclarerait-elle qu'il était allé contracter de secondes noces — validant ainsi les premières, et couvrant leur nullité, — parce que, sur le territoire écossais, il avait publiquement vécu comme mari et femme avec cette misérable?.... N'avait-il pas entendu dire qu'en Écosse la présomption publique d'un mariage suffisait pour le rendre valide?... Comme il était contrariant que Lecount, assise là, fût réduite à déclarer qu'elle n'en savait rien!... Lui faudrait-il rester longtemps à Londres, tout seul, sans avoir personne à qui parler, sauf M. Loscombe?... Lecount reviendrait-elle le trouver aussitôt après avoir remis aux mains de l'amiral ces importants papiers?... Lecount se regarderait-elle encore comme à son service?... Bonne Lecount! Excellente Lecount!... Et quand toute cette besogne légale serait terminée, que ferait-il? Pourquoi ne pas quitter cette Angleterre de malheur? pourquoi ne pas vivre à l'étranger, comme jadis?... Pourquoi pas en France, près de Paris, dans quelque endroit bon marché? A Versailles, par exemple, ou à Saint-Germain? dans quelque jolie petite maison française, à bon compte? avec une petite bonne française pour cuisinière, qui ne lui ferait pas gaspiller en victuailles tous ses revenus? avec un joli petit jardin, qu'il pourrait cultiver lui-même dans l'intérêt de sa santé, comme aussi pour n'avoir pas à payer un jardinier?... N'était-ce pas là une bonne idée?... Et l'avenir, envisagé à ce point de vue, se présentait couleur de rose, n'est-ce pas, Lecount?...

Ainsi divaguait ce pauvre être débile! ainsi calculait ce misérable petit avare!

L'obscurité se faisant après une journée de novembre, on le vit s'engourdir peu à peu; ses interminables questions s'arrêtèrent enfin; — il s'endormit. Au dehors, le vent chantait sa chanson d'hiver; la marche pesante des passants, le bruit des roues criant sur le chemin, s'éteignirent dans un silence lugubre. Il dormait tranquillement. Les clartés mobiles du foyer allaient et venaient sur son petit visage blême, sur ses mains énervées qui pendaient le long du fauteuil. Mistress Lecount, jusqu'alors inflexible, commençait maintenant à le prendre en pitié. Elle était arrivée à ses fins; elle avait sa place dans le testament; Noël Vanstone avait, spontanément et de propos délibéré, confié son avenir aux soins maternels de la femme de charge; — le coin du feu était comfortable; tout, en un mot, se prêtait à un mouvement de charité chrétienne: « Pauvre malheureux! disait mistress Lecount, tout en le contemplant avec une austère compassion... Pauvre malheureux! »

L'heure du dîner le ranima. Il dîna gaiement; il revint à cette idée d'un établissement économique, dans une petite maison aux environs de Paris; il eut des gentillesses et des sourires anacréontiques; et il parlait français à mistress Lecount, au grand scandale de la servante et de Louisa qui, tour à tour, les venaient guetter. Le repas achevé, il revint s'installer devant le feu, dans son fauteuil comfortable, et mistress Lecount lui tint compagnie. Il reprit l'entretien, ce qui équivalait pour lui à répéter ses questions. Mais elles ne lui venaient pas aussi rapides, aussi faciles qu'au début de la journée. Elles faiblirent bientôt, — elles se succédèrent à des intervalles de plus en plus longs, — elles cessèrent enfin tout à fait. Vers neuf heures, il se rendormit.

Cette fois, ce n'était plus d'un sommeil paisible. Il laissait échapper des mots sans suite, il grinçait des dents, et sa tête, tantôt penchée à droite, tantôt à gauche, s'agitait sur le dos du fauteuil. Mistress Lecount fit tout exprès assez de bruit pour le réveiller. Il s'éveilla effectivement, l'œil hagard et les joues empourprées. Il se mit à marcher par la chambre avec agitation, sous l'empire d'une idée nouvelle; — il voulait écrire à sa femme une lettre terrible, une lettre d'éternels adieux. — Mais comment la rédiger? Quel langage pourrait lui servir à exprimer ce qu'il sentait? L'énergie Shakespearienne elle-même serait au-dessous des imprécations à formuler!... Il avait été victime d'un attentat qui n'avait pas son pareil. Un odieux vampire s'était glissé dans son sein! Une vipère s'était cachée auprès de son foyer!... Où trouver des paroles qui pussent laisser à jamais sur elle l'empreinte infamante due à son crime?... — Il s'arrêta, suffoqué par le sentiment de sa rage impuissante; il s'arrêta et agitait dans le vide, avec un tremblement sénile, ses deux poings fermés.

Mistress Lecount intervint avec une volonté, une décision, qui prenaient leur source dans de sérieuses alarmes. Après les pénibles efforts déjà imposés à la faiblesse de son maître, le mouvement passionné auquel il s'abandonnait maintenant pouvait lui coûter une nuit d'insomnie et le mettre hors d'état de voyager le jour suivant. Avec des difficultés infinies, à force de lui promettre qu'ils reviendraient ensemble sur ce sujet et qu'elle lui dirait, dès le matin, ce qu'il avait à faire, elle obtint enfin de lui qu'il remontât se coucher. Il accepta l'appui de son bras. Pendant qu'ils gravissaient l'escalier, l'attention de Noël Vanstone, au grand soulagement de la femme de charge, s'absorba tout à coup dans une fantaisie nouvelle. Il venait de se rappeler un certain mélange de vin, d'œufs, de sucre et d'épices, boisson chaude et fortifiante qu'elle lui fabriquait autrefois, et dont il avait grande envie de prendre quelques gorgées avant de se mettre au lit. Mistress Lecount lui passa sa robe de chambre et redescendit ensuite pour lui préparer, au feu du salon, le breuvage qu'il avait demandé.

Elle sonna et commanda, au nom de Noël Vanstone, les ingrédients nécessaires. Les domestiques, avec la petite malice ingénieuse qui caractérise leur espèce, apportaient chaque chose l'une après l'autre, lui faisant attendre aussi longtemps que le permettait la décence chacun des objets qu'elle avait réclamés. Elle avait obtenu successivement la casserole, la cuillère, le gobelet, la râpe à muscade et le vin, — mais non l'œuf, le sucre et les épices, — lorsqu'elle entendit son maître, au-dessus de sa tête, allant et venant à grand bruit dans sa chambre ; — bien certainement il s'agitait encore au sujet de la fameuse lettre.

Elle remonta aussitôt, mais il la gagna de vitesse ; il l'avait entendue venir, et quand elle ouvrit la porte, elle le trouva dans son fauteuil, lui tournant le dos et décidé à tout nier. Trop au courant du personnage pour essayer aucune remontrance, elle se contenta de lui annoncer la prompte arrivée du breuvage chaud, et rebroussa chemin pour quitter la chambre. En s'en allant, elle remarqua dans un coin une petite table sur laquelle étaient un encrier et une boîte à papier qu'elle voulut escamoter adroitement sans attirer l'attention de son maître. Mais cette fois encore il déjoua ses projets. Il lui demanda, d'un ton fâché, « si par hasard elle ne se fiait pas à sa promesse... » Craignant de l'offenser, elle replaça sur la table ce qu'elle y avait pris et quitta immédiatement la chambre.

Au bout d'une demi-heure, le breuvage était prêt. Elle le lui apporta écumant et parfumé, dans un gobelet de bonne dimension : « Ceci bu, il dormira, pensait-elle en ouvrant la porte... Je l'ai fait tout exprès un peu plus fort qu'à l'ordinaire... »

Noël Vanstone avait changé de place. Il était assis devant la table, au coin de la chambre, — tournant encore le dos à mistress Lecount, — et il écrivait. Cette fois, sa finesse d'oreille l'avait mal servi. Cette fois, elle l'avait pris sur le fait.

« Oh ! monsieur Noël ! monsieur Noël ! dit-elle avec l'accent du reproche... est-ce ainsi qu'on peut se fier à vos promesses ? »

Il ne répondit rien. Il était assis, son coude gauche sur la table et la tête appuyée sur sa main, gauche. Sa main droite, dans laquelle la plume était en quelque sorte couchée, reposait sur le papier. « Voici de quoi boire, monsieur Noël, » dit-elle d'un ton plus doux, car elle craignait déjà de l'avoir blessé... Il ne semblait pas s'apercevoir qu'elle fût là.

Elle se dirigea vers la table pour lui rendre le sentiment des choses présentes... Était-il donc perdu dans ses pensées ? Non : — il était mort.

FIN DE LA CINQUIÈME SCÈNE.

INTERMÈDE.

I.

MISTRESS NOEL VANSTONE A M. LOSCOMBE.

Park-Terrace, Saint-John's Wood, 5 novembre.

« Cher monsieur,

« Je suis arrivée hier à Londres, pour y voir une parente, laissant M. Vanstone à Ballol-Cottage, et me proposant de l'aller rejoindre d'ici à huit jours. Débarquée assez tard dans la capitale, je me suis fait conduire dans ce logement, que j'avais d'avance retenu par écrit.

« Le courrier de ce matin m'apporte une lettre de ma femme de chambre, que j'avais laissée à Ballol-Cottage avec ordre de m'écrire, s'il s'y passait en mon absence quelque chose d'extraordinaire. Vous trouverez, sous ce pli, la missive de cette fille. Je l'ai quelque peu pratiquée, et je crois qu'on peut absolument compter sur la sincérité de son récit. Je vous épargne à dessein toutes allusions inutiles à ce qui me concerne. Quand vous aurez lu la lettre de ma femme de chambre, vous comprendrez sans peine combien j'ai dû être troublée par les nouvelles que cette lettre m'apporte. Je ne puis que répéter ceci : j'ai toute confiance en la personne qui l'a écrite. Je suis donc fermement convaincue que l'ancienne femme de charge de mon mari a fini par découvrir ses traces; qu'en mon absence, elle a su abuser de sa faiblesse, et qu'elle a obtenu de lui le changement de ses dispositions testamentaires. D'après tout ce que je sais de cette femme, je ne doute nullement qu'elle n'ait usé de son influence sur M. Vanstone pour m'enlever, si cela est possible, toute participation future à la fortune de mon mari.

« Dans de telles circonstances, il est particulièrement essentiel, — pour bien des raisons impossibles à énumérer ici, — que je voie M. Vanstone, et que j'aie avec lui une explication définitive, dans le plus bref délai possible. Vous verrez que ma femme de chambre a eu l'attention de garder sa lettre ouverte jusqu'au dernier moment avant l'heure de la poste; — tout ce qu'elle a pu néanmoins m'apprendre de plus récent, c'est que mistress Lecount devait la nuit dernière coucher au Cottage et qu'elle et M. Vanstone comptaient, ce matin, partir ensemble. Sans ce dernier renseignement, je serais déjà sur la route d'Écosse; mais les choses étant ainsi, je ne sais vraiment quelle marche suivre. Mon retour à Dumfries, du moment où M. Vanstone en est parti, me semble un voyage sans but, et d'un autre côté, je trouve presque également inutile de rester à Londres.

« Voudrez-vous, par vos bons conseils, m'aider à sortir de cette impasse ? J'irai vous trouver à Lincoln's-Inn, à n'importe quelle heure de cette après-midi ou de la journée de demain que vous prendrez la peine de m'indiquer. D'ici à quelques heures, je ne suis pas libre. A peine cette lettre envoyée, je vais partir pour Kensington, afin de vérifier si certains soupçons que j'ai sur les moyens employés par mistress Lecount pour nous découvrir ont ou non une base solide. Si vous voulez bien m'envoyer votre réponse courrier par courrier, je serai certainement de retour à Saint-John's Wood assez à temps pour la recevoir aussitôt.

« Croyez-moi, mon cher monsieur, votre dévouée,

« Madeleine VANSTONE. »

II.

M. LOSCOMBE A MISTRESS NOEL VANSTONE.

Lincoln's-Inn , 5 novembre.

« Ma chère dame,

« Votre lettre et son incluse m'ont affligé, surpris au plus haut point. Les affaires dont je suis accablé ne me permettent de vous voir ni aujourd'hui ni demain matin. Mais s'il vous convient de venir me trouver demain, dans l'après-midi, vers trois heures, je serai alors à votre disposition.

« Je ne saurais exprimer une opinion positive avant de posséder quelque détails de plus sur les faits étranges qui me sont communiqués et par votre lettre et par celle de votre femme de chambre. Mais, sous cette réserve, je crois pouvoir vous suggérer qu'en restant à Londres jusqu'à demain vous avez la chance d'arriver à d'autres résultats qu'à une simple consultation dans le cabinet de votre serviteur. Il est tout au moins possible que nous recevions, vous ou moi, par le courrier du matin, de plus amples renseignements sur cette bizarre affaire.

« Je suis, ma chère dame, très-fidèlement à vous,

« John LOSCOMBE. »

III.

MISTRESS NOEL VANSTONE A MISS GARTH.

5 novembre, 2 heures.

« J'arrive à l'instant de Westmoreland-House, d'où je suis sortie secrètement, et cela tout exprès pour éviter de me rencontrer avec vous dans votre propre maison. Vous saurez

pourquoi j'y suis allée, pourquoi j'en suis ainsi sortie. Je dois
à mes souvenirs d'autrefois de ne vous point traiter en étrangère, bien qu'il me soit impossible de vous traiter désormais
en amie.

« J'arrivai hier à Londres, venant des comtés du Nord.
Mon unique motif pour faire ce long voyage était le désir de
revoir Norah. Depuis bien des semaines, j'étais tourmentée
par des remords, connus seulement des pauvres femmes de
mon espèce. Peut-être m'avaient-ils énervée, peut-être
avaient-ils éveillé chez moi des sentiments de vieille date que
je croyais oubliés. Dieu sait ce qui en est : je ne me charge
pas de l'expliquer ; tout ce que je puis vous dire, c'est que je
pensais à Norah pendant le jour, que je rêvais de Norah pendant la nuit, et qu'à force de pensées et de rêves pareils, une
sorte de nostalgie me dévorait. Je ne saurais assigner une
meilleure raison à l'imprudence que j'ai commise en venant
la voir à Londres. Je ne veux pas m'attribuer un mérite qui
n'est pas le mien ; je ne prétends pas vous laisser croire que
j'étais la créature corrigée et repentante à laquelle toute
votre approbation eût été acquise. Je n'avais qu'un mobile
dont je puisse rendre compte. Il me fallait entourer de mes
bras le cou de Norah, et dans le sein de Norah laisser débor-
der toutes les larmes de mon cœur. Voilà qui est assez
puéril, j'ose le dire. Quelque chose cependant pouvait ré-
sulter de là ; peut-être aussi n'en serait-il rien résulté ; —
qui sait ?

« Il m'était impossible de trouver Norah sans votre secours.
Quelle que fût votre désapprobation du parti que j'ai pris,
je pensais que vous ne pourriez me refuser de me mettre en
rapport avec ma sœur. Étendue, la nuit dernière, dans un lit
étranger, je me disais : « C'est au nom de mon père et de ma
« mère que j'adjurerai miss Garth de m'indiquer où est No-
« rah. » Vous ne savez pas toute la consolation que je puisais
dans cette pensée. Et, au fait, qu'en pouvez-vous savoir ?
Que savent les honnêtes femmes comme vous des misérables
pécheresses comme moi ?... Tout ce que vous en savez, c'est
que vous priez pour nous à l'église.

« Eh bien! cette nuit-là, — pour la première fois depuis mon mariage, — je m'endormis presque heureuse. Le matin venu, j'expiai rudement cet audacieux bonheur d'une seule nuit. Le matin venu, arriva aussi une lettre où l'on m'apprenait que ma plus cruelle ennemie (vous savez assez de mes affaires pour deviner qui je veux dire) avait profité de mon absence pour se venger de moi. Obéissant à l'impulsion qui m'amenait auprès de ma sœur, j'avais sans le savoir couru vers ma ruine.

« Lorsque j'eus reçu la nouvelle de ce désastre, il était déjà impossible d'y porter remède. Quoi qu'il fût arrivé, quoi qu'il pût arriver encore, je persistai dans ma résolution de revoir Norah, préalablement à toute autre démarche. Je vous soupçonnais d'être pour quelque chose dans le malheur qui venait de fondre sur moi, — parce que j'avais acquis la certitude, pendant mon séjour d'Aldborough, qu'une correspondance s'était établie entre mistress Lecount et vous. Mais je n'avais jamais soupçonné Norah. En ce moment même, si j'étais couchée sur mon lit de mort, je pourrais affirmer en toute conscience que je n'avais jamais soupçonné Norah.

« J'allais donc ce matin à Westmoreland-House vous demander l'adresse de ma sœur et vous dire tout net que je vous soupçonnais d'avoir repris votre correspondance avec mistress Lecount.

« Lorsque je m'enquis de vous à la porte, on m'annonça que vous étiez sortie, mais que vous deviez rentrer sous très-peu de temps. On me demanda si je voulais voir votre sœur qui, dans ce moment-là même, présidait une classe.

« Je demandai simplement qu'on m'indiquât une chambre où il me fût loisible d'attendre votre retour.

« On me conduisit au rez-de-chaussée, dans cette pièce double séparée par des portières, que vous connaissez de reste, et que je retrouvai dans le même état où je l'avais laissée. Il y avait du feu dans la partie antérieure de cette chambre; il n'y en avait pas dans celle du fond; et c'est pourquoi, sans doute, on avait laissé retomber les portières. La domestique se montrait fort polie et fort attentive pour

moi. J'ai appris à savoir gré aux gens de leur politesse et de
leurs attentions : aussi lui parlai-je avec tout l'enjouement,
toute la familiarité qui m'étaient possibles. « Je verrai miss
Garth, lui disais-je, lorsqu'elle montera le perron, et je pourrai lui faire signe à travers cette grande porte-fenêtre. » La
domestique me répondit que je le pourrais effectivement, si
vous rentriez de ce côté, — mais qu'il vous arrivait quelquefois, ayant une clef particulière, de revenir par le guichet
du jardin et les derrières de la maison; dans ce cas, elle
prendrait soin de vous avertir que j'étais là. Je n'omets aucune de ces bagatelles pour vous bien démontrer qu'en
venant chez vous je ne préméditais aucune espèce de manœuvre frauduleuse.

« Vous n'arriviez pas, et le temps me semblait long. Je ne
sais si mon impatience me le faisait trouver tel ; je ne sais
pas davantage si le grand feu allumé dans la chambre en
avait réellement élevé la température au degré où elle me
semblait l'être. — Je sais seulement qu'au bout d'un certain
temps je soulevai les portières pour passer dans la section
du fond, où j'allais chercher un peu de fraîcheur.

« Je poussai jusqu'à la porte-fenêtre qui donne issue dans
l'arrière-jardin, afin de regarder si vous veniez; presque au
même instant j'entendis ouvrir la porte, — la porte de la
chambre que je venais de quitter, — et votre voix ainsi que
celle d'une autre femme, laquelle m'était inconnue, engager
une causerie. Cette dernière devait être, j'imagine, une de
vos dames pensionnaires. Les premières paroles échangées
entre vous m'apprirent que vous l'aviez rencontrée dans le
corridor, — elle se trouvant au bas de l'escalier, et vous
arrivant de l'arrière-jardin. La question qu'elle vous fit ensuite et votre réponse à cette question m'informèrent que
cette personne était une amie de ma sœur, s'intéressant vivement à elle et sachant que vous arriviez à l'instant même de
chez Norah. Jusqu'alors, j'avais simplement hésité à me montrer parce qu'il me répugnait, dans ma pénible situation, de
me trouver en face d'une étrangère. Mais, lorsque immédiatement après j'entendis mon nom sur vos lèvres et sur les

siennes, — alors, de propos délibéré, je me rapprochai du rideau qui nous séparait, et de propos délibéré je prêtai l'oreille.

« Un acte déshonorant, direz-vous? Déshonorant si vous voulez. D'une femme comme moi, cela ne doit pas vous étonner.

« Vous avez toujours été renommée pour votre excellente mémoire. Inutile, par conséquent, de vous répéter ce que vous disiez à votre amie et ce que votre amie vous disait il n'y a guère plus d'une heure. Au moment où ces lignes passeront sous vos yeux, vous saurez aussi bien que je le sais moi-même ce qui m'a été révélé par vos mutuels propos. Je ne demande aucuns détails; je tiens pour valables, si vous le voulez, toutes vos raisons, toutes vos excuses. Il me suffit de savoir que vous et M. Pendril avez repris vos recherches. — et que Norah, cette fois, est du complot tramé pour me ramener, malgré moi, sous votre influence. Il me suffit de savoir qu'on a fait, de ma lettre à ma sœur, un piége pour me surprendre, et que la vengeance de mistress Lecount a dû ses moyens de réussite à des renseignements sortis de la bouche de Norah.

« Faut-il vous dire ce que j'ai souffert en entendant tout ceci? Non: je perdrais mon temps à vous le raconter. Tout ce que je puis et pourrai souffrir, je l'ai mérité d'avance, n'est-il pas vrai?

« Je demeurais dans cette chambre du fond, — connaissant mon humeur violente et n'osant plus, après ce que je venais d'entendre, me retrouver face à face avec vous, — j'attendais dans cette chambre du fond, et le cœur me battait à l'idée que la domestique pourrait vous prévenir de ma visite avant que j'eusse trouvé les moyens de quitter la maison. Ce malheur n'arriva point. La domestique, sans doute, avait entendu des voix à l'étage supérieur et supposait que nous avions dû nous rencontrer dans le corridor. Après un laps de temps dont je ne saurais déterminer la durée, vous sortîtes pour aller déposer votre chapeau, — vous sortîtes et votre amie sortit avec vous. J'ouvris sans bruit la porte-fenêtre et je descendis dans l'arrière-jardin. La route que vous aviez suivie pour rentrer, je la suivis pour m'enfuir. Aucun blâme dans tout ceci n'a été encouru par la domestique. Ainsi qu'il arrive toujours quand il s'agit de moi, c'est moi seule qui suis à blâmer.

« Le temps qui s'est écoulé depuis lors a suffi pour calmer un peu mon esprit. Vous savez de quelle force le ciel m'a douée? Vous savez comment je luttais, tout enfant, contre les maladies de mon âge? Devenue femme, je lutte de même contre les misères qui m'assiègent. Ne me plaignez pas, miss Garth! ne me plaignez pas!

« Je n'ai aucun ressentiment contre Norah. L'espérance que j'avais de la revoir est rayée du nombre de mes espérances; la consolation que j'éprouvais en lui écrivant, je ne l'aurai plus désormais. Le coup m'a frappée au cœur, — mais je n'éprouve contre ma sœur aucune espèce d'irritation. Elle croyait bien faire, la pauvre enfant; elle croyait bien faire, j'en suis certaine. Si ce qui est arrivé lui était connu, elle en éprouverait un vif chagrin. Ne le lui dites pas! Cachez-lui ma visite et brûlez ma lettre!

« Un dernier mot à votre adresse, et j'aurai fini.»

« Si je comprends bien ma situation actuelle, les espions que vous avez lancés sur mes traces me poursuivent aussi vainement qu'ils me poursuivaient à York. Congédiez-les! — Vous prodiguez votre argent en pure perte. Supposons que demain vous sachiez où je suis, que pourriez-vous faire? Ma position a changé. Je ne suis plus la pauvre enfant proscrite, l'actrice bohémienne à laquelle jadis vous donniez chasse. Ainsi que je vous l'avais annoncé, j'ai mis de mon côté, j'ai pris pour complice le sentiment universel du Convenable. Savez-vous bien qui je suis? Je suis une respectable épouse à qui, sous le ciel, personne autre que son mari ne doit demander compte de ce qu'elle fait. J'ai enfin conquis une place dans le monde, un nom que le monde ne saurait me contester. La Loi elle-même (votre amie, à vous autres honnêtes gens), la Loi sanctionne mon existence et je puis, moi aussi, la regarder comme mon amie! L'archevêque de Cantorbéry a fourni la *licence* en vertu de laquelle je suis mariée, et c'est le recteur d'Aldborough qui a présidé à la cérémonie du mariage. Si je m'apercevais que vos espions me suivent dans la rue et si je demandais à être protégée contre eux, les tribunaux seraient contraints d'admettre ma prétention. Vous oubliez vraiment toutes les merveilles que ma perversité a réalisées en ma faveur. L'Enfant de Personne, grâce à elle, est devenue la Femme de Quelqu'un.

« Si vous accordez à ces considérations tout le poids qu'elles méritent, et si vous déployez en cette occasion le bon sens qui vous distingue, je ne crains pas de me voir contrainte à réclamer l'appui de ma nouvelle amie et protectrice, — l'appui de la Loi. Vous comprendrez, pour le coup, que votre intervention dans mes affaires a finalement produit quelques résultats. Je suis séparée de Norah; — mon mari sait qui je suis; — mistress Lecount triomphe de moi. Vous m'avez réduite aux dernières extrémités; vous m'avez armée pour le combat de la vie de cette résolution que peut seule posséder une femme désormais perdue et sans amis. Si mal que vos plans aient tourné d'ailleurs, ils n'en auront pas moins eu, à certains égards, leur utilité!

« Je n'ai plus rien à vous dire. Si jamais vous parlez à Norah de sa pauvre sœur, annoncez-lui de ma part qu'un jour peut venir où elle me reverra, — celui où, toutes deux, nous serons rentrées dans les droits que nous tenions de la nature, — celui où, dans les mains de Norah, je pourrai replacer la fortune enlevée à Norah.

« Telles sont mes dernières paroles... Rappelez-vous-les, si jamais vous étiez tentée d'intervenir encore dans ce qui me touche.

« Madeleine VANSTONE. »

I V.

M. LOSCOMBE A MISTRESS NOEL VANSTONE.

Lincoln's-Inn , 6 novembre.

« Ma chère dame,

« Le courrier de ce matin vous a sans doute apporté la terrible nouvelle qui m'est aussi parvenue. Vous devez savoir, à l'heure qu'il est, qu'une affliction terrible est venue fondre sur vous, et que votre mari vous a été enlevé par une mort soudaine.

« Je suis au moment de partir pour le Nord, où je vais faire toutes les enquêtes voulues, et remplir tous les devoirs que la circonstance m'impose, comme avocat du défunt. Laissez-moi vous recommander très-sérieusement de ne point me suivre à Baliol-Cottage avant que je n'aie eu le temps de vous écrire et de vous faire passer les conseils que je ne saurais vous offrir dès aujourd'hui, faute de connaître assez toutes les circonstances de ce décès inattendu. Vous pouvez compter sur une lettre de moi, expédiée par le premier courrier postérieur à mon arrivée en Écosse.

« Je suis, ma chère dame, votre bien dévoué,

« John LOSCOMBE. »

V.

M. PENDRIL A MISS GARTH.

Searle-Street, 6 novembre.

« Chère miss Garth,

« Je vous retourne la lettre de mistress Noël Vanstone. Rien ne m'étonne dans la mortification que vous cause le ton

sur lequel cette lettre est écrite, et dans le chagrin que vous
éprouvez en voyant cette malheureuse jeune femme interpréter comme elle l'a fait la conversation qu'elle a surprise
chez vous. Je ne saurais ajouter, sans trahir la vérité, que je
déplore cet incident. Depuis ceux dont Combe-Raven a été
le théâtre, mon opinion n'a jamais changé. Je regarde mistress Noël Vanstone comme une des femmes les moins rete-
nues, les plus téméraires et les plus perverties qui soient au
monde ; tout ce qui l'éloigne et l'isole de sa sœur est accueilli
par moi, vu l'intérêt que je porte à cette dernière, comme ce
qui peut arriver de plus favorable.

« Il n'y a pas à hésiter un instant sur la marche que vous
devez adopter en cette matière. Mistress Noël Vanstone elle-
même reconnaît que nous devons tout faire pour épargner à sa
sœur un surcroît de chagrins inutiles. Laissez donc, — il le faut
absolument, — miss Vanstone ignorer la visite à Kensington et la lettre qui a suivi cette visite. Il ne serait pas seulement imprudent, il serait tout à fait cruel de l'éclairer à
ce sujet. Si nous pouvions apporter quelque remède, ouvrir
quelque perspective favorable, je comprendrais que nous
hésitassions à garder notre secret. Mais il n'y a ni remède à
conseiller, ni espérance à faire luire. Mistress Noël Vanstone envisage sa position sous le jour le plus vrai. Ni vous
ni moi ne pouvons réclamer sur elle le plus léger droit de
surveillance ou d'autorité.

« J'ai déjà pris les mesures nécessaires pour mettre un
terme à nos inutiles recherches. D'ici à peu de jours, j'écrirai à miss Vanstone, et je m'efforcerai de calmer ses inquiétudes au sujet de sa sœur. Si je ne trouvais pas d'éclaircisse-
ments convenables à lui fournir, mieux vaudrait lui laisser
croire que nous n'avons rien su découvrir, plutôt que de lui
révéler la vérité.

« Croyez-moi toujours bien à vous.

« William PENDRIL. »

VI.

M. LOSCOMBE A MISTRESS NOEL VANSTONE.

Lincoln's-Inn, 15 novembre.

(Particulière.)

« Ma chère dame,

« Conformément à votre demande, je me détermine à vous communiquer par écrit des choses que j'aurais préféré vous dire de vive voix (sans la catastrophe récente qui vient de troubler votre existence). Veuillez considérer cette lettre comme strictement confidentielle de vous à moi.

« J'y joins, ainsi que vous l'avez désiré, une copie du testament exécuté par feu votre mari, le 3 de ce mois. L'authenticité du document original ne peut être mise en question. J'ai protesté pour la forme contre les actes par lesquels l'avocat de l'amiral Bartram semblait revendiquer, à Baliol-Cottage, une autorité que provisoirement nous ne devons pas lui reconnaître. Mais il n'en a pas moins pris l'administration des biens, comme représentant légal de l'unique exécuteur désigné par le second testament. Je suis obligé de dire qu'à sa place j'en aurais fait tout autant.

« Arrive la question essentielle : — Comment agir au mieux de vos intérêts? Le testament, rédigé d'après mes conseils et mes indications, le 30 septembre dernier, est maintenant annulé, révoqué, par un acte subséquent, en date du 3 novembre. Pouvons-nous contester ce dernier document?

« Je doute, à première vue, que cela soit possible. La rédaction du dernier testament n'est certainement pas tout à fait régulière ; — mais il est daté, signé, authentiqué comme la loi l'exige, et les clauses qu'il renferme, clauses parfaitement simples et claires, ne prêtent le flanc à aucune attaque de pure forme, — à aucune, du moins, dont je me sois avisé jusqu'ici.

« En pareilles circonstances, pourrions-nous contester la validité du testament en nous fondant sur ce qu'il aurait été exécuté à une époque où le testateur n'était pas en état de régler valablement la disposition de ses biens? ou encore, alors que le testateur était sous le coup d'influences illégitimes et en butte à des obsessions immorales?

« Contre la première de ces objections s'élèverait, très-probablement, le témoignage des hommes de l'art. Nous ne pouvons affirmer que des souffrances antérieures eussent affaibli l'intelligence du testateur. Il est évident qu'il est mort soudainement, comme maints et maints médecins l'avaient tour à tour prédit, par suite d'une maladie de cœur. Le jour même de sa mort, il s'était promené dans son jardin comme à l'ordinaire; il avait dîné de bon appétit; aucune des personnes attachées à son service n'avait constaté chez lui de changements essentiels. Peut-être s'était-il montré envers elles un peu plus irritable que de coutume, mais c'était tout. Il est impossible de s'en prendre à l'état de ses facultés et, de ce côté-là, nulle base à un litige quelconque.

« Pouvons-nous affirmer qu'il a testé sous une influence illégitime, — parlons plus net, sous l'influence de mistress Lecount?

« Ici encore se présentent de graves difficultés. Nous ne saurions, par exemple, établir que mistress Lecount s'est fait assigner, par le testament, des avantages supérieurs à ceux qu'elle pouvait légitimement réclamer. Elle a fort habilement limité les libéralités dont elle est l'objet, je ne dis pas seulement à l'importance des services qu'on rétribue ainsi, mais encore, et très-strictement, à ce que feu M. Michel Vanstone lui-même avait l'intention de lui laisser. Si on en venait à m'examiner là-dessus, je serais obligé de reconnaître que je l'avais entendu moi-même manifester cette intention. Le fait est qu'il l'a exprimée devant moi, et cela dans mainte et mainte circonstances. Le legs de mistress Lecount est donc inattaquable, et j'en dois dire autant du choix qu'a fait votre

défunt mari en désignant son exécuteur testamentaire. Il a
très-sagement, très-naturellement choisi le plus ancien et le
plus fidèle ami qu'il eût au monde.

« Reste un point à éclaircir, — le plus essentiel de ceux
que j'avais à traiter, — et je devais, par conséquent, le réserver pour la fin. Par le testament du 30 septembre, la veuve
du testateur est désignée comme unique exécutrice, et légataire de quatre-vingt mille livres sterling. Le 3 novembre
suivant, le testateur révoque expressément ce premier acte,
et le remplace par un autre, dans lequel il n'est plus question de sa veuve, et par lequel toute la masse de ses biens,
— déduction faite d'un legs relativement insignifiant, — se
trouve dévolue à un de ses amis.

« Vous seule pouvez dire, madame, s'il existe ou non, et
s'il se peut alléguer ou non, quelques raisons valables qui
donnent la clef d'une conduite aussi extraordinaire. Si aucun
motif ne peut lui être assigné, — pour ma part je n'en
connais aucun, — je crois que nous avons à examiner sérieusement ce côté de la question ; de ce côté, en effet, le
testament pourrait n'être pas inattaquable. Veuillez bien
comprendre que je m'adresse à vous, en ce moment, comme
un simple avocat obligé d'étudier une à une toutes les éven-
tualités d'une affaire épineuse. Je ne prétends nullement à
être mis au courant de ce qui vous concerne seule ; je voudrais bien moins encore tracer un seul mot qui se pût interpréter, même indirectement, à votre désavantage.

« Si, pour autant que vous en pouvez savoir, vous me dites
que votre mari vous a rayée de son testament par un caprice
pur et simple, sans raison ni motif pour agir ainsi, et sans
qu'on puisse expliquer sa conduite autrement que par son
aveugle soumission à l'influence de mistress Lecount, je prendrai immédiatement une consultation sur les chances qu'on
peut avoir en contestant, de ce chef, le testament qui vous
lèse. Si, d'autre part, vous me dites qu'il existe des raisons
(connues de vous, bien qu'elles ne le soient pas de moi) pour
ne pas adopter la marche que je propose, j'accepterai cette
indication sans vous donner l'ennui d'entrer dans des expli-

cations plus complètes, à moins que vous ne le désiriez vous-même. En supposant que la seconde des deux hypothèses vienne à se réaliser, je vous écrirai de nouveau, car j'aurai alors à vous dire, au sujet du testament, une chose qui peut-être vous étonnerait fort.

« Votre tout dévoué,.

« John LOSCOMBE. »

VII.

MISTRESS NOEL VANSTONE A M. LOSCOMBE.

16 novembre.

« Cher monsieur,

« Recevez tous mes remercîments pour la bonté, les égards que vous m'avez témoignés; ne vous en prenez qu'à mes anxiétés actuelles, si je réponds à votre lettre sans la moindre cérémonie, et en aussi peu de mots que possible.

« J'ai mes raisons pour résoudre négativement, et sans la moindre hésitation, la question que me pose votre lettre. Il nous est impossible de déférer le testament aux tribunaux, en attaquant cet acte ainsi que vous le proposez.

« Veuillez croire, mon cher monsieur, à toute ma recon-naissance.

« Madeleine VANSTONE. »

VIII.

M. LOSCOMBE A MISTRESS NOEL VANSTONE.

Lincoln's-Inn, 17 novembre.

« Ma chère dame,

« Laissez-moi vous accuser réception de votre lettre qui, pour raisons à vous connues, rejette ma proposition. Dans

ces circonstances, — sur lesquelles je m'interdis toute espèce de commentaire, — je vous demanderai la permission
de remplir ma promesse en traitant de nouveau avec vous un
sujet qui vous intéresse, — le testament de feu votre mari.

« Veuillez examiner la copie de ce document que j'ai pris
soin de vous faire passer. Vous y verrez la clause qui attri-
bue à l'amiral Bartram, déduction faite du legs particulier,
la masse des biens de votre mari, terminée de la manière
suivante :... *Pour être par lui employé à tels usages qu'il
trouvera convenable.*

« Si simples qu'elles puissent vous sembler, ce sont là
des expressions fort remarquables. Premièrement, aucun
praticien ne s'en serait servi en rédigeant pour votre mari
une formule d'acte testamentaire. En second lieu, elles ne
peuvent en aucune manière servir à l'accomplissement d'un
vœu légitime et simplement conçu. Le legs fait à l'amiral
n'est soumis à aucune condition restrictive, et tout d'un
trait on ajoute qu'il pourra l'employer comme il jugera convenable!... La phrase conduit évidemment à une de ces
deux conclusions : — ou bien celui qui l'a écrite l'a laissée
tomber de sa plume par pure ignorance ; — ou bien il l'a tout
exprès insérée à la place qu'elle occupe, pour faciliter une
fraude ou tendre un piége quelconque. Je suis fermement
convaincu, quant à moi, que des deux interprétations la
dernière est la mieux fondée. Ces mots ont pour but exprès
de mettre quelqu'un, — vous, sans doute, — sur une fausse
voie, et l'esprit de ruse qui les a dictés (ceci arrive presque
toujours quand des personnes sans instruction interviennent
dans la rédaction de documents légaux), cet esprit a dépassé
le but qu'il voulait atteindre. Une expérience de trente ans
me fait donner au passage en question un sens diamétrale-
ment contraire à celui qu'il exprime. Je dis, moi, que l'amiral Bartram n'est *pas* libre d'employer comme il le jugera
convenable le produit du legs qui lui est fait ; — je crois
que son droit à cet égard est secrètement limité par quelque
document supplémentaire, sous forme de Contre-Lettre.

« Je puis facilement vous expliquer ce que ce mot signifie. C'est d'ordinaire une lettre écrite par l'auteur d'un testament aux individus choisis pour en être exécuteurs, et par laquelle il les informe secrètement d'intentions qu'il n'a pas jugé à propos d'avouer dans l'acte de ses dernières volontés. Je vous laisse cent livres, et j'écris une lettre particulière qui vous enjoint, une fois le legs reçu, de ne pas le détourner à votre profit, mais de le remettre à quelque tierce personne que, pour un motif ou pour un autre, je n'ai pas voulu nommer dans mon testament. C'est ce qu'on appelle une Contre-Lettre.

« Si je suis à bon droit convaincu qu'un document tel que je viens de le décrire est en ce moment ès mains de l'amiral Bartram,—conviction fondée en premier lieu sur les expressions singulières que je vous ai citées, en second lieu sur des considérations d'ordre purement légal dont il est inutile d'encombrer ma lettre, — si cette opinion se trouve, en un mot, fondée, la découverte de la Contre-Lettre serait, selon toutes probabilités, fort essentielle pour vos intérêts. Je ne vous fatiguerai pas des raisons techniques ou des précédents que me fournirait mon expérience en ces matières; un homme du métier pourrait seul y comprendre quelque chose. Je me bornerai à dire ceci : je n'abandonnerai votre cause comme entièrement perdue que lorsqu'on m'aura démontré la fausseté de la conviction maintenant arrêtée en mon esprit.

« Je ne puis rien ajouter de plus, tant que cette question essentielle demeure enveloppée de doutes ; et je n'ai aucun moyen à suggérer pour obtenir que ces doutes se dissipent. Si l'existence de la Contre-Lettre était démontrée, et si on me faisait connaître la nature des stipulations qu'elle renferme, je dirais alors, bien positivement, quelles chances elle vous donne de faire invalider le testament par les tribunaux; je vous dirais aussi jusqu'à quel point je me sens autorisé, oui ou non, à me charger moi-même de cette instance, moyennant les arrangements particuliers que nous pourrions prendre d'un commun accord.

« Les choses étant ce qu'elles sont, je ne puis ni poser les bases d'un tel arrangement, ni vous offrir aucun conseil.

Il m'est seulement loisible de vous mettre confidentiellement au courant de l'opinion que j'ai conçue en mon particulier, vous laissant d'ailleurs entièrement libre d'en tirer vous-même les conclusions, et regrettant de ne pouvoir vous écrire avec plus de certitude et de précision que je ne l'ai fait. Je vous ai dit, au surplus, tout ce que je pouvais consciencieusement dire sur cette question, à la fois très-difficile et très-délicate.

« Croyez, ma chère dame, à tout mon dévouement.

« John Loscombe. »

IX.

MISTRESS NOEL VANSTONE A M. LOSCOMBE.

« Mon cher monsieur,

« J'ai lu et relu votre lettre avec l'intérêt le plus vif et l'attention la plus soutenue; — plus je la relisais et plus s'est fortifiée en moi la croyance qu'il existe bien réellement, aux mains de l'amiral Bartram, une lettre comme celle dont vous parlez.

« J'ai le plus grand intérêt à découvrir si elle existe, et je vous avouerai sans détour que je suis résolue à chercher les moyens d'arriver à cette découverte, en secret et de la manière la plus certaine. Ma détermination a d'autres motifs que ceux auxquels vous devez l'attribuer naturellement. Je vous dis ceci pour le cas où vous seriez tenté de m'adresser à ce sujet quelques remontrances. Je puis vous assurer, en toute raison, que ces remontrances seraient absolument vaines.

« Pour ce qui est de ceci, je ne réclame aucune assistance, je ne demanderai conseil à personne. Vous ne serez impliqué dans aucune des témérités que je pourrai me permettre. J'encourrai seule tous les dangers que pourra présenter une telle entreprise. Quels que soient les retards, les délais qu'il faille subir avant d'arriver à mes fins, ils ne lasseront pas ma patience. Je suis seule au monde, sans amis, soumise à de dures épreuves morales; — mais je me sens assez de force pour me frayer une route à travers des obstacles bien autres que ceux-ci. Mon courage se relèvera; mon jour doit venir. Si l'amiral Bartram est détenteur de cette Contre-Lettre, vous la verrez dans mes mains, le jour où je me présenterai devant vous.

« Votre bien reconnaissante,

« Madeleine VANSTONE. »

SCÈNE SIXIÈME.

I.

C'était environ quinze jours avant Noël ; mais le temps ne laissait encore entrevoir aucun indice des gelées et des neiges qu'on regarde généralement comme les précurseurs de l'hiver. L'atmosphère était d'une tiédeur contre nature, et l'année à son déclin semblait mourir de langueur, minée par les pluies, énervée par les brouillards.

Vers la fin d'une après-midi de décembre, Madeleine était seule, assise dans le logement qu'elle avait occupé depuis son arrivée à Londres. Sur l'étroite petite grille, la houille brûlante se consumait lentement ; l'obscurité se faisait autour des maisons ruisselantes et des jardins détrempés que laissaient voir les rideaux entr'ouverts ; la clochette d'un de ces pâtissiers ambulants qui parcourent les faubourgs résonnait çà et là, dans le lointain. Installée près du foyer, une petite somme d'argent éparse sur ses genoux, Madeleine, d'un air distrait, faisait glisser d'un côté à l'autre, sur l'étoffe satinée de sa robe, les pièces de monnaie que tantôt elle assortissait, tantôt elle séparait, comme fait un enfant des pièces de son « casse-tête » chinois. Les reflets indécis qui de temps en temps montaient de l'âtre obscur à son visage pâli laissaient entrevoir des changements qu'auraient constatés avec douleur les amis de sa jeunesse. L'amaigrissement de toute sa personne avait, en quelque sorte, élargi ses vêtements, et sans qu'elle eût pris la peine de les rajuster. L'ancienne activité de ses gestes, la mobilité d'expression qui caractérisait jadis sa physionomie, maintenant avaient disparu. Sur son visage, une tranquillité passive et mélancolique, un calme qui ne lui était pas naturel et que rien ne semblait pouvoir modifier. M. Pendril, venant à la voir sous ce nouvel aspect, aurait atténué la dure sentence qu'il avait portée contre elle, et mistress Lecount, enivrée de son triomphe, aurait pris enfin pitié de son ennemie déchue.

Quatre mois à peine s'étaient écoulés depuis le jour où Aldborough avait vu s'accomplir le triste mariage, et déjà le châtiment de cette journée coupable se trouvait infligé providentiellement; infligé par d'inutiles remords, par un isolement sans espoir, par une défaite irrémédiable! Il doit être dit à sa décharge (et la vérité qui n'a rien dissimulé de la faute ne doit rien ôter à l'expiation), il doit être dit que la coupable n'avait puisé aucune joie, aucun triomphe secret dans sa victoire d'un jour. L'horreur qu'elle se faisait à elle-même n'avait jamais été plus forte qu'à l'époque où elle avait vu se réaliser la conception vengeresse de son mariage avec Noël Vanstone. Jamais elle n'avait subi d'aussi rudes angoisses que lorsque les capitaux provenant de Combe-Raven lui avaient été assignés par le premier testament de son mari. Elle n'avait jamais compris l'ignominie des moyens employés pour arriver à son but et la dégradation qui en résultait pour elle, comme le jour où ce but s'était trouvé atteint. De ce sentiment était issu le remords qui l'avait irrésistiblement poussée à demander le pardon et la consolation que la tendresse de sa sœur pouvait lui accorder encore. Quant au dessein qu'elle avait fait vœu d'accomplir, jamais depuis qu'elle lui avait livré l'accès de son cœur, — jamais depuis qu'agenouillée devant le tombeau de son père elle avait cru y voir une inspiration d'en haut, — jamais elle ne s'était sentie si près de le reconnaître pour une inspiration fatale et de l'abdiquer définitivement. Jamais, enfin, l'influence de Norah n'aurait pu produire un changement plus heureux que le jour même où cette influence fut détruite, — le jour où les fatales paroles furent surprises chez miss Garth, — le

16.

jour où la lettre fatale, arrivée d'Ecosse, annonça l'éclatante
revanche de mistress Lecount.

Le mal fut produit ; la chance fut perdue pour Madeleine.
L'occasion et l'espérance lui avaient fait défaut, en même
temps, toutes deux.

De moins en moins se firent entendre désormais les voix
intérieures qui lui conseillaient de s'arrêter sur la pente
funeste. La découverte qui, pour la première fois la forçant
à se méfier de sa sœur, avait en quelque sorte empoisonné
son âme, — la nouvelle que son époux venait de mourir,
arrivée au moment où ce poison moral faisait son œuvre, —
l'amertume poignante du triomphe de mistress Lecount, ressentie encore à travers tant de désastres, — ne s'étaient pas
combinées en vain. Les remords qui avaient troublé sa courte
existence conjugale, amortis désormais, s'étaient transfor-
més en un désespoir sur lequel rien n'avait prise. Il était
trop tard pour se purifier par la confession, — trop tard
pour révéler à ce misérable époux les secrets que sa misérable femme avait cachés au fond de son cœur. Innocente
d'avoir prémédité, même en songe, la hideuse trahison dont
l'accusait mistress Lecount, — elle était coupable d'avoir su,
en l'épousant, combien la santé de cet homme était fragile ;
d'avoir su, quand il lui léguait l'équivalent de Combe-Raven,
qu'un accident passager, sans effet pour le commun des
hommes, pouvait compromettre la vie de celui-ci et l'affran-
chir, elle, d'un hymen détesté. La mort de Noël Vanstone lui
avait révélé tout ceci ; — elle l'avait forcée à s'avouer ce que,
du vivant de cet homme, elle s'était obstinée à méconnaître.
Pour échapper à ce reproche qui l'obsédait sans cesse, aux
tourments d'une méfiance qui désormais n'excluait personne,
pas même Norah, au regret amer de ses plans avortés, à l'isolement aride d'une vie où nulle affection n'avait sa place,
quel refuge lui restait ? — un seul maintenant. Aussi, se tournant pour ainsi dire vers l'inflexible destin qui la précipitait
vers sa ruine, elle l'adjurait, avec l'intrépidité du désespoir,
de hâter sa marche et de la pousser aux abîmes.

Depuis bien des jours, toutes les ressources de sa pensée

se concentraient sur l'unique préoccupation que lui eût laissée la lettre de l'avocat. Depuis bien des jours, elle avait travaillé à ce qui était la première nécessité de sa position présente, — savoir, la recherche des moyens par lesquels on pourrait découvrir la Contre-Lettre. Il ne fallait pas compter, cette fois, sur l'assistance du capitaine Wragge. Une longue pratique des manœuvres militaires avait fait de lui un adepte dans le grand art de détaler sans tambour ni trompette. La charrue de notre « agriculteur moral » ne laissait derrière elle aucune trace de sillons; lui-même s'était évanoui comme une ombre impalpable. M. Loscombe était trop prudent pour se compromettre dans quelque intrigue que ce fût. Il maintenait, dans une obstination passive, l'opinion qu'il avait émise, laissant à sa cliente le surplus de la besogne, et ne voulant rien savoir d'elle, jusqu'au moment où elle lui apporterait la Contre-Lettre. Les intérêts de Madeleine, à partir de ce jour, n'avaient plus d'autre champion que Madeleine. Ce qu'elle ferait dorénavant, il faudrait, à ses risques et périls, qu'elle l'exécutât elle-même.

Cette perspective ne l'avait pas effarouchée. Après avoir étudié seule les chances qui pouvaient être tentées, elle était maintenant résolue à les courir seule.

« Le temps est venu, se disait-elle assise près du foyer... Mais il faut d'abord savoir ce qu'on peut faire de Louisa. »

Elle rassembla les pièces de monnaie éparpillées sur ses genoux, et en fit sur la table un petit tas; puis elle se leva pour sonner. Ce fut l'hôtesse qui répondit au signal.

« Ma femme de chambre est-elle en bas? demanda Madeleine.

— Oui, madame. Elle prend son thé.

— Quand elle aura fini, veuillez me l'envoyer... Un moment, je vous prie!... Votre argent est sur cette table, — l'argent que je vous dois pour la semaine passée... Le trouvez-vous?... Auriez-vous besoin de lumière ?

— Il fait un peu noir, madame. »

Madeleine alluma un flambeau. « Avant de partir d'ici,

demanda-t-elle en le posant sur la table, combien de temps d'avance faudrait-il pour donner congé?

— D'ordinaire, madame, on prévient huit jours avant de quitter... J'espère que vous n'avez aucun reproche contre la maison?

— Pas le moindre... Je faisais simplement cette question parce que je puis être obligée de quitter mon logement un peu plus tôt que je ne l'avais prévu... Le compte y est-il?

— Parfaitement, madame... Voici la quittance.

— Je vous remercie... Pensez à m'envoyer Louisa dès qu'elle aura pris son thé! » L'hôtesse se retira. Aussitôt que Madeleine se retrouva seule, elle éteignit le flambeau et rapprocha de son propre fauteuil une chaise vide, dans le voisinage du foyer. Ceci fait, elle reprit sa place et attendit l'arrivée de Louisa. Son visage exprimait le doute, tandis qu'elle était assise ainsi, le regard machinalement fixé sur le feu qui se mourait. « Pauvres chances! pensait-elle; mais si pauvres qu'elles puissent être, il faut néanmoins en essayer. »

Au bout de dix minutes, on entendit heurter modestement à la porte. C'était Louisa, qui fut assez surprise, en entrant dans la chambre, de n'y trouver pour toute lumière que les clartés du foyer.

« Désirez-vous les bougies, madame? demanda-t-elle d'un ton respectueux.

— Nous les allumerons si vous le désirez vous-même, répondit Madeleine, et pas autrement..... J'ai quelque chose à vous dire. Après que j'aurai parlé, vous déciderez si nous devons demeurer ensemble dans les ténèbres ou en pleine lumière. »

Louisa, qui était restée près de la porte, écouta, muette de surprise, cette bizarre allocution.

« Approchez! dit Madeleine, lui montrant la chaise vide; approchez, et venez vous asseoir! »

Louisa s'avança et voulut timidement écarter la chaise placée, à son gré, trop près de sa maîtresse. Madeleine attira aussitôt le siége à elle : « Non! disait-elle; plus près, au contraire! — venez vous asseoir tout contre moi ! » Louisa obéit après un instant de frémissante hésitation.

« Je vous demande de vous asseoir près de moi, continua Madeleine, parce que j'entends vous parler d'égale à égale. C'en est fait maintenant des distinctions qui ont pu exister entre nous. Je suis une pauvre femme abandonnée de tous, livrée à ses seules ressources, et pouvant revendiquer à peine une place en ce bas-monde. Je serai ou je ne serai pas votre amie. En tant que maîtresse et suivante, les rapports qui existaient entre nous doivent désormais cesser.

— Oh ! madame, ne parlez pas ainsi, je vous en prie! » dit Louisa suppliante et d'une voix faible.

Madeleine continua tristement, mais avec fermeté.

« Lorsque vous êtes entrée chez moi, reprit-elle, j'ai cru que j'aurais peine à me faire à vous. J'ai, au contraire, appris à vous aimer;... j'ai appris à vous être reconnaissante. Depuis lors jusqu'à présent, vous m'avez été fidèle, vous avez été bonne pour moi. Le moins que je puisse faire en échange, c'est de ne pas nuire à votre avenir.

— Ne me renvoyez pas, madame! dit Louisa sur le ton de la prière... Pourvu que, de temps à autre, vous puissiez m'aider de quelque argent, j'attendrai mes gages tant que vous voudrez... Je le ferai de grand cœur. »

Madeleine lui prit la main et continua tout aussi triste, tout aussi résolue que jamais.

« Ma vie à venir n'est que ténèbres, dit-elle, et je ne sais où je marche. La route que je vais prendre maintenant peut me conduire à la prospérité, ou compléter ma ruine. Puis-je vous associer à de pareilles chances ?.... Si votre avenir était aussi incertain que le mien, — si vous étiez, comme moi, livrée sans appui aux hasards de l'existence, — je n'aurais peut-être pas de remords à vous laisser courir les mêmes hasards que moi : je pourrais accepter votre dévouement, car j'aurais la conviction de ne vous porter aucun dommage. Mais, dans votre situation, comment raisonnerais-je ainsi? Vous avez un avenir à prendre en considération. Vous êtes excellente domestique; vous pouvez trouver une autre

place, une place bien meilleure que celle où vous étiez chez
moi... Vous pouvez invoquer mon témoignage, et si le certificat que je vous donnerai ne vous semblait pas suffisant,
vous pouvez envoyer aux renseignements chez la maîtresse
que vous serviez avant d'entrer chez moi... »

Au moment où cette allusion à l'ancienne maîtresse de la
jeune fille sortit des lèvres de Madeleine, Louisa lui retira
vivement sa main et se leva de son siége avec une sorte de
tressaillement effrayé. Il y eut un instant de silence. Maîtresse et suivante se trouvaient toutes deux sous le coup
d'une surprise égale.

Madeleine fut la première à se remettre.

« On n'y voit plus du tout, n'est-ce pas? demanda-t-elle
avec intention..... Vous allez sans doute allumer les flambeaux? »

Louisa se réfugia dans le recoin le plus obscur de la
pièce.

« Vous me soupçonnez, madame? répondit-elle avec un
murmure entrecoupé, haletant, du sein de l'obscurité qui
l'abritait... Par qui ai-je été dénoncée? Comment avez-vous
découvert?... » Elle s'arrêta et fondit en larmes... « Je mérite
vos soupçons, reprit-elle après un effort pour se calmer...
Avec *vous*, je ne puis dissimuler... Vous m'avez témoigné
tant de bonté, vous avez su m'inspirer tant d'affection!...
Pardonnez-moi, mistress Vanstone... Je suis une misérable;
je vous ai trompée!

— Venez vous rasseoir auprès de moi, dit Madeleine...
Venez tout de suite, ou j'irai moi-même vous chercher! »

Louisa revint lentement à la place qu'elle avait quittée.
Si indécises qu'elles fussent, les clartés du foyer semblaient
lui faire peur. En se rasseyant, elle se couvrit la figure de
son mouchoir et s'écartait involontairement de sa maîtresse.

« Vous avez tort de croire que quelqu'un vous ait dénoncée
à moi, dit Madeleine... Je ne sais de vous que ce que m'en
ont appris votre physionomie et vos allures. Depuis que vous
êtes à mon service, j'ai toujours pu remarquer qu'un certain

trouble pesait secrètement sur votre esprit. J'ai parlé aujourd'hui, je l'avoue, afin d'obtenir sur vous et votre passé plus de renseignements que je n'en avais encore; — non par simple curiosité, mais parce que, moi aussi, j'ai mes troubles secrets... Êtes-vous malheureuse comme je le suis? S'il en est ainsi, je vous parlerai en toute confiance. Si vous n'avez rien à me révéler, si vous préférez garder votre secret... je n'ai aucun blâme à élever contre vous. — Séparons-nous, vous dirai-je tout simplement. Je ne vous demanderai pas comment vous m'avez trompée. Je me rappellerai seulement que, durant votre séjour chez moi, vous vous êtes montrée au courant de vos devoirs, parfaitement honnête, fidèle jusqu'au scrupule, — et c'est ce que j'attesterai à toute maîtresse nouvelle qui viendrait auprès de moi se renseigner sur votre compte. »

Elle attendit une réponse. Pendant un moment, mais pas davantage, Louisa parut hésiter. Cette jeune fille était d'un caractère faible, mais nullement dépravé. Loyalement attachée à sa maîtresse, elle trouva pour lui parler un courage que Madeleine ne s'attendait pas à rencontrer en elle.

« Si vous me congédiez, madame, lui dit-elle, je ne recevrai de vous aucun certificat avant de vous avoir fait connaître la vérité; je ne répondrai pas à vos bontés en vous trompant une seconde fois..... Feu mon maître vous a-t-il jamais dit comment il m'avait arrêtée?

— Non: je ne le lui ai jamais demandé; jamais il ne m'a parlé de cette circonstance.

— Il m'engagea, madame, sur la foi d'un certificat donné par écrit.

— Eh bien?

— Ce certificat était un faux. »

Madeleine se recula, stupéfaite. L'aveu qu'elle venait d'entendre n'était pas celui qu'elle avait prévu.

« Votre maîtresse avait donc refusé de vous donner un certificat? demanda-t-elle..... Pour quel motif?... »

Louisa se laissa tomber à genoux, et cachant son visage dans le giron de sa maîtresse : « Ne me questionnez pas! lui dit-elle; je suis une créature misérable et dégradée; je ne mérite pas de respirer le même air que vous! »

Madeleine se pencha sur elle, et lui adressa tout bas une question à laquelle Louisa répondit par une sorte de gémissement affirmatif.

« Vous a-t-il donc abandonnée? demanda Madeleine après quelques instants de réflexion.

— Non, madame.

— Et vous l'aimez?

— De tout mon cœur. »

Le souvenir de ce mariage sans amour qu'elle-même avait contracté jadis vint tout à coup pénétrer Madeleine d'un remords poignant.

« Pour l'amour de Dieu, ne vous agenouillez pas devant moi! s'écria-t-elle dans un élan de franchise... S'il est ici une femme dégradée, c'est moi qui mérite ce titre, et non pas vous! »

Elle releva de force la jeune fille et l'obligea de se rasseoir. Toutes deux restèrent ensuite quelques instants sans ajouter une parole. La main sur l'épaule de Louisa, Madeleine se rassit, et, jetant sur le feu presque éteint des regards où se peignait une amertume inexprimable : « Oh! pensait-elle, quelles heureuses femmes il y a dans le monde! des femmes qui aiment leur mari! des mères qui peuvent sans honte avouer leurs enfants!...— Êtes-vous maintenant plus calme? demanda-t-elle s'adressant de nouveau à Louisa, et désormais avec bien plus de douceur... Me répondrez-vous, si je vous fais encore quelques questions?... Où est cet enfant?

— L'enfant est en nourrice.

— Le père vous aide-t-il à l'élever?

— Autant qu'il le peut, madame.

— Que fait-il? Est-il domestique?... A-t-il une profession?

— Son père est maître charpentier; il travaille dans l'atelier de son père.

— S'il a du travail, pourquoi ne vous épouse-t-il pas?

— C'est la faute de son père, madame;.... ce n'est pas la sienne... Son père n'a pas eu pitié de nous... Si ce pauvre garçon m'épousait, il serait chassé de sa famille et de son domicile.

— Ne peut-il trouver de l'ouvrage ailleurs ?

— L'ouvrage qui rapporte, madame, ne se trouve pas facilement à Londres... Ils y sont tant, si vous saviez !... Ils s'arrachent littéralement le pain de la bouche... Si seulement nous avions eu assez d'argent pour émigrer, je serais sa femme depuis longtemps.

— Et si vous aviez maintenant cet argent, vous épouserait-il ?

— J'en suis sûre, madame... En Australie, par exemple, il aurait du travail à foison, et gagnerait le double et le triple de ce qu'il a ici... Il fait tout ce qu'il peut, et moi de même, pour économiser dans cette vue. Je mets de côté, rigoureusement, tout ce que me laisse l'éducation de notre enfant... Mais tout cela est si peu de chose ! même avec bien des années devant nous, il semble que tout espoir devrait nous être interdit... Je sais que j'ai mal agi de toute manière et que, dès lors, je ne mérite pas d'être heureuse... Mais pouvais-je laisser souffrir mon enfant ? Je fus obligée de me placer... Ma maîtresse était mauvaise pour moi, et quand j'essayai de gagner ma vie comme couturière, la santé me fit défaut. Jamais je n'aurais trompé personne en fabriquant un certificat, si quelque autre chance m'eût été laissée... J'étais seule, madame... J'étais sans ressources... et ne puis que vous demander pardon.

— Humiliez-vous devant des femmes plus méritantes que moi ! dit Madeleine avec tristesse ; il ne me convient pas de vous pardonner.... Je ne puis que m'associer à votre chagrin et prendre pitié de vous, ce que je fais de tout cœur... A votre place, moi aussi, j'aurais supposé ce certificat... Ne parlons plus du passé ; vous ne savez pas à quel point vous me faites mal par l'expression de vos remords. Parlons de l'avenir !.. Il me semble que je puis vous venir en aide, et sans vous porter dommage. Il me semble aussi que vous pouvez m'aider, en revanche, et me rendre le plus signalé service... Vous saurez bientôt comment je l'entends... Mais d'a-

bord, supposant que vous fussiez mariée, — combien vous en
coûterait-il pour émigrer tous les trois ? »

Louisa, par un rapide calcul, évalua le prix d'un passage
de troisième classe pour un homme et sa femme se rendant
en Australie. Elle parlait bas, avec un accent découragé. Si
minime que fût la somme, on voyait bien qu'elle désespérait
de l'acquérir jamais.

Madeleine se redressa sur son siége et, reprenant la main
de la jeune fille : « Louisa, lui dit-elle, tout entière à cette
question,.... si je vous donnais l'argent de votre passage...
que pourrais-je attendre de vous, en retour ? »

Cette proposition inattendue sembla couper la parole à
Louisa. Elle tremblait violemment sans répondre un mot.
Madeleine répéta ce qu'elle venait de dire.

« Oh ! madame, s'écria la jeune fille, est-ce bien là votre
intention ?... Dois-je croire à un tel bonheur ?

— Oui, répondit Madeleine ; j'y songe très-sérieusement.
Et vous, en échange d'un tel service, que seriez-vous disposée à faire pour moi ?

— Pour vous ? répéta Louisa. Demandez-moi donc plutôt
ce que je ne ferais pas ? » Elle essayait de baiser la main de
sa maîtresse ; mais Madeleine ne voulut pas le souffrir, et retira sa main par un mouvement très-marqué, empreint de
quelque rudesse.

« Je ne vous impose aucune obligation, disait-elle. Nous
nous rendons mutuellement service, et pas autre chose... Tenez-vous tranquille, et laissez-moi réfléchir ! »

Pendant les dix minutes qui suivirent, un silence complet
régna dans la chambre. Ce temps expiré, Madeleine tira sa
montre et l'approcha du brasier mourant. Le peu de clarté
qu'il jetait encore suffit à peine pour qu'elle pût voir l'heure
sur le cadran. Il était à peu près six heures du soir.

« Êtes-vous assez remise pour descendre et faire une commission de ma part ? demanda-t-elle se levant pour parler à
Louisa.... Ce message n'a rien que de très-simple. Il s'agit
d'envoyer chercher un cabriolet, le plus tôt possible, par
l'enfant de la maison : il faut que je sorte immédiatement. Ce

soir, un peu plus tard, vous saurez pourquoi. J'ai beaucoup de choses à vous dire encore ; mais, présentement, le temps me manque... Quand je serai partie, apportez ici votre ouvrage, et attendez-y mon retour!.... Je reviendrai avant l'heure du coucher. »

Sans ajouter un seul mot d'explication, elle alluma précipitamment une bougie et se retira dans sa chambre pour mettre son chapeau et son châle.

II.

Le même soir, entre neuf et dix heures, Louisa, qui attendait avec une certaine anxiété, entendit retentir à la porte de la maison le coup que guettait depuis longtemps son oreille. Elle se précipita sur l'escalier pour aller ouvrir à sa maîtresse.

Le visage de Madeleine était fort animé ; elle paraissait plus agitée, rentrant au logis, qu'au moment de son départ. « Restez devant la table ! dit-elle à Louisa, non sans quelque impatience ;... mais déposez votre ouvrage à côté de vous. Ce que je vais vous dire réclame toute votre attention.

Louisa obéit. Madeleine, s'asseyant de l'autre côté de la table, écarta les flambeaux de manière à voir clairement, et sans obstacle, le visage de sa femme de chambre.

« Avez-vous remarqué, commença-t-elle brusquement, une femme d'un certain âge et d'aspect décent qui, dans le cours de la dernière quinzaine, est venue me rendre visite une ou deux fois ?

— Oui, madame ; je crois l'avoir introduite lors de sa seconde visite... c'est une personne sur le retour, et qui se nomme, à ce qu'il paraît, mistress Attwood ?

— C'est bien ce que je veux dire..... Mistress Attwood est la femme de charge de M. Loscombe ; non pas celle qu'il a chez lui, dans son domicile particulier, mais celle qu'il emploie pour ses bureaux de Lincoln's-Inn..... J'avais promis d'aller prendre le thé chez elle un soir de cette semaine ; — et c'est

ce soir que j'y suis allée... Il est assez étrange à moi, n'est-il
pas vrai, de m'être mise, avec une personne du rang de mistress Attwood, sur un pareil pied de familiarité? »

Louisa ne formula aucune réponse, mais son visage parlait
pour elle, montrant qu'elle ne pouvait, en effet, s'empêcher
d'être étonnée.

« J'avais mes raisons pour me lier avec mistress Attwood,
continua Madeleine. Elle est veuve, et sa famille se compose
de plusieurs filles. Toutes sont placées. L'une d'elles est suivante en second chez l'amiral Bartram, à Saint-Crux-*in-the-
Marsh*. C'est par le maître de mistress Attwood que j'ai appris
ceci, et aussitôt après cette découverte faite, je résolus, à
part moi, de lier connaissance avec mistress Attwood... Voilà
qui est plus singulier, n'est-il pas vrai ? »

Louisa commençait à manifester un peu d'inquiétude.
L'accent de sa maîtresse était en désaccord avec le langage
de sa maîtresse; on y pressentait quelque surprenante révélation encore à venir.

« Je ne me chargerai pas d'expliquer, continua Madeleine,
quel genre d'attrait ma société peut avoir pour mistress
Attwood. Je puis seulement vous dire qu'elle a connu des
jours meilleurs. Elle a reçu quelque éducation, et c'est peut-
être pour cela que ma société lui plaît. De manière ou
d'autre, elle a fait à mes avances un accueil empressé. Quant
au charme qu'a pour moi cette bonne femme, il peut vous
être expliqué sans beaucoup de paroles. J'éprouve une vive
curiosité, — curiosité incompréhensible, allez-vous penser,
— pour tout ce qui se passe actuellement dans le ménage de
Saint-Crux *in-the-Marsh*. La fille de mistress Attwood est une
bonne fille qui sans cesse écrit à sa mère. Sa mère, tirant
vanité de ces lettres et vanité de sa fille, est toujours disposée à bavarder sur le compte de celle-ci et à raconter tout
ce qui se passe autour d'elle... Voilà quel charme mistress
Attwood a pour moi... Vous devez, jusque-là, me comprendre? »

Louisa comprenait parfaitement. Madeleine continua
donc :

« Grâce à mistress Attwood et à la fille de mistress Attwood, j'ai déjà obtenu de curieux détails sur le ménage de Saint-Crux. Les bavardages de domestiques et les correspondances de domestiques, — ai-je besoin de vous l'apprendre ? — traitent plus souvent de leurs maîtres et de leurs maîtresses que ces maîtres et maîtresses ne le supposent. Il n'y a pas à Saint-Crux d'autre maîtresse que la femme de charge. Mais il y a un maître, — l'amiral Bartram. Ce paraît être un vieillard bizarre, dont les caprices et les fantaisies amusent ses domestiques autant que ses amis. Une de ses imaginations (la seule dont il soit nécessaire de nous préoccuper en ce moment), c'est qu'ayant eu pendant sa vie de bord assez d'hommes autour de lui, il veut, maintenant qu'il est à terre, n'être servi que par des femmes Le seul domestique mâle, dans le château, est un vieux marin qui a passé toute sa vie avec son maître : — il est pour ainsi dire en pension à Saint-Crux, et ne se mêle que peu ou point des besognes intérieures. Les autres domestiques occupées à ce service sont exclusivement des femmes; et au lieu d'un valet de pied pour le servir à table, l'amiral a une *femme de salon*[1]. La personne qui remplit à Saint-Crux ce genre de fonctions est sur le point de se marier et doit quitter le château dès que son maître aura pu la remplacer. Je savais tout ceci depuis déjà quelques jours. Mais ce soir, quand j'ai vu mistress Attwood, elle m'a montré une lettre que sa fille lui avait écrite dans l'intervalle; et cette lettre m'a fait découvrir quelque chose encore. La femme de charge ne sait où donner de la tête pour trouver une domestique nouvelle. Son maître exige de la jeunesse et une jolie figure; il laisse le surplus à sa femme de charge, mais il tient absolument à ceci. Toutes les démarches tentées dans les environs du château n'ont pas réussi à faire découvrir la *femme de salon* dont l'amiral est en peine. Si, d'ici à quinze jours ou trois semaines, rien de

---

1. *Parlour-maid.* — Nous risquons une traduction littérale de ce mot, que notre expression ordinaire : *femme de chambre*, rendrait d'une manière incomplète et presque ridicule.

sortable ne s'est présenté, la femme de charge est décidée à faire des annonces dans le *Times*, et à venir elle-même à Londres pour examiner les personnes qui se présenteront, en s'informant avec soin de leurs antécédents personnels. »

Louisa regardait sa maîtresse avec plus d'attention que jamais. Son visage n'exprimait plus la perplexité; on pouvait y voir poindre, en revanche, une nuance de désappointement.

« Ne perdez pas de vue ce que je viens de vous dire, et suspendez toute conclusion pendant une minute encore que je vais employer à vous questionner... N'allez pas vous imaginer que vous m'avez comprise; je puis vous assurer qu'il n'en est rien.., Est-ce que vous avez toujours servi comme femme de chambre ?

— Non, madame.

— Avez-vous jamais été *femme de salon* ?

— Dans une seule de mes conditions, madame, et je n'y suis pas longtemps restée.

— Assez longtemps, j'imagine, pour y apprendre ce genre de service?

— Oui, madame.

— Qu'aviez-vous à faire, outre le service de la table?

— J'annonçais les visites.

— Fort bien... et après ?

— J'avais à surveiller l'argenterie et les cristaux;... tout le linge de table était aussi confié à mes soins. Je devais répondre à toutes les sonnettes, sauf celles des chambres à coucher... Il y avait encore, de temps en temps, quelques menues besognes...

— Mais votre service régulier était celui que vous venez d'indiquer ?

— Oui, madame.

— Combien y a-t-il de temps que vous avez été attachée à cet emploi spécial ?

— Un peu plus de deux ans, madame.

— Je suppose que, dans ce laps de temps, vous n'avez ou-

blié ni le service de table, ni l'entretien de l'argenterie, n
le rèste ? »

A cette question, l'attention de Louisa, qui, durant cet interrogatoire de Madeleine, avait de plus en plus dévié, s'é-
gara pour le coup complétement. Ses inquiétudes toujours
croissantes l'emportèrent sur sa discrétion, et même sur sa
timidité ordinaire. Au lieu de répondre à sa maîtresse, elle
se permit tout à coup une question que lui suggéraient vaguement des conjectures précipitées :

«Bien des pardons, madame, dit-elle. Penseriez-vous à
m'offrir la place vacante à Saint-Crux?

— Allons donc! répondit Madeleine... bien certainement
non!... Vous avez donc oublié ce que je vous disais, dans
cette chambre même, avant de sortir?... Je compte vous voir
mariée, et vous faire partir pour l'Australie avec votre mari
et votre enfant... Vous n'avez pas voulu attendre, comme je
vous le prescrivais, que je me fusse expliquée. Vous avez tiré
vous-même vos conclusions, et ces conclusions se sont trou-
vées fausses... Je viens de vous poser une question à laquelle
vous n'avez pas répondu.... Je vous demandais si vous aviez
oublié votre service comme *femme de salon.*

— Oh! non, madame! » Louisa, jusqu'alors, avait répondu
comme à regret. Rassurée maintenant, elle répondait volontiers et avec confiance.

« Pourriez-vous, lui demanda Madeleine, enseigner ce
service à une autre domestique?

— Oui, madame, très-facilement, pour peu qu'elle
eût l'intelligence prompte et voulût bien me prêter attention.

— Pourriez-vous me l'enseigner, à *moi?* »

Louisa tressaillit et changea de couleur : « A vous, madame! s'écria-t-elle incrédule à moitié, à moitié prise de
peur.

— Oui, dit Madeleine... Pourriez-vous me mettre en état
de remplir à Saint-Crux l'emploi dont nous venons de parler ? »

Si claires que fussent ces paroles, l'étourdissement pro-

duit dans l'esprit de Louisa semblait la rendre incapable
de comprendre la proposition de sa maîtresse. « A vous,
madame ! répétait-elle, sans savoir au juste ce qu'elle disait.

— Peut-être vous ferai-je comprendre le projet extraordinaire que j'ai conçu en vous expliquant dans quel but je prétends agir,.... Vous rappelez-vous ce que je vous disais du
testament de M. Vanstone lorsque, arrivant d'Écosse, vous
vîntes me joindre ici?

— Oui, madame. Vous m'apprîtes que ce testament ne
faisait pas même mention de vous... Je suis bien certaine que
jamais ma camarade n'aurait voulu mettre sa signature au
bas de ce testament, si elle avait su...

— Laissons cela maintenant !.. Je ne blâme nullement
votre camarade ; je ne blâme personne que mistress Lecount...
Laissez-moi continuer ce que je disais,.. Il n'est pas le moins
du monde certain que mistress Lecount puisse me faire tout
le mal qu'elle a prémédité contre moi. Il reste une chance
pour que M. Loscombe, mon avocat, parvienne, en dépit du
testament, à obtenir pour moi ce qui m'est légitimement dû.
Cette chance serait la découverte d'une lettre qui doit être,
— selon M. Loscombe et selon moi, — secrètement déposée
entre les mains de l'amiral Bartram. Je n'ai pas le plus
léger espoir de savoir ce que renferme cette lettre, si je me
présente à découvert pour en réclamer communication. Mistress Lecount a prévenu l'amiral contre moi, et M. Vanstone lui
a confié un secret auquel moins que personne je dois être ini-
tiée. Si je lui écrivais, il ne répondrait point à ma lettre. Si je
frappais à sa porte, cette porte ne s'ouvrirait point pour moi.
C'est donc comme une étrangère que je dois me ménager
l'accès de Saint-Crux ; il faut que je m'y fasse. une position
qui me permette de chercher de tous côtés sans éveiller
les soupçons ; — il faut que j'y sois installée pour tout le
temps nécessaire à la réalisation de mes projets. J'ai tout
cela pour moi, si je suis accueillie dans la domesticité du
château ; et c'est comme domestique que j'entends m'y présenter.

— Mais vous êtes une personne du monde, madame, objecta Louisa de plus en plus perplexe... Les domestiques de Saint-Crux vous auront bientôt démasquée.

— Je ne crains nullement qu'ils me démasquent, répondit Madeleine. Je sais, mieux que vous ne le supposez, prendre les dehors qui me conviennent..... C'est à moi, d'ailleurs, qu'il appartient de pourvoir à ce danger..... Ne parlons, pour le moment, que de ce qui *vous* concerne. Ne décidez pas encore la question de savoir si vous devez ou non me prêter l'assistance dont j'ai besoin. Attendez, pour prendre à cet égard une résolution définitive, de savoir en quoi elle consiste. Vous êtes couturière habile et prompte. Pourriez-vous, d'ici à huit jours, me faire une robe qu'une domestique puisse convenablement porter, et arranger de manière à ce qu'elle vous aille une de mes robes de soie les plus élégantes ?

— Je crois, madame, pouvoir faire cela dans huit jours... Mais pourquoi me faire porter ?...

—Attendez un peu, et vous le saurez !... Je donnerai congé dès demain à notre hôtesse, une semaine d'avance. Dans l'intervalle, et tandis que vous vous occuperez des vêtements, je puis apprendre le service d'une femme de salon. Lorsque la domestique de la maison aura monté le dîner, et quand nous serons, vous et moi, toutes seules dans cette chambre, au lieu d'être servie par vous comme à l'ordinaire, c'est moi qui vous servirai. (Je parle très-sérieusement ; veuillez ne pas m'interrompre !) Tout ce que je pourrai apprendre de plus, sans gêner votre travail, je le pratiquerai en toute occasion et avec le plus grand soin. La semaine terminée et les robes faites, nous quitterons ce logement pour aller dans un autre où nous nous présenterons, vous comme maîtresse, moi comme femme de chambre.

— Personne ne s'y méprendra, madame, interrompit Louisa que cette perspective faisait trembler... Je ne suis pas une *lady*, moi.

— Et j'en suis une, dit Madeleine avec amertume..... Faut-il vous dire ce que c'est qu'une *lady* ? une *lady* est une

17.

femme qui porte une robe de soie, et se croit fort importante ici-bas. Je mettrai la robe de soie sur votre dos, et
dans votre tête le sentiment de votre importance. Vous parlez bien l'anglais; — vous êtes naturellement calme et savez
vous conduire; — pourvu que vous puissiez seulement venir
à bout de votre timidité, je n'aurai pas la moindre crainte à
votre sujet. Vous aurez bien le temps, dans le nouveau logement, de vous familiariser avec votre rôle, tout comme j'aurai le temps de me familiariser avec le mien. Nous aurons
aussi le loisir de confectionner quelques vêtements de plus,
— une autre robe à mon usage et, pour vous, la toilette de
noces dont j'entends vous faire cadeau. J'enverrai tous les
jours chercher le journal. Dès que l'annonce paraîtra, je me
présenterai, — sous tel nom que les circonstances pourront
me suggérer,... sous le vôtre, si vous voulez bien me le
prêter; — et lorsque la femme de charge me demandera
mon certificat, c'est à vous que je l'adresserai. Elle vous
verra dans le rôle de maîtresse, et moi dans celui de suivante.
Aucun soupçon ne pourra lui entrer dans l'esprit, à moins
que vous ne le lui fournissiez vous-même..... Pourvu que vous
ayez le courage de suivre mes instructions, et de répéter ce
que je vous aurai soufflé, l'entrevue, je vous en réponds,
sera terminée en dix minutes.

— Vous me faites peur, madame, dit Louisa qui tremblait
encore..... Je n'en puis plus de surprise... Vous parlez de
courage?... Où voulez-vous que j'en trouve ?

— Où j'en ai mis pour vous, dit Madeleine; dans le
prix du passage en Australie... Envisagez cette nouvelle
perspective qui vous donne un mari et vous rend à votre
enfant : — c'est là que vous trouverez le courage nécessaire... »

Le visage mélancolique de Louisa parut s'éclairer tout à
coup; le faible cœur de Louisa battit plus vite. Une étincelle
de cette flamme qui brûlait chez sa maîtresse s'alluma dans
ses yeux à la pensée de cet avenir rayonnant.

« Si vous acceptez ma proposition, poursuivit Madeleine,
vous pouvez, dès à présent, selon vos convenances, com-

mander le service nuptial. Je vous promets votre argent pour le jour où l'annonce paraîtra dans les feuilles publiques. Ce n'est pas vous, c'est moi seule que regarde le refus possible de la femme de charge... Je sais à quel point je suis enlaidie : j'espère cependant pouvoir l'emporter au concours sur les autres domestiques qui se présenteront; j'espère pouvoir me donner l'air de la « femme de salon » demandée par l'amiral Bartram. Vous n'avez rien à craindre dans tout ceci; sans cela, je ne vous en aurais point parlé. L'unique danger, c'est que je sois reconnue à Saint-Crux, et ce danger ne peut atteindre que moi. Au moment où j'arriverai dans le château de l'amiral, vous serez mariée et déjà sur le navire qui doit vous conduire à une nouvelle existence. »

La figure de Louisa, tantôt radieuse d'espérance, tantôt assombrie par la crainte, manifestait clairement la lutte intérieure que lui coûtait le parti à prendre. Elle essayait de gagner du temps, elle balbutiait vaguement quelques mots de reconnaissance, — mais sa maîtresse ne la laissa pas continuer.

« Vous ne me devez aucun remercîment, dit Madeleine. Je vous l'ai déjà dit, nous ne faisons que nous prêter un mutuel secours. J'ai fort peu d'argent, mais ce que j'en ai suffit pour vous tirer d'affaire, et je vous le donne bien volontiers. J'ai mené une vie malheureuse; j'ai fait le malheur d'autrui... Vous-même, je ne puis vous rendre heureuse qu'en vous sollicitant à une fraude nouvelle... Calmez-vous! ce n'est pas votre faute... Si vous refusez, des femmes qui ne vous valent pas me viendront en aide... Décidez à votre gré, mais n'ayez aucune répugnance à prendre cet argent!... Si je réussis, je n'en aurai pas besoin. Si j'échoue... »

Elle s'interrompit, se leva brusquement de son fauteuil, et déroba son visage à Louisa en se dirigeant du côté du foyer.

« Si j'échoue, reprit-elle exposant négligemment ses pieds à la chaleur de l'âtre, tout l'argent du monde ne me servirait à rien. Que ceci ne vous inquiète point; — en général, ne vous inquiétez pas de moi; — pensez uniquement

à vous! Je ne me prévaudrai nullement de l'aveu que vous
m'avez fait. Je ne prétends pas influencer chez vous une volonté opposée à mes desseins. Faites ainsi qu'il vous con-
viendra le mieux... Souvenez-vous seulement de ceci : — je
suis, moi, parfaitement décidée... Rien de ce que vous pouvez dire ou faire ne modifiera ma conduite. »

La manière soudaine dont elle avait quitté la table, et
l'altération de sa voix tandis qu'elle prononçait ces derniers
mots, semblaient avoir rendu à Louisa ses hésitations premières. Elle avait joint ses mains sur ses genoux et les tordait l'une dans l'autre : « Cette épreuve est venue m'as-
saillir bien subitement, madame, disait cette fille... J'éprouve
une terrible tentation de dire *oui*... Et cependant j'ai bien
peur.

— Prenez toute la nuit pour réfléchir, interrompit Madeleine qui s'obstinait à tenir son visage tourné vers la cheminée... En entrant demain chez moi, vous me direz ce que
vous avez résolu. Ce soir, je n'aurai besoin de personne ; —
je me déshabillerai moi-même. Vous n'êtes pas aussi forte
que moi, et je suis sûre que vous êtes à bout... Que ce que
je vous ai dit ne vous tienne pas éveillée!... Bonne nuit,
Louisa!... bonne nuit et bons rêves! » Sa voix s'atténuait de
plus en plus en prononçant ces affectueuses paroles. Elle
poussa un profond soupir et, posant son bras sur la cheminée, y appuya sa tête avec une lassitude désespérée qui
faisait peine à voir. Louisa, qu'elle croyait hors de la chambre,
s'y trouvait encore ; — Louisa se rapprocha d'elle doucement
et baisa sa main. Madeleine tressaillit, mais, cette fois, n'essaya pas de retirer la main baisée. Le sentiment de l'isolement terrible où elle vivait se trouva plus fort qu'elle, au
moment où les lèvres de sa suivante se posèrent ainsi sur
sa main. Son cœur orgueilleux s'attendrit ; des larmes brû-
lantes vinrent à ses yeux.

« Ne m'affligez pas! dit-elle d'une voix faible. Le temps
des attendrissements est passé ; ils ne font plus qu'ôter mes
forces... Retirez-vous donc, et bonne nuit! »

Madeleine, le matin venu, obtint enfin la réponse affirmative qu'elle avait prévue. Le jour même l'hôtesse reçut son congé, à huit jours de date, et l'aiguille industrieuse de Louisa fut, sans repos ni trêve, occupée à fabriquer le costume de la *parlour-maid*.

FIN DE LA SIXIÈME SCÈNE.

INTERMEDE.

—

I.

MISS GARTH A M. PENDRIL.

Westmoreland-House, 3 janvier 1848.

« Cher monsieur Pendril,

« Je vous écris, selon votre affectueuse recommandation, pour vous renseigner sur l'état de Norah, et vous faire part des améliorations que je constate dans sa situation d'esprit, par rapport à sa sœur.

« Je ne saurais dire qu'elle se résigne au silence prolongé de Madeleine : — je connais trop bien sa fidèle nature pour me permettre une telle assertion. Je me bornerai donc à vous faire savoir que son lourd fardeau de chagrin et d'anxiétés commence à trouver quelque allégement dans de nouvelles pensées et de nouvelles espérances. Je ne suis pas bien certaine qu'elle s'en aperçoive encore; mais j'entrevois ce résultat, dont elle-même n'a pas conscience. Je vois son cœur s'ouvrir aux consolations que peuvent lui donner un intérêt, une affection dont sa sœur n'est plus l'objet. Elle ne m'a pas dit un mot là-dessus, — et je me suis bien gardée de lui en ouvrir la bouche. Mais aussi vrai que les visites de M. George Bartram à la famille de Portland-Place sont devenues récemment de plus en plus fréquentes, — aussi certainement vous puis-je assurer que Norah trouve à ses incertitudes un remède qui n'est pas de ma façon, et conçoit pour l'avenir des espérances que je ne saurais me vanter de lui avoir enseignées.

« Je n'ai pas besoin d'ajouter que je vous dis ceci sous le sceau du plus grand secret. Dieu seul peut savoir si l'heureuse perspective dont j'entrevois le début doit devenir ou non plus brillante avec le progrès du temps. Plus je vois M. George Bartram, — et il m'a fait dans ces derniers temps maintes visites, — plus je sens augmenter mon goût pour lui. Dans mon humble jugement, je lui trouve toujours les qualités du *gentleman,* et ceci en donnant à ce mot son sens le plus élevé, qui est aussi le plus vrai. Si je vis assez pour voir Norah devenir sa femme, il me semble que je n'aurai rien à regretter ici-bas. Mais comment se flatter de prévoir l'avenir? Et nous avons tant souffert que, vraiment, je n'ose espérer.

« Avez-vous entendu parler de Madeleine ? Je ne sais ni pourquoi ni comment, — mais depuis que j'ai appris la mort de son mari, mon ancienne affection pour elle semble me revenir plus obstinée que jamais.

« Votre fidèlement dévouée,

« Harriet GARTH. »

II.

M. PENDRIL A MISS GARTH.

Searle-Street, 4 janvier 1818.

« Ma chère miss Garth,

« Je n'ai eu aucunes nouvelles directes de mistress Noël Vanstone. Mais depuis que je ne vous ai vue, j'ai appris qu'il fallait regarder comme fondés les bruits qui couraient sur la position qui lui a été faite par le décès de son mari. Elle n'a été l'objet d'aucun legs. Le testament ne mentionne même pas son nom.

« Il n'y a pas à se dissimuler, — sachant ce que nous savons, — qu'une pareille circonstance nous menace d'embarras nouveaux, et peut-être de nouveaux chagrins. Mistress Noël Vanstone n'est pas femme à subir sans une résistance désespérée le bouleversement total de ses espérances. Ce simple fait qu'on n'a pas entendu parler d'elle, en aucune façon, depuis la mort de son mari, me suggère, quant à moi, les plus sérieuses appréhensions. Dans la situation où elle se trouve, avec le caractère qu'on lui connaît, plus elle se tient tranquille pour le moment, et plus, — à mon sens du moins, — on doit se méfier de ce qu'elle fera dans l'avenir. On ne saurait dire à quelles violentes démarches l'entraîneront probablement les extrémités où elle est réduite. Il est impossible de ne pas craindre qu'elle devienne la cause de quelque scandale public qui, cette fois, rejaillirait sur sa sœur innocente en même temps qu'il la compromettrait elle-même.

« Je suis certain que vous ne méconnaîtrez pas le motif qui me fait vous écrire ces lignes; vous ne me croirez pas assez peu réfléchi pour vous causer une alarme inutile. Le vif désir que j'ai de voir se réaliser l'heureuse perspective à laquelle votre lettre fait allusion m'a conduit à m'expliquer vis-à-vis de vous avec moins de réserve que je n'en aurais montré en toute autre circonstance. J'insiste fortement pour que vous usiez de toute votre influence, chaque fois qu'elle pourra être loyalement employée, afin de fortifier ces liens naissants et de les soustraire, autant qu'il vous sera possible, à l'atteinte des malheurs futurs. Si je vous dis que la fortune dont mistress Vanstone a été dépouillée se trouve comprise tout entière dans le legs fait à l'amiral Bartram, — et si j'ajoute que George Bartram passe généralement pour être l'héritier présomptif de son oncle, — vous reconnaîtrez, j'imagine, que j'ai toute raison de vous prémunir comme je le fais.

« Bien à vous, en toute sincérité,

« William Pendril. »

III.

L'AMIRAL BARTRAM A MISTRESS DRAKE,

Femme de charge à Saint-Crux.

Saint-Crux, 10 janvier 1848.

« Mistress Drake,

« J'ai reçu votre lettre de Londres, où vous me dites avoir trouvé pour moi une nouvelle « femme de salon » et où vous m'annoncez que cette personne est sur le point de vous accompagner à Saint-Crux, lorsque les autres affaires que vous avez en ville vous permettront de nous revenir.

« Ces arrangements doivent être modifiés sans retard, — et cela pour un motif que je déplore d'avoir à mentionner ici.

« La maladie de ma nièce, mistress Girdlestone, — maladie qui n'inquiétait aucun de nous, les médecins y compris, — s'est terminée d'une manière fatale. J'ai reçu, ce matin même, la triste nouvelle de sa mort. On dit son mari à moitié fou de chagrin. M. George est déjà parti pour chez son beau-frère afin d'y surveiller l'accomplissement des derniers devoirs, et je l'y suivrai avant que les funérailles aient lieu. Nous nous proposons d'emmener ensuite M. Girdlestone et d'essayer l'effet que pourront avoir sur lui les distractions forcées d'un voyage. Dans ces tristes circonstances, je serai sans doute hors de Saint-Crux pendant un mois ou six semaines, pour le moins ; — l'établissement sera fermé : — par conséquent, jusqu'à mon retour, nous n'aurons pas besoin de la domestique nouvellement arrêtée.

« Vous direz donc à cette fille, sitôt ma lettre reçue, qu'une mort survenue dans la famille a provisoirement changé nos combinaisons. Si elle consent à attendre, vous pouvez en toute sûreté l'engager de façon à ce qu'elle arrive

ici dans six semaines. Je serai de retour alors, — en supposant même que M. George ne soit pas encore disponible. Si
elle refuse, payez-lui l'indemnité qui lui est due, et ne son-
gez plus à elle.

  « Très-vôtre,

        « Arthur BARTRAM. »

IV.

MISTRESS DRAKE A L'AMIRAL BARTRAM.

            11 janvier.

 « Monsieur et très-honoré maître,

 « J'espère avoir terminé demain toutes mes affaires et
m'en retourner à Saint-Crux. J'écris cependant, en cas de
retard imprévu, afin de vous ôter toute inquiétude.

 « La jeune femme engagée par moi (elle se nomme Louisa)
veut bien attendre selon vos désirs; et sa maîtresse actuelle,
qui lui porte un vif intérêt, se charge de pourvoir dans l'intervalle à tous ses besoins. Il est entendu qu'elle entrera dans
sa nouvelle condition au bout de six semaines, lesquelles
partent d'aujourd'hui, — ou, pour mieux préciser, le 25 février prochain.

 « Veuillez agréer l'expression de ma respectueuse sympathie pour le triste événement qui vient de vous enlever un
des membres de votre famille. Veuillez aussi me croire,

 « Monsieur et très-honoré,

   « Votre toute dévouée,

        «Sophia DRAKE. »

SCENE SEPTIEME.

—

SAINT-CRUX-IN-THE-MARSH.

« C'est ici que vous coucherez... Faites votre toilette, et redescendez ensuite chez moi... L'amiral est de retour, et vous commencerez dès aujourd'hui par le servir au dîner. »

A ces mots, mistress Drake, la femme de charge, referma la porte ; et la nouvelle *parlour-maid* demeura seule dans la chambre qui lui était assignée à Saint-Crux.

On était au 25 février, à ce jour qui promettait tant d'événements nouveaux. Quatre mois après le dépôt fait par mistress Lecount, entre les mains de l'exécuteur testamentaire, des instructions particulières laissées par Noël Vanstone, la combinaison contre laquelle cette femme habile avait tout d'abord et surtout voulu se prémunir, cette combinaison venait de se réaliser. La veuve de M. Noël Vanstone et la Contre-Lettre adressée à l'amiral Bartram se trouvaient réunies sous le même toit.

Jusqu'alors les événements avaient tourné, sans exception, en faveur de Madeleine. Jusqu'alors elle n'avait trouvé aucun obstacle sur le chemin de Saint-Crux. Louisa, — dont elle portait maintenant le nom, — voguait depuis trois jours vers l'Australie avec son mari et son enfant : or, c'était la seule créature vivante à qui Madeleine eût confié son secret, et d'ores et déjà celle-là se trouvait hors de vue, bien loin du rivage anglais. Elle s'était montrée jusqu'au bout soigneuse, sincère et fidèlement dévouée aux intérêts de sa maîtresse. Elle avait subi l'épreuve de son entrevue avec la femme de charge, sans rien oublier des instructions par les-

quelles on l'y avait préparée. Elle avait elle-même proposé
de mettre à profit le délai de six semaines, occasionné par
le deuil de famille survenu chez l'amiral, pour continuer les
enseignements pratiques sans lesquels sa maîtresse aurait
infailliblement compromis le succès de son audacieux stratagème. Grâce au temps ainsi gagné, lorsque Louisa fut mariée et lorsque le jour de la séparation fut venu, Madeleine
avait appris, dans le plus menu détail, tout ce que lui pouvait enseigner son ex-femme de chambre. Le jour où elle
franchit le seuil de Saint-Crux elle abordait son entreprise
désespérée, forte de cette présence d'esprit qu'elle avait eue
à déployer récemment au sein des circonstances les plus
critiques, — forte également de ces talents acquis en vertu
desquels elle pouvait se présenter, sans blesser aucune vraisemblance, sous des dehors supposés, — mais plus forte encore de ces deux mois pendant lesquels un exercice quotidien
l'avait familiarisée avec les devoirs domestiques de l'emploi
qu'elle prétendait remplir.

Une fois restée seule, après le départ de mistress Drake,
elle défit sa malle et s'habilla pour la soirée.

Elle mit une robe d'étoffe grise, — demi-deuil prescrit à
tous les domestiques, de par les instructions de l'amiral, en
mémoire de mistress Girdlestone, — un tablier de mousseline
blanche, puis un joli bonnet et un col blanc garni de rubans
qui assortissaient la robe. Sous cette livrée féminine, — avec
cette simple robe fermant au cou, ce joli petit bonnet blanc
rejeté en arrière, — Madeleine, dans ce costume simple et
séant, le plus modeste et en même temps le plus attrayant
que puisse porter une femme aux yeux de tout homme qui
n'est pas un marchand de nouveautés, Madeleine dissimulait
presque absolument les tristes altérations que de longues
souffrances mentales avait fait subir à sa beauté. Habillée
comme les dames le sont pour aller dans le monde, la poitrine à découvert, et dans ces roides étoffes de soie qui font
du vêtement une espèce d'armure, — l'amiral ne l'aurait
peut-être pas remarquée, venant à l'apercevoir dans son
salon. Tout au contraire, avec cet ajustement à la fois chaste

et coquet, aucun admirateur de la beauté, arrêtant une fois son regard sur elle, n'aurait pu se dispenser de la contempler à loisir.

En descendant l'escalier pour retourner chez la femme de charge, elle passa successivement devant l'entrée de deux longs corridors dallés sur lesquels ouvrait une double rangée de portes. L'un était situé au second étage, l'autre au premier. « Que de chambres! pensait-elle en regardant ces portes nombreuses... Et combien de recherches avant de découvrir ce que je voudrais trouver ici! »

En posant le pied au rez-de-chaussée, elle rencontra un vieillard, d'aspect fatigué, qui s'arrêta pour la contempler avec l'intérêt le plus visible. C'était le même qu'avait vu le capitaine Wragge dans l'arrière-cour de Saint-Crux, occupé à sculpter un petit modèle de navire. Il était connu dans tous les environs, et à quelques lieues à la ronde, comme le « Bosseman de l'Amiral. » Mais son véritable nom était Mazey. Sur le visage chagrin et ridé du vieux matelot, soixante ans avaient tour à tour écrit leurs annales de rudes travaux en mer, d'amples libations une fois à terre. Soixante ans avaient mis sa fidélité à l'épreuve, et avaient finalement amené au port, dans le château de son maître, — leurs voyages une fois terminés, — cette carcasse disloquée par plus d'une tempête.

Ne voyant personne autre à qui s'informer, Madeleine pria le vieillard de lui indiquer par où elle pourrait gagner la chambre où résidait la femme de charge.

« Certainement, ma belle!... dit le vieux Mazey, parlant avec cette voix haute et profonde, apanage particulier de la surdité... Vous êtes la nouvelle venue, pas vrai? et un beau brin de fille par-dessus le marché!... Son Honneur l'amiral aime que sa femme de salon soit bien gréée de partout... Vous ferez l'affaire, ma belle,... et c'est moi qui vous le dis.

— Ne prenez pas garde à ce que peut vous conter M. Mazey, remarqua la femme de charge, qui avait ouvert sa porte au moment où le vieux marin rendait à Madeleine cet hommage familier... Il a pour privilége de bavarder tant qu'il veut; ses habitudes sont quelquefois très-incommodes, et généralement assez peu séantes; — mais, en somme, il n'a rien de méchant. »

Tout en excusant ainsi ce vénérable débris du service maritime, mistress Drake conduisit Madeleine, d'abord à l'office, puis à la lingerie, l'installant avec toutes les formalités requises dans les départements domestiques qui allaient devenir son domaine spécial. Cette cérémonie terminée, on fit monter la nouvelle *parlour-maid* pour lui montrer la salle à manger, laquelle ouvrait sur le corridor du premier étage. Là, elle reçut ordre de mettre le couvert, et pour une personne seule, — M. George Bartram n'étant pas revenu à Saint-Crux avec son oncle. Les yeux subtils de mistress Drake surveillaient attentivement Madeleine pendant qu'elle inaugurait ainsi ses nouvelles fonctions; et la conviction particulière de mistress Drake, une fois le couvert mis, la contraignit de reconnaître que, — pour ceci, du moins, — la nouvelle domestique entendait parfaitement son métier.

Une heure plus tard, le potage fut placé sur la table, et Madeleine, debout derrière le fauteuil vide de l'amiral, attendit seule, de pied ferme, le premier regard d'inspection qu'il allait jeter sur elle, à son entrée dans la salle à manger.

Une grosse cloche retentit dans les régions inférieures, — un piétinement rapide et lourd se fit entendre sur les dalles du corridor, — la porte s'ouvrit brusquement, — et un grand vieillard maigre et jaune, l'œil vif et la lèvre narquoise, le geste inquiet et bruyant, entra suivi de deux grands chiens de Terre-Neuve, et vint précipitamment s'asseoir à table. Les chiens ne le quittaient pas, et s'installèrent des deux côtés de son fauteuil avec une gravité, un calme suprêmes. C'était l'amiral Bartram, — c'étaient les convives de son repas solitaire.

« Ah! oui, oui!... Voilà certainement la nouvelle *parlour-maid!* commença-t-il en jetant sur Madeleine un regard investigateur, mais qui n'avait rien de désobligeant... Votre nom, ma bonne? Louisa, dites-vous? Eh bien! si cela vous est égal, je vous appellerai Lucy... Enlevez le couvercle, ma chère petite... Je suis aujourd'hui en retard d'une ou deux minutes..... N'allez pas vous autoriser de ceci pour manquer demain de ponctualité... Ordinairement, je suis régulier comme l'horloge... Votre voyage vous a-t-il fatiguée?... De la station ici, ma carriole à ressorts a dû vous secouer un peu... Voici une fière soupe... Un véritable incendie... Elle me rappelle nos potages des Indes-Occidentales, tels que nous les avalions en 1803... Vous a-t-on donné votre demi-deuil?... Avancez à l'ordre, et que je voie!... Très-bien, c'est propre, élégant, bien arrangé... Pauvre mistress Girdlestone! pauvre chère créature!.... Vous n'avez pas peur des chiens, n'est-ce pas, Lucy?... Hein?... Comment dites-vous?... Vous aimez les chiens?... A merveille!... Soyez toujours bonne pour les animaux qui ne parlent pas... Ces deux chiens-ci dînent avec moi tous les jours, sauf quand j'ai du monde... Celui qui a le nez noir s'appelle Brutus, celui qui a le nez blanc s'appelle Cassius... Vous a-t-on jamais raconté qui étaient ces gens-là?... Des Romains d'autrefois?... A merveille, — parlez-moi d'une petite fille instruite... Attention à vos livres et à votre aiguille!... nous vous trouverons quelque jour un bon mari... Enlevez le potage, mon enfant, enlevez-moi bien vite ce potage! »

Tel était le possesseur du Secret à la découverte duquel l'existence de Madeleine était désormais consacrée. Tel était l'homme dont le nom avait été substitué au sien sur le testament de Noël Vanstone.

Le poisson et le rôti suivirent; les divagations de l'amiral continuaient, — tantôt sous forme de soliloque, tantôt adressées à la soubrette, et tantôt aux deux chiens, — aussi familières, aussi décousues que jamais. Madeleine observa, non sans quelque surprise, que les convives de l'amiral n'avaient jusque-là reçu aucun des débris laissés sur l'assiette de leur maître. Ces deux magnifiques animaux, accroupis sur leur arrière-train et leur puissante tête posée sur la table, surveillaient avec la plus scrupuleuse attention la marche du repas, mais sans paraître s'attendre à y participer le moins du monde. Le rôti fut enlevé; l'amiral changea d'assiette, et Madeleine enleva les cloches d'argent qui recouvraient les deux entrées, aux deux côtés de la table. Lorsqu'elle passa aux mains de son maître le premier de ces plats richement assaisonnés, les chiens semblèrent prendre tout à coup un intérêt particulier et direct à cette complication du drame gastronomique. Brutus, en vrai glouton, laissa découler de sa gueule deux longs filets de bave; et la langue de Cassius, qu'une inexprimable attente mettait en relief, fumait entre ses énormes mâchoires.

L'amiral se servit d'une main prodigue, envoya Madeleine vers le buffet en lui demandant du pain et, lorsqu'il se crut à l'abri de son regard, vida furtivement dans la gueule de Brutus tout le contenu de son assiette. Cassius poussa un faible gémissement, lorsqu'il vit son fortuné camarade engloutir d'un seul trait tant de bonnes choses: « Taisez-vous, imbécile! murmura l'amiral... Votre tour viendra... »

Madeleine présenta le second plat. Comme naguère, le vieux *gentleman* se servit abondamment, — comme naguère, il la renvoya du côté du buffet, — comme naguère, il vida tout le contenu de son assiette dans la gueule du chien : — mais Cassius, pour le coup, fut l'objet de cette faveur, ainsi qu'on pouvait l'attendre d'un maître prudent et d'un homme impartial. Quand arriva le service suivant, composé d'un simple *pudding* et d'une crème plus ou moins malsaine, — Madeleine vit se confirmer les idées qu'elle commençait à se faire sur le rôle que les chiens jouaient pendant le dîner. Tandis que le maître se contentait du pudding vulgaire, les chiens avalaient la crème préparée à grands frais. L'amiral était évidemment placé entre ces deux craintes, ou de désobliger son chef de cuisine ou de faire tort à sa digestion; — Brutus et Cassius, complices dressés par lui, l'aidaient chaque jour à sortir sain et sauf des cornes de cet affreux dilemme. « Excellente! excellente! disait le vieux *gentleman* avec la plus transparente duplicité... Dites au chef, mon enfant, que la crème était parfaite! »

Quand elle eut placé sur la table le vin et le dessert, Madeleine allait se retirer. Mais, avant qu'elle eût gagné la porte, son maître la rappela.

« Doucement! doucement! disait l'amiral... Vous ne connaissez pas encore, ma bonne Lucy, les us et coutumes de la maison... Mettez ici, à main droite, un autre verre, — et le plus grand que vous pourrez trouver, mon enfant!... J'ai un troisième chien qui n'arrive qu'au dessert, — un vieux chien d'eau salée, ivrogne associé à mes destins, sur terre et sur mer, depuis cinquante ans et plus. C'est cela, c'est cela!... Voilà bien le verre qu'il nous faut... Vous êtes une brave fille, — une fille alerte et bien apprise... N'ayez pas peur, ma petite!... Il n'y a pas de quoi s'effrayer! »

Un coup' violent, frappé contre la porte et suivi d'un aboiement poussé par chacun des deux chiens, avait fait tressaillir Madeleine. « Entrez! » cria l'amiral. La porte s'ouvrit; les queues de Brutus et de Cassius tambourinèrent joyeusement sur le parquet, et le vieux Mazey vint se placer, la tête haute, à la droite du fauteuil de son maître. Le vieux marin se tenait là, les jambes largement écartées, et ménageant avec soin son équilibre, comme si la salle à manger eût été une cabine et le château un navire ballotté sur les vagues mobiles.

L'amiral remplit de *porto* le grand verre qu'il avait demandé, versa dans le sien une rasade de vin de France, et le portant à ses lèvres :

« Dieu bénisse la Reine, Mazey! dit l'amiral.

— Dieu bénisse la Reine, Votre Honneur! répéta le vieux Mazey, qui engloutit son *porto* comme les chiens avaient englouti les entrées, c'est-à-dire d'un seul trait.

— Et le vent, Mazey ?

— Nord-nord-ouest, Votre Honneur.

— Y a-t-il lieu à rapport, ce soir, mon brave Mazey ?

— Pas de rapport, Votre Honneur.

— Bonsoir, Mazey!

— Bonsoir, Votre Honneur! »

Les rites de l'après-dînée se trouvant ainsi complets, le vieux Mazey tira sa révérence et sortit de la salle. Brutus et

Cassius s'étendirent sur le devant de feu pour digérer, dans les meilleures conditions possibles, les mets recherchés dont on les avait gavés. « Dieu nous rende vraiment reconnaissants des biens que nous tenons de lui! dit l'amiral. Descendez, ma bonne petite, allez souper !.... Ménagez-vous, Lucy, pour peu que vous m'en veuillez croire; ménagez-vous, sous peine de cauchemar... Se coucher tôt, ma chère, et se lever de bonne heure, voilà la santé, la richesse et la sagesse d'une fillette comme vous... C'était la maxime proverbiale de nos aïeux, — et il n'y a pas là de quoi sourire... Bonne nuit! » Ce fut en ces termes que Madeleine fut congédiée; et c'est ainsi que s'acheva, chez l'amiral Bartram, sa première journée d'épreuve.

Après le déjeuner, le lendemain, les instructions données par l'amiral à sa nouvelle *parlour-maid* comprirent une mission d'ordre spécial qui, — les projets de Madeleine étant donnés, — avait pour elle un grand intérêt. Pendant une absence que le vieux *gentleman* devait faire ce jour-là, certaines affaires locales l'appelant à Ossory, elle reçut ordre d'explorer, pour la connaître à fond, toute la partie habitée du château, et d'étudier la situation des différentes chambres, de manière à savoir au juste où l'appellerait chaque coup de sonnette. Mistress Drake était chargée de la piloter pendant ce voyage de découvertes à l'intérieur, à moins cependant qu'elle n'en fût empêchée par ses occupations, — auquel cas l'une ou l'autre des domestiques subalternes pourrait tout aussi bien servir de guide à Madeleine.

L'amiral partit pour Ossory vers le milieu du jour, et Madeleine se présenta chez mistress Drake pour qu'on lui montrât le château. Mistress Drake se trouva occupée d'autres soins et s'en remit à la principale femme de chambre. La principale femme de chambre était précisément, ce matin-là, tout aussi affairée que mistress Drake; elle renvoya Madeleine aux femmes de chambre en second. Ces demoiselles déclarèrent, à l'unanimité, qu'elles étaient en arrière de leur ouvrage, et n'avaient pas une minute à perdre, ajoutant, et sans y trop mettre de formes, « que le vieux Mazey n'avait rien à faire au monde et qu'il connaissait le château tout aussi bien, sinon mieux, que son A B C... » Madeleine reçut cette indication avec une rancune et un mépris secret qu'elle eut grand'peine à dissimuler. Elle avait déjà soupçonné, la veille au soir, — et ceci lui était désormais confirmé, — que toutes les femmes attachées au service de l'amiral opposaient à son admission parmi elles une méfiance sournoise aussi unanime que difficile à comprendre. Mistress Drake, elle l'avait vu de ses yeux, était bien réellement absorbée dans ses comptes, ce matin-là. Mais, de toutes les suivantes en sous-ordre qui tour à tour s'étaient excusées, pas une n'avait pris la peine de feindre un surcroît d'occupations. Leur physionomie disait clairement : « Vous ne nous plaisez point; et nous n'avons aucune envie de vous promener dans le château. »

Elle découvrit le vieux Mazey, non pas d'après les indications incomplètes qu'on lui avait données, mais en se guidant sur le bruit que faisait le vieux matelot, lequel chantait, de sa voix éraillée et chevrotante, au fond d'une retraite lointaine, un couplet de cette immortelle chanson de mer, — *Tom Bowling*. Juste au moment où elle s'arrêtait parmi les corridors inextricables qui se croisaient au rez-de-chaussée, ne sachant trop de quel côté se diriger, elle entendit cette vieille voix discordante beugler à tue-tête les vers ci-après :

> Jamais vit-on beauté plus achevé-é-é-ée?
>   Son cœur n'avai-ait pas un défaut;
> Après avoir en bas fait sa corvé-é-éc,
>   Tom manœuvre à présent là-haut [1]...

Madeleine, se dirigeant du côté d'où partait la voix, finit par se trouver dans une petite pièce ayant vue sur une arrière-cour. Là était assis le vieux Mazey, ses lunettes perchées à l'extrémité de son nez, et, de ses vieilles mains

---

[1]   His form was of the manliest beau-u-u-uty?
    His heart was ki-i-ind and soft;
Faithful below Tom did his duty,
    But now he's go-o-o-one aloft!

noueuses, gréant tant bien que mal le petit navire en miniature dont jadis nous l'avons vu sculpter la coque. Là étaient
avec lui Brutus et Cassius, digérant en paix devant le feu et
ronflant de manière à prouver que ce doux *far-niente* leur
était particulièrement agréable. Lord Nelson s'y trouvait
aussi, aquarelle flamboyante accrochée à l'un des murs; et
en face était le portrait du dernier vaisseau sur lequel
l'amiral eût porté son pavillon, vaisseau voguant à toutes
voiles sur des flots d'ardoise, et surmonté, pour rendre l'illusion plus complète, d'un beau ciel couleur saumon.

« Comment! elles ne veulent pas vous montrer le château?
dit le vieux Mazey. Je m'en charge, alors!... Cette femme de
chambre en premier, ma petite, a un caractère aussi aigre
qu'il en fut jamais... Vous êtes trop jeune et trop gentille
pour leur plaire; — voilà ce qui les ennuie. » Il se leva, ôta
ses lunettes, et tandis que d'une main débile il réédifiait son
feu : « Droite comme un peuplier, disait le vieux Mazey lorgnant de côté la taille de Madeleine et se parlant à lui-même
comme dans une sorte de demi-sommeil... Je dis qu'elle est
droite comme un peuplier, et Son Honneur l'amiral est de
mon avis... Venez, ma petite! continua-t-il, interpellant
de nouveau Madeleine... Mais d'abord, il me faudra vous apprendre les aires de vent. Quand vous connaîtrez vos aires,
qu'il souffle fort ou qu'il souffle faible, vous naviguerez sans
peine par toute la maison. »

Il la précéda vers la porte, — puis fit halte, et se rappelant tout à coup son petit modèle de navire, il rebroussa
chemin pour le serrer dans une armoire vide; — ensuite, il
reprit le chemin de la porte, — mais il s'arrêta de nouveau,
se remémorant le froid qu'il faisait dans certaines chambres,
— et se mit à rôder de çà de là, grommelant et jurant, à la
recherche de son chapeau qu'il n'avait pas sous la main. Madeleine s'était assise, et attendait patiemment la fin de tous
ces retards. Elle comparait avec reconnaissance le bon vouloir du vieux matelot aux refus malveillants de la domesticité féminine. Si fermement qu'on lui résiste et telle fierté
qu'on lui oppose, tout mauvais procédé volontaire, — encore

qu'il soit digne de mépris, — parvient toujours à nous blesser au vif. Madeleine ne comprit bien à quel point la mesquine malice des suivantes de l'amiral l'avait réellement affectée qu'en se trouvant si sensible aux rudes bontés du vieux marin. La muette bienvenue des chiens, lorsque le mouvement qui se faisait dans la chambre les eut tirés de leur sommeil, la pénétra plus profondément encore. Brutus vint fourrer dans sa main l'extrémité de son mufle énorme, et Cassius posa sur ses genoux une patte amicale. Aussi, tandis qu'elle les flattait de la main et répondait à leurs caresses, le cœur de la jeune fille s'attendrissait sur ces deux animaux. Ils lui rappelaient les chiens de Combe-Raven avec lesquels, — hier encore, lui semblait-il, — elle avait tant couru dans les jardins, et passé tant d'heures délicieuses, assise à l'ombre sur le gazon pendant les belles matinées d'été.

Le vieux Mazey finit par trouver son chapeau, et, suivis des chiens, ils partirent pour leur tournée d'exploration.

Quittant le rez-de-chaussée du château, qui était entièrement consacré aux usages domestiques, ils montèrent au premier étage et pénétrèrent dans le long corridor avec lequel Madeleine avait déjà fait connaissance le soir précédent. « Adossez-vous à ce mur! dit le vieux Mazey, montrant du doigt la longue muraille, — irrégulièrement percée de fenêtres donnant sur une cour et un vivier, — muraille qui formait, par rapport à la situation actuelle de Madeleine, le côté droit du corridor... Adossez-vous ici! dit l'ancien matelot, et regardez devant vous! Qu'avez-vous sous les yeux? — Le mur en face, dit Madeleine. — Oui, oui!... Mais encore? — Des portes ouvrant sur les chambres. — Et ensuite? — Je ne vois pas autre chose. » Le vieux Mazey cligna de l'œil, gloussa un espèce de ricanement et, levant son doigt noueux du côté de Madeleine pour donner plus de poids à ce qu'il allait dire : « Vous voyez, ma petite, reprit-il, une des aires de vent. Lorsque, adossée à ce mur, vous regardez droit devant vous, c'est au Nord que vous regardez. A l'avenir, s'il vous arrivait de vous perdre, tournez le dos

à ce mur, regardez droit devant vous et dites-vous, sans
crainte de vous tromper : — C'est le Nord que j'ai en face.
Faites cela comme une bonne petite fille que vous êtes, et
vous ne perdrez jamais vos hauteurs [1]. »

Après cette explication préliminaire, le vieux Mazey ouvrit la première des portes, à main droite du long couloir.
Elle conduisait dans la salle à manger que Madeleine connaissait déjà. La pièce d'ensuite était arrangée en bibliothèque; la troisième, en salon de jour. Les quatrième et
cinquième portes,—toutes deux appartenant à des chambres
délabrées et inhabitées, toutes deux fermées à clef, — les
amenèrent à l'extrémité de l'aile Nord du château et à l'entrée
d'un second passage, plus court que le premier, sur lequel
il venait tomber à angle droit. Le vieux Mazey qui, pendant
l'investigation des chambres, avait assez également employé
son temps, tantôt à parler de Son Honneur l'amiral, tantôt à
siffler les chiens, revint, une fois là, — et avec tout l'empressement du monde, — à ses fameuses « aires de vent; »
et il somma gravement Madeleine de répéter la cérémonie
déjà faite, en s'adossant de nouveau à la muraille. Elle voulut
abréger, en l'assurant (tout à fait à bon droit) que, placée
comme elle l'était, elle se savait faisant face à l'Est : « Ne
parlez pas de l'Est, ma petite, dit le vieux Mazey immuable
dans ses procédés d'enseignement, avant d'avoir, au préalable, fait connaissance avec l'Est... Adossez-vous à ce mur
et regardez droit devant vous!... Qu'avez-vous devant les
yeux? » Le reste du catéchisme continua comme devant.
Arrivé au bout du chapitre, le professeur de Madeleine se
montra satisfait. Un clignement d'yeux, un ricanement en
sourdine, l'attestèrent à son élève : « Maintenant, ma petite,
disait ce vétéran des mers, parlez de l'Est tant qu'il vous
plaira, car maintenant vous savez ce que c'est. »

Le corridor Est, au bout de quelques mètres, débouchait

---

1. *Your bearings.* — Ce mot doit s'entendre, ici, dans le sens que
lui donnent les marins, savoir la situation d'une côte, d'une ville, etc.,
relativement au vaisseau sur lequel on navigue.

dans un vestibule sur lequel ouvrait une porte à deux battants placée en face d'eux, et qu'ils durent ouvrir pour passer outre. Cette porte leur livra l'accès d'un grand salon, au plafond élevé, garni comme tous les autres appartements d'un mobilier de prix, mais tout à fait suranné. Traversant cette pièce dans toute sa longueur, le guide qui suivait Madeleine alla pousser une lourde porte à coulisses, faisant exactement face à celle par où ils étaient entrés. « Mettez votre tablier sur votre tête! dit le vieux Mazey... Nous arrivons maintenant à la Salle-des-Banquets. La dalle y est froide, et l'humidité tient à ses vieilles murailles comme les cancrelats à un bateau de charbon. Son Honneur l'amiral l'a baptisé le Passage-Arctique... Et moi aussi, je lui ai donné un nom. Je l'appelle Glace-la-Moelle. »

Madeleine franchit le seuil et se trouva dans la vieille *Banqueting-Hall* de Saint-Crux.

A sa gauche, elle voyait une série de hautes fenêtres ouvertes dans de profondes embrasures, et s'étendant sur un front de plus de cent pieds. A sa droite, et d'un bout à l'autre du mur opposé, pendait une affreuse collection de vieilles toiles noircies, que la moisissure détachait de leurs cadres, et qui représentaient des combats de terre ou de mer. Au-dessous des tableaux, au centre de cette longue muraille, s'ouvrait comme une caverne une énorme cheminée que surmontait un lourd manteau de marbre noir. Le seul meuble (si tant est qu'on pût l'appeler un meuble) visible dans le vide de l'immense pièce était un vieux trépied aux formes élancées et en métal curieusement ciselé, qui, debout au milieu de la salle, supportait un brasier rond où étaient encore amoncelées, à une assez grande profondeur, les cendres d'un feu de charbon depuis longtemps éteint. Le haut plafond, jadis sculpté et doré par d'habiles artistes, était enfumé, sali, revêtu de toiles d'araignée. Aux deux bouts de la chambre, l'humidité avait inscrit maintes et maintes taches sur les murs dénudés; et le froid du dallage en marbre traversait l'étroite bande de paillassons qu'on avait étendue parallèlement aux fenêtres, bande qui semblait un sentier frayé pour les voyageurs à travers cette solitude désolée. On n'aurait pu lui trouver un meilleur nom que celui sous lequel le désignait le vieux Mazey. Glace-la-Moelle, — ces trois mots renfermaient la description fidèle de la Salle-des-Banquets à Saint-Crux.

« Est-ce que vous n'allumez jamais de feu dans cet affreux endroit ? demanda Madeleine.

— Cela dépend du côté de Glace-la-Moelle où réside l'amiral, répondit le vieux Mazey. Son Honneur aime à changer de quartier; il se transporte tantôt à un bout du château, tantôt à l'autre. S'il habite au nord de Glace-la-Moelle, — c'est-à-dire la portion d'où vous venez, — nous ne gaspillons pas notre charbon dans ces régions-ci... Tout au contraire, s'il habite le sud de Glace-la-Moelle, — c'est-à-dire les appartements où nous allons nous rendre, — nous allumons la houille dans la cheminée, et le charbon de bois dans le brasier. Toutes les nuits, cela fait, l'humidité vient à bout de nous; mais nous recommençons le matin, et tant que dure le jour nous venons à bout de l'humidité. »

Sur cette remarquable explication, le vieux Mazey, se dirigeant vers le bas de la salle et ouvrant encore d'autres portes, promena Madeleine dans un nouvel appartement composé de quatre chambres, toutes de dimensions modestes et meublées toutes, à fort peu de chose près, comme celles de l'aile septentrionale. Elle regarda par les fenêtres et vit les jardins négligés de Saint-Crux envahis par les mauvaises herbes et les broussailles. Çà et là, parmi l'enclos et dans un rayon assez peu étendu, les méandres doucement infléchis d'un de ces cours d'eau tour à tour alimentés ou épuisés par les marées, que nous signalions plus haut comme particuliers à ce pays, se laissaient apercevoir brillant au soleil à travers certaines éclaircies de la végétation. En se portant plus au loin, le regard planait, du côté de l'Est, sur le plat pays, tacheté çà et là de petits villages, traversé, retraversé par son réseau de *backwaters,* et à l'extrémité duquel se dressait brusquement la longue ligne droite de ce mur maritime qui protége seul la côte d'Essex contre l'envahissement des flots.

« Avons-nous encore d'autres chambres à voir? demanda Madeleine cessant d'examiner le jardin, et cherchant de l'œil, autour d'elle, une porte qui ne se fût pas encore ouverte.

— Aucune, ma' petite, répondit le vieux Mazey : nous échouons ici; autant vaut virer de bord et retourner d'où nous venons. Il y a bien un autre corps de bâtiment, — au Midi de vous, quand vous êtes ainsi placée;—mais il menace toujours de vous tomber sur la tête. Si vous avez envie de le voir, il vous faudra descendre dans le jardin ; une cloi-son de briques, construite à l'envers du mur que voici, l'isole complétement de l'endroit où nous sommes. C'est là, au Sud de nous, ma petite, que les moines habitaient il y a des centaines d'années, avant qu'il fût question de l'amiral ou de sa naissance ; et, d'après ce que j'ai ouï dire, les bons pères y menaient joyeuse vie. Ils chantaient à l'église toute la matinée, et toute l'après-midi buvaient du grog dans leur verger. Ils cuvaient ensuite leur grog sur les meilleurs édredons, et d'un bout de l'année à l'autre s'en-graissaient aux dépens du voisinage... Les heureux mendiants que cela faisait, mon Dieu !... Et vit-on jamais chance pa-reille? »

Apostrophant ainsi les religieux d'autrefois, et regrettant évidemment de n'avoir pas vécu lui-même dans cette ère de prospérité, le vieux matelot reconduisit Madeleine par toutes les chambres qu'ils avaient traversées. Lorsqu'ils rentrèrent dans celle qu'il appelait Glace-la-Moelle, la jeune fille prit les devants. « Droite comme un peuplier, marmottait à part lui le vieux Mazey, clochant derrière sa belle compagne et branlant son vénérable chef en signe de cordiale admira-tion... Je n'ai jamais beaucoup tenu au pays d'où elles étaient; — mais je les ai toujours aimées droites et bien venues, et, jusqu'au jour de ma mort, je persisterai à les aimer droites, à les aimer bien venues.

— Y a-t-il d'autres chambres à voir là-haut, au second étage? » demanda Madeleine lorsqu'ils furent revenus en-semble à leur point de départ.

Sa voix, naturellement riche et bien timbrée, avait jusqu'alors assez facilement pénétré l'oreille un peu dure du vieux matelot. Aussi ʼʼt-elle un peu étonnée de le trouver plus sourd qu'une cloche à cette dernière question.

« Possédez-vous bien vos aires de vent? lui demandait-il... Si vous n'en êtes pas bien sûre, adossez-vous encore à ce mur, ma petite, et nous les répéterons toutes en commençant par le Nord. »

Madeleine l'assura qu'elle se sentait désormais très-familiarisée avec toutes les aires, le Nord y compris, et ensuite elle répéta sa question sur un ton plus élevé. L'obstiné vétéran lui opposa une surdité plus complète que jamais.

« Oui, ma petite, disait-il, vous avez raison; il fait grand froid dans ces corridors, et si je ne vais pas veiller à mon feu, mon feu s'éteindra, n'est-il pas vrai?... Vous reste-t-il encore quelque doute au sujet des vents?... venez alors avec moi, et je me charge d'éclaircir la chose. » Il lui jeta un coup d'œil bienveillant, siffla les chiens et s'en alla traînant la patte. Madeleine l'entendit glousser et s'applaudir, en ricanant, d'avoir mystifié la curiosité qu'elle avait manifestée au sujet du second étage. « Je sais comment il faut s'y prendre avec elles, se disait le vieux Mazey, exalté par son triomphe... Petites ou grandes, indigènes ou étrangères, légitimes ou de contrebande, je sais m'y prendre avec elles. »

Restée seule, Madeleine se chargea de montrer tout ce que valait, appliqué à elle, l'excellent système du vieux matelot, en montant immédiatement l'escalier afin d'observer par elle-même le second étage. Le corridor dallé y était exactement semblable à celui du premier, sauf qu'un plus grand nombre de portes y avaient issue. Elle ouvrit l'une après l'autre, au hasard, les deux plus proches, et constata que les chambres où elles donnaient accès étaient toutes deux des chambres à coucher. La frayeur d'être découverte par l'une des domestiques dans une partie du château où ne l'appelait aucune de ses fonctions lui conseilla de ne pas pousser trop loin, dès le début, ses investigations à l'étage spécialement réservé pour la nuit. Elle franchit précipitamment le couloir d'un bout à l'autre, pour voir où il aboutissait, découvrit à son extrémité une sorte d'entrepôt de vieux meubles, dont la position correspondait exactement à celle du vestibule, situé, comme nous l'avons dit, à l'étage inférieur, — et tout aussitôt rebroussa chemin.

Sur sa route, en revenant, elle remarqua un objet auquel jusque-là elle n'avait point pris garde : c'était un petit lit de fer à roulettes, parallèle au mur, et placé à l'extrémité des chambres à coucher, tout contre une des portes. Malgré ce que cette situation avait d'incommode et d'inusité, le lit, selon toute apparence, devait être occupé la nuit, car les draps y étaient mis et l'extrémité d'un de ces épais bonnets rouges que portent les pêcheurs se laissait entrevoir sous le traversin. Madeleine osa bien ouvrir la porte auprès de laquelle était placé le lit et se trouva, ainsi que le lui firent conjecturer certains indices, dans la chambre où l'amiral se retirait pour dormir. Un examen de quelques secondes fut tout ce qu'elle crut pouvoir se permettre, et refermant doucement la porte, elle s'en retourna aux régions habitées par la domesticité.

Cette couchette basse, et le poste singulier qu'elle occupait, devinrent pour tout le reste de l'après-midi le sujet des réflexions de Madeleine... Qui donc au monde pouvait coucher là ?... Le souvenir du bonnet de pêcheur, et ce qu'elle savait déjà de la fidélité toute canine avec laquelle Mazey se dévouait à son maître, aidèrent Madeleine à deviner que le vieux marin pourrait bien être l'hôte nocturne du lit à roulettes. Mais avec des chambres à revendre comme il y en avait dans le château, quelle raison pouvait-il avoir d'occuper, la nuit, un poste si incommode et si froid ? Pourquoi dormait-il ainsi en sentinelle devant la porte de son maître ? Existait-il dans le château quelque péril nocturne contre lequel l'amiral eût à se mettre en garde ?... La question pouvait paraître absurde, et néanmoins la situation de ce lit forçait irrésistiblement Madeleine à se demander ceci.

Poussée par une curiosité qu'il lui était presque impossible de réprimer, elle ne craignit pas de questionner la femme

de charge. Avouant qu'elle avait parcouru d'un bout à l'autre
le corridor du second pour voir s'il était aussi long que celui
du premier, elle laissa percer l'étonnement que lui avait causé
cette couchette si étrangement située. Mistress Drake répondit aux questions indirectes qui lui étaient ainsi adressées,
en termes assez laconiques et empreints d'une certaine vivacité : « Je ne blâme point une jeune fille comme vous l'êtes,
disait la vénérable dame, de montrer quelque curiosité à son
début dans une maison aussi étrange que celle-ci... Mais rappelez-vous, une fois pour toutes, que l'étage des chambres à
coucher n'intéresse en rien votre service... C'est M Mazey qui
couche sur ce lit dont la position vous a étonnée. Il a pour
habitude de passer ainsi les nuits à la porte de son maître. »
Les lèvres de mistress Drake se fermèrent sur cette insuf-
fisante explication, et ne se rouvrirent plus.

Un peu plus tard, dans le courant de la même journée,
Madeleine trouva l'occasion de s'adresser au vieux Mazey
lui-même. Elle aperçut ce vétéran de l'armée de mer, évidemment fort bien disposé, qui fumait sa pipe et faisait chauffer devant son propre feu un petit pot d'étain rempli d'*ale*.

« Monsieur Mazey, lui dit-elle hardiment, pourquoi dres-
sez-vous votre lit dans ce corridor glacial?

— Eh quoi ! vous êtes donc montée, petite scélérate ? »
répliqua le vieux Mazey, dont les yeux, en quittant son pot
de bière, avaient pris une expression narquoise.

Madeleine répondit par un sourire et un geste de tête.
« Allons! allons ! dites-le-moi! reprit-elle ensuite avec une
nuance de flatteuse familiarité... Pourquoi couchez-vous
devant la porte de l'amiral ?

— Et pourquoi, ma petite, séparez-vous vos cheveux au
milieu du front? demanda le vieux Mazey avec un autre
regard oblique et malin comme le premier.

— C'est, j'imagine, que j'y suis habituée, répondit Madeleine.

— Bah ! vraiment? reprit le vieux loup de mer; c'est bien
là votre seule raison?... Eh bien, ma petite, le motif que vous
avez de séparer vos cheveux au milieu du front est exactement

celui que j'ai, moi, pour coucher devant la porte de l'amiral... Ah ! mais, c'est que je sais m'y prendre avec elles, reprit le vieux Mazey en ricanant, lorsque ce bref dialogue fut devenu un soliloque; puis remuant son *ale* avec un geste où éclatait le sentiment du triomphe : — Grandes ou petites, indigènes ou étrangères, légitimes ou de contrebande, je sais m'y prendre avec elles... »

Le troisième et dernier essai de Madeleine, pour pénétrer le mystère de la couchette, fut tenté pendant qu'elle servait le dîner de l'amiral. Les questions du vieux *gentleman* sur l'emploi qu'elle avait fait de sa journée lui fournirent l'occasion d'aborder ce sujet sans ombre de présomption ou de familiarité déplacée; — mais il se trouva aussi impénétrable, à sa manière, que l'avaient été, à la leur, le vieux Mazey et mistress Drake. « Cela ne vous regarde pas, ma petite, dit l'amiral avec une pointe de brusquerie... Ne soyez pas trop curieuse !... Feuilletez, là-bas, votre Ancien Testament,... et voyez tout le préjudice porté aux habitants de l'Éden par la curiosité à laquelle ils se laissèrent aller... Soyez sage, mon enfant, et n'imitez pas votre mère Ève ! »

Madeleine, remontant seule dans sa chambre, assez avant dans la soirée, et venant à passer devant le corridor du second étage, s'arrêta pour écouter... Un paravent était placé à l'entrée du couloir, de manière à le dérober aux regards des personnes qui passaient sur l'escalier. Le ronflement qu'elle entendit de l'autre côté du paravent lui donna le courage de se glisser par une de ses extrémités, et de faire quelques pas dans le corridor. La main placée de manière à masquer la clarté de son flambeau, elle se risqua jusque dans le voisinage immédiat de la porte de l'amiral, et s'aperçut, non sans surprise, que depuis qu'elle ne l'avait vu quelques heures auparavant, le petit lit avait changé de place ; il était exactement en travers de la porte, et barrait le passage d'une manière absolue à quiconque aurait essayé de pénétrer dans la chambre où cette porte donnait accès. Après une pareille découverte, le vieux Mazey lui-même, ronflant à plaisir, le bonnet rouge tiré jusque sur ses sourcils et les couvertures

ramenées jusque sur son nez, n'était plus, en comparaison de
sa couchette, qu'un objet de secondaire importance. Il était
désormais hors de doute que le vieux loup de mer couchait
en sentinelle devant la porte de son maître et que, dans le
secret de cette conduite inexplicable, l'amiral et la femme de
charge étaient en tiers avec lui.

« Résultat étrange ! pensait Madeleine réfléchissant sur
la découverte qu'elle venait de faire, tandis que, d'un pas
furtif, elle regagnait sa propre chambre à coucher... Étrange
résultat d'une journée étrange ! »

II.

La première semaine s'écoula, puis la seconde, sans que
Madeleine se trouvât, selon toute apparence, plus près de
découvrir la Contre-Lettre que le premier jour de ses débuts
à Saint-Crux.

Cette quinzaine, cependant, bien que dépourvue d'incidents, ne devait pas être considérée comme absolument
perdue. Madeleine était rassurée par son expérience personnelle sur un point fort important : — il lui était démontré
qu'elle pouvait mettre au défi la méfiance des autres domestiques. Le temps avait habitué à elle les femmes de la maison,
sans ébranler toutefois cette conviction vague dont elles
étaient toutes plus ou moins imbues, à savoir que « la nouvelle
venue n'était pas des leurs. » Tout ce que Madeleine pouvait
faire pour sa défense était de maintenir ces soupçons de
l'instinct féminin à l'état purement négatif où elle les avait
trouvés dès le principe, — et à ceci elle était parvenue, mais
non sans peine.

Jour après jour, ces femmes la guettaient avec l'infatigable assiduité du mauvais vouloir et de la méfiance ; mais,
jour après jour, elles se voyaient refuser la découverte qui
les eût payées de tant de soins. La nouvelle *parlour-maid*
faisait sa besogne en silence, avec intelligence et adresse,

sans jamais s'oublier, sans jamais perdre de vue sa condition.
Les seuls intervalles où lui fussent accordés quelque repos
et quelque sécurité d'esprit étaient les moments qu'elle passait de temps à autre, durant la journée, avec le vieux Mazey
et les chiens, ou bien encore les heures nocturnes pendant
lesquelles, retirée dans sa chambre solitaire, elle s'y trouvait
à l'abri d'un perpétuel espionnage. Grâce à la surabondance
des chambres à coucher de Saint-Crux, chacune des domestiques pouvait, en effet, si cela lui convenait mieux, avoir
un réduit à elle. Aussi Madeleine, seule pendant la nuit,
pouvait sans crainte redevenir elle-même, — s'abandonner
au rêve délicieux des anciens souvenirs, et sortir de ce rêve
sans qu'un regard inquisiteur guettât les larmes dont sa
figure était inondée : — elle pouvait aussi s'absorber dans
ses calculs d'avenir sans être troublée par ces murmures
haineux qu'elle entendait, le jour, dans mille petits recoins,
l'accuser « d'avoir quelque chose sur la conscience. »

Déjà persuadée qu'elle avait su s'assurer dans le château
une position suffisamment garantie, elle profita bientôt d'une
seconde chance favorable qui, — vers la fin de cette première
quinzaine, — la débarrassa de toutes craintes au sujet de
la formidable mistress Lecount.

En partie d'après les commérages qui s'échangeaient, à
table, entre les femmes dînant ensemble à l'office, — en partie
d'après l'article d'un journal suisse qu'elle avait trouvé un
matin tout ouvert sur le grand fauteuil de l'amiral, — elle
acquit l'assurance très-bienvenue que, pour cette fois, elle
n'avait plus à craindre l'intervention de l'ancienne femme
de charge. Mistress Lecount, paraissait-il, avait passé plusieurs jours à Saint-Crux après la mort de son maître ; mais
ensuite elle avait quitté l'Angleterre pour aller dans une retraite honorable et prospère, près des lieux qui l'avaient vue
naître, jouir des revenus de son legs. L'article du journal
suisse donnait tous les renseignements désirables sur l'accomplissement de ce projet si digne de louanges. Non-seulement mistress Lecount s'était établie à Zurich, mais (sagement persuadée de l'instabilité qui menace la vie humaine)

elle avait déterminé d'avance les œuvres de charité auxquelles
sa fortune serait appliquée après son décès. La moitié de son
capital devait servir à fonder une « bourse Lecomte » pour
les étudiants pauvres de l'université de Genève. L'autre
moitié devait être mise à la disposition des autorités muni-
cipales de Zurich, pour défrayer, sous leur contrôle, l'entretien et l'éducation d'un certain nombre d'orphelines nées dans
cette ville, et qu'on élèverait avec le dessein d'en faire plus
tard des domestiques. Le journaliste suisse signalait ces legs
philanthropiques en leur prodiguant les éloges les plus dé-
mesurés. Il félicitait Zurich de posséder un miracle de vertu
civique et, comme bienfaiteur de la Suisse, Guillaume Tell,
comparé à mistress Lecount, n'était plus qu'un personnage
assez mince.

Au commencement de la troisième semaine, Madeleine se
sentit libre de faire un premier pas vers la découverte de la
mystérieuse Contre-Lettre.

Elle s'était assurée, en faisant bavarder le vieux Mazey,
que leur maître occupait d'ordinaire, pendant les mois d'hiver et de printemps, les appartements de l'aile Nord; mais
pendant l'été et l'automne il allait, traversant le passage
Arctique ou Glace-la-Moelle, résider dans les appartements à
l'est, qui avaient vue sur le jardin. Aussi longtemps que la
Salle-des-Banquets demeurerait, — par suite de la gêne relative où se trouvait l'amiral, — dans son état actuel de déla-
brement et d'humidité, aussi longtemps que l'intérieur de
Saint-Crux se trouverait ainsi coupé, de la manière la plus
incommode, en deux résidences distinctes, on ne pouvait
rien imaginer de mieux que cette combinaison. De temps en
temps (ainsi que Madeleine l'apprit à la même source), il
arrivait, soit en hiver, soit en été, que l'amiral se préoccupait tout à coup de l'état des chambres pour le moment inoccupées; ces jours-là, il voulait à toute force vérifier de ses
propres yeux la condition du mobilier, des tableaux et des
livres ainsi laissés dans un abandon provisoire. En pareille
occurrence, — que ce fût l'hiver ou l'été, — on faisait grand
feu, plusieurs jours d'avance, dans l'énorme cheminée, et on

allumait également le brasier du trépied, pour sécher et ré-
chauffer autant que possible la Salle-des-Banquets. Dès que
les inquiétudes du vieux *gentleman* étaient calmées, on refermait les pièces qu'il venait d'inspecter, et Glace-la-Moelle
redevenait, pour mainte et mainte semaine, la proie de l'humidité, de la solitude et de la ruine. La dernière de ces émi-
grations temporaires avait eu lieu seulement depuis quelques
jours ; l'amiral s'était convaincu que les chambres de l'aile
orientale n'avaient aucunement souffert de son absence ; et
on pouvait maintenant le regarder comme définitivement
fixé dans l'aile du Nord pour plusieurs semaines, peut-être
pour plusieurs mois, en supposant que la saison fût rigoureuse.

Si insignifiants qu'ils fussent en eux-mêmes, ces détails
importaient sérieusement à Madeleine, — car ils l'aidaient à
déterminer les limites du terrain où ses recherches devaient
avoir lieu. Admettant comme probable que l'amiral conservait sous sa main tous les documents auxquels il attachait
quelque prix, elle pouvait se regarder comme certaine que
la Contre-Lettre était en dépôt dans l'une ou l'autre des pièces
septentrionales.

Mais dans laquelle ? Il n'était pas facile de répondre à cette
question.

Des quatre pièces habitables qui toutes étaient, pendant
le jour, à la disposition de l'amiral, — à savoir la salle à
manger, la bibliothèque, le salon de jour, et le grand salon
ouvrant sur le vestibule, — la bibliothèque semblait être
l'endroit où, s'il lui arrivait de manifester quelque préférence,
il passait la plus grande partie de son temps. Il y avait dans
cette pièce une table avec des tiroirs fermant à clef ; il y
avait un magnifique *cabinet* italien dont les portes incrustées
fermaient à clef ; il y avait au-dessous des bibliothèques cinq
corps d'armoires, toutes fermant à clef. Les autres pièces
contenaient aussi des réceptacles de même nature et offrant
les mêmes sûretés ; dans chacun d'eux et dans tous on pouvait loger des papiers.

Appelée par la sonnette, Madeleine avait vu souvent l'amiral fermer, ouvrir quelqu'un de ces meubles, tantôt dans une pièce, tantôt dans l'autre, — mais dans la bibliothèque plus souvent qu'ailleurs. Elle avait parfois remarqué sur son visage une expression d'inquiétude et d'impatience lorsque, pour lui donner ses ordres, il détournait la tête de tel cabinet, de telle armoire ouverte devant lui; elle concluait de là qu'une pensée quelconque, relative à ces papiers et aux domaines dont ils lui garantissaient la possession, — ce pouvait être la Contre-Lettre, ce pouvaient être de tout autres documents, — venait, de temps à autre, le contrarier et l'irriter. Elle l'avait entendu mainte et mainte fois mettre quelque chose sous clef dans l'une des pièces, — sortir ensuite et passer dans une autre, — demeurer là quelques minutes, — puis rentrer dans la première chambre, ses clefs à la main, — et brusquement ouvrir les serrures, pour les refermer presque aussitôt. Cette anxiété tracassière qu'il semblait éprouver à l'endroit de ces clefs et de ces armoires pouvait être le résultat d'une disposition innée qu'aggravait, chez un homme naturellement actif, l'oisiveté sans but d'une vie passée dans la retraite, — d'une vie livrée à la merci des préoccupations les plus futiles, sans aucun emploi régulier qui vînt, à une heure quelconque du jour, lui rendre la fixité dont elle manquait. D'un autre côté, on pouvait regarder comme aussi probable que ces allées et ces venues, ces serrures ouvertes et fermées à chaque instant, tenaient au sentiment de quelque responsabilité secrète imposée d'une manière imprévue à la facile existence du vieillard, et devenue pour lui une espèce de tourment, une tyrannie à laquelle l'indépendance de ses dernières années ne l'avait pas habitué. Sa conduite pouvait s'interpréter par l'une ou l'autre de ces hypothèses avec une égale raison, une égale probabilité. Dans la position de Madeleine, il était impossible de savoir à laquelle de ces deux interprétations il fallait accorder la préférence.

La seule découverte certaine qu'elle eût pu faire encore datait du premier jour où elle avait soumis l'amiral à un examen scrupuleux. Elle s'était assurée, ce jour-là, qu'il avait grand soin de ses clefs.

Les petites, toutes réunies dans le même anneau, ne quittaient jamais la poche de côté de son habit. Les grandes étaient enfermées toutes ensemble, généralement, mais non pas toujours, dans l'un des tiroirs de la table de la bibliothèque. Parfois il les y laissait la nuit ; parfois il les emportait avec lui dans sa chambre à coucher, au fond d'un petit panier. Nulle régularité dans ces deux alternatives ; nul motif dont on se pût aviser, pour qu'il les enfermât ainsi, tantôt dans le tiroir en question, tantôt dans un autre endroit. La capricieuse irrégularité de ses démarches à cet égard déroutait toute tentative pour y découvrir un système quelconque, et déjouait tous les calculs à l'aide desquels on aurait voulu les prévoir.

Dès le début, il avait bien fallu reconnaître pour absolument vaine toute espérance d'acquérir des renseignements positifs d'après lesquels on pût agir, en tendant adroitement à l'amiral quelques-uns de ces pièges où ses habitudes de causerie semblaient devoir le faire tomber.

Dans la situation de Madeleine, toutes tentatives de ce genre eussent été difficiles et dangereuses au suprême degré, vis-à-vis de n'importe quel homme. Vis-à-vis de l'amiral, elles étaient simplement impossibles. La tendance qu'il avait à passer sans transition d'un sujet à l'autre, le bavardage continu auquel il s'abandonnait tant qu'il avait à portée de voix un auditeur quelconque, une absence presque comique de toute dignité, de toute réserve à l'égard de ses domestiques, semblaient au premier abord promettre beaucoup, et en définitive ne tenaient rien. Madeleine avait beau mettre la plus grande réserve, le respect le plus marqué à profiter de l'exemple de son maître et du goût évident qu'il manifestait pour elle, — le vieillard découvrait, à l'instant même, la limite qu'elle venait d'outre-passer, et la rappelait au juste sentiment de sa position avec une bonne humeur narquoise qui n'avait rien de blessant, mais en même temps avec une brusque droiture qui ne se prêtait à aucun subterfuge. Tout contradictoire que cela puisse paraître, l'amiral Bartram était défendu par sa familiarité même ; il maintenait les distances

entre lui et la jeune fille attachée à son service, bien mieux
que s'il eût été l'homme le plus orgueilleux des Trois-
Royaumes. La réserve systématique d'un supérieur vis-à-vis
d'un subalterne peut être quelquefois surmontée; — sa familiarité systématique ne l'est jamais. *

Le temps se traînait lentement : la quatrième semaine
arriva sans que Madeleine eût fait aucune découverte. La
perspective ouverte devant elle était décourageante au dernier point. Arrivât-elle, — ce qui semblait hors de toute
espérance, — à trouver moyen de s'emparer des clefs de
l'amiral, elle ne pouvait guère compter qu'elle les garderait,
sans encourir les soupçons, au delà de quelques heures ; et
ces heures pouvaient être absolument perdues par suite de
l'ignorance où elle était de la direction que ses recherches
devaient prendre tout d'abord. La Contre-Lettre pouvait être
sous clef dans quelqu'un de ces vingt meubles, propres à
recevoir des papiers, qu'elle avait trouvés répartis dans quatre
chambres différentes. Or, elle ne savait ni par quelle chambre
commencer ses investigations, ni quel meuble appelait tout
d'abord ses fouilles, ni parmi quel tas de papier elle pouvait
s'attendre à rencontrer le seul dont elle eût souci. Enfermée
de tous côtés dans des incertitudes dont rien ne l'aidait à
mesurer la valeur relative, — condamnée pour ainsi dire à se
traîner à tâtons jusqu'au seuil même du succès, — elle attendait une chance qui jamais ne s'offrait, un incident qui jamais
n'arrivait, avec une patience déjà devenue celle du désespoir.

Chaque nuit, elle récapitulait ces journées qui venaient
de passer, — sans retrouver dans sa mémoire un seul événement qui les distinguât l'une de l'autre. La fatigante monotonie de l'existence qu'on menait à Saint-Crux n'avait d'autre
interruption que les délits caractéristiques commis tour à
tour par le vieux Mazey et par les chiens.

A de certains intervalles, le naturel de Brutus et de Cassius reprenait sa sauvagerie originelle. Le bien-être modéré
du foyer domestique, la saveur des *entrées,* la satisfaction
décente qu'on éprouve à digérer étendu sur un épais devant

de feu, perdaient subitement tous leurs charmes; et les chiens ingrats quittaient le château pour aller chercher au dehors des dissipations aventureuses. En pareil cas, le formulaire d'après dîner qui réglait les questions et les réponses échangées entre le vieux Mazey et son maître se trouvait légèrement modifié. « Dieu bénisse la Reine, Mazey! » et « Mazey, où en est le vent? » étaient suivis d'une interrogation supplémentaire: « Où sont les chiens, Mazey? — En pleines fredaines, Votre Honneur, et le diable les emporte! » répondait invariablement le vieux loup de mer. L'amiral ne manquait jamais de soupirer à cette nouvelle, et de secouer gravement la tête, comme si Brutus et Cassius avaient été ses deux fils, manquant au respect qu'ils devaient à leur père. Après deux ou trois jours, les chiens rentraient infailliblement au logis, maigres, sales à faire peur, et consciencieusement honteux de leur mauvaise conduite. Pendant toute la journée du lendemain, ils demeuraient en disgrâce et attachés dans l'écurie. Mais au bout de vingt-quatre heures, on les lavait, on les brossait de main de maître, et l'accès de la salle à manger leur était rendu. Là, grâce à la subtile entremise du cuisinier, la civilisation reprenait sur eux tous ses droits, et les deux enfants prodigues de l'amiral, lorsqu'ils voyaient enlever les cloches d'argent, bavaient, — gastronomes émus, — tout aussi copieusement que jamais.

Le vieux Mazey, en certaines occasions, manifestait des dispositions analogues à celles des deux chiens. De temps en temps son naturel sauvage reprenait aussi le dessus: il cessait, comme eux, de goûter le comfort domestique; ingrat comme eux, il quittait le château. C'était dans l'après-midi que d'ordinaire avaient lieu ses disparitions imprévues, et il rentrait le soir, aussi parfaitement gris qu'on puisse l'être. C'était d'ailleurs un ivrogne trop bien aguerri pour que le moindre malheur lui arrivât jamais en pareil cas. Ses vieilles jambes pouvaient bien, sous l'influence du vin, préférer à la ligne droite d'étranges circonvolutions, mais elles ne lui manquaient jamais; ses yeux, rougis par Bacchus, pouvaient voir double, mais ils lui montraient toujours le chemin du logis.

19.

Aussi, les domestiques avaient beau faire : jamais ils n'auraient pu le convaincre qu'il était ivre; pareille imputation
n'obtenait de lui que le mépris le plus sincère. Il refusait
même d'admettre dans son for intérieur la possibilité de ce
fait énorme, tant qu'il n'avait pas vérifié son état à l'aide
d'un *criterium* tout particulier, dont l'infaillibilité ne faisait
pas doute à ses yeux.

Il avait pour habitude, dans ces sortes de crises, de gagner en trébuchant sa chambre du rez-de-chaussée, de tirer
de l'armoire son petit vaisseau modèle, — et d'essayer s'il
était, oui ou non, en état de travailler à cette œuvre interminable, — le gréement du navire en miniature. Quand il
avait brisé quelques frêles espars et quelques minces cor-
dages, alors et seulement alors l'ancien matelot, dominé
par ce témoignage muet, voulait bien se rendre à la vérité.
« C'est pourtant ainsi !... se disait-il sur le ton des confidences les plus intimes... Ces femmes ne se trompaient pas...
Encore dans les vignes, Mazey, — encore dans la boisson ! »
Ceci reconnu, il mettait une certaine adresse à demeurer
dans les régions inférieures jusqu'à ce que l'amiral eût regagné sa chambre, et alors seulement, chaussé de pantoufles
de feutre, il allait à petit bruit reprendre son poste. Trop
rusé pour essayer de rentrer dans son lit à roulettes (ce
qui eût été courir au-devant d'une catastrophe, c'est-à-dire
d'une chute contre la porte de son maître), il arpentait le
corridor de long en large, jusqu'à ce que l'équilibre se fût
rétabli en lui. Plus d'une fois Madeleine, lorgnant par un interstice du paravent, avait vu l'ancien matelot faire ainsi son
quart d'un pas incertain, se croyant encore de garde à bord
d'un vaisseau. « C'est singulier comme ce navire obéit à la
mer, » marmottait-il entre ses dents lorsque ses jambes l'em-
portaient en zigzag vers l'extrémité du long corridor, ou l'o-
bligeaient momentanément à étudier les « aires de vent » selon son propre système, c'est-à-dire le dos contre la muraille.
« Une nuit à lever le cœur, voyez-vous ! murmurait-il en
grondant à la tournée suivante... Noire comme votre poche,
et le vent cap à nous, toujours du même côté ! » Pendant la

journée du lendemain le vieux Mazey, disgracié comme les chiens, était consigné au rez-de-chaussée. Vingt-quatre heures plus tard, toujours comme les chiens, il se voyait réinstallé dans ses priviléges; et alors le formulaire d'après-diner subissait une modification nouvelle. A son entrée dans la salle à manger, le vieux matelot s'arrêtait court et, le dos contre la porte, présentait ses excuses sous cette forme con-cise, mais éloquente : « Sauf le respect dû à Votre Honneur, je suis honteux de moi-même... » L'apologie n'allait pas plus loin. « Tout ceci, Mazey, ne doit plus arriver, répondait rou-tinièrement l'amiral. — Cela n'arrivera plus, Votre Hon-neur... — A merveille !... Avancez à l'ordre, et buvez un coup !... Dieu bénisse la Reine, M. . .y ! » — Le vétéran levait son verre, où la liqueur ballot' . . quelque peu, et le dialogue s'achevait comme d'ordinai . :

Ainsi s'écoulèrent les jours, sans autres incidents qui vins-sent en rompre la monotonie, jusque vers la fin de la qua-trième semaine.

Au moment où elle allait expirer, il arriva quelque chose; on entrevit, — le dernier jour, et tout à fait à l'improviste, — les premières lueurs de cet avenir si lent à se dérouler. Madeleine était dans la salle à manger, occupée comme d'or-dinaire à mettre le couvert, lorsque mistress Drake vint y jeter un coup d'œil et lui annonça, pour la première fois, qu'elle aurait deux personnes à servir. L'amiral avait reçu ce jour-là une lettre de son neveu. M. Georges Bartram allait arriver à Saint-Crux le soir même, et de fort bonne heure.

III.

Quand elle eut mis le second couvert, Madeleine attendit la cloche du diner avec une curiosité, une impatience qu'il ne lui était pas facile de dissimuler. Le retour de M. Bartram devait, selon toute probabilité, produire un changement quel-conque dans l'existence qu'on menait au château ; — et d'un tel changement, si léger qu'il fût, on pouvait espérer quelque chose. Le neveu serait peut-être accessible à des influences contre lesquelles l'oncle s'était trouvé à l'épreuve. En tous cas, leur dîner achevé, ces deux personnages causeraient sans doute de leurs affaires, et de cette causerie, — qui aurait lieu chaque jour en sa présence, — jailliraient peut-être des lumières qui lui montreraient le chemin des découvertes, jusqu'alors invisible pour elle.

La cloche finit par sonner; la porte s'ouvrit; l'oncle et le neveu entrèrent ensemble dans la salle.

Madeleine fut frappée, comme sa sœur l'avait été avant elle, de la ressemblance qui existait entre George Bartram et leur père, — leur père tel qu'il était représenté à Combe-Raven, sur cette toile où la magie de l'art faisait revivre André Vanstone dans toute la splendeur de sa jeunesse. Les cheveux blonds et le teint fleuri, les yeux d'un bleu vif, la taille fière et droite, avec lesquels l'avait familiarisée la contemplation du portrait, lui revinrent en même temps à la mémoire lorsqu'elle vit George qui, suivant l'amiral pas à pas, traversait la salle pour aller prendre place à table. Rien ne l'avait préparée à cette résurrection soudaine des souvenirs de famille. Tandis qu'elle s'efforçait de dissimuler l'action qu'ils avaient sur elle, son attention se trouva un instant détournée et, pour la première fois depuis son entrée au château, elle commit en servant une légère bévue.

La réprimande qu'elle reçut aussitôt de l'amiral, moitié tout de bon, moitié pour rire, lui donna le temps de se remettre. Elle risqua un autre regard du côté de Georges Bartram. L'impression que cette fois il produisit sur elle éveilla tout aussitôt la curiosité de la jeune fille. Il laissait voir clairement, sur son visage et dans toute son attitude, une vive anxiété, une sérieuse préoccupation d'esprit. Il avait plus souvent les yeux sur son assiette que sur son oncle; — et quant à Madeleine elle-même (sauf une rapide inspection de la nouvelle *parlour-maid*, au moment où elle fut interpellée par l'amiral), il ne la regarda pas le moins du monde. Quelque incertitude troublait évidemment ses pensées:

quelque contrainte pesait sur sa naturelle liberté d'allures. Mais quelle incertitude? quelle contrainte? Devait-on s'attendre à voir, petit à petit, quelques révélations se faire jour dans les causeries du dîner?

Nullement. Un service succédait à l'autre, et aucun propos n'amenait de révélation personnelle. L'entretien courait, par saccades, des affaires publiques prises dans leur ensemble aux détails les plus familiers et les plus insignifiants de la vie privée. La politique, — aussi bien celle du dedans que celle de l'extérieur, — alternait avec la chronique familière de Saint-Crux. Les chefs de la révolution qui venait alors d'enlever à Louis-Philippe le trône de France figuraient, dans cette incohérente revue de salle à manger, à côté du vieux Mazey et des chiens. Le dessert fut mis sur la table; — le vieux marin se présenta, — porta sa santé de loyal sujet, — complimenta respectueusement « *master* George, » — et battit ensuite en retraite. Madeleine dut le suivre et sur ses pas retourner à l'office sans avoir surpris, dans tout le cours de ce long entretien, une seule parole qui pût le moins du monde servir à la réalisation de ses projets. Elle n'en fit pas moins contre fortune bon cœur, s'efforçant de ne pas perdre, en face de cette première déception, tout courage et toute espérance. Le lendemain, à coup sûr, ils ne bavarderaient pas ainsi; le lendemain, il ne serait plus tant question de la révolution française, ni tant question des deux terre-neuves. Le temps qui fait encore des miracles, le temps devait conspirer pour elle.

Restés seuls en face de leur bouteille, l'oncle et le neveu rapprochèrent de la cheminée leurs grands fauteuils comfortables, qu'ils installèrent en face l'un de l'autre, et, en l'absence de Madeleine, ils abordèrent précisément la conversation qui devait le plus intéresser Madeleine.

« Du vin de Bordeaux, George, dit l'amiral poussant la bouteille du côté de son neveu... Vous n'avez pas l'air en train?

— J'ai quelques soucis, monsieur, répliqua George sans remplir son verre, et l'œil toujours fixé sur le feu.

— Charmé de l'apprendre, répliqua l'amiral... Si vous

avez quelques soucis, j'en ai davantage, moi qui vous parle...
Nous voici aux derniers jours de mars, et rien n'est fait!....
Les délais expirent pour vous le trois mai, et ceci ne vous
empêche pas d'être là aussi tranquille que si vous aviez des
années devant vous. »

George se prit à sourire et, d'un air résigné, se versa une
rasade.

« Dois-je, monsieur, demanda-t-il, prendre au sérieux ce
que vous m'avez dit en novembre dernier?... Tenez-vous
réellement à me lier par cette condition incompréhensible?

— Je ne vois pas qu'elle mérite cette épithète, dit l'amiral d'un ton piqué.

— Comment donc, monsieur?... Je reste héritier de votre
domaine purement et simplement, ainsi que vous l'avez réglé
dès le début avec une générosité parfaite ;—mais je n'aurai
pas un *farthing* de la fortune que vous a laissée le pauvre
Noël, si je ne suis pas marié dans un certain délai. Le château
et les terres doivent m'appartenir (grâce à vos bontés) sans
conditions et quoi qu'il arrive; — mais les capitaux qui me
mettraient à même de réparer l'un, d'améliorer les autres, me
seront arbitrairement enlevés, si je suis encore célibataire le
troisième jour de mai... Il faut croire que je suis totalement
dépourvu d'intelligence,—car je n'ai jamais ouï parler d'arrangements plus difficiles à comprendre.

— Pas de grogneries et pas d'épigrammes, George!...
Dites tout net ce que vous avez sur le cœur!... L'ironie n'est
pas de mise dans la marine de Sa Majesté!

— Je ne prétends pas vous fâcher, monsieur, mais je
trouve un peu dur de me voir pris à court par un changement que je ne pouvais attendre de vous, contraire qu'il
est à tous vos précédents envers moi ; et lorsque ensuite, tout
naturellement, je sollicite une explication, je trouve également un peu dur d'être planté là dans les ténèbres, avec le
plus merveilleux sang-froid... Si vous et Noël, avant qu'il fît
son testament, vous avez pris de concert quelques arrangements particuliers, pourquoi ne pas me le dire?... Pourquoi
ce mystère entre nous, alors que tout mystère est inutile?

— George, mon ami, ces allures ne me vont pas! s'écria l'amiral qui battait le tambour sur la table avec deux casse-noisettes... Vous voulez me déterrer comme un blaireau; mais je vous préviens que vous n'en viendrez pas à bout... J'imposerai toutes les conditions qu'il me plaira, et, si cela me convient, je n'en rendrai compte à personne. C'est bien assez d'avoir sur les épaules une masse de tracas et de responsabilités sur lesquelles je ne comptais point; — eh! ne vous inquiétez pas de ces tracas;... ils sont pour moi et ne vous regardent en rien, — sans tous ces interrogatoires et contre-interrogatoires qui me font ressembler à un témoin sur sa banquette... Voyez-moi ce camarade! continua l'amiral apostrophant son neveu dans une colère poussée au rouge et, faute d'un auditoire plus distingué, s'adressant aux chiens étalés sur le devant-de-feu... voyez-moi ce camarade! on le prie de s'adjuger deux excellentes choses, chacune dans son genre, — à savoir une fortune et une femme; — on lui donne six mois pour se procurer cette dernière (et en six jours, dans la marine, nous l'aurions trouvée avec tous ses accessoires); — je lui connais çà et là, dans le pays, toute une douzaine de jolies filles parmi lesquelles il n'a qu'à choisir. Et que fait mon gaillard? Il demeure pendant des mois immobile dans son fauteuil, les jambes croisées devant lui, sans s'inquiéter si ces jeunes filles se dessèchent ou non sur leurs tiges, et tout occupé de harceler son oncle afin de savoir de quoi il retourne!... J'ai vraiment pitié de ces pauvres femmes..... Dans ma jeunesse, les hommes étaient faits de chair et de sang, — et n'en manquaient certes pas. A présent, ce sont de vraies mécaniques.

— Je ne puis, monsieur, dit George, que vous exprimer de nouveau le regret de vous avoir fâché...

— Allons donc! répliqua l'amiral, vous n'avez pas besoin, s'il en est ainsi, de me jeter ces regards langoureux... Levez le coude, et mon pardon vous est acquis!... A votre santé, George!... Je suis charmé de vous revoir à Saint-Crux!... Regardez-moi cette assiettée de biscuits! Le chef nous les a fait passer en l'honneur de votre retour.. Il faut ménager sa sus-

ceptibilité, mais sans faire tort à notre vin... Ici, vous autres!»
—L'amiral expédia rapidement quatre biscuits dans la gueule
complaisante de ses deux chiens. « Je suis fâché, George,
poursuivit gravement le vieux *gentleman,* je suis réellement
fâché que vous n'ayez pas jeté les yeux sur quelqu'une de ces
jolies filles. Vous ne savez pas quel dommage vous vous infli-
gez!... vous ne savez pas quelle inquiétude et quelle mortification vous me causez par cette conduite indécise et ces
perpétuelles irrésolutions !

— Vous verriez ma conduite sous un jour tout différent,
monsieur, si vous me permettiez de m'expliquer... Je suis tout
prêt à me marier demain, pourvu qu'on m'accepte.

— Serait-il vrai?... Vous avez donc, après tout, quelqu'un
en vue?... Pourquoi, par le ciel ! ne m'en avoir pas parlé plus
tôt?... C'est égal, je vous tiens quitte de tout, maintenant
que je vous sais pourvu d'une future... Remplissez encore
votre verre!... Il faut porter sa santé à pleins bords... Mais,
à propos, qui est-elle?

— Vous ne tarderez pas à le savoir, amiral... Au début
de cette conversation, je vous ai parlé de quelques soucis...

— Elle ne figure donc pas dans ma douzaine de jolies
filles?... Ah! maître George, je lis déjà ceci sur votre physionomie!... Et ces soucis, quelle en est la cause?

— Je crains, monsieur, que vous ne désapprouviez mon
choix.

— Pour Dieu! ne battez pas ainsi la campagne!... Comment pourrais-je vous dire si je le désapprouve ou non, tant
que je ne sais pas de qui vous parlez?

— Je parle de l'aînée des filles qu'a laissées André Vanstone, jadis propriétaire de Combe-Raven.

— Vous dites?....

— Miss Vanstone, monsieur. »

L'amiral posa son verre sans y avoir mouillé ses lèvres.

« Vous avez raison, George, dit-il. Je désapprouve votre
choix;..... je le désapprouve énergiquement.

— Est-ce le malheur de sa naissance, monsieur, qui mo-
tiverait vos objections ?

— Dieu m'en préserve !..... Dans le malheur de sa naissance, pauvre créature, elle n'a rien à se reprocher !...
Vous savez aussi bien que moi, George, où est l'obstacle.

— L'obstacle vient de sa sœur, n'est-ce pas ?

— Sans aucun doute !... Et j'imagine que l'homme le plus
dépourvu de préjugés doit penser à cet égard comme moi.

— Il n'est pourtant pas juste, monsieur, qu'on fasse expier à miss Vanstone les fautes de sa sœur.

— Appelez-vous cela des fautes ?... en vérité, George,
vous avez une mémoire bien commode quand vos intérêts
sont en jeu.

— Si cela vous plaît, monsieur, donnez-leur le nom de
crimes...... je n'en réclamerai pas moins contre l'injustice
faite à miss Vanstone. Sa vie, à elle, est pure de tout reproche. Sans faillir un seul jour, elle a supporté les rigueurs
du sort avec une patience, une douceur, un courage que pas
une femme sur mille n'eût montrés à sa place..... Demandez à
miss Garth, qui la connaît depuis son enfance. Demandez à
mistress Tyrrel, qui bénit le jour où elle est arrivée sous son
toit...

— Demandez ! demandez !... Je vous demande pardon,
George, mais vous mettriez à bout la patience d'un saint...
Je ne conteste en aucune façon, mon cher enfant, les vertus
de miss Vanstone ; j'admettrai, si vous y tenez, que jamais
meilleure femme n'a passé une jupe... Là n'est pas la question...

— Mais pardonnez-moi, cher amiral... Si je dois l'épouser, la question est là tout entière.

— Écoutez-moi jusqu'au bout, George. Envisagez les
choses à mon point de vue aussi bien qu'au vôtre !.. Qu'est-il
arrivé à votre cousin Noël ? votre cousin Noël a été victime, le
pauvre diable, d'un des plus ignobles complots dont j'aie jamais entendu parler ; — et le premier artisan de ce complot
était l'infernale sœur de miss Vanstone. Elle l'a trompé de la
manière la plus infâme, et une fois inscrite sur son testament pour un legs considérable, elle tenait tout prêt le poison destiné à la débarrasser de lui. Telle est la vérité ; —

nous l'avons sue de mistress Lecount qui, dans la chambre
même de cette femme, a trouvé sous clef le flacon meurtrier.
En épousant miss Vanstone, vous faites de cette misérable
votre belle-sœur. Elle entre dans notre famille. Toute la
honte de ce qu'elle a fait, toute la honte de ce qu'elle peut
faire encore, — et le démon seul qui la possède pourrait
dire jusqu'où elle ira, — cette honte devient la nôtre. Juste
ciel! George, considérez la position que vous nous faites!...
Voyez dans quelle poix vous mettez la main, si vous acceptez
une pareille femme pour votre belle-sœur.

—Vous avez, amiral, établi un des côtés de la question, dit
Georges avec plus de résolution que jamais..... Laissez-moi
maintenant exposer celui qui me touche. Une jeune personne,
que je rencontre dans des circonstances fort intéressantes,
produit sur moi une certaine impression. Je me garde bien
de m'y laisser aller en aveugle, ainsi que je l'eusse fait,
moins âgé de quelques années; — j'attends, afin de la mettre
à l'épreuve. Chaque fois que je vois cette jeune personne,
l'impression, loin de s'effacer, se fortifie; sa beauté me
charme, son caractère m'attache de plus en plus : loin d'elle,
je suis agité, mécontent; auprès d'elle, je suis l'homme le
plus heureux de ce bas-monde. Tout ce que me disent de sa
conduite les personnes qui la connaissent le mieux confirme,
et au delà, l'opinion élevée que je me suis faite d'elle. L'u-
nique tare que je puisse découvrir chez elle résulte d'un
malheur dont elle ne saurait être responsable, celui d'avoir
une sœur indigne de lui appartenir. Est-ce que cette découverte, — désagréable, j'en conviens, — fait disparaître, chez
miss Vanstone, toutes ces bonnes et belles qualités qui lui
ont valu mon amour et mon estime? Pas le moins du monde;
elle ne fait que me les rendre plus précieuses par le contraste..... Si j'ai à me plaindre de quelque imperfection, — et
dans ce monde il ne saurait guère en être autrement, —
j'aime mieux la rencontrer chez la sœur de ma femme que
chez ma femme elle-même. C'est ma femme et non la sœur
de ma femme qui importe à mon bonheur... Selon moi, monsieur, mistress Noël Vanstone a déjà fait assez de mal. Je ne

vois pas la nécessité de souffrir qu'elle y ajoute en me privant d'une femme selon mon cœur.,. Vrai ou faux, tel est mon point de vue.... Je ne prétends pas vous ennuyer par des considérations sentimentales. Je n'ai rien à vous dire, si ce n'est que je suis d'âge, maintenant, à savoir ce que je veux, et que j'ai pris un parti définitif. Si mon mariage est indispensable, à la réalisation de vos projets sur moi, je ne puis épouser au monde qu'une seule femme, — et cette femme est miss Vanstone. »

Devant une déclaration si nette, il n'y avait guère d'objection possible. L'amiral Bartram se leva de son fauteuil sans rien répondre et, dans une agitation visible, se mit à parcourir la salle de long en large.

La situation devenait tout à fait grave. La mort de mistress Girdlestone avait déjà fait évanouir une des deux hypothèses prévues dans la Contre-Lettre. Si le trois mai prochain trouvait encore George à l'état de célibataire, la seconde hypothèse s'évanouissait à son tour, et la Contre-Lettre n'avait plus d'objet. Il ne restait guère qu'une quinzaine au plus pour faire publier les bans dans l'église d'Ossory, sans quoi le temps manquerait pour l'accomplissement d'une des clauses les plus expressément stipulées par la Contre-Lettre. Si obstiné que fût naturellement l'amiral, — et quelque valeur qu'il accordât aux objections soulevées par le projet d'alliance que son neveu avait conçu, — il ne put s'empêcher de reculer devant les faits inexorables que, tout en arpentant la salle à manger, il trouvait toujours groupés en face de lui.

« Avez-vous des engagements avec miss Vanstone? demanda-t-il brusquement.

— Non, monsieur, répondit George... J'ai cru devoir aux bontés dont vous m'avez toujours comblé de ne traiter ce sujet avec personne avant de vous en avoir entretenu.

— Bien obligé, à coup sûr!... Et pour m'en parler, vous avez attendu le dernier moment, selon votre louable coutume... Pensez-vous que votre demande, quand vous la ferez, soit accueillie par miss Vanstone? »

George parut hésiter.

« Le diable emporte votre modestie! s'écria l'amiral... La modestie est en ce moment hors de saison; — c'est de franc parler qu'il s'agit... Dira-t-elle *oui*, ou dira-t-elle *non*?

— J'espère, monsieur, qu'elle voudra bien consentir. »

L'amiral, après un éclat de rire sardonique, fit encore une fois le tour de la table. Puis il s'arrêta tout à coup, mit les mains dans ses poches et demeura immobile dans un coin, absorbé par ses réflexions. Au bout de quelques minutes, sa physionomie s'éclaircit quelque peu; on y voyait poindre les rayons d'une idée lumineuse. Il revint, d'un pas alerte, au coin de la cheminée occupée par George, et, posant affectueusement la main sur l'épaule de son neveu:

« George, lui dit-il, vous faites une sottise, mais il est maintenant trop tard pour vous en empêcher. Le 16 du mois prochain, il faut que les bancs aient été publiés dans l'église d'Ossory, sans quoi vous perdez cette fortune..... Avez-vous fait connaître à miss Vanstone la situation particulière où vous êtes? Avez-vous, au contraire, ajourné ceci comme tout le reste, de manière à vous trouver acculé?

— Cette position est si exceptionnelle, monsieur, et pourrait présenter les mobiles de ma conduite sous un jour si singulier, que je me suis senti peu disposé à y faire la moindre allusion... Même à présent, je ne saurais comment m'en ouvrir à elle.

— Essayez de tourner la difficulté en prenant ses amis pour intermédiaires, et faites-leur entrevoir qu'il s'agit d'une question d'argent; ils se chargeront alors de lever pour vous ces scrupules. Mais ce n'est point là ce que j'avais à vous dire... Combien de temps comptez-vous rester ici, cette fois?

— Je pensais vous donner quelques jours, et ensuite...

— Et ensuite, je suppose, retourner à Londres pour y faire agréer votre offre?... Aurez-vous assez d'une semaine pour trouver l'occasion de décider miss Vanstone, — une semaine à prendre sur les quinze jours, ou à peu près, qui vous restent maintenant?

— Si vous le désirez, amiral, je passerai ici la semaine très-volontiers.

— Ce n'est pas là mon désir... Je voudrais vous voir faire vos paquets et partir demain. »

George, muet de surprise, regarda son oncle :

« Vous avez trouvé, à votre arrivée, des lettres qui vous attendaient, continua l'amiral. L'une d'elles n'était-elle pas de mon vieil ami sir Franklin Brook ?

— Oui, monsieur.

— N'était-ce pas une invitation d'aller passer quelques jours à la Grange ?

— Oui, monsieur.

— D'y aller immédiatement ?

— Immédiatement, si cela m'était possible.

— Fort bien... Je désire que cela vous soit possible... Je désire que vous partiez demain pour la Grange. »

George regarda le feu de nouveau, et laissa échapper un soupir d'impatience.

« Je comprends maintenant, cher amiral, dit-il... Vous vous trompez complétement sur mon compte... Mon attachement pour miss Vanstone est à l'épreuve d'une pareille diversion. »

L'amiral Bartram reprit sa promenade dans la salle à manger, comme s'il était encore à faire son quart sur le pont d'un vaisseau.

« George, reprit le vieux *gentleman*, un bon procédé en vaut un autre. Si je me montre disposé à faire des concessions, le moins que vous me deviez, c'est de vous montrer d'aussi bon vouloir et de m'en faire également.

— Je n'ai rien à dire à ceci, monsieur.

— C'est fort bien... Écoutez maintenant ma proposition. Écoutez-la simplement, et sans parti pris d'avance ; — tout homme a le droit d'être ainsi entendu. Pour commencer, je me montrerai parfaitement équitable. Je ne révoquerai pas en doute la sincérité du sentiment qui vous fait regarder miss Vanstone comme l'unique femme dont vous puissiez attendre votre bonheur ici-bas. Je ne mets pas ceci en ques-

tion..... Ce dont je me permets de douter, c'est que vous vous
rendiez compte, aussi exactement que vous le croyez, de
vos propres dispositions à cet égard. Vous ne sauriez contester, George, que vous ne vous soyez épris de bien des
femmes depuis que vous êtes hors de tutelle. Entre autres,
je vous ai vu amoureux de miss Brook. Pas plus tard
que l'année dernière, à pareille époque, il y avait entre
vous et cette jeune personne, — pour ne rien dire de plus,
— un système régulier de coquetteries en sourdine. Et
c'était tout simple !... miss Brook figure dans cette douzaine
de charmantes fillettes que je désignais au début de notre
conversation.

— Vous confondez, monsieur, un vain passe-temps avec
une affection sérieuse, répondit George... Vous vous trompez
du tout au tout... Croyez-moi, vous vous trompez.

— Possible, et même probable; je ne prétends pas être
infaillible... Je laisse ceci à mes cadets... Mais j'ai pour moi,
George, de vous connaître depuis le temps où vous étiez haut
comme mon vieux télescope, et j'ai besoin de mettre à
l'épreuve cette affection sérieuse dont vous vous vantez. Si
vous pouvez me convaincre que vous appartenez de cœur et
d'âme à miss Vanstone, aussi complétement que vous le supposez vous-même, — il me faudra bien céder à la Destinée
et retirer toutes mes objections. Mais pour cela je veux être
convaincu. Allez demain à la Grange et passez-y huit jours
avec miss Brook... Fournissez loyalement à cette aimable
enfant l'occasion de ranimer, si elle le peut, cette ardeur
qu'elle avait su vous inspirer, — et revenez ensuite à Saint-
Crux, pour me faire savoir comment l'épreuve a tourné. Si
vous me dites, la main sur le cœur, que votre affection pour
miss Vanstone n'a pas ressenti la moindre atteinte, vous pouvez compter qu'à partir de ce moment je ne vous ferai plus
entendre une seule parole d'objections. Quelques regrets,
quelques appréhensions que je puisse conserver à part moi,
je ne ferai rien, je ne dirai rien qui ne soit d'accord avec vos
désirs..... Telle est ma proposition..... Je suis bien sûr qu'elle
vous apparaît comme le caprice insensé d'un vieillard. Mais ce

vieillard, George, n'est plus destiné à vous contrarier longtemps ; — et peut-être un jour, lorsque vous aurez des fils à
conduire, trouverez-vous un certain plaisir à vous rappeler
que vous lui avez témoigné jusqu'au bout une déférence, un
respect inaltérables. »

Il revint, disant ces mots, du côté de la cheminée, et posa
de nouveau la main sur l'épaule de son neveu. George prit
cette main et l'étreignit affectueusement. Dans le meilleur
sens qu'on puisse attacher à ce mot et avec toute la tendresse qu'il comporte, son oncle avait été pour lui un véritable père.

« Si vous y mettez une véritable importance, je ferai,
monsieur, ce que vous attendez de moi, lui répondit-il. Mais
je dois vous dire d'avance que cette épreuve n'a aucune
chance de réussir comme vous l'entendez... Maintenant, si
vous préférez que j'aille à la Grange passer une semaine, au
lieu de rester ici le même temps, — je suis prêt à vous
satisfaire.

— Merci, George ! dit l'amiral brusquement. C'est bien ce
que j'attendais de vous, et vous ne m'avez pas déçu... — Si
miss Brook ne nous tire pas de cet embarras, pensait l'arti-
ficieux vieillard en se rasseyant à table, c'est que ma girouette
de neveu se sera rouillée tout exprès !... George, continua-
t-il tout haut, nous regarderons la question comme provisoirement réglée et, si vous le voulez bien, nous parlerons
d'autre chose. Ces soucis domestiques n'ajoutent rien au bou-
quet de mon vieux bordeaux. La bouteille est à votre main.
Que font les théâtres de Londres ?... Au temps de ma jeunesse, la marine protégeait les théâtres... Nous aimions à
commencer par une bonne tragédie, quitte à nous égayer
ensuite par une bourrée. »

Pendant tout le reste de la soirée, la causerie reprit son
cours ordinaire. L'amiral Bartram ne revint sur le sujet pros-
crit par lui qu'au moment où son neveu et lui échangèrent
le bonsoir final.

« Vous n'oublierez pas, George, ce que vous avez à faire
demain ?

— Positivement non, monsieur... Je prendrai le *dog-cart*
après le déjeuner, et je conduirai moi-même. »

Le lendemain, avant midi, M. George Bartram avait quitté
le château, et la dernière chance favorable à Madeleine semblait en être sortie avec lui.

IV.

Le jour du départ de George Bartram, lorsque la cloche
eut sonné comme à l'ordinaire le dîner des domestiques, on
remarqua que la nouvelle *parlour-maid* n'était pas venue
prendre place à table. Un des serviteurs en sous-ordre fut
dépêché à sa recherche et revint annoncer que « Louisa, » se
sentant un peu faible, demandait à être dispensée de paraître.
Cette requête fut portée devant l'autorité supérieure de la
femme de charge, et mistress Drake monta immédiatement
pour se rendre un compte exact de la situation. Elle vit
bien, au premier coup d'œil, que l'indisposition de la *parlour-
maid*, — à quelque cause qu'il fallût l'attribuer, — n'était certainement pas un vain prétexte de paresse ou de bouderie.
La jeune fille refusa respectueusement tous les remèdes que
la femme de charge lui offrait, se bornant à demander la permission d'essayer si elle ne se trouverait pas bien d'une promenade en plein air.

« J'étais habituée, madame, disait-elle, à plus d'exercice
que je n'en prends ici... Puis-je descendre au jardin pour
voir si une promenade ne me soulagerait pas ?

— Oui, certainement... Irez-vous seule, ou désirez-vous
que je vous fasse accompagner ?

— J'irai seule, madame, si vous voulez bien le permettre.

— Très-volontiers. Mettez alors votre chapeau, votre
châle, et tenez-vous, une fois dehors, dans le jardin de l'Est.
L'amiral se promène quelquefois dans celui du Nord, et pourrait éprouver quelque surprise à vous y rencontrer. Quand

vous aurez assez d'air et d'exercice, revenez chez moi, je verrai comment vous allez. »

Au bout de quelques minutes, Madeleine se trouva dans le jardin de l'Est. Le soleil brillait dans un ciel sans nuages, mais les froides ombres du château se projetaient sur la grande allée et semblaient glacer l'atmosphère que les rayons du Midi venaient d'attiédir. Elle se dirigea vers les ruines du vieux monastère, — situées, nous l'avons dit, au sud de la longue rangée de bâtiments élevés à une époque plus récente. Là se trouvaient de grands espaces solitaires où l'on pouvait respirer librement; là, par les brèches que la ruine avait ouvertes, arrivaient les pâles rayons du soleil de mars, et les sourires du printemps semblaient vouloir y attirer la belle promeneuse.

Elle monta trois ou quatre degrés de pierre fendillés de tous côtés, et s'assit en plein soleil, sur quelques débris de muraille. L'endroit ainsi choisi par elle avait été jadis l'entrée de l'église. Dans des siècles écoulés depuis longtemps, les fautes et les souffrances humaines, s'acheminant vers le confessionnal, avaient défilé jour après jour sur cette même place où elle se tenait maintenant assise. De toutes les misérables femmes qui autrefois avaient foulé ces antiques pierres, aucune n'avait résumé en elle autant de misères morales que celle dont les pieds s'y appuyaient aujourd'hui.

Ses mains tremblaient lorsqu'elle s'en fit deux étais pour s'installer sur son siége de pierre. Elle les posa sur ses genoux; et là, elles tremblaient encore. Elle les souleva, y jetant un regard surpris, et sous son regard elles tremblaient. « Je suis donc déjà vieille ? » se dit-elle dans un faible murmure, et de nouveau elle laissa retomber ses mains le long de son corps.

Ce jour-là, pour la première fois, il lui avait bien fallu constater une triste découverte, — à savoir que ses forces lui faisaient défaut tout juste au moment où elle s'y était le mieux fiée, juste au moment où elle en avait le plus besoin. Le départ inattendu de George Bartram lui avait causé une surprise ressentie par elle à l'égard du pire mal-

heur qui pût l'atteindre. Ce simple démenti donné à ses espérances, — démenti qui naguère, sollicitant ses résistances
obstinées, l'aurait simplement encouragée à de nouveaux
efforts, — l'avait frappée d'autant de terreur, l'avait réduite
au même état de prostration désespérée que l'eût pu faire
son expulsion de Saint-Crux. D'une métamorphose aussi absolue, on ne pouvait tirer qu'une seule conclusion : c'est que
Madeleine venait de concentrer, dans le court espace d'un
peu plus d'un an, les fatigues et les émotions de toute une
vie. La santé, la force que la Nature lui avait si largement
prodiguées, et dont l'abus était resté si longtemps impuni,
finissaient par lui manquer.

Elle leva les yeux sur le vague azur du ciel. Elle écouta la
chanson joyeuse des oiseaux cachés dans le lierre dont les
ruines étaient revêtues. Oh ! que ce ciel lointain lui semblait
froid ! que ce bonheur des oiseaux lui semblait impitoyable !
Oh ! qu'il était horrible d'être seule parmi ces pierres, et de
se sentir si vieille, si faible, si usée, à la fleur même de sa
verte jeunesse ! Par un dernier effort de courage elle se leva,
et voulut, se mouvant, regardant autour d'elle, combattre la
souffrance nerveuse qui lui montait au cœur. D'un pas de
plus en plus rapide, elle se promenait au soleil. Par cela
même qu'il la fatiguait horriblement, cet exercice lui venait
en aide. Elle refoulait désespérément vers leur source les
larmes dont ses yeux se gonflaient ; — elle luttait contre la
douloureuse étreinte, et s'y dérobait par degrés. Peu à peu,
il y eut moins de nuages sur sa pensée ; elle s'abdiqua moins
elle-même, et les idées qui la décourageaient lui devinrent
moins présentes. Il y avait en elle, pour ainsi dire, des réserves de jeunesse et de force qu'elle pouvait dépenser encore ;
— il y avait une ardeur atténuée par maintes blessures, mais
qui n'était pas encore éteinte.

Elle étendit graduellement le rayon de sa promenade,
recouvrant aussi peu à peu la faculté d'observer ce qui était
autour d'elle.

À leur extrémité occidentale, les ruines du monastère
étaient mieux conservées que du côté de l'Orient. En certains

endroits où les vieux murs tenaient encore grâce à leur épaisseur, on avait dû faire, à quelque époque indéterminée, des
réparations insignifiantes. Quatre des anciennes cellules
avaient alors été recouvertes d'une grossière toiture en tuiles
rouges; on y avait ajouté des portes en planches, et ces
vieilles chambres de moines servaient de dépôt aux nombreux débris du mobilier de Saint-Crux. Il n'existait de cade-
nas à aucune des portes. Madeleine n'avait qu'à les pousser
pour faire tomber la lumière du ciel sur les fouillis entassés
derrière elles. Elle résolut d'examiner ces espèces d'appentis
l'un après l'autre, — non certes par curiosité, non pour y
poursuivre une découverte quelconque. — Elle n'avait
d'autre objet que de combler le vide des heures, et d'empêcher le retour des tristes pensées qui, naguère encore, étaient
venues l'énerver.

Le premier hangar qu'elle ouvrit renfermait des outils de
jardinage, grands et petits. Sur le sol du second s'étalaient
des fragments de meubles brisés, des cadres vermoulus,
vides de leur toile, des vases ébréchés, des boîtes sans couvercle, des livres arrachés à leurs reliures. Comme Madeleine allait quitter ce réduit après un coup d'œil négligemment jeté autour d'elle sur ce tas de poudreuses vieilleries,
son pied poussa par terre un objet quelconque qui alla frapper, avec un retentissement métallique, une porcelaine fêlée
gisant près de là. Madeleine se baissa et vérifia que l'objet
sonore était une clef rouillée.

Elle ramassa cette clef pour l'examiner, puis, sortie du
hangar, elle réfléchit quelques instants. Parmi les centaines
d'objets amoncelés sans ordre sous ces appentis se trouvaient
sans aucun doute bien des clefs devenues inutiles et oubliées
là depuis un temps immémorial. Eh bien ! ne pouvait-elle
rassembler toutes celles qu'elle trouverait pour les essayer
ensuite, l'une après l'autre, aux serrures de tous les cabinets,
de tous les placards, de toutes les armoires, aujourd'hui proté-
gés contre ses investigations ? N'y avait-il pas, pour justifier
une pareille épreuve, chance suffisante que l'une d'elles ouvrirait quelque meuble ? Si les serrures de Saint-Crux étaient

aussi surannées que le mobilier, — si l'on n'avait pas à se débattre contre les subtilités protectrices que les inventeurs modernes ont multipliées, — pareille chance existait sans aucun doute. Comment savoir si cette clef même qu'elle tenait à la main n'était point le *duplicata*, jadis perdu, de l'une de celles qui figuraient dans le paquet de l'amiral? Aucun autre moyen ne s'offrant d'arriver à son but, ce hasard valait bien qu'on le risquât. Dans les yeux ternis de Madeleine on aurait pu voir passer comme un éclair de son ancienne ardeur, lorsqu'elle se détourna pour rentrer dans la vieille cellule.

Elle n'avait guère plus d'une demi-heure à passer encore hors du château. Cette demi-heure lui suffit pour fouiller, l'un après l'autre, les trois hangars, et ajouter cinq clefs à sa collection. « Cinq chances de plus! » se disait-elle, les rapportant en cachette.

Après qu'elle fut allée rendre compte de sa promenade par devant la femme de charge, elle monta pour ôter son chapeau et son châle, ce qui lui fournit l'occasion de mettre ces clefs en sûreté jusqu'à la nuit. Elles étaient recouvertes d'une épaisse couche de rouille et fortement encrassées ; mais elle n'osa tenter de les nettoyer avant que l'heure du coucher, la rendant à sa solitude, l'eût mise à l'abri des regards curieux dont les domestiques l'entouraient encore.

Quand elle se retrouva au dîner, comme de coutume, en rapports directs avec l'amiral, elle fut aussitôt frappée d'un changement qui s'était fait en lui. Pour la première fois, depuis qu'elle le connaissait, le vieux *gentleman* était silencieux, abattu. Il montra moins d'appétit qu'à l'ordinaire et, d'un bout du repas à l'autre, ne lui adressa pas quatre paroles. Quelques réflexions mal venues s'étaient évidemment emparées de son esprit, et s'y maintenaient, malgré ses efforts pour s'en distraire. Elle se demanda plusieurs fois, dans la soirée, avec une perplexité toujours croissante, sur quel sujet portaient ces réflexions.

Ces longues heures arrivèrent enfin à leur terme, et les hôtes du château se retirèrent dans leurs lits respectifs. Avant de s'endormir, ce soir-là, Madeleine avait parfaitement net-

toyé les clefs, dont elle prit soin d'huiler l'intérieur pour en
faciliter le jeu et le rendre moins bruyant. Restait, dernière
difficulté, à choisir le moment où l'épreuve pourrait être
tentée en risquant le moins possible d'être interrompue ou
découverte. Après avoir employé une partie de la nuit à débattre avec soin cette importante question, Madeleine dut se
résoudre à attendre et à se laisser guider par les événements
du lendemain. Le matin arriva et, pour la première fois depuis qu'elle était à Saint-Crux, les événements justifièrent la
confiance qu'elle avait mise en eux. Le matin arriva, disons-
nous, et l'unique difficulté dont elle eût encore à se préoccuper fut levée à l'improviste par l'amiral en personne! —
A la grande surprise de tout le château, il déclara, en déjeunant, « qu'il s'était décidé à partir pour Londres dans une
heure; qu'il passerait la nuit en ville; et qu'on pouvait l'attendre à Saint-Crux, le lendemain, pour l'heure du dîner. » Il
ne donna d'autres explications ni à la femme de charge ni à
personne, mais il était facile de voir que l'objet pour lequel
il allait à Londres avait à ses yeux une importance peu ordinaire. Il avala précipitamment son déjeuner, et avant que sa
voiture fût devant la porte, s'impatienta plusieurs fois de ce
qu'elle n'arrivait point.

L'expérience avait prémuni Madeleine contre les détermi-
nations hasardeuses. Elle ne se pressa point, après le départ
de l'amiral Bartram, de risquer l'épreuve des clefs. Et bien
lui en prit. Mistress Drake profita de l'absence de l'amiral
pour passer en revue les appartements du premier. Les résultats de son investigation ne l'ayant que très-médiocrement
satisfaite, torchons et balais entrèrent en danse, et tant que
le jour dura, les filles de service ne firent qu'entrer et sortir
de tous côtés.

La soirée s'écoula sans que l'occasion favorable que Madeleine guettait au passage se fût une seule fois offerte à elle.
Survint l'heure du coucher; elle se retrouva placée entre ces
deux alternatives: ou d'attendre les chances douteuses de la
matinée suivante, ou d'essayer hardiment les clefs sous la
protection des ténèbres. Jadis elle eût fait son choix sans la

moindre hésitation. Elle hésitait maintenant ; — mais ce qui
lui restait de courage la soutint encore ; elle résolut de tenter
l'aventure nocturne.

A Saint-Crux, on se couchait de bonne heure. Il lui suffisait donc d'attendre qu'onze heures et demie fussent sonnées,
pour être à peu près sûre que tous seraient endormis. A cette
heure-là, elle sortit furtivement sur l'escalier, un flambeau à
la main et les clefs dans sa poche.

En passant devant l'entrée du corridor sur lequel donnaient les chambres à coucher, elle s'arrêta, prêtant l'oreille.
On n'entendait, de l'autre côté du paravent, ni les ronflements
habituels ni la marche traînante du matelot invalide. Madeleine, écartant une des feuilles, risqua un regard méfiant.
Le passage dallé n'était plus qu'un désert, et le petit lit à
roulettes n'était point occupé. Elle avait pourtant vu, plus
d'une heure auparavant, remonter le vieux Mazey, armé d'un
bougeoir. Aurait-il, par hasard, profité de l'absence de son
maître, pour se procurer la jouissance inusitée de coucher
dans une chambre close ?... Au moment où cette pensée s'offrait à elle, un léger bruit, parti de l'extrémité du corridor,
arriva jusqu'à son oreille. Elle avança doucement de ce côté,
et, à travers la porte de la plus éloignée des chambres d'amis,
discerna fort bien, dans cette chambre, les ronflements vigoureux du vieux matelot. Sous plus d'un rapport, cette découverte avait de quoi l'émouvoir. Elle ajoutait une ombre de
plus à l'impénétrable mystère du lit à roulettes, en prouvant
clairement que le vieux Mazey ne mettait à passer la nuit
dans le corridor aucune préférence sauvage ; c'était purement et simplement pour le compte de son maître qu'il
avait élu domicile dans ce dortoir si singulier et si peu commode.

Le moment n'était pas favorable pour insister sur les réflexions qu'un pareil fait pouvait suggérer. Madeleine revint
sur ses pas le long du corridor et descendit au premier étage.
Négligeant les portes les plus voisines, elle entra tout d'abord
dans la bibliothèque. Sur l'escalier et dans les couloirs, elle
avait senti battre son cœur agité d'une indicible crainte ; —

mais un sentiment de sécurité profonde lui fut rendu lorsqu'elle se trouva dans les quatre murs de cette pièce, et quand une porte bien fermée la sépara de cette obscurité muette et peuplée de fantômes qu'elle avait traversée pour y venir.

La première serrure qu'elle essaya fut celle de la table à tiroirs. Aucune des clefs ne l'ouvrait. L'épreuve suivante fut tentée sur le cabinet. Celle-ci échouerait-elle comme l'autre? non! Une des clefs allait; une des clefs, moyennant un peu de patience et d'adresse, fit jouer le verrou. Madeleine jeta dans le cabinet un regard avide. En haut se trouvaient des tablettes ouvertes; au-dessous d'elles, un tiroir occupant toute la largeur du meuble. Sur les tablettes, des échantillons de minéraux curieux, proprement étiquetés et en bon ordre. Le tiroir était divisé en compartiments. Deux de ces compartiments renfermaient des papiers. Dans le premier elle ne trouva qu'une collection de factures acquittées. Dans le second, au contraire, elle découvrit un monceau de documents relatifs aux affaires de l'amiral; — mais l'écriture, jaunie par le temps, suffisait pour l'avertir que la Contre-Lettre n'était point là. Elle poussa les portes du cabinet et, après les avoir refermées avec difficulté, voulut voir ensuite, avant de continuer ses recherches dans les autres chambres, si les clefs ouvriraient les armoires placées sous les corps de bibliothèques.

Les armoires en question se trouvèrent inattaquables; inattaquables également les tiroirs, crédences, commodes et placards des autres pièces. L'un après l'autre, procédant par ordre, elle essaya patiemment tous ces meubles. Ce fut en vain. La chance favorable que lui avait offerte le cabinet de la bibliothèque fut la seule qui eût fait luire à ses yeux un rayon d'espoir.

Elle retourna dans sa chambre, sans voir autre chose que son ombre glissant à côté d'elle, sans rien entendre, sauf le léger bruit de son pas furtif, à peine perceptible dans le silence profond qui, à minuit, emplissait le château. Quand elle eut machinalement replacé les clefs dans l'abri qu'elle

lour avait déjà fait, elle jeta un regard du côté de son lit, —
mais ce fut pour s'en détourner avec un frisson. Le souvenir
menaçant de ce qu'elle avait souffert la veille, dans le jardin,
se représenta vivement à son esprit. « Encore une chance
courue, pensait-elle, encore une chance perdue!... Si je
m'avise d'y penser, je succomberai à la peine, et j'y penserai
bien certainement si je reste éveillée dans l'obscurité. » Elle
avait apporté avec elle, à Saint-Crux, comme accessoire indispensable du rôle qu'elle allait y jouer, une boîte à ouvrage qu'elle se hâta d'ouvrir pour se mettre résolûment au
travail.

L'inexpérience qu'elle apportait dans le maniement de
son aiguille favorisa l'objet qu'elle avait en vue, en l'obligeant
à porter l'attention la plus stricte sur la besogne qu'elle
venait d'entreprendre; elle lui dut une distraction forcée
qui l'empêchait de songer aux deux sujets les mieux faits
pour l'épouvanter maintenant; — elle-même d'abord, l'avenir ensuite.

Fidèle aux arrangements pris, l'amiral revint le lendemain. Son voyage à Londres ne l'avait pas autrement rassé-
réné. Un nuage provenant de quelque inquiétude impossible
à maîtriser obscurcissait encore sa physionomie; et sa
langue, d'ordinaire si mobile, gardait un calme étrange
pendant ces repas solitaires que lui servait Madeleine. Ce
soir-là, les ronflements retentirent de nouveau derrière le
paravent; — le vieux Mazey avait repris possession de son
incommode couchette.

Trois jours encore s'écoulèrent; — avril commença. Le
2 du mois, — revenu aussi à l'improviste qu'il était parti huit
jours avant, — M. George Bartram reparut à Saint-Crux.

Il arriva dans l'après-midi, de bonne heure, et il eut avec
son oncle, dans la bibliothèque, un entretien de quelque
durée. A la fin de cette entrevue, il partit encore une fois, et
fut conduit au chemin de fer de manière à prendre le dernier train qui, ce soir-là, montât vers Londres. Le groom
chargé de le mener remarqua, chemin faisant, que « master
George semblait quitter Saint-Crux sans beaucoup de peine. »

Il remarqua aussi, à son retour, que l'amiral jurait après lui, pour avoir surmené les chevaux, indice de mauvaise humeur qui, de la part de son maître tel qu'il le connaissait, lui semblait absolument inouï. Madeleine, dans le service qui lui était dévolu, avait eu également à souffrir les boutades de l'irritable vieillard ; il s'était montré mécontent de ses faits et gestes dans la salle à manger, et successivement il avait critiqué tous les plats, depuis le consommé de mouton jusqu'au fromage grillé.

Les deux journées suivantes s'écoulèrent comme de coutume. Le troisième jour, il arriva quelque chose. Au premier aspect, ce n'était rien de plus essentiel qu'un coup de sonnette parti du salon. On aurait dû y pressentir, en réalité, le signe précurseur de la catastrophe prochaine, — le héraut formidable du dénoûment.

C'était à Madeleine que s'adressait la sonnette. Arrivée à la porte du salon, elle frappa comme d'ordinaire. On ne répondit point. Frappant une fois encore sans recevoir de réponse, elle se permit d'entrer et reçut, à l'instant même, en plein visage, un courant d'air glacé. La lourde porte à coulisses qui s'ouvrait sur le mur d'en face avait été complétement tirée ; et l'atmosphère arctique de « Glace-la-Moelle » pénétrait sans obstacle dans le salon désert.

Elle attendit auprès de la porte, ne sachant trop à quel parti s'arrêter ; c'était bien certainement la sonnette du salon, et nulle autre, qui s'était fait entendre. Elle attendit regardant, par la porte béante en face d'elle, l'aspect désolé de cette grande galerie en délabre.

Quelques instants de réflexion la convainquirent que le mieux était de redescendre et d'attendre en bas un second appel. En se détournant pour quitter le salon, il lui arriva par hasard de jeter encore un regard en arrière et, justement alors, elle vit s'ouvrir la porte située à l'autre extrémité de la *Banqueting-hall*, porte qui donnait, on s'en souvient peut-être, sur la première des chambres de l'aile orientale. Un homme de haute taille en sortit, enveloppé d'un surtout et le chapeau sur la tête, se dirigeant du côté

du salon. Sa démarche le fit reconnaître avant qu'il fût assez
près pour qu'on pût discerner son visage. Il n'avait pas encore traversé la moitié de la salle, quand Madeleine vérifia
que cet homme était bien l'amiral Bartram.

Il parut non-seulement irrité, mais de plus très-surpris,
en trouvant sa *parlour-maid* qui l'attendait dans le salon. Il lui
demanda « ce qu'elle venait y faire? » avec une brusquerie où
se trahissait une certaine méfiance. Madeleine répondit que la
sonnette l'avait appelée. La physionomie de l'amiral s'éclaircit un peu lorsqu'il eut reçu cette explication. « C'est vrai,
c'est vrai, dit-il. J'ai sonné, puis j'en ai perdu mémoire. »
Là-dessus, il remit en place la porte à coulisses. « Du charbon, reprit-il avec impatience, montrant un seau vide... J'ai
sonné pour avoir du charbon. »

Madeleine retourna dans les régions inférieures, transmit
l'ordre de l'amiral à la domestique spécialement chargée des
feux, et rentrée ensuite à l'office, dont elle ferma doucement
la porte, s'assit pour réfléchir tout à son aise, dans une solitude complète.

Sa première impression, dans le salon, — et cette impression durait encore, — c'était qu'elle avait accidentelle-
ment surpris l'amiral Bartram au retour d'une visite qu'il
avait faite dans les chambres de l'Est; visite que, pour
quelque raison essentielle, il avait à cœur de tenir secrète.
Hantée jour et nuit par l'idée unique qui l'absorbait tout
entière, elle franchit d'un seul bond tous les obstacles que
la logique lui opposait, et associa immédiatement les soupçons que lui inspirait cette démarche secrète de l'amiral aux
soupçons du même ordre qui le lui désignaient comme déposi-
taire de la Contre-Lettre. Jusqu'alors, elle avait regardé comme
à peu près certain qu'il conservait tous ses papiers de quelque
importance dans l'une ou l'autre des chambres de l'appartement où il était provisoirement installé. « Pourquoi, — se
demandait-elle, pareille conclusion ne lui paraissant plus
aussi certaine, — pourquoi ne se pourrait-il pas qu'il les tînt
enfermés tout aussi bien dans les pièces de l'aile orientale? »
Le souvenir des clefs encore cachées dans la chambre de Ma-

deleine lui faisait paraître encore plus probable cette nouvelle manière d'envisager les choses. A une exception près,
et de peu d'importance, ces clefs ne lui avaient servi de
rien, essayées dans l'appartement du Nord. Échoueraient-
elles de même contre les cabinets et les armoires de l'Est,
qu'elle n'avait pas même songé à pratiquer encore? S'il existait une chance, quelque mince qu'elle fût, d'en tirer meilleur
parti qu'elle ne l'avait fait jusqu'alors, cette chance devait
être tentée. S'il était possible, à un degré quelconque, d'admettre que la Contre-Lettre pouvait être sous clef dans quelqu'un des réceptacles de l'aile orientale, cette possibilité
devait être mise à l'épreuve. Et quand?... L'expérience même
qu'elle avait faite répondait à cette question. C'était à
l'heure où les yeux de l'espionnage étaient fermés, où nul
accident n'était à craindre, — à l'heure où le château dormait, — en un mot, au milieu de la nuit.

Madeleine avait assez conscience des changements survenus en elle pour redouter l'influence énervante de tout
retard. Elle résolut d'aborder ce nouveau risque, tête
baissée, dès la nuit suivante.

Plus que jamais elle commit mainte et mainte erreur,
l'heure du dîner venue ; plus que jamais aussi, l'amiral cri-
bla de vives critiques sa manière de servir à table. Mais il
ne parvint pas à la blesser une seule fois; c'est à peine si
elle l'écoutait; — son intelligence n'était plus accessible
qu'à une seule préoccupation, celle de la prochaine épreuve.
La soirée, qui lui avait paru si lente lors de sa première tentative, s'écoula cette fois avec une rapidité surprenante.
L'heure du coucher la prit, pour ainsi dire, à l'improviste.

Elle attendit, cette fois, plus tard qu'elle n'avait fait dans
l'autre circonstance. L'amiral était au logis; un caprice pouvait le ramener en bas, après qu'il serait rentré dans sa
chambre; il se pourrait faire qu'il eût oublié quelque chose
dans la bibliothèque, et qu'il y retournât pour l'aller prendre.
Minuit avait sonné à l'horloge de la salle où les domestiques
se tenaient, lorsque Madeleine se risqua hors de sa chambre,

les clefs toujours dans sa poche, le flambeau toujours à la main.

Au moment où pour descendre elle posait le pied sur le premier degré, une invincible hésitation, une inexplicable terreur de quelque péril inconnu, s'emparèrent d'elle tout à coup. Elle suspendit sa marche pour délibérer avec elle-même. Aucun sacrifice ne l'avait fait reculer, aucune crainte ne l'avait arrêtée dans l'exécution du stratagème qui l'avait fait admettre à Saint-Crux, et maintenant que la longue série d'obstacles entrevus dès l'origine avait été patiemment surmontée, — maintenant qu'à force de résolution un bon point de départ avait été conquis, — elle hésitait à marcher en avant. « Pour me trouver ici, se disait-elle, rien ne m'a coûté... Quelle inconséquente folie m'arrête donc maintenant ? »

La honte la ranima ; ses nerfs se tendirent ; dans toutes ses veines le sang circula plus vite. Elle franchit les escaliers du troisième étage au second, du second au premier, sans oser faire une halte nouvelle tant qu'elle se sentirait à portée de sa chambre. La minute d'après, elle avait gagné l'extrémité du corridor, traversait le vestibule, et pénétrait dans le salon. Ce fut seulement lorsqu'elle eut la main sur la massive poignée de bronze servant à manœuvrer la porte à coulisses ; ce fut seulement avant de faire glisser cette porte dans ses rainures, qu'elle s'arrêta pour reprendre haleine. La Salle-des-Banquets était derrière cette cloison de bois contre laquelle Madeleine s'appuyait maintenant, et son imagination, surexcitée au plus haut point, lui faisait déjà sentir le souffle sépulcral qui allait bientôt passer sur elle.

La porte à coulisses, tirée par elle, s'écarta de quelques pouces, — mais alors Madeleine s'arrêta tout effrayée. Lorsque l'amiral l'avait fermée devant elle, ce jour-là même, la porte n'avait fait aucun bruit. Lorsque le vieux Mazey l'avait ouverte pour lui montrer l'appartement de l'aile orientale, la porte n'avait fait aucun bruit. Maintenant, au milieu du silence nocturne, elle remarquait pour la première fois que les panneaux rendaient en glissant un son lugubre assez semblable aux sourds gémissements du vent qui s'engouffre dans quelque étroite issue.

Elle reprit courage et continua de pousser la porte, qu'elle fit disparaître à moitié dans l'épaisseur du mur creusé pour la recevoir. Puis elle avança hardiment par l'issue qu'elle venait de se ménager, et se trouva face à face avec la Salle-des-Banquets dans toute son horreur nocturne.

La lune tournait en ce moment le côté méridional du château. Ses pâles rayons, traversant les croisées les plus proches, s'étalaient obliquement sur les dalles de marbre en longues bandes lumineuses. L'ombre noire des parois qui séparaient les croisées l'une de l'autre, alternant avec ces raies de lumière, doublait le pâle éclat dont la lune inondait ce pavé de marbre. A son extrémité inférieure, la grande salle encore ténébreuse semblait se fondre dans une vague et mystérieuse obscurité ; le plafond disparaissait ; la cheminée béante et le manteau qui la surplombait, et la longue rangée des tableaux de bataille, tout cela se perdait dans la nuit. Un seul objet se voyait encore par delà les croisées ruisselantes de lumière, et les dalles que zébrait la lune ; — espèce de monstre qui se dressait parmi les derniers reflets de lumière, et dont la tête se noyait, invisible, dans l'ombre planant à une certaine hauteur sur toute la galerie. Proche ou lointain, tout bruit semblait mort au sein de cette atmosphère froide et stagnante. Le silence de la nuit, si doux ailleurs et si pénétrant, avait ici quelque chose d'auguste. Dans les profonds abîmes de l'obscurité se cachaient des abîmes de silence plus insondables encore.

Madeleine était immobile sur le seuil, les yeux tendus, les oreilles tendues. Elle épiait quelque objet qui vînt à se mouvoir, elle écoutait quelque bruit qui vînt à se produire ; — mais elle épiait, elle écoutait vainement. Un frémissement rapide la parcourait sans cesse de la tête aux pieds. Était-ce le frisson de la peur ou celui du froid ? Ce simple doute ranima sa volonté hardie. « Maintenant ou jamais ! pensait-elle, avançant d'un pas au delà de la porte... Je vais compter trois fois ces bandes que fait le clair de lune, et ensuite je traverserai la salle. — Une, deux, trois, quatre, cinq!... Une, deux, trois, quatre, cinq!... Une, deux, trois, quatre cinq!... »

Au moment où pour la troisième fois le chiffre final franchit ses lèvres, elle traversa la salle comme elle se l'était promis. Ne regardant à rien, n'écoutant rien, d'une main tenant son flambeau tandis que de l'autre elle relevait machinalement les plis de sa robe, — elle franchit, comme un spectre, toute la longueur de cette spectrale galerie. Elle atteignit la porte de la première des chambres de l'Est, l'ouvrit, et s'y précipita... Le brusque soulagement qu'elle éprouva, une fois parvenue dans ce refuge, la brusque transition d'une atmosphère à l'autre, se trouvèrent, pour le moment, au-dessus de ses forces. Elle n'eut que le temps de poser son flambeau sur une table avant de se laisser tomber elle-même, étourdie et hors d'haleine, dans le fauteuil le plus proche.

Elle sentit peu à peu que le repos la calmait. Elle eut, au bout de quelques minutes, le sentiment de la victoire qu'il lui avait fallu remporter pour se frayer un chemin jusqu'à ces chambres de l'Est. Quelques minutes de plus lui rendirent assez de force pour qu'elle pût quitter son siége, retirer les clefs de sa poche et regarder autour d'elle.

Les premiers meubles qui dans cette pièce attirèrent son attention furent un vieux bureau sculpté, en chêne, et une lourde table de Buhl à laquelle un cabinet était fixé. Elle s'attaqua d'abord au bureau, celui des deux meubles qui semblait le mieux fait pour renfermer des papiers. Des clefs qu'elle avait, il s'en trouva trois qui entraient dans la serrure; — mais aucune n'y pouvait jouer. Le bureau était donc inaccessible. Elle l'abandonna et, avant d'entreprendre le cabinet de Buhl, elle suspendit un moment sa besogne pour remettre en état la mèche de la bougie qui charbonnait. Au moment où elle y portait la main, elle entendit, dans la silencieuse immobilité de la Salle-des-Banquets, se produire un son qui l'effraya, — son vague et passager comme la plainte lointaine du vent.

La porte à coulisses du salon aurait-elle bougé, par hasard ?

Et comment avait-elle bougé ?... Quelque main inconnue l'avait-elle poussée dans la muraille plus avant qu'elle-même ne l'avait fait, — ou bien venait-elle d'être tirée et refermée ?... La crainte de se trouver isolée toute la nuit, par quelque mystérieuse intervention, de tout ce qui vivait dans le château, fut plus forte en elle que la crainte de regarder à travers la Salle-des-Banquets. Elle courut aveuglément à la porte de la chambre.

Cette porte, à son entrée, était silencieusement retombée derrière Madeleine, mais sans se refermer tout à fait. Elle n'eut donc qu'à la pousser, et regarda...

Ce qu'elle vit la cloua au parquet, frappée d'une terreur panique.

Auprès de la première des croisées à partir du salon, et au sein des clartés que cette croisée projetait, Madeleine vit une forme vivante, immobile, se dresser sur le plus lointain de ces espaces lumineux que les rayons de la lune inscrivaient sur la dalle. A peine l'avait-elle aperçue, cette apparition s'évanouit. Un instant après, la même forme se montra devant la seconde croisée, et sur l'avant-dernière bande lumineuse, — s'effaça derechef, — émergea sur la troisième, — s'éclipsa comme auparavant, — et sur la quatrième à partir de la porte du salon, la seconde à compter du point où se trouvait Madeleine, réapparut plus distincte. Elle avança ainsi, tantôt mystérieusement perdue dans l'ombre, tantôt soudainement exposée à la lumière, jusqu'à ce qu'elle fût parvenue à la cinquième bande, — à savoir, la plus rapprochée de Madeleine. Là elle fit halte et, obliquant avec lenteur, se dirigea vers le centre de la salle. L'apparition s'arrêta devant le trépied et y demeura, frissonnant de manière à troubler le silence profond de ces lieux perdus, les mains étendues sur les froides cendres, dans l'attitude de quelqu'un qui eût voulu rallumer l'antique *brasero*. Puis elle se détourna, suivant le chemin lumineux qui la conduisait vers la cinquième fenêtre, fit halte encore une fois, encore une fois se détourna, et vint à pas muets, dans les ténèbres, droit à la porte sur le seuil de laquelle Madeleine était debout.

Celle-ci n'avait plus de voix ; sa volonté semblait l'avoir abandonnée. Tous ses sens, hormis celui de la vue, étaient paralysés. La vue elle-même, enchaînée par la terreur, n'avait plus qu'une action invariable, restée la même depuis le premier regard jeté en avant. Madeleine était là, sur le seuil de la porte, barrant le passage à cette forme humaine qui à travers l'ombre avançait sur elle pas à pas, se rapprochant toujours.

Leur voisinage devint bientôt immédiat.

L'horreur qui l'étreignait se brisa comme un lien fragile lorsque, entre elle et la figure inconnue, il ne resta plus qu'un espace long comme le bras. Madeleine recula soudain. La clarté du flambeau placé sur la table arrivait en plein sur le visage de l'apparition, et lui montra l'amiral Bartram !

Une longue robe de chambre grise enveloppait sa haute taille. Il n'avait rien sur la tête ; ses pieds étaient nus. Il portait dans la main gauche son petit paquet de clefs. Devant Madeleine il passa lentement, remuant les lèvres sans le moindre répit, et ses yeux grands ouverts regardant devant lui avec cet effarement vitreux que l'on voit parfois à ceux d'un mort. Ce furent ses yeux qui révélèrent à Madeleine l'effrayante vérité. — Il marchait, il parlait tout endormi.

La crainte qu'elle ressentit en le voyant ainsi ne ressemblait en rien à celle que son aspect lui avait fait éprouver lorsqu'il lui était apparu d'abord, au clair de lune, — véritable fantôme dans cette galerie fantastique. Elle put, cette fois, résister au choc) elle put mesurer son effroi.

Il passa devant elle et s'arrêta au milieu de la chambre. Madeleine se rapprocha de lui, assez pour que sa voix murmurante arrivât jusqu'à elle. Se hasardant plus près encore, elle entendit le nom de son défunt mari tomber très-distinctement des lèvres du somnambule.

« Noël ! disait-il avec ces accents sourds et monotones de l'homme qui parle en rêvant... Noël, mon bon camarade, reprenez-là !... C'est pour moi un tourment de chaque jour et de

chaque nuit... Je ne sais comment la préserver... Je ne sais
où lui trouver une cachette sûre... Reprenez-la, Noël; — au
nom de Dieu, reprenez-la! »

Tandis que ces paroles lui échappaient, l'amiral se dirigeait vers le cabinet de Buhl. Il s'assit dans le fauteuil placé
devant ce meuble, et fouilla parmi les clefs que renfermait
sa corbeille. Madeleine l'avait suivi sans bruit, et se tenait
au guet derrière son siége, le flambeau en main. Il finit par
trouver la clef; puis, le cabinet ouvert, sans un instant d'hésitation, il ramena un tiroir, le second d'une rangée. Ce tiroir
ne renfermait qu'une lettre pliée; il s'en saisit et, la posant
devant lui sur la table : « Reprenez-la, Noël! répétait-il machinalement, reprenez-la! »

Madeleine regarda par dessus l'épaule de l'amiral, et lut
ces lignes, tracées de la main de son mari en tête de l'enveloppe : — *A garder en votre possession, et à ouvrir en personne, seulement le jour de mon décès.* — *Noël Vanstone.* Elle
vit clairement ces mots qui précédaient le nom et l'adresse
de l'amiral.

Ainsi donc, la Contre-Lettre était à portée de sa main!...
La Contre-Lettre, si bien cachée, était enfin découverte!...

Elle fit un pas en avant pour tourner autour du fauteuil
et enlever lestement la lettre posée sur la table. Mais au
moment même où elle changeait de place, l'amiral prit lui-
même cette lettre, ferma le cabinet, et, se levant pour s'en
aller, se trouva face à face avec Madeleine.

Sous l'impulsion du moment, elle étendit la main vers
celle qui tenait la lettre. Les jaunes clartés du flambeau tombaient en plein sur le vieillard. Ce visage majestueux où la
mort semblait se marier à la vie, — le mystère de ce corps
endormi qui obéissait, sans en avoir conscience, aux inspirations d'une intelligence obsédée par de vains rêves, —
domptèrent l'intrépide Madeleine. Sa main tremblante retomba le long de son corps.

L'amiral jeta dans la corbeille la clef du cabinet, et traversant la chambre, marcha vers le bureau, sa corbeille
dans une main et la lettre dans l'autre. Madeleine replaça le

flambeau sur la table, et de plus belle observa ce qu'allait
faire l'amiral. De même qu'il avait ouvert le cabinet, de
même il ouvrit le bureau. Encore une fois Madeleine étendit
la main; une fois encore elle recula, cédant à la terreur que
lui inspirait ce mystérieux sommeil. L'amiral déposa la lettre
dans un tiroir, tout au fond du bureau, et referma le pesant
tablier de chêne. « Oui, disait-il, vous avez raison, Noël!...
c'est plus sûr... beaucoup plus sûr. » Ainsi parlait-il. Ainsi,
de temps en temps, les paroles révélatrices qu'il laissait
échapper indiquaient nettement l'évocation du mort, que le
rêve ressuscitait et faisait parler.

Le bureau était-il bien fermé? Madeleine n'avait pas entendu jouer le verrou. Tandis que l'amiral s'écartait pour retourner encore une fois au centre de la chambre, elle porta
la main au tablier et s'assura que le bureau était clos. Cette
découverte faite, elle regarda du côté de l'amiral pour voir ce
qu'il devenait. Il sortait de la chambre, en ce moment, ayant
à la main son panier de clefs. Lorsque l'œil de Madeleine
tomba sur lui, le vieillard franchissait le seuil de la porte.

Quelque insondable fascination s'était emparée d'elle;
quelque attraction mystérieuse l'entraînait sur ses pas en
dépit d'elle-même. Armée de son flambeau, elle suivit machinalement l'amiral comme si elle eût été somnambule, elle
aussi. Ces deux personnages, l'un derrière l'autre, longèrent
lentement et sans bruit la Salle-des-Banquets. L'un derrière
l'autre, ils traversèrent le salon, suivirent le corridor et remontèrent l'escalier. Madeleine accompagna l'amiral jusqu'à
sa porte, qu'il referma derrière lui très-doucement après
être entré. Elle avait fait halte et portait ses regards vers le
lit volant. Il était, du côté des pieds, quelque peu écarté de
la porte qu'en général il barrait. Par qui avait-il ainsi été
repoussé? Prise d'un curiosité soudaine et d'un soupçon soudain, Madeleine rapprocha le flambeau et regarda l'oreiller...

Le lit était vide.

Cette découverte l'étonna un moment, mais pas davantage. Si simples que fussent les conclusions à tirer d'un pareil fait, elle n'était pas en état d'y songer. Son intelligence,

qui peu à peu rentrait dans l'exercice de ses facultés, se trouvait encore sous l'influence d'impressions antérieures et plus profondes. Son intelligence suivait l'amiral dans la chambre où il venait d'entrer, de même que son corps l'avait suivi à travers la Salle-des-Banquets.

S'était-il remis au lit? Dormait-il encore?.... Elle écoutait, l'oreille collée contre la serrure... Pas le moindre bruit dans cette chambre. Elle appuya sur la porte, et, ne trouvant pas de résistance intérieure, l'entr'ouvrit de quelques pouces afin d'écouter encore. A l'instant même, l'alternative régulière d'une respiration égale et calme parvint distinctement jusqu'à son oreille. L'amiral était encore endormi.

Elle pénétra dans la chambre et, masquant le flambeau de sa main, s'approcha du lit pour regarder le dormeur. Le rêve avait pris fin; le sommeil du vieillard était profond et paisible; ses lèvres se taisaient; sa main reposait sur le couvre-pieds, dans une immobilité absolue. Son visage était tourné vers la droite du lit. Il y avait là une petite table à portée de sa main. Quatre différents objets y étaient disposés : son flambeau, sa boîte d'allumettes, un verre de limonade qu'on y plaçait tous les soirs, — et enfin son paquet de clefs.

L'idée de s'emparer de ces clefs, cette nuit-là même (si une occasion venait à s'offrir où la corbeille ne se trouvât plus dans la main de l'amiral) avait traversé l'esprit de Madeleine au moment où elle l'avait vu rentrer dans sa chambre. La surprise qu'elle avait éprouvée en s'apercevant que la couchette n'était pas occupée lui avait fait perdre de vue cette détermination; mais elle la retrouva dès que la table dont nous venons de parler eut attiré son regard. Il était parfaitement inutile de perdre son temps à séparer du reste des clefs celle-là dont elle avait besoin, — et qui ne lui était pas assez connue pour qu'elle pût se flatter de la distinguer aisément. Elle prit donc sur la table toutes les clefs, avec le panier même qui les contenait, et, quittant la chambre, referma la porte derrière elle en prenant soin de faire le moins de bruit possible.

Le lit à roulettes, devant lequel il lui fallut passer, s'imposa de nouveau à son attention et à ses calculs. Après y avoir réfléchi un moment, elle poussa le pied de ce lit, de manière à le replacer dans la position qu'il occupait d'ordinaire en travers de la porte. Qu'il fût ou non dans le château, le vieux matelot pouvait d'un moment à l'autre revenir au poste qu'il avait déserté. S'il trouvait le lit écarté de sa place habituelle, il soupçonnerait aisément quelque méfait, — éveillerait son maître, — et ferait ainsi découvrir l'absence des clefs. En descendant l'escalier, la crainte de rencontrer tout à coup le vieux Mazey se présentait à elle sous de si vives couleurs, qu'elle portait le petit panier collé contre elle, le dérobant à demi sous les plis de sa robe.

Nul incident sur l'escalier, nul incident le long du corridor; — le château était aussi désert, aussi muet que jamais. Elle traversa, cette fois, la Salle-des-Banquets sans la moindre hésitation, les événements de la nuit ayant cuirassé son âme contre toute terreur chimérique. « Je la tiens, à présent! » murmurait-elle avec un irrésistible élan d'exaltation au moment où, revenue dans la première des chambres orientales, elle posait sa bougie sur la planche supérieure de l'antique bureau.

Même alors, une épreuve restait encore à sa patience. Quelques minutes s'écoulèrent, — et les minutes lui semblaient des heures — avant qu'elle eût trouvé la clef qu'il fallait, et levé le tablier du bureau. Enfin elle plongea la main dans le tiroir intérieur; enfin cette main saisit la lettre si longtemps poursuivie.

Elle avait été cachetée, mais le sceau était rompu. Madeleine l'ouvrit sur place pour bien s'assurer, avant de quitter la chambre, qu'elle s'était réellement emparée de la Contre-Lettre. Ce fut à la fin de ce document que ses regards se portèrent tout d'abord. Il se terminait vers le haut de la troisième page, et portait la signature de Noël Vanstone. Au dessous de ce nom venaient s'ajouter les lignes suivantes, tracées de la main de l'amiral :

« J'ai reçu la lettre ci-contre en même temps que le testament de mon ami Noël Vanstone. Pour le cas où je viendrais à mourir sans laisser d'autres instructions y relatives, je supplie mon neveu ainsi que mes exécuteurs testamentaires de ne pas perdre de vue que je regarde comme absolument obligatoires pour moi les recommandations qui me sont faites dans ce document.

« Arthur Éverard BARTRAM. »

Madeleine ne prit pas le temps de lire ces lignes. Elle constata simplement qu'elles n'étaient pas de la main de Noël Vanstone, et les omettant aussitôt comme peu essentielles pour l'objet qu'elle avait en vue, elle rabattit le feuillet afin de porter toute son attention sur les phrases par lesquelles débutait la première page.

Voici ce qu'elle lut :

» Cher amiral Bartram,

» Quand vous ouvrirez mon testament (où vous êtes désigné comme l'unique exécuteur de mes volontés dernières), vous verrez que, sauf un legs de cinq mille livres, je vous ai laissé la totalité de mes biens meubles et immeubles. La présente lettre a pour but de vous faire connaître l'objet de cette disposition qui place en vos mains toute ma fortune.

» Veuillez considérer cette libéralité comme devant être... »

Madeleine était arrivée jusque-là, respirant à peine dans sa curiosité passionnée, — quand son attention vint tout à coup à lui faire défaut. Quelque chose, — elle était trop profondément absorbée pour savoir de quoi il s'agissait, — quelque chose venait de se placer entre elle et la lettre... Était-ce encore un bruit parti de la Salle-des-Banquets? Elle regarda par dessus son épaule, du côté de la porte ouverte derrière elle, et tout en regardant elle prêtait l'oreille... Rien qu'on pût entendre, rien qu'on pût voir... Elle revint à sa lettre

L'écriture était fine et tremblée. Dans son impatiente cu-

21.

riosité d'en lire davantage, elle ne put immédiatement retrouver l'endroit où elle en était restée. Ses yeux, attirés par
une légère tache d'encre, tombèrent sur une phrase placée
un peu plus bas que celle dont elle venait de lire le commencement. Les premiers trois mots qu'elle vit fixèrent à l'instant
même son attention : — c'étaient les premiers qu'elle eût
rencontrés dans cette lettre, ayant directement trait à George
Bartram. La soudaine agitation que lui causa cette découverte lui fit parcourir avec avidité le reste de la phrase, avant
de faire une seconde tentative pour retrouver l'endroit où
elle en était restée précédemment :

« Si votre neveu manquait à ces conditions, — c'est-à-
dire, si, étant encore garçon ou déjà veuf à l'époque de mon
décès, il ne se mariait pas, à tous égards, ainsi que je viens
de le lui prescrire ici, dans les six mois qui suivront, — mon
désir est qu'il soit privé... »

Elle en était là, et venait de lire ce dernier mot, sans une
syllabe de plus, — quand une main passant par dessus son
épaule, et se plaçant entre ses yeux et la lettre, lui saisit le
poignet par une brusque et vigoureuse étreinte.

Elle se retourna et poussa un cri de terreur; — en face
d'elle se dressait le vieux Mazey.

Les yeux du vieux matelot étaient injectés de sang; sa
main se mouvait avec lenteur; ses pantoufles de feutre
étaient chaussées de travers et, sur ses jambes fort écartées,
son corps se balançait avec un équilibre indécis. S'il eût, ce
soir-là, soumis son état à l'infaillible *criterium* du petit navire sculpté, il aurait inévitablement porté contre lui-même
cette sentence, par malheur habituelle : — « Encore ivre, Mazey; encore dans les vignes !.... »

« Ah! jeune Jézabel! disait le vieux matelot dont la physionomie souriait d'un côté, menaçant de l'autre... La première fois que vous viendrez faire vos promenades nocturnes
dans les environs de Glace-la-Moëlle, commencez par mettre
au guet ces yeu . alertes que vous avez, et assurez-vous que
personne autre ne se promène à la même heure dans le jardin !... Lâchez cela, Jézabel !... lâchez cela ! »

Serrant d'une main le bras de Madeleine, de l'autre il lui enlevait la lettre qu'il replaça dans le tiroir encore ouvert ; après quoi, il ferma le bureau. Elle n'essaya pas de se débattre ; elle ne prononça pas une parole. Son énergie avait disparu ; toute faculté de résistance semblait éteinte en elle. Les frayeurs de cette nuit horrible, se succédant coup sur coup par chocs réitérés, l'avaient enfin complétement abattue. Elle cédait avec autant de soumission, elle tremblait avec autant de découragement que la plus faible femme de ce bas monde.

Le vieux Mazey laissa retomber le bras de Madeleine et, avec cette solennité particulière aux ivrognes, lui désigna un fauteuil placé dans un coin de la chambre, à l'opposé de la porte. Elle s'assit, toujours sans articuler une parole. Le vieux matelot (dont la respiration paraissait fort gênée) s'étaya des deux coudes à la cime inclinée du bureau et, de ce poste dominant, apostropha Madeleine encore une fois.

« Vous allez venir en prison ! disait le vénérable Mazey, secouant la tête avec toute la sévérité d'un juge... On ouvrira demain matin une cour d'enquête, et je suis témoin... Oui, pour mon malheur, je suis témoin... Jeune malfaitrice, vous êtes coupable d'un vol de nuit, et avec effraction !... Voilà ce dont vous êtes coupable... Les clefs de Son Honneur l'amiral ont été volées ; le bureau de Son Honneur l'amiral a été saccagé ; enfin, les lettres particulières de Son Honneur l'amiral ont été décachetées... Vol nocturne ! Effraction !... Venez au cachot ! » Là-dessus il reprit lentement sa perpendiculaire avec le secours de ses mains, auxquelles venait en aide la solide résistance du bureau massif ; puis ses interpellations menaçantes se transformèrent en un soliloque larmoyant. « Qui l'eût pensé ! disait le vieux Mazey dont une émotion paternelle humectait les yeux... Ne regardez que ses dehors, elle est droite comme un peuplier ; voyez le dedans, elle est tortue et crochue comme le Péché lui-même... Et une si belle fille, encore !... Quel dommage ! quel dommage !

— Ne me faites pas de mal, dit Madeleine d'une voix faible, quand le vieux Mazey, trébuchant vers le fauteuil, vint encore lui saisir le poignet... J'ai peur, monsieur Mazey. J'ai horriblement peur...

— Vous faire mal ? répéta le vétéran ; je vous porte bien trop dans mon cœur, — et à mon âge c'est une véritable honte ! — pour vous faire le moindre mal. Si je vous lâche le bras, promettez-vous de marcher droit devant moi, sans chercher à vous dérober ?... Serez-vous bonne fille et rentrerez-vous tout droit dans votre chambre ? »

Madeleine prit l'engagement qu'on exigeait d'elle ; elle le prit avec un fervent désir de se retrouver seule, chez elle, en un refuge inviolable. Quittant son siége, elle allait prendre la bougie placée sur le bureau, mais la main du rusé matelot devança les siennes. « Laissez là ce flambeau, dit le vétéran qui, perdant de vue un moment sa grave responsabilité, lui décocha une œillade souriante... Vous êtes, ma chère, un peu plus leste que moi, et vous pourriez fort bien me planter là, si je ne portais pas la lumière moi-même. »

Ils revinrent dans la partie habitée du château. Trébuchant sur les pas de Madeleine, le panier de clefs dans une main, le flambeau dans l'autre, son vieux guide, pendant tout le temps qu'ils mirent à traverser « Glace-la-Moelle, » persistait à comparer au peuplier sa taille droite, et ses dispositions morales à la difformité du Péché. Ceci dura jusqu'à la porte de Madeleine. Arrivés là, Mazey refusa péremptoirement de lui remettre le flambeau avant de l'avoir vue entrer dans la chambre ; et quand cette condition fut remplie, tandis qu'il lui passait la bougie d'une main, de l'autre il retirait la clef placée à l'intérieur de la serrure et fermait la porte à l'instant même. Madeleine l'entendit, au dehors, riant tout bas de sa propre dextérité, pendant qu'il avait la plus grande peine à replacer la clef dans la serrure. Enfin, avec un grognement de satisfaction, il parvint à pousser le verrou. « La voilà sous clef ! disait-il dans un monologue où le sentiment du triomphe était tempéré par des regrets sincères... Et dire que je n'ai jamais rencontré une plus belle fille !... Quel dommage ! mon Dieu ! quel dommage ! »

Les derniers sons de sa voix se perdirent dans l'éloignement; — et Madeleine, enfermée dans sa chambre, y demeura seule.

S'accrochant du mieux qu'il pouvait à la rampe de l'escalier, le vieux Mazey descendit dans le corridor du second étage, où une veilleuse était toujours allumée. Il avança du côté de la couchette et, s'appuyant au mur d'en face, la contempla d'un œil attentif. Cette contemplation prolongée ne parut pas avoir pour lui un résultat très-satisfaisant. Il secoua la tête d'un air préoccupé; puis, de la poche de son surtout tirant une paire de vieilles pantoufles toutes rapiécées, il se mit à les examiner avec les dehors d'une véritable inquiétude. « Je n'ai pas la tête à moi ce soir, murmurait-il entre ses dents... Du trouble d'esprit; voilà ce que c'est ;... du trouble d'esprit. »

Les vieilles pantoufles rapetassées et les anxiétés actuelles de l'ex-matelot se trouvaient intimement associées de par les rapports qui existent entre la cause et l'effet. Ces pantoufles appartenaient à l'amiral, qui s'en était entiché capricieusement et persistait à en faire usage longtemps après les avoir mises hors de service. Le vieux Mazey, dans l'après-midi et d'assez bonne heure, les avait portées au cordonnier du village pour les lui faire raccommoder sur place et les avoir toutes prêtes quand l'amiral les lui demanderait le lendemain matin ; puis, honorant de sa surveillance spéciale ce travail essentiel, il était resté jusqu'au soir dans la boutique du cordonnier ; après quoi, cet artiste et lui n'avaient pas cru pouvoir se séparer sans vider quelques verres, à la santé l'un de l'autre, dans l'auberge du village. La cérémonie des adieux s'était prolongée fort avant dans la nuit, et les deux buveurs ne s'étaient quittés, cela va sans le dire, que dans un état d'ébriété aussi complet d'un côté que de l'autre.

Si cette partie de boisson n'avait eu pour résultat que le vagabondage nocturne en vertu duquel le vieux Mazey, rôdant à l'entour de Saint-Crux, avait aperçu la lumière brillant aux fenêtres de l'Est, sa mémoire complaisante la lui aurait présentée le lendemain matin comme un des plus louables exploits de toute sa vie. Mais une autre conséquence en avait jailli, qu'entrevoyait maintenant le vieux loup de mer à travers les brumes bachiques dont sa cervelle était encore obscurcie. Il avait manqué à la discipline et violé sa consigne. Parlons plus net, il avait déserté son poste.

L'unique précaution que l'amiral Bartram eût autorisée contre les dispositions qu'il se savait au somnambulisme était cette garde montée à sa porte par un vieux serviteur dévoué. Aucunes prières ne l'avaient pu décider à permettre qu'on prît des mesures plus strictes et plus certaines. Il ne voulait pas qu'on l'enfermât dans sa chambre, n'admettant même pas qu'il fût sujet, sous l'empire d'un rêve, à parcourir ainsi le château, tout endormi. Mainte fois le vieux Mazey avait été réveillé par les efforts que faisait son maître, toujours sommeillant, soit pour passer à côté de la couchette, soit pour la franchir; et mainte fois, au matin, lorsqu'il rendait compte de quelque accident pareil, l'amiral avait refusé de le croire. Le vieux matelot, — debout à présent, et les yeux fixés sur la porte de son maître, — repassait dans sa tête, assez confusément, ces souvenirs du passé, lesquels lui posaient une question assez grave : celle de savoir si l'amiral, dans le cours des heures déjà écoulées, avait oui ou non quitté sa chambre. En supposant que la mauvaise chance l'eût ainsi voulu, et qu'un accès de somnambulisme se fût emparé de lui, les pantoufles que tenait le vieux Mazey l'amenaient irrésistiblement à conclure que son maître avait dû parcourir pieds nus, pendant cette nuit glaciale, les escaliers de pierre et les longs couloirs dallés de Saint-Crux : « Plaise au Seigneur qu'il se soit tenu tranquille ! marmottait le vieux Mazey, que cette simple perspective intimidait, si intrépide et si parfaitement gris qu'il pût être d'ailleurs... Espérons que Son Honneur n'est pas sorti cette nuit... Il serait capable d'en mourir ! »

Là-dessus, il fit momentanément un grand effort, et parvint à dissiper la stupeur où la boisson l'avait plongé, sa fidélité canine envers l'amiral suppléant à toutes les forces qui lui manquaient. D'un regard plus ferme, et avec des réflexions plus sûres d'elles-mêmes, il examina soigneusement sa couchette. La précaution que Madeleine avait prise de la remettre en place lui donnait l'aspect d'un lit que personne n'a dérangé. Mazey, ensuite, étudia la courte-pointe. On n'y royait pas le plus faible vestige de l'empreinte qu'auraient dû nécessairement y laisser les pieds d'une personne essayant de le franchir. Mazey avait donc devant lui la preuve bien claire, — bien claire au moins pour ses yeux légèrement éblouis, — que l'amiral n'avait pas bougé de sa chambre. « Je m'enrôle demain parmi les buveurs d'eau ! » murmurait-il dans un élan de reconnaissant bien-être. Mais, le moment d'après, les fumées de l'alcool avaient repris sur sa cervelle leur ascendant perfide ; et le vétéran, fidèle à son remède habituel, arpentait en zig-zag le corridor, faisant son quart sur le pont d'un chimérique navire.

Peu après le lever du soleil, Madeleine entendit tout à coup le grincement d'une clef qu'on introduisait dans sa serrure. La porte s'ouvrit, et le vieux Mazey reparut sur le seuil. La première fièvre de son ivresse était graduellement tombée et n'existait plus qu'à l'état de douce chaleur, tempérée par maints secrets remords. Il respirait plus péniblement que jamais et secouait sans relâche sa tête vénérable, se reprochant ses propres délits.

« Comment allez-vous maintenant, jeune requin en jupon ? demanda l'ex-matelot. Votre conscience était-elle assez tranquille pour que vous ayez pu fermer l'œil ?

— Je n'ai pas dormi, dit Madeleine qui s'écarta de lui, ne sachant ce qu'il venait faire... Je n'ai aucun souvenir de ce qui est arrivé une fois que vous eûtes fermé la porte. — Je me suis probablement trouvée mal... Ne me faites plus peur, monsieur Mazey !... Je me sens plus faible et plus souffrante que je ne saurais dire... Quel dessein vous amène ?

— J'ai quelque chose de sérieux à vous communiquer, répondit le vieux Mazey avec une impénétrable solennité... Voici déjà une heure, peut-être plus, que j'ai envie de venir vous trouver pour vous dire ce que j'ai sur le cœur... Notez bien ceci, jeune femme !... Je vais me déshonorer. »

Madeleine s'écartait de plus en plus, et le regardait avec une frayeur croissante.

« Je connais mes devoirs envers Son Honneur l'amiral, continua le vieux loup de mer avec un geste mélancolique dirigé vers la porte de son maître... Mais j'ai beau me raisonner, je ne puis trouver en moi, petit monstre, la force de témoigner contre vous... Vous m'avez toujours semblé faite au tour (la taille, surtout), dès votre entrée au château, et je ne puis m'empêcher de vous estimer telle encore, bien que vous ayez commis un vol, et que vous soyez crochue, tortue comme le Péché. J'ai eu toute ma vie une grande indulgence pour les jeunes filles bien venues ; et il est maintenant trop tard pour me montrer sévère envers elles. J'ai soixante-dix-sept ou soixante-dix-huit ans, l'un ou l'autre, sans savoir au juste ce qui en est... Je suis un vieux ponton démâté, ouvert à toutes les coutures, les pompes engorgées, et les eaux de la mort montent dans ma cale aussi vite qu'elles peuvent... Vous ne trouveriez pas facilement, en ces parages, un plus misérable pêcheur que moi, — excepté seulement Thomas Nagle, le savetier ; et je dis qu'il est pire que moi, parce qu'é-tant le plus jeune des deux, il devrait en savoir plus long... Mais ce que je veux dire, c'est que je descendrai dans la tombe, indulgent malgré moi pour toute fillette bien venue... Et j'en suis honteux, jeune Jézabel, — j'en suis honteux ! »

Les yeux rebelles de l'ancien matelot recommencèrent à sourire malgré lui, pendant cette éloquente péroraison, tout ce qui restait d'austérité à sa physionomie se retranchant, du mieux qu'il pouvait, aux coins de sa bouche. Madeleine se rapprocha de lui et voulut parler. Par un autre geste de sa main, non moins mélancolique que le premier et beaucoup plus solennel encore, il lui fit signe de rester à l'écart :

« Pas de convoitise ! s'écriait le vieux Mazey. Je suis déjà bien assez coupable, sans y ajouter ceci... Mon devoir est de faire un rapport à Son Honneur l'amiral, et je le ferai très-certainement. Mais, si vous voulez vous esquiver avant que le vol soit dénoncé, avant que l'enquête commence, — je me déshonorerai en vous laissant partir. C'est aujourd'hui

que se tient le marché d'Ossory, et d'ici à un quart d'heure,
Dawkes va y conduire le chariot. Dawkes vous prendra, si je
le lui demande... Je connais bien mon devoir; mon devoir
est de vous garder sous clef; mon devoir est d'envoyer
Dawkes à tous les diables plutôt que d'en faire l'instrument
de votre fuite. Mais je ne puis trouver en moi de quoi m'endurcir contre une belle fille comme vous... J'ai cette fai-
blesse-là dans les os, cimentée à chaux et à sable... J'en suis
honteux, encore une fois ; j'en suis bien honteux! »

Cette proposition, si étrange et si soudaine, prit Madeleine
tout à fait au dépourvu. Elle avait été trop profondément
ébranlée par les événements de la nuit précédente, pour pouvoir prendre, à première vue, une décision quelconque.
« Vous me témoignez beaucoup de bonté, monsieur Mazey,
dit-elle aussitôt. Ne pourrais-je avoir une minute pour réfléchir à part moi sur ce que je dois faire?

— À votre aise, répondit le vétéran, qui tourna sur ses
talons immédiatement et quitta la chambre... Elles se ressemblent toutes, continua-t-il, la tête encore préoccupée du
beau sexe... Telle offre que vous leur fassiez, il leur faut encore autre chose. Grandes ou petites, d'ici ou d'ailleurs,
femmes ou maîtresses, — elles se ressemblent toutes! »

Restée seule, Madeleine se décida beaucoup plus facilement qu'elle ne s'y était attendue.

Si elle restait au château, il lui fallait adopter ou l'une
ou l'autre de ces deux marches : — accuser le vieux Mazey
de parler sous l'influence de quelque illusion d'ivrogne, ou
bien céder aux circonstances et plier la tête. Bien qu'elle
fût redevable à l'ex-matelot de cet échec qui était venu l'atteindre en pleine victoire, la bienveillance qu'il lui témoignait en ce moment lui ôtait toute idée de se défendre à ses
dépens, — en supposant même, ce qui était hautement improbable, qu'une telle défense dût rencontrer le moindre accueil. Dans la seconde des deux hypothèses (c'est-à-dire si
elle cédait aux circonstances), un seul résultat devait se produire, — son renvoi immédiat, et en même temps, peut-être,
la découverte de son identité. Maintenant, que gagnerait-elle

à braver une telle honte, — à quitter le château, publiquement déshonorée aux yeux des domestiques pour lesquels, dès le principe, elle avait été un objet d'aversion et de méfiance? L'accident qui lui avait arraché la Contre-Lettre à l'instant même où elle venait de s'en emparer, cet accident n'avait pas de remède possible. La seule compensation à ce désastre, — en d'autres termes, la découverte que la Contre-Lettre existait bien réellement, et que le mariage de George Bartram, dans un temps donné, figurait au nombre des clauses de cet acte important, — était une compensation dont la véritable valeur ne pouvait être appréciée qu'en la soumettant aux lumières de M. Loscombe. Madeleine ne trouvait donc en elle que des motifs de quitter le château, pendant qu'il lui était encore loisible d'agir ainsi. Elle jeta les yeux dans le corridor et rappela le vieux Mazey avec aussi peu de bruit que possible.

« J'accepte votre offre et vous en suis reconnaissante, monsieur Mazey, lui dit-elle. Vous ne savez pas combien vous m'avez porté préjudice en retirant cette lettre de mes mains. Mais vous ne faisiez, après tout, que votre devoir, et si inflexible que vous ayez été pour moi la nuit dernière, je ne puis que vous être reconnaissante des ménagements que vous gardez ce matin. Je ne suis pas, il s'en faut de beaucoup, aussi coupable que vous le croyez. »

Le vieux Mazey, par un nouveau geste tout aussi mélancolique que les premiers, témoigna qu'il ne voulait pas aborder ce sujet.

« N'en parlons plus, disait le vieux matelot, n'en parlons plus !... Cela n'importe guère, mon enfant, pour un vieux misérable comme moi... Fussiez-vous cinquante fois pire que vous n'êtes, je ne vous en laisserais pas moins prendre la clef des champs... Votre chapeau, votre châle, et suivez-moi !... Je suis un déshonneur pour moi-même, et un avertissement pour les autres, — voilà ce que je suis... Pas de bagages, prenez-y bien garde !... Laissez derrière vous tous vos bibelots qui doivent rester, le cas échéant, à la discrétion de Son Honneur l'amiral... Si je ne sais pas m'endurcir contre vous, jeune Jézabel, vous me trouverez impitoyable à l'endroit de vos malles. »

Ce disant, le vieux Mazey sortit le premier de la chambre. « Moins je la verrai, mieux cela vaudra, — et surtout à cause de sa taille, » se disait-il tandis qu'il descendait l'escalier, étayant de la rampe sa marche inégale.

Le chariot était encore dans l'arrière-cour lorsqu'ils arrivèrent en bas, et Dawkes (en d'autres termes, le domestique du préposé aux fermes) serrait la dernière boucle des harnais de l'attelage. La gelée du matin blanchissait encore à l'ombre et parsemait de points brillants l'épaisse fourrure de Brutus et de Cassius, tandis qu'ils parcouraient nonchalamment la cour, attendant, la gueule fumante, la queue lentement agitée, que l'équipage léger se mit en route. Le vieux Mazey sortit seul et entama la négociation avec Dawkes, qui finit, manifestant un étonnement stupide, par placer sur la banquette unique du chariot un coussin de cuir destiné à sa compagne de voyage. Frissonnant sous l'air vif du matin, Madeleine attendait que ces préparatifs de départ fussent achevés, et cela sans avoir conscience de rien, sauf d'une sorte d'étourdissement dans la pensée et d'une irrémédiable défaillance qui semblait émousser en elle toutes sensations. Les incidents de la nuit se mariaient, dans un pêle-mêle effrayant, aux trivialités qui se passaient en ce moment sous ses yeux. Elle tressaillit, avec un brusque retour de ses terreurs nocturnes, quand le vieux Mazey reparut pour l'avertir qu'il était temps de monter dans le chariot. Elle trembla, par un retour de la confusion qu'elle avait éprouvée quelques heures auparavant, lorsque le vétéran jeta sur elle, pour la dernière fois, un regard d'indulgence et déposa sur sa joue un baiser d'adieu. Aussitôt après, elle comprit qu'il l'aidait à monter dans le chariot, posant sur son épaule une main caressante. Elle l'entendit ensuite lui dire à l'oreille, sur un ton confidentiel, que, « assise ou debout, elle était toujours droite comme un peuplier. » Puis il y eut une pause que n'interrompit aucune parole, aucun mouvement; après quoi le cocher prit les rênes dans sa main et monta sur son siège.

Au moment du départ, elle se trouva un peu ranimée et regarda derrière elle. Ce dernier regard jeté sur Saint-Crux lui montra le vieux Mazey qui secouait la tête dans la cour, et auquel les deux chiens, coutumiers des mêmes fredaines, semblaient donner la réplique avec leurs queues. Les dernières paroles qui arrivèrent jusqu'à elle furent un dernier tribut payé à ses charmes par l'incorrigible vétéran :

« Voleuse ou non, disait le vieux Mazey, je la déclare une fille bien tournée, si jamais on en vit une... Quel dommage!... mon Dieu, quel dommage!... »

FIN DE LA SEPTIÈME SCÈNE.

INTERMEDE.

I.

GEORGE BARTRAM A L'AMIRAL BARTRAM.

Londres, 13 avril 1848.

« Mon cher oncle,

« Une ligne, et bien en hâte, pour vous prévenir d'un obstacle provisoire sur lequel nous ne comptions ni vous ni moi quand nous prîmes, à Saint-Crux, congé l'un de l'autre. Il paraît que, pendant que je perdais à la Grange les derniers jours de la semaine, les Tyrrel prenaient leurs arrangements pour quitter Londres. Je reviens justement de Portland-Place. La maison est fermée, et la famille (y compris naturellement miss Vanstone) a quitté hier l'Angleterre pour passer la saison à Paris.

« Veuillez ne pas vous tourmenter de ce léger échec survenu dès le début. Il n'a aucune importance grave. Je me suis procuré l'adresse des Tyrrel, et je compte, par le courrier de ce soir, les suivre au delà du détroit. Il ne me faudra pas plus de temps à Paris qu'à Londres pour trouver l'occasion après laquelle je cours. L'herbe ne poussera pas sous mes pieds, c'est moi qui vous en réponds. Cette fois, je prendrai l'occasion aux cheveux (contrairement à mes habitudes), comme si j'étais le plus impétueux Anglais des Trois-Royaumes; — et vous pouvez compter que le résultat de ma dé-

marche, dès que je pourrai m'en rendre compte, vous sera
communiqué sans retard.

« Votre bien affectionné,

« George BARTRAM. »

II.

GEORGE BARTRAM A MISS GARTH.

Paris, 13 avril.

« Chère miss Garth,

« Je viens d'écrire, et le cœur bien gros, à mon bon
oncle. L'intérêt que vous voulez bien prendre à moi m'oblige,
ce me semble, de vous tenir, vous aussi, au courant de ce
qui se passe.

« Vous comprendrez, j'en suis sûr, tout mon désappointement, quand je vous dirai, — allant au plus bref et au
plus net, — que miss Vanstone m'a refusé.

« Ma vanité peut m'avoir étrangement égaré, mais j'avoue
que je comptais sur une issue bien différente. Ma vanité m'égare
peut-être encore, car je dois vous avouer, entre nous, que
je crois miss Vanstone contrariée de ce refus. Le motif qu'elle
donne pour expliquer sa décision, — motif suffisant à ses
yeux, je n'en doute pas, — ne m'a point paru, ne me paraît pas
encore de nature à me satisfaire. Avec beaucoup de douceur
et de bonté, mais d'une manière très-décisive, elle a déclaré que « ses malheurs de famille » ne lui laissaient d'autre
alternative honorable que de songer à mes intérêts mieux
que je n'y avais songé moi-même, et de se refuser à ma
proposition, si reconnaissante qu'elle en fût d'ailleurs.

« Elle était si péniblement agitée que je ne me suis pas
cru permis de plaider ma cause comme je l'eusse fait en des
circonstances plus favorables. A ma première tentative pour
aborder ce que la question pouvait avoir de personnel, miss

Vanstone m'a supplié de l'épargner, et subitement a quitté la chambre. J'ignore donc jusqu'à ce moment si ces « malheurs de famille, » qui élèvent une barrière entre nous, signifient le malheur dont ses parents seuls sont responsables, ou celui d'avoir une sœur comme mistress Noël Vanstone. De quelque façon qu'elle entende l'obstacle, ce n'en est pas un, à mon avis. Rien ne peut-il l'écarter? Ne reste-t-il vraiment aucune espérance? Pardonnez-moi de vous poser ces questions. Je ne puis tenir contre l'amertume de mon désappointement. Ni elle ni vous, ni, à vrai dire, personne autre que moi, ne peut savoir à quel point je l'aime.

« Toujours et bien sincèrement à vous.

« George BARTRAM. »

« *P. S.* Je partirai pour l'Angleterre dans un jour ou deux, et traverserai Londres en me rendant à Saint-Crux. Certaines raisons de famille, qui se rattachent à de haïssables questions d'intérêt, me font envisager avec un sentiment voisin de la répugnance l'entrevue que nous allons avoir, mon oncle et moi. Si vous adressez votre réponse à Long's Hotel, vous êtes sûre qu'elle me parviendra. »

III.

MISS GARTH A GEORGE BARTRAM.

Westmoreland-House, 16 avril.

« Cher monsieur Bartram,

« Vous avez eu raison de prévoir que votre lettre me causerait un vrai chagrin. Eussiez-vous supposé, en outre, qu'elle me mettrait fort en colère, vous ne vous seriez pas trompé de beaucoup. Je ne me fais pas à l'orgueil et à la perversité des jeunes femmes de notre époque.

« J'ai eu des nouvelles de Norah. Une longue lettre, et

qui entre dans les plus minutieux détails. Maintenant, je vais vous témoigner dans toute son étendue la confiance que m'inspirent votre honneur et votre discrétion. Dans votre intérêt, dans celui de Norah, je vais vous révéler en quoi consiste le scrupule d'où est sorti ce refus, inspiré par un orgueil insensé. Je suis d'âge à parler franchement, et je puis vous dire que, si elle avait eu la sagesse de se laisser aller à ses entraînements naturels, elle eût accepté vos offres, — et cela de tout son cœur.

« La cause de ce regrettable malentendu n'est ni plus ni moins que votre digne oncle, — l'amiral Bartram.

« Il paraît que l'amiral avait mis dans sa tête (depuis votre départ, je dois le croire) de se rendre tout seul à Londres, et d'y satisfaire certaine curiosité qui lui était venue à propos de Norah, en se rendant à Portland-Place, sous prétexte d'y renouveler ses anciennes relations avec les Tyrrel. Il y parut à l'heure du *lunch,* de manière à se trouver avec Norah ; et d'après tout ce que j'ai pu recueillir, il se montra plus satisfait d'elle qu'il ne s'y attendait, qu'il ne le souhaitait peut-être en venant ainsi l'examiner.

« Jusqu'ici, je me borne à des conjectures ; — mais il est malheureusement certain que, le repas terminé, il eut avec mistress Tyrrel un long entretien tête à tête. Votre nom n'y fut pas prononcé ; mais lorsque Norah fut mise sur le tapis, tous deux ne pensaient qu'à vous, cela va sans le dire. L'amiral (qui d'ailleurs lui rendait toute justice) se déclarait profondément ému de pitié en songeant aux malheurs qui pesaient sur l'existence de cette chère enfant. « La conduite scandaleuse de sa sœur Madeleine empêcherait toujours celle-ci (craignait-il) de s'établir avantageusement. Qui donc l'épouserait jamais sans lui imposer la condition qu'elle et sa sœur resteraient désormais étrangères l'une à l'autre ? Et, même alors, resterait une objection, — sérieuse pour la famille du mari, — dans l'inconvénient de se trouver en parenté d'alliance avec une femme comme mistress Noël Vanstone. Tout cela sans doute était fort triste, car en somme la pauvre jeune fille n'y comptait pour rien ; mais il n'en était pas moins vrai que sa sœur jouait dans sa vie le rôle d'un écueil inévitable. »

— Ainsi poursuivait l'amiral, sans aucun mauvais vouloir positif à l'égard de Norah, mais avec une foi obstinée dans son idée préconçue, laquelle avait les dehors d'un sentiment hostile et devait être, en conséquence, pour des gens doués d'une susceptibilité supérieure à leur jugement, le sujet d'une facile rancune.

« Mistress Tyrrel, par malheur, est une de ces personnes-là. Elle a le cœur excellent et bon, l'humeur très-vive et fort peu de tact; elle est de plus très-attachée à Norah et prend fort à cœur l'avenir de cette enfant. D'après ce qu'on m'a dit, elle répliqua aux propos de l'amiral, séance tenante, comme à l'expression d'un sentiment mondain, inspiré par un suprême égoïsme; puis, quand il ne fut plus là, elle voulut trouver dans ces propos l'insinuation à elle adressée de mettre obstacle aux visites de son neveu, ce qu'elle considérait comme une véritable insulte qu'on était venu lui faire à domicile. Il y avait déjà dans une pareille manière de voir assez peu de bon sens; — mais elle tenait en réserve une bien autre absurdité.

« Dès que votre oncle fut parti, mistress Tyrrel, fort étourdiment et fort mal à propos, envoya chercher Norah; puis, — après lui avoir répété la conversation qui avait eu lieu, — la mit en garde contre l'accueil de l'homme qui joue vis-à-vis de vous le rôle de père, dans le cas où elle accepterait vos propositions de mariage. Si je vous dis que d'une part l'affection de Norah pour sa sœur est demeurée inébranlable dans sa fidélité obstinée, et que de plus elle garde à côté de sa noble résignation une fière susceptibilité pour les dédains de toute espèce, — susceptibilité de nature, profondément enracinée chez elle, — vous comprendrez les véritables motifs de ce refus qui vous a si naturellement et si légitimement désappointé. Le blâme, en tout ceci, se répartit à peu près également sur trois personnes. Votre oncle a eu tort de donner à ses objections un caractère aussi brusque, aussi peu réfléchi. Mistress Tyrrel a eu tort de laisser prendre le dessus à sa vivacité d'humeur, et de se croire insultée alors

que personne n'avait l'intention de lui manquer. Norah, finalement, a eu tort de mettre un scrupule d'orgueil, et cette
confiance fraternelle qu'elle ne saurait faire partager à aucune personne étrangère, au-dessus des droits bien préfé-
rables d'une affection qui offrait à son avenir toute espèce
de garanties.

« Mais, à présent, le mal est fait ; reste la question de savoir si l'on peut y porter remède.

« J'espère et je crois que cela est possible. Voici à cet
égard mon avis : — N'acceptez pas ce premier refus. Donnez-
lui le temps de réfléchir sur ce qu'elle a fait et d'en venir
à le regretter secrètement (regret infaillible, selon moi) ;
fiez-vous à mon influence sur elle et aux soins que je prendrai de plaider votre cause en toute circonstance ; — guettez
avec patience le moment favorable ; — et enfin, renouvelez
votre demande. Les hommes habitués, pour la plupart, à
n'agir eux-mêmes qu'après réflexion, sont beaucoup trop
enclins à croire que les femmes agissent de même. Il n'en est
rien, je vous assure. Les femmes obéissent à une première
impulsion, — et, neuf fois sur dix, elles s'en repentent ensuite le plus sincèrement du monde.

« D'ici à votre nouvelle demande, si vous jugez à propos
de la faire, préparez-en le succès en persuadant à votre
oncle de changer d'avis, — ou tout au moins, par une concession bienveillante, de garder ses objections pour lui-
même. Mistress Tyrrel s'est hâtée de conclure qu'il a fait
de propos délibéré tout le mal produit par sa démarche ; —
ce qui revient à dire, en d'autres termes, qu'il avait la conviction prophétique, en venant chez mistress Tyrrel, de ce
que ferait mistress Tyrrel aussitôt qu'il l'aurait quittée. J'explique les choses beaucoup plus simplement. Je crois qu'une
fois informé de votre attachement, il a tout naturellement
éprouvé la curiosité de connaître la personne qui vous l'a
inspiré ; je crois ensuite que les louanges peu judicieuses de
mistress Tyrrel à l'endroit de Norah, irritant peu à peu
l'amiral, ont provoqué ses objections à se produire ouvertement. Quoi qu'il en soit, la marche que vous devez suivre

est aussi simple dans un cas que dans l'autre. Employez l'influence que vous avez sur votre oncle à lui persuader de réparer sa fausse démarche; fiez-vous à ma ferme volonté de voir Norah devenue votre femme avant que six mois de plus aient passé sur nos têtes, et croyez enfin aux vœux de votre amie,

« Harriet GARTH. »

IV.

MISTRESS DRAKE A GEORGE BARTRAM.

Saint-Crux, 17 avril.

« Monsieur,

« J'adresse ces lignes à l'hôtel où vous descendez d'ordinaire, quand vous traversez Londres, dans l'espoir que vous reviendrez de l'étranger assez à temps pour recevoir ma lettre sans trop de délai.

« J'ai le regret de vous dire que, depuis votre départ de Saint-Crux, quelques événements fâcheux s'y sont produits, et que mon digne maître, l'amiral, est loin de se bien porter comme à l'ordinaire. C'est là le double motif qui me fait vous écrire sous ma responsabilité propre, — car votre présence au château me semble nécessaire.

« Dès les premiers jours du mois, il s'est passé un événement très-regrettable. Notre nouvelle *parlour-maid* fut surprise par M. Mazey, à une heure avancée de la nuit (elle s'était emparée des clefs de son maître), explorant en secret les documents de famille conservés dans la bibliothèque de l'Est. Cette jeune fille partit du château le lendemain matin, avant que personne fût levé; depuis lors, on n'a plus entendu parler d'elle. Cet événement a causé à mon maître beaucoup de tourments et d'inquiétude; de plus (ce qui a singulièrement empiré les choses), le jour même où fut découverte

cette trahison domestique, l'amiral ressentit les premiers
symptômes d'une grave inflammation de poitrine. Il ignorait
lui-même, — et personne n'a pu le savoir, — comment il avait
pris le froid qui paraît en être cause. Le docteur fut requis, et
jusqu'au jour d'avant-hier il put combattre l'inflammation.
Mais alors elle reparut avec une intensité nouvelle, dans des
circonstances qui vous affligeront sans doute, car j'éprouve
moi-même une véritable peine à vous les faire connaître.

« A la date que je viens de mentionner, — c'est-à-dire le
quinze de ce mois, — mon maître en personne m'informa
qu'une lettre de vous, arrivée le matin de l'étranger, et qui
lui apportait de mauvaises nouvelles, le désappointait au
plus haut degré. Il ne me dit pas en quoi consistaient ces
nouvelles, mais depuis tant d'années que j'ai passées au service de l'amiral, je ne l'ai jamais vu si complétement bou-
leversé, si différent de lui-même qu'il l'était ce jour-là. Le
soir, son malaise parut augmenter; il était dans un tel état
d'irritation qu'il ne pouvait pas même supporter la bruyante
respiration de M. Mazey, couché comme d'habitude à l'extérieur de sa porte. Il exigea de la manière la plus positive que
ce vieux serviteur allât passer la nuit dans une des chambres
à coucher. M. Mazey, à son grand regret, fut naturellement
obligé de se soumettre.

« Le seul moyen que nous eussions pour empêcher
l'amiral de quitter sa chambre pendant son sommeil, si
quelqu'un de ses fâcheux accès venait à le reprendre, nous
étant ainsi enlevé, nous convînmes, M. Mazey et moi, de
veiller à tour de rôle pendant toute la nuit, — assis près de
la porte entr'ouverte, dans une des chambres inoccupées qui
avoisinent celle de notre maître. Nous ne pûmes imaginer
rien de mieux, sachant que l'amiral ne nous permettrait pas
de l'enfermer, et n'ayant pas d'ailleurs à notre disposition la
clef de sa chambre, même alors que nous eussions voulu
prendre le parti hasardeux de le tenir en chartre privée
sans sa permission. Je montai la garde pendant les deux
premières heures; et M. Mazey ensuite vint me relever.
J'étais de retour dans ma chambre, déjà depuis quelque

temps, lorsque je m'avisai que ce brave homme était un peu
sourd, et que, si ses yeux venaient à·s'appesantir le moins
du monde, il ne fallait pas compter sur ses oreilles pour
l'avertir de ce qui pourrait arriver. Je passai de nouveau
un vêtement et je vins retrouver M. Mazey. Il n'était ni
tout à fait éveillé ni tout à fait endormi, — mais entre
les deux. Mes craintes me reprirent et je poussai jusqu'à
la chambre de l'amiral..... La porte était ouverte et le lit
était vide.

« Nous descendîmes sur-le-champ, M. Mazey et moi.
Nous explorâmes toutes les chambres du Nord, l'une après
l'autre, sans trouver trace de l'amiral. Je pensai ensuite au
salon et, me trouvant la plus alerte des deux, je passai devant pour m'y rendre. Au moment où je tournais l'angle du
corridor, je vis mon maître venir à moi par la porte ouverte
du salon dans un état de somnambulisme complet, et portant
ses clefs à la main. La porte à coulisses était également ouverte derrière lui et la crainte me vint alors,—cette crainte,
je l'ai encore, — que son rêve ne l'eût conduit, à travers la
Salle-des-Banquets, jusque dans les chambres de l'Est. Nous
nous abstînmes de l'éveiller et le suivîmes pas à pas, jusqu'au moment où de lui-même il revint dans sa chambre à
coucher. Le jour suivant, et dès le matin,—je le dis à regret,
— tous les mauvais symptômes reparurent, et aucun des remèdes employés n'a réussi jusqu'à présent à les dissiper.
Conformément aux avis du docteur, nous nous sommes
abstenus de dire à l'amiral ce qui était arrivé. Il croit encore avoir passé la nuit dans sa chambre, comme de coutume.

« J'ai pris soin d'entrer dans tous les détails de ce malheureux accident, parce que nous ne désirons, ni M. Mazey ni
moi, nous soustraire au blâme que nous aurions pu encourir. Nous avons tous deux agi dans les meilleures intentions,
et nous vous supplions tous deux, prenant en considération
la grave responsabilité qui pèse sur nous, de venir à Saint-
Crux le plus tôt possible. Notre digne maître est très-difficile
à diriger, et le docteur pense, comme nous le pensons nous-

.22.

mêmes, que votre présence au château est absolument indispensable.

« Je reste, monsieur, avec les respects de M. Mazey et les
miens, votre très-humble servante,

« Sophia DRAKE. »

V.

GEORGE BARTRAM A MISS GARTH.

Saint-Crux, 22 avril.

« Chère miss Garth,

« Veuillez m'excuser de ne pas vous avoir plus tôt adressé
mes remercîments pour la bonne et consolante lettre que vous
m'avez écrite. Nous sommes, à Saint-Crux, dans le trouble et
la tristesse. Le dépit qu'aurait pu me causer la malheureuse
intervention de mon pauvre oncle, lors de sa visite à Portland-Place, a disparu complétement devant le chagrin que
j'éprouve en le voyant aux prises avec une maladie sérieuse.
Il souffre d'une inflammation interne, résultat d'un rhume
violent, et les symptômes qui se sont manifestés indiquent,
pour un homme de cet âge, un péril imminent. Nous avons
maintenant au château un médecin de Londres. D'ici à peu
de jours, je vous donnerai d'autres nouvelles. Veuillez me
croire, en attendant, avec une gratitude sincère,

« Votre tout dévoué,

« George BARTRAM. »

VI.

M. LOSCOMBE À MISTRESS NOEL VANSTONE.

Lincoln's-Inn-Fields, 6 mai.

« Ma chère dame,

« J'ai reçu à l'improviste certaines informations qui sont, pour vos intérêts, d'une importance capitale. Le décès de l'amiral Bartram m'a été notifié ce matin. Il est mort dans son château, le 4 du présent mois.

« Cet événement met à néant, d'un seul coup, les considérations sur lesquelles j'avais précédemment tâché d'éveiller votre attention, et qui avaient trait à la découverte par vous faite à Saint-Crux. Tout ce que nous pouvons faire maintenant de plus sage, c'est d'entrer immédiatement en communication avec les exécuteurs testamentaires du défunt, en nous adressant à eux, tout d'abord, par l'intermédiaire du jurisconsulte qui donnait ses conseils à l'amiral.

« J'ai fait partir aujourd'hui même une lettre pour l'avocat en question. Elle est destinée à l'avertir purement et simplement que nous avons appris, depuis peu, l'existence d'un document secret, limitant l'usage que le défunt pouvait faire du legs qu'il devait à la libéralité testamentaire de M. Noël Vanstone. Ma lettre affirme que le document sera retrouvé sans peine parmi les papiers de l'amiral et me présente comme l'avocat désigné par mistress Noël Vanstone pour recevoir en son nom les communications à ce relatives. L'objet de cette démarche est de faire opérer une recherche spéciale de la Contre-Lettre, — dans le cas fort probable où les exécuteurs ne l'auraient pas encore trouvée, — avant qu'on ne prenne les mesures d'usage pour régler l'administration de la fortune laissée par l'amiral. Si nous voyons que cette première mise en demeure n'amène aucun résultat, nous menacerons de poursuites légales; mais je ne prévois pas une nécessité pareille. Les exécuteurs testamentaires de l'amiral Bartram doivent être des gens d'un rang élevé, d'une moralité inattaquable, et ne voudront manquer ni à vous, ni à eux-mêmes, en omettant de rechercher la Contre-Lettre.

« Dans de telles circonstances, voici la question que vous me poserez naturellement : — Une fois le document retrouvé, quelles perspectives s'ouvriront devant nous? — Ces perspectives ont deux faces, dont l'une est brillante et l'autre n'a rien de flatteur. Commençons par la première.

« Dès à présent, que savons-nous?

« Nous savons d'abord que la Contre-Lettre existe bien certainement. Nous sav is ensuite qu'une de ses clauses a trait au mariage de M. George Bartram dans un temps donné. Nous savons aussi que ce temps (six mois à partir de la mort de votre mari) est écoulé depuis le 3 du courant. En quatrième lieu, nous savons que M. George Bartram (j'ai pris là-dessus mes renseignements, faute d'informations positives que vous m'ayez pu donner) est encore célibataire à l'heure actuelle. La conclusion qui se déduit naturellement de tout ceci, c'est que l'ordre de faits qu'avait en vue l'auteur de la Contre-Lettre ne s'est pas réalisé à cet égard.

« Si ce document ne renferme pas d'autres clauses, — ou si les autres clauses qu'on y a pu insérer sont devenues sans objet, comme celle dont je viens de parler, — je tiens pour impossible (surtout la preuve étant fournie que l'amiral lui-même se regardait comme étroitement lié par la Contre-Lettre), je tiens pour impossible que ses exécuteurs testamentaires traitent la fortune de votre mari comme faisant légalement partie de la succession de l'amiral Bartram. Il a été fort expressément déclaré légataire d'un capital certain, sous condition de donner au legs tel ou tel emploi déterminé que ce legs ne saurait recevoir désormais. Que faire, en pareil cas, de ce capital? Il n'a pas été laissé à l'amiral lui-même, — ceci ressort des paroles dont le testateur s'est servi, — et l'objet en vue duquel il avait été laissé n'a pas encore été, ne peut être désormais réalisé. J'estime (dans le cas où cette hypothèse se trouverait justifiée) que le capital rentre nécessairement dans la masse des biens laissés par le testateur. Ceci arrivant, c'est la loi qui nécessairement en dispose, et la loi le partage en deux portions égales. Une moitié revient à la veuve de M. Noël Vanstone, resté sans enfants, et l'autre moitié se répartit entre les plus proches parents de M. Noël Vanstone.

« Vous ne manquerez pas de découvrir l'objection qui se présente d'elle-même à cet enchaînement favorable de conséquences, tel que je viens de l'exposer ici. Vous verrez que, pour en amener la réalisation, il ne suffit pas d'un seul hasard favorable, mais qu'il faut au contraire une série de circonstances se succédant toutes ainsi que nous pouvons le souhaiter. Sans méconnaître la force de cette objection, — je puis vous dire, cependant, que cette succession de circonstances heureuses n'est pas, à beaucoup près, aussi improbable qu'elle en a l'air au premier coup d'œil.

« Nous avons toute raison de croire que la Contre-Lettre, ainsi que le testament, n'a pas été rédigée par un homme de loi.

« Ceci est tout à fait en notre faveur, et doit suffire, en soi-même, pour faire préconcevoir un doute sur la validité de toutes celles des clauses que nous ne connaissons pas encore. Une autre chance, sur laquelle nous devons faire fond, pourrait se trouver dans ces lignes, écrites d'une main étrangère, et placées après la signature sur la troisième page de la Contre-Lettre, lignes que vous avez vues, mais que, malheureusement, vous omîtes de lire. Toutes probabilités les désignent comme ayant été tracées par l'amiral Bartram ; et la position qu'elles occupent doit certainement faire supposer qu'elles ont rapport à l'interprétation fort essentielle que lui-même donnait de la Contre-Lettre, — à l'idée qu'il avait des obligations que cette Contre-Lettre lui imposait.

« Je n'ai aucun désir de faire naître en vous telle ou telle espérance chimérique, et veux tout simplement vous

convaincre que nous avons devant nous une chance digne
d'être courue.

« Je n'insisterai pas sur l'autre face de la perspective qui
nous est offerte. D'après ce que je viens de vous dire, vous
comprendrez que l'existence d'une seule clause valide, insérée
à notre insu dans la Contre-lettre, — si l'amiral a rempli les
obligations qu'elle lui imposait, — ou si ses ayants droit sont
encore à temps de les remplir, — serait nécessairement
fatale à nos espérances. Le legs, en pareil cas, serait employé selon l'objet, ou les objets, que votre mari avait en
vue ; — et, dès lors, nous n'aurions plus aucun droit à faire
valoir.

« J'ajoute, sans plus insister, qu'immédiatement après
avoir reçu la réponse de l'homme d'affaires chargé de gérer
la succession de l'amiral, je m'empresserai de vous faire
connaître le résultat de ma démarche.

« Veuillez me croire, madame, votre très-dévoué,

« John Loscombe. »

VII.

GEORGE BARTRAM A MISS GARTH.

Saint-Crux, 15 mai.

« Chère miss Garth,

« Je vous écris encore, d'abord pour vous remercier de
la bonne sympathie que vous m'avez exprimée au sujet de la
perte qui vient de m'être infligée, mais aussi, et surtout,
pour vous faire part d'une démarche passablement étrange,
tentée auprès des exécuteurs testamentaires de mon oncle et
qui, intéressant personnellement mistress Noël Vanstone, ne
saurait manquer d'avoir quelque importance à vos yeux ainsi
qu'à ceux de sa sœur.

« Me méfiant à bon droit de mon ignorance en matière de droit, je vous envoie ci-incluse une copie de la signification qui nous est faite, au lieu de vous en donner une simple analyse. Vous remarquerez, comme un indice passablement suspect, qu'aucune explication n'est fournie touchant la manière dont a pu être faite, par certaines personnes absolument étrangères à mon oncle, la prétendue découverte d'un de ses secrets les plus intimes.

« Aussitôt mis au courant de ce qui se passait, les exécuteurs testamentaires se sont adressés à moi. Je n'avais aucun renseignement positif à leur fournir, attendu que mon oncle ne me consultait jamais sur ses affaires. Mais je me suis cru tenu de leur dire que, pendant les derniers six mois de sa vie, l'amiral laissait de temps à autre échapper devant moi des expressions d'impatience donnant à penser qu'il était tourmenté par le sentiment de quelque responsabilité secrète. Je dus ajouter qu'il m'avait imposé une très-étrange obligation, — obligation dont je n'ai jamais pu lui attribuer l'initiative, bien qu'il l'ait revendiquée à mainte et mainte reprise, — celle de me marier dans un délai donné (lequel est expiré maintenant), sans quoi se trouverait distraite de ce qu'il me laisse une certaine somme d'argent dont le chiffre correspond, ce me semble, à celui du capital que mon cousin lui a légué par testament. Les exécuteurs ont pensé comme moi que cette circonstance donnait quelque ombre de probabilité à une histoire qui, sans cela, leur eût paru tout à fait incroyable, et ils ont décidé qu'on entreprendrait des recherches en règle pour retrouver la Contre-Lettre dont l'existence est affirmée par le document ci-joint; mais, jusqu'à présent, on n'a rien découvert dans les papiers de l'amiral qui ressemble, de près ou de loin, à la pièce ainsi désignée.

« Ces recherches (qui ne sont point faciles dans une maison comme celle-ci) se poursuivent avec activité depuis huit jours. Elles sont surveillées, tant par les deux exécuteurs testamentaires que par l'avocat de mon oncle, — lequel est en même temps le confrère et l'ami de M. Loscombe (ce der-

nier, chargé des intérêts de mistress Noël Vanstone). Cet avocat a été compris parmi les personnes chargées de l'enquête
à la demande expresse de M. Loscombe lui-même. Jusqu'à
présent, on n'a rien trouvé de ce qu'on cherchait. Des milliers de lettres ont été passées en revue, et pas une n'a le
moindre rapport avec celle que nous nous efforçons de retrouver.

« Huit jours encore, et les recherches seront finies. C'est à
ma requête expresse qu'on y a ainsi persévéré. Mais, puisque
la générosité de l'amiral m'a fait l'unique héritier de tout ce
qu'il possédait au monde, je suis tenu, ce me semble, de
faire pleinement droit aux intérêts d'autrui, même alors que
ces intérêts se trouvent le plus opposés aux miens.

« Par ce motif, je n'ai pas hésité à révéler, devant
l'homme de loi, une infirmité constitutionnelle de mon pauvre
oncle, infirmité qui, sur sa demande, n'avait été dévoilée à
personne en dehors du cercle de famille, — c'est-à-dire, sa
tendance au somnambulisme. J'ai raconté qu'environ trois
semaines avant sa mort, la femme de charge et un vieux serviteur à lui l'avaient surpris se promenant tout endormi, et
que, — d'après l'endroit où il avait été vu, d'après la corbeille de clefs qu'il portait à la main, — on avait dû supposer qu'il venait d'une des chambres situées dans l'aile orientale, et que sans doute il y avait ouvert quelque meuble.
J'étonnai beaucoup l'avocat (lequel paraissait ignorer les
faits et gestes si extraordinaires dont les somnambules
donnent à chaque instant le spectacle) en lui apprenant que
mon oncle retrouvait son chemin dans le château, ouvrait et
refermait les portes, transportait d'une place à l'autre les
objets de tout ordre, lorsqu'il était endormi, sans plus de
peine que pendant ses veilles. — Et tant qu'il me resterait,
ajoutais-je, le plus léger doute sur la question de savoir si,
pendant la nuit en question, il n'avait pas rêvé d'abord de la
Contre-Lettre, puis, tout endormi, métamorphosé ce rêve en
action réelle, ma conscience ne serait pas tranquille, à moins
qu'on ne fît de nouvelles fouilles dans l'aile orientale.....

« Je dois remarquer ici qu'aucun fait positif ne servait de

base à cette idée que j'avais conçue. Pendant la dernière
période de sa fatale maladie, mon pauvre oncle était tout à
fait incapable de s'expliquer sur un sujet quelconque. Depuis
l'époque de mon arrivée à Saint-Crux, au milieu du mois
dernier, jusqu'au jour de sa mort, il ne lui est pas échappé
un seul mot qui se rattachât de près ou de loin à l'existence
de la Contre-Lettre.

« Les choses en restent donc là, pour le présent. Si vous
jugez convenable de communiquer à miss Vanstone le contenu de cette lettre, veuillez lui faire remarquer, je vous
prie, qu'il n'y aura pas de ma faute si l'assertion de sa sœur
(quelque invraisemblable qu'elle puisse paraître aux exécuteurs testamentaires de mon oncle) n'est pas loyalement vé-
rifiée.

« Croyez-moi, ma chère miss Garth, toujours bien à vous,

« George BARTRAM. »

« P. S. — Dès que toutes ces questions d'affaires seront
réglées, je voyagerai hors du pays pendant quelques mois
pour voir si le changement de lieu n'allégera pas ma tristesse. Le château sera fermé ; mistress Drake sera chargée
d'y exercer la surveillance nécessaire. Je n'ai point oublié le
désir que vous manifestiez un jour devant moi de visiter
Saint-Crux, s'il vous arrivait jamais de vous trouver dans les
environs de cette résidence. Sans savoir au juste s'il était
probable que vous vinssiez, pendant mon absence, parcourir
le comté d'Essex, j'ai pris mes précautions contre le désappointement que vous pourriez éprouver, et j'ai chargé mistress Drake de mettre à votre disposition, ainsi qu'à celle de
vos amis, la libre entrée du château et de toutes ses dépen-
dances. »

VIII.

M. LOSCOMBE A MISTRESS NOEL VANSTONE.

Lincoln's-Inn-Fields.

« Ma chère dame,

« Après quinze jours de recherches, — dirigées, je suis obligé de le reconnaître, avec le zèle le plus consciencieux et le plus infatigable, — on n'a rien trouvé qui ressemblât à la Contre-Lettre, parmi les papiers que feu l'amiral Bartram a laissés à Saint-Crux.

« Dans ces circonstances, les exécuteurs testamentaires se sont décidés à prendre pour guide unique, dans la mission qu'ils ont à remplir, le seul témoignage authentique des volontés de leur mandataire, — à savoir le testament même de l'amiral. Cet acte, rédigé il y a quelques années, lègue à son neveu la totalité de ses biens, tant réels que personnels (c'est-à-dire toutes les terres et tous les capitaux dont il se trouvera propriétaire à l'époque de sa mort). Ce testament est clair, ses résultats sont inévitables. La fortune de votre mari se trouve, dès ce moment, perdue pour vous. M. George Bartram en hérite au même titre que du château et du domaine de Saint-Crux. Je ne ferai aucune remarque sur cette étrange issue de l'affaire où nous étions engagés. La Contre-Lettre peut avoir été détruite, — ou bien encore se trouver cachée de manière à défier les recherches les plus patientes et les plus longues. Nous n'avons maintenant, ni vous ni moi, le loisir de nous livrer à de vaines spéculations sur cet objet. Je n'ajouterai pas à votre désappointement par la moindre allusion au temps et à l'argent que m'a fait perdre cette malheureuse tentative, entreprise pour faire valoir vos droits. Je dirai simplement que vous devez désormais regarder

comme absolument terminée mon intervention (personnelle ou professionnelle) dans les affaires qui vous concernent.

« Votre très-obéissant serviteur,

« John Loscombe. »

IX.

MISTRESS RUDDOCK, *maîtresse d'hôtel garni,*
A M. LOSCOMBE.

Park-Terrace, St John's-Wood, 2 juin.

« Monsieur,

« Chargée par mistress Noël Vanstone de porter à la poste
les lettres qu'elle vous adressait, — et ne connaissant personne autre à qui je puisse écrire, — je viens vous demander
si vous êtes en relations avec quelqu'un de ses amis, car il
me paraît convenable qu'ils soient incités à faire quelque
chose pour cette pauvre dame.

« C'est au mois de novembre dernier que mistress Vanstone est venue pour la première fois, en compagnie d'une
femme de chambre, occuper l'appartement dont je dispose.,
Cette fois-là, non plus que celle-ci, elle ne m'a donné aucun
motif de plainte. Elle s'est conduite comme une personne
bien née, me payant exactement ce qu'elle me devait. Je vous
écris en ma qualité de mère de famille, et pour échapper à
une responsabilité que je comprends. Aucun motif intéressé
ne m'a fait prendre la plume.

« Après un congé régulièrement donné, mistress Vanstone (qui, maintenant, n'a personne pour la servir) doit
sortir demain de chez moi. Elle ne m'a pas caché que ses
ressources pécuniaires sont au plus bas et qu'il lui est impossible de continuer à résider dans ma maison. C'est là toute

l'explication qu'elle m'a donnée. — Je ne sais ni où elle va, ni ce qu'elle entend faire désormais ; mais j'ai toute raison de supposer qu'elle entend, après être sortie de chez moi, faire perdre ses traces à quiconque voudrait la découvrir, — car je l'ai surprise hier toute en larmes, brûlant des lettres qui devaient être à coup sûr celles de ses amis. Son aspect, sa conduite, se sont modifiés d'une manière très-affligeante dans le cours de la dernière semaine. Elle doit avoir sur la conscience, à mon avis, quelques troubles effrayants, et je crains, d'après ce que je vois d'elle, qu'elle ne soit sur le point de faire une sérieuse maladie. Il est vraiment triste qu'une jeune femme comme elle soit aussi complétement abandonnée, aussi dépourvue de tout amical appui.

« Excusez, je vous prie, mon importunité ; j'aurais manqué à ma conscience en ne vous écrivant point. Si vous connaissez quelques-uns de ses parents, veuillez les prévenir qu'il n'y a pas de temps à perdre. S'ils laissent passer demain, ils renoncent peut-être à la dernière chance qu'ils aient de la retrouver.

« Votre humble servante,

« Catherine Ruddock. »

X.

M. LOSCOMBE A MISTRESS RUDDOCK.

Lincoln's-Inn-Fields, 2 juin.

« Madame,

« Mes seuls rapports avec mistress Vanstone étaient ceux d'un avocat avec sa cliente, — et ces rapports n'existent plus maintenant. Je ne connais aucun de ses amis, et je ne saurais me charger d'intervenir personnellement, soit dans ses démarches actuelles, soit dans ses destinées à venir.

« Déplorant de ne pouvoir vous venir en aide en aucune façon, je suis, madame, votre obéissant serviteur,

« John Loscombe. »

SCÈNE DERNIÈRE.

AARON'S BUILDINGS.

I.

Le 7 du mois de juin, les propriétaires du navire de commerce la *Délivrance* apprirent que ce bâtiment avait touché à Plymouth pour y débarquer des passagers et continuer ensuite son voyage de retour jusqu'au port de Londres. Cinq jours plus tard, le navire était en rivière et fut remorqué dans les docks des Indes-Orientales.

Après avoir accompli à terre toutes les formalités de débarquement qui dégageaient sa responsabilité personnelle, le capitaine Kirke prit par écrit les arrangements nécessaires pour aller, le 17 du mois, faire une visite à son beau-frère, dans ce presbytère du Suffolk où déjà nous avons été introduits. Ainsi qu'il est d'usage en pareil cas, il reçut une liste de commissions à exécuter pour sa sœur, la veille de son départ. L'une d'elles devait le conduire aux environs de Camden-Town. Il partit des docks, en voiture, pour cette destination et, la commission faite, renvoyant son *cab,* s'en revint dans la direction du Sud, du côté de New-Road. Il ne connaissait pas fort bien ce quartier, et d'ailleurs, à mesure qu'il marchait, son attention s'était peu à peu distraite de la scène qu'il avait sous les yeux. Ses pensées, auxquelles la perspective de revoir sa sœur communiquait une espèce d'agitation, avaient évoqué le souvenir de la nuit où il s'était séparé d'elle, quittant à pied la modeste maison curiale. Le charme jeté sur lui d'une façon si étrange, à ce moment du passé, n'avait pas cessé de le dominer à travers tous les incidents survenus depuis. Ce visage qui le hantait jadis sur la route solitaire l'avait encore hanté sur la solitude des mers. La femme qui l'avait suivi, comme dans un rêve, jusqu'à la porte de sa sœur, l'avait suivi, — pensée intime, esprit familier, — jusque sur le pont de son navire. Pendant son voyage en Orient, mêlé de calmes et de tempêtes, comme pendant les calmes et les tempêtes du voyage qui l'avait ramené en Angleterre, elle ne l'avait point quitté. Dans ce tumulte et ce mouvement incessant des rues de Londres, elle l'accompagnait encore maintenant. Il savait d'avance quelle question sortirait la première de ses lèvres, dès qu'il aurait embrassé sa sœur et les enfants de sa sœur. « Je tâcherai de parler d'autre chose, pensait-il; mais quand Lizzie et moi nous nous retrouverons tête à tête, je ne pourrai retenir cette maudite question. »

La nécessité d'attendre au tournant d'une rue avant de traverser le défilé d'une série de charrettes rendit le capitaine au sentiment des choses présentes. Il regarda autour de lui, non sans un trouble de quelques instants. Il était dans une rue à lui inconnue; il avait perdu son chemin.

Le premier piéton auquel il demanda des renseignements parut trop pressé pour les lui donner bien complets. Après lui avoir conseillé fort à la hâte de traverser la chaussée, de tourner dans la première rue à main droite, et de s'informer, une fois là, l'étranger continua sa route à grands pas et sans même attendre qu'on l'eût remercié.

Kirke suivit ses indications, et tourna sur la droite. La rue était étroite et courte; les maisons dont elle était bordée offraient à l'œil le plus misérable aspect. Levant les yeux au coin de cette ruelle pour savoir quel nom elle portait, il lut ces mots : « *Aaron's Buildings.* »

Un peu plus loin, sur le trottoir qu'il longeait, quelques oisifs s'étaient groupés autour de deux *cabs* amenés tous deux devant la porte de la même maison. Kirke s'approcha du groupe afin de demander son chemin à quelque nouvel in-

formateur plus poli et moins pressé que le premier. Arrivé
près des voitures, il trouva une femme en dispute réglée avec
les cochers et vérifia que cette querelle roulait sur un malentendu : — on avait par erreur appelé deux fiacres, alors
qu'un seul devait être requis.

La porte de la maison était ouverte et, au moment de
passer outre, il jeta facilement un regard dans le corridor,
par dessus les têtes des gens placés devant lui.

Le spectacle qu'il eût alors sous les yeux était de ceux
qu'une pitié bien entendue aurait dû soustraire aux regards
des passants. Il vit une jeune fille, — misérablement vêtue,
et dont le visage avait une expression d'effroi, — debout auprès d'un vieux fauteuil placé au milieu du passage, et sur
lequel elle maintenait, tant bien que mal, une femme trop
faible, trop épuisée pour s'y soutenir elle-même; — une
femme qui semblait au dernier degré de quelque maladie
grave, et qu'on allait sans doute emporter, la dispute une
fois réglée, dans l'un ou l'autre des deux *cabs*. Sa tête, au
moment où Kirke la vit d'abord, avait fléchi sur sa poitrine,
et un vieux châle dont elle était coiffée tombait en avant de
manière à masquer la partie supérieure de son visage.

Avant que le regard de Kirke se fût détourné d'elle, la
jeune fille qui avait soin de la malade releva cette tête abattue et remit le châle en place, mouvement qui pendant une
seconde seulement, et avant que sa tête retombât sur sa
poitrine, laissa voir la figure de la misérable femme. Or, en
cette seconde unique, le capitaine revit celle dont la beauté
avait laissé dans sa vie un souvenir ineffaçable, — celle dont
l'image, il n'y avait pas cinq minutes, s'offrait à sa pensée
sous les plus vives couleurs!

Le choc simultané de ces deux perceptions, — celle du
visage lui-même, celle du terrible changement qu'il avait
subi, — ôta au capitaine Kirke, pour un instant du moins,
toute parole et toute idée. Cette présence d'esprit si ferme,
que nulle crise n'ébranlait et qui était devenue l'habitude
de toute sa vie, lui manqua pour la première fois. La rue
misérable, le groupe sordide entassé près de la porte, flottè-

rent devant ses yeux. Il recula, chancelant, et se prit pour
ne pas tomber à la grille de la maison qu'il avait derrière lui.

« Où va-t-on la conduire ? demandait une femme près
de lui.

— A l'hôpital, s'ils en veulent, lui fut-il répondu. S'il n'en
veulent pas, à la maison de travail. »

Cette réplique horrible le ranima. Il se fraya tout
aussitôt un chemin parmi la foule, et pénétra dans la
maison.

Le malentendu venait justement de s'éclaircir, et l'un des
cabs était parti. Au moment où Kirke franchit le seuil de la
porte, les gens de la maison s'apprêtaient à transporter la
pauvre femme. D'un côté du fauteuil était le cocher définitivement retenu; de l'autre, la femme qui naguère tenait
tête aux deux *cab-men*. Ils soulevaient déjà leur fardeau,
lorsque la grande taille de Kirke projeta son ombre dans
le couloir.

« Que faites-vous de cette dame? » demanda-t-il.

Le cocher leva sur lui des yeux où se lisait déjà quelque
insolente réponse. Mais, plus prompte que lui, la femme
devina l'agitation contenue qui se laissait entrevoir sur le
visage de Kirke, et tout aussitôt elle lâcha le fauteuil.

« La connaîtriez-vous, par hasard, monsieur ? demandait-elle avec empressement... Seriez-vous un de ses amis?

— Oui, répondit Kirke sans hésiter.

— Tout ceci n'est pas de ma faute, monsieur, reprit la
femme s'excusant, et un peu intimidée par le regard sévère
qui planait sur elle... Je n'eusse pas demandé mieux que d'attendre l'arrivée de ses amis... En toute vérité, je n'eusse pas
demandé mieux ! »

Kirke ne répondit rien. Il se détourna, et s'adressant au
cocher : « Sortez, lui dit-il, et fermez la porte après vous !...
Je vais vous envoyer votre argent... Quelle est la chambre
d'où vous avez enlevé cette dame pour la transporter ici? reprit-il, interpellant cette fois la femme qui avait porté la
parole.

23.

— Celle du fond, au premier, monsieur.

— Montrez-moi le chemin. »

Il se pencha et souleva Madeleine dans ses bras. La tête de la pauvre enfant se posa doucement sur la poitrine du marin, et vers le visage du marin se levèrent ses grands yeux étonnés. Elle lui souriait et lui adressait tout bas quelques paroles incohérentes. Le désordre de ses pensées la ramenait au temps d'autrefois, passé sous le toit de la famille, et les paroles inarticulées qui se succédaient çà et là sur ses lèvres montrèrent qu'elle se croyait de nouveau, tout enfant, dans les bras de son père. « Pauvre papa ! murmurait-elle à demi-voix... Pourquoi donc avez-vous l'air si triste?... Dites, dites, pauvre papa ! »

La maîtresse de la maison les conduisit au premier, dans cette chambre du fond qu'elle venait de mentionner. Petite chambre, en vérité, pourvue d'un mobilier misérable. Mais l'étroite couchette était garnie de draps blancs, et les quelques objets qui meublaient la pièce étaient entretenus avec soin. Kirke déposa Madeleine sur le lit avec toute sorte de ménagements. Elle retint entre ses doigts brûlants une des mains qui venaient de lui rendre ce service. « N'inquiétez pas maman sur mon compte, disait-elle... Envoyez chercher Norah ! » Kirke essaya de dégager doucement sa main ; mais l'étreinte n'en devint que plus forte et plus passionnée. Il s'assit alors à côté du lit pour attendre qu'il convînt à la malade de le laisser aller. La maîtresse du logis, toujours debout et les regardant, pleurait dans un coin de la chambre. Kirke l'observait avec attention. « Parlez ! lui dit-il, après un moment, d'une voix qu'il sut rendre calme... Parlez devant *elle*, et dites-moi toute la vérité ! »

La femme parla sans ménager ni les mots ni les pleurs.

Elle avait loué son premier étage à cette dame, il y avait de cela quinze jours. La dame avait payé huit jours d'avance et s'était inscrite sous le nom de Gray. Pendant les trois premières journées, elle sortait du matin au soir et rentrait, chaque fois, avec l'air d'une personne épuisée de fatigue et attristée par quelque désappointement. Aussi la maîtresse du logis l'avait-elle soupçonnée de se dérober à ses protecteurs naturels en s'abritant sous un faux nom. Ses longues sorties, ses tristes retours, pendant les trois premières journées, attestaient sans doute de vaines tentatives pour se procurer de l'argent ou du moins quelque travail. Quoi qu'il en fût, elle était tombée malade le quatrième jour, avec des alternatives réitérées de chaud et de froid. Le cinquième jour, elle se trouvait plus mal, et le sixième, elle était alternativement ou trop somnolente, ou trop peu raisonnable pour qu'on pût rien tirer d'elle. Le pharmacien (qui, dans ce quartier, exerçait la médecine) était venu l'examiner et avait déclaré qu'il la croyait aux prises avec une fièvre maligne. Il avait laissé une « potion saline » que la maîtresse du logis avait payée de sa poche, et administrée sans résultat. Ensuite, elle s'était hasardée à visiter l'unique malle que la dame eût apportée avec elle, et n'y avait rien trouvé, sauf quelques objets de lingerie, — sans robes, sans bijoux, sans le moindre fragment de lettre qui pût aider à découvrir les amis de la malade. Entre le risque de la garder chez elle en de pareilles circonstances, et la barbarie de jeter dans la rue une femme en pareil état, l'hôtesse elle-même n'aurait pas hésité. Elle eût volontiers gardé sa locataire dans l'espoir que celle-ci se rétablirait, et avec la chance de voir ses amis lui venir en aide. Mais, il n'y avait pas une demi-heure de cela, son mari, — qui rarement approchait de chez elle, à moins que pour la dépouiller de l'argent qu'elle avait pu gagner, — était venu, selon sa coutume, la mettre à rançon. Il avait bien fallu lui avouer que « le premier étage » ne payait pas son loyer, et qu'il ne paierait pas, selon toute probabilité, à moins que la dame ne se rétablît, ou que ses amis ne vinssent à trouver sa trace. Ainsi mis au courant, le mari avait exigé sans pitié que, — malade ou bien portante, — la dame fût expulsée. On pouvait l'emmener à l'hôpital et, si l'on y frappait vainement pour elle, il y avait encore à tenter de la faire admettre dans la *workhouse*. Que si elle n'était pas hors de la maison dans le délai d'une heure, il reviendrait, lui, la mettre à la porte. Or, sa femme savait à merveille qu'il était assez bru-

tal pour tenir une telle parole. Il ne lui restait donc d'autre
alternative, dans l'intérêt de la dame elle-même, que d'agir
ainsi qu'elle avait fait.

Cette femme, en racontant sa révoltante histoire, avait
tout l'air d'en éprouver une honte sincère. Au moment où
elle l'achevait, Kirke sentit se relâcher autour de sa main
l'étreinte des doigts fiévreux. Ses regards se portèrent de
nouveau vers le lit. Les yeux appesantis de Madeleine commençaient à se fermer et, le visage encore tourné du côté
du marin, elle s'affaissait dans le sommeil.

« Personne n'occupe-t-il la chambre du devant? demanda
Kirke à voix basse..... Venez-y avec moi ; j'ai quelque chose
à vous dire. »

La femme le suivit par la porte de communication pratiquée entre les deux pièces.

« Combien vous doit-elle? » demanda le capitaine.

La maîtresse du logis fit connaître le chiffre de sa petite
créance. Kirke déposa l'argent sur une table placée devant
elle.

« Où est votre mari? demanda-t-il encore.

— Au cabaret, monsieur, en attendant que l'heure soit
écoulée.

— Vous pouvez lui porter ou non cet argent, reprit Kirke
du plus grand sang-froid. Je n'ai, par rapport à cet homme,
qu'une chose à vous dire. Si vous voulez voir en miettes tous
les os que sa peau recouvre, vous n'avez qu'à le ramener ici
pendant que j'y suis encore... Un instant !... Un mot de plus !...
Connaissez-vous, dans le voisinage, quelque docteur sur qui
l'on puisse compter?

— Pas dans notre voisinage, monsieur, mais j'en connais
un qui loge à demi-heure d'ici.

— Prenez la voiture qui est encore à la porte, et si vous
le trouvez chez lui, ramenez-le-moi... Dites-lui que j'attends
ici pour connaître son opinion sur un cas très-grave... Il sera
bien payé : vous le serez de même... Dépêchez-vous ! »

La femme quitta aussitôt la chambre.

Kirke y resta seul, assis, attendant qu'elle revînt. Il tenait sa tête à deux mains, et s'efforçait de se bien convaincre que la situation étrange et touchante où un simple accident venait de le placer n'était pas, en définitive, une vaine chimère.

Cachée sous un faux nom, dans une des plus infimes ruelles de Londres; abandonnée, sans amis et sans secours, à la merci d'étrangers; réduite à une impuissance absolue, tant d'esprit que de corps, par le mal qui la dévorait: — c'est ainsi qu'il retrouvait la femme qui avait ouvert à son intelligence une nouvelle conception de la beauté, la femme dont un regard avait fait naître en lui, pour la première fois, un amour jusqu'alors inconnu! Quelle horrible infortune l'avait donc si cruellement frappée et fait tomber si bas? Quelle mystérieuse destinée l'avait amené, lui, dans ce dernier asile de sa pauvreté, de son désespoir, à l'heure même de leurs plus rudes épreuves? « S'il est décrété que je dois la revoir, je la reverrai. » Ces paroles alors revinrent à son esprit, — ces mémorables paroles qu'il avait prononcées en prenant congé de sa sœur. Cette pensée au cœur, il était allé où son devoir l'appelait. Des mois et des mois s'étaient écoulés; sur des milliers de lieues, l'Océan avait étendu entre eux l'immense barrière de ses flots mobiles. Et durant ce long laps de temps et sur ces grands espaces que couvrent les mers, — jour après jour, nuit après nuit, tandis que les vents du ciel soufflaient, tandis que le bon navire avançait aidé par eux, — il se rapprochait, lui aussi, sans le savoir, du but que la Providence lui avait assigné; il se dirigeait, les yeux fermés, vers le seuil de cette misérable porte où il était écrit qu'ils se rencontreraient l'un et l'autre. « Qui donc m'a conduit ici? se disait-il tout bas à lui-même... Serait-ce la grâce du hasard?... Non, certes!... C'est la clémence de Dieu. »

Il attendit, — sans songer à l'endroit où il se trouvait, sans se rendre compte du temps écoulé, — jusqu'à ce qu'un bruit de pas, sur l'escalier, vint tout à coup se placer entre lui et ses pensées. La porte s'ouvrit, et le médecin fut introduit dans la chambre.

« Le docteur Merrick, dit la maîtresse du logis, avançant un fauteuil pour le faire asseoir.

— *Monsieur* Merrick, reprit le visiteur tout en s'asseyant avec un tranquille sourire... Je ne suis pas un médecin proprement dit... Je suis un chirurgien, exerçant indifféremment les deux branches de mon art. »

Médecin ou chirurgien, il y avait dans son attitude et sa physionomie de quoi rassurer Kirke à première vue. Après quelques paroles préliminaires échangées des deux côtés, M. Merrick dépêcha l'hôtesse dans la chambre à coucher, afin de savoir si la malade dormait ou non. Cette femme revint, disant « qu'elle était entre le sommeil et la veille, déraisonnant de plus belle, et la peau brûlante ». Le docteur passa aussitôt dans la chambre à coucher, enjoignant à l'hôtesse de le suivre et de refermer la porte derrière elle.

Il se passa quelque temps avant qu'il revînt dans la pièce où il avait laissé le capitaine. Quand il reparut, et avant qu'on eût eu le temps de lui adresser aucune question, son visage avait déjà parlé.

« Serait-ce une maladie sérieuse? dit Kirke dont la voix avait faibli et dont les regards demeuraient fixés sur ceux du médecin.

— C'est une maladie dangereuse, » répondit M. Merrick, prononçant ce dernier mot avec une emphase toute particulière... M'autorisez-vous, lui demanda-t-il ensuite, à vous poser quelques questions qui ne sont pas, rigoureusement parlant, du ressort de la médecine? »

Kirke s'inclina.

« Pouvez-vous me dire ce qu'était la vie de cette jeune personne avant son arrivée dans cette maison, et avant qu'elle tombât malade?

— Il m'est impossible de le savoir... Je viens de rentrer en Angleterre après une longue absence.

— La saviez-vous ici?

— Un accident seul m'a fait l'y découvrir.

— N'a-t-elle aucun parent de son sexe?... ni mère?... ni sœur?... ni personne pour prendre soin d'elle, si ce n'est vous?

— Personne, à moins que je ne parvienne moi-même à trouver ses parents... Personne que moi. »

M. Merrick se taisait. Il regardait Kirke avec plus d'attention que jamais. « Voilà qui est étrange, pensa le docteur. Il se trouve ici, seul chargé d'elle... et c'est tout ce qu'il en sait. »

Kirke s'aperçut fort bien du doute qu'exprimait le visage du médecin, et avant qu'une autre parole fût échangée entre eux, il s'en prit directement à ce doute.

« Je vois, lui dit-il simplement, que ma position ici vous étonne... Consentirez-vous à la regarder comme celle d'un parent, — celle d'un père ou d'un frère qu'elle aurait, — jusqu'à ce qu'on ait pu retrouver ses amis? » La voix lui manquait, et posant la main sur le bras du docteur par un geste où se trahissait sa préoccupation passionnée : « Je me suis donné cette mission, dit-il, et j'en prends Dieu à témoin, qui plus tard sera mon juge, vous ne me trouverez pas indigne de la remplir. »

Au moment où il prononçait ces paroles, il lui semblait avoir de nouveau sur sa poitrine la tête fatiguée qui naguère s'y posait, et autour de sa main il sentait encore l'étreinte fiévreuse de ces doigts brûlants.

« Je vous crois, dit le médecin avec chaleur... Je crois que vous êtes un honnête homme. Pardonnez-moi d'avoir paru vouloir m'imposer à votre confiance!... Je respecte votre réserve, qui désormais sera pour moi sacrée... Laissez-moi vous dire, afin de parer à toute mauvaise interprétation, que mes questions ne m'étaient point suggérées par une vaine curiosité... La maladie qui retient sur ce lit la personne confiée à mes soins ne saurait s'expliquer par aucune des causes ordinaires. Cette jeune femme a dû subir quelque longue épreuve intellectuelle ; quelques anxiétés terribles semblent peu à peu avoir usé ses forces, et sous ces anxiétés elle a fini par fléchir... J'aurais pu puiser quelque assistance dans une notion plus exacte et de cette épreuve même et du temps plus ou moins long qui s'est écoulé avant qu'elle succombât... C'est dans cet espoir que j'ai parlé.

— En disant qu'elle est dangereusement malade, reprit
Kirke, entendez-vous parler d'un danger qui menace sa raison ou d'un danger qui menace sa vie?

— Toutes deux sont en péril, répliqua M. Merrick. Le système nerveux, chez elle, a fléchi tout entier. Les fonctions
ordinaires de son cerveau sont engourdies et comme affais-
sées. Je ne saurais vous donner d'autre explication que celle
du mal lui-même et de sa véritable nature. Cette fièvre, dont
s'effarouchent les gens de la maison, n'est autre chose qu'une
simple résultante symptomatique. La véritable cause est celle
que je vous ai dite. Notre malade peut avoir encore bien des
semaines à rester sur ce lit, passant alternativement, sans
en avoir conscience, d'un état de délire à un état d'anéantissement. Si vous voyez son sommeil se prolonger au delà des
limites ordinaires, il ne faudra pas vous alarmer... Ce sommeil est un remède bien meilleur que tous ceux dont je dispose, et il faut le respecter à tout prix. Ce que nous pouvons
faire, nous, se borne à ceci : — Veiller sur elle, — l'aider de
temps à autre par quelques stimulants, — et attendre ce
que la Nature voudra faire pour elle.

— Faut-il donc la laisser ici? Ne pouvons-nous la croire
en état d'être transportée dans une meilleure résidence?

— Pour le moment, cette pensée nous est interdite. On
a déjà, autant que je le puis comprendre, troublé ce sommeil
réparateur, et par cela même compromis gravement la situation. Même alors que la malade irait mieux, même alors
qu'elle reviendrait à elle, ce serait encore une périlleuse
tentative que de vouloir trop tôt la transporter hors d'ici. —
La moindre agitation, la moindre alarme lui serait fatale. Il
faut tirer tout le parti possible de cet appartement tel qu'il
se trouve. L'hôtesse a déjà reçu mes instructions, et j'enverrai pour l'aider une excellente garde-malade. Pas autre
chose à faire, provisoirement..... Autant qu'on peut regarder
sa vie comme entre les mains d'un homme quelconque, elle
est dans les vôtres, désormais, au même degré que dans les
miennes. Tout dépend des soins qu'on aura d'elle dans cette
maison, et c'est à vous qu'il appartient de les diriger. » Tels

furent les adieux du médecin, au moment où il se leva pour quitter la chambre.

Kirke, resté seul, se dirigea vers la porte de communication, et y frappant à petit bruit, fit signe à l'hôtesse qu'il désirait s'entretenir avec elle.

Il était beaucoup plus calme et avait repris beaucoup de la résolution qui le caractérisait, depuis la conférence avec le médecin. Un homme habitué à vivre dans cette atmosphère sociale toute factice que celui-ci n'avait jamais respirée aurait été péniblement affecté par le côté mondain de la situation, — ce qu'elle avait d'inusité, ce qu'elle avait d'étrange, — les embarras sérieux où elle le plaçait actuellement, les mauvaises interprétations, les calomnies auxquelles elle l'exposait pour l'avenir. — Kirke n'accorda pas même une pensée aux difficultés d'une telle position. Il n'envisagea que les devoirs auxquels il était convié, — devoirs que les adieux du médecin avait précisés pour lui. Tout devait dépendre des soins que l'on prendrait de la malade, et la direction de ces soins lui était confiée. Telle était la responsabilité qu'il prit, sans autre réflexion, pour règle de sa conduite, ainsi qu'il l'eût fait dans un danger pressant, s'il se fût agi de sauver des femmes et des enfants embarqués à bord de son navire. Il questionnait l'hôtesse en termes laconiques et qui allaient droit au fait : le seul changement qu'on pût noter en lui était le ton de sa voix, remarquablement atténué, puis les regards inquiets qu'il jetait par moments du côté de la chambre où reposait Madeleine.

« Vous comprenez bien ce que vous a dit le médecin?

— Oui, monsieur.

— Il faut du calme dans cette maison... Par qui est-elle habitée ?

— Par moi et ma fille, monsieur; nous occupons les salons d'en bas... Depuis la fête de Notre-Dame, les choses ont bien mal tourné pour nous... Les deux chambres de l'étage au-dessus sont à louer.

— Je les prends toutes deux, ainsi que celle de l'étage au-dessous... Connaissez-vous quelque brave homme, alerte et honnête, que je puisse employer à mes commissions?

— Oui, monsieur. Faut-il aller?...

— Non. Envoyez votre fille !... Vous ne devez pas quitter la maison que la garde-malade ne soit arrivée... Ne faites pas monter le commissionnaire !... Ces hommes-là ont le pied lourd; — je descendrai pour lui parler à la porte. »

Il descendit en effet, le messager venu, et d'abord lui donna mission d'aller lui acheter tout ce qu'il fallait pour écrire. Cet homme fut ensuite expédié à la recherche de quelqu'un qui voulût bien se charger d'amortir le bruit des voitures roulant dans la rue, en répandant du tan devant la porte, ainsi que cela se pratique. Cette opération terminée, le commissionnaire reçut deux lettres à porter à la poste. La première était adressée au beau-frère de Kirke. Elle lui racontait brièvement et simplement ce qui était advenu, et lui confiait le soin de le communiquer à sa femme, au moment et avec les détails qu'il jugerait les plus convenables. La seconde lettre était adressée au propriétaire de l'hôtel d'Aldborough. Le nom que Madeleine avait pris à North-Shingles était le seul que le capitaine lui eût jamais connu; et l'unique chance qu'il eût, à son avis, pour retrouver les parents de la jeune femme, était de se procurer quelques renseignements sur ce qu'étaient devenus, à partir d'Aldborough, les deux personnages qui jouaient auprès d'elle les rôles d'oncle et de tante.

Vers la fin de l'après-midi, une femme d'âge mûr et d'aspect décent arriva portant une lettre de M. Merrick. Elle lui était bien connue, disait-il, et, durant une maladie de sa propre femme, avait su mériter à tous égards la confiance dont il lui donnait une nouvelle preuve; elle serait d'ailleurs assistée de temps à autre par une dame affiliée à une association religieuse du district, cette dame ayant témoigné un vif intérêt pour la situation critique où se trouvait Madeleine. Ce soir-là même, vers huit heures, le docteur viendrait en personne s'assurer que sa malade ne manquait de rien.

L'arrivée de la garde-malade, et la certitude qu'on pouvait avoir confiance en elle, permirent à Kirke de s'occuper enfin de lui-même. Ses bagages étaient déjà prêts en vue du voyage dans le Suffolk, voyage projeté pour le lendemain. Il n'y avait plus qu'à les transporter de son hôtel dans la maison meublée d'Aaron's-Buildings.

En regagnant son domicile provisoire, il ne fit qu'une halte, et ce fut pour s'arrêter devant un marchand de joujoux dont l'étalage somptueux avait appelé ses regards. Il y avait là de petites réductions de navires qui lui rappelèrent son neveu. «Mon petit homonyme, pensait-il, sera cruellement désappointé en ne me voyant pas arriver demain. Il faut lui trouver une compensation qui le dédommage de cette déconvenue.» Il entra donc dans le magasin et acheta un des navires qu'il fit emballer sous ses yeux après en avoir lui-même dicté l'adresse. Mais, avant qu'on clouât le dessus de la caisse, il déposa sur le pont du vaisseau en miniature une carte de visite portant ces mots : « *Navire destiné au petit marin, de la part du grand marin, et avec toutes ses amitiés*... — Les enfants, madame, sont toujours flattés qu'on leur écrive, dit-il, s'excusant, à la dame de comptoir... Veuillez expédier cette boîte le plus tôt possible; je désire vivement qu'elle parvienne demain à sa destination. »

Il faisait à peu près nuit lorsqu'il revint, avec ses bagages, s'installer dans la maison meublée. Il ôta ses bottes dès le seuil de la porte et monta lui-même sa malle avec toutes sortes de précautions, s'arrêtant au premier étage pour avoir quelques renseignements. M. Merrick était là, prêt à les lui donner.

« Il y a quelques minutes, lui dit-il, la malade était réveillée et divaguait. Mais nous sommes parvenus à la calmer, et maintenant elle dort.

— N'a-t-elle, monsieur, prononcé aucune parole qui puisse nous aider à découvrir les personnes sur l'intérêt desquelles elle doit compter? »

Le docteur secoua la tête.

« Il peut encore s'écouler bien des semaines, répondit-il, avant que l'histoire de cette pauvre jeune fille cesse d'être

un secret pour nous... Et nous n'avons d'autre ressource que
la patience. »

Ainsi finit cette journée, inaugurant une longue série de
jours désolés.

II.

Les chauds rayons d'un soleil de juillet pénétrent,
adoucis, à travers les feuilles d'une verte jalousie ; sur le
montant de la fenêtre ouverte une caisse de fleurs s'épa-
nouit ; un lit, une chambre dont elle n'avait nulle idée ; d'un
côté de ce lit, se dressant comme une tour (et lui rappelant
vaguement mistress Wragge), une femme géante sur le point
de frapper des mains ; une autre femme, celle-ci tout à fait
inconnue, arrêtant les mains en question avant qu'elles
eussent pu faire aucun bruit ; une voix douce et suppliante
(encore un indécis ressouvenir de mistress Wragge) articulant ces paroles : « Elle me reconnaît, madame, elle me reconnaît ; si je ne puis me réjouir à mon aise, j'en mourrai,
bien certainement ! » — Tel fut le premier aspect, tels furent
les premiers bruits qui, tout à coup et par une étrange métamorphose, après six semaines d'anéantissement, éveil-
lèrent chez Madeleine des perceptions à peu près nettes.

Au bout de quelques instants, ces images redevinrent in-
distinctes, ces bruits se perdirent dans le silence. Le sommeil, clémente bénédiction, enveloppa de nouveau Madeleine,
éteignit autour d'elle toute espèce de lumière et de bruit, et
lui rendit le repos dont sa faiblesse avait un impérieux
besoin.

Un jour s'écoula, — les mêmes tableaux reparurent plus
distincts, les mêmes sons furent perçus d'une manière moins
vague. Encore un jour, — et Madeleine entendit une voix
d'homme qui, à travers la porte, s'informait de la malade.
Cette voix lui était inconnue et jamais ne s'élevait au-dessus
du même diapason, modéré avec d'extrêmes précautions. Cette

voix s'informait d'elle dans la matinée, aussitôt après son réveil; — à midi, quand elle prenait son léger repas; — le soir encore, avant que ses yeux fussent fermés par le sommeil : « Qui donc s'inquiète ainsi de moi? » Telle fut la première pensée que son esprit eut la force de concevoir : — « Qui donc s'inquiète ainsi de moi? »

D'autres jours passèrent encore; — elle pouvait parler à la garde-malade veillant auprès de son chevet; elle pouvait répondre aux questions d'un homme âgé, mieux au courant qu'elle-même de tout ce qui la concernait, et qui lui disait être M. Merrick, un médecin chargé de la soigner; elle pouvait, assise sur son lit, étayée de coussins, se demander compte de ce qui lui était advenu et de l'endroit où elle se trouvait; alors elle sentit s'accroître en elle la curiosité que lui faisait éprouver cette voix calme et contenue qui, de l'autre côté de la porte, le matin, à midi, le soir, venait régulièrement s'enquérir d'elle. Encore un jour, — et M. Merrick lui demanda si elle se sentait assez forte pour revoir une ancienne amie. Derrière lui une voix très-douce et partie de très-haut ajouta ces paroles : « Ce n'est que moi. » Paroles que suivit la merveilleuse apparition de mistress Wragge, en chair et en os, son bonnet tout de travers et un de ses souliers resté dans la chambre voisine. « Oh! voyez-la, voyez-la! s'écria la géante, qui dans son extase se laissa tomber à genoux près du lit de Madeleine, avec un choc à ébranler la maison... Bénédiction sur elle! la voilà déjà rétablie, puisqu'elle peut me sourire. Vivat, mes enfants, vivat!... Mille excuses, docteur!.... Ma conduite, je le sais, n'est point celle d'une femme comme il faut... C'est la faute de ma tête, monsieur, ce n'est pas la mienne... Il faut ouvrir une soupape quelconque, ou ma tête éclaterait! » Ce matin-là, aucune question ne put arracher à mistress Wragge, en guise de réponse, une seule phrase qui eût le sens commun. Son incohérence verbale n'avait jamais atteint à pareille hauteur, — et sa visite s'acheva sous le lit, où elle cherchait à l'aveuglette un soulier perdu.

Le lendemain, M. Merrick promit à Madeleine qu'il lui

laisserait voir, le jour suivant, un autre ami de vieille date.
Le soir, lorsque la voix accoutumée s'informa d'elle, et au
moment où la porte s'entr'ouvrait de quelques pouces afin
de laisser passer la réponse, Madeleine, de sa voix encore
bien faible, voulut la donner en personne : — « Je vais
mieux, je vous remercie. » Il y eut un instant de silence, —
et ensuite, au moment où la porte se refermait, elle entendit
la voix, plus basse et plus contenue que jamais, murmurer
avec ferveur : « Dieu soit loué! » Qui était cet homme? Elle
l'avait demandé à tous, et personne ne voulait répondre. —
Qui était-il donc?

   Le jour suivant arriva ; Madeleine entendit s'ouvrir doucement la porte de sa chambre. Un pas alerte sur le parquet,
une petite taille bien prise, apparaissant au chevet du lit...
Était-ce encore un rêve?... non!... Il était bien là, dans toute
la réalité de sa verte vieillesse, ses lèvres distillant toujours
un langage copieux et fleuri, et ses yeux mi-partis conservant
la flamme narquoise, l'étincelle ironique de son originale
gaieté; —il était là, plus audacieux, plus persuasif, plus respectable que jamais, vêtu d'un beau drap noir bien lustré,
arborant une cravate blanche irréprochable et un jabot
folâtre, — le Wragge que nous connaissons, le Wragge au
front d'airain, l'invincible et l'immuable Wragge!

   « Pas un mot, ma chère enfant! dit le capitaine s'installant au pied du lit, dans la position la plus commode, avec
cette aisance qui ne l'abandonnait jamais... C'est moi qui
garderai la parole, et vous conviendrez, je pense, qu'on ne
saurait trouver, pour une mission pareille, un homme plus
compétent. Je suis réellement heureux, — heureux en toute
sincérité, si tant est que je puisse employer un mot dont, au
premier coup d'œil, la propriété semblerait contestable, —
d'abord de vous revoir, puis de vous retrouver en bon état.
J'ai bien souvent pensé à vous, je vous ai souvent regrettée;
je me suis dit souvent... Mais laissons cela!... Quittons la
scène et laissons retomber la toile sur le passé... *Dum vivi-
mus, vivamus!*... Excusez, ma chère, la pédanterie d'une
citation latine, et dites-moi quelle mine vous me trouvez...

Ai-je ou n'ai-je pas les dehors d'un homme qui réussit? »

Madeleine voulut lui répondre. A l'instant même, le capitaine lui coupa la parole par une nouvelle averse de son éloquence diluvienne.

« Ne vous fatiguez pas, disait-il; je poserai pour vous toutes les questions... Ce que je suis devenu? Pourquoi ma mine est si prospère? et par quel merveilleux procédé je suis parvenu à vous suivre jusqu'en ce logis?.... Depuis notre dernière entrevue, ma chère enfant, je me suis occupé à modifier légèrement mes anciennes habitudes professionnelles. De l'agriculture morale, je suis passé à l'agriculture médicinale. Je m'adressais jadis à la sympathie publique; c'est à l'estomac du public que je m'adresse maintenant. Estomac ou sympathie, — si vous les examinez de près, au lendemain de la cinquantaine, — vous tomberez d'accord avec moi que l'un et l'autre se ressemblent fort. Quoi qu'il en soit, me voici, — tellement incroyable que cela puisse paraître, — pourvu, à la fin, d'un revenu fixe. Les fondateurs de ma fortune sont au nombre de trois. Ils s'appellent Aloës, Scammonée et Gomme-Gutte... Parlons plus net, je vis maintenant d'une Pilule... Peut-être vous rappellerez-vous que nos bonnes relations m'avaient rapporté quelque argent. J'en eus un peu davantage, grâce à l'heureux décès (*Requiescat in pace!*) de cette parente dont mistress Wragge devait hériter, ainsi que je vous l'avais fait pressentir... A merveille!... Mais que pensez-vous que je fis? J'employai tout mon capital, d'une seule bouchée, à lancer des annonces, — et j'achetai à crédit tant mes drogues que mes boîtes à pilules... Les résultats de ce coup de tête, vous les voyez devant vous... Me voici à l'état de grande réalité financière. Me voici avec une toilette sur laquelle mon tailleur n'a plus aucun droit, un compte créditeur chez mon banquier, un domestique en livrée, un cabriolet à la porte, solvable, florissant, populaire, — et le tout en vertu d'une Pilule. » Madeleine souriait. Le visage du capitaine prit une expression de fausse gravité; il semblait envisager la question sous son point de vue sérieux, et vouloir la développer en ce sens.

« Pour le public, ma chère, il n'y a pas là de quoi rire, disait-il. Nul moyen pour lui de se débarrasser de moi et de ma Pilule ; — de gré ou de force, il faut qu'il nous avale. Il n'est pas, dans toute la série des annonces humaines, une seule sorte d'appel que je ne fasse pleuvoir en ce moment sur le malheureux public. Louez le dernier roman nouveau, — je suis là, caché au revers de la couverture. Envoyez chercher la romance nouvelle; — au moment où vous en écartez les feuillets, je glisse et tombe à vos pieds. Prenez un *cab*, — je saute par la portière, habillé de rouge. Demandez au pharmacien une boîte de poudre dentifrice, — je l'enveloppe pour vous, habillé de bleu. Montrez-vous au spectacle, — je voltige au-dessus de votre tête, habillé de jaune. Le simple intitulé de mes annonces est tout à fait irrésistible. Laissez-moi vous citer quelques-unes de celles que j'ai mises en circulation la semaine dernière. Formule proverbiale : « *Une pilule à temps, neuf d'économisées.* » Formule familière : » PARDON, *comment va votre estomac ?* » Formule patriotique : « *A quel triple signe se reconnaît l'Anglais de bonne race ? à son foyer, à son chez lui, à sa Pilule.* » Formule enfantine, dialogue de *nursery* : « *Maman, je ne suis pas très-bien. — Qu'y a-t-il donc, mon bijou? — J'aurais besoin d'une petite pilule.* » Formule anecdotique et historique : « *Découverte nouvelle dans la mine des annales d'Angleterre. Lorsque les enfants d'Édouard furent étouffés dans la Tour, un fidèle serviteur rassembla tous les menus objets qu'ils laissaient derrière eux. Parmi les touchantes bagatelles que ces pauvres enfants affectionnaient le plus, il trouva une petite boîte. Et cette boîte renfermait la Pilule de l'Époque. Est-il nécessaire de dire combien cette Pilule était inférieure à celle qui lui succède maintenant, Pilule que le prince et le paysan peuvent se procurer au même titre?...* » Et cætera, et cætera. L'endroit même où se fabrique ma Pilule constitue une véritable annonce. J'ai loué un des plus grands magasins de Londres. Derrière un comptoir (visible au public, à travers une glace transparente) sont rangés vingt-quatre jeunes gens, en blancs tabliers, fabriquant la Pilule.

Derrière un autre comptoir sont rangés vingt-quatre jeunes gens, en cravate blanche, fabriquant les boîtes. Au fond du magasin se tiennent trois comptables, d'un âge mûr, qui consignent dans trois énormes registres les vastes transactions financières auxquelles la Pilule donne lieu. Sur la porte, mon nom, mon portrait, un autographe de moi, le tout dans de colossales proportions, et par manière d'ondulante exergue, la devise de l'établissement : « *A bas les médecins !* » Mistress Wragge elle-même apporte son contingent à cette prodigieuse entreprise. Elle y joue le rôle de la femme illustre que j'ai pu soustraire aux supplices dont l'affligeaient, l'une après l'autre, toutes les maladies connues ici-bas. Son portrait est gravé sur toutes les enveloppes, et au-dessous se lit l'inscription suivante : « *Avant qu'elle usât de la Pilule, vous auriez renversé d'un souffle cette malade. Et maintenant,* REGARDEZ-LA!!! » — Enfin, ma chère fille, et je ne compte pas ceci pour le moindre de ses services, c'est la Pilule qui m'a frayé un chemin jusqu'à vous. Ma mission spéciale, dans la prodigieuse entreprise que j'ai montée, consiste à parcourir en cabriolet le Royaume-Uni, constituant partout des agences. Pendant que je m'occupais de l'une d'elles, j'entendis parler d'un de mes amis, récemment débarqué en Angleterre après un long voyage sur mer. Je me procurai son adresse à Londres; il logeait dans cette maison; je vins le voir immédiatement, et la nouvelle de votre maladie m'arriva comme une tuile sur la tête..... Telle est, en abrégé, l'histoire de mes rapports avec la médecine anglaise; et de là vient que vous me voyez présentement assis dans ce fauteuil, et à vous, comme toujours, avec un inaltérable dévouement, Horatio Wragge. »

Ce fut en ces termes que le capitaine acheva son compte-rendu personnel. Plus il approchait de la conclusion, plus attentivement il regardait Madeleine. Attachait-il quelque secrète importance aux dernières paroles qu'il avait prononcées, bien que ces paroles, au premier abord, ne parussent en avoir aucune? Il en était effectivement ainsi. Sa visite à la malade avait un objet sérieux, et de cet objet, il s'était

rapproché peu à peu, par des transitions savamment ménagées.

En détaillant les circonstances dans lesquelles la position
actuelle de Madeleine lui avait été révélée, le capitaine
Wragge, servi par sa dextérité habituelle, avait effleuré la
vérité sans la dire. Le fait est qu'enhardi par l'absence de
tout scandale public relativement au mariage de Noël Vanstone et à cette mort si prompte qu'il avait apprise par les
journaux, le capitaine, qui croisait alors dans les districts de
l'Est, s'était risqué dans Aldborough, la quinzaine d'avant,
pour y établir une agence destinée à propager la vente de
sa merveilleuse Pilule. Personne ne l'avait reconnu, sauf la
maîtresse de l'hôtel, qui l'avait tourmenté pour entrer chez
elle, voulant lui donner lecture de la lettre de Kirke à son
mari. Dès le même soir, le capitaine Wragge était à Londres
et s'enfermait avec le commandant de la *Délivrance*, au
second étage de la maison meublée.

La gravité de la situation, jointe à la certitude incontes-
table que jamais Kirke ne retrouverait trace des amis de Madeleine, si d'abord il ne savait au juste qui elle était, avait
décidé le capitaine à révéler la vérité, du moins en partie.
Refusant d'entrer dans aucun détail, — pour des raisons de
famille que Madeleine serait libre de lui expliquer après son
rétablissement, si elle le jugeait convenable, — il étonna Kirke
en lui apprenant que cette femme dont il était maintenant le
protecteur unique, et qui jusqu'alors lui avait été connue
sous le nom de miss Bygrave, n'était autre que la fille cadette
d'André Vanstone. Tout naturellement, le vrai nom de Madeleine lui étant révélé, Kirke avait raconté à son tour comment son père s'était trouvé en rapports avec le jeune officier
envoyé au Canada. Le capitaine Wragge, devant un pareil
jeu du hasard, n'avait pu dissimuler sa surprise, mais s'était
bien gardé de commenter sur le moment même le récit qui
lui était ainsi fait. Quinze jours plus tard, en revanche,
lorsque le rétablissement de la malade mit le médecin en
demeure de préparer ses réponses aux questions que Madeleine allait nécessairement lui adresser, la dextérité du ca-

pitaine vint aider, comme d'ordinaire, à tourner cette difficulté, vraiment très-arduo.

« Vous ne pouvez lui dire la vérité, insinuait-il, sans lui
rendre les pénibles souvenirs du temps où elle habitait
Aldborough, souvenirs sur lesquels je ne suis pas libre de
m'expliquer. N'admettez pas, du moins pour le moment, que
lorsque M. Kirke l'a trouvée dans cette maison, il ne la connaissait que sous le nom de miss Bygrave. Dites-lui hardiment qu'il savait qui elle était, et se croyait vis-à-vis d'elle
(ce qu'elle comprendra) un droit héréditaire de protection
et de secours, comme fils d'un père qui avait rendu au sien
des services si essentiels... Je vous ai déjà dit, continua le
capitaine toujours fidèle à ses anciennes prétentions, que
j'étais un parent éloigné des ex-propriétaires de Combe-
Raven, et si vous n'avez personne autre sous la main qui
vous puisse aider à sortir d'embarras, je vous offre mon assistance dont vous pouvez user librement...... »

Personne autre, en effet, n'était disponible, et la situation
était critique. Les étrangers qui voudraient bien prendre
la responsabilité d'éclairer Madeleine pouvaient la tuer, sans
le savoir, par quelque maladroite allusion à ses épreuves
passées. Ses proches parents, s'ils arrivaient trop tôt auprès
d'elle, l'exposaient de même à quelque émotion fatale. Il
fallait donc choisir entre la crainte de l'irriter et de l'alarmer
en laissant ses questions sans réponses, ou celle que pouvait
inspirer l'intervention du capitaine Wragge. Dans l'opinion
du médecin, le second risque était le moins grave des deux;
— et c'est ainsi que le capitaine se trouvait maintenant
installé au chevet de Madeleine, tout occupé à remplir le
mandat qui lui avait été confié.

Madeleine poserait-elle la question que le capitaine
Wragge avait voulu provoquer par le bavardage plus ou
moins léger et plus ou moins plaisant dont il s'était servi
pour rompre la glace? En effet, dès qu'en se taisant il lui
eût fourni l'occasion de parler, elle lui demanda « qui était
cet ami dont il parlait, et qui, disait-il, habitait Aaron's-
Buildings.

— Vous devriez le connaître autant que je le connais, répondit le capitaine. C'est le fils d'un des anciens amis que votre père avait dans l'armée, lorsqu'il eut suivi son régiment au Canada... Çà! mon enfant, vos joues voudront bien ne pas rougir ainsi!... sans cela, voyez-vous, je décampe. »

Le moment d'après, elle lui adressa la deuxième des questions auxquelles il s'était préparé : — « Comment s'appelait-il ? »

Madeleine était surprise, mais nullement agitée. Le capitaine Wragge avait commencé par l'occuper d'un passé lointain, connu d'elle uniquement d'après quelques ouï-dire, avant de se risquer sur le terrain, bien autrement périlleux, de ce qui lui était arrivé à elle-même.

« Kirke, répliqua le capitaine. N'avez-vous jamais entendu parler de son père, le major Kirke, placé à la tête du régiment tandis qu'ils étaient au Canada?.... N'avez-vous jamais entendu dire que le major était venu au secours de votre père, dans une occurrence très-critique, comme le meilleur des camarades et le meilleur des amis?...

— Oui ; elle se rappelait vaguement d'un récit où il était question de son père, ainsi que d'un officier auquel, dans sa jeunesse, il avait été redevable de grands services... Mais sa pensée ne pouvait qu'à grand'peine remonter si loin. .... M. Kirke était-il pauvre ? »

La pénétration du capitaine Wragge, si subtile qu'elle fût, se trouva prise à court par cette question. A tout hasard, il y répondit sans déguisement : « Non, dit-il, M. Kirke n'est pas pauvre. »

Mais la question qui suivit manifesta tout entière la pensée de Madeleine. « M. Kirke n'étant pas pauvre, par quel caprice était-il venu habiter une maison pareille ?

— Je suis pris! pensa le capitaine, et je n'ai qu'une manière de me tirer de là, c'est d'administrer une autre dose de vérité... M. Kirke, continua-t-il tout haut, vous a rencontrée ici par hasard, très-malade et fort médiocrement soignée. Il fallait quelqu'un qui veillât sur vous tandis qu'il vous était encore impossible d'y veiller vous-même... Pourquoi pas

M. Kirke?... Il était le fils du vieil ami de votre père,—ce qui revient presque à être lui-même votre vieil ami. Qui donc avait plus que lui le droit de vous procurer et le médecin et la garde-malade qu'il vous fallait , — puisque je n'étais pas là, moi, pour vous guérir avec ma Pilule merveilleuse?... Doucement ! doucement !... Il ne faut pas vous cramponner avec un pareil sans-gêne à la manche de mon bel habit noir... » Il replaça sur le lit la main qu'elle avait posée sur son bras; mais cela ne pouvait suffire pour la tenir en échec. Elle voulut, à toute force, poser une autre question. « Comment l'avait connue M. Kirke?.... Jamais elle ne l'avait vu, jamais elle n'avait entendu parler de lui depuis qu'elle était au monde.

— Très-vraisemblable, dit le capitaine Wragge; mais, de ce que vous ne l'avez jamais vu, il ne s'ensuit pas rigoureusement qu'il soit, par rapport à vous, dans la même position.

— Et quand m'a-t-il vue? »

Le capitaine, sans hésiter un instant, recourut cette fois au mensonge.

« Il y a quelque temps, ma chère... Je ne saurais préciser l'époque.

— Et seulement une fois? »

Le capitaine Wragge vit tout à coup qu'il y avait lieu d'administrer une nouvelle dose de vérité. « Oui, répondit-il, une fois seulement. »

Elle réfléchit pendant quelques minutes. La question qui vint après impliquait la conception simultanée de deux idées distinctes : — aussi lui coûta-t-elle quelque effort.

« Il ne m'a vue qu'une fois, reprit-elle, et cela il y a déjà quelque temps... Comment en est-il venu, me trouvant ici, à me reconnaître?

— Ah ! dit le capitaine, vous venez de mettre le doigt sur la chose.,. Vous ne sauriez être plus étonnée que moi de l'excellente mémoire qu'il a ainsi manifestée... Et voulez-vous, ma chère, que je vous dise?... Dès que vous serez assez bien rétablie pour recevoir M. Kirke, essayez sur ses oreilles l'effet de cette petite question sournoise;—puis vous

24.

insisterez pour avoir sa réponse. » Se dérobant au dilemme avec cette adresse tout à fait caractéristique, le capitaine Wragge se leva lestement et reprit son chapeau.

« Attendez, lui disait-elle avec insistance... Je voudrais vous demander encore...

— Pas un mot de plus, interrompit le capitaine. Je vous ai donné à penser pour plus d'un jour..... Mes heures sont comptées, d'ailleurs, et mon cabriolet m'attend. Je pars pour exploiter le pays comme à l'ordinaire. Je vais cultiver le champ de l'indigestion publique avec cette charrue à trois socs, où l'Aloès fonctionne à côté de la Scammonée, et la Scammonée à côté de la Gomme-Gutte. » Déjà près de la porte, il fit halte et, se retournant : « A propos, reprit-il, j'allais oublier un message de ma pauvre femme. Si vous voulez lui permettre de venir vous revoir, mistress Wragge s'engage solennellement à ne plus égarer son soulier... Pour moi, je ne crois pas à cette promesse... Mais qu'en dites-vous ?... Consentez-vous à la recevoir ?

— Certainement, tant qu'elle voudra, dit Madeleine. Si jamais je me rétablis, la pauvre mistress Wragge ne serait-elle pas libre de venir demeurer avec moi ?...

— Sans nul doute, ma chère. Et si vous n'y voyez pas d'objection, je lui remettrai d'avance quelques milliers d'exemplaires de son portrait tiré en rouge, en bleu et en jaune, avec l'inscription que vous savez. Elle les laissera tomber de tous côtés, partout où elle ira ; au point de vue des annonces, le résultat ne saurait être qu'excellent... N'allez pas me croire un homme vénal ; — j'ai tout simplement l'intelligence du siècle où je vis. » Il s'arrêta pour la seconde fois au moment de sortir et, revenant de la porte auprès du lit : « Vous avez été remarquablement sage, dit-il à Madeleine, et vous méritez une récompense : aussi vous donnerai-je un dernier renseignement avant de partir... Avez-vous entendu, ces jours-ci, quelqu'un qui s'informait de vous à travers la porte ?... Ah bon ! je vois que je ne me trompais pas... Eh bien, ma chère, un mot à l'oreille... Ce quelqu'un-là est M. Kirke. » Cette fois il s'éloigna tout de bon, d'un pas

aussi leste que jamais, et Madeleine l'entendit qui glissait à
l'oreille de la garde-malade, avant de refermer la porte, le
prospectus du fameux remède. « Si on vous questionnait
jamais là-dessus, lui disait-il sur le ton des confidences les
plus intimes, retenez-bien le nom de Wragge, et sachez qu'on
obtient la Pilule dans des boîtes fort soignées, au prix de
treize *pence* un demi-*penny*, compris le timbre du gouverne-
ment... Je vous remets quelques exemplaires du portrait
d'une de nos malades, que vous'auriez renversée d'un souffle
avant qu'elle usât de la Pilule : or, je vous demande simplement de contempler ici ce qu'elle est devenue... Mille remerciments, et bien le bonjour! »

La porte se referma, et Madeleine se retrouva seule. Mais
cet isolement ne lui pesait plus; le capitaine Wragge venait
de laisser à ses rêves un aliment nouveau. Pendant plusieurs
heures consécutives elle se préoccupa de M. Kirke, jusqu'au
moment où, le soir venu, elle entendit de nouveau sa voix
à travers la porte entrebaillée.

« Je suis bien reconnaissante, lui dit-elle avant que la
garde-malade eût pu répondre aux questions qu'il lui adressait... bien, bien reconnaissante de toutes vos bontés pour moi.

— Faites-en sorte de vous rétablir, répondit-il affectueusement. Je serai, si vous allez mieux, plus que payé de
mes peines. »

Le lendemain matin, M. Merrick trouva Madeleine impatiente de quitter son lit et de se faire transporter sur le sofa
de la chambre donnant sur la rue. Le médecin attribua cette
fantaisie à quelque besoin de changement. « Oui, répondit-
elle, j'ai besoin de voir M. Kirke. » Il fut convenu, là-dessus,
qu'on la transporterait le lendemain ; mais le médecin refusa
positivement de permettre qu'on ajoutât à cette translation
la fatigue d'une visite quelconque, avant qu'un nouveau délai
de vingt-quatre heures fût expiré. Madeleine essaya d'une
remontrance ; — mais M. Merrick fut inflexible. Elle tâcha,
quand il fut parti, de gagner la garde-malade à sa cause par
les insinuations les plus persuasives; la garde-malade fut aussi
inflexible que l'avait été M. Merrick.

Le lendemain, ils l'enveloppèrent dans des châles et la transportèrent ainsi jusqu'au sofa, dont on avait fait pour elle une espèce de couchette. Sur la table voisine étaient disposées quelques fleurs et, à côté d'elles, le dernier numéro d'un journal à gravures. Elle demanda aussitôt qui s'était occupé de ces menus soins. La garde-malade (sans prendre garde à un regard significatif que lui jetait le médecin) répondit que c'étaient là des attentions de M. Kirke: « Il avait présumé, continua-t-elle, que les fleurs lui seraient agréables et que les *illustrations* du journal pourraient la distraire. » Sur cette réponse, le désir que la malade éprouvait de voir M. Kirke devint trop vif pour qu'il fût possible de n'en pas tenir compte. Le médecin sortit aussitôt pour l'aller chercher.

Madeleine jeta un regard empressé vers la porte qui se rouvrait. Elle n'eut pas plus tôt aperçu le capitaine, au moment où il entrait, qu'elle se demanda si cette haute taille, cette figure ouverte et hâlée lui apparaissaient pour la première fois. Mais sa faiblesse, son agitation, ne lui permettaient pas de remonter dans le passé jusqu'aux incidents de son séjour dans Aldborough. Aussi renonça-t-elle à cet effort, se bornant à regarder le nouveau venu. Il s'arrêta au pied du sofa, et lui adressa quelques bonnes paroles d'encouragement. Elle lui fit signe de se rapprocher encore, et lui tendit une main amaigrie. Il prit tendrement cette main dans la sienne et s'assit à côté de la malade. Tous deux se taisaient. Sur la physionomie du marin se révélait une sympathie douloureuse, qu'il eût bien voulu dissimuler à celle qui en était l'objet. Madeleine, elle, tenait la main de son protecteur, — et maintenant, de propos délibéré, — avec autant de persistance que le jour où il l'avait retrouvée. Après un vain effort qu'elle fit pour lui adresser la parole, ses yeux se fermèrent d'eux-mêmes, et des larmes coulèrent lentement sur ses joues pâles et flétries.

Le médecin fit signe à Kirke de suspendre tout propos et d'attendre qu'elle fût remise. Quelques forces, en effet, lui revinrent peu à peu et, regardant ce mystérieux bienfaiteur:

« Comme vous avez été bon pour moi, murmura-t-elle... et combien peu je le méritais !

— Pas un mot là-dessus, interrompit-il. Vous ne savez pas tout le bonheur que j'ai trouvé à vous être utile. »

Il y avait dans le son de sa voix quelque chose qui semblait la fortifier et lui donner courage. Elle le contemplait avec un intérêt puissant, avec une reconnaissance naïve, étrangers aux gênes artificielles qui entravent ordinairement les rapports d'un homme et d'une femme : « Avant de me retrouver ici, lui dit-elle tout à coup, où m'aviez-vous vue ? »

Kirke hésitait. M. Merrick vint à son aide.

« Je vous défends de dire à M. Kirke un seul mot qui ait trait au passé, s'écria le médecin..., et la même défense s'applique à M. Kirke..... Vous commencez, à dater d'aujourd'hui, une vie nouvelle, et je n'autorise d'autres souvenirs que ceux des cinq dernières minutes. »

Elle regarda le docteur en souriant. « Laissez-moi lui poser une seule question, disait-elle, et, se retournant du côté de Kirke : — Est-il bien vrai qu'avant votre arrivée dans cette maison vous ne m'aviez vue qu'une seule fois ?

« — Parfaitement vrai ! » Cette réponse fut accompagnée d'un changement de couleur que Madeleine découvrit à l'instant même. Aussi le regardait-elle avec plus de curiosité que jamais lorsqu'elle ajouta, malgré sa promesse, une seconde question :

« Comment, ne m'ayant vue qu'une fois, vous êtes-vous si bien souvenu de moi ? »

La main de Kirke se ferma par un tressaillement involontaire, et pour la première fois pressa celle de Madeleine. Il voulut répondre, et dès le premier mot hésita. « J'ai bonne mémoire, » dit-il enfin ; — puis, tout à coup, il détourna d'elle son regard avec un trouble que le médecin et la garde-malade ne purent s'empêcher de remarquer, tant il contrastait avec son sang-froid habituel.

Les nerfs de Madeleine avaient ressenti la pression momentanée de cette main virile, avec l'exquise susceptibilité

qui accompagne les débuts incertains de la convalescence.
Elle voyait Kirke changer de couleur, elle entendait ses paroles hésitantes, avec cette subtilité de perceptions qu'une
jeune femme possède presque toujours, et qui lui fait découvrir, deviner, pour mieux dire, certaines vérités des mieux
cachées. Au moment même où la quittait le regard de son interlocuteur, elle retira doucement la main qu'elle lui avait
abandonnée et, posant de côté sa tête sur l'oreiller : « Se
peut-il ? » pensait-elle ayant au cœur un frémissement de
douces appréhensions, et sur les joues une rougeur causée
par un trouble rempli de charmes. — « Se peut-il ? »

Le médecin avertit Kirke par un nouveau signe. Celui-ci
comprit et se leva sur-le-champ. Son visage, son attitude,
avaient repris leur calme ordinaire. Il se croyait bien sûr
d'avoir gardé son secret et, soulagé par cette conviction, il
était redevenu lui-même.

« Adieu jusqu'à demain ! dit-il en quittant la chambre.

— Adieu ! » répondit-elle doucement et sans le regarder.

M. Merrick prit le fauteuil abandonné par Kirke et posa
sa main sur le pouls de Madeleine. « Voilà justement ce que
je craignais, remarqua le docteur... Il bat de moitié trop vite. »

Mais, par un mouvement brusque, elle lui retira son poignet... « Laissez ! disait-elle se reculant... Ne me touchez pas,
je vous prie ! »

M. Merrick céda bonnement sa place à la garde-malade.
« Je reviendrai dans une demi-heure, dit-il tout bas, pour
vous aider à la remettre dans son lit. Empêchez-la de parler.
Montrez-lui les gravures de ce journal, et tâchez de la tranquilliser ainsi. »

Quand le docteur revint, la garde-malade lui apprit
qu'elle n'avait pas eu besoin de recourir au journal. Sa
cliente s'était montrée exemplaire. Elle n'avait pas manifesté
la moindre agitation et n'avait pas prononcé une seule parole.

A mesure que les jours s'écoulaient, le médecin permettait à Madeleine de rester plus longtemps hors de sa chambre
à coucher. Elle fut bientôt en état de se passer du lit qu'on
installait sur le sofa ; — puis il devint possible de l'habiller

et de la tenir, entourée de coussins, sur un grand fauteuil. Les heures qu'elle passait dans la chambre du devant, heures d'émancipation relative, étaient devenues l'incident principal de son existence quotidienne, et ces heures, elle les passait avec Kirke.

Elle prenait maintenant à lui un double intérêt : — d'abord, comme à l'homme dont la protection et les soins lui avaient conservé la raison et la vie; puis, comme à celui dont elle avait surpris le secret le plus intime et le mieux caché. Peu à peu s'établit entre eux cette familiarité facile qui semble l'apanage exclusif des amitiés de vieille date; peu à peu elle revendiqua, l'un après l'autre, tous les priviléges qu'elle se savait, et pénétra, sans qu'il s'en doutât, tous les secrets de ce caractère à part. Elle le questionnait sans merci. Avec mille délicatesses et par des transitions insensibles, elle savait tirer de lui tout ce qu'il avait à dire et de lui-même, et de l'existence qu'il avait menée jusqu'alors. Si quelqu'un s'ignorait ici-bas, c'était bien Kirke; mais, entre ses mains habiles, il devint, au bout de peu de temps, un *égoïste* consommé. Madeleine avait découvert à quel point il était fier de son vaisseau, et de cet orgueil naïf elle tirait parti sans le moindre scrupule. Elle l'avait amené à parler des rares qualités de ce navire, des tours de force que ce navire avait accomplis dans certaines circonstances critiques, comme jamais, auparavant, il n'en avait parlé à créature vivante, — vivante ailleurs que sur mer. Elle lui arracha le secret de certaines anxiétés maritimes, de certains triomphes intérieurs qu'il n'aurait pas osé confesser à son lieutenant lui-même. Elle éprouvait une satisfaction victorieuse quand elle voyait s'enflammer sa physionomie : habile à pourvoir de nouveaux aliments le feu qu'elle attisait ainsi, elle s'amusait à lui faire perdre de vue toute considération de pure étiquette, et se plaisait à le voir, entraîné par sa propre éloquence, frapper sur la petite table boiteuse de la maison meublée des coups aussi vigoureux que si sa main eût dû rencontrer la solide muraille de son vaisseau. La confusion qu'il éprouvait en s'apercevant tout à coup de

pareils oublis la comblait d'une joie secrète; et parfois elle
eût volontiers pleuré de plaisir lorsque, pénétré de remords,
il se demandait « à quoi diable il avait pensé. »

D'autres fois elle lui faisait perdre de vue les plaisirs de
sa profession, et l'amenait à parler de ce dur métier, — des
périls encourus pour l'amour de cette jalouse maîtresse appelée la mer, qui avait absorbé une si forte part de son existence, l'empêchant de pratiquer et de connaître tout ce qui
n'était pas elle. A deux reprises il avait fait naufrage. En
mainte et mainte circonstance il s'était vu menacé de mort,
lui et tous ses compagnons, et n'avait échappé que par miracle. C'était toujours à regret qu'il s'engageait dans de tels
récits et revenait sur ses lointains désastres : il fallait le
tenter adroitement, semer la conversation de petits pièges
pour lui faire raconter les épouvantements du vaste abîme.
Quand Madeleine y était parvenue, elle lui prêtait une oreille
avide et l'écoutait, pouvant à peine respirer, tandis que ses
effrayants récits, — rendus plus frappants encore par le
simple langage du narrateur, — tombaient l'un après l'autre
de ses lèvres. Cet héroïsme qui s'ignorait si noblement, la
modestie naïve qu'il mettait à raconter ses actes de patience
indomptable et de courageuse abnégation restés pour lui
tout simplement autant de devoirs accomplis, autant de
consignes exécutées, l'élevaient dans l'estime de Madeleine à
de telles hauteurs et le plaçaient si fort au-dessus d'elle, qu'elle
éprouvait une sorte d'impatience et de gêne tant qu'elle
n'avait pu renverser l'idole dont elle-même avait dressé le
piédestal. C'était en de semblables occasions qu'elle exigeait
de lui avec le plus de rigueur toutes ces petites attentions
familières auxquelles les femmes attachent tant de prix dans
leurs rapports avec l'autre sexe. « Cette main, se disait-elle,
prenant un plaisir exquis à suivre son idée pendant qu'il
s'empressait autour d'elle, — cette main qui arrachait naguère à la mort des êtres engloutis sous les flots, c'est la
même qui dispose autour de moi mes oreillers, et si doucement, que je sais à peine s'ils remuent. Cette main qui a
saisi des hommes enivrés de révolte et les a courbés de vive

force sous le joug de la discipline, — c'est la même qui mélange ma limonade et me prépare une orange avec plus de soins et d'adresse que je ne le ferais moi-même... Oh! si j'étais homme, que je voudrais ressembler à celui-ci! »

Jamais, en sa présence, elle ne donnait d'essor à des pensées de ce genre. C'était seulement lorsque la nuit les avait séparés qu'elle se hasardait à méditer sur ce dévouement, cette abnégation dont la clémence du ciel avait fait les instruments de son salut. Kirke ne savait guère à quel point elle s'occupait de lui pendant ces heures paisibles qu'elle passait toute seule dans sa chambre avant de se livrer au sommeil. Il ne soupçonnait ni l'influence qu'il avait acquise sur elle, ni ce souffle nouveau dont il animait cette vie renouvelée, en qui le sentiment de la résurrection semblait développer des facultés jusque-là inconnues. « Elle n'a personne que moi pour la distraire, la pauvre enfant! » pensait-il quelquefois avec tristesse, assis tout seul dans sa petite chambre du second. « N'importe: si un pauvre diable comme moi peut l'aider à tromper ses ennuis jusqu'à l'arrivée de ses protecteurs naturels, c'est de bien bon cœur que je mets à sa disposition toutes mes chroniques du gaillard d'arrière. »

Maintenant, chaque fois qu'il demeurait seul, l'abattement, l'inquiétude, s'emparaient de lui. Peu à peu il prit l'habitude de se promener tout seul, à pied, la nuit, pendant de longues heures, alors que Madeleine le croyait endormi à l'étage supérieur. Il lui arriva, une fois, de sortir le jour, à l'improviste, — et pour affaires, à ce qu'il disait. La veille au soir, la conversation établie entre Madeleine et lui avait amené la jeune malade à lui faire connaître son âge : « Elle vient d'avoir vingt ans, pensait-il. De quarante et un, retrancher vingt... La soustraction est facile, et c'est une de ces opérations comme doit les aimer mon petit neveu. » Il se rendit aux Docks, et jetant un regard amer sur les bâtiments pressés dans leur enceinte: « Il ne faut pas, disait-il, que j'oublie comment un navire est fait. Il ne se passera pas longtemps avant que je revienne à mon vieux métier. » En quittant les

Docks, il alla rendre visite à un de ses confrères de la marine marchande, — un chef de famille. Dans le cours de la
conversation, il lui arriva de demander à son ami quelle dif-
férence d'âge existait entre lui et sa femme. Le mari n'avait
que six ans de plus. « Je présume que cela suffit, dit Kirke.
— Oui, répondit son ami, c'est tout ce qu'il faut... Est-ce
que vous penseriez enfin à prendre femme ?... Choisissez-la
faite et parfaite, dans les trente-quatre à trente-cinq ans ;
— si je sais calculer, Kirke, c'est là le chiffre qui vous convient... »

Le temps s'écoulait doux et rapide, — ce temps où elle se
rétablissait si bien, — ce temps dont il commençait à se méfier déjà.

M. Merrick surprit un jour le capitaine Kirke, en venant
le relancer de fort bonne heure dans sa petite chambre, au
second étage.

« Je suis arrivé hier à cette conclusion, dit le docteur entrant brusquement en matière, que notre malade était assez
forte pour que nous puissions, sans trop risquer, entrer en communication avec ses amis : en conséquence, j'ai suivi le fil conducteur que cet original, le capitaine Wragge, mit naguère dans
nos mains. Il nous avait conseillé, vous vous le rappelez, de nous
adresser à un M. Pendril, avocat : j'ai vu M. Pendril, il y a deux
jours, et il m'a renvoyé, — sans trop de bon vouloir, j'ai lieu
de le penser, — à une vieille demoiselle nommée miss Garth.
Les renseignements que j'ai obtenus d'elle m'ont prouvé que
nous avions agi très-sagement en suivant la marche que nous
nous sommes tracée. C'est une histoire profondément triste,
— et je puis dire, quant à moi, que j'admets en faveur de
notre pauvre malade une foule de circonstances atténuantes.
L'unique parente qu'elle ait au monde est sa sœur aînée. J'ai
conseillé que cette sœur commençât par lui écrire, — et ensuite, si la lettre n'avait pas fait de mal, qu'elle se présentât
en personne d'ici à deux jours... Je n'ai pas voulu donner
d'adresse, afin de nous prémunir contre toute visite qu'on
ferait ici sans ma permission. Je me suis seulement chargé
de faire parvenir la lettre ; et à mon retour chez moi, je vais

fort probablement l'y trouver. Pouvez-vous l'attendre ici ?...
je vais l'envoyer par mon domestique... Quant à l'apporter
moi-même, c'est tout à fait impossible. Vous vous bornerez à
guetter un moment où notre malade ne soit pas dans la
chambre du devant, et à y déposer la lettre, assez en évidence pour qu'elle ne puisse manquer de l'apercevoir à sa
rentrée. Avant qu'elle ait rompu le cachet, l'écriture de
l'adresse lui aura tout révélé. Ne lui en ouvrez pas la bouche !
— prenez soin que la maîtresse du logis soit à portée de
voix, — et laissez notre malade à elle-même !... Je sais que je
puis me fier à vous pour suivre mes instructions de point en
point ; c'est pourquoi je vous demande de nous rendre ce
service... Mais qu'avez-vous donc ? Vous semblez un peu
abattu, ce matin... Rien de plus naturel, après tout... Vous
êtes habitué, capitaine, aux brises marines, et vous commencez à dépérir dans cette atmosphère close ?

— Puis-je, docteur, vous faire une question ? Dans cette
atmosphère close, ne dépérit-elle pas, elle aussi ? Et quand sa
sœur viendra, sa sœur ne va-t-elle pas l'emmener ?

— Bien certainement... du moins, si on me demande
conseil. D'ici à huit jours, peut-être plus tôt, on pourra la
transporter... Bien le bonjour !... Vous êtes certainement
très-abattu, et votre main annonce la fièvre... Vous avez besoin d'eau salée, capitaine, — c'est faute d'eau salée que
vous languissez ainsi ! » Et quand il eut exprimé cette opinion
judicieuse, le médecin s'en alla gaiement.

Une heure après, la lettre arriva. Kirke, sans y jeter les
yeux, la prit comme à regret des mains de l'hôtesse, avec
une sorte de brusquerie. S'étant assuré que Madeleine était
encore à sa toilette, et après avoir expliqué à la maîtresse
du logis qu'elle devait se tenir prête à répondre au premier appel, il descendit aussitôt et alla poser la lettre sur la
table de la chambre où la malade et lui avaient l'habitude de
se réunir.

Madeleine entendit sur le palier le bruit de ce pas qu'elle
connaissait si bien. « Je serai bientôt prête, » lui cria-t-elle
à travers la porte.

Sans rien répondre, il prit son chapeau et sortit. Après un moment d'hésitation, il tourna du côté de l'est, et alla voir, dans leurs bureaux de Cornhill, les armateurs qui l'employaient ordinairement.

III.

Le premier regard que Madeleine jeta autour de la chambre vide lui fit apercevoir la lettre posée sur la table. Ainsi que le docteur l'avait prédit, la simple lecture de l'adresse fut pour elle toute une révélation.

Pas un mot ne sortit de ses lèvres. Elle demeurait assise à côté de la table, pâle et silencieuse, la lettre sur ses genoux. Par deux fois elle essaya de l'ouvrir, par deux fois elle la laissa retomber. Ce n'était pas seulement les souvenirs du passé qui la préoccupaient à la vue de ces caractères tracés par sa sœur; — il s'y joignait maintenant une crainte qui avait Kirke pour objet. « Ma vie passée! se disait-elle... Que va-t-il penser de moi quand il connaîtra ma vie passée? »

Un nouvel effort lui permit enfin de décacheter l'épaisse missive. De l'enveloppe tomba une seconde lettre à elle adressée, et dont la suscription était d'une main qu'elle ne sut pas reconnaître. Elle mit à part cette seconde lettre et lut les lignes tracées par Norah.

Ventnor, île de Wight, 24 août.

« Ma bien chère Madeleine,

« Lorsque cette lettre vous parviendra, tâchez de vous persuader que nous sommes séparées depuis hier seulement. Chassez de votre esprit (ainsi que je l'ai fait moi-même) tous les souvenirs d'un passé douloureux.

« Il m'est strictement interdit de vous agiter, de vous fatiguer par une trop longue lettre. M'est-il permis cependant de vous dire que je suis la plus heureuse femme de ce bas-monde? J'aime à le croire, car il me serait bien difficile de garder ce secret pour moi toute seule.

« Préparez-vous, ma chère enfant, à la plus grande surprise qu'il m'ait jamais été donné de vous causer. Votre sœur est mariée. Il y a aujourd'hui huit jours, et pas davantage, que j'ai abdiqué le nom de ma famille; je suis, depuis une semaine, l'heureuse femme de George Bartram, de Saint-Crux.

« Il y a eu d'abord quelques obstacles à notre mariage. Certains d'entre eux, j'en ai bien peur, venaient de moi. Mon mari, par bonheur, avait deviné dès le début toute la tendresse qu'en réalité j'avais pour lui; et après que j'eus laissé perdre, par ma faute, une première occasion de lui avouer à quel point je l'aimais, il voulut bien m'offrir une seconde chance, dont cette fois j'eus la sagesse de profiter. Ce mariage doit vous intéresser d'autant plus, sœur chérie, que vous en êtes un peu la cause. Si je n'étais pas allée du côté d'Aldborough chercher vos traces perdues, — si George n'y avait pas été amené à la même époque par des circonstances auxquelles vous étiez mêlée, — nous ne nous serions jamais rencontrés, mon mari et moi. Lorsque nous remontons aux premières impressions que nous ayons reçues l'un de l'autre, vous êtes inséparable de ces doux souvenirs.

« J'ai à tenir l'engagement que j'ai pris de ne pas vous fatiguer; il faut donc (et bien à regret) que j'abrége cette lettre. Patience! patience! je vous reverrai bientôt. Nous allons, George et moi, partir pour Londres, d'où nous comptons vous ramener à Ventnor. Notez bien que ceci est une invitation de mon mari aussi bien que de moi. Ne croyez pas, Madeleine, que j'aie voulu l'accepter avant de lui avoir appris à penser de vous ce que j'en pense moi-même, à souhaiter ce que je souhaite, à espérer ce que j'espère. J'aurais beaucoup à vous dire là-dessus et beaucoup à vous parler de George, si je pouvais donner libre carrière à mes pensées et à ma plume. Mais je dois laisser à miss Garth (sur sa demande très-expresse) un blanc à remplir dans la dernière page de cette lettre. Je ne puis donc qu'ajouter un mot avant de vous dire adieu ; ce mot vous préviendra que je vous tiens en réserve, pour notre prochaine rencontre, une surprise de plus. N'essayez pas de deviner ce qu'elle peut être. Votre travail de conjectures pourrait durer des siècles sans vous mettre beaucoup plus près de la vérité que vous n'y êtes maintenant.

« Votre sœur bien affectionnée,

« Norah BARTRAM. »

(Ajouté par miss Garth.)

. « Ma chère enfant,

« Si jamais j'avais pu perdre le souvenir de la tendresse que je vous ai vouée, je le retrouverais dans mon cœur en apprenant, comme aujourd'hui, qu'il a plu au Seigneur de vous arrêter sur le seuil de la tombe pour vous ramener dans nos bras. J'ajoute ces lignes à la lettre de votre sœur, n'étant pas bien sûre que vous soyez en état, au point où elle le pense, d'accepter son affectueuse proposition. Dans tout ce qu'elle vous dit d'elle ou de son mari, pas un mot à retrancher. Mais vous ne connaissez pas M. Bartram, et si vous pensez que votre rétablissement se fasse pour vous d'une manière plus agréable et plus commode sous l'aile de votre ancienne institutrice que sous la protection de votre nouveau beau-frère, venez à moi tout d'abord, et sachez bien que je me charge de faire accepter à Norah cette modification aux plans qu'elle a conçus. Je me suis assurée le bail à volonté d'un petit cottage de Shanklin, — assez près de votre sœur pour que vous puissiez vous voir aussi fréquemment que vous voudrez, mais en même temps assez éloigné pour vous assurer, quand vous en aurez besoin, les priviléges de la solitude. Faites-moi passer un mot, d'ici à notre prochaine entrevue, pour me faire connaître votre acceptation ou votre refus, — et j'écrirai à Shanklin par la poste du même jour.

« Toujours tendrement à vous,

« Harriet GARTH. »

La lettre tomba des mains de Madeleine. Des pensées qui jamais ne s'étaient fait jour dans son intelligence l'occupaient maintenant tout entière.

Norah, qui n'avait opposé à une infortune imméritée que le courage de la résignation, — Norah, qui avait patiemment accepté un lot difficile, et qui, du premier jour au dernier, n'avait prémédité aucune vengeance, ne s'était avilie par aucune déception, — Norah était arrivée au but que toute l'adresse, toute l'obstination, toute l'audace de sa sœur, n'avaient pu faire atteindre à celle-ci. Ouvertement, honorablement, en vertu d'un amour réciproque, Norah était devenue la femme de celui à qui étaient échus les capitaux représentant la propriété de Combe-Raven, — et c'était l'intrigue même ourdie par Madeleine pour recouvrer cette fortune qui avait amené l'incident devenu la cause première de leur hymen.

Avec la première notion de cette étourdissante découverte, les luttes anciennes recommencèrent en elle. Le Bien et le Mal se la disputèrent encore une fois, — mais avec un surcroît de force tant d'un côté que de l'autre, avec ce nouveau souffle qui se mêlait aux aspirations de sa vie renouvelée, avec ces sentiments élevés que lui inspirait sa reconnaissance, toujours croissante, pour l'homme qui l'avait sauvée; — ceux-ci militant en faveur de ses bons instincts. Toutes les hautes tendances de sa nature, celles-là mêmes qui ne lui avaient jamais permis de faillir impunément, — celles qui l'avaient torturée, avant et après son mariage, par des remords que ne saurait éprouver une femme foncièrement mauvaise, foncièrement dépourvue de cœur, — tous les éléments nobles de son caractère groupèrent leurs forces pour le combat final, et lui firent accepter, sans indignes répugnances, la lumière vengeresse qui éclatait à ses yeux. Des cendres de ses passions mortes, de la tombe où ses espérances étaient enfouies, la vérité se dégageait de plus en plus nette, jetant autour d'elle les rayons immortels qui lui ont été providentiellement départis. Lorsqu'elle jeta un nouveau regard sur la lettre, — lorsqu'elle relut ces mots d'où

Il résultait que la victoire de sa sœur et non la sienne leur
avait rendu la fortune jadis perdue, — elle avait déjà vic-
torieusement foulé aux pieds toutes les mesquines jalousies,
tous les vils regrets; et c'était du fond de son cœur, en toute
sincérité, sans réserve aucune, qu'elle prononça ces mots :
« Norah l'a bien mérité ! »

La journée s'écoula. Elle demeurait absorbée dans ses
pensées, ne songeant plus à la seconde lettre qu'elle n'avait
pas encore ouverte, au moment où Kirke revint de sa longue
course.

Il s'arrêta sur le palier, et entr'ouvrant la porte, seulement de quelques pouces, demanda, sans entrer, si Madeleine
avait besoin de quelque chose qu'il lui pût envoyer. Elle le
pria de venir auprès d'elle, et s'étonna, tant son visage exprimait la tristesse et la fatigue, de le trouver plus vieux
qu'il ne lui avait jamais paru. « Est-ce vous, lui demanda-t-elle, qui avez déposé sur la table cette lettre à mon
adresse ?

— Oui... Je l'y ai mise à la prière du docteur.

— Et il vous aura dit, je pense, que ma sœur l'a écrite ?...
Elle doit venir me voir, en compagnie de miss Garth. Toutes
deux vous remercieront mieux que je ne saurais le faire des
bontés dont vous m'avez comblée.

— Je n'ai aucun droit à leurs remerciments, répondit-il
avec une sorte de sévérité. Ce que j'ai fait a été pour vous, non
pour elles... » Il cessa de parler et la regarda. Par ce regard
il se serait trahi, et lorsqu'il reprit la parole, sa voix l'aurait
trahi mieux encore, si Madeleine n'eût pas déjà deviné la vérité. « Lorsque vos amis viendront, recommença-t-il, ce sera,
je présume, pour vous emmener dans quelque résidence
meilleure que celle-ci ?

— Ils ne peuvent en choisir aucune, répondit-elle avec
douceur, où je trouve des pensées meilleures que celles de
l'endroit où j'ai vécu sous votre protection... Ils ne sauraient
me placer auprès d'un ami plus cher que celui à qui j'ai dû
la vie... »

Il se fit entre eux un moment de silence.

« Nous avons été très-heureux ici, continua-t-il de plus en plus bas... Puis-je espérer que vous ne m'oublierez pas quand nous nous serons dit adieu ? »

Elle pâlit au moment où ces paroles franchirent les lèvres de Kirke ; puis, quittant son fauteuil, elle s'agenouilla près de la table de manière à le regarder droit au visage, et le contraignit ainsi à la regarder de même :

« De quoi parlez-vous là ? lui demanda-t-elle... Nous n'allons pas nous dire adieu, — du moins pas encore ?

— Je croyais... commença-t-il.

— Eh bien ?

— Je croyais que vos amis allaient venir... »

Elle l'interrompit avec une ferveur passionnée. « Croyez-vous donc, lui dit-elle, que je m'en irais d'ici avec qui que ce soit, — même avec les plus chers parents que j'aie au monde, — et que je vous y laisserais sans m'informer, sans m'inquiéter de l'époque où nous pourrons nous revoir ?... Oh ! vous ne croyez pas cela de moi s'écria-t-elle avec des larmes dans les yeux... J'en suis sûre, vous ne croyez pas cela de moi !

— Non, dit-il ; je n'ai jamais eu, je n'aurai jamais, en ce qui vous concerne, une pensée qui vous fasse tort ou qui vous rabaisse à mes yeux. »

Avant qu'il pût ajouter un seul mot, elle s'éloigna de la table aussi soudainement qu'elle s'en était rapprochée, et retourna s'asseoir dans son fauteuil. Il lui avait répondu, sans le savoir, de manière à lui remettre en mémoire la dure nécessité qui restait à subir, — la nécessité de lui révéler ce passé ténébreux qu'il ne connaissait pas encore. Quant à le lui dissimuler, elle n'y songea même pas. « M'aimera-t-il encore, lorsqu'il saura tout, comme il m'aime maintenant ? » Telle était son unique pensée au moment où elle luttait contre la répugnance qui l'avait empêchée jusque-là d'aborder ce sujet devant lui.

« Laissons mes sentiments hors de question, lui dit-elle... J'ai une autre raison de ne pas m'éloigner avant d'être assurée que je vous reverrai. Vous avez droit, — et le meilleur

25.

droit qu'on puisse revendiquer, — à savoir comment je suis arrivée ici à l'insu de mes amis, et comment il se fait que vous m'ayez trouvée aux prises avec une telle déchéance.

— Je ne revendique aucune espèce de droit, dit-il précipitamment... Je ne veux rien savoir de ce qui peut vous coûter à dire.

— Vous avez toujours fait votre devoir, répliqua-t-elle avec un faible sourire... Souffrez, si cela se peut, que je suive votre exemple et que j'essaie de faire le mien.

— Je suis assez vieux pour être votre père, dit-il à son tour, non sans amertume... L'accomplissement du devoir est plus facile à mon âge qu'il ne l'est au vôtre. »

Son âge était pour lui une préoccupation si constante, qu'il l'en croyait également préoccupée. Or, elle n'y avait jamais pensé. L'allusion qu'il venait d'y faire ne l'écarta pas un moment du sujet qu'elle voulait traiter avec lui.

« Vous ne savez pas quel prix j'attache à votre bonne opinion de moi, reprit-elle avec un effort énergique pour ranimer son courage défaillant... Comment me sentir digne de vos bontés, comment me croire des droits à votre estime, tant que je ne vous aurai pas ouvert mon cœur!... Ne m'encouragez pas en cette malheureuse faiblesse qui me retient!... Aidez-moi, au contraire, à vous dire la vérité; — forcez-moi, s'il le faut, à vous la dire; et cela dans mon intérêt, si ce n'est dans le vôtre! »

Il fut profondément ému par la fervente sincérité de l'appel qui lui était ainsi fait.

« Soit, reprit-il : vous la direz, cette vérité... C'est vous qui avez raison, — et c'est moi qui avais tort... » Il s'arrêta un instant, ces paroles prononcées : —

« Ne vous serait-il pas plus facile, demanda-t-il ensuite obéissant à un sentiment de délicatesse, d'écrire de tels aveux que de les faire de vive voix ? »

Elle s'empara aussitôt de cette idée. « Bien plus facile, répondit-elle... La plume à la main, je suis sûre de moi, je suis certaine de ne vous rien celer... Mais vous, en revanche, ne m'écrivez pas!... ajouta-t-elle tout à coup, comprenant, avec ce prompt instinct de pénétration qui ne manque jamais à une femme, le danger d'abdiquer absolument l'influence personnelle qu'elle exerçait sur lui... Attendez notre prochaine entrevue, et vous me direz alors, vous me direz vous-même ce que vous pensez de moi.

— Où vous le dirai-je?

— Ici, répondit-elle avec énergie... Ici même où vous m'avez trouvée dans un complet abandon; ici même où vous m'avez rendue à la vie et où j'ai appris à vous connaître. Ce que vous auriez de plus pénible à me dire, je puis le supporter, à condition de l'entendre dans la chambre même où nous sommes. Il est impossible qu'on m'emmène pour plus d'un mois; un mois suffira, et de reste. Si je reviens... » Elle s'arrêta, un peu troublée. « Mais, reprit-elle, je pense à moi lorsque je devrais ne m'occuper que de vous. Vous avez vos occupations... vos amis. Voulez-vous décider ce qui doit se faire? Voulez-vous régler notre prochaine rencontre?

— Tout se fera selon vos désirs. Si vous revenez dans un mois, vous me trouverez ici.

— Ne résultera-t-il de cet arrangement aucun sacrifice de vos projets, de votre bien-être?

— Il n'en résultera rien, répondit-il, qu'une course du côté de la Cité... » Il se leva et prit son chapeau... « Il faut que je parte tout de suite, ajouta-t-il, si je veux arriver à temps...

— C'est donc un engagement pris? dit-elle... Et elle lui tendit la main.

— Oui, répondit-il avec un peu de tristesse; c'est un double engagement. »

Si léger qu'il fût, le nuage de mélancolie qui obscurcissait son visage causa une vive peine à la jeune malade. Oubliant tous ses autres soucis devant celui qu'elle avait à consoler, elle pressa doucement la main qu'il lui avait donnée. « Si *ceci* ne lui révèle pas la vérité, pensait-elle, il faut désespérer de la lui faire entendre. »

La vérité ne lui fut cependant pas révélée, — mais ce geste expressif le contraignit à s'adresser une question de-

vant laquelle il avait toujours reculé jusqu'alors... « Est-ce
sa reconnaissance ou bien son amour qui me parle ainsi? se
demandait-il étonné... Que ne suis-je plus jeune! j'oserais
presque espérer... » Mais cette terrible opération d'arithmétique qui s'était imposée à lui le jour où Madeleine lui avait
dit son âge revint l'inquiéter de nouveau, dès qu'il fut sorti
de la maison. De temps en temps, pendant qu'il se rendait aux
bureaux de ses armateurs, il retranchait *vingt* de *quarante
et un* sans que le résultat obtenu pût jamais le satisfaire.

Madeleine, quand elle se retrouva seule, approcha de la
table pour tracer le mot de réponse que lui avait demandé
miss Garth, et accepter avec reconnaissance la proposition
qui lui était adressée.

Au moment où elle changeait de place, le premier objet
sur lequel ses yeux se fixèrent fut la seconde lettre, d'abord
mise de côté, puis complétement oubliée. Elle l'ouvrit immédiatement, et ne reconnaissant pas l'écriture, regarda de qui
elle était signée. Sa surprise fut grande lorsqu'elle constata
que son correspondant inconnu n'était rien moins que le
vieux M. Clare, le père de Frank!

La lettre du philosophe, dépourvue de toutes les formules
ordinaires, entamait, sans aucune espèce de préface et dans
les termes les moins ménagés, le sujet qu'il s'était proposé
de traiter :

« J'ai encore des nouvelles à vous donner de ce méprisable roquet que je suis forcé d'appeler mon fils. Les voici
en aussi peu de mots que possible.

« Je vous ai toujours dit, vous vous le rappelez peut-être,
que Frank est un vaurien, lâche et sans énergie. C'est dans
ce rôle que nous allons le retrouver immédiatement après
son évasion de chez les patrons qu'il avait en Chine. Où
croyez-vous, effectivement, qu'il se montre alors pour la première fois? Derrière deux barils de farine à l'abri desquels
il s'était dissimulé, à bord d'un bâtiment anglais frété pour
revenir de Hong-Kong à Londres.

« Le navire s'appelait la *Délivrance*, et il était sous les ordres d'un certain capitaine Kirke. Au lieu d'agir en homme de bon sens et de jeter Frank par dessus bord, le capitaine Kirke fut assez simple pour prêter l'oreille à ses récits. Vous pensez bien que mon drôle tira de ses malheurs tout le parti possible : — il était à moitié mort de faim, perdu dans un pays étranger, sans un ami pour lui prêter assistance, et ne voyant d'autre moyen de se rapatrier que de se glisser furtivement dans la cale de quelque navire anglais, il avait pris ce parti, à Hong-Hong, deux jours auparavant..... Telle fut en résumé son histoire. N'importe quel autre vaurien, dans la situation de Frank, eût été rossé à coups de corde par n'importe quel autre capitaine. Mais comme il ne méritait aucune pitié, mon Frank, tout naturellement, fut accueilli le mieux du monde, et sans la moindre hésitation. Le capitaine lui tendit la main, l'équipage s'apitoya, les passagers s'intéressèrent à lui ; tous se cotisèrent pour le nourrir, l'habiller, défrayer, en un mot, son retour. — C'est assez de chance comme cela, direz-vous. — Pas le moins du monde. Jamais mon méprisable fils n'épuisera les faveurs de la destinée.

« Le navire fit escale au cap de Bonne-Espérance. Là, tout aussi simple qu'à l'ordinaire, le capitaine Kirke prit à bord, en qualité de passagère, une femme, — et nullement jeune, tout au contraire, — la veuve plus que mûre d'un riche colon. Ai-je besoin de dire qu'elle prit aussitôt le plus vif intérêt à Frank et à ses malheurs? Ai-je besoin de vous raconter ce qui s'ensuivit? Revenez sur toute la carrière de mon fils, et vous verrez que ce qui s'ensuivit est parfaitement d'accord avec ce qui avait précédé. Il ne méritait pas l'intérêt que votre père lui témoigna, — mais il l'avait obtenu. Il ne méritait pas votre affection, — mais il l'avait obtenue. Il ne méritait pas la meilleure place dans une des meilleures maisons de Londres ; il ne méritait pas les chances excellentes que lui offrait son admission dans un des meilleurs établissements de commerce qu'il y ait en Chine; il ne méritait pas ce passage gratuit, ni d'être nourri, habillé, choyé comme il le fut, — mais il n'en a pas moins obtenu toutes ces choses. Enfin, et ce n'est pas le moins beau, il ne méritait même pas

d'épouser une femme assez vieille pour être sa grand'mère ;
il ne l'en a pas moins épousée. Il n'y a pas cinq minutes que
j'ai balayé ses « cartes de faire part » dans le panier aux ordures et jeté au feu la lettre qui les accompagnait. Le dernier
renseignement que m'apporte cette lettre, c'est que maître
Frank et son épouse cherchent une habitation et un domaine
qui puissent leur convenir. Or (notez bien ce que je vais vous
dire !) Frank aura un des plus beaux domaines d'Angleterre ;
un siége à la Chambre des Communes sera sans doute l'ap-
pendice naturel de cette magnifique propriété : d'où suit que
parmi les législateurs de ce pays conduit par des ânes j'aurai le plaisir de voir figurer — MON BÉLITRE !

« Si vous avez le bon sens que je vous ai toujours reconnu,
il y a longtemps que la véritable valeur de Frank vous a été
révélée, et les nouvelles que je vous transmets ne feront que
vous confirmer dans le mépris qu'il vous inspire. J'aurais voulu
que votre pauvre père eût vécu tout au moins jusqu'à ce jour !
Si fréquemment que j'aie regretté les causeries de cet excellent voisin, je ne crois pas avoir jamais déploré sa perte
comme je la déplorais ce matin, lorsque la lettre de Frank et
ses cartes de faire part ont été remises dans mes mains.

« Votre ami, si jamais il vous en fallait un,

« Francis CLARE, senr. »

Sauf un léger trouble, produit par l'apparition du nom
de Kirke dans le singulier récit de M. Clare, Madeleine lut la
lettre sans sourciller, d'un bout à l'autre. Le temps était
bien loin où cette lettre eût pu lui causer une impression pénible ; les écailles, depuis plus d'un jour, étaient tombées de
ses yeux. M. Clare lui-même aurait été content, s'il eût pu
voir le tranquille mépris qu'exprimait son visage au moment
où elle mettait sa lettre de côté. Le seul souci que cette
lettre lui donnât avait Kirke pour objet. Le ton d'indifférence sur lequel il avait parlé devant elle des passagers embarqués avec lui pendant son dernier voyage, et cela sans
nommer aucun d'eux, lui prouvait que Frank avait dû garder le silence sur le mutuel engagement qui naguère les liait

l'un à l'autre. Il lui restait donc toujours à faire ce pénible aveu des illusions évanouies, — comme partie intégrante des révélations qu'elle avait promises, et qui n'admettaient aucune réserve.

Elle écrivit à miss Garth et fit immédiatement porter la lettre à la poste.

La réplique arriva dès le lendemain matin. Miss Garth avait écrit pour retenir le cottage de Shanklin, et M. Merrick avait consenti à ce que Madeleine y fût transférée dès le lendemain. Norah voulait être la première à voir sa sœur, et miss Garth la suivrait de près, avec une bonne voiture, pour conduire la malade jusqu'à la station. Tous les arrangements nécessaires étaient prévus; Madeleine n'aurait très-exactement qu'à se laisser emporter. Elle éprouvait, en lisant ce billet, un sentiment de reconnaissance; — mais ses pensées prirent bientôt un autre cours et suivirent Kirke, cheminant alors vers la Cité. Quelle affaire pouvait l'y appeler de si bonne heure? Et comment se faisait-il que la promesse échangée entre eux pût l'obliger à y retourner deux fois dans la journée?

Était-ce par hasard une affaire ayant rapport à son métier? Ses patrons le pressaient-ils de retourner à leur navire?...

IV.

C'en était fait de la première agitation que les deux sœurs avaient éprouvée en se retrouvant; la vivacité de leurs premières impressions, mélangées de plaisir et de peine, était quelque peu atténuée; — Norah et Madeleine, assises l'une à côté de l'autre, se tenaient par la main, chacune absorbée dans la plénitude de sa joie silencieuse.

Madeleine fut la première à parler.

« Vous aviez une chose à me dire, Norah?

— J'en ai mille, ma chérie, et vous dix mille à me raconter... Mais vous parlez sans doute de cette seconde surprise que ma lettre vous annonçait?

— Précisément... Je suppose qu'elle doit me toucher de fort près... sans cela vous n'eussiez pas songé à la mentionner dans votre première lettre?

— Elle vous touche, en effet, de très près... Vous avez sans doute entendu parler du château que possède George dans le comté d'Essex? Le nom de Saint-Crux, à tout le moins, doit vous être familier?... Y a t-il là de quoi tressaillir, ma chère?... Je crains bien que vous ne soyez pas encore de force à supporter des surprises nouvelles?

— Les forces ne me manquent point, Norah... J'ai, moi aussi, à vous parler de Saint-Crux,... et, de mon côté, je vous garde une surprise.

— Voulez-vous me conter cela maintenant?

— Non, pas à présent... Vous l'apprendrez quand nous serons sur le bord de la mer, — vous l'apprendrez avant que je n'accepte cette cordiale invitation qui m'ouvre le château de votre mari.

— Qu'est-ce que cela peut être?... Pourquoi ne pas me l'expliquer tout de suite?

— Autrefois, Norah, vous me donniez souvent l'exemple de la patience; — ne me le donnerez-vous pas aujourd'hui?

— Ah! de tout mon cœur, si vous y tenez.,. Et maintenant, faut-il revenir à mon histoire? Oui?... Eh bien! reprenons-la sans plus tarder... Je vous disais donc que Saint-Crux est le château qu'habite George dans le comté d'Essex, le château que son oncle lui a légué. Sachant que miss Garth désirait voir cette résidence, il avait laissé ordre (lorsqu'il partit pour l'étranger, après la mort de l'amiral) de l'y admettre avec les amis dont elle pourrait être accompagnée, dans le cas où pendant qu'il serait absent elle viendrait parcourir les environs. Miss Garth et moi, ainsi qu'un certain nombre des amis de M. Tyrrel, nous nous trouvâmes, peu après le départ de George, dans le voisinage de Saint-Crux. Nous avions tous té invités à voir lancer le nouveau yacht de M. Tyrrel, dans

les chantiers du constructeur, à Wivenhoe, comté d'Essex.
L'opération terminée, le reste de la société s'en retourna
dîner à Colchester, tandis que miss Garth et moi nous
trouvions moyen de nous installer dans la même voiture,
sans avoir personne avec nous, si ce n'est mes deux petites
élèves. Le cocher reçut ses ordres et nous fit faire un détour
qui nous menait à Saint-Crux. Les portes s'ouvrirent dès que
miss Garth se fut nommée, et on nous promena successivement dans toutes les parties du château. Je ne sais vraiment
trop comment vous le décrire; c'est le plus bizarre endroit
où jamais je me sois trouvée...

— Passez la description, Norah !... mieux vaut continuer
votre histoire.

— Comme vous voudrez. Mon histoire va me conduire
tout droit dans une des pièces de Saint-Crux, — galerie
presque aussi longue que votre rue, et si triste d'aspect, si
mal tenue, si terriblement glaciale, que son seul souvenir me
fait frissonner. Miss Garth ne demandait qu'à la quitter le
plus tôt possible et j'étais tout à fait de son avis. Mais la
femme de charge refusa de nous laisser partir avant que
nous eussions jeté un coup d'œil sur un meuble singulier,
l'unique décoration de cette immense pièce. Elle l'appelait,
je crois, un trépied. (Il n'y a pas là de quoi vous alarmer, Madeleine !... je vous assure qu'il n'y a pas là de quoi vous alarmer !...) En somme, c'était un étrange objet, perché sur trois
longues tiges, et supportant à son sommet une espèce de
grand bassin rempli de cendres et de charbons éteints. Les
connaisseurs (à ce que disait la femme de charge) le regardaient comme un modèle de ciselure sur métal; et de plus,
elle nous fit spécialement remarquer la beauté de certaines
vignettes qui s'enroulaient à l'intérieur du bassin, portant
des devises latines dont le sens était... je ne sais plus quoi.
Tout cela ne m'inspirait pas le moindre intérêt; mais, pour
faire plaisir à notre *cicerone* femelle, j'examinai de près ses
merveilleuses vignettes. A parler vrai, la bonne femme
m'ennuyait assez avec ses tirades répétées par cœur, lesquelles constituaient un véritable cours de ciselure : aussi en

étais-je venue, tandis qu'elle parlait, à promener mes doigts
parmi ces cendres blanches, légères, douces au toucher, faisant
semblant de prêter l'oreille, mais la tête à cent lieues de ce
qui m'était dit. Je ne sais depuis combien ou combien peu de
temps je jouais ainsi avec ces cendres lorsque mon doigt rencontra, tout à coup, un morceau de papier froissé qui se trouvait assez profondément enfoui sous elles. Remené à la surface,
il se trouva que ce papier était une lettre, une longue lettre
en caractères menus et serrés. — Mais voilà, Madeleine, que
vous prenez les devants, et que mon récit se trouve achevé
pour vous!... Aussi bien que moi, vous savez que ce papier,
découvert par mes doigts errants au hasard, n'est autre que la
mystérieuse Contre-Lettre... Avancez la main, chère enfant!...
George m'a permis de vous la montrer, — et la voici! »

Elle plaça la Contre-Lettre dans la main de sa sœur. Madeleine s'en saisit machinalement. « Et c'est vous, disait-elle,
regardant sa sœur avec un vif souvenir de tout ce qu'elle
avait en vain risqué, de tout ce qu'elle avait souffert en vain
à Saint-Crux... c'est *vous* qui l'avez trouvée?

— Oui, dit gaiement Norah. La Contre-Lettre a montré
cette perversité naturelle à tous les objets perdus. Cherchez-
les, ils demeurent invisibles. Ne vous en occupez plus, ils se
manifestent aussitôt!... Votre avocat et vous, Madeleine, vous
aviez raison tous deux en supposant que pareille découverte
devait entraîner en votre faveur les conséquences les plus
essentielles. Je passe sur toutes les consultations qui eurent
lieu entre nous à propos de ce papier froissé que j'avais, par
hasard, retiré des cendres. Elles aboutirent à une lettre que
reçut l'avocat de George, et au retour de George lui-même
qu'on rappela de son voyage sur le Continent. Nous le vîmes,
miss Garth et moi, aussitôt après son retour, et il fit ce que
ni l'une ni l'autre n'avaient pu faire : il expliqua le mystère
par suite duquel la Contre-Lettre se trouvait ainsi cachée
sous une triple couche de cendres. Vous saurez que l'amiral
Bartram a été sujet, toute sa vie, à des accès de somnambulisme. On l'avait surpris se promenant endormi, peu de
temps avant sa mort, — et justement à l'époque où de tristes

préoccupations hantaient son esprit, au sujet de la lettre même que vous tenez : — la pensée de George, c'est que l'amiral a dû croire qu'il accomplissait, endormi, ce que la crainte même de la mort ne lui eût pas fait faire à ses heures de veille, — à savoir, l'anéantissement de la Contre-Lettre. Peu de temps ayant, on avait allumé du feu dans le *brasero*, et pendant son rêve, ce feu brûlait sans doute encore à ses yeux. C'est ainsi que George s'explique la place étrange où se trouvait la lettre, alors que le hasard me la fit découvrir. Restait ensuite à savoir ce qu'il y avait à faire d'un pareil document, et cette question dépassait un peu les bornes de l'intelligence féminine. Mais je résolus de la comprendre, et j'en vins à bout, parce que cette question vous intéressait directement.

— A mon tour de la comprendre si je puis, dit Madeleine. J'ai mes raisons pour désirer connaître ce document aussi à fond que vous le connaissez vous-même... Qu'a-t-il déjà produit pour les autres, et que doit-il produire pour moi ?

— Mon Dieu, chère Madeleine, quels singuliers regards vous lui jetez ! quel singulier langage vous tenez à son sujet !... Malgré son misérable aspect, ce chiffon de papier vous met en possession d'une fortune.

— N'aurais-je réellement à cette fortune aucun autre droit que ceux dont m'investit ce papier.

— Précisément... Votre unique titre, le voilà... Voulez-vous que j'essaie, en deux mots, de vous expliquer ce mystère ?... En elle-même, au dire des jurisconsultes, la Contre-Lettre aurait pu donner lieu à contestations, — sauf pourtant que George (aucun doute n'existe pour moi là-dessus) n'eût jamais voulu autoriser un procès pareil. Mais, avec le *post-scriptum* que l'amiral Bartram y avait joint (vous n'avez qu'à jeter les yeux sur les lignes inscrites, page trois, au-dessus de la signature), la Contre-Lettre constitue pour ses représentants une obligation légale aussi bien qu'un lien moral... Maintenant, je suis à bout de mon vocabulaire technique, et réduite à parler ma langue au lieu d'emprunter celle des avocats. Le résultat final était simplement

ceci. Tout l'argent retournait à la masse des biens de
M. Noël Vanstone (encore un mot de jurisconsulte! je suis plus
savante que je ne croyais), et cela par la simple raison que
cet argent n'avait pas reçu l'emploi auquel l'avait destiné
M. Noël Vanstone. Si mistress Girdlestone eût vécu, ou si
George m'eût épousée quelques mois plus tôt, c'est précisément le contraire qui en fût résulté. Mais, dans l'état actuel
des choses, on a déjà partagé le capital dont il est question en
deux moitiés: l'une a été répartie entre les plus proches héritiers de M. Vanstone, c'est-à-dire, en bon anglais, entre mon
mari et sa pauvre sœur infirme, — laquelle a reçu l'argent
un beau jour, avec toutes les formalités requises, pour faire
plaisir à l'avocat, et l'a rendu le lendemain, le plus libérale-
ment du monde, pour se faire plaisir à elle-même... Voilà
ce qui est arrivé de la première moitié du legs..... L'autre
moitié, chère enfant, vous appartient tout entière..... Comme
les choses arrivent d'une manière imprévue, Madeleine!...
Deux ans sont à peine écoulés depuis que vous et moi nous
nous trouvâmes orphelines et dépouillées de tout héritage:
— or nous voici, après tout, partageant entre nous la fortune
de notre pauvre père!

— Un instant, Norah!... C'est par deux voies différentes
que nos deux lots nous arrivent.

— Comment cela? Le mien, je le dois à mon mari; le
vôtre,.. »

Elle s'arrêta toute troublée et changea de couleur: « Pardonnez-moi, chère enfant, dit-elle, portant à ses lèvres la
main de Madeleine... J'ai perdu de vue ce qui eût dû rester
présent à mon esprit. Je vous ai chagrinée sans le vouloir.

— Non! dit Madeleine; vous m'avez au contraire donné
courage.

— Donné courage!... et comment?

— Vous allez voir. »

A ces mots, elle quitta paisiblement le sofa et se dirigea
vers la fenêtre ouverte. Avant que Norah pût la suivre, elle
avait déchiré la Contre-Lettre en mille morceaux, et jeté ses
débris dans la rue.

Cet acte accompli, elle revint s'asseoir, et posant sa tête sur la poitrine de sa sœur avec un profond soupir qui attestait un véritable soulagement : « Je ne veux rien devoir à ma vie passée, lui dit-elle. Je la rejette loin de moi, comme ces misérables lambeaux de papier que je viens de livrer aux quatre vents du ciel... Toutes les pensées, toutes les espérances qui s'y rapportaient, je les dépouille, et pour toujours !

— Madeleine ! mon mari ne souffrira pas, — je ne souffrirai jamais moi-même que vous...

— Inutile d'achever !... Ce que votre mari trouvera juste, Norah, nous le trouverons juste, vous et moi... Je recevrai de *vous* ce que je n'aurais jamais accepté s'il m'avait fallu le tenir de cette Lettre. Le but que j'avais rêvé, nous y touchons. Rien de changé, si ce n'est la position relative que je croyais autrefois nous être promise... Mais cela vaut mieux ainsi, chère sœur, — cela vaut mieux, et de beaucoup. »

Ainsi faisait-elle le dernier sacrifice de la perversité, de l'orgueil qui jadis avaient été ses guides. Et c'est ainsi qu'elle inaugurait une existence nouvelle, une existence ennoblie.

. . . .

Un mois s'était écoulé. Jusque sur la fange des rues le soleil d'automne trouvait de brillants reflets; et les horloges du voisinage venaient de sonner deux heures au moment où Madeleine revint seule frapper à la maison d'Aaron's-Buildings.

« Est-ce qu'*il* m'attend ? » demanda-t-elle avec une certaine inquiétude à la maîtresse du logis, qui était venue lui ouvrir.

Il attendait, en effet, dans la chambre donnant sur la rue. Madeleine, d'un pas furtif, monta l'escalier et vint frapper à la porte. Kirke répondit négligemment et d'un air distrait, — supposant, cela était clair, que la domestique sollicitait ainsi la permission d'entrer dans la chambre.

« Vous ne comptiez pas me voir sitôt ? » lui dit-elle, arrêtée sur le seuil et tout heureuse de l'étonnement qu'il manifesta lorsqu'une fois debout il se prit à la contempler.

Les seules traces de maladie qui subsistaient encore sur

son visage, ajoutant à la délicatesse de ses traits, en raffinaient pour ainsi dire la beauté. Sa robe de mousseline était des plus simples. Aucun autre ornement sur son chapeau de paille que le ruban blanc dont une main économe l'avait garni. Jamais, en ses meilleurs jours, elle n'avait paru plus charmante qu'elle était maintenant, — tandis qu'elle s'approchait de la table où tout à l'heure encore il était assis, avec une petite corbeille de fleurs qu'elle rapportait de la campagne, — et lorsqu'elle lui tendit affectueusement la main.

En l'examinant de plus près, il lui parut inquiet et rongé de soucis. Elle interrompit les questions qu'il commençait à lui adresser, pour lui demander si, depuis leur séparation, il était toujours resté à Londres, et n'avait pas pris au moins quelques jours pour aller voir ses amis dans le Suffolk? — Non, il était toujours resté à Londres... Ce qu'il omit d'ajouter, c'est que le joli presbytère du Suffolk n'avait avec elle aucun de ces rapports, ne gardait d'elle aucun de ces nombreux souvenirs qui enrichissaient à ses yeux les quatre pauvres murailles d'Aaron's-Buildings. Il lui dit simplement qu'il n'avait pas quitté Londres. « Je me demande, reprit-elle en le regardant avec attention, si vous êtes aussi heureux de me revoir que je suis heureuse de me retrouver près de vous.

— Peut-être mon bonheur est-il encore plus vif que le vôtre, répondit-il avec un sourire, mais je le ressens à ma manière. »

Elle ôta son chapeau et son écharpe pour se réinstaller encore une fois dans ce fauteuil de malade qui lui avait s longtemps servi.

« Il est certain, dit-elle, que la rue est fort laide; et personne, j'en suis sûre, ne contestera que la maison est fort petite. Malgré tout — oui, malgré tout — il me semble que je rentre chez moi. Prenez sur ce siége votre place habituelle, et racontez-moi tout ce qui vous concerne. Je veux savoir tout ce que vous avez fait, — bien plus, tout ce que vous avez pensé, — pendant que j'étais loin de vous. » Elle voulut reprendre l'interminable série de questions au moyen desquelles elle s'était habituée à provoquer ses confidences personnelles. Mais elle les posait avec bien moins de spontanéité, bien moins d'adresse qu'à l'ordinaire. L'anxiété qui la préoccupait au moment où elle avait franchi le seuil de cette chambre n'était pas de celles qui vous laissent votre liberté d'esprit. Après un quart d'heure perdu en questions contraintes d'un côté, de l'autre en réponses données comme à regret, elle finit par aborder de loin le sujet délicat de cet entretien décisif.

« Avez-vous reçu les lettres que je vous ai écrites pendant mon séjour au bord de la mer? lui demanda-t-elle tout à coup, cessant pour la première fois de le regarder.

— Oui, dit-il; je les ai toutes reçues.

— Vous les avez lues, sans doute?

« Je les ai toutes lues, et bien des fois. »

Le cœur de Madeleine battit à lui rompre la poitrine. Elle avait courageusement tenu sa promesse. L'histoire complète de sa vie, depuis l'époque du désastre de Combe-Raven jusqu'à la destruction de la Contre-Lettre, avait successivement passé sous les yeux de Kirke. Aucune de ses actions, aucune de ses pensées, rien enfin n'avait été dissimulé. Elle s'était imposé la même bonne foi, vis-à-vis de lui, dont il aurait usé vis-à-vis d'elle.

La résolution, jusque-là, ne lui avait pas manqué; — mais elle reculait maintenant devant la question décisive qu'elle était venue lui soumettre. Si vif que fût en elle le désir de savoir si elle l'avait à jamais perdu ou conquis, la crainte de le savoir l'emportait encore à ce moment. Elle attendait tremblante, elle attendait sans pouvoir ajouter un mot.

« M'autorisez-vous, lui demanda-t-il, à vous parler de vos lettres?... Puis-je vous dire?... »

Si elle l'avait regardé tandis qu'il prononçait ce peu de paroles, elle aurait lu sur son visage ce qu'il pensait d'elle. Elle aurait vu, si peu au courant qu'il pût être de ce qui se passe dans le monde, qu'il connaissait l'inestimable valeur, le noble mérite d'une femme tout à fait sincère. Mais elle n'avait pas le courage de lever sur lui ces yeux qu'elle tenait obstinément fixés sur le tapis étendu à ses pieds.

« Pas tout à fait encore, dit-elle d'une voix faible... Pas tout à fait sitôt après nous être revus. »

Elle se leva de son fauteuil avec un certain empressement pour aller s'accouder à la fenêtre; puis elle revint dans l'intérieur de la chambre et se rapprocha de la table auprès de laquelle il était assis. Les objets de bureau étalés en désordre autour de lui offrirent à Madeleine, pour changer de conversation, un prétexte dont elle s'empara aussitôt : « Vous écriviez donc une lettre, lui demanda-t-elle, au moment où je suis entrée?

« — J'y songeais, répondit-il; mais ce n'était pas une lettre qu'on pût écrire sans y avoir beaucoup réfléchi. »

Tout en lui répondant, il s'était levé pour réunir d'abord, et ranger ensuite, les menus objets auxquels elle avait fait allusion.

« Mais, reprit-elle, je ne suis pas ici pour vous déranger. Qui m'empêche, au contraire, de vous prêter assistance ?... S'agirait-il, par hasard, d'un secret?

— Mais non... Non... pas le moins du monde. »

Il ne lui avait pas répondu sans hésitation. Elle devina aussitôt la vérité.

« Est-ce de votre vaisseau qu'il est question? »

Il ne savait pas à quel point elle s'était préoccupée, depuis qu'ils étaient séparés, de ces affaires sérieuses qu'il s'imaginait lui avoir complétement dissimulées. Il ne savait pas qu'elle en était déjà venue à se sentir jalouse du navire qui le lui disputait.

« Voudrait-on, continua-t-elle, vous faire reprendre votre ancienne existence?... Voudrait-on vous renvoyer à la mer?... Et faut-il que votre acceptation ou votre refus aient lieu sur-le-champ?

— Sur-le-champ.

— De sorte que, si je n'étais pas venue, vous auriez accepté?... »

Elle avait, sans le savoir, posé sa main sur le bras de

Kirke, oubliant toutes considérations secondaires dans l'espèce d'anxiété que lui faisait éprouver l'attente de ce qu'il allait dire. Pour lui, l'aveu de son amour était sur le point de lui échapper; mais, en ce moment-là même, il sut encore s'imposer silence.

« Peu m'importe, pensait-il, ce qui me concerne. Mais quelle certitude pourrais-je avoir de ne pas l'affliger?

— Auriez-vous accepté? reprit-elle.

— J'hésitais, répondit-il; j'hésitais entre l'acceptation et le refus. »

La main de Madeleine étreignit le bras de Kirke; un tremblement soudain la parcourut des pieds à la tête; ce supplice devenait intolérable pour elle. Toute son âme était dans les mots qu'elle vint à prononcer ensuite :

« Est-ce *pour moi* que vous hésitiez?

— Oui, dit-il. En échange de vos aveux, recevez le mien!... J'hésitais à cause de vous. »

Elle n'ajouta rien, — mais elle le regarda. Par ce regard, la vérité se fit jour enfin. Le moment d'après, Madeleine était dans les bras de Kirke, et la figure cachée dans sa poitrine, versant des larmes de joie.

« Ai-je bien mérité tant de bonheur? murmurait-elle, amenée à cette question suprême... Oh! je sais bien ce que me répondraient, si je les interrogeais au lieu de vous, les malheureux qui n'ont jamais vécu, jamais souffert par le cœur. Mis au courant de tout ce qui m'est advenu, ils oublieraient les tentations pour ne se ressouvenir que des fautes; ils méconnaîtraient ce que j'ai souffert pour ne s'attacher qu'à ce qui les autoriserait à me condamner... Mais vous n'êtes pas de ces gens-là, n'est-il pas vrai?.... Dites-moi s'il vous reste l'ombre d'une méfiance. Dites-moi si vous doutez que l'unique but, la chère pensée de toute mon existence à venir ne soit de rester digne de vous?... Je vous ai demandé d'attendre pour me revoir; je vous ai demandé, si quelque vérité pénible devait être dite, de me la faire entendre ici, de votre propre bouche... Dites-la donc, vous que j'aime, vous à qui je suis; — dites-la moi, maintenant!

Elle avait levé les yeux vers lui, l'étreignant toujours, comme suspendue au suprême espoir de son avenir régénéré.

« Dites-moi toute la vérité, reprit-elle.

— Vous voulez l'entendre sortir de mes lèvres?

— Oui, répondit-elle avec une ardeur passionnée; que vos lèvres me disent ce que vous pensez de moi... »

Il se pencha, et lui répondit par un baiser.

FIN.

TABLE.

PARIS. — IMPRIMERIE DE J. CLAYE, RUE SAINT-BENOIT, 7.

www.ingramcontent.com/pod-product-compliance
Lightning Source LLC
Chambersburg PA
CBHW070752030726
47504CB00003B/524